KNAUR

Von Patrick S. Tomlinson ist bereits folgender Titel erschienen:
The Ark – Die letzte Reise der Menschheit

Über den Autor:
Patrick S. Tomlinson lebt und arbeitet in Milwaukee, Wisconsin. Wenn er nicht schreibt, arbeitet er an seinem neuen Bühnenprogramm als Stand-up-Comedian.

PATRICK S.
TOMLINSON

THE COLONY
EIN NEUER ANFANG

Roman

Aus dem Amerikanischen
von Oliver Hoffmann

KNAUR

Die amerikanische Originalausgabe erschien 2016 unter dem Titel
»Trident's Forge« bei Angry Robots, London.

Besuchen Sie uns im Internet:
www.knaur.de
Facebook: https://www.facebook.com/KnaurFantasy/
Instagram: @KnaurFantasy

FSC
www.fsc.org
MIX
Papier aus verantwortungsvollen Quellen
FSC® C014496

Deutsche Erstausgabe August 2019
Knaur Taschenbuch

Ein Imprint der Verlagsgruppe
Droemer Knaur GmbH & Co. KG, München

Redaktion: Hanka Leò
Covergestaltung: Guter Punkt, München
Coverabbildung: © Guter Punkt, Markus Weber
unter Verwendung von Motiven von Thinkstock
Satz: Adobe InDesign im Verlag
Druck und Bindung: GGP Media GmbH, Pößneck
ISBN 978-3-426-52260-8

2 4 5 3 1

Dieser Roman ist meiner wunderbaren, liebevollen, hilfreichen, schönen Freundin Niki gewidmet, da ihre Mutter sehr beunruhigt darüber war, dass ich ihr das letzte Buch nicht gewidmet habe.

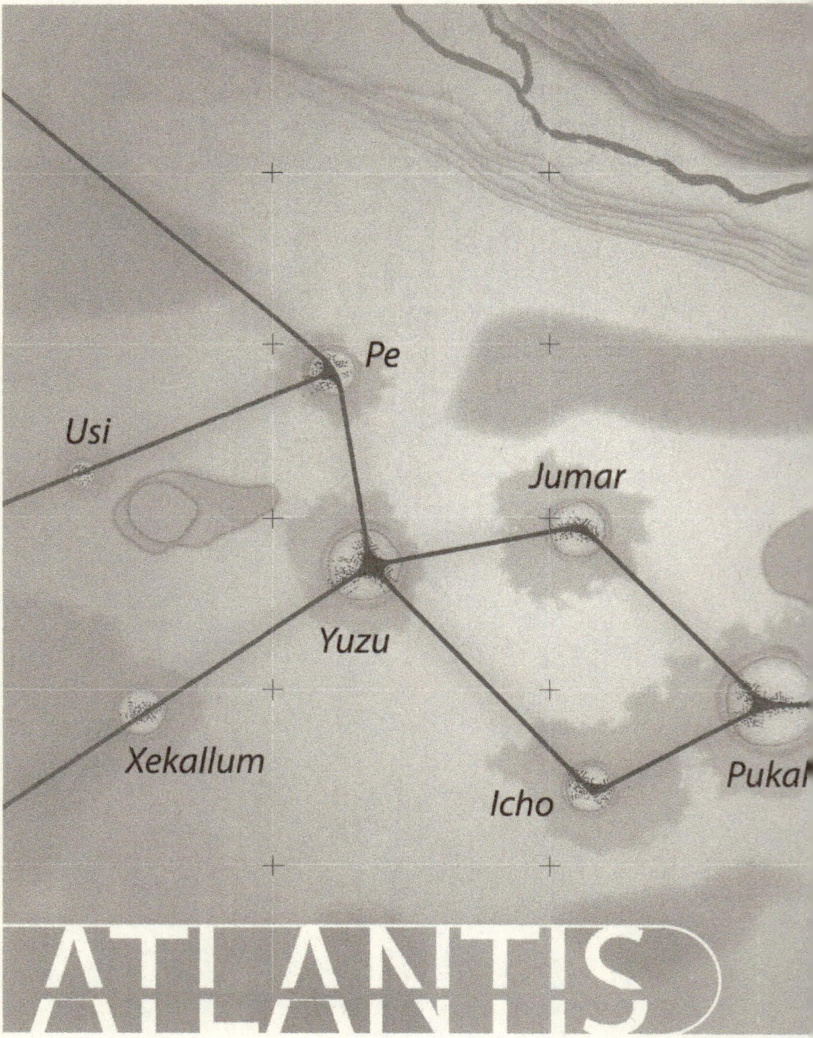

Pe
Usi
Jumar
Yuzu
Xekallum
Icho
Pukal
ATLANTIS

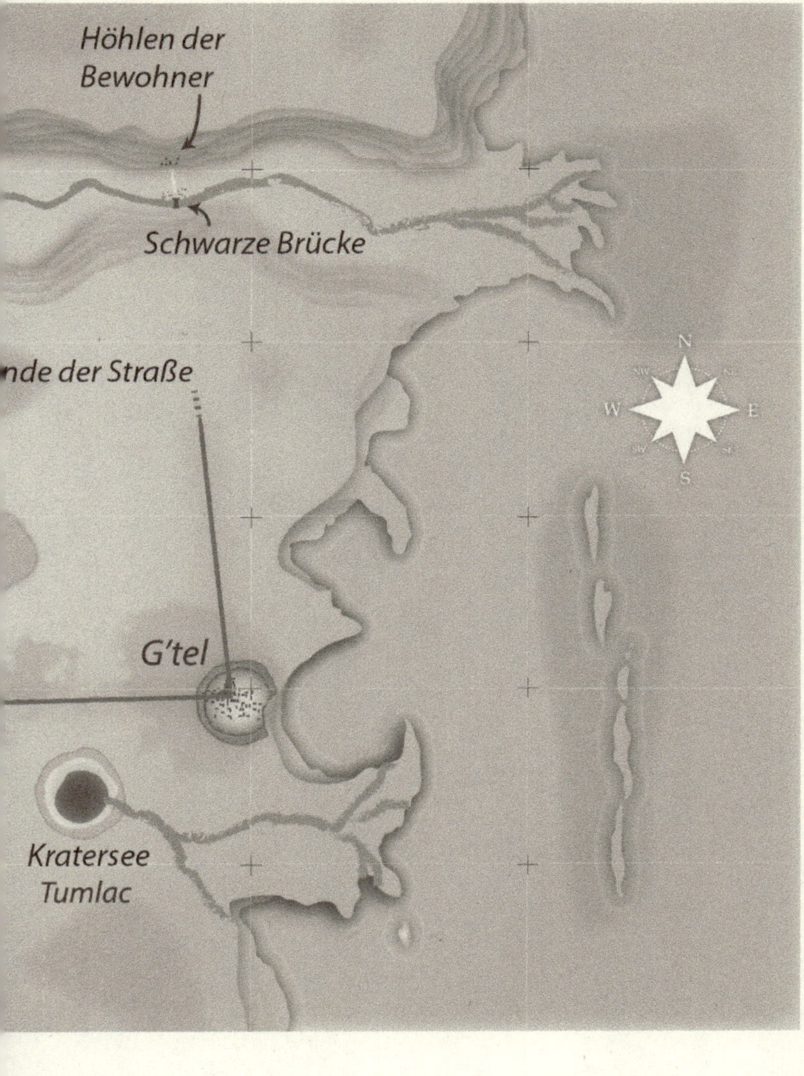
Höhlen der Bewohner
Schwarze Brücke
nde der Straße
G’tel
Kratersee Tumlac
N
W
E
S

KAPITEL 1

Die Sterne leuchteten hell. Vor allem die neuen.

Ihnen galt Kexx' Aufmerksamkeit, ihretwegen hatte sier so spät in der Nacht noch den Schutz der Halobäume rund um G'tel verlassen. Hier draußen mischte sich nicht das Licht der Lagerfeuer mit dem des Nachthimmels. Kexx musterte die beiden neuen, stecknadelkopfgroßen Lichter und fragte sich, was sie wohl bedeuten mochten, während die Wärme der Dorffeuer langsam aus sienem Körper wich.

Ein junges, unerfahrenes Ulik wagte sich auf die Lichtung und verriet damit die Anwesenheit seines Rudels. Kexx ließ kurz Licht über siene Haut schimmern, um die Uliks wissen zu lassen, dass sier sie beobachtete, und um ihnen den Kurzspeer zu zeigen, der neben siem im Boden steckte.

Das Ulik war offenbar jung genug, um sich erwischen zu lassen, aber erfahren genug, um zu wissen, was ein erwachsener Bewohner G'tels mit einer Speerspitze anrichten konnte. Zur Antwort ließ es eine Welle sanften, blauen Lichts über seine Vorderbeine laufen, und das Rudel begab sich zum Strand, um in den Gezeitentümpeln nach weit weniger gefährlicher Beute zu suchen.

Kexx sah ihnen nach. Es waren insgesamt acht. Für ein Ulikrudel eine beachtliche Größe, doch die meisten von ihnen wirkten dürr. Vielleicht hatten sich die Ausgestoßenen gesünderer Rudel zusammengetan, um sich gegenseitig Sicherheit zu bieten. Hätte das Rudel sich entschlossen, Kexx anzugreifen, hätte sier sie wahrscheinlich nicht alle töten können, ehe sie sien überwältigt hätten, aber sier hätte mehr Uliks erledigt, als zu verlieren das Rudel sich leisten konnte, wenn es auch morgen noch Beute machen wollte. Also war es weitergezogen. Die einfache Mathematik des Lebens auf der Oberfläche. Kexx wünschte dem Rudel Glück auf seinen Wanderungen und wandte sienen Blick wieder den neuen Sternen zu.

Drei Jahre war es her, dass der weniger helle erschienen war, und nach drei Umläufen Varrs war dann der hellere aufgetaucht. Sie hatten noch keine Namen, in erster Linie, weil die Ältesten überzeugt waren, es handle sich um Samen von Cuut, die nur darauf warteten, Feuer auf sie herabregnen zu lassen, wie in den alten Legenden. Mehr als eine Familie war in jener ersten Nacht aus dem Dorf geflohen, um in den Schutz von Xis' Schoß unter der Erde zurückzukehren, und hatte feststellen müssen, dass die Schwarze Brücke versperrt war und von den Bewohnern bewacht wurde, die Flüchtlinge nicht gerade mit offenen Armen empfingen. Das hätte eigentlich niemanden überraschen dürfen. Die Bewohner duldeten ja kaum Händler, geschweige denn weitere Mäuler, die sie stopfen mussten.

Kexx konnte ihnen ihre Angst nicht verdenken, doch sier war nicht überzeugt von der Gefahr. Zwar hatten die neuen Sterne schon nach wenigen Tagen ein Bewegungsmuster gezeigt, und jetzt standen sie Seite an Seite reglos am Nachthimmel – aber das war nicht das Seltsamste, was geschehen war.

Zuerst war der Gesandte in der harten Schale gekommen, um sie durch seine Kristallaugen zu beobachten. Für welches Mitglied ihres Göttertriumvirats er als Beobachter fungierte, war Gegenstand anhaltender erhitzter Diskussionen. Nichtsdestoweniger hatten die Ältesten angeordnet, ihn in den Tempel des Cuut zu schaffen, damit man ihm Speise- und Trankopfer darbringen und dafür sorgen konnte, dass er nur zu sehen bekam, was er sehen sollte.

Dann, fast ein Jahr später, hatte der kleinere Stern einen Lichtstrahl ausgesandt, lang und gerade wie die Kante eines Kristalls, der den größeren Stern berührt und sich langsam auf den Ozean weit im Osten herabgesenkt hatte.

Sosehr sich die Ältesten auch bemüht hatten, sie hatten keinerlei Erwähnung eines solchen Ereignisses in den Liedern und Schriftrollen gefunden. Auf ihrer verzweifelten Suche nach Antworten hatten sie sogar einen Abgesandten zu den Bewohnern geschickt, die mit Xis in der Tiefe kommunizierten, doch selbst deren Weisen waren uneins über die Bedeutung des Omens gewesen. Manche glaubten, es handle sich um Cuut, dier gekommen war, um sienen langen Kampf mit Xis ein für alle Mal zu Ende zu bringen. Andere vertraten die Auffassung, die neuen Sterne seien Boten Varrs und der Lichtstrahl sei eine Einladung, Xis' Schoß endgültig zu verlassen. Natürlich hatten Kexx' Dorf und die drei Handvoll anderen das schon vor Generationen getan, als sie sich aus den Höhlen der Bewohner herausgewagt hatten und nie zurückgekehrt waren. Eine Versammlung der Dorfältesten hatte darauf beharrt, das Omen sei nur für sie allein bestimmt und ginge die Bewohner einen Dreck an.

Kexx war kein Ältester des Glaubens und empfand sich nicht als qualifiziert, deren Aussagen infrage zu stellen, aber sier wurde das Gefühl nicht los, dass nicht genügend Informationen zur Verfügung standen, um mit der unerschütterlichen Gewissheit, wie sie die Ältesten so oft an den Tag legten, solche genauen, widersprüchlichen Schlüsse zu ziehen.

Ein kühler Wind vom Meer her ließ Kexx frösteln. Die Haut auf den Armen und in den Falten sienes flachen Schädelkamms war noch feucht vom abendlichen Reinigungsritual. Eine neue Sturmfront bewegte sich auf das Dorf zu, das spürte Kexx in den Luftblasen. Sier hob die Hände in den Wind und spreizte die Finger, um sie von der salzigen Meeresbrise liebkosen zu lassen. Etwas im Wind erregte siene Aufmerksamkeit. Ein unbekannter Duft mischte sich mit dem Geruch des Meeres. Kexx spreizte die Arme weit und versuchte auszumachen, woher der seltsame Geruch kam, doch der Wind verwirbelte ihn zu sehr, um das festzu-

stellen. Egal. Einen Augenblick später zerriss ein warnendes Heulen die Stille der Nacht. Ein Ulik hatte etwas bemerkt, was ihm überhaupt nicht gefiel.
Kexx sprang auf und packte den Schaft sienes Kurzspeers. Das Rudel befand sich gleich unterhalb von siem am Strand. Zuckende Lichtwellen huschten über die Haut der Uliks, ein typisches Zeichen für eine Bedrohung. Wovon auch immer der Geruch stammte, es hatte ein ganzes Ulikrudel erschreckt. Vorsichtig ging Kexx in die Hocke und huschte geduckt Richtung Strand, während das hellblaue Licht auf siener Haut auf Stecknadelkopfgröße zusammenschrumpfte. Das Rudel hatte sich parallel zum Strand aufgereiht, mit Blickrichtung aufs Meer, und versuchte, so groß und bedrohlich wie möglich zu wirken.
Kexx ließ den Blick über die Wellen schweifen, versuchte zu erkennen, was dem Rudel solche Angst einjagte. Augenblicke später sah sier das Loch im Wasser. Eine schwarze Leere, dunkel wie eine bewölkte Nacht, trieb auf der Oberfläche. Sie war mindestens so groß wie ein Bulo-Kadaver. Aus dem Rücken der Kreatur erhob sich ein riesiger, durchscheinender, dreieckiger Kamm, der sich im Wind bauschte.
Das Hautleuchten des Rudelführers verändert sich abrupt, als die Kreatur mit unverminderter Geschwindigkeit näher kam. Ein Ulik verlor die Nerven, wirbelte herum und suchte panisch Schutz in den Getreidefeldern, dicht gefolgt vom Rest des Rudels. Kexx' Instinkte drängten sien, ihrem Beispiel zu folgen, doch die Neugier schien sienin Füße auf dem Sandstrand festgenagelt zu haben. Solange sier nicht ins Wasser ging, stellte die riesige Kreatur keine Bedrohung dar.
Das zumindest sagte sich Kexx beständig, während die Kreatur so heftig am Strand anlandete, dass sie eine Furche in den Sand grub. Derart gestrandet, lehnte sich das geheimnisvolle Geschöpf mit einem ächzenden Keuchlaut, der an knarrendes Holz erin-

nerte, zur Seite. Die Muskeln in Kexx' Beinen waren angespannt, um schnell fliehen zu können, doch sier beobachtete die Kreatur genau und betete im Stillen zu Xis oder gar Cuut, sie möge nicht plötzlich Beine ausfahren und sien niedertrampeln. Aber der riesige Albtraum blieb reglos.

Tierlaute schallten durch die Nacht. Zuerst leise und verwirrt, als wachten die Tiere gerade auf, dann lauter und zahlreicher. Sie waren schrill, klangen beinahe wie das Geplärr von Kindern. Noch absonderlicher war, dass sie aus der gestrandeten Kreatur zu kommen schienen.

Kexx unterdrückte ein Keuchen und umklammerte den Schaft des Kurzspeers, als die erste Gestalt aus der Kreatur trat. Sier sah nur ihre Silhouette gegen den Nachthimmel, doch sie schien zu klein für einen Erwachsenen zu sein. Sie hatte die Größe und Stimme eines Jugendlichen, doch ihre Proportionen und Bewegungen wirkten … unnatürlich.

Der Gestalt schlossen sich rasch zwei weitere an, dann noch vier. Bald standen mehr als zwei Handvoll von ihnen auf dem Rücken der Kreatur. War das überhaupt eine Kreatur? Ehe Kexx länger darüber nachdenken konnte, flammte in der Hand einer der Gestalten ein gleißendes Licht auf, so hell, dass Kexx den Blick senken musste, um nicht geblendet zu werden. Drei weitere ließen ebenso weißes Licht wie Miniatursonnen aus ihren Händen leuchten, heller und reiner als das Leuchten jedes Lagerfeuers. Sie ließen die Lichtstrahlen über den Strand schweifen, als suchten sie etwas. Strahlen, erkannte Kexx, die dem Lichtfaden sehr ähnelten, der von den neuen Sternen im Westen herabstrahlte.

Kexx warf sich flach auf den Boden und machte sich so klein wie möglich. Kein Tier hatte ein so helles Hautlicht. Was auch immer die Fremden sein mochten, sie waren keine G'tel und auch nicht aus einem anderen Dorf des Straßennetzwerks, ja nicht einmal Bewohner. Mit dieser Erkenntnis durchzuckte Kexx eine Welle

markerschütternder Angst. Zu erschrocken, um sich zu bewegen, aber doch zu neugierig, um den Blick abzuwenden, musterte sier die kleinen Wesen, die in den Sand hinuntersprangen und am Strand entlanggingen.
Dann und wann leuchteten sie einander an, wenn sie sich unterhielten, wodurch Kexx sie besser sehen konnte. Ihre Haut war glatt und leichenfahl, ohne die sich verändernden Muster und Farben der Haut Lebender. Es fehlte auch jegliches Hautleuchten, wenn man von den Lichtern absah, die ihren Händen entsprangen. Sie hatten je zwei Arme und Beine, die steif und knorrig wirkten. Ihre Hände und Füße waren breit und flach. Lange, schwarze Strähnen bedeckten statt Zierkämmen ihre Schädel.
Die Gruppe näherte sich Kexx' Versteck. Hatten sie sien entdeckt? Kexx hob vorsichtig die Hand, um die Luft zu testen. Der fremdartige Geruch, der sien an den Strand heruntergelockt hatte, lag deutlich in der Luft; er ging von den Wesen aus wie bei einem Dux'ah in der Brunft. Sie bewegten sich seltsam steifbeinig, ruckartig und kein bisschen flüssig. Alles an ihnen schrie: »fremd«.
Plötzlich blieb eines der Wesen stehen und richtete seinen Lichtstrahl direkt in Kexx' Gesicht. Siem war, als starre sier in die Mittagssonne; sier zuckte zurück und hielt reflexartig eine Hand vor die Augen. Die Wesen warfen einander Warnrufe zu. Jetzt bestand kein Zweifel mehr, dass sie sien entdeckt hatten. Mit angsterfüllt zitternden Muskeln richtete sich Kexx rasch zu voller Größe auf und schüttelte drohend sienen Kurzspeer, in der Hoffnung, sie auch nur halb so sehr zu erschrecken wie sie sien.
Das Wesen, das sien entdeckt hatte, trat vor und brachte den Rest zum Schweigen, dann bedeutete es den anderen, sich im Halbkreis um Kexx aufzustellen. Dieses koordinierte Vorgehen ließ Kexx' Muskeln und Gelenke erzittern. Das waren nicht nur kluge Tiere wie die Uliks, die in die Nacht geflohen waren, die Kämme

eng an die Köpfe angelegt. Die Geräusche, die sie von sich gaben, waren auch keine einfachen Tierlaute. Die Fremden sprachen miteinander, genau wie G'tel, aber in einer völlig unbekannten Sprache. Sie waren intelligent und deswegen unendlich gefährlicher.

Die Waagschalen in Kexx' Geist neigten sich entschieden von Neugier in Richtung Rückzug. Sier wirbelte herum, um in dem Yulkafeld Zuflucht zu suchen, doch kaum dass sier den ersten Schritt gemacht hatte, blieb sier mit den Zehen an einer aus dem Sand ragenden Wurzel hängen und schlug auf der Düne lang hin. Kexx streckte die Hände aus, um sich abzufangen, doch der Boden raste siem entgegen und presste siem beim Aufschlag die Luft aus den Luftsäcken. Bestürzt sah Kexx, wie sien Kurzspeer die Düne hinunterrollte und außerhalb siener Reichweite liegen blieb.

Ringsum ertönten Schritte. Kexx warf sich auf den Rücken und setzte sich rechtzeitig auf, um zu sehen, wie die Fremden von allen Seiten gleichzeitig die Düne herunterkamen. Selbst im wegrutschenden Sand und trotz ihres ruckartigen Ganges bewegten sie sich beängstigend schnell. Kexx sprang die Düne hinunter und hechtete nach sienem Speer, doch ein Wesen hatte sien augenscheinlich seitlich überholt und schnappte sich die Waffe, ehe Kexx sie erreichen konnte. Dann war sier umzingelt.

Kexx hob die Hände, und über siene Haut lief von der Brust bis zu den Fingern ein Muster langsam aufleuchtender Lichtwellen: das universelle Zeichen für Kapitulation.

Zumindest hoffte Kexx, dass es universell war.

Das Wesen mit Kexx' Speer stand kampfbereit da, richtete ihn aber nicht auf sien. Immerhin. Die Gestalt, die sien entdeckt hatte, kam langsam auf sien zu. Sie war kleiner und irgendwie weicher als die anderen, bewegte sich anmutiger und geschmeidiger, trotz der seltsamen Beine mit den knubbeligen Ausstülpungen.

Sie blieb unmittelbar vor Kexx stehen und streckte die offene Hand aus. In der anderen Hand sah Kexx einen gelben Zylinder und begriff, dass nicht ihre Hände die Quelle der Lichtstrahlen waren, sondern diese Dinger. Es handelte sich um … Werkzeuge?
Ehrfurcht erfüllte Kexx' Brust, wie sier sie seit der ersten Reinigungszeremonie ein knappes Jahr nach Beendigung siener Larvenphase nicht mehr empfunden hatte. Diese Fremden mussten Gesandte Varrs sein. Wer sonst hatte die Macht, ein Stück der Sonne einzufangen? Kexx presste die Hände flach auf den Sandboden, legte die Stirn in den Sand und stimmte einen Gebetsruf an, was die Fremden vor allem zu verwirren und aufzuregen schien.
Das kleine Wesen, das vor Kexx stand, schüttelte den Kopf in einer Geste, die sier nicht zuordnen konnte, und streckte wieder die offene Hand aus.
»Watashin onamae ha Mei Nakama desu. Onamae wa?«
Kexx starrte verständnislos empor. Sier war nicht einmal sicher, ob sien Mund diese Laute formen konnte. Das Gesicht des Wesens verzog sich zu einem Ausdruck, den sier nicht zu deuten wusste. Dann deutete es mit einem Finger auf die eigene Brust.
»Mei«, sagte es schlicht.
»Mmm.« Kexx bemühte sich, das unnatürliche Geräusch nachzuahmen. »Mmuaeee?«
Die Mundwinkel des Gegenübers zuckten. »Hai! Mei.« Es deutete zur Betonung mit den Fingern auf seine Brust, dann wieder auf Kexx und machte eine erwartungsvolle Pause.
Ein Name. Das Wesen hieß »Mei«, und jetzt fragte es nach sienem Namen.
»Kexx«, sagte sier ruhig.
»Kex«, wiederholte Mei und sprach das Wort zu kurz aus, sodass es nun einen rötlichen, nicht essbaren Pilz bezeichnete, aber es

war wahrscheinlich besser als Kexx' erster Versuch, »Mei« richtig auszusprechen.

»Kexx«, korrigierte sier.

Wieder verzogen sich die Mundwinkel des Wesens, diesmal stärker. So stark, dass sich auf den Wangen Fältchen bildeten. Dann sprang dieses bleiche kleine Fremde ohne Vorwarnung auf Kexx zu und schlang die Arme um sienin Schultern. Eine Umarmung. Es umarmte sien.

Kexx erwiderte die Umarmung des seltsamen, kleinen Wesens namens Mei und lachte erleichtert. Mei lachte mit. Gemeinsam lachten sie lange.

KAPITEL 2

Tau Ceti G (menschliche Bezeichnung: Gaia),
Lokales Standardjahr 3 NL (nach der Landung)

Bryan Benson pfiff und betrat das Spielfeld. »Passbehinderung. Abwehr. Nummer einundzwanzig.«

»Was?«, brüllte Korolev. »Ich habe ihn nur aus dem Weg gestoßen.«

»Ja, genau«, rief Benson. »Das nennt man Passbehinderung. Man darf einen möglichen Passempfänger nicht behindern, wenn er eine Chance hat, außerhalb der ersten fünf Meter einen Fair Catch zu machen.«

»Aber ich soll doch verhindern, dass er den Ball fängt. Genau das ist meine Aufgabe!«

»Ja, aber … doch nicht so.«

»Das ergibt keinen Sinn, Chief.«

Benson warf die Arme in die Luft. »He, ich zitiere nur aus dem Regelwerk, klar? Ich habe es nicht geschrieben. Spielen wir jetzt Football oder nicht?«

Die zweiundzwanzig Männer, die auf dem improvisierten Feld auf und ab gingen, murmelten zustimmend, dass sie tatsächlich Football spielen wollten, und nahmen für den nächsten Versuch Aufstellung.

»Also gut, der Ball kommt auf die 27-Meter-Linie, dahin, wo das Foul stattgefunden hat«, sagte Benson.

»Die 27-Meter-Linie?«, erregte sich Korolev. »Das entspricht ja einer 30-Meter-Strafe!«

»So lauten die Regeln.«

»Ich kriege also für einen Late Hit gegen einen Quarterback oder wenn ich jemanden aus dem Spielfeld ramme, nur fünfzehn Meter, wenn ich ihn aber auf dem freien Feld berühre, ehe er den Ball berührt hat, können es sogar neunzig Meter werden?«

»Schätze schon, wenn dein Quarterback einen Laserarm hat«, räumte Benson ein.

»Das ist Blödsinn.«

»So ist das Spiel. Komm jetzt, wir haben nur noch dreimal Training, dann geht es gegen die Derwische.«

»Mir fehlt Zero«, murmelte Lindqvist, ihr Middle Linebacker. Er war ein nordisches Gebirge von einem Mann, dem das Universum einen größeren Gefallen getan hätte, wenn er in einem Zeitalter geboren worden wäre, in dem die Fertigkeit, Holzschilde mit einem einzigen Axthieb zu spalten, hoch im Kurs gestanden hatte.

»So geht's uns allen«, blaffte Benson. »Aber das Zero-Stadion ist derzeit ziemlich ausgelastet damit, Nahrungsmittel und Vorräte zu transportieren, um uns alle fett und glücklich zu halten, kapiert? Entweder das hier oder Fußball, Jungs.«

Gequältes Stöhnen im Chor ließ Benson wissen, wie der Konsens in dieser Frage aussah.

»Dachte ich's mir doch. Kommt schon, Aufstellung an der 27-Meter-Linie!«

Trainer Benson klemmte sich das Tablet, von dem er abgelesen hatte, unter den Arm und beobachtete, wie sie seiner Aufforderung nachkamen. In nur fünf Tagen würde das Eröffnungsspiel der ersten organisierten Sportliga Tau Ceti Gs … Gaias stattfinden, und American Football würde sein glorreiches Erwachen aus einem zweieinhalb Jahrhunderte dauernden Winterschlaf feiern. Klar, die alten Spielerstatistiken und -daten aus den Tagen der NFL und der IAFL brachten nichts auf einem Planeten, der nur fünfundneunzig Prozent der Schwerkraft der Erde besaß, aber sie hatten beschlossen, bei den Abmessungen des Feldes zu-

gunsten des etwas längeren Meters auf das anachronistische angelsächsische Yard zu verzichten, was die etwas geringere Schwerkraft hoffentlich zu einem gewissen Maße ausglich.
Nach zwei Wochen Training war eines völlig klar: Trotz der geringeren Schwerkraft hatten sie noch einen weiten Weg vor sich, ehe die alten Rekorde in Gefahr gerieten. Benson konnte nur hoffen, dass die Trainer der Derwische, der Yaoguai und der Spartaner ähnliche Probleme hatten.
Nicht, dass die Schwierigkeiten ihn überrascht hätten. Alle vier Mannschaften durften pro Tag nur je eine Stunde auf dem einzigen Spielfeld trainieren. Platz war in der schnell wachsenden Menschenkolonie Shambhala Mangelware, und Benson hatte mehr als einen Gefallen einlösen müssen, bis das Feld überhaupt Wirklichkeit geworden war. Auf der Erde hatten Profis hauptberuflich trainiert und geübt. Bensons Spieler waren frühere Footballer von Zero, Landarbeiter, Bauarbeiter und ein dürrer Programmierer, der aus irgendeinem unerfindlichen Grund mit einem Fuß gesegnet war, mit dem er auf fast sechzig Meter Entfernung einen Football zwischen den Pfosten hindurchkicken konnte, solange er keinen Gegenwind hatte – was allerdings fast nie der Fall war.
Die Uhr lief wieder an, und der Quarterback begann seinen Snap Count. »Blau zweiundvierzig. Los, los. Marsch!«
Er hatte sie kaum wieder in die Tasche gesteckt, da erklang Bensons Pfeife erneut. »Unerlaubtes Festhalten. Angriff. Nummer dreißig: Zehn-Meter-Strafe.«
»Das ist totaler Quatsch«, sagte Hoffmann, der Spieler mit der Nummer dreißig. »Warum kriegt der Angriff zehn Meter für unerlaubtes Festhalten, aber die Defensive nur fünf?«
Benson wedelte wütend mit dem Tablet. »Verdammt noch mal, ich weiß es nicht, okay? Das hier ist Football, das muss keinen Sinn ergeben! Los jetzt, zurück mit dem Ball, wir verschwenden Zeit.«

Fünfundvierzig schweißtreibende Minuten voller Flüche später war das Training der Mustangs vorbei, gerade rechtzeitig, um den Spartanern das Spielfeld zu überlassen. Benson schlug auf Schultern und gratulierte seiner Mannschaft, dann machte er sich auf den Heimweg. Die untergehende Sonne stand niedrig über dem Horizont und leuchtete für sein linkes Auge ein klein wenig heller.

Das von Doktor Russell künstlich gezüchtete Auge war ein klein wenig empfindlicher als sein rechtes. Zusammen mit den großflächigen Verbrennungen an den Händen und im Gesicht und einer Lunge voller Plutoniumstaub war es sein persönliches Andenken an den Kampf gegen einen komplett Wahnsinnigen namens David Kimura und seine Komplizin aus den Reihen der Mannschaft, Avelina da Silva. Der Wahnsinnige hatte eine der kleinen, implosionsgezündeten Atombomben, die der Arche als Antrieb dienten, gezündet. Nur weil ein Querschläger aus Bensons Waffe die Umhüllung der Bombe getroffen und eine Delle in der Ummantelung der Sprengstoffe um den Plutoniumkern hinterlassen hatte, war es nicht zu einer nuklearen Detonation gekommen. Es waren lediglich ein großer Feuerball aus konventionellen Sprengstoffen und eine Wolke verdampften Plutoniums entstanden.

Doch Benson betrachtete seine Verletzungen als angemessenen Preis dafür, dass er die Menschheit gerettet hatte. Doktor Russell hatte seine Verbrennungen und seine Lunge ebenso fachmännisch geheilt wie sein Auge. Nur gelegentlich juckte es unter der Haut seiner linken Wange, wo die Nerven seiner geklonten Hauttransplantate sich nicht vollständig mit den umgebenden verbunden hatten. Eine Erinnerung an den Schaden, den er im Kampf genommen hatte.

Aber in manchen Nächten reichte es ihm. Manche Wunden waren nicht körperlicher Natur.

Er schüttelte den Gedanken ab, als er die Hauptstraße der Stadt betrat. Nicht zum ersten Mal staunte Benson darüber, wie schnell Shambhala gewachsen war. Bald würde man nicht mehr einfach so zu Fuß vom einen Ende der Stadt zum anderen gehen können. Dann würden öffentliche Verkehrsmittel erforderlich werden. Die Politiker stritten bereits über das Was und Wo.
Benson schaute in die Landebucht, in der die Ankerstation des Weltraumaufzugs schwebte. Das dünne Kohlenstoff-Nanoröhrenband erstreckte sich Zehntausende Kilometer hinauf bis zur Arche, die in der Schwerelosigkeit der geosynchronen Umlaufbahn hing, und schimmerte in den tieforangen Farbtönen des Sonnenuntergangs. Bensons geliebtes Zero-Stadion diente wieder seinem ursprünglichen Zweck: als Lande- und Wartungsbucht für Aufzugskabinen sowie als Lager- und Sammelpunkt für all die Menschen, Materialien und Vorräte, die auch weiterhin fast täglich zwischen der Arche und dem Planeten hin- und hertransportiert wurden. Noch zigtausend Kilometer höher befand sich die Pathfinder-Sonde, die jetzt als Gegengewicht für das Aufzugssystem diente.
Die Arche, die der Menschheit in den letzten zweieindrittel Jahrhunderten als Heimat gedient hatte, hatte seit ihrer Ankunft in der Umlaufbahn Gaias tief greifende Veränderungen durchgemacht. Den drei Kilometer langen, gerippten, konischen Meteoritenschild hatte sie unmittelbar vor der Bremsung beim Eintritt ins Tau-Ceti-System abgestoßen. Nur eine Handvoll Helium-3-Tanks prangte noch an der Außenseite des Reaktormoduls, ausreichend, um die Fusionsreaktoren des Schiffs weitere fünfzehn Jahre lang anzutreiben. Nur fünftausend Personen waren zurückgeblieben, um ihre Systeme zu erhalten und sich um die Farmen zu kümmern. Der Vorrat an Atombomben war praktisch erschöpft, und das Schiff würde sich nie wieder bewegen, von den gelegentlichen Zündungen der Stoßraketen zum Erhalt

der Station einmal abgesehen. Die Arche hatte eine Wiedergeburt als Raumstation erlebt.

Diese neue Rolle war genauso wichtig wie ihre ursprüngliche. Der Großteil der Menschheit hatte sich zwar in den vergangenen drei Jahren auf die Oberfläche Gaias hinunterbegeben, doch Shambhalas Energieversorgung war noch von den Fusionsreaktoren des gewaltigen Schiffs abhängig, seine Navigationslaser wurden gebraucht, um die Asteroiden des Tau-Ceti-Systems abzuwehren, und auf seinen verbleibenden Anbauflächen wurde Nahrung produziert.

Als postumes Geschenk an die Menschheit hatte Avelina da Silva – die geniale Genetikerin und Leiterin des Teams, die das Getreide passend zur hiesigen Biosphäre hatte züchten sollen und der es beinahe gelungen wäre, die gesamte Menschheit auszurotten – die ersten Chargen Getreide sabotiert, indem sie in der DNS Zeitbomben verbarg, die die Pflanzen weniger als einen Monat nach der Keimung in schwarzen Matsch verwandelt hatten. Ihre besten Wissenschaftler waren immer noch damit beschäftigt, diese Sauerei aufzuräumen – verflucht sollte da Silva sein.

Benson ließ sich einen Augenblick Zeit, um die Zähigkeit der Menschheit zu bewundern. Trotz des möglicherweise besten Beispiels für Murphys Gesetz seit Erfindung dieses Begriffs hatte sich ihr Stützpunkt auf Gaia innerhalb von drei Jahren von einer Handvoll Zelten und Latrinen rings um die ersten Landungsshuttles zu einer voll funktionalen, wachsenden Stadt mit fünfundzwanzigtausend Einwohnern, Strom, fließendem Wasser, Kanalisation, Datennetzen und einer Entsalzungsanlage verwandelt – und all das, obwohl sie nur einen Monat vor ihrer Ankunft vierzig Prozent ihrer Arbeitskräfte verloren hatten.

Nicht, dass Menschen sämtliche oder auch nur den Großteil der Bauarbeiten erledigt hätten. Den überwiegenden Teil der Arbeit hatte ein Heer von Maschinen bewältigt, das die letzten zweieinhalb Jahrhunderte in den Frachträumen der Arche weggeschlossen gewesen war. Die hohe Geschäftigkeit unterstrich in Bensons Augen jedoch, wie sehr die Menschheit auf dem langen Weg nach Gaia dagesessen und Däumchen gedreht hatte. Jetzt wurde er praktisch Zeuge, wie eine Naturgewalt arbeitete.

Als er die breite Straße entlangging, blieb fast jeder stehen, um ihn mit so etwas wie Verehrung zu grüßen. Benson war an Bord der Arche als Zero-Champion eine Art Promi gewesen, aber das war nichts im Vergleich zu dem Nimbus, Retter der gesamten Menschheit zu sein. Wahrscheinlich würde bald jemand beantragen, irgendeine kitschige Bronzestatue von ihm im Stadtzentrum aufzustellen.

Sein Blick fiel auf ein weggeworfenes Stück Müll. Ein zerknülltes Papier, achtlos am Straßenrand liegen gelassen. Als Benson es aufhob, verspürte er einen alten Schmerz.

Müll. Ein Wort, das die Menschheit seit Jahrhunderten nicht mehr gebraucht hatte. Auf der Arche war nichts weggeworfen worden. Dort hätte er das Überwachungsnetz genutzt, um den Schuldigen aufzuspüren und ihm zehn Stunden gemeinnützige Arbeit aufzubrummen, weil er Konservierungskodex sieben gebrochen hatte.

Aber hier in Shambhala machten sich bereits schlechte Gewohnheiten breit, obwohl das Experiment erst drei Jahre andauerte. Benson warf das Stück Papier kopfschüttelnd in den nächsten Abfalleimer.

Eine Abzweigung weiter stand Benson vor dem Haus, das er gemeinsam mit Theresa bewohnte. Seit beinahe drei Jahren waren sie verheiratet, und sie war die erste Polizeipräsidentin der Stadt. Es war ein altmodisches, aber gemütliches Gebäude, das direkt aus einem Katalog für Wohnungsbau hätte stammen können, hergestellt innerhalb von nur einem Tag mithilfe von Extrusionsmatrizen. Die abgerundeten, roten Dachziegel verliehen ihm ein mediterranes Flair, das aber nicht darüber hinwegtäuschen konnte, dass es sich um eine Standardeinheit handelte. Benson war das ziemlich egal. Theresa wohnte darin, und das machte es zu seinem Zuhause.

Die Tür erkannte sein Plantat und öffnete sich automatisch.

»Esa, ich bin daheim!«

»Küche«, kam ihre Antwort.

Benson hängte seine Jacke und seine Trillerpfeife neben der Eingangstür auf, legte sein Tablet auf die kleine Flurkommode und holte tief Luft, um den Stress und die Enttäuschungen des Tages beim Ausatmen loszuwerden.

»Du riechst wie ein Suspensorium«, rief Theresa aus dem Esszimmer.

»Ich liebe dich auch.«

»Ich dachte, du trainierst die Mannschaft nur und wälzt dich nicht mit den Jungs im Dreck.«

»Ich muss viel rumbrüllen und an der Seitenlinie auf und ab rennen.« Benson starrte einige Sekunden lang an die Decke.

»Was ist?«, fragte Theresa.

»Hmm?«

»Du zählst schon wieder die Deckenplatten. Das ist ziemlich seltsam.«

Benson zog sich einen Stuhl heran und setzte sich erschöpft. »Ich zähle gar nichts, ich … freue mich nur, dass wir eine Decke haben.«

»Wie meinst du das?«

»Weiß nicht. Es fühlt sich einfach sicherer an. Ich schätze, ich komme mit dem Himmel immer noch nicht richtig klar. Manchmal ertappe ich mich dabei, wie ich eine Wolke oder so was beobachte und das Gefühl habe, dass mich nichts daran hindert, einfach von diesem Planeten zu fallen.«

»Außer der Schwerkraft«, neckte Theresa. »Du weißt schon, eine der vier Grundkräfte der Physik.«
»Jaja.«
»Mmm«, schnurrte Theresa. »Ich liebe den Himmel hier, besonders nachts. Die Sterne geben mir immer das Gefühl, ich könnte die Arme ewig weit ausbreiten.«
»Selbst wenn du das könntest, würdest du nichts finden, woran du dich festhalten kannst, und das ist das Problem. Ich habe vor ein paar Jahren mehr als genug Zeit draußen bei den Sternen verbracht, vielen Dank. Ohne meine Sicherheitsleine würde ich immer noch zwischen ihnen herumschweben.«
Theresa umarmte ihn flüchtig von hinten. »Keine Sorge, so leicht lasse ich dich nicht von mir wegschweben.« Sie gab ihm einen Schmatz auf den Kopf und tat dann, als müsse sie ausspucken. »Mein Gott, du bist auch so verschwitzt wie ein Suspensorium. Du gehst jetzt erst mal duschen.«
»Nach dem Abendessen. Ich bin am Verhungern. Apropos Abendessen, was hat Jack denn heute über die Bohnenranke heruntergeschickt?«
Theresa hob einen Finger und verschwand in der kleinen Küche. Zurück kam sie mit einer dampfenden Platte voller …
»Algen- und Pilzauflauf.«
»Schon wieder?«
»He, ich habe den ganzen Tag in der Küche geschuftet …«
»Um den Auflauf in der Mikrowelle warm zu machen. Die Tür hat mir verraten, dass du auch erst seit zehn Minuten zu Hause bist.«
Theresa hob die Hände. »Na schön, schuldig, aber ich habe ja auch keine große Wahl, was den Speiseplan angeht. Es würde dich im Übrigen nicht umbringen, auch ab und zu das Essen zu machen.«
»Du weißt, dass ich die Jungs trainieren musste.«
Theresa setzte sich und nahm sich vom Auflauf. »Oh ja, das Werk

unseres Direktors für Erholung und Leibesertüchtigung ist niemals ganz getan. Wer könnte ihm da einen Vorwurf aus der Vernachlässigung seiner häuslichen Pflichten machen?«

»Hast du gesehen, was da für Leute aus dem Aufzug steigen? Viele von ihnen können kaum etwas heben, das schwerer ist als das, was sie auf der Gabel oder zwischen den Essstäbchen haben. Von körperlicher Arbeit wie zum Beispiel dem Aufbau einer Kolonie braucht man bei denen gar nicht anzufangen. Man hätte mir diese Aufgabe schon vor Jahren übertragen sollen.«

Theresa zuckte die Achseln und legte ihm Auflauf auf den Teller. »Nun, angesichts der Tatsache, dass ich dann schon vor Jahren Polizeichefin geworden wäre, werde ich dir da kaum widersprechen. Können wir jetzt essen?«

Benson nahm die Gabel. »Da werde ich dir kaum widersprechen.«

Er hatte gerade den ersten Bissen im Mund, als er einen Plantatanruf bekam.

<Mr Benson. Mein Name ist …>

»Ich weiß, wer Sie sind, Merick. Ich bekomme Ihren Namen am Rand meines Sichtfeldes angezeigt, erinnern Sie sich?«, sagte Benson sowohl laut als auch in sein Plantatinterface. »Ich weiß allerdings nicht, warum hier unten niemand erst mal anklingelt. Ich habe mich gerade zum Abendessen hingesetzt.«

<Tut mir leid, Sir, aber ich …>

Benson erhob sich. »Schalten Sie sich wenigstens auf den Bildschirm im Wohnzimmer.«

<Dies ist ein vertrauliches Gespräch.>

»Hier ist niemand außer mir und der Polizeichefin. Gehen Sie jetzt bitte raus aus meinem Kopf.«

Die Verbindung wurde getrennt, dann folgte ein leises Klingeln, und an der gegenüberliegenden Wand leuchtete das Icon für einen eingehenden Anruf auf. Benson nahm ihn an.

»Ah, stellvertretender Verwaltungsleiter Merick. Wie läuft's im Wabenbau?«, fragte er. Seine Stimme troff vor falscher Freundlichkeit.
»Wir haben, vorsichtig gesagt, alle Hände voll zu tun. Tut mir leid, dass ich störe, Mr Benson, aber Verwaltungsleiter Valmassoi hat eine außerordentliche Ratssitzung einberufen.«
»Ah, dann reden Sie mit dem falschen Benson. Esa, Telefon für dich.«
»Nein, man hat mich gebeten, Sie persönlich zu kontaktieren. Sie sollen an dem Treffen teilnehmen.«
Theresa kam mit zwei Bier ins Wohnzimmer. »Was ist los, Bryan?«
»Offenbar Geheimagentenkram.«
»Cool. Ich hole meinen Trenchcoat.«
»Tut mir leid.« Merick versuchte vergeblich, sich seine Nervosität nicht anmerken zu lassen. »Aber die Anwesenheit der Polizeichefin ist in diesem Fall nicht erforderlich.«
»Moment mal.« Benson nahm das Bier, das Theresa ihm hinhielt, und nippte daran. Es war kühl und nicht so ranzig wie die Lieferung aus dem Vormonat. Der Brauer schien endlich zu wissen, was er tat. »Ah, das schmeckt gut. Also, für was für eine ›außerordentliche Ratssitzung‹ braucht man den Sportdirektor, aber nicht die Polizeichefin?«
Theresa legte Benson die Hand auf die Schulter. »Hast du vergessen, das Pfand für unsere Ausrüstungsausleihe zu bezahlen?«
»Ich hätte schwören können …«
»Mr und Mrs Benson, wenn Sie dann fertig sind – dies ist eine ernste Angelegenheit, die Mr Bensons sofortige Anwesenheit erfordert. Die Besprechung beginnt in zehn Minuten, sobald Captain Mahama von der Arche so weit ist.«
Das erregte Bensons Aufmerksamkeit. »Mahama kommt extra hier runter?«

»Nein, aber sie nimmt per Holoverbindung an der Besprechung teil. Verwaltungsleiter Valmassoi wäre Ihnen überaus dankbar, wenn Sie sich in der Verwaltungszentrale mit ihm und dem Rest des Rates treffen könnten.«
»Können wir noch zu Ende essen?«
»Wenn Sie unterwegs essen können? Merick Ende.« Er unterbrach die Verbindung.
»Ich hoffe, die haben einen guten Grund, so einen Aufstand zu machen.« Benson trank den Rest des Biers im Stehen aus. »Ich bin immer noch am Verhungern.«
Theresa nahm ihre Jacke vom Haken in der Diele. »Das kann man warm machen.«
»Ja, weil man Algen so toll aufwärmen kann.«

KAPITEL 3

Theresa verschränkte die Arme eng vor der Brust, denn die klare Nachtluft war kalt. Durch die geringe Wolkendecke fiel die Temperatur nach Sonnenuntergang schnell.

Die Verwaltungszentrale lag in der Innenstadt, nur einen kurzen Fußmarsch von ihrem Doppelhaus in Shambhalas Vorstadt entfernt. Knapp einen Häuserblock von ihrem Haus entfernt kamen sie am neuen Museum vorbei. Die Kuratorin, Devorah Feynman, war zwar inzwischen offiziell im Rentenalter, machte aber keinerlei Anstalten, einen Gang zurückzuschalten, und ließ nicht die geringste Bereitschaft erkennen, den Transport ihrer Exponate aus der Arche an die Oberfläche jemand anderem anzuvertrauen. Nicht einmal die Mannschaft wagte es, ihr gegenüber die Möglichkeit des Ruhestandes anzusprechen. Das Risiko war zu hoch.

Theresa lächelte beim Gedanken an die winzige Tyrannin, die nicht nur ihre Untergebenen, sondern auch ihre Vorgesetzten rücksichtslos zur Schnecke machte. Nur wenige Personen in der Geschichte der Menschheit hatten die Rolle, die das Leben ihnen zugedacht hatte, so perfekt ausgefüllt.

»Hast du eine Ahnung, was Valmassoi über die Leber gelaufen sein könnte?«, fragte Theresa leise, als sie sich den Stufen der Verwaltungszentrale näherten.

»Allgemein oder im Hinblick auf dieses spezielle Treffen?«

»Ich meine die außerordentliche Sitzung mitten in der Nacht, zu der der Footballtrainer geladen wird. Ist es nicht ein bisschen früh für einen Dopingskandal? Ihr habt noch nicht einmal das erste Spiel hinter euch.«

»Ehrlich gesagt finde ich, meinen Linemen täte ein bisschen Doping ganz gut.«

Theresa antwortete mit einem Rippenstoß. »Mal im Ernst.«

»Ich weiß es nicht, Esa.« Er blieb stehen und nickte den beiden Wachleuten zu, die sie beide ohne die sonst übliche Durchsuchung durchwinkten. »Aber wir werden es gleich herausfinden.«

Die innere Rotunde der Verwaltungszentrale krönte eine sechsseitige Kuppel. Die Bodenfliesen bestanden aus einheimischem Marmor, abgebaut in einem Steinbruch etwa fünf Kilometer den Neuen Amazonas hoch, der sich in die Landungsbucht ergoss. Die Fliesen waren sechseckig, genau wie viele der Räume rings um die Rotunde. Offiziell hieß die Verwaltungszentrale Westminster-Gebäude, im Volksmund aber hatte sich rasch die Bezeichnung Wabenbau etabliert.

Theresa und Benson erreichten den Kabinettsaal, in dem der stellvertretende Verwaltungsleiter Merick sie erwartete.

»Ich dachte, wir seien uns einig, dass die Polizeichefin an diesem Treffen nicht teilnehmen muss«, sagte er nervös, als sie sich der Tür näherten.

»Sie waren dieser Auffassung, ja.« Theresa hielt nicht viel vom Schoßhündchen des Vorsitzenden und hatte entsprechend wenig Geduld mit ihm.

»Tut mir leid, aber ich muss darauf bestehen, dass …«

Ihr Gatte, der ewige Friedensstifter, legte dem kleineren Mann einen Arm um die Schultern. »Kommen Sie schon, Merick. Sie ist die Polizeichefin und meine Frau.« Er deutete auf die Tür. »Alles, was ich da drin höre, ist in ein paar Stunden ohnehin Bettgeflüster. So muss sie es wenigstens nicht aus zweiter Hand erfahren.«

Theresa zuckte die Achseln. »Da hat er recht.«

Merick gab sich geschlagen, öffnete mit einem theatralischen Seufzen die Tür und kündigte ihr Eintreffen den im Ratssaal Versammelten an. Verwaltungsleiter Valmassoi saß am Kopfende des sechseckigen Tischs mit den zwölf Stühlen, flankiert von den anderen Ratsmitgliedern, die zugleich die Ministerien für Finanzen, Gesundheit, Landwirtschaft, Arbeit und Bauwesen innehatten. Wenn Theresa das richtig sah, waren der Kultus- und der Innenminister entweder noch nicht eingetroffen oder nicht eingeladen.

Theresa stellte sich neben den Tisch und sah Chao Feng in die Augen, dem früheren Ersten Offizier Chao Feng. Gewisse Unregelmäßigkeiten hatten dazu geführt, dass er kurz nach dem Eintreffen der Arche auf Gaia diesen Titel verloren hatte. Hauptgrund war sein hemdsärmeliger Versuch gewesen, sich vom Verdacht in einer Morduntersuchung reinzuwaschen, indem er seine Liebesbeziehung zum Opfer verschleiert hatte, woraufhin Theresas Mann eine sinnlose Mördersuche startete, während der Plan des wahren Täters, die gesamte menschliche Rasse auszurotten, beinahe aufgegangen wäre. Am Ende war es ihm nur gelungen, vierzig Prozent davon auszulöschen.

Trotz seines kurzsichtigen, selbstsüchtigen Verhaltens war Feng viel zu fähig und zu gut vernetzt, um ganz von der Bildfläche zu verschwinden. Er hatte die Rolle des Koordinators und Verbindungsoffiziers übernommen, zwischen der Zivilregierung der Kolonie und der Mannschaft, die noch immer hoch über ihnen auf der Arche diente.

Feng nickte ihr zu. Theresa nickte zurück. Ihrem Mann hingegen sah er nicht in die Augen. Es lastete noch immer eine Menge Ballast auf dieser Beziehung. Genug, um ein Shuttle zu überlasten.

»Ah, Detective Benson«, sagte Verwaltungsleiter Valmassoi, »und unsere Polizeichefin …«

»Haben Sie damit ein Problem, Verwaltungsleiter?«, fragte Theresa honigsüß.

»Nein, natürlich nicht. Ich hatte Sie nur nicht bei diesem Treffen erwartet.«

»Ich auch nicht«, sagte Merick von der Tür her.
Theresa wollte ihn gerade anschnauzen, da gebot ihm Valmassoi mit einer knappen Geste zu schweigen. »Schon gut, Preston. Es wird uns eine Ehre sein, die Ansichten unserer obersten Verbrechensbekämpferin in unsere Überlegungen mit einzubeziehen. Das wäre alles.«
Merick verneigte sich. »Ich bin direkt vor der Tür, wenn Sie etwas brauchen.« Klickend schloss sich die Tür hinter ihm.
»Na dann.« Valmassoi wies auf zwei freie Stühle. »Detective, Polizeichefin, bitte nehmen Sie Platz.«
»Danke«, sagte Benson und setzte sich. »Aber eigentlich lautet die Anrede Trainer oder, wenn Sie es ganz formell wollen, Direktor für Leibesertüchtigung und Erholung. Meine Frau ist jetzt die Ermittlerin.« Benson nahm Theresas Hand und drückte sie.
»Natürlich haben Sie recht, Trainer. Ihr Ruf eilt Ihnen voraus.«
»Worum geht es hier?«, fragte Theresa.
Valmassoi hob eine Hand. »Wir fangen gleich an. Wir warten noch auf einen Gast.« Kaum dass er das gesagt hatte, erschien ein flackerndes, durchscheinendes Bild Captain Mahamas im Sitz neben dem Verwaltungsleiter. Ihr dunkler Teint bildete einen starken Kontrast zum matten Grau und Braun ihrer Offiziersuniform. Selbst über Tausende Kilometer hinweg und obwohl sie aussah wie ein Geist, wirkte die Frau mühelos Achtung gebietend.
»Kriegen wir das schärfer hin?«, fragte Valmassoi und beugte sich nach hinten zu einem in den Schatten verborgenen Holotechniker.
»Tut mir leid, Sir, wir haben eine Partikel-Interferenz mit dem Komm-Laser in großer Höhe. Wahrscheinlich von dem Flächenbrand auf der anderen Seite des Kontinents.«
Valmassoi nickte knapp. »Hören Sie mich, Captain?«

Nach einer fast unmerklichen Pause wandte sich Mahamas geisterhaftes Abbild grob in die Richtung, wo der Verwaltungsleiter saß. »Sehr gut. Wie sehe ich aus?«
»Wie frisch aus der Geisterbahn«, sagte Valmassoi.
Mahama grinste. »Ich fürchte, ich habe meine Ketten zum Rasseln vergessen. Ist die Verbindung auf Ihrer Seite sicher?«
»Ja.«
»Gut, sind alle da?«
Valmassoi nickte in Theresas Richtung. »Wir haben sogar unerwartete Gäste.«
Mahamas Hologramm schaute in die angegebene Richtung und lächelte. »Ah, tut mir leid, dass wir vergessen haben, Sie auf die Liste zu setzen, Polizeichefin Benson. Ich versichere Ihnen, das war ein Versehen.«
»Danke, Captain.« Theresa wusste die höflichen Worte zu schätzen, auch wenn sie deren Wahrheitsgehalt bezweifelte.
»Also gut.« Mahama faltete die Hände und ließ theatralisch die Knöchel knacken. »Es ist absolut wichtig, dass alle Anwesenden begreifen, dass die folgende Besprechung äußerster Diskretion bedarf. Alles, was hier gesprochen wird, bleibt bis auf Weiteres in diesem Raum.«
Benson rutschte auf dem Stuhl herum. »Ich dachte, das mit der Geheimniskrämerei hätten wir hinter uns. Sir.«
Mahama sah ihn direkt an. »Ich freue mich auch, Sie zu sehen, Detective.«
»Warum nennen mich alle ständig so?«
»Entschuldigung, Mr Benson. Alte Gewohnheit. Ich verlange nicht von jedem einen Geheimhaltungseid. Aber ich bitte um ein gewisses Maß an … Diskretion, bis wir entschieden haben, wie wir am besten auf die Ereignisse des heutigen Tages reagieren.«
»Was sind das für Ereignisse, Captain?« Die Frage stellte ein weiteres vertrautes Gesicht: Doktor Russell, die seit dem vergange-

nen Jahr Gesundheitsministerin war. Sie hatte Bryans schwere Verbrennungen behandelt, ebenso die anderen Verletzungen, die er sich bei der Konfrontation mit Kimura drei Jahre zuvor zugezogen hatte. Vor allem ihre plastischen OPs waren hervorragende Arbeit. Nur wenige Menschen kannten Bryans Gesicht gut genug, um die kleinen Narben von der Hauttransplantation zu bemerken. Theresa fielen sie natürlich auf, doch das ließ sie ihn nie merken. Wenn überhaupt, ließ die neue Haut sein Gesicht ein paar Jahre jünger erscheinen. Das fand sie nicht schlimm.

»Dazu wollte ich gerade kommen. Verwaltungsleiter, das Video, bitte.«

Valmassoi bedeutete dem Holotechniker, das Video abzuspielen, indem er den Zeigefinger kreisen ließ. Einen Augenblick später verdunkelte sich der Raum, während an einer Wand ein Anblick sichtbar wurde, den alle Anwesenden, ja alle Einwohner der Stadt in den zurückliegenden drei Jahren schon stundenlang beobachtet hatten.

Es war eine Videoaufzeichnung vom Kontinent Atlantis, aus dem Tempel, den die Eingeborenen rund um den ersten von ihnen entdeckten Rover der Pathfinder errichtet hatten. Der Antrieb des Rovers bestand aus einem thermoelektrischen Radioisotopengenerator mit einer in Jahrzehnten bemessenen Halbwertszeit, weshalb er auch drei Jahre nach seiner Kaperung noch Energie hatte.

Abgesehen von ein paar wissenschaftlichen Instrumenten, die ausgefallen oder der Neugier der Eingeborenen zum Opfer gefallen waren, war er noch immer voll funktionsfähig und hatte während der ganzen Zeit Informationen über ihre neuen Nachbarn gesammelt. Man wusste aufgrund dieses glücklichen Zufalls schon viel über ihre Physiologie, Kultur und Sprache.

Es sah aus, als würden sie Zeuge einer der vielen Opferzeremonien der Atlanter, bei denen die Dorfältesten versuchten, mithilfe von Wurzelknollen-, Pilz-, Saatgut- und gelegentlichen Tieropfern die Gunst des Rovers zu erlangen. Der Rover zeigte seine Dankbarkeit, indem er Messungen vornahm, Proben sammelte und analysierte und einige Arten gar sezierte, gesteuert durch einen quirligen Exobiologen in einem Labor an Bord der Arche. Sie konnten nur ahnen, was die Eingeborenen von seinem seltsamen Betragen hielten.

Theresa schaute aufmerksam zu, wie der Binokularkameramast des Rovers über die Ansammlung von Aliens schwenkte, deren Haut im Einklang mit den gespenstisch schönen Melodien ihrer Gebetslieder in rhythmischen Mustern leuchtete. Die Szene war vollkommen fremdartig, aber faszinierend schön. Ihr fiel die schiere Anzahl der versammelten Personen auf. Dreihundert von ihnen mussten sich in den runden Raum gedrängt haben, weit mehr als sonst. Die Teilnahme an diesen Zeremonien hatte im Laufe der Jahre nachgelassen, es hatte sich ein Muster mit Höhepunkten entwickelt, wie Weihnachten und Ostern bei den Katholiken, während das restliche Jahr über ziemliche Flaute herrschte. Aber der heutige Tag war kein typischer Feiertag der Atlanter.

Etwas musste geschehen sein, dass so viele Gläubige den Weg zur Religion gefunden hatten. Erst dann sah Theresa den Zeit- und Datumsstempel in der rechten unteren Bildecke.

»Das ist keine Liveübertragung?«, fragte sie.

»Nein«, antwortete Mahama. »Das haben wir heute Morgen aufgezeichnet, unmittelbar nach Mitternacht Ortszeit.«

»Zweifellos eine große Besuchermenge. Aber was genau sehen wir uns gerade an?«, fragte Benson.

»Die Antwort kriegen Sie ungefähr … jetzt.«

Die Menge am Tempeleingang verfiel plötzlich in hektische Aktivität. Die Eingeborenen wichen nach links und rechts aus und ließen zwei Gestalten in die Mitte des Raums treten. Die Kameras des Rovers brauchten einen Augenblick, um auf die beiden dunklen Gesichter scharf zu stellen, aber sobald die Auflösung stimmte …

»Mei Nakama«, hauchte Theresa, während der Rest des Raums in Geschrei ausbrach.

»Ruhe«, sagte Valmassoi streng. »Bitte beruhigen Sie sich.«

»Es hieß doch, sie sei tot!« Das kam von Gregory Alexander, dem Erben einer sehr langen Linie von Bonzen, die bis zum Bau der Arche zurückreichte. Sein Familienname zierte noch immer das höchste Wohngebäude im Avalon-Modul, und ihm gehörte die einzige private Baufirma in der Stadt. Seit der Landung waren sein Wohlstand und sein Dünkel ungefähr gleich schnell gewachsen.

Jeder hatte ein Anrecht auf eine Wohnung. Aber wenn man Geld hatte und mehr wollte als herkömmliche Standardarchitektur, wendete man sich an Alexander-Bau. Obgleich er beträchtliche Macht und nicht wenig Einfluss besaß, war er kein Ratsmitglied, selbst wenn das Gerücht ging, mehrere Räte stünden aufgrund überaus großzügiger Upgrades, die er beim Bau ihrer Häuser kostenlos und mit einem augenzwinkernden Nicken vorgenommen hatte, tief in seiner Schuld. Theresa fand seine Teilnahme an einem »geheimen« Treffen beunruhigend, ließ sich aber nichts anmerken.

»Da haben wir uns offenbar geirrt, Mr Alexander«, sagte Valmassoi. »Ich darf Sie daran erinnern, dass wir Sie als Höflichkeitsgeste zu diesem Treffen eingeladen haben, also beherrschen Sie sich bitte.«

Alexander funkelte ihn an, verstummte aber für den Moment. Theresa lehnte sich grinsend zurück.

Die Prozesse gegen David Kimuras Mitverschwörer hatten die Reihen der Ungebundenen deutlich ausgedünnt. Sie waren auf eigene Faust aufgebrochen und hatten ein kleines Fischerdorf zwanzig Kilometer nördlich von Shambhala gegründet. Nahe genug, um, wenn nötig, Handel mit dem Rest der Menschheit zu treiben, aber weit genug weg, um ihre Privatsphäre und eine Unabhängigkeit zu erhalten, die schon Markenzeichen ihrer einsiedlerischen Gemeinschaft gewesen waren, während sie eine kümmerliche Existenz in der Verborgenheit der Kellergeschosse der Arche geführt hatten.

Ein plötzlicher, heftiger Wirbelsturm hatte ein Jahr zuvor ihr Dorf dem Erdboden gleichgemacht und die Leichen ins Meer gespült. Zumindest hatte man das alle glauben gemacht.

»Nun.« Benson verschränkte die Arme hinter dem Kopf. »Das erklärt, warum wir ihre Leichen nie gefunden haben. Es gab keine.«

»Wie zum Teufel sind sie übers Meer gekommen?«, bellte Alexander.

»Ist das nicht offensichtlich?«, fragte Theresa. »Sie haben zwei Jahre lang als Fischer gelebt.«

»Wollen Sie damit sagen, sie sind mitten in der Wirbelsturmsaison in Fischerkanus mehrere Tausend Kilometer übers offene Meer gefahren? Das ist lächerlich!«

»Entweder das oder Brustschwimmen«, entgegnete Theresa.

»Tatsächlich ist beides nicht zutreffend.« Benson umkringelte etwas auf seinem Tablet. »Können Sie mein Pad bitte auf den Schirm übertragen?«

Der Techniker in der Ecke sah zu Valmassoi hinüber, der zustimmend nickte. Der Mann betätigte zwei Tasten, und ein Satellitenbild erschien: Es zeigte das Dorf der Ungebundenen am Tag vor dem Wirbelsturm. Eines der Gebäude am Strand umgab ein großer, roter Kreis.

»Sehen Sie alle diese ›Scheune‹ direkt am Strand? Sieht die für noch jemanden außer mir verdächtig wie ein umgekehrt dalie-

gendes Schiff aus?« Er vergrößerte das Bild, sodass man zwei große, dreieckige Zelte genauer sah. »Wenn mich nicht alles täuscht, sind das Segel.«
»Was wollen Sie damit andeuten, Detecti… Mr Benson?«, fragte Mahamas Abbild.
»Ganz einfach. Die Ungebundenen haben das alles von langer Hand geplant. Sie haben direkt vor unserer Nase ein seetaugliches Schiff gebaut und sind dann im Schutz des Wirbelsturms ausgerückt.«
»Undenkbar.« Valmassoi schüttelte protestierend den Kopf. »Das hätten wir bemerkt. Um Himmels willen, unsere Satelliten im Orbit haben eine zentimetergenaue Auflösung!«
»Nicht unbedingt«, widersprach Theresa. »Wir haben nicht einmal annähernd eine Echtzeitbeobachtung der Oberfläche. Wir hatten von Anfang an nur die achtzehn Plattformen, die Pathfinder bei der Ankunft im Orbit ausgesetzt hat, minus der vier, die wir inzwischen aufgrund von Funktionsstörungen verloren haben. Wir müssen die Überwachungsziele priorisieren, und das offene Meer steht nicht gerade weit oben auf unserer Liste. Klar, einer unserer Vögel kann erkennen, ob Sie ein Tablet in der Hand haben. Aber wir müssen wissen, wo wir ihn hinschauen lassen sollen.«
Alexander höhnte: »Wollen Sie damit sagen, dass ein Haufen technisch schlecht ausgerüsteter Fischer der Arche und ihrer illustren Mannschaft durch die Lappen gegangen sind?«
Bei diesen Worten konnte Theresas Mann ein Lachen nicht unterdrücken.
»Amüsiert Sie irgendetwas, Direktor Benson?«, fragte Mahama höflich.
»Ja, Sie. Sie alle. Die Ungebundenen haben sich ihr ganzes Leben lang in einer sechzehn Kilometer langen Röhre mit einer Million Kameras darin versteckt. Verdammt, sie haben dreißig Jahre lang

eine beschissene Farm betrieben, ohne dass es einer von uns gemerkt hat. Sie kennen unsere Systeme, unsere Protokolle. Sie sind der Mannschaft jahrzehntelang aus dem Weg gegangen. Glauben Sie wirklich, wir könnten sie hier unten im Auge behalten, wo sie sich auf einem ganzen Planeten verstecken können?« Er schnaubte. »Träumen Sie weiter.«

»Aber wie haben sie über Tausende von Kilometern übers offene Meer genau den Standort des Rovers angesteuert?«, fragte Mahama. »Das ist eine echte Leistung.«

»Das lässt sich am leichtesten erklären«, sagte Benson. »Wenn man die Koordinaten des Rovers kennt, nimmt man ein Tablet und verändert die GPS-Software so, dass sie nur empfängt. Dann ist man passiv, und wir haben nichts mehr in der Hand.«

»Sie denken wie ein Krimineller, Mr Benson«, sagte Mahama.

»Danke.«

»Wie viel Vorsprung haben sie?«, erkundigte sich Theresa.

»Wie meinen Sie das?«, fragte Mahama.

»Wann sind sie gelandet? Wann hat der Erstkontakt stattgefunden, und wie lange sind sie schon vor Ort und reden mit den Atlantern?«

Mahama zuckte die Achseln. »Das wissen wir nicht. Wir wissen nur, dass sie gestern das erste Mal den Tempel betreten haben.«

»Wieso wissen wir das nicht?«, fragte Alexander verärgert.

»Regen Sie sich nicht so auf, Greg«, sagte Benson. »Sie sehen aus, als bräuchten Sie mehr frische Luft. Warum probieren Sie nicht mal unsere Footballliga aus? Ich bin sicher, wir könnten einen Center von Ihrer … Statur brauchen.«

»Nur über meine Leiche.«

»Das ist genau die richtige Einstellung für einen Center.«

»Sind Sie dann so weit, meine Herren?«, fragte Mahama tadelnd. »Um Ihre Frage zu beantworten, Mr Alexander, wir gehen gerade auf der Suche nach Hinweisen, die wir möglicherweise übersehen haben, die gespeicherten Archivbilder und -daten durch.«

»Na ja, suchen Sie nach dem verdammten Schiff am Ufer. Das sollte Ihnen weiterhelfen.«

Benson trommelte auf den Tisch. »Wenn sie klug waren, sind sie mitten in der Nacht gelandet und haben das Schiff vor Tagesanbruch versenkt. Dann hätten die Satelliten zu keinem Zeitpunkt Gelegenheit gehabt, sie aufzunehmen.«

»Das hat verdammt viel Planung erfordert«, setzte Valmassoi hinzu.

»Überrascht Sie das?« Benson drehte sich auf seinem Stuhl zu ihm um. »Diese Leute sind die absoluten Überlebenskünstler. Vielleicht sollten wir aufhören, sie zu unterschätzen.«

»Wir können also nicht herausfinden, wie groß ihr Vorsprung ist?«, fragte Valmassoi.

»Möglicherweise nicht. Nun ja, andererseits …« Theresa wischte ein paar Mal über das Tablet, und man sah wieder das Bild des alten Dorfs mit dem Kreis um das angebliche Boot. »Wenn sie wirklich dieses Boot benutzt haben, und da bin ich mir fast sicher, dann ist es – wie lang? Vielleicht zwanzig oder fünfundzwanzig Meter? Bei der letzten Volkszählung gab es sechsunddreißig Ungebundene, darunter vier Kinder, die seit der Landung geboren wurden. Wenn sie noch Vorräte mitgenommen haben, war das ganz schön eng. Trinkwasser war kein Problem, wenn sie ihre Solar-Entsalzungsmaschine mitgenommen haben, aber Nahrungsmittel dürften ein Thema gewesen sein.«

»Aber wir reden von Fischern auf dem Meer«, bemerkte Mahama.

»Ja, das stimmt«, warf Benson ein. »Doch sie sind schon vor dem Sturm nur mit Mühe und Not klargekommen, und da haben sie Gezeitenfallen und mehrere Boote mit Netzen eingesetzt. Nichts davon funktioniert auf dem Ozean, wenn man irgendwohin will – weil die Schleppnetze einen bremsen und die Reisezeit verlängern. Sie hätten angeln können, aber damit fängt man nicht mal annähernd die gleiche Menge, vor allem nicht außerhalb der fischreicheren Küstengewässer. Deshalb sage ich: Ja, sie haben möglicherweise ein gewisses Maß an zusätzlicher Nahrung fangen können, aber den Großteil ihrer Verpflegung mussten sie von Anfang an bei sich an Bord haben. Damit können sie höchstens, ich weiß nicht, ein paar Monate auf hoher See verbracht haben. Vielleicht drei?«

»Sie scheinen wirklich viel über Fischerei zu wissen«, spottete Doktor Russell.

»Er schaut gerne Naturdokus«, sagte Theresa, »und macht mich damit ganz wahnsinnig.«

Das Dorf auf dem Bildschirm schrumpfte zu Stecknadelkopfgröße zusammen, dann schoss es nach rechts, als Mahama die Kontrolle übernahm und den Bildausschnitt vergrößerte, bis ein zweidimensionales Bild des gesamten Planeten zu sehen war.

»Auf dem Weg gibt es ein paar Archipele, wo sie haltgemacht haben könnten, um ihre Vorräte aufzufrischen.«

»Möglich«, setzte Benson hinzu. »Aber ich glaube, wir suchen im Augenblick nach der kürzesten Überfahrtsdauer, die für uns am unerfreulichsten wäre, richtig?«

Mahama nickte.

»Gut, wie schnell segelt ein Schiff im Durchschnitt?«

Theresa zog eine Datenbank in ihrem Plantat zurate. »Sagen wir, fünf Knoten.«

»Was zum Teufel ist in diesem Zusammenhang ein ›Knoten‹?«

»Richtig, entschuldige, etwa neun Stundenkilometer.«

»Danke, ist das ein Standardwert von der Erde?«

»Ganz grob, mit jeder Menge Variablen, ja.«

»Na schön, die durchschnittliche Windgeschwindigkeit hier ist

etwas höher, also sagen wir, zwölf Stundenkilometer, knapp dreihundert Kilometer pro Tag unter idealen Bedingungen.«
»Moment«, schaltete sich Valmassoi ein. »Wollen Sie damit sagen, die haben die Überfahrt in zwei Wochen geschafft?«
»Nein, ich sage, es wäre möglich gewesen, wenn alles perfekt lief. Was üblicherweise nicht der Fall ist, wie Sie wissen.«
»Aber dann sind sie trotzdem schon seit mehr als einem hiesigen Jahr vor Ort!«, sagte Alexander.
»Seit mehr als einem Jahr«, korrigierte Mahama. »Erdenjahre haben keine Bedeutung mehr.«
»Na schön, seit mehr als einem Jahr. Das ist trotzdem genügend Zeit, um die Sprache zu lernen und alles Mögliche zu besprechen. Wir könnten hier ein echtes Problem haben.«
»Deshalb habe ich dieses Treffen einberufen.« Mahama versuchte, wieder die Kontrolle über das Gespräch zu erlangen. »Die Frage ist, wie wir damit umgehen, dass sie vor uns den Erstkontakt mit den Atlantern vollzogen haben.«
»Ja«, sagte Valmassoi. »Wer weiß, was sie den Eingeborenen alles erzählt haben? Wenn wir Pech haben, haben sie ihnen beigebracht, eine Invasionsflotte zu bauen, um hier herüberzusegeln und uns alle auszulöschen.«
»Das kann nicht passieren«, warf Alexander ein. »Die Navigationslaser der Arche würden jedes Schiff zu Asche verbrennen, das sich Shambhala auf tausend Kilometer annähert.«
Theresa rollte die Augen, aber Feng war der Erste, der das unnötige Säbelrasseln unterband. »Zunächst mal ist die vorherrschende Windrichtung von Osten nach Westen. Sie müssten Gaia umsegeln und dann den ganzen Kontinent zu Fuß überqueren. Zweitens gehe ich davon aus, dass Captain Mahama eine Lösung bevorzugen würde, die keinen Völkermord an den Leuten beinhaltet, mit denen wir diese Welt teilen möchten.«
»Das ist nur allzu wahr«, sagte Captain Mahama. »Unsere Auf-

gabe besteht jetzt praktisch in PR zur Schadensbegrenzung. Die Ungebundenen haben uns möglicherweise in Zugzwang gebracht.«

»Wir hätten sie alle aus der nächsten Luftschleuse werfen sollen«, murmelte Alexander, aber Mahama ignorierte ihn und fuhr fort:

»Wir müssen entweder die Fehlinformationen, die sie bei den Atlantern über unsere Anwesenheit und unsere Absichten gestreut haben, korrigieren oder den Beweis für ihre Unrichtigkeit liefern.«

»Wie wollen Sie das machen?«, fragte Valmassoi.

»Wir straffen unseren Zeitplan und schicken ein Diplomatenteam aus, um uns den Atlantern vorzustellen.«

»Wann?«

»Letztes Jahr wäre toll«, sagte Theresa schnippisch.

»Böse«, entgegnete Feng, »aber durchaus zutreffend. Vielleicht haben wir Glück, und sie haben ein paar Monate auf einer besonders schönen tropischen Insel haltgemacht und sind erst vor zwei Tagen dort eingetroffen, oder vielleicht sind sie zwar schon ein Jahr dort, aber erst jetzt zum ersten Mal in die Kirche gegangen. Jedenfalls müssen wir sofort Leute hinschicken.«

»Wir sind nicht einmal annähernd bereit«, widersprach Valmassoi. »Wir haben den Erstkontakt hinausgezögert, weil wir die ganze Zeit auf ein gutes Übersetzungsprogramm gewartet haben. Unsere Sprachforscher haben gerade erst die Grundbegriffe der Sprache der Eingeborenen erfasst.«

»Weil die Linguisten und Übersetzungsalgorithmen nur mit den Bild- und Tondokumenten des gekaperten Rovers arbeiten«, sagte Mahama. »Dabei handelt es sich in vielen Fällen um endlos wiederholte Gebetszeremonien, nicht um Dialoge. Nein, der beste Weg dafür ist, sich mitten ins Getümmel zu stürzen. Das hätten wir schon früher tun sollen.«

»Am Montagmorgen ist jeder ein guter Quarterback«, bemerkte Benson.
Mahama sah ihn fragend an. »Ich fürchte, diese Anspielung habe ich nicht verstanden.«
»Tut mir leid. Ich meine damit, im Nachhinein ist man immer schlauer.«
»Vielleicht. Jedenfalls müssen wir so schnell wie möglich wieder Herr der Lage werden, ehe die Atlanter Geschichten über Eroberer, Decken mit Pockenerregern und Sklavenschiffe hören.«
Benson schüttelte den Kopf. »So weit wird es nicht kommen.«
»Was macht Sie da so sicher?«, blaffte Valmassoi. »Warum sonst hätten sie ihren Tod vortäuschen und direkt zu den Eingeborenen rennen sollen?«
»Ich weiß nicht, um Ihr Joch abzustreifen? Es sind Menschen, vielleicht sind sie ja neugierig. Vielleicht wollten sie den Planeten erkunden und neue Dinge entdecken, ihren Horizont erweitern, statt eine Festung gegen ein Aquarium einzutauschen. Das taten die Leute früher ständig, wissen Sie?«
»Das klingt fast, als wären Sie stolz auf sie.« Alexander gab sich keine Mühe, seinen spöttischen Tonfall zu verbergen.
»Vielleicht bin ich das. Auf sie bin ich auf jeden Fall stolz.« Benson holte das Standfoto von Meis Gesicht wieder auf den Schirm. »Oder haben Sie alle vergessen, dass dieses Mädchen buchstäblich die gesamte menschliche Rasse gerettet hat, als es sich gegen Kimura wandte?« Benson schüttelte langsam den Kopf. »Ich habe das nicht.«
Theresa empfand unwillkürlich Stolz auf die Leidenschaft ihres Mannes. Er konnte so … lebendig sein. So rechtschaffen. Bryan war nicht streitsüchtig, das war nicht seine Art. Aber er scheute auch niemals vor einer Auseinandersetzung zurück. Das war der reizbare Junge in ihm. Theresa lächelte.
Captain Mahamas geisterhaftes Abbild faltete die Hände und lä-

chelte ebenfalls. »Deshalb werden Sie, Mr Benson, die Delegation begleiten.«

An manchen Tagen bereitete ihrem Mann seine Leidenschaftlichkeit auch Probleme.

Benson richtete sich auf seinem Stuhl auf. »Ich? Warum?«

»Weil die Ungebundenen Ihnen vertrauen, vor allem dieses Mädchen namens Mei. Sie haben eine Beziehung zu ihr.«

»So weit würde ich nicht gehen.« Benson sah zu Theresa hinüber..

»Dann nennen wir es gegenseitigen Respekt«, korrigierte sich Mahama. »Mei scheint bei den Eingeborenen gut anzukommen. Sie können mit ihr reden, herausfinden, was sie erzählt haben und was sie im Schilde führen, sie vielleicht sogar überzeugen, uns den Atlantern vorzustellen.«

»Ich bin kein Diplomat.«

»Das ist eine Riesenuntertreibung«, fügte Theresa grinsend an.

»Das ist nicht gerade hilfreich, Liebes.«

Mahama glättete die Wogen. »Polizeichefin Bensons Einschätzung Ihrer diplomatischen Fähigkeiten ist zwar mit ziemlicher Sicherheit zutreffend, doch Sie spielen ja auch nicht die Hauptrolle. Ihre Aufgabe beschränkt sich darauf, sich um unsere verlorenen Schäfchen zu kümmern. Der Atlanter nimmt sich der Rest der Delegation an.«

»Welche Erleichterung«, sagte Benson ironisch.

»Für uns alle«, setzte Feng hilfreich hinzu.

»Ich halte das für keine gute Idee«, sagte Benson.

»Ist notiert«, sagte Mahama harsch. »Wenn es keine anderen Einwände gibt, würde ich gerne zur Abstimmung schreiten. Wer unterstützt den Antrag?«

»Ich«, sagte Alexander.

»Warten Sie …«, widersprach Theresa.

»Der Antrag kommt zur Abstimmung«, sagte Verwaltungsleiter Valmassoi bestimmt. »Wer ist dafür?«

Ehe Benson sichs versah, hatten alle außer ihm per Handzeichen mit Ja gestimmt.

»Gegenstimmen?«

»Ich!«, sagte Benson.

»Sie müssen die Hand heben, Direktor Benson.«

Er hob die Hand und sagte: »Dagegen!«

»Schon besser. Natürlich haben wir trotzdem mehr Stimmen dafür. Antrag angenommen.«

»Wunderbar«, sagte Mahama. »Mr Feng, Sie bereiten alles Nötige vor?«

»Natürlich, Captain.«

»Ausgezeichnet. Ich muss mich jetzt entschuldigen.«

Valmassoi erhob sich und verneigte sich knapp in Mahamas Richtung. »Natürlich, Captain. Danke, dass Sie gekommen sind.«

»Zumindest in gewisser Weise.« Mahama grinste, als ihr Abbild verblasste.

Das Treffen war beendet, und die Ratsmitglieder erhoben sich, um sich zurückzuziehen.

Benson sackte in seinen Stuhl. »Was ist da gerade passiert?«

»Man hat dich freiwillig für eine wichtige Mission gemeldet, Liebster.« Theresa tätschelte seinen Unterarm und versuchte vergeblich, ihre Erheiterung zu verbergen.

»Sieht so aus.«

»Ich weiß nicht, warum du dich so aufregst, du durftest doch darüber abstimmen.«

»Demokratie ist, wenn zwei Wölfe und ein Schaf abstimmen, wen es zum Abendessen gibt.« Benson drehte sich im Stuhl um und sah Feng an. »Was genau werden Sie vorbereiten?«

»Ich kümmere mich natürlich um den Transport. Wir werden diesen kleinen Ausflug in unseren Shuttle-Nutzungsplan integrieren müssen. Es sei denn, Sie wollen sich ein Schiff bauen.«

»Keine schlechte Idee.«

»Bryan.« Theresa trat hinter Benson und legte ihm die Arme um die Schultern. »Was ist los? Freust du dich nicht, die Nachbarn kennenzulernen?«
»Darum geht es nicht.« Benson ergriff ihr Handgelenk. »Ich habe nur furchtbare Flugangst.«

KAPITEL 4

Kexx saß neben Mei am Ufer des kleinen Sees inmitten des Dorfes und sah hingerissen zu, wie die Kinder im Wasser schwammen, planschten und quietschten. Die Kinder der Menschen, wie die Besucher ihre Rasse nannten, waren ehrlich gesagt furchtbare Schwimmer. Selbst die jüngsten Bewohner des G'tel-Dorfs konnten sich problemlos im Wasser bewegen, sobald sie auf die Welt kamen.

Doch was ihnen an Kompetenz fehlte, machten die seltsamen, bleichen kleinen Kreaturen durch lautstarke Begeisterung mehr als wett. Ihre Freude war ansteckend und sprang rasch auf mehrere Kinder aus dem Dorf über, die zum See gerannt waren, um zu sehen, was der Lärm zu bedeuten hatte. Ohne nachzudenken und sehr zur Überraschung ihrer entsetzten Eltern, die gekommen waren, um nach ihnen zu sehen, sprangen viele der G'tel-Kinder ins Wasser und fingen an, die Besucher nass zu spritzen, indem sie Wasser durch hohle Pflanzenrohre pusteten, und forderten sie zum Wetttauchen auf. Dabei verloren die Menschenkinder immer, aber sie kicherten trotzdem.

Kexx konnte sich nicht erinnern, je gesehen zu haben, dass jemand so viel Spaß bei etwas hatte, worin sier wirklich nicht gut war. Vor allem aber war es das erste Mal, dass sier die Besucher und sien eigenes Volk so ungehemmt interagieren sah. Für die Kinder im Wasser waren all die Furcht, das Misstrauen und die Vorbehalte der letzten drei Varrs einfach verschwunden. Sie spielten miteinander, als seien sie schon seit ihrer Namensgebung befreundet. Selbst die ängstlichen Eltern, die im Kreis am Seeufer standen, sowohl G'tel als auch Menschen, verloren bald die Anspannung und setzten oder legten sich hin, um die Nach-

mittagssonne zu genießen. Selbst zwei Träger, die normalerweise nervös und ängstlich waren, waren herausgekommen, um sich an dem lockeren Treiben zu erfreuen.
Es brauchte wohl die Unschuld von Kindern, um für einen Nachmittag die täglichen Pflichten und alle Furcht zu vergessen. Kexx musterte die sich sonnenden Erwachsenen und meinte, einen Rest dieser Begeisterung in allen zu erkennen.
Sier schaute zu Mei und versuchte, ihre Miene zu deuten. Es war nicht leicht. Die Haut der Besucher war, nun ja, tot. Sie war einfarbig, eintönig und unveränderlich wie der sonnengebleichte Teint frisch Verstorbener. Selbst Kexx fand sie manchmal verstörend.
Die Menschen konnten weder die kontrastierenden Muster produzieren, die die G'tel bei Tage zur Schau stellten, noch die sanften blauen Lichtwellen, die sie nachts aussandten. Tatsächlich war die einzige Veränderung der menschlichen Haut, die Kexx wahrgenommen hatte, eine leichte Rötung, aber die schien eher an zu vielen Sonnenstunden zu liegen als am Versuch, etwas mitzuteilen. Stattdessen bestand der visuelle Teil ihrer Sprache aus Handzeichen, Veränderung des Tonfalls und der Lautstärke ihrer kindlichen Stimmen und frustrierend subtilen, schnellen Bewegungen und Veränderungen ihrer seltsamen Gesichtszüge.
Im Augenblick zum Beispiel hoben sich Meis weiche Mundwinkel, auf ihren Wangen bildeten sich kleine Grübchen, und sie hatte die Augen halb geschlossen. Kexx hatte gelernt, diesen Ausdruck als Zufriedenheit oder Glück zu deuten, möglicherweise war das Zusammenkneifen der Augen aber auch auf sehr helles Licht zurückzuführen. Was davon war es jetzt? Beides? Es war unmöglich zu erkennen.
Ehe die Besucher eingetroffen waren, wäre Kexx nie auf die Idee gekommen, die gesprochenen und visuellen Teile einer Sprache als einzelne Komponenten zu betrachten, doch jetzt war das sien vorherrschender Gedanke. Mei erwies sich als sehr lernfähig,

doch obgleich sie die Worte beherrschte, waren sie ausdruckslos, ihnen fehlten die emotionalen Komponenten, die Absichtserklärungen und all die kleinen gesellschaftlichen und hierarchischen Nuancen, die Kexx bisher immer als selbstverständlich empfunden hatte.

Dieses Problem war auch Mei bewusst, und sie versuchte, Lösungen dafür zu finden. Gespräche mit ihr waren durch ihr geringes Vokabular eingeschränkt, aber das veränderte sich mit schockierender Geschwindigkeit, denn sie lernte täglich eine Handvoll neuer Wörter, viel schneller als selbst das klügste G'tel-Kind. Doch beim visuellen Teil der G'tel-Sprache kam sie genauso schleppend voran wie Kexx mit dem von der Menschensprache.

Mei bemerkte, dass Kexx sie anstarrte, wieder veränderte sich der Gesichtsausdruck. Sie hatte versucht, Kexx zu erklären, dass es bei ihrem Volk als unhöflich galt, jemanden anzustarren. Aber bei den G'tel galt es als höflich, jemanden intensiv anzusehen. Es bedeutete, dass man sich auf die Worte, Gedanken oder Gefühle des Gegenübers konzentrierte, denn Hinweise darauf waren ja auf der Haut allgemein erkennbar.

»Was, Kexx?«, fragte Mei, so gut ihr Mund die Worte eben formen konnte. Dann strich sie langsam mit drei weit gespreizten Fingern über ihren Arm. Mei versuchte, das Streifenmuster nachzuahmen, mit dem G'tel das Gefühl hinter der Frage signalisiert hätten. Von der Brust über die Arme verlaufende Streifen waren ein Zeichen für defensive Ablehnung oder Verärgerung der Sprechenden. Aber Streifen, die sich von den Händen zur Körpermitte bewegten, waren eine Einladung, aus Neugier oder Sorge näher zu kommen. Mei versuchte zu sagen, dass sie sich nicht angegriffen fühlte und reden wollte.

Sehr clever.

»Bist du glücklich?«, fragte Kexx.

Mei seufzte tief und legte sich dann hin, wobei sie einen ihrer seltsamen, steifen Arme unter den Kopf schob und die Augen schloss. »Ja. Viel«, flüsterte sie.

Kexx ging davon aus, dass sie nicht »viel« gemeint hatte, sondern »sehr«, aber das war kein großer Unterschied, und sier verstand trotzdem, was sie meinte. Das war eine tief greifende Veränderung im Vergleich mit den Tagen, unmittelbar nachdem Mei und der Rest dieser Leute angespült worden waren. Sie waren alle halb verhungert und krank wie Uliks mit einem Sonnenstich gewesen. Sechs von ihnen waren auf dem Weg von … wo immer sie auch hergekommen waren, bereits gestorben. Ihre Erholung hatte fast einen ganzen Varr in Anspruch genommen, und in dieser Zeit waren zwei weitere gestorben.

Xis sei Dank hatten alle Kinder überlebt, auch Meis eigenes, Sakiko. Sie hatte Kexx nicht gesagt, was aus dem anderen Elternteil des Kindes oder dem Träger geworden war. Vielleicht gab es nichts zu sagen, vielleicht tat es auch zu sehr weh. Kexx konnte sich nicht einmal ansatzweise vorstellen, was die Überlebenden in all der Zeit auf dem offenen Meer durchgemacht hatten. Es hatte seine Gründe, warum G'tel in Strandnähe im flachen Wasser schwammen und fischten. Die Tiefsee barg Gefahren, die kälter und finsterer waren als alles, was unter den Sternen lebte. Es kam siem wie Wahnsinn vor, sich ein »Boot« zu bauen, mit dem Ziel, sich just diesen Gefahren auszusetzen. Aber Mei und die anderen Menschen waren nicht wahnsinnig. Sie beurteilten die Dinge nur anders, als sähen sie … mehr. Kexx verstand nicht, was es war, wollte es aber unbedingt verstehen.

Eines der Kinder quiekte auf eine Weise, die ausschließlich darauf ausgerichtet zu sein schien, Trommelfelle zum Platzen zu bringen, was die Aufmerksamkeit aller Erwachsenen beider Völker erregte. Es folgte eine Lachsalve, die deutlich machte, dass alles in Ordnung war. Wie gut, dachte Kexx, dass ausgerechnet

Lachen beiden Völkern gemein war und von beiden gleich verstanden wurde. Vielleicht brauchte es keine Übersetzung. Vielleicht war es Xis Art, sie alle daran zu erinnern, was das Wichtigste auf der Welt war.
Ohne Vorwarnung kam Sakiko angerannt, tropfnass vom Meer.
»Mama!«, schrie sie. »Fula hat mich nass gespritzt!«
Mei seufzte tief und stützte sich auf die steifen Arme. »Dann spritz sien doch auch nass, Sakiko. Sier spielt mit dir.«
»Aber ich habe Wasser in die Augen bekommen!«
»Siehst du noch etwas?«
Sakiko trippelte auf der Stelle. »Ein bisschen.«
»Dann ist doch alles in Ordnung. Geh spielen. Kexx und ich unterhalten uns.«
Sakiko wandte Kexx ihr Gesichtchen mit den weichen, beweglichen Zügen zu. In den sechs Varrs seit der Ankunft der Menschen hatte sier bereits gelernt, die Veränderungen im Gesicht des Kindes zu deuten, ganz zu schweigen von dessen Sprache.
»Hallo, Onkel Kexx.« Sakiko winkte siem in einer menschlichen Begrüßungsgeste zu, das angebliche Fehlverhalten Fulas war längst vergessen.
»Hallo, Sah-Kih-Koo«, sagte Kexx, dier mit ihrem Namen immer noch Probleme hatte, was siem sehr peinlich war. Die Anrede »Onkel« verstand Kexx immer noch nicht. Mei hatte versucht, sie als eine Art familiäre Beziehung zu erklären, die Kexx auch nicht verstand, aber sier fühlte sich trotzdem geehrt. Kexx erwiderte das Winken und versuchte sich an einem menschlichen Lächeln.
Die Geräusche eines Streites, die vom Tempel herüberdrangen, störten die Ruhe des Tages. Kexx setzte sich auf, um sich einen besseren Überblick zu verschaffen, und sah drei der Ältesten vor dem Tempel stehen, rufend und gestikulierend. Ihre Muster wechselten hektisch zwischen Wut, Verwirrung und so etwas wie Panik hin und her. Das sah den Ältesten, die nach dem Über-

gang weniger zu emotionalen Ausbrüchen neigten, gar nicht ähnlich. Es verhieß nichts Gutes.
Mei bemerkte es ebenfalls und wollte aufstehen, doch Kexx legte ihr sanft die Hand auf die Schulter.
»Was?«, fragte sie.
»Bleib hier, Mei.«
Sie nickte, eine Geste, die, wie Kexx wusste, Zustimmung bedeutete, auch wenn ihre Miene irgendwie säuerlich wirkte. Kexx ließ Mei am See zurück und eilte zu der vor dem Tempel streitenden Gruppe.
»Älteste.« Siene Haut produzierte unterwürfige Muster. »Was ist los?«
»Wahrheitssucher Kexx.« Tuko, der Dorfhäuptling, packte sien am Unterarm. »Wir haben ein neues Problem.«
Tuko war seit einem Jahrhundert der jüngste Häuptling, sien Übergang zum Ältesten lag gerade erst ein Jahr zurück. Sienir Kämme wiesen noch viel Farbe auf, und in sienim Adern flossen die Hitze und Kraft eines jungen Kriegers. Bei manchen hielten sich nach dem Übergang die Eigenschaften der Jugend länger als bei anderen.
Kexx erwiderte den Griff. »Was für eines, Ältester?«
»Es ist der Rovor.« Tukos Mund gab sich größte Mühe, das unvertraute Menschenwort für den Abgesandten zu formen. Kexx sah Tuko erwartungsvoll an, bis sier fortfuhr: »Sier spricht.«
»Lass mich Mei holen, sier kann für …«
»Nein, du verstehst nicht. Sier spricht nicht Menschensprache, sondern unsere.«

* * *

Im Tempel herrschte eine wachsame Stille. Nur eine Handvoll Dorfältester und ein paar wichtige Besucher waren anwesend,

alle anderen hatte man ohne viel Federlesens aus der Kuppel gescheucht und ihnen befohlen, draußen zu bleiben und nicht über das zu sprechen, was sie gehört hatten, bis die Ältesten entschieden hatten, wie damit umzugehen sei.
Tuko stand im Zentrum der kleinen Versammlung, den uralten Speer des Dorfhäuptlings in Händen. Der Rover stand passiv wie immer mitten im Raum, sah man einmal von der bizarren Stimme ab, die den Raum erfüllte, ohne aus einem Mund zu dringen. Sie wiederholte immer dieselbe Botschaft:
»… Grüße. Wir möchten euer Volk in Freundschaft kennenlernen. Wir kommen in Frieden. Sucht den Himmel nach unserem großen Vogel ab …«
»Was in Cuuts Namen soll das heißen?« Die Frage kam von Kuul, einem jungen, ehrgeizigen Kämpfer, dessen Übergang noch viele Jahre in der Zukunft lag. Nach Tukos Übergang und Aufstieg zum Häuptling hatte sier dessen Platz als oberster Krieger des Dorfes eingenommen. Kuul machte keinen Hehl aus siener Abscheu gegen die Menschen oder siener Unzufriedenheit darüber, dass sie sich immer noch im Dorf aufhielten.
»Ich hatte gehofft, unser Wahrheitssucher wüsste das«, sagte Tuko. »Kexx hat mehr Zeit mit den Menschen verbracht als jeder andere.«
Kexx ignorierte den vorwurfsvollen Unterton in Tukos Aussage. »Habt ihr versucht, sien zu fragen?«
»Natürlich, aber sier wiederholt nur immer wieder dieselben Worte. Sier ist dumm. Sier kann nicht denken«, rief Kuul.
Kexx' Hautmuster veränderte sich, von Verwirrung und Beunruhigung hin zu einem langsamen Pulsieren, das Unterwürfigkeit signalisierte. »Häuptling Tuko, Mei hat mir erklärt, dass das hier« – sier wies auf den Rover – »nicht lebt wie ein Tier oder eine Pflanze. Es ist ein Werkzeug, wie ein Speer oder ein Pflug.«

»Flüge und Speere bewegen sich nicht von allein und können nicht sprechen!«, widersprach Kuul.
Kexx verneigte sich leicht. »Ich bitte um Erlaubnis, Mei zu diesem Gespräch hinzuzuziehen. Sier kann das besser erklären als ich.«
»Sier spricht kaum unsere Sprache«, sagte Kuul.
»Sier lernt sehr schnell. Schneller als ich als Kind. Sier kann unsere Fragen beantworten. Wir brauchen nur die Weisheit, siem zuzuhören.«
Tuko spreizte verärgert die Finger. »Du hältst große Stücke auf deine Haustiere. Vielleicht zu große.«
Kexx verneigte sich etwas tiefer. »Du hast mich zum Wahrheitssucher dieses Dorfs eingesetzt. Meine Aufgabe ist es, alles Wissen zu erwerben und es unvoreingenommen mit dir zu teilen, damit deine Weisheit auf Stein gründet und nicht auf Sand. Du hast bisher nie an meiner Arbeit gezweifelt.«
Tuko legte die Hand unter Kexx' Kinn und richtete sien wieder auf. »Vergiss nur nicht, wer dein Volk ist und wo deine Loyalität liegt.«
»Das habe ich nicht vergessen, Ältester.«
»Gut. Hol dein Haustier, damit wir es befragen können.«
Kexx bedankte sich und ging, um Mei am See abzuholen, aber die Menschen hatten bereits ihre Sachen zusammengepackt und sich zurückgezogen. Kexx fragte eines der G'tel-Kinder, wo ihre neuen Spielkameraden hingegangen seien. Es deutete hügelaufwärts zum Rand des Dorfes, wo man am inneren Rand des Halobaums hastig eine Unterkunft für die Menschen errichtet hatte. Mehrere Erwachsene sahen Kexx kommen und blockierten den Eingang.
Kexx erreichte die Unterkunft und verlangsamte sien Tempo, als sier sich den Menschen näherte. »Ich muss Mei sehen«, sagte sier, aber falls sien jemand verstand, so ließen sie es sich nicht anmerken.

»Mei«, rief Kexx in der Hoffnung, sie würde sien trotz der immer lauter werdenden, beunruhigenden Geräusche im gesamten Dorf hören. Am Fuß des Hügels geschah irgendetwas.
Kexx sah eines der G'tel-Kinder, die im Wasser gespielt hatten. Sier legte die Hände trichterförmig vor den Mund und rief, so laut sier konnte: »Cho! Was ist los?«
Cho blieb stehen und wandte sich siem zu. »Die Ältesten sagen, die Botschaft des Abgesandten habe sich verändert. Zu einem Countdown.«
»Wozu das?«
»Ich weiß nicht.«
»Sie kommen«, ertönte eine leise Stimme direkt neben siem.
Kexx erschrak beinahe zu Tode. Als sier den Blick senkte, stand Mei hinter siem. Sie hatte eine Art flachen, glänzenden Stein in der Hand, den Kexx noch nie gesehen hatte und auf den sie starrte.
»Wer, Mei? Wer kommt?«
»Die anderen.« Mei drehte den Stein und hielt Kexx die völlig ebene, polierte Oberfläche hin, damit sier ihn besser sehen konnte. Kexx hätte den Schmuckgegenstand beinahe beiseitegeschoben, um Mei zu drängen, siem zu antworten, da fiel siem etwas auf der Oberfläche des Steins ins Auge.
Es war ein Bild, wie ein einfaches Gemälde, das sich bewegte, als sei es unmittelbar unter der Oberfläche gefangen. Aber der Stein war dünn, unglaublich dünn. Kexx streckte verblüfft die Hand nach dem sich bewegenden Gemälde aus, sprang aber zurück, als es sich bei der Berührung sienes Fingers komplett veränderte und Reihen kleiner Quadrate wich, die ihrerseits in bunten Kontrastfarben gehaltene, einfache Bilder enthielten.
Kexx war wie gebannt. Sier vergaß siene Frage vollkommen und hob die Hand, um den magischen Stein erneut zu berühren, doch Mei schlug siene Hand beiseite.

»Kein Zeugspiel«, sagte sie, wobei sie zwar die Wortreihenfolge verdrehte, aber dennoch klarmachte, was sie meinte.
Kexx deutete mit zitterndem Finger auf den Stein. »Was ist das?«
»Werkzeug«, antwortete Mei, die offenbar keine Zeit auf Erklärungen verschwenden wollte.
»Was meinst du mit ›die anderen‹, Mei? Es gibt noch mehr von euch?«
Die Menschenfrau nickte.
»Wie viele?«
»Viele, viele. Größer.« Mei verstummte und suchte nach einem Wort. »Größer zwei Hände Dörfer.«
Kexx war sicher, dass sie »zwei Händevoll« sagen wollte. Mit Zahlen hatten sie erst vor ein paar Tagen angefangen. Sier schluckte schwer. Vier Händevoll Dörfer voller Menschen? Wenn es so viele von ihnen gab, waren sie nicht nur ein verlorener Stamm, den das Meer hier angespült hatte, sondern mindestens so zahlreich wie das gesamte Dörfernetzwerk. Diese Erkenntnis vertrieb alle Muster von Kexx' Haut.
»Sie kommen alle auf einmal?«, fragte sier vorsichtig. Sier hatte Angst vor der Antwort.
Mei schüttelte den Kopf, eine Verneinung. »Vielleicht, äh …« Sie sah sich um, deutete dann auf die Unterkunft der Menschen und machte eine große, allumfassende Kreisbewegung. »Mehrfach zwei Hände davon.«
Kexx bediente sich einer menschlichen Geste, indem sier nickte. Wenn sier das richtig sah, versuchte Mei, eine Multiplikation auszudrücken. Im Dorf lebten etwas mehr als dreißig Menschen. Dreißig mal zwei Händevoll bedeutete, dass etwa sechshundert unterwegs waren. Das war eine Zahl, mit der die Krieger fertigwerden konnten, wenn es so weit kam. Als Kexx einen Blick auf Meis »Werkzeug« warf, hoffte sier inständig, es würde nicht zu einer Auseinandersetzung kommen.

»Wenn es so viele von euch gibt«, sagte Kexx langsam, denn sier wollte Mei Zeit lassen, die Worte zu verdauen, »woher weißt du dann, dass jetzt nur so wenige kommen?«

»Nur so viele passen in Shuttle.«

Als Kexx das unbekannte Wort hörte, schnitt sier eine Grimasse. »Shuttle?«

Mei kniff frustriert die Augen zusammen. »Äh … Vogel. Nur so viele passen in Vogel.«

Wieder Vogel. Der Rover hatte dasselbe Wort benutzt – nicht, dass es beim zweiten Mal mehr Sinn ergeben hätte. Ungläubig stand Kexx neben ihr.

»Was für ein Vogel kann denn sechshundert Leute tragen?«

Kaum hatte sier die Frage gestellt, erklang vom Meer her ein leises Grollen. Zunächst war es leise, sier spürte es mehr, als dass sier es hörte, doch es wurde rasch lauter. Alle Gesichter im Dorf wandten sich dem Geräusch zu, um zu sehen, was sich da vom Horizont her näherte. Das Grollen schwoll an wie ein nahender Sturm, aber ungleich schneller.

Dann verwandelte sich das Geräusch in eine Art Wirbelsturm. Heftige Winde trafen jeden, der sich im Freien aufhielt, als ein gewaltiger, tiefschwarzer Keil unmittelbar oberhalb der Schutzbäume erschien und die Sonne verdunkelte, während sein Schatten auf eine Hälfte des Dorfes fiel. G'tel, die sich im Freien aufhielten, brachten sich rasch in ihren Häusern in Sicherheit, ließen sich auf den Boden fallen und legten schützend die Hände über den Kopf oder erstarrten in tiefem Grauen. So schnell, wie das schwarze Dreieck aufgetaucht war, überschattete es das gesamte Dorf und verschwand dann auf der anderen Seite der Bäume.

Entsetzt und kaum in der Lage, einen klaren Gedanken zu fassen, sah Kexx auf Mei hinunter, die auf den Albtraum deutete.

»So ein Vogel.«

KAPITEL 5

Die Vorbereitung auf die Mission dauerte drei volle Tage, erst dann bestieg Benson tatsächlich ein Shuttle. Wer auch immer die Sitzvergabe vorgenommen hatte, hatte ihm einen Ehrenplatz am Fenster im vorderen Teil des Passagierbereichs zugeteilt. Benson war nicht sicher, ob das aus Unkenntnis seiner Flugangst oder aus einem grausamen Sinn für Humor heraus geschehen war.

Der riesige Innenraum des Shuttles war fast leer. Der Einfachheit halber hatte die diplomatische Gesandtschaft, die zu dem Treffen mit den Atlantern aufbrach, nur sechs Mitglieder, dazu ein weiteres halbes Dutzend Assistenten und ein vierköpfiges Sicherheitsteam. Dazu kamen der Pilot, der Co-Pilot, die Flugingenieurin und der Kommunikationsoffizier, aber insgesamt umfasste die Delegation nur zwanzig Leute, wohingegen das Shuttle knapp über fünfhundert hätte transportieren können.

Kurzum, es wurde mit Kanonen auf Spatzen geschossen, aber es bestand keine andere Möglichkeit. Zu der Ausrüstung, die die Arche Shambhala geliefert hatte, gehörte eine kleine Flotte vierrotoriger Helicrafts, doch dabei handelte es sich um kleine Fluggeräte mit vier Sitzen, die nicht mit traditionellen Verbrennungsmotoren, sondern mit sich schnell entladenden Kondensatorblöcken betrieben wurden. Das machte sie ungeheuer effizient und umweltfreundlich, begrenzte aber ihre Reichweite stark. Sie mussten schon nach kurzer Zeit mit dem Stromnetz der Stadt verbunden werden, um sich wieder aufzuladen. Die Dinger waren für Aufklärungs- und Vermessungsaufgaben gedacht, nicht für Reisen quer über den Ozean.

Also kam ein Shuttle zum Einsatz. Rein zufällig fiel die Wahl auf die *Discovery*, da sie die wenigsten Flugstunden hatte. Mit derselben Maschine waren Benson und Theresa drei Jahre zuvor auf der Oberfläche gelandet. Sie war nach einer der vier ursprünglichen NASA-Raumfähren aus dem späten zwanzigsten Jahrhundert benannt worden – einer von zweien, die kein unrühmliches Ende in Flammen gefunden hatte.

Benson nahm das als gutes Omen, zog sein Sicherheitsnetz aber dennoch so fest, dass er kaum Luft bekam. Dann schloss er die virtuelle Sichtluke und die Augen.

»Warum haben Sie einen Fensterplatz, wenn Sie die Aussicht nicht genießen?« Korolevs Stimme.

Benson sah zu dem jungen Constable hinüber, der den Gangplatz besetzte, sodass der Sitzplatz zwischen ihnen frei blieb. Die gesamte Delegation passte in die ersten beiden Reihen, und es blieben noch einige Sitze leer.

»Die einzige Aussicht, die ich genießen werde, ist die auf die Außenhülle dieses Monstrums, wenn ich wieder sicheren Boden unter den Füßen habe. Wenn Sie meinen Platz wollen, bitte.«

»Danke, Chief, aber Sie sehen aus, als würden Sie platzen, wenn jemand Sie jetzt losschnallt.«

»Das Risiko gehe ich ein. Ich würde sowieso lieber ganz hinten sitzen.«

»Warum?«

»Das ist der Teil, der zuletzt aufschlägt.«

Korolev quittierte das mit einem Schnauben. »Was haben Sie eigentlich für ein Problem mit dem Fliegen?«

»Beim einzigen anderen Mal, dass ich geflogen bin, ist eine Wartungskapsel in die Luft gegangen, als ich drin saß.«

»Sie sind Ihr ganzes Leben lang mit fünfzehntausend Kilometern pro Sekunde durchs All geflogen. Das ergibt überhaupt keinen Sinn.«

»Wenn es Sinn ergäbe, würde man es nicht Phobie nennen, Pavel.«

Sein Freund lächelte, zuckte die Achseln und schnallte sich für den Abflug an. Korolev war der einzige Expeditionsteilnehmer, den Benson ausgesucht hatte. Es hatte ihn einige Mühe gekostet, den Constable von Theresas Truppe auszuleihen und dem Sicherheitsteam zuzuweisen. Korolev war ein guter Junge, hatte sich als loyal erwiesen und besaß einen ziemlich deutlichen Hang zu Aggression, der sich verstärkte, seit er in der laienhaften Footballmannschaft der Mustangs in der Verteidigung spielte. Wahrscheinlich drängte das russische Blut in ihm an die Oberfläche.
Er hatte Benson während des Kimura-Vorfalls das Leben gerettet, indem er dessen Befehl ignoriert hatte, die Bombenkammer nicht zu betreten, in der es zur entscheidenden, letzten Begegnung gekommen war. Korolev hatte ein paar Lungenzüge Plutoniumstaub genommen, während er den bewusstlosen Benson aus dem verstrahlten Bereich gezerrt hatte, ehe der zu leuchten begann. Alles in allem war Benson froh, ihn dabeizuhaben.
Dem Chef der Expedition hingegen traute er weniger zu. Verwaltungsleiter Valmassoi war als Politiker ganz in Ordnung. Er hatte die Kolonie geschickt durch mehrere interne Krisen gesteuert, darunter die Beinahe-Aufstände der Gruppe, die verlangt hatte, die Oberfläche verlassen und auf die Arche zurückkehren zu dürfen. Sie nannten sich Rückkehrer, würden aber nirgends hingehen.
Im kommenden Jahr standen die ersten echten Wahlen Shambhalas an. Dafür machte Valmassoi schon ordentlich Wahlkampf und schlug sich dabei ganz gut. Das lag in erster Linie daran, dass er wusste, welche quietschenden Rädchen er schmieren musste, um den ganzen klapprigen Apparat am Laufen zu halten. Dafür musste man mit allen Beteiligten und dem komplexen Netz an Beziehungen, Gefallen, Unterstützungen, Eifersüchteleien und Vendetten, das sie alle miteinander verband, bestens vertraut sein.

Benson sah allerdings nicht, wie diese Kenntnisse Valmassoi bei der vorliegenden Aufgabe helfen sollten, bei der sie alle praktisch im Dunkeln tappten.

»Sie wirken abgelenkt«, flüsterte Korolev. »Die Flugangst?«

»Hmmm? Ja, aber vor allem denke ich darüber nach, wie lächerlich das Ganze hier ist.«

»Schon wieder?« Korolev grinste. »Wird das nicht langsam langweilig?«

»Es fällt mir schwer, es zu ignorieren, und ich setze nicht gerade großes Vertrauen in unsere Führung.«

»Meinen Sie damit jemand Bestimmten?«

Benson warf kurz den Kopf in den Nacken und deutete damit auf Valmassoi, der zwei Reihen hinter ihnen auf der anderen Seite des Ganges saß.

»Was haben Sie gegen ihn?«

»Abgesehen von der Tatsache, dass er mich für diese Mission schanghait hat? Ich frage mich, wie er den Atlantern in den Arsch kriechen will, wenn wir nicht einmal genau wissen, wo der ist.«

Korolev nickte. »Eine berechtigte Sorge.«

»Außerdem überlässt er die Führung der Kolonie für die Dauer dieser Expedition Merick.«

»Sie wissen schon, dass Merick sein Stellvertreter ist?«

»Er ist bestenfalls ein glorifizierter persönlicher Assistent. Was, wenn etwas passiert, während wir weg sind? Wenn zum Beispiel die Rückkehrer wieder aufmucken?«

»Diese Jammerlappen? Sie wollen zurück auf die Arche, weil das Leben hier unten so hart ist. Nicht gerade das Holz, aus dem ein marodierender Mob geschnitzt ist. Theresa würde mit denen schon fertig, keine Sorge.«

»Ich hoffe, Sie haben recht«, sagte Benson und betrachtete seine Füße.

Plötzlich sprangen die sechs gewaltigen Turbinen des Shuttles an und kreischten dabei wie Todesfeen, was ihr Gespräch beendete. Bei einem Linienflugzeug auf der alten Erde wäre die Fluggastkabine schallisoliert gewesen; Antrieb und Rumpfverkleidung hätten einen Schallschutz für das Überfliegen dicht bewohnter Gebiete gehabt, der auf Kosten der Motorenleistung gegangen wäre. Die Shuttles der Arche hielten sich mit so etwas nicht auf. Sie waren leichte, effiziente Lastesel, bei deren Konstruktion man weder auf die Bequemlichkeit der Passagiere noch auf die der Bewohner der von ihnen überflogenen Gebiete Wert gelegt hatte.

Die Flugingenieurin kam aus dem Cockpit und überprüfte der Reihe nach die Sicherheitsnetze aller Passagiere, zog Gurte fest, wo es nötig war, hob dann zustimmend den Daumen und ging weiter. Als sie sich davon überzeugt hatte, dass ihre Fracht gut gesichert war, verkündete sie, das Shuttle werde in einer Minute starten, und verschwand wieder durch die Tür zum Flugdeck.

Benson schloss die Augen und versuchte, den Rest der Welt auszublenden. Die Bremsen wurden gelöst, und das Shuttle rollte los, zuerst langsam, während der Pilot das gewaltige Schiff in die Mitte der Rollbahn lenkte. Das Shuttle konnte mithilfe eines Netzwerks von Röhren, die die Schubkraft auf Düsen an seinen drei Spitzen verteilten, senkrecht starten. Doch das Manöver verbrauchte unglaublich viel Treibstoff, der ohnedies knapp war. Sie würden unterwegs nicht nachtanken können, und die Wahrscheinlichkeit, dass die Atlanter am Ziel eine für sie geeignete Landebahn gebaut hatten, war verschwindend gering. Sie würden hart an die Grenze der maximalen Reichweite des Shuttles gehen, weswegen jeder Tropfen zählte.

Dann raste das Shuttle mit Vollgas über die Rollbahn. Eigentlich handelte es sich nur um ein gerades Stück festgetretener Erde, auf dem man ein Metallgitter angebracht hatte, um die Bodenhaftung zu erhöhen. Es war alles andere als glatt, aber das Fahrwerk des Shuttles war für improvisierte Startbahnen ausgelegt. Bensons Nieren und Rückgrat allerdings nicht. Als die *Discovery* beschleunigte, vibrierte sie, dass seine Zähne klapperten und seine Augen in den Augenhöhlen wippten. In Bensons Magen rangen Erleichterung und Angst miteinander, als der schwerfällige Riese schließlich abhob und sich in die Luft schwang. Die Angst gewann, als der Pilot die Nase des Shuttles hochzog, um Höhe zu gewinnen, und er in den Sitz gedrückt wurde.

»Sie sind ja ganz bleich, Chief«, sagte Korolev. »Brauchen Sie eine Tüte?«

Benson schüttelte den Kopf und kniff die Augen fester zusammen. Ein leichtes Beben durchlief den Rumpf, das Shuttle durchbrach die Schallmauer und beschleunigte weiter.

Der Rumpf knarrte ein wenig, als der Pilot die Turbinen abschaltete und die Scramjets ansprangen. Es folgte eine weitere Beschleunigung. Trotz aller Furcht war Benson beeindruckt. Er war zuvor nur für den Flug zur Planetenoberfläche in diesem Vogel festgeschnallt gewesen. Dabei hatte er nicht beschleunigt. Die Motoren des Shuttles waren nur für Notfälle während des Landeanflugs gelaufen.

Das Shuttle war eine unglaublich leistungsfähige Maschine. Das einzig Vergleichbare, was er bisher erlebt hatte, war das Abbremsmanöver der Arche im Anflug auf Gaia, bei dem einen Monat lang alle zwei Sekunden eine Atombombe gezündet worden war. Die gesamte Bevölkerung hatte sich in dieser Zeit auf dem vorderen Schutz des Avalon-Moduls zusammengedrängt. Dreißigtausend Personen waren auf 3,14 Quadratkilometer herumgetaumelt, hatten in überfüllten Wohnungen gelebt, die um 90 Grad in die falsche Richtung gekippt waren, sich nur von Algen und Tofurationen ernährt und in den drei einstündigen Pausen, die ihnen pro Tag zustanden, an den Klos angestanden.

Die meisten erinnerten sich daran nicht gerne.

Der Druck auf Bensons Brust ließ nach, als das Shuttle seine Reisehöhe und -geschwindigkeit erreichte. Bald darauf meldete sich der Pilot über die Gegensprechanlage und verkündete, alle dürften sich abschnallen und in der Kabine frei bewegen. Benson zückte ein Tablet und vertrieb sich die Zeit damit, sich auf der Suche nach neuen Spielzügen und Defensivformationen für die Mustangs Höhepunkte alter NFL-Spiele anzusehen.

[Wichtiges Plantat-Software-Update, behebt Audiointegrationsfehler # 3947-B-56. Jetzt installieren?]

Die Meldung schwebte in der AR-Umgebung in Bensons Sichtfeld. Audiofehler? War damit das höllische Ticken gemeint, das er seit einer Woche hörte?

<Ja. Jetzt installieren>, dachte er. Das Update lud sich herunter, und das leise, aber stetige Ticken verschwand.

Der Flug war kurz. Kaum hatte Benson seine Angst einigermaßen im Griff, meldete sich der Pilot erneut über die Gegensprechanlage und verkündete, das Shuttle gehe jetzt in den Landeanflug über, und alle müssten sich wieder anschnallen. Das Heulen der Motoren wurde leiser während des Bremsvorgangs. Bensons Magen drehte sich synchron mit dem Shuttle, als es in einen flachen Gleitflug überging.

»Keine Sorge, Chief.« Korolev schloss seinen Beckengurt. »In spätestens zehn Minuten sind wir auf dem Boden.«

»Das ist eine ziemlich ungenaue Angabe, finden Sie nicht?«

Korolev lächelte und schüttelte den Kopf. »Manchen Leuten kann man es einfach nicht recht machen.«

Benson biss die Zähne zusammen und konzentrierte sich auf seine Atmung, auf seine Mission mit Mei und den Ungebundenen, auf die schlechten Trainingsleistungen seiner Mannschaft im dritten Versuch, auf praktisch alles, nur nicht auf den heranrasenden Boden.

»Können Sie die Luke öffnen?«, fragte Korolev.

»Nein.«

»Kommen Sie schon, Chief. Sie haben doch sowieso die Augen zu.«

»Werden Sie mich wie ein verzogener Fünfjähriger weiter nerven, bis ich nachgebe?«

Korolev dachte darüber nach. »Wahrscheinlich schon.«

»Natürlich.« Benson streckte die Hand aus und schaltete die VR-Anzeige wieder ein.

Der Rumpf des Shuttles hatte keine echten Fenster, sah man einmal von denen im Cockpit ab, die für den äußerst unwahrscheinlichen Fall gedacht waren, dass die Instrumente ausfielen und der Pilot auf Sicht landen musste. Stattdessen waren die Innenwände der Kabine von oben bis unten mit so hochauflösenden Bildschirmen versehen, dass man nicht das Gefühl hatte, aus einem Fenster zu schauen, sondern eher durch eine Luke ohne Fensterscheibe.

Benson hatte schon mit der bloßen Existenz des Himmels genug Probleme. Das Fliegen bescherte ihm eine ganz neue Dimension der Angst. Aber er konnte den Blick auch nicht abwenden. Das Shuttle glitt über den gewaltigen, saphirblauen Ozean. Die Farbe war atemberaubend. Benson hatte natürlich mit Theresa ein paar Tage am Strand verbracht und den Ozean gesehen, aber von oben war die Aussicht völlig anders. Er sah die weißen Wellenkämme, aber die Wasserfläche war so gewaltig, dass man ihre Dimensionen nicht abschätzen konnte. Benson war nicht einmal sicher, wie hoch die Wellen waren.

Das erinnerte ihn an das Treiben im Raum außerhalb der Arche, nur dass hier die Unendlichkeit Form und Gestalt hatte.

Das Shuttle wurde langsamer, als sie an der ersten Grenzinsel vorbeikamen. Ein paar struppige Büsche in den Dünen verhalfen Benson zu einem Gefühl für ihre Höhe. Sie waren schon ziemlich tief, höchstens hundert Meter über dem Boden. Der Rumpf ächzte leise, als die Auspuffgase durch Röhren nach unten abgeleitet wurden und das volle Gewicht des Shuttles trugen. Sie schwebten. Der Landeplatz musste ganz in der Nähe sein.

Im Allgemeinen war Gaia eine ziemlich flache Welt. Sie war über eine Milliarde Jahre älter, als die Erde gewesen war. Der Kern war noch geschmolzen genug, um ein schwaches Magnetfeld aufrechtzuerhalten, aber es gab kaum vulkanische Aktivität, und die Tektonik war, nun ja, noch langsamer, als sie es gemeinhin zu sein pflegte. Die Gebirgsketten der Welt warfen sich nicht einmal annähernd schnell genug auf, um mit der Erosion und der sie nach unten ziehenden Schwerkraft Schritt zu halten. Doch bei Schluchten und Tälern war es umgekehrt. Flüsse durchschnitten schon Jahrmillionen länger als auf Erden die Landschaft. Die Schluchten waren tiefer, breiter und reichten oft bis ins massive Grundgestein hinein. Eine solche gewaltige Schlucht verlief durch die Hochebenen vielleicht zwanzig Kilometer nördlich ihres derzeitigen Aufenthaltsortes.

»Da«, sagte Valmassoi von der anderen Seite der Kabine her.

Ohne auf die Gurtanzeige zu achten, schnallte sich Korolev ab und rutschte auf dessen Seite hinüber, um einen besseren Ausblick zu haben.

»He, kommen Sie zurück«, rief Benson. »Sie bringen das Shuttle aus dem Gleichgewicht.«

»Chief, wir sind zwanzig. Das kriegt das Shuttle schon hin.«

»Oh Mann«, sagte Benson, peinlich berührt von seinem eigenen angstbedingten Ausbruch. Es gelang ihm, seine Angst kurzzeitig zu verdrängen; dann löste er sein Sicherheitsnetz und betrachtete zusammen mit Korolev und den anderen ihr Ziel.

»Das ist ein großes Loch«, sagte er.

Das Dorf, in dem der Tempel des Rovers stand, lag in einer Mul-

de, die nicht von der Hand von Menschen oder Atlantern geschaffen worden war. Auch nicht von Wasser oder Wind.
Es handelte sich um einen Krater, einen erodierten Überrest eines Äonen zurückliegenden Meteoriteneinschlags. Die Oberfläche Gaias war übersät davon. Das Tau-Ceti-System hatte im Vergleich zum Sonnensystem der Erde die zehnfache Dichte an protoplanetarem Material, obwohl Tau Ceti selbst ein metallarmer Stern aus einer früheren Generation der Sternenentstehung war als Sol. Es gab widerstreitende Theorien über den Grund dafür, darunter der Mangel an Gasriesen der Jupiter-Klasse, die einen Großteil davon aufgesaugt hätten – aber niemand war wirklich sicher, warum der Schleier aus Staub und Asteroiden so dicht war.
Das war aber auch egal. Für Gaia bedeutete es eine Phase massiven Asteroidenbombardements, das heute, über fünf Milliarden Jahre später, noch immer andauerte. Deshalb hatte die Entdeckung der Atlanter auch alle so schockiert. Wenn es auch nur einmal alle paar Millionen Jahre einen Einschlag gegeben hatte wie den, bei dem auf der Erde die Dinosaurier ausgestorben waren, war nicht damit zu rechnen, dass komplexe Lebensformen die Chance hatten, sich zu entwickeln – ganz zu schweigen von einer gesamten Zivilisation.
Doch als das Shuttle tief und langsam über das Dorf der Atlanter schwebte, lag unter ihnen genau das: eine Zivilisation. Ein perfekter Kreis dicker Bäume erhob sich auf dem Kraterrand; er diente sowohl als Schutzmauer als auch als Abwehr gegen die heftigen Winde, die ständig vom Ozean her wehten. Innerhalb der Barriere aus Bäumen erstreckten sich um einen kleinen See am tiefsten Punkt des Kraters mehrere konzentrische Kreise von Lehm- und Backsteingebäuden.
Überall sah Benson die eingeborenen Atlanter, die mit offenen Mündern in ihren nasenlosen, fremdartigen Gesichtern zum

Shuttle emporstarrten. Viele flohen in die Sicherheit ihrer Häuser. Einige fielen auf die Knie und breiteten anbetend die Arme aus. Andere standen einfach stocksteif da. Einige wenige schrien und schüttelten drohend Speere in Richtung des Monsters, das an ihrem Himmel aufgetaucht war.

Als der lange Schatten des Shuttles auf das Dorf fiel, kamen Benson Zweifel, was den wahren Grund für den Einsatz des gewaltigen Schiffes anging. Vielleicht war es der einzige mögliche Weg, zwanzig Personen übers Meer zu schaffen, aber war ein direkter Überflug am helllichten Tag wirklich nötig gewesen?

Benson verdrängte den Gedanken und schaute wieder hinaus. Außerhalb des Dorfes erstreckten sich viele Morgen Ackerland tief in den Kontinent hinein, unterbrochen von Bewässerungskanälen und Saumpfaden. Am auffälligsten war eine breite, völlig gerade Straße, die sich von der Westseite des Dorfes aus bis hinter den Horizont erstreckte. Nach etwas über vierzig Kilometern erreichte sie das nächste Dorf, verzweigte sich dann zu drei weiteren und von dort in weitere zwanzig. Niemand wusste, ob dieses Dorf das erste gewesen war, das Straßenbau betrieben hatte, oder nur zuletzt an das Straßennetz angeschlossen worden war.

»Wir sollten nicht auf ihren Getreidefeldern landen«, sagte Benson. »Unsere Abgase könnten einen Flächenbrand auslösen, der ihre gesamte Ernte ruiniert. Das wäre ein diplomatischer Griff ins Klo.«

Valmassoi nickte. »Wo sollen wir dann landen?«

Benson musterte die Landschaft, bis er eine Lichtung entdeckte. »Dort. Sieht aus wie ein Dreschplatz. Kann unser Pilot dort landen?«

»Sieht eng, aber machbar aus. Doch das ist vier Kilometer vom Dorf entfernt.«

»Dann haben wir wenigstens genug Zeit, um uns vor dem Eintreffen unserer Gäste eine clevere Begrüßung einfallen zu lassen.«

Der Verwaltungsleiter kicherte und warf Sergeantin Atwood, der von ihm persönlich ausgesuchten Leiterin des Sicherheitsteams, einen Blick zu. Atwood war die leitende Sicherheitsbeamtin im Wabenbau und hatte das Kommando über drei weitere Wachleute. Ihre kleine Truppe war unabhängig von Theresas Constables und befasste sich weniger mit Polizeiaufgaben als vielmehr mit Personenschutz, weswegen Valmassoi darauf bestanden hatte, ihr die Leitung zu übertragen, obgleich Korolev ihr gegenüber theoretisch weisungsbefugt gewesen wäre.

Benson war das egal. Madison Atwood war früher eine großartige Zero-Spielerin gewesen. Sie war klug, hart, kompetent und anpassungsfähig.

»Was meinen Sie, Sergeantin?«

Atwood band ihr schwarzes Haar zu einem kurzen Pferdeschwanz zusammen, während sie die Lage abschätzte. »Da draußen sind wir ziemlich exponiert, aber das gilt für mindestens zehn Kilometer in alle Richtungen. Das Gelände ist so eben, dass wir alles lange im Voraus kommen sehen. Wir hätten im Zweifelsfall mehr als genug Zeit, in Verteidigungsstellung zu gehen oder abzuhauen.«

»Sie rechnen mit Ärger«, sagte Benson.

Atwood zuckte die Achseln. »Das ist meine Aufgabe. Ich mag keine Überraschungen.«

»Nicht mal Überraschungspartys?«, fragte Benson.

Atwood warf ihm einen warnenden Blick zu. »Die vor allem nicht.«

»Sie sind also mit dem von Mr Benson vorgeschlagenen Landeplatz einverstanden?«, fragte Valmassoi.

Atwood nickte.

»Gut, sagen Sie dem Piloten, das ist unsere Landezone. Sergeantin, Ihr Team soll sich bereithalten.«

Ohne ein weiteres Wort erhob sich Atwood und ging in den hinteren Bereich der Kabine, dicht gefolgt von ihren beiden Teammitgliedern sowie Korolev und Benson.

Valmassoi fuhr fort: »Wir anderen werden im Shuttle warten, bis das Sicherheitsteam uns die Erlaubnis zum Aussteigen erteilt.«

Der Boden bebte, als das Shuttle aufsetzte. Benson hatte gar nicht gemerkt, dass er die Luft angehalten hatte, doch jetzt atmete er tief aus. Da er nichts Wichtigeres zu tun hatte, ging er in den hinteren Bereich der Kabine und beobachtete die Vorbereitungen des Sicherheitsteams.

Atwood hatte bereits zwei große Kisten aus dem Laderaum geholt, und das Team war damit beschäftigt, ihren Inhalt auszubreiten. Die Kampfanzüge waren Benson noch aus der Zeit vertraut, in der er die Polizeitruppe des Avalon-Moduls geleitet hatte. Sie waren für Einsätze in Bereichen mit niedriger bis mittlerer Gefahrenstufe ausgelegt und konnten Faust- und Stockschläge sowie Stiche mit Messern und anderen Klingenwaffen abhalten. Theoretisch waren sie mehr als ausreichend, um das Team gegen jedes Erzeugnis spätsteinzeitlicher Technik zu schützen.

Theoretisch.

Die andere Kiste enthielt die zweite Hälfte ihrer Ausrüstung, die alles andere als defensiv war. Benson entnahm ihr eines der Gewehre, wobei er sorgsam darauf achtete, mit dem Finger dem Abzug nicht zu nahe zu kommen. Es war ein kurzes, klobiges Modell, das für den Häuserkampf gedacht war, eignete sich aber genauso gut für dichte Wälder. Das Gewehr war schwarz und in seiner Zweckmäßigkeit fast schon hässlich. Es gehörte zu den ersten Gewehren, die die Menschheit seit über zweihundert Jahren hergestellt hatte. Die meisten waren der Auffassung, die Menschheit sei ohne sie besser dran, und tatsächlich durften Zivilisten nach wie vor keine besitzen. Aber der Schmerz von David Kimuras Angriff auf Shangri-La saß tief. Der Verlust von

zwanzigtausend Menschen innerhalb weniger Minuten hatte Auswirkungen auf eine Gesellschaft.
Das Bildmaterial von der letzten Konfrontation mit Kimura hatte die Sache weiter verkompliziert. Es zeigte, wie Benson die letzte existierende Waffe, eine FN Browning 1910, die Erzherzog Ferdinand getötet und damit den Ersten Weltkrieg ausgelöst hatte, einsetzte, um den Bombenanschlag zu verhindern, der die hintere Hälfte der Arche weggerissen hätte, woraufhin alle Passagiere erfroren oder verhungert wären.
Angesichts dessen und des Schocks nach dem Umzug auf die Oberfläche, wo man zum ersten Mal seit ein paar Tausend Jahren um den Platz an der Spitze der Nahrungskette kämpfen musste, war Shambhalas Führung gezwungen gewesen, das Schusswaffenverbot zu lockern.
Korolev sah ihn mit dem Gewehr in der Hand und kam herüber.
»Die Zeit der Betäubungsstäbe ist vorbei, was, Chief?«
»Das können Sie laut sagen.«
»Mr Benson.« Atwoods scharfe Stimme erklang hinter ihnen; das Geräusch erinnerte an das Brechen eines Bretts. »Sind Sie qualifiziert dafür, eine persönliche Defensivwaffe Marke P-120 zu verwenden?« Es war mehr eine Anklage als eine Frage.
Benson hob eine Hand, aber Korolev warf ein: »Machen Sie Witze? Chief Benson ist die einzige dafür qualifizierte Person. Es sei denn, Sie glauben, ein paar Stunden auf dem Schießstand wären dasselbe wie ein echtes Feuergefecht.«
Ah, Korolev. Zuverlässig loyal und ein Heißsporn, wie er im Buche stand. Atwood wollte gerade ihrem Ärger Luft machen, da entschärfte Benson die Situation, indem er das Gewehr in die Kiste zurücklegte.
»Es war nicht wirklich ein Feuergefecht, Constable, wenn man bedenkt, dass ich als Einziger eine Waffe hatte. Sergeantin Atwood hat recht, ich bin an dieser spezifischen Waffe nicht ausge-

bildet. Sie sollten Ihren Vorgesetzten wirklich mehr Respekt erweisen, Pavel.«
»Jawohl, Sir.« Korolev straffte die Schultern. »Es tut mir leid, Ma'am.«
Wenn Atwood noch einen Schritt auf Korolev zugemacht hätte, hätte sie auf seinen Zehen gestanden. Sie war gut fünf Zentimeter kleiner als er, schien das aber nicht zu bemerken. »Sie wurden dieser Expedition auf Mr Bensons Bitte hin zugeteilt, aber Sie unterstehen für die Dauer dieser Mission meinem Kommando, und bis dahin werden Sie sich meiner Autorität beugen. Verstanden?«
»Jawohl, Ma'am. Es wird nicht wieder vorkommen.«
»Davon gehe ich aus. Jetzt legen Sie Ihre Ausrüstung an. Wenn Sie nicht fertig sind, wenn in drei Minuten diese Tür aufgeht, stehen Sie den Rest der Zeit nackt Wache. Los!«
Korolev salutierte forsch, dann trat er zurück und zog rasch seinen Kampfanzug an.
Atwood sah zu Benson auf und wies auf den vorderen Bereich der Kabine. »Gehen wir ein Stück.«
Benson blieb stehen, sobald sie außer Hörweite des restlichen Sicherheitsteams waren. »Würden Sie ihn wirklich eine Schicht lang nackt Wache stehen lassen?«
»Aber sicher. Lektionen müssen denkwürdig sein, wenn sie sich einprägen sollen.«
»Beurteilen Sie ihn nicht zu hart. Pavel ist ein guter, zuverlässiger Mann. Er ist nur jung und voller Testosteron.«
»Was glauben Sie, warum ich ihn nackt sehen will?«
Benson kicherte. »Sie sind eine attraktive Frau. Ich bin sicher, Sie könnten ihn einfach freundlich fragen.«
Atwood legte eine Hand an die Brust und tat schockiert. »Ich soll mit einem Untergebenen fraternisieren, der meinem direkten Kommando untersteht? Das ist unethisch. Da sind wir uns sicher einig.«

»Ich weiß nicht, immerhin habe ich eine Frau geheiratet, die meinem direkten Kommando unterstand. Andererseits wäre ich nie auf den Gedanken gekommen, ihr einfach zu befehlen, sich im Dienst auszuziehen.«
»Ich finde, das vereinfacht das Ganze.«
»Ihre Methode ist zweifellos billiger, als sich zu verabreden, das muss ich zugeben.« Benson lehnte sich gegen eine Sitzlehne. »Er hat nicht unrecht, wissen Sie?«
»Womit genau?«
»Mit dem Feuergefecht. Ich bin seit über zweihundert Jahren der Erste, der in einem teilgenommen hat. Egal, wie sehr man trainiert und übt, darauf kann man sich nicht vorbereiten, nicht mal durch einen guten alten Faustkampf. Die Hände schwitzen und zittern, das Herz rast, und der Körper tut alles in seiner Macht Stehende, damit man danebenschießt. Dabei hat in meinem Fall noch nicht einmal jemand das Feuer erwidert.«
»Es sei denn, man sieht die Atombomben als Methode, das Feuer zu erwidern.«
»Stimmt«, gab Benson zu.
»Aber ich gebe Ihnen recht«, räumte Atwood ein. »Haben Sie irgendwelche Ratschläge für mich?«
»Ja, lassen Sie sich nicht in einen Schusswechsel verwickeln.«
»Aber was, wenn es nicht anders geht?«
»Abstand ist Ihr Freund.«
Atwood versuchte, das zu verdauen. »Hören Sie, wir haben den Bauplan für das P-120 aus den Archiven ausgewählt, weil es beidhändig benutzbar und total simpel zu bedienen ist. Wir haben Ersatz dabei. Wenn Sie die Treiber runterladen, könnte ich eine Verbindung zu Ihrem Plantat herstellen und Sie in einer halben Stunde einer Basisschulung unterziehen.«
»Warum sollten Sie das wollen?«
Atwood zuckte die Achseln. »Sie haben es selbst gesagt. Sie sind

der einzig wirklich Erfahrene hier. Ich habe nur vier Leute gegen wer weiß wie viele Hundert oder Tausend potenziell feindliche Eingeborene. Da liegt es nahe, meine Mannstärke um fünfundzwanzig Prozent zu erhöhen.«

Benson rieb sich den Nacken. »Das kann ich nachvollziehen, und ich weiß das Angebot zu schätzen. Aber ich bin als Diplomat hier. Eine Waffe zu tragen, wäre eine völlig falsche Botschaft.«

»Ich verstehe. Darf ich Sie wenigstens zu der Plantatgruppe hinzufügen, die mein Team zur Koordination verwendet?«

»Einverstanden.«

»Gut, verwenden Sie den Kanal nur im Notfall. Das Trainingsangebot steht, falls Sie Ihre Meinung ändern.«

»Danke, aber um ehrlich zu sein, Sergeantin, hoffe ich, ich werde nie wieder eins von diesen verdammten Dingern abfeuern müssen.«

KAPITEL 6

Als Kexx Mei zum Tempel zurückbrachte, war der Streit bereits in vollem Gange. Lange schwelende Auseinandersetzungen und Meinungsverschiedenheiten waren zu neuem Leben erwacht, als Mei und ihre Leute sechs Varrs zuvor gelandet waren. Die Ankunft des riesigen Metallvogels der Menschen ließ sie überkochen. Die Ältesten und ihre Diener verteilten sich rasch auf gegenüberliegenden Seiten des Tempels, während der Rover in der Mitte stand und die beiden streitenden Gruppen teilnahmslos beobachtete.

Tukos Stimme war wie üblich die lauteste, doch selbst sier hatte Probleme, den Lärm zu übertönen, denn Kuul, Chak und die anderen versuchten, einander zu überschreien und mit Lichteffekten zu übertreffen. Schließlich platzte Tuko der Kragen. Sier wirbelte den Zeremonienspeer einmal durch die Luft und ließ ihn gegen die Außenseite des Rovers krachen, sodass der Schaft brach. Der Speer war über dreihundert Jahre alt und die ganze Zeit über von Häuptling zu Häuptling weitergegeben worden. Das Geräusch des brechenden, uralten Haloholzes grenzte an Häresie, brachte aber alle zum Schweigen, ließ die Haut aller dunkel werden und sorgte dafür, dass die Anwesenden ihr Gesicht Tuko zuwandten.

Lange drehte Tuko in der drückenden Stille den gesplitterten Speerschaft in den Händen und besah sich die Bruchstelle wie eine Wunde.

»Freunde.« Tukos Stimme war ruhig, beherrscht, leise. Aber sie durchdrang die plötzliche Stille im Tempel wie ein Wirbelsturm. »Unser Volk harrt unserer Weisheit. Ist es zu viel verlangt, dass wir uns auf eine solche einigen?« Tuko ließ den Blick über alle schweifen, und die beschämte Stille dehnte sich.

»Mein Häuptling.« Kuul trat vor und beugte das Knie, ohne Tuko und den Rover anzusehen, ganz, wie es sich gehörte. Siene Haut jedoch leuchtete heller als Tukos. Das war entweder ein Affront oder ein Versehen des ehrgeizigen jungen Kriegers. Kexx hielt Letzteres für wahrscheinlicher, doch Tukos Stellung verlangte, dass sier von Ersterem ausging.

Tukos Haut loderte auf wie eine Fackel. Mit einer Drehung des Handgelenks legte sier den Speer in Kuuls Nacken, direkt oberhalb der Blutbahnen zum Gehirn. »Soll ich zustoßen, Kuul? Ich sehe keinen Grund, es nicht zu tun, denn du scheinst deinen Kopf ohnehin nicht zu gebrauchen.«

Alle im Raum erstarrten. Es handelte sich um eine symbolische Drohung … zumindest weitgehend. Aber trotz des gesplitterten Schafts spürte Kuul die Last der Autorität des Speers im Nacken. Siene Haut wurde dunkler und wechselte zu den schnell ineinanderfließenden Punkten der Beschämung und völligen Unterwerfung. Tuko ließ den gesplitterten Speerschaft noch eine Weile liegen, wo er war, damit der junge Krieger die Lektion auf jeden Fall verstand, ehe sier ihn wegnahm.

»Was wolltest du sagen, Kuul?«

Kuuls Haut wurde heller, leuchtete aber nicht so grell wie Tukos. Sier war also kein kompletter Idiot. »Mein Häuptling.« Sienir Blicke huschten über den verstummten Rover in der Raummitte. »Der Gesandte kann sprechen. Dann kann man davon ausgehen, dass sier auch hören kann.«

Tuko sah den Rover argwöhnisch an, dann übermittelte sier mental siene Zustimmung. Ohne ein weiteres Wort folgten alle Tuko aus dem Tempel hinaus in die Nachmittagssonne.

»Danke, Häuptling«, sagte Kuul. »Unsere Vorabspäher haben uns mitgeteilt, dass es weniger als dreißig sind. Allein meine Krieger sind zehnmal so viele. Gehen wir hinaus und führen wir diesen Räubern die Fruchtlosigkeit ihrer Invasion vor Augen.«

Ein Chor von Unterstützern wurde laut, doch ein Aufblitzen Tukos brachte sie zum Schweigen. »Du sprichst von Invasion?« Sier streckte eine Hand in Meis Richtung aus. »Unsere Gäste sind schon seit vielen Varrs hier. Waren sie nicht anständig? Erst heute habe ich gesehen, wie ihre Kinder mit unseren spielten. Ist das typisch für eine Invasion?«

»Woher sollen wir wissen, was für diese Leute ›typisch‹ ist?« Kuul deutete auf Mei. »Wir haben keine Ahnung, warum sie hier sind. Vielleicht sind es Verbrecher. Vielleicht sind es Späher. Vielleicht hat man sie hergeschickt mit dem Auftrag, harmlos aufzutreten und zu agieren, damit wir unachtsam werden.«

»Das ist doch lächerlich«, sagte Kexx wütend, ehe sier sich beherrschen konnte.

Tuko wandte sich siem zu. »Hast du etwas hinzuzufügen, Wahrheitssucher?«

Kexx richtete sich auf und legte die Hände auf Meis Schultern, ehe sier fortfuhr. »Mei und ich haben uns mehrfach über ihre Entscheidung, herzukommen und uns zu treffen, unterhalten.«

»Warum hast du diese ›Unterhaltungen‹ für dich behalten?«, verlangte Kuul zu wissen.

»Ein Wahrheitssucher darf alles, was sier erfährt, für sich behalten, bis sier es eingehend untersucht hat.«

»Also sollen wir dir einfach Glauben schenken?«

»Nein.« Kexx schüttelte den Kopf, ohne es zu merken, eine durch und durch menschliche Geste. »Ihr sollt siem Glauben schenken.« Sanft schob Kexx Mei in den Kreis. »Keine Angst, Mei.«

Tuko kam einen Schritt näher. »Schon gut, Kind. Du musst keine Angst haben.«

Mei straffte ihre Schultern und stand noch stocksteifer da als sonst. »Keine Angst«, sagte sie in passablem G'tel, »und kein Kind. Habe Kind.«

Kexx schnitt eine Grimasse, denn sier hatte Angst vor Tukos

Reaktion, doch siene Haut flackerte nur amüsiert. »Natürlich. Verzeih. Warum bist du vor sechs Varrs in unser Dorf gekommen?«

»Zu lernen. Zu sehen. Ganzes Leben in einer … Höhle gelebt. Wollte erforschen. Des Wartens müde.«

Tuko dachte darüber lange nach. »Ihr habt auf der Reise auf eurem …« Sier sah zu Kexx auf, suchte nach dem unbekannten Wort.

»Boot«, half Kexx aus.

»Ja, eurem ›Boot‹ Leute verloren. Viele von euch haben nicht überlebt.«

Meis Unterlippe zitterte ein ganz klein wenig, doch sie blieb standhaft.

Tuko fuhr fort: »Warum habt ihr stattdessen nicht einfach diesen großen Vogel genommen? Den, den die anderen Menschen genommen haben?«

»Nicht unserer. Wir aus anderem Dorf. Keine großen Vögel.«

»Es gibt mehr als ein Menschendorf?«

Mei schüttelte den Kopf, dann besann sie sich eines Besseren und wedelte auf G'tel-Art mit der Hand. »Jetzt nur noch eins. Unseres leer.«

»Ist dieses andere Dorf größer, als eures war?«

Mei wedelte erneut mit der Hand. »Größer. Viel größer.«

»Wo ist dieses Dorf?«

Mei grinste. Kexx verstand das Mienenspiel, ging aber davon aus, dass sier der Einzige war. Mei hob eine Hand und deutete auf den Ozean, dann auf die geheimnisvolle Linie am Himmel, die selbst bei Tageslicht schwach sichtbar war, und führte den Finger schließlich zurück zum Horizont hinunter. »Da.«

Eisige Stille senkte sich über die Menge. Es hatte natürlich Gerüchte gegeben, Vermutungen, diese neuen Gäste hätten mit den seltsamen Himmelserscheinungen zu tun. Die meisten hatten sie als gutes oder böses Omen gedeutet, aber ohne Bestätigung waren es eben nur Gerüchte gewesen. Zwei der Ältesten fielen betend auf die Knie, während ein dritter in Schockstarre zu sein schien. Der Rest stritt weiter.

Kexx musste zugeben, dass Mei ein Gespür für Dramatik hatte.

»Varr ist zu uns zurückgekehrt«, flüsterte Chak, einer der Ältesten, feierlich. Sier nahm Bezug auf eine alte Geschichte. Eigentlich sogar auf die älteste: die über Varr, den Gefährten Cuuts und Xis, der lange im Exil gelebt hatte. »Wir müssen den Menschen unsere Türen öffnen und ein entsprechendes Opfer vorbereiten.«

»Stimmt das, Mei?«, fragte Tuko. »Hat Varr uns deine Leute geschickt?«

Mei stotterte: »Ich … ähm …«

»Seht ihr?« Kuul schlug sich mit der Faust an die Brust. »Sier ist kein Kind Varrs. Sier kann kaum sprechen!«

»Wie gut sprichst du die Menschensprache, Kuul?«, konterte Kexx.

»Gar nicht«, verkündete sier stolz. »Warum sollte ich meinen Mund mit ihrem Schlamm füllen?«

»Weil Mei uns die Ehre erwiesen hat, unsere Sprache so schnell und so gut wie möglich zu lernen.«

»Das sollte sier auch. Sprechen lernen wie ein zivilisiertes Wesen.«

Chak schob sich wieder in den Kreis. »Varr hat Jahrtausende im Exil gelebt. Woher wissen wir, dass die Menschensprache nicht siene Sprache ist? Mit den nomadischen Clans können auch wir uns kaum unterhalten.«

»Weil die Nomaden nur bessere Tiere sind«, bellte Kuul. »Wir sollten sie genauso verjagen wie diese Räuber!«

Chak drängte sich so dicht wie möglich an Kuul heran. »Du würdest unserer Rettung ins Gesicht spucken? Du bist ein Speer ohne Geist, der ihn führt.«

Tuko trat herzu und schob die beiden auseinander. »Wenn ich das richtig verstehe, geht es im Grunde darum, ob wir die Menschen verehren« – sien Blick huschte so schnell, dass es Kexx beinahe entgangen wäre, zu Mei und wieder zurück – »oder abschlachten sollen, ja?«

Allgemeines zustimmendes Murmeln erklang aus dem Rund der Ältesten.

»Eine krasse Alternative.« Tuko hielt inne. »Eine in ihrer Vertrautheit deprimierende Alternative. Sieht so eigentlich nicht jede Wahl aus, vor der wir stehen? Sieht eure Weisheit letztlich nicht immer so aus?« Die langsam über siene Haut laufenden Streifen erstarrten und lösten sich in flackernde Punkte auf, ein Zeichen extremer Frustration.

Niemand wagte zu antworten.

Tuko rieb sich geistesabwesend die linke Schulter, über ein Souvenir eines lange zurückliegenden Kampfes gegen einen Räuberstamm. »Mei, was wollen deine Leute? Warum sind sie ausgerechnet jetzt gekommen?«

Mei zuckte die Achseln. »Ich weiß nicht. Wir haben zwei Jahre nicht gesprochen.«

»Verstehe.«

»Aber ihr besiegt sie nicht«, setzte Mei eilig hinzu.

»Unsinn«, regte sich Kuul auf. »Wir könnten euch mit Leichtigkeit besiegen.«

»Einmal vielleicht. Nicht zweimal.« Mei deutete wieder auf die Linie am Himmel. »Sie kommen zurück. Mehr Vögel, mehr Leute und viele größere Speere.«

Kexx mischte sich ein. »Mei hat mir gesagt, dass in den großen Vögeln Hunderte von Menschen Platz finden. Heute haben sie sich entschieden, nicht so viele mitzubringen. Was auch immer sie sind und wer auch immer sie geschickt hat, sie sind hier, um zu reden, nicht um zu kämpfen.«

»Bist du dir da sicher?«, fragte Tuko. »So sicher, dass du bereit bist, unser Dorf zu riskieren?«
»Ja«, antwortete Kexx ohne Zögern. »Leichten Herzens.«
Tukos Hand massierte weiter siene Schulter. »Nun, das habe ich nicht, und ich bin auch nicht so sicher wie du. Kuul wird zwei Handvoll Krieger nehmen und …«
»Endlich Weisheit!« Kuul schüttelte triumphierend die Hände, während erregte Bänder über siene Haut tanzten.
»… und« – Tukos Stimme bekam einen scharfen Unterton – »unsere neuen Gäste ins Dorf eskortieren, wo wir die abendliche Waschung vornehmen und die entsprechenden Opfer bringen werden. Derweil werden Chak und eine Handvoll Krieger unsere Träger in den Keller von Xis' Tempel bringen, wo sie außer Sicht und in Sicherheit sein werden. Ist das für alle annehmbar?«
Das war eigentlich keine Frage, doch als sich Kexx die Hautmuster und die Körperhaltung der Anwesenden ansah, kam es siem vor, als fänden alle den Vorschlag gleichermaßen unannehmbar. Der Inbegriff eines Kompromisses.
Kuul stürmte, gefolgt von mehreren Kriegern, davon, während Chak mit zwei der anderen Ältesten davonschlenderte, um den Beschluss zu beklagen. Der Rest des Kreises der Ältesten kehrte in den Tempel zurück. Mit Ausnahme von Tuko, sier blieb. Resolut, aber aufgewühlt.
Kexx näherte sich siem. »Mein Häuptling.«
»Wahrheitssucher. Du hast noch etwas zu sagen?«
»Ich will hinausgehen, um die neuen Menschen zu begrüßen und Kuul im Auge zu behalten. Wie du richtig gesagt hast, habe ich mehr Zeit mit ihnen verbracht als jeder andere.«
Tuko stieß ein kurzes Lachen aus. »Du könntest mit einem Speer im Rücken zurückkommen.« Sier seufzte lang und anhaltend, als drücke tiefes Wasser auf sienin Luftsäcke. »Nein. Es ist

die Aufgabe eines Wahrheitssuchers, zu beobachten. Du musst Abstand halten und mir berichten, was du siehst. Vielleicht war es ein Fehler, dich Mei und ihren Leuten so nahe kommen zu lassen.«

»Fullo hat mich gelehrt, zu sehen, was anderen entgeht oder was sie nicht sehen wollen.«

»Wollte Fullo die Innenseite des Bauchs eines Uliks sehen?«, blaffte Tuko. »Fullo war ein guter Wahrheitssucher, aber sier hatte die Seele eines Krieges. Immer ging sier zu nah heran, auf Tuchfühlung. Sier war zu …«

»Zu fokussiert?«, fragte Kexx spitz.

»Vielleicht«, sagte Tuko nach kurzer Pause. »Die anderen Ältesten sind in dem, was sie sehen, fokussiert genug. Du musst unvoreingenommen bleiben, verschiedene Möglichkeiten und verschiedene Perspektiven zulassen, wenn dein Rat mir nutzen soll. Verstanden?«

»Ich verstehe, dass Kuul auf einen Kampf brennt und jeden Vorwand nutzen wird, um einen vom Zaun zu brechen.«

Tuko wedelte verärgert mit einem Arm. »So ist Kuul, seit sier zum ersten Mal eine Hand zur Faust geballt und einen Schlag geführt hat. Chak hat recht, was sien angeht, sier ist ein Speer, der einer starken Wurfhand bedarf. Wenn Kuul einen Kampf mit den Menschen vom Zaun bricht, ist das siene eigene Schuld. Vielleicht ist das genau der Vorwand, den ich brauche, um sien zu ersetzen.«

»Wenn dann noch jemand von uns lebt.« Kexx verschränkte die Arme. »Du hast den Rover gesehen. Das ist Magie, Tuko. Aber für sie ist er nur ein Werkzeug. Wenn das ihre Vorstellung von einem Pflug ist, wie mögen dann ihre Speere aussehen? Du hast Mei gehört, sier hat sich nicht die geringsten Sorgen wegen Kuul und sienim Kriegern gemacht.«

»Sier könnte bluffen.«

»Mei hat mir noch nie Grund gegeben, an sienin Worten zu zweifeln.«

»Du setzt großes Vertrauen in dein Haustier«, sagte Tuko.

Kexx lachte und ließ Verärgerung aufblitzen.

»Was ist daran so lustig?«

»Du hast gesehen, wie ihr großer Vogel den Himmel über unserem Dorf verdunkelt hat. Bist du wirklich sicher, dass Mei das Haustier ist?«

KAPITEL 7

»Hier draußen ist alles klar, Verwaltungsleiter.«

Sergeantin Atwood war gründlich gewesen. Ihr Team hatte fünfzehn Minuten gebraucht, um einen Bereich zu roden, der kaum größer war als das Shuttle, das darauf gelandet war. Alles in allem war ihre Vorsicht wahrscheinlich gerechtfertigt.

»Haben sich die Atlanter blicken lassen?«, rief Valmassoi von der Treppe herunter.

»Nein. Diese verdammten Insekten sind das Einzige, was sich hier draußen bewegt.«

»Danke, Sergeantin. Wir kommen jetzt raus.« Der Verwaltungsleiter wandte sich an den Rest seiner Schäfchen, während Benson mit verschränkten Armen am Schott lehnte. »Also, wir gehen jetzt alle ruhig und geordnet nach draußen. Dort bleiben Sie innerhalb des Bereichs, der von unserem Sicherheitsteam definiert wurde. Niemand zieht einfach los, um sich eine Pflanze anzuschauen. Niemand entfernt sich von der Gruppe, weil er mal ein bisschen allein sein möchte. Es verschwindet auch niemand hinter einem Baum, um seine Notdurft zu verrichten. Nutzen Sie die Toiletten hier im Shuttle oder halten Sie ein. Wir bewegen uns als geschlossene Gruppe. Klar?«

Es folgte ein allgemeines zustimmendes Murmeln, das Valmassoi ausreichend davon überzeugte, dass seine Botschaft angekommen war oder zumindest genügte, um potenziellen Zuwiderhandlern »Ich habe es Ihnen doch gesagt« vorhalten zu können und jede Schuld von sich zu weisen. Benson hatte diese Methode früher auch oft angewandt und empfand unwillkürlich Bewunderung für einen Bruder im Geiste.

Im Gänsemarsch gingen die Würdenträger die Treppe hinunter

wie Vieh, das aus der Stadt geführt wurde. Vieh. Der alte Beiname war Benson seit mindestens einem Jahr nicht mehr in den Sinn gekommen. Da die Mannschaft der Arche sich Zehntausende von Kilometern über ihnen am Himmel befand und fast alle anderen damit beschäftigt waren, sich hier unten am Boden ein neues Leben aufzubauen, waren die alten Bezeichnungen nicht mehr gebräuchlich. Vielleicht galten sie auch einfach nicht mehr.
Benson ging als Letzter und wartete geduldig, bis alle vor ihm ins Licht hinausgetreten waren. Von draußen wehte warme Luft herein und mischte sich mit der abgestandenen, kühlen Luft der Kabine, trug Pollen von den Feldern herein. Jemand weiter vorn in der Schlange nieste einmal, dann noch einmal und schließlich so heftig, dass es nach Lungenriss klang. Allergien waren ein neues Phänomen. Die Luft in der Arche war so gründlich gereinigt gewesen, dass sie keinerlei Niesreiz mehr bot, wenn man sie in die Nase bekam. Ein kleiner, aber bedauernswerter Prozentsatz der Bevölkerung hatte bei der Landung auf Atlantis auf unschöne Weise Bekanntschaft mit Schleim gemacht.
Benson kam unten an der Treppe an und setzte den rechten Fuß auf den Boden. Er musste den plötzlichen Drang unterdrücken, niederzuknien und ihn zu küssen. Alle drängten sich unter dem Shuttle, um nicht in der Mittagssonne zu stehen. Sie befanden sich ein paar Hundert Kilometer südlich vom Äquator des Planeten, aber immer noch in den Tropen, und es herrschte Hochsommer. Atwoods Team stand mit gesenkten Waffen an den drei Ecken des Shuttles, während sie selbst eine kleine, vierrotorige Drohne zusammenbaute.
Benson störte sie nicht, sondern ging zum Rand der Lichtung. Das Getreide war dank der Sonne hoch aufgeschossen. Es hatte einen bleichen Lavendelton und war geformt wie Farn. Er fasste unter den fleischigen Stängel und spürte knotige Auswüchse. Benson drehte die Pflanze um und sah drei Reihen von, wie er

annahm, Samenkapseln, die sich über den gesamten Stamm zogen. Die Pflanze ähnelte keiner, die auf ihrem Kontinent heimisch war – andererseits sah auch Mais seinen Urformen kein bisschen mehr ähnlich.
Er löste ein paar Samenkörner und kehrte zu der Gruppe unter dem Shuttle zurück. »Glauben Sie, die sind essbar?«, fragte er Valmassoi.
»Für Atlanter oder für Sie?«
»Natürlich für mich.«
»Woher zum Teufel soll ich das wissen?«
»Haben wir keinen Botaniker dabei?«
Valmassoi sah ihn an, als sei ihm plötzlich ein zweiter Kopf gewachsen. »Wir sind nicht hergekommen, um uns am Büfett anzustellen, Mr Benson. Wir sind hier, um mit diesen Leuten zu reden.«
Bensons ohnehin nicht besonders hohe Meinung über den Verwaltungsleiter verschlechterte sich weiter. »Worüber denn? Wir haben drüben in Shambhala eine Missernte.«
»Aufgrund von Sabotage.«
»Was spielt das für eine Rolle? Diese netten Leute hier haben quadratkilometergroße Getreidefelder. Wenn wir das Zeug essen können, können wir voneinander lernen. Ideen und Methoden austauschen. Wir sind erst seit drei Jahren hier. Sie seit Zehntausenden. Glauben Sie wirklich, sie können uns nichts darüber lehren, wie man auf diesem Planeten überlebt?«
Valmassoi musterte die Samenkörner in Bensons Handfläche mit neuer Wertschätzung. »Na, wie schmecken sie?«
Benson betrachtete die Samenkörner in seiner Hand argwöhnisch, dann sah er sich um. »He, Korolev. Wetten, dass Sie sich nicht trauen, eines davon …«
»Vergessen Sie's, Trainer.«
Benson nickte. »Guter Mann. Na, ich schätze, jetzt habe ich mich

selbst in die Ecke manövriert.« Er schüttelte die kleinen Körnchen in seiner Handfläche, dann nahm er sie in den Mund und kaute darauf herum, bereit, sie beim ersten Anzeichen von bitterem Geschmack wieder auszuspucken.

»Na?«, fragte Valmassoi. »Wie schmecken sie?«

»Wie ... Bohnen.«

»Bohnen?«

»Ja, von der Konsistenz her. Der Geschmack erinnert eher an Tofu und Karamell.«

»Ist das schlecht?«

»Nein, nur seltsam.« Benson wagte es, die Saatkörner zu schlucken. Für die Wissenschaft.

»War das klug?«, fragte Valmassoi.

Benson zuckte die Achseln. »Irgendjemand musste auch den ersten Apfel essen.«

»Wenn ich mich recht entsinne, ist das damals nicht so gut gelaufen.«

»Ich weiß nicht. Der Garten, den wir verlassen haben, befindet sich am Grunde eines schwarzen Lochs.«

»Aber was, wenn Sie in einer Stunde tot zusammenbrechen?«

»Dann wissen Sie, dass wir um Anbauhilfe für dieses Getreide nicht bitten müssen.«

Valmassoi lächelte. »Wenn Sie es so ausdrücken, klingt das, als könnten wir nur gewinnen.«

»Was nun?«

Der Verwaltungsleiter nickte in Richtung von Atwood. »Sobald die gute Sergeantin uns die Freigabe erteilt, machen wir das Shuttle dicht und gehen Richtung Dorf.«

»Und was dann?«

»Dann warten wir außerhalb des Dorfes, bis jemand herauskommt, um uns zu begrüßen.«

»Was wahrscheinlich freundschaftlicher ausgefallen wäre, wenn wir nicht über ihr Dorf geflogen wären, das ist Ihnen schon klar?«, sagte Benson.

Bei diesem Kommentar straffte Valmassoi die Schultern. »Dies ist ebenso eine Kundschaftermission wie eine diplomatische. Es war gut zu wissen, womit wir es zu tun haben, ehe wir gelandet sind, finden Sie nicht?«

»Die Satelliten hatten uns schon alles verraten, was wir durch den Überflug hätten erfahren können. Das war eine reine Machtdemonstration.«

Valmassoi tätschelte die Unterseite des Shuttles. »Ich muss zugeben, Ihre Kritik irritiert mich. Haben Sie in Ihrer Amtszeit als Chief Constable von Avalon nie auf Machtdemonstrationen zurückgegriffen, Mr Benson?«

»Doch, natürlich, immer dann, wenn die Leute eine kleine Erinnerungsstütze gebraucht haben.« Er wies mit dem Daumen hinter sich. »Aber die haben noch nichts getan, um uns zu provozieren.«

Valmassoi machte eine besänftigende Geste. »Das werden sie jetzt auch nicht. Das hat sicher nicht geschadet.«

Benson musste den Impuls unterdrücken, dem selbstgefälligen kleinen Scheißer eine zu knallen. »Sind Sie nie auf den Gedanken kommen, dass so eine Nummer sie vielleicht provozieren könnte? Diese Leute haben sich auf einem Planeten entwickelt, auf dem große Steine, die vom Himmel fallen, schon seit Jahrmilliarden versuchen, sie umzubringen. Also was tun sie? Sie bauen ihre verdammten Häuser in die Krater. Irgendwas sagt mir, dass sie nicht dazu neigen, sich einschüchtern zu lassen.«

»Wir werden sehen.« Valmassoi machte eine wegwerfende Handbewegung. Ein moskitoartiges Summen unterbrach ihr Gespräch, und Atwoods Quadrokopter surrte vorbei.

»Wir sind so weit, Verwaltungsleiter«, sagte sie. »Sie müssen nur das Kommando geben, dann brechen wir auf.«

»Dann nichts wie los.«
Die Luke des Shuttles schloss sich hinter ihnen und verriegelte sich. Sie bildeten eine Zweierreihe, angeführt von Atwood und Korolev. Die beiden Sicherheitsbeamten bildeten den Schluss. Der Quadrokopter schoss hoch in den Himmel, während sie sich vom Shuttle entfernten.
Die Expedition erlebte die erste Überraschung, als der einfache, ausgetretene Saumpfad rasch in die Hauptstraße mündete. Sie waren davon ausgegangen, dass das Straßennetz zwischen den verschiedenen Dörfern nur aus Trampelpfaden bestand, die man in regelmäßigen Abständen von Vegetation befreite. Aber sobald sie den Fuß auf die Oberfläche der Straße gesetzt hatten, wurden sie eines Besseren belehrt.
»Das ist Beton«, sagte Atwood, »oder etwas sehr Ähnliches.«
»Wie fortschrittlich«, sagte Benson. »Ich wette, dann bestehen ihre Hütten auch nicht nur aus Stöcken und Lehm.«
Die Gruppe legte plaudernd einen Kilometer zurück, dann blieben alle abrupt stehen, als ein Schmerzensschrei erklang.
»Aaah …« Atwood rieb sich mit der freien Hand heftig die Schläfe. Benson hatte so etwas schon einmal gesehen. Atwoods Plantat empfing fehlerhafte Daten, die ihr Gehirn nicht verarbeiten konnte. Ihm war das noch nie passiert, Theresa schon. Ihrer Beschreibung nach hatte es Ähnlichkeit mit einem epileptischen Anfall.
Benson legte ihr eine Hand auf die Schulter. »Was ist?«
»Die Drohne. Sie ist …«
Der Quadrokopter schlug dicht neben Korolev auf der Straße auf. Einer seiner Rotoren drehte sich noch, dann sprühte er plötzlich Funken und erstarrte.
Korolev trat nach dem glimmenden Wrack. »Äh, Chief?«
Die anderen beiden Wachen legten ihre Gewehre an und sahen sich nach Zielen um, ehe Atwood den Arm heben konnte.

»Nein! Halten Sie sich zurück. Es ist schon in Ordnung. Das waren nur ein paar verdammte Vögel. Sie haben ihn vom Himmel geholt.«
Benson beugte sich über das qualmende Wrack der Drohne und entfernte aus einem der Lüftungsschächte eine schillernde Schuppe, wie sie die einheimischen Vogeläquivalente statt Federn hatten. »Der Lärm muss sie angelockt haben. Sie haben sie fälschlicherweise für ein Insekt gehalten.«
»Verdammt großes Insekt«, sagte Korolev.
»Vielleicht sind sie hungrig.« Benson sah auf und suchte den Himmel nach Vögeln ab, wobei er seine Augen mit der Hand gegen die Mittagssonne abschirmte. Er entdeckte drei, die träge über ihren Köpfen kreisten. Ihre Höhe war schwer zu schätzen, aber es waren große Tiere mit einer Flügelspanne von mindestens zwei Armlängen. Aasfresser? Nach ein paar weiteren langsamen Kreisen entfernten sie sich in einer v-förmigen Formation beinahe exakt nach Norden. »Das ist seltsam.«
Valmassoi mischte sich ein. »Haben wir eine Ersatzdrohne?«
Atwood schüttelte den Kopf. »Nicht an Bord des Shuttles. Ich hielt das nicht für notwendig.«
»Können wir ohne weitergehen?«
Atwoods Blick richtete sich in weite Ferne, ein klares Zeichen dafür, dass sie ihr Plantat konsultierte. »Ich kann eine Satellitenverbindung herstellen. Wir werden etwa eine Sekunde Versatz haben, und etwa einmal die Stunde wird es zu einer Übertragungslücke kommen.«
»Warum das?«
»Weil die Dinger nicht als Überwachungsplattformen gedacht sind, sondern als GPS-Satelliten. Ihre Teleskope lassen sich für eine komplette Vollzeitbeobachtung der Oberfläche nicht weit genug öffnen. Aber selbst wenn sie das wären, stehen ein paar aufgrund von Fehlfunktionen nicht zur Verfügung.«

Benson mischte sich ein. »Entweder wir leben damit, oder wir kehren zum Shuttle zurück und vergessen die Expedition.«

Der Verwaltungsleiter wägte nachdenklich seufzend die Alternativen ab. »Es wird reichen müssen. Gehen wir weiter. Kontaktieren Sie die Arche und finden Sie heraus, ob sie einige der Satelliten umwidmen können, um diese Lücken zu schließen.«

Atwood salutierte. »Jawohl, Sir.«

»Erinnern Sie mich daran, Captain Mahama dazu zu bringen, ein umfassendes Überwachungsnetzwerk auf der Herstellungs-Warteliste zu priorisieren.«

Benson stellte eine private Verbindung zu Atwoods Plantat her.

<He, alles klar?>

<Ja. Nur ein seltsames Datenecho, aber es lässt langsam nach.>

Atwood sah auf die Überreste ihrer Drohne hinunter. <Immer noch sicher, dass Sie keine Ausbildung an dem Gewehr brauchen, Mr Benson?>

<Nicht mehr so sicher wie noch vor einer halben Stunde.>

<Freut mich zu hören. Gehen wir weiter. Ich will wirklich nicht länger als nötig hier so ungeschützt im Freien stehen.>

Benson nickte und ging weiter die Straße entlang. Die Gruppe legte die nächsten beiden Kilometer in aufmerksamer Stille zurück, die nur gelegentlich ein Flachwitz, ängstliches Lachen oder ein Kommando eines Mitglieds von Atwoods Team durchbrach. Benson verbrachte die Zeit damit, sich per Plantatverbindung mit Theresa zu unterhalten, um sie über ihren Fortschritt ins Bild zu setzen und um ihr zu versichern, dass er nicht in Gefahr war.

Unterwegs kamen sie an drei Steinmarkierungen in Sichtweite der Straße vorbei. Alle drei trugen leicht unterschiedliche, schlichte, geschwungene Glyphen. Vermutlich handelte es sich um Zahlzeichen der Atlanter, und die Steinmarkierungen selbst waren Entfernungsmesser. Benson nahm die GPS-Koordinaten der zweiten und verglich sie mit denen der dritten. Siehe da, die Maßeinheit der Atlanter für Entfernungen betrug ungefähr 735 Meter. Benson lud diesen Befund und Bilder der Glyphen in eine Forschungsdatenbank für Linguistik und Exobiologie hoch und markierte die Dateien, um sie sich später genauer anzusehen.

»Da.« Korolev deutete die Straße entlang, als sie eine kleine Hügelkuppe überquerten. Der Kreis von Baumkronen, der den äußeren Rand des Einschlagkraters markierte, war jetzt deutlich zu sehen.

Atwood betrachtete ihn mit einem kleinen Fernglas. »Die Straße scheint zu einem Tor zwischen den Bäumen zu führen.«

»Ist ein Tor denn notwendig?«, fragte Valmassoi. »So dicht kann der Wald doch nicht sein.«

Atwood ließ das Fernglas um ihren Hals baumeln. »Für mich sieht das alles ziemlich zugewuchert aus. Mit einer Machete käme man wahrscheinlich durch, aber die Dichte des Bewuchses reicht zweifellos aus, um Eindringlinge aufzuhalten. Was jetzt?«

»Wir klopfen natürlich an die Eingangstür.« Valmassoi wandte sich an den Rest der Gruppe. »Na schön, dann schalten Sie mal alle die Übersetzer ein, aber überlassen Sie das Reden erst mal mir. Bleiben Sie beisammen und tun Sie nichts, was bedrohlich wirken könnte.«

»Was finden Außerirdische denn bedrohlich?«, fragte jemand.

»Oh, beispielsweise mit Speeren auf Leute zu zielen«, sagte Benson leise, aber angespannt.

Er stand mit dem Rücken zu den anderen am Rand des Getreidefeldes. Direkt vor ihm im Getreide verbarg sich eine gebückte, große, schlanke Gestalt, die Bensons Körper als Deckung nutzte. In den Händen hatte sie einen fast zwei Meter langen Speer mit einer schwarzen Spitze aus aufgerautem Stein, wahrscheinlich aus Obsidian und damit schärfer als das Skalpell eines Chirurgen. Gegen die Rüstung des Sicherheitsteams würde sie nicht viel ausrichten können, aber sie war sehr effektiv gegen Bensons leichtes Hemd und seinen ungeschützten Bauch. Obgleich Benson den Blick mit der Intensität eines Lasers auf den Atlanter vor sich gerichtet hielt, entdeckte er mehrere weitere Gestalten, die sich lautlos durch das Getreide bewegten und die gesamte Gruppe umzingelten.

Langsam und vorsichtig hob er die Hände. Korolev sah in seine Richtung und keuchte auf, dann legte er das Gewehr an, aber Benson bedeutete ihm, sich zurückzuhalten. Inzwischen hatte der Rest der Expedition begriffen, was da vor sich ging, und die Leute riefen einander Warnungen zu.

Benson drehte den Kopf, so weit es ging, ohne den Blickkontakt mit dem Atlanter aufzugeben, und brüllte der Gruppe zu: »Halten Sie jetzt bitte mal alle die Klappe? Keine plötzlichen Bewegungen. Da draußen sind noch weitere.«

<Kontakt links!> Die Stimme kam über die Verbindung, die Atwood für ihr Sicherheitsteam eingerichtet hatte. Atwood legte ebenfalls ihre Waffe an, als ein Dutzend weitere Atlanter zu beiden Seiten der Straße aus dem Getreide traten.

»Nun.« Benson sah zu Valmassoi hinüber. »Sie haben uns begrüßt. Was jetzt?«

KAPITEL 8

»Na schön.« Benson zwang sich, ruhig zu klingen. »Bleiben Sie alle ganz ruhig und locker.«

»Sagen Sie das den Leuten, die mit Speeren auf uns zielen«, zischte Valmassoi.

»Mit dem größten Vergnügen, wenn ich nur die geringste Ahnung hätte, wie ich das machen soll.«

Wäre Benson nicht damit beschäftigt gewesen, die Hände auf Armeslänge ausgestreckt zu halten und unbedrohlich auszusehen, hätte er sich gegen die Stirn geschlagen. In der Hitze des Gefechts hatte er vergessen, die Übersetzungsmatrix zu aktivieren, die man als Teil der Expeditionsvorbereitungen in sein Plantat hochgeladen hatte. Er blätterte die internen Menüpunkte seines Plantats durch und schaltete sie ein, dann hielt er inne.

»Moment mal. Warum soll ich mit denen reden? Sie sagten doch, wir sollten Ihnen das Reden überlassen.«

»Haben wir dafür jetzt wirklich Zeit?«, fragte Atwood.

»Ich versuche nur, Befehle zu befolgen«, sagte Benson.

»Ich musste noch nie reden, während eine Waffe auf mich gerichtet war. Sie schon.«

»Oh, dann haben Sie nicht wirklich gelebt«, sagte Benson. »Beim letzten Mal war es sogar eine Atombombe.«

»Ich lebe durchaus«, quiekte Valmassoi, »und würde es gerne auch weiterhin tun. Wenn es Ihnen also nichts ausmachen würde, Mr Benson?«

Der Atlanter, der mit dem Speer auf Bensons Nabel zielte, bellte ihm in einer tiefen, feucht klingenden Stimme etwas zu. Die Matrix in seinem Plantat brauchte einen Augenblick, um die Geräusche zu verarbeiten. Dann sagte sie in einer ruhigen, monotonen

Frauenstimme, die so gar nichts mit der Realität des zwei Meter großen Atlanters mit Speer zu tun hatte: »Ergeben Sie sich/folgen Sie uns.«

»Das ist nicht besonders hilfreich, oder?«

»Halten Sie ihn am Reden«, sagte Atwood. »Die Matrix braucht mehr Material.«

Benson nickte und dachte: *Hallo, mein Name ist Bryan.* Gleich darauf sprach die Matrix in seinem Kopf die Übersetzung, und eine möglichst genaue Annäherung an die phonetische Schreibweise der Worte erschien in der linken Hälfte seines Sichtbereichs.

»Äh … Kulay. Bryan, see coe.«

Sich schnell verändernde, kontrahierende helle und dunkle Streifen huschten über die glatte Haut des Atlanters. Auch sein Gesicht veränderte sich, wurde dunkler, während sich die an Rüschen erinnernden Kämme auf seinem Kopf aufstellten. Benson brauchte keinen Übersetzer, um zu erkennen, dass das eine Drohgebärde war. Der Atlanter wiederholte seinen Befehl, diesmal lauter, und unterstrich ihn, indem er Benson heftig genug in den Bauch stach, um ein Löchlein in sein Hemd zu reißen und die Haut darunter anzuritzen.

»He!«, schrie Benson zurück.

<Scheiß drauf, jetzt bleiben wir alle mal ruhig>, kam Korolevs Stimme über den Kommunikationskanal des Sicherheitsteams.

Benson sah zu Korolev hinüber, der sein Gewehr fester umfasste.

<Pavel …>, dachte Benson. <Was haben Sie vor, Kumpel?>

<Mr Korolev>, erklang Atwoods befehlsgewohnte Stimme. <Lassen Sie …>

Peng!

Der Speerschaft in der Hand des Kriegers barst in Stücke, als die 7,5-Millimeter-Kugel aus Korolevs Gewehr sie mit über tausend Metern pro Sekunde traf. Das Holz verwandelte sich in eine

Splitterwolke, als sich die äußeren Schichten der Hülle der Kugel abschälten und der Großteil ihrer kinetischen Energie verpuffte. Der Atlanter stieß einen kurzen, lauten Schrei aus, noch bevor die Speerspitze aus Obsidian vor Bensons Füßen auf die Straße knallte.

»Exkrement«, sagte die ruhige Frauenstimme der Übersetzungsmatrix, der an dieser Stelle der entscheidende Kontext fehlte. Benson musste eine Sprache nicht sprechen, um einen Fluch zu erkennen, wenn er einen hörte.

Die seltsamen, wellenförmigen Pupillen des Atlanters erweiterten sich, bis sie seine ovalen Augen fast komplett ausfüllten, während seine Haut, die gerade noch so dunkel gewesen war, schneeweiß wurde.

Links von Benson rief Korolev etwas. Von seiner Übersetzerin hörte Benson: »Fallen lassen.«

Zu seiner Überraschung schaute der Krieger vor ihm seinen geköpften Speer an und schleuderte ihn zu Boden.

»Jetzt die anderen auch«, rief Korolev.

Der offensichtliche Anführer der Krieger stand hoch aufgerichtet und trotzig da, die Kämme auf seinem Kopf flatterten. Ringsum hörte Benson das überaus befriedigende Geräusch von Speeren, die auf die Straße knallten.

»Hervorragend.« Benson betastete den kleinen Riss in seinem Hemd und setzte dann sein bestes Lächeln auf. »So, jetzt versuchen wir es noch mal. Kulay. Bryan see coe.«

Der Blick des Atlanters huschte hin und her, er bemühte sich immer noch zu verstehen, was gerade passiert war. »Kuul see coe«, sagte er in einem gedrückteren, vorsichtigeren Tonfall. »Mein Name ist Kuul.«

»Freut mich, Kuul. Bring mich zu eurem Anführer.«

* * *

»Ehrlich jetzt?«, flüsterte Valmassoi Benson zu, während sie vor den Toren des Dorfs warteten. »Bring mich zu eurem Anführer?«
»Sagt man das nicht an dieser Stelle?«
»Nein, das sagen die Außerirdischen in schlechten Science-Fiction-Filmen.«
»Wir sind die Außerirdischen. Ich warte schon mein ganzes Leben darauf, das einmal sagen zu dürfen.«
»Nun, dann bin ich ja froh, dass wir Ihren Kindheitstraum wahr werden lassen konnten. Apropos Kinder, was soll ich Ihrer Meinung nach mit Korolev machen?«
»Ihm einen Orden verleihen?«
»Daran hatte ich eigentlich nicht gedacht. Sergeantin Atwood ist stinksauer und will ihn zurück ins Shuttle schicken.«
»Aber?« Benson hörte das Wort regelrecht kommen.
»Aber ich habe sie gebeten, damit zu warten, bis ich mit Ihnen gesprochen habe.«
»Danke, aber ich sehe nicht, was Pavel falsch gemacht hätte.«
»Er hat sich ihrem Befehl widersetzt, nicht zu schießen, und auf die Leute gefeuert, denen wir uns vorstellen sollen.«
»Nun, technisch gesehen hatte sie den Befehl noch nicht ausgesprochen, als er geschossen hat.«
»Das ist ziemliche Haarspalterei.«
»Ja, mein Rasiermesser ist extra scharf. Außerdem hat er nicht zuerst zugehauen.« Benson deutete auf den kleinen Riss in seinem Hemd und den winzigen Blutfleck daneben.
Valmassoi höhnte: »Das ist nicht gerade eine tödliche Verletzung.«
»Nichts für ungut, aber Sie haben leicht reden. Es war erforderlich, meiner Aufforderung etwas Nachdruck zu verleihen, sonst hätte dieser Idiot Kuul niemals eingelenkt.«
»Sie müssen zugeben, dass es für einen Mann, der sich vorhin

noch gegen Machtdemonstrationen ausgesprochen hat, an Heuchelei grenzt, Korolev jetzt zu verteidigen.«

Benson zuckte die Achseln. »Eigentlich nicht. Wenn Sie sich erinnern, habe ich gesagt, wir sollten nur die Muskeln spielen lassen, wenn jemand eine Erinnerungsstütze braucht. Kuul brauchte eine, beziehungsweise mussten wir ihm in diesem Fall die Lektion überhaupt erst einmal erteilen. Er hat unsere Gewehre nicht als Waffen erkannt, deshalb dachte er, er hätte uns auf frischer Tat ertappt. Korolevs Lösungsansatz war … neuartig, aber er hat ziemlich deutlich klargemacht, was er meinte. Beinahe wäre die Sache ganz anders ausgegangen. Noch ein paar Sekunden, und einer von Atwoods Leuten hätte Kuul erschießen müssen, und die Atlanter hätten viel mehr verloren als nur einen Speer.«

Valmassoi räumte das mit einer Handbewegung ein. »Dennoch ist Mr Korolev bekannt dafür, die Befehlskette zu ignorieren. Man muss ihn tadeln.«

»Als Pavel das letzte Mal einen Befehl ignoriert hat, hat er verhindert, dass mich Plutoniumstaub von innen nach außen kocht, und lag dafür eine Woche auf der Krankenstation. Ich war sein Chef, und jetzt bin ich sein Trainer. Manchmal muss man darauf vertrauen, dass die Spieler eine andere Taktik anwenden, wenn sie etwas bemerken, das man selbst übersehen hat. Ansonsten verpasst man Chancen. Was Sie als Befehlsverweigerung bezeichnen, nenne ich Eigeninitiative.«

Valmassoi schüttelte den Kopf. »Sie beide haben sich gesucht und gefunden. Im Augenblick kann ich sowieso nicht viel unternehmen. Unser Sicherheitsteam kann es sich nicht leisten, einen Mann zu verlieren.«

»Da bin ich ganz Ihrer Ansicht.«

»Wir klären das, wenn wir wieder in Shambhala sind. Aber für den Rest dieser Expedition würde ich Mr Korolev dringend davon abraten, zu viel Eigeninitiative an den Tag zu legen, wenn er nicht möchte, dass Sergeantin Atwood ihn erschießt.«

»Ich gebe es weiter.«

»Bitte tun Sie das.« Irgendwo auf der anderen Seite der Bäume erklang ein Horn. Valmassoi klatschte in die Hände. »Ah, gleich ist es so weit. Bitte entschuldigen Sie mich.«

»Gerne doch.« Benson sah ihm nach – ein Schauspieler, der darauf brannte, endlich auf die Bühne zu kommen.

Korolev schob sich näher heran und beugte sich zu ihm herüber, um unbelauscht mit ihm zu sprechen. »Er wirkt glücklich.«

»Quietschfidel«, stimmte Benson zu. »Ein Politiker in seinem Element.«

»Chief«, fragte Korolev noch leiser. »Stecke ich in Schwierigkeiten?«

Bensons Mundwinkel zuckte. »Oh, definitiv.«

»Aber ich habe das Richtige getan.«

»Das ist meiner Erfahrung nach der beste Weg, in Schwierigkeiten zu geraten.« Benson legte dem jüngeren Mann den Arm um die Schultern. »Keine Sorge, wir klären das, wenn wir zurückkommen. Übrigens, das war ein verdammt guter Schuss.«

»Danke, aber der geht nicht auf meine Kappe.« Korolev tätschelte den Griff seiner P-120. »Die Dinger sind gyrostabilisiert, und das Zielfernrohr hat eine automatische Reichweitenerfassung. Wenn man sich auch nur eine Sekunde Zeit zum Zielen nimmt, kann man auf fünf- oder sechshundert Meter praktisch nicht danebenschießen.«

»Etwas komplexer als meine alte Handfeuerwaffe, was?«

»Ein wenig. Ist bei Ihnen alles in Ordnung, Chief? Sie sind ein bisschen rot im Gesicht.«

»Hm? Oh, mir ist nur ein bisschen schwindlig, wahrscheinlich die Nerven.«

»Bereitet Ihnen etwas Sorgen?«

»Nun, man hat mich vor ein paar Minuten beinahe mit einem Speer durchbohrt.«

Korolev schüttelte den Kopf. »Das meine ich nicht.«

»Nicht?«

»Nein. Sie haben genügend körperliche Auseinandersetzungen hinter sich, um mit dem Adrenalinabfall fertigzuwerden. Ihnen geht etwas anderes durch den Kopf.«

Benson nickte. »Die Vögel.«

»Vögel?«

»Die, die Atwoods Drohne ausgeschaltet haben. Kam Ihnen das nicht ein bisschen seltsam vor? Kam das nicht auffällig gelegen?«

»Mir persönlich kam es alles andere als gelegen. Die Drohne hätte dieses Arschloch von Kuul und seine Handlanger im Feld entdeckt, lange bevor sie sich an …« Verstehen machte sich in Korolevs Gesicht breit. »Oh.«

»Sie haben es erfasst.«

»Sie glauben, es waren abgerichtete Vögel, die jemand losgelassen hat, um unser Überwachungsgerät auszuschalten?«

»Ich sage nur, ich glaube nicht an Zufälle. Schon gar nicht, wenn ich am spitzen Ende davon bin.«

»Aber vorher hätten sie davon wissen sollen? Es sei denn …«

»Es sei denn, was, Pavel?«

»Es sei denn, Mei oder einer der anderen Ungebundenen hat ihnen erklärt, was eine Drohne ist.«

Benson seufzte auf, als er über diese Möglichkeit nachdachte. »Sie hat einmal ihr Leben aufs Spiel gesetzt, um uns zu retten. Ich kann nicht glauben, dass sie jetzt dabei hilft, uns in einen Hinterhalt zu locken.«

»Aber was, wenn sie es, Sie wissen schon, nicht freiwillig getan hat?«

Bensons Blick wurde hart und fiel auf Korolevs Gewehr. »Dann haben wir ein echtes Problem, was?«

»Was sollen wir tun?«
»Im Augenblick gar nichts. Ich glaube, Sie haben Kuul zumindest für den Augenblick von seiner Vermessenheit kuriert. Halten Sie einfach die Augen offen, ja?«
Korolev nickte. »Das versteht sich doch von selbst.«
Die riesigen Holztore, die die einzige Öffnung in dem breiten Baumring um das Dorf verschlossen, öffneten sich nach außen, wobei sie knarrten und ächzten wie ein in die Jahre gekommener Riese, der sich unwillig aus seinem Bett erhob. Benson stellte fest, dass er wie durch eine Brownsche Bewegung an die Spitze der Gruppe geschoben wurde.
Licht fiel durch den Spalt zwischen den sich öffnenden Toren. Die Gruppe der Menschen schob sich vorwärts, getrieben von ängstlicher Neugier, und bemühte sich, einen Blick auf das zu werfen, was da durch das Tor kam. Der Spalt wurde rasch größer, bis er breit genug war, um die ersten Mitglieder des Empfangskomitees durchzulassen.
Acht Atlanter kamen heraus, groß und stolz, gekleidet in Röcke mit komplexen Webmustern und Unterarmstulpen, die in der Sonne schillerten wie gleißende Pailletten. Auf den ersten Blick. Benson nahm an, dass sie aus Schuppen bestanden, wie er sie aus dem Wrack der Drohne gezogen hatte.
Alle Atlanter hatten nackte Oberkörper, was angesichts der Tatsache, dass mindestens die Hälfte ihrer Kommunikation über ihre Haut lief, nicht überraschend war. Das musste auf der Jagd ungeheuer praktisch sein. Jedes Mitglied der Gesandtschaft trug einen Speer, der fast doppelt so lang war wie die, mit denen Kuuls Krieger ihnen aufgelauert hatten. Sie sahen nicht besonders praktisch aus, und die verzierten, zerbrechlich aussehenden Speerspitzen bestätigten, dass es sich um reine Zeremonienwaffen handelte.
Auf den Köpfen trugen sie Federschmuck, der die Kämme und

Rüschen, die sie von Natur aus hatten, ergänzte. Aber das Seltsamste an ihrem Äußeren waren nicht der Schmuck, ihre nasenlosen Gesichter oder die sich ständig verändernde Haut. Es war ihre Art, sich zu bewegen, so flüssig und geschmeidig, dass es wirkte, als würden ihre Körper jeden Augenblick auseinanderfallen. Bensons Verstand wusste, dass die Wirbeltiere dieses Planeten kein kalzifiziertes Skelett hatten. Ihre innere Struktur bestand aus Knorpelgewebe, das mit einem Geflecht von Keratinfasern verbunden war, welches den langen Verknorpelungen ausreichend Stabilität verlieh. Statt Gelenken gab es dazwischen weichere Bereiche. Dieser Aufbau verlieh ihnen ungeheure Beweglichkeit, aber in Ermangelung fester Knochen oder Gelenkverbindungen kam ihr seltsamer, wackliger Gang Bensons Reptilienhirn einfach nur falsch vor.

Er verdrängte den Gedanken. Die achtköpfige Prozession blieb stehen und bildete dann mit militärischer Präzision zwei Reihen, die die Straße flankierten. Hinter ihnen trat der größte Besenkopf, den Benson bisher gesehen hatte, durch das Tor. Der riesige Zweibeiner hatte eine Schulterhöhe von mindestens drei Metern.

Wilde Besenköpfe durchstreiften die Prärien rund um Shambhala. Die Pflanzenfresser grasten, indem sie ihre mit Barteln besetzten Mäuler durch die endlosen Felder der Wildpflanzen zogen und Samen und Pollen fraßen. Aber sie waren nicht einmal annähernd so groß wie der Brocken, der jetzt stolz vor dem Tor stand. Offenbar war ihm die Domestizierung gut bekommen.

Auf dem Rücken des Besenkopfes stand eitel wie ein Pfau ein Atlanter und stieß in ein riesiges Horn. Sein Rock, seine Unterarmstulpen und der Schmuck seiner Kopfkämme waren die buntesten in der Gruppe. Benson hatte keinen Zweifel daran, dass dies der König/Häuptling/Hohepriester des Dorfes war – oder welchen Titel sie auch immer verwenden mochten.

Ein letzter schriller Hornstoß, und der Häuptling des Dorfes sprang von seinem Reittier. Benson bewegte die Zunge im Versuch, seinen plötzlich sehr trockenen Mund etwas zu befeuchten. Wurde es unversehens wärmer? Valmassoi trat auf den Häuptling zu, die Arme mit nach oben gekehrten Handflächen ausgestreckt, um zu zeigen, dass er keine Waffen trug. Etwas – oder besser gesagt, jemand – hinter dem Besenkopf fiel Benson ins Auge.

Mei stand direkt hinter dem Tor inmitten einer Gruppe größerer Atlanter und behielt das Geschehen im Auge. Bensons Stimmung hob sich augenblicklich. Soweit er das sehen konnte, war sie gesund und unverletzt. Und in Anbetracht der Tatsache, dass Mei ziemlich spärlich bekleidet war, konnte er recht viel sehen. Ihre Hüften und Unterarme zierten wie bei den Eingeborenen ein Rock und Unterarmstulpen, und im Haar hatte sie ähnlichen Schmuck. Ihr Oberkörper war nackt. Ihrer Sonnenbräune nach zu urteilen, kleidete sie sich schon ziemlich lange so.

Sie war noch nie besonders prüde gewesen, aber bei ihrer ersten Begegnung mit Benson war sie kaum mehr als eine Teenagerin gewesen, hatte noch in der Pubertät gesteckt. Mutter zu werden, hatte ihrem Körper etwas Frauliches verliehen, aber für Benson war sie noch immer ein Mädchen.

<Mein Gott, ist das Mei?>, fragte Korolev.

<Ja>, antwortete Benson.

<Nun, sie ist eindeutig, äh, erwachsen geworden.>

<Lassen Sie den Hosenladen zu, Pavel.>

Meis Augen leuchteten auf, als sie ihn bemerkte. Benson wäre am liebsten hinübergerannt, um sie zu umarmen, aber das musste warten. Valmassoi spulte irgendeine vorgefertigte Begrüßungsansprache ab, mühte sich mit den fremden Wörtern, mit denen ihn sein Plantatübersetzer fütterte. Gesichtsausdruck und

Körperhaltung des Häuptlings waren schwer zu deuten, wirkten aber unentschieden.
Ein Schauer rann durch Bensons Körper, und in seinem Magen zog es unangenehm. Ihm ging es gar nicht gut. Zuerst dachte er an einen Hitzschlag, aber dafür war es eigentlich nicht warm genug. Hatte er genug getrunken?
Valmassoi beendete seine Ansprache, und nun hieß der Häuptling sie seinerseits willkommen. Bensons Plantat spie seine Worte auf Englisch aus, aber ihm schwindelte ein wenig, und er hatte Konzentrationsschwierigkeiten. Offenbar hieß der Häuptling Tuko und ließ sich über Cuut aus, der vermutlich so etwas wie ein Mitglied der Dreifaltigkeit ihrer Hauptgötter war, der Ungebärdige, der die unangenehme Angewohnheit hatte, Asteroiden vom Himmel zu werfen, wenn ihm irgendetwas nicht passte.
Tuko streckte Valmassoi die vierfingrigen Hände mit den Handflächen nach oben hin und sah ihn erwartungsvoll an. Der Verwaltungsleiter wirkte, als hätte er den Faden verloren und sei nicht sicher, was er jetzt tun sollte. Zögernd tat Valmassoi es Tuko nach. Der Häuptling berührte seine Handflächen, verschränkte die Finger mit denen Valmassois, beugte sich vor und legte die Stirn an seine. Danach zwang sich Valmassoi zu einem bewundernswert überzeugenden Lächeln, auch wenn Tuko das vermutlich nicht zu schätzen wusste. Andererseits waren Mei und ihre Leute schon seit Monaten hier. Wer wusste schon, wie viel die Dörfler in dieser Zeit über ihre Gäste gelernt hatten?
Valmassoi, der wieder festeren Boden unter den Füßen zu haben schien, streckte die rechte Hand aus. »Du ehrst mich mit der Begrüßung deines Volkes. Lass mich dich im Gegenzug mit unserer traditionellen Begrüßung ehren.«
Mit derselben Unsicherheit wie Valmassoi gerade eben streckte Tuko die Hand aus. Der Verwaltungsleiter nahm sie und schüttelte sie kräftig.

<Gott sei Dank haben sie Hände und keine Tentakel>, sagte Korolev über den privaten Kanal des Sicherheitsteams.

<Hören Sie auf zu quatschen, Korolev>, blaffte Atwood. <Halten Sie den Kanal frei.>

Valmassoi begleitete Häuptling Tuko an der Reihe der Menschen entlang und stellte sie einzeln vor. Nacheinander vollzogen sie alle sowohl den atlantischen Gruß, indem sie dem Häuptling die Hände reichten und seine Stirn mit ihrer berührten, als auch einen guten, alten menschlichen Handschlag, aber Benson war unaufmerksam. Ihm wurde immer schwindliger. Ihm war, als schwimme in seinem Magen ein ganzer Schwarm Fische um die Wette.

Ehe er sichs versah oder in irgendeiner Weise darauf vorbereitet war, stand Tuko vor Benson, die Arme ausgestreckt, und wartete darauf, dass er es ihm gleichtat. Ein kalter Schweißtropfen rann Benson über die Schläfe.

»Das ist Bryan Benson«, sagte Valmassoi in fragwürdigem Atlantisch. »Einer unserer, äh, Krieger.«

»Mir … geht es nicht so gut«, sagte Benson entschuldigend.

Valmassoi ignorierte den Einwand. »Seien Sie nicht unhöflich zu unserem Gastgeber, Mr Benson.«

Benson schluckte schwer. Der Speichel glitt ihm durch die Kehle wie ein Klumpen Erdnussbutter, ehe er in seinem Magen ankam, der sich in einen brodelnden Kessel verwandelt hatte. Schwach streckte er die Arme aus und drehte die Handflächen nach oben. Tuko beugte sich vor, presste die feuchten, vierfingrigen Hände auf Bensons und drückte sie. Seine Finger fühlten sich an, als hätten sie keine Knochen, es war wie ein Handschlag mit Würstchen oder sich windenden Würmern. Das kurze Aufflackern von Ekel, das Benson bei der Berührung empfand, war die einzige Entschuldigung, die seine geschwächte Konstitution brauchte.

Er wandte sich gerade noch rechtzeitig von dem Häuptling ab, dann drehte sich Bensons Magen um, und er kotzte einen gewaltigen Schwall Erbrochenes und Galle auf die Straße. Es folgte eine weitere Welle der Übelkeit, um der Sache noch Nachdruck zu verleihen, dann fiel Benson auf Hände und Knie und erbrach sich weiter auf den Boden, bis er leer war wie ein Brunnen in der Wüste.

Mit undeutbarem Gesichtsausdruck wandte sich Tuko zu Valmassoi um und fragte: »Ist das auch Teil eurer traditionellen Begrüßung?«

KAPITEL 9

Nach den … denkwürdigen Ereignissen des Nachmittags zogen sich alle hinter die Tore zurück, um sich auf das Abendessen vorzubereiten. Den kranken Besucher, Benson hieß er, hatte man zur Unterkunft der Menschen am Rand des Dorfes gebracht, wo Mei sich um ihn kümmerte. Mei schien diesen Benson sehr gut zu kennen. Obgleich Kexx' Wissen um menschliche Gesichtsausdrücke und die Bandbreite ihrer Gefühle begrenzt war, war siem klar, dass Bensons plötzliche Erkrankung Mei sehr aufregte.

Als der Rest der Neuankömmlinge mit dem Abendessen beschäftigt war, schaute Kexx in der Unterkunft der Menschen vorbei, um nach Mei und ihrem neuen Schutzbefohlenen zu sehen.

»Wie geht es ihm?«, fragte Kexx, sobald sier Meis Aufmerksamkeit hatte.

»Dem Idioten?«, blaffte Mei.

»Deinem Freund Benson.«

»Ja, dem Idioten.« Ihre Worte begleitete ein rasches Öffnen und Schließen der freien Hand, womit sie die blitzenden Muster imitierte, die Ärger verrieten.

»Weißt du, woran er erkrankt ist?«

»Nicht erkrankt. Hat Yulkasamen roh gegessen. Wer macht so etwas?«

»Einige deiner Leute, wenn ich mich richtig entsinne.«

»Wir waren am Verhungern. Er wollte naschen.«

Das stimmte durchaus. In den Tagen nach ihrer Landung waren Meis Leute so hungrig gewesen, dass sie alles probiert hatten. Die Yulkasamen waren für die Menschen zuerst kein Problem gewesen, weil sie sie zu Broten, Suppen und dergleichen verarbeitet hatten. Aber die rohen Samenkörner vertrug der menschliche

Magen einfach nicht, wie der arme Benson gerade herausgefunden hatte.

»Woher weißt du so genau, dass es Yulkasamen waren?«

»Ich habe kleine Bröckchen davon auf der Straße gesehen.«

»Wird er wieder gesund?«

Mei zuckte die Achseln. »Das ist nichts, was starker Tee und Schlaf nicht wieder hinbekommen.« Mei entfernte den Schmuck aus ihrem, äh, Haar. Die langen, schwarzen Fäden waren schön und exotisch zugleich. Es war ein neuer Modetrend bei einigen Jugendlichen des Dorfes, Yulkastängel zu zerreiben, die Fasern mit Tinte zu färben und sich in die Kämme zu flechten, um wie Menschen auszusehen. Die Ältesten des Dorfes schätzten diese Sitte gar nicht, was sie für die Jungen natürlich noch interessanter machte.

Haar. Kexx bewegte das Menschenwort in sienem Kopf. Als Mei und ihre Leute sechs Monate zuvor aufgetaucht waren, hatte der Großteil des Dorfes sie als Absonderlichkeiten behandelt. Seltsames Treibgut von jenseits des Ozeans, aber verloren, ganz und gar nicht in ihrem Element, abhängig von der Wohltätigkeit der G'tel und leicht in den Griff zu bekommen.

Die Ereignisse des heutigen Tages hatten diese Einschätzung ziemlich dramatisch verändert. Abgesehen von einem kurzen Bericht an Tuko hatte Kuul seit siener Konfrontation mit den Menschen außerhalb des Dorfes geschwiegen, was an sich schon eine Seltenheit war. Kexx war sehr neugierig, wie ihnen das wohl gelungen war.

»Darf ich dich noch etwas fragen, Mei?« Sie nickte Kexx kaum merklich zu und bedeutete siem fortzufahren. »Kuul hat uns von einer Waffe erzählt, die einer deiner Leute benutzt hat. Sier nannte sie einen Donnerknüppel. Nur mit einem Geräusch allein hat sie sienen Speer zertrümmert. Weißt du darüber etwas?«

»Nicht nur Geräusch.« Mei schüttelte den Kopf. »Es ist kein Knüppel. Es ist ein Gewehr.«

»Ein … Gewähr?«, versuchte sich Kexx an dem neuen Wort.
»Gewehr«, korrigierte Mei. »Es verschießt kleine, äh, Speere. Kleiner als mein Finger. Wir nennen sie Kugeln. Das Geräusch ist nur ein Nebeneffekt.«
»Verstehe. Aber wie können so kleine Speere so viel Schaden anrichten? Warum hat Kuul nichts von ihnen erzählt?«
»Sier hat sie nicht gesehen. Kugeln bewegen sich sehr schnell. So schnell, dass man ihnen mit den Blicken nicht folgen kann. Schneller und treffsicherer als jeder Speer.«
»Wie viele dieser … Kugeln?« Mei nickte zustimmend. »Wie viele Kugeln können diese Gewehre verschießen?«
»Händevoll oder Händevoll von Händen voll. Je nachdem, was für eine Sorte. Sie lassen sich auch schnell wieder auffüllen.«
»Wie können unsere Krieger sich gegen eure Gewehre wehren?«
Mei lachte, aber nicht besonders humorvoll. »Sie können sie klauen, während die Fremden schlafen, und beten, dass niemand aufwacht.«
»Sind diese Gewehre eure mächtigsten Waffen?«
Sie schwieg eine Weile, ehe sie antwortete, als erinnere sie sich an etwas. »Nein«, sagte Mei schließlich. »Nicht einmal annähernd. Wir sind sehr gut darin, einander zu töten.«
Meis Tonfall ließ Kexx erschauern. Sie hatte weder angegeben noch geprahlt oder geblufft, als sie Kuul gesagt hatte, sienir Krieger könnten die Menschen nicht zweimal besiegen. Mei war nicht zuversichtlich, sondern ängstlich. Sie wusste genau, wozu ihre Leute fähig waren, hatte es vielleicht sogar gesehen, und es ließ sie nicht mehr los.
»Aber das haben sie nicht«, sagte Kexx sanft.
»Was?«
»Sie haben niemanden getötet. Sie haben Kuuls Speer zertrümmert, aber das ist auch alles. Wenn du die Wahrheit sagst, und du hast mich noch nie angelogen, hätten sie schon längst Kuul und

all sienin Krieger töten und die Kontrolle über das Dorf übernehmen können. Wenn sie sosehr im Vorteil sind, warum haben sie es dann nicht getan?«

Mei ließ sich einen Augenblick Zeit, um sich zu sammeln, ehe sie antwortete. »Wir haben versucht, besser zu werden.« Sie warf einen Blick über die Schulter auf Benson, der sich auf einer Pritsche gesund schlief. »Benson-san hätte es außerdem nicht zugelassen.«

»Vertraust du ihm so sehr?«

»Ich würde ihm mein Leben anvertrauen«, sagte Mei ohne Zögern. »Unser aller Leben.«

»Aber er ist nicht ihr Anführer.«

»Das hat Benson noch nie aufgehalten.« Auch das war keine Prahlerei, nur eine Wiedergabe einer für sie selbstverständlichen Tatsache.

»Danke, Mei. Ich sollte vor der abendlichen Reinigung wieder im Tempel sein. Kümmere dich um deinen Freund. Ich habe vielleicht die eine oder andere Frage an ihn, wenn er so weit ist.«

Mei wedelte mit der Hand. »Geh ruhig baden.«

Kexx deutete eine Verbeugung an und lief dann den Hügel hinunter Richtung Tempel. Das war ein kleiner, wiederkehrender Scherz zwischen ihnen. Von jedem anderen wäre die Bezeichnung »baden gehen« für das Ritual der körperlichen und seelischen Reinigung vor der nächtlichen Kommunikation mit Xis eine fürchterliche Beleidigung gewesen. Es waren schon für weniger Speere zwischen Stämmen hin und her geflogen. Doch aus Meis Mund hatten die Worte eine gewisse naive Unschuld, die sie witzig und liebenswert machten.

In der Abenddämmerung versammelte sich die gesamte Dorfbevölkerung am Ufer des Teichs und entkleidete sich. Xis hatte in grauer Vorzeit bestimmt, dass sien Volk die Traumebenen rein an Geist und Seele betreten sollte. Deshalb versammelte sich das gesamte Dorf, Kinder, Jugendliche und Alte, unmittelbar nachdem Cuut hinter dem Horizont versunken, aber bevor sien Licht ganz verblasst war, und wuschen sich das Öl, den Schmutz und das Bedauern des Tages ab. Bald darauf sagten die Ältesten die Worte, die die Zeremonie einleiteten und für alle das Stichwort waren, sich ins Wasser gleiten zu lassen.

Normalerweise wuschen und spülten sich Trios von Liebenden gegenseitig ab, um sich auf die anschließenden privateren Feierlichkeiten vorzubereiten, aber an diesem Abend war dem nicht so. Die Träger des Dorfes standen noch immer unter der Erde unter Aufsicht, bis Tuko sicher war, dass ihnen keine Gefahr drohte, die Armen. Ohne dass die Jungen mit ihrer Härte oder die Ältesten mit ihrer Weisheit über sie wachten, waren die Träger so wehrlos wie Neugeborene vor der Benamung. Sie waren selten, in jedem Gelege wurden immer nur ein oder zwei geboren. Wie alles Seltene waren sie kostbar und schutzbedürftig.

Mehrere von Meis Menschen hatten in den vergangenen Monaten begonnen, am Reinigungsritual teilzunehmen, auch wenn man es nicht von ihnen erwartete oder verlangte. Tuko lud die neuen Gäste ein, als Beobachter daran teilzunehmen, doch ihr Anführer, Valmassoi, erklärte sich bereit, aktiv dabei zu sein. Er zögerte ein wenig, als Tuko erklärte, man könne sich nur komplett nackt reinigen, gab aber unter dem Druck seiner restlichen Delegation nach und zog sich unter dem Gejohle und Geschrei der versammelten Menschen aus. Er beklagte sich, ihm sei kalt, worüber seine Leute lachten, doch Kexx begriff den Witz nicht. Mei hatte siem einmal erklärt, dass es Menschen unangenehm sei, in der Öffentlichkeit nackt zu sein, aber Kexx verstand es nicht. Menschen waren seltsam.

Die gespeicherte Sonnenwärme spülte den Stress des Tages aus Kexx' müden Gliedmaßen und seinem Rücken. Die Wiederholung der alten Formeln weckte in siem ein angenehmes Gefühl der Vertrautheit. Abgesehen von ein paar Tagen in siener Jugend, in denen sier Fieber gehabt hatte, hatte Kexx noch nie eine abendliche Reinigung verpasst. Sie gehörte so sicher wie der Sonnenuntergang zu sienem Tagesablauf, war das Signal, dass die Mühen des Tages vorüber waren und die Zeit der Ruhe und des Nachdenkens gekommen war.

Doch während Kexx in die Gesänge einstimmte und siene Haut sauber schrubbte, wurde sier ein … leeres Gefühl nicht los, als sei irgendetwas nicht in Ordnung. Ein Horn ertönte, das Zeichen, sich gegenseitig den Rücken zu waschen. Zerstrittene Parteien wuschen sich gegenseitig den Rücken, um die im Laufe des Tages beschädigten Bindungen wiederherzustellen. Kuul ließ sich widerwillig den Rücken von Chak schrubben, dier den Ritus, so halbherzig es eben ging, durchführte, ehe sier auf die andere Seite des Teichs zurückkehrte. Kexx, dier derzeit keine nennenswerten Feinde hatte, fragte einen zufälligen Partner und versuchte, das Wasser siene Unruhe abwaschen zu lassen, aber der Fleck auf siener Seele wollte nicht verschwinden.

* * *

Ehe die Sonne am nächsten Morgen aufging, erschien ein Läufer in Kexx' Hütte und rüttelte sien sanft wach. Kalt und steif blinzelte Kexx und ächzte über die Störung.

»Bäh, was ist denn?«

»Häuptling Tuko will mit dir reden.«

»Jetzt? Vor dem Frühstück? Mein Kopf ist noch zu kalt, um zu denken.«

»›Sobald es passt‹, waren sienin genauen Worte«, sagte der junge Bote. »Im Tempel brennen Feuer. Dort kannst du dich wärmen.«

Kexx konnte das schlecht ablehnen, also dankte sier dem Läufer und erhob sich von der Bettstatt. Sier zog sich eilig an, dann schnappte sier sich etwas Yulkabrot zum Knabbern. Ehrlich gestanden, machte die Kälte Kexx viel weniger aus als den meisten anderen. Sier hatte viele Nächte in der Wildnis verbracht und war es gewohnt, kalt zu funktionieren. Doch deshalb mochte sier es noch lange nicht. Sier hatte nur noch eine Handvoll Jahre vor sich, bis sier zu den Ältesten gehören würde, und sier spürte zwar noch die Hitze der Jugend in sienim Adern, doch sie floss langsamer als früher. Die größere Ruhe und Weisheit, die der Übergang mit sich brachte, würden siem bei der Tätigkeit als Wahrheitssucher zupasskommen, auch wenn sie sien etwas Kraft und Elan kosten würden. Mit ausreichend Training konnte man vieles davon wettmachen oder zumindest verzögern. Vielleicht würde sier als Teil der Ältesten auch ernsthaft über eine Paarung nachdenken. Bisher hatte sier dafür nie Zeit gefunden.

Kexx trat ins Vormorgengrauen hinaus und lauschte. Aus dem Tempel weiter unten der Mulde klangen die Geräusche eines Streits herauf. Kexx folgte den Stimmen und betrat den Tempel, wo sier die Ältesten in einer lebhaften Debatte vorfand, was sehr seltsam war, wo doch der Rest des Dorfs noch schlief. Die Tradition verlangte, dass alle Zeugen der Beratungen der Ältesten werden konnten. Die Tür war nicht verriegelt, das Treffen stand also technisch gesehen jedem offen, nur dass niemand wach war und davon wusste.

Noch weit seltsamer als der Zeitpunkt war die neue Kuppel aus Schlammstein mitten im Tempel um den Rover herum, die zwei Schlammsteinformer gerade fertigstellten.

Kexx wandte siene Aufmerksamkeit wieder den streitenden Ältesten zu und suchte den Blickkontakt mit dem Häuptling. »Du wolltest mich sprechen, Tuko?«

»Wahrheitssucher.« Kexx fiel auf, dass Tuko sien mit sienem Titel ansprach. Es handelte sich also um eine formelle Angelegen-

heit. Argwohn machte sich in Kexx breit. »Danke für dein Kommen. Ich hoffe, wir haben dich nicht geweckt.«
Kexx wies auf die neue Kuppel. »Was hat es mit der Hütte auf sich?«
»Ah, ich sehe, du hast das innere Heiligtum bemerkt, das wir gebaut haben, um den Gesandten zu schützen.«
Das war also die höfliche Version, die sie sich ausgedacht hatten. Die Hütte war in aller Eile entstanden, der Bau musste nach der Reinigung am vergangenen Abend begonnen haben. Die Schlammsteinformer wirkten erschöpft, und dem Ergebnis ihrer Arbeit fehlte die übliche Präzision und Handwerkskunst. Sie hatten in Eile gearbeitet, was für ein »inneres Heiligtum«, für eine so wichtige Reliquie kaum angemessen war.
»Es ist schwer zu übersehen. Ich bezweifle außerdem, dass es dem Schutz des Rovers dient.«
»Pass auf, was du sagst«, blaffte Kuul. »Überschätze deine Stellung hier nicht.«
»Ich überschätze meine Stellung nicht, Krieger«, blaffte Kexx zurück und tauchte siene Haut in ein funkelndes Licht, das eine klare Provokation darstellte. »Ich bin der Wahrheitssucher. Was wäre ich wert, wenn ich nicht offen ausspräche, was ich eindeutig vor mir sehe? Ihr wollt nicht, dass der Rover uns weiterhin belauscht. Ich mache euch daraus kein Vorwurf. Aber beleidigt nicht meine Intelligenz.«
Kuuls Haut flackerte ungläubig, doch siem fehlten die Worte. Sier war es nicht gewohnt, Kontra zu bekommen, und das sah man. Alles in allem waren die letzten Tage für Kuuls Ego ziemlich verheerend gewesen.
Tuko brach das Schweigen. »Du hast nur allzu recht. Nach der Säuberung gestern Abend haben wir beschlossen, dass eine gewisse Ungestörtheit unseren Beratungen über die Menschenfrage guttäte.«

»Im Hinblick auf die Menschen kann ich das verstehen, aber das?« Kexx deutete mit großer Geste auf alle im Tempel Stehenden. »Seit wann halten wir Versammlungen ab, wenn der Rest der Bevölkerung schläft?«
Kuul hatte sich so weit erholt, dass sier fragen konnte: »Hast du vergessen, dass sich seit Neuestem nicht nur eine, sondern zwei Gruppen von Menschen innerhalb der Halobäume aufhalten?«
»Nein. Viele dieser Menschen bezeichne ich als meine Freunde. Meis Leute sind schon seit sechs Varrs hier, verhalten sich friedlich und haben uns vieles beigebracht. Wir sollten sie einladen, einen eigenen Ältesten zu ernennen, statt Geheimtreffen abzuhalten, um sie auszuschließen.«
»Was ist mit Valmassois Gruppe? Was hältst du von der? Willst du ihr gegenüber genauso deine Souveränität aufgeben?«
Kexx wollte zuerst eine bösartige kleine Beleidigung darüber loswerden, dass Kuul nicht in der Lage gewesen war, etwas zur Verteidigung der Souveränität des Dorfs beizutragen, doch dann beherrschte sier sich. Das stimmte zwar, war aber eigentlich nicht Kuuls Schuld. Die ungeheure Macht, über die die Menschen geboten, hätte sier selbst am Vortag noch nicht für möglich gehalten. Niemand hatte darauf angemessen vorbereitet sein können.
»Warum habt ihr mich hergerufen?«, fragte Kexx stattdessen.
Tuko kam einen Schritt auf sien zu. »Wenn du deinen Ältesten etwas raten solltest: Was meinst du im Hinblick auf die anderen Dörfer? Halten wir die Anwesenheit der Menschen hier geheim oder berufen wir eine Versammlung ein?«
Kexx verschwendete keine Zeit darauf, über die Frage nachzudenken, denn die Antwort war klar. »Wir dürfen nicht hoffen, sie geheim halten zu können. Das geht einfach nicht.«
»Unsere Gruppe haben wir durchaus geheim gehalten«, setzte Chak hinzu. »Wir haben ihren Unterschlupf am anderen Ende

des Dorfs gebaut, gegenüber dem Tor, und genau aus diesem Grund Händlern keinen Zugang mehr gewährt.«

Kexx schüttelte den Kopf, eine menschliche Geste. »Das war in der Ruhephase zwischen zwei Ernten. In dieser Zeit hatten wir hier nur eine Handvoll Händler aus anderen Dörfern, und Nomaden haben wir seltsamerweise gar keine gesehen. Die Ernte steht in weniger als einem Varr bevor. In der Erntezeit bleiben Geheimnisse niemals verborgen. Außerdem fliegen die Menschen. Ihr tut immer noch so, als könnten wir kontrollieren, was sie tun. Das können wir nicht. Wenn sie sich den anderen Dörfern offenbaren wollen, können wir es nicht verhindern. Also berufen wir besser eine Versammlung ein und bringen es hinter uns.«

Tuko umfasste sienen Speer, der, wie Kexx bemerkte, einen neuen Schaft hatte, und wandte sich zu den anderen Ältesten um. »Deshalb haben wir einen Wahrheitssucher. Man hat sien von Kindesbeinen an gelehrt, zu bemerken und auszusprechen, was wir nicht bemerken und aussprechen wollen. Wir werden eine Versammlung einberufen.«

»Wann?«, fragte Chak.

»Sofort. Weckt die Signalgeber und lasst sie beim ersten Licht Cuuts eine Botschaft aussenden.«

Nachdem die Entscheidung gefallen war, verließen die Ältesten den Tempel und überließen es den Schlammsteinformern, ihr Werk zu vollenden. Manche legten sich auf ihre Liegen, um etwas versäumten Schlaf nachzuholen. Tuko blieb zurück, um zu beten. Es war nicht klar, zu wem. Ein frustrierter Kuul holte sienin Krieger aus den Betten und machte mit ihnen einen Gewaltmarsch auf der Straße. Nach Kuuls mieser Laune zu urteilen, würden sie frühestens zum Mittagsmahl zurück sein.

Kexx ging zwischen den Halobäumen hindurch zum westlichen Signalturm, erklomm ihn und wartete auf den Sonnenaufgang. Derweil lauschte sier dem Spiel des Windes in den Bäumen und beobachtete die subtilen Veränderungen in den Hautlichtern der Dux'ah-Herde, die ruhig zwischen den Yulkaähren graste. Die jüngsten Dux'ah waren immer die lautesten, ihre Haut blitzte sehr zur Verärgerung der erwachsenen Tiere mit der draufgängerischen Ignoranz der Jugend. Irgendwann würden einige ihrer Jungen einem Ulik-Rudel zum Opfer fallen, und die anderen würden lernen, weniger Aufmerksamkeit zu erregen. Cuuts Lektionen waren hart, stärkten aber letztlich alle.

Die Sonne ging auf, und der Signalgeber kam zu Kexx auf die Turmspitze.

»Hallo Kexx«, sagte sier. »Du möchtest, dass ich eine Nachricht verschicke?«

Kexx winkte zustimmend. »Vom Häuptling persönlich.«

»Na, da hast du Glück. Der neue Signalgeber drüben in Pukal wacht tatsächlich pünktlich auf.«

Der Signalgeber übersetzte die Nachricht auf einem Stück Blatt in Blitzsprache, dann richtete sier den polierten Kristallhohlspiegel die Straße entlang auf das nächste Dorf und blitzte das Signal für Sendebereitschaft. Kurz darauf bestätigte sein mehr als einen Tagesmarsch entferntes Pendant das Signal mit drei eigenen Blitzen, um zu signalisieren, dass sier empfangsbereit war. Von Pukal aus würde sich die Nachricht über das Straßennetzwerk verbreiten, und gegen Mittag würden alle Dörfer an den Straßen über die Versammlung Bescheid wissen.

Es war eine erstaunliche, hart erarbeitete Errungenschaft. Schon die Debatten zur Einigung auf eine gemeinsame Blitzsprache, mit der alle Dörfer einverstanden waren, hatten über ein Jahr gedauert. Doch während der Signalgeber Tukos Botschaft über die Ebenen verbreitete, wurde Kexx den Gedanken an die jungen Dux'ah nicht los, die helles Licht verbreiteten, um sich der ganzen Welt zu zeigen, ohne einen Gedanken an die Gefahr zu verschwenden, die sie damit heraufbeschworen.

KAPITEL 10

Benson verbrachte weitere anderthalb Tage damit, gepflegt von Mei »seine Lektion zu lernen«, dann fühlte er sich gut genug, um sich durch das Dorf zu bewegen. Allerdings ließ er es am zweiten Tag langsam angehen.

So hatte er Zeit, sich mit Mei und den anderen Ungebundenen auszutauschen, sich zu erkundigen, was sie seit ihrer Ankunft von den Atlantern und über sie gelernt hatten, und, vor allem, um herauszufinden, was diese möglicherweise über sie erfahren hatten. Deshalb hatte Benson auch keine allzu großen Gewissensbisse, dass er Meis Gastfreundschaft ein wenig ausnutzte. Schließlich war das der eigentliche Grund, warum man ihn auf die Expedition mitgenommen hatte.

Er zog sich an und wagte sich an eine Fertigmahlzeit aus dem Vorrat, den sie aus dem Shuttle mitgebracht hatten. Sein leerer Magen kämpfte eine Weile gegen die unappetitliche Masse an, doch schließlich ergab er sich in sein Schicksal.

»Wieder unter den Lebenden?« Mei streckte den Kopf durch das Laken, das sie aufgehängt hatte, um Benson während seiner Rekonvaleszenz etwas Privatsphäre zu verschaffen. Sie hatte es aus dem Segel ihres Bootes geschnitten.

»Ja, mit deiner Hilfe.«

»Du warst gestern beim Abendessen schon wieder gesund. Du schindest Zeit.«

»Woher weißt du das?«

Mei schlug ihm sanft gegen die Stirn. »Ich bin eine Mutter, erinnerst du dich? Ich merke es immer, wenn Jungs simulieren. Ohne Ausnahme.«

Benson lächelte unschuldig. »Aber es war so erholsam.«

»Raus.« Mei deutete auf das Dorf draußen. »Geh mit den anderen Kindern spielen.«

»Ja, Mami.«

Benson verließ den Unterschlupf der Ungebundenen und schlenderte durch den Krater auf das Gebäude zu, das Häuptling Tuko der Expedition großzügigerweise überlassen hatte. Es war ein überraschend großes Bauwerk mit geräumigen Zimmern und hohen Decken, wobei Letzteres zweifellos an der Tatsache lag, dass der durchschnittliche Atlanter gute zwanzig Zentimeter größer war als die menschlichen Gäste. Benson lag mit seiner Einschätzung der Bauwerke richtig: Sie bestanden aus demselben betonartigen Material wie das Straßennetz.

Tatsächlich hatte der Werkstoff zunächst bei den Gebäuden Anwendung gefunden und war erst in jüngerer Zeit auf die Straßen ausgedehnt worden, lange nachdem die Arche vor gut zweihundertfünfzig Jahren zu ihrem Flug aufgebrochen war. Verstärkt mit Matten aus geflochtenen Zweigen, hielten die Gebäude den stärksten Wirbelstürmen stand, die ihnen das Meer entgegenwarf. Die Notwendigkeit war die Mutter der Erfindung.

Benson sah Sergeantin Atwood, die am Eingang des Gebäudes Wache stand. Also war Valmassoi drinnen.

»Mr Benson«, rief Atwood, als er näher kam. »Schön zu sehen, dass Sie wieder auf den Beinen sind.«

»Ich weiß nicht, die Ruhe war angenehm. Ich sollte häufiger krank sein.«

»Solange Sie dabei nicht auf Staatsoberhäupter kotzen …«

Benson zuckte die Achseln. »Ich habe nur neben ihn gekotzt.«

Atwood schüttelte den Kopf. »Valmassoi ist oben. Ich bin sicher, er hat Fragen an Sie.«

»Danke.« Benson ging um sie herum ins Gebäude.

Valmassoi hatte sich im ersten Obergeschoss häuslich niedergelassen, während der Großteil der übrigen Expeditionsteilnehmer Feldbetten und Zelte im Erdgeschoss aufgestellt hatte. Die Räumlichkeiten im ersten Obergeschoss, die Valmassoi nicht bewohnte, hatte man rasch zu Konferenzräumen erklärt. Benson fand Valmassoi und seine Berater im Kreis sitzend vor, sie unterhielten sich mit Captain Mahamas riesigem Kopf, der über einem tragbaren Holokom-Gerät schwebte, das sie von der *Discovery* hergeschleppt hatten.

»Ah, Mr Benson«, begrüßte ihn Valmassoi, sobald er ihn auf der anderen Seite von Mahamas geisterhaftem Schädel erblickt hatte. »Ich bin so froh, Sie wieder unter uns zu haben. Wie geht es Ihnen?«

»Viel besser, Verwaltungsleiter.«

»Nun, halten Sie vorsichtshalber vielleicht trotzdem ein bisschen Abstand.«

Der Rest der Anwesenden kommentierte die Spitze mit höflichem Lachen, Mahama hingegen schwieg.

»Lebensmittelvergiftung ist normalerweise nicht ansteckend«, sagte Benson. »Ich dachte, ich schaue mal rein, und Atwood sagte, Sie wollten mich sprechen.«

»Ja. Sie müssen sich noch bei Häuptling Tuko entschuldigen, weil Sie sich auf ihn erbrochen haben.«

»Neben ihn.«

Valmassoi grinste. »Trotzdem ist eine Entschuldigung fällig. Ich nehme an, ich muss das nicht formal anordnen.«

»Natürlich nicht. Ich erledige das, sobald er Zeit hat.«

»Ausgezeichnet. Ich werde es seine Leute wissen lassen.«

»Seine Leute? Kann ich nicht einfach zu ihm gehen und mich entschuldigen?«

Bensons Frage erzeugte erneutes Gelächter, diesmal länger und herzlicher.

Valmassoi wischte sich eine Träne von der Wange. »Ah, danke.

Das habe ich gebraucht. Deshalb überlässt man Politik besser den Politikern.«

Aber gern, dachte Benson, sagt es aber nicht laut. »Also, was planen Sie alle hier?«

»Wir treffen Vorbereitungen. Unsere Gastgeber haben eine … Versammlung aller Dörfer in ihrem Straßennetz einberufen. Tatsächlich war das ziemlich beeindruckend. Sie benutzen ein System von Spiegeln, um Informationen in Echtzeit zwischen den Dörfern zu übertragen. Die anderen Dörfer, etwa zwei Dutzend, schicken Vertreter zu einem offiziellen Treffen, bei dem man uns vorstellen wird.«

Bensons Nackenhärchen stellten sich in einem Winkel von etwa fünfundvierzig Grad auf. »Dem haben wir zugestimmt? Ist das nicht ein ziemlich großes Sicherheitsrisiko? Wir haben unterm Strich nur vier Gewehre gegen mehrere Hundert Dörfler.«

»Wir haben sowohl mit Sergeantin Atwood als auch mit Häuptling Tuko gesprochen, die uns versichert haben, dass angesichts ihrer beider Teams die Sicherheit kein Problem darstellen wird. Es kommen ja schließlich nicht ganze Dörfer, sondern nur kleine Delegationen.«

Benson nickte, doch das ungute Gefühl in seinem Magen, von dem er ziemlich sicher war, dass es nichts mit Yulkasamen zu tun hatte, blieb.

»Aber wir können es alle kaum erwarten, Ihren Bericht zu hören, Mr Benson.«

»Meinen Bericht?«

»Ja, natürlich, über die Ungebundenen. Die haben Sie anderthalb Tage gepflegt, daraus haben Sie doch sicher irgendwelche Informationen gezogen.«

»Ich habe den Großteil der Zeit damit zugebracht, Fieber zu haben und zu würgen, vergessen Sie das nicht. Aber ja, ich habe mit Mei und ein paar anderen gesprochen, und ich glaube, wir müs-

sen nur sehr wenig Schadensbegrenzung betreiben.« Benson dachte über seine bevorstehende Entschuldigung nach. »Zumindest im Hinblick darauf, was sie getan haben.«
»Wann sind sie eingetroffen?«, fragte Mahamas riesiger Kopf. »Hier, meine ich.«
»Vor etwa sechs Monaten. Wie ich vermutet habe, haben sie ihr Schiff nachts versenkt, um unseren Satelliten zu entgehen.«
»Haben sie wirklich die ganze Zeit über nicht geredet?«
Benson schüttelte den Kopf. »Nicht über uns oder Shambhala, nein. Sie haben den Großteil der Zeit damit verbracht, die Sprache der Eingeborenen einigermaßen zu lernen. Mei hat wirklich Talent dafür. Sie ist in manchen Bereichen sogar unserer Übersetzungssoftware voraus, aber sie ist in dieser Hinsicht auch ein Sonderfall. Bis vor Kurzem hatten sie also praktisch keine Möglichkeit, über sich zu sprechen, geschweige denn über uns. Sie können sich alle locker machen. Die Ungebundenen haben für uns einen guten ersten Eindruck hinterlassen.«
»Wie können Sie sich da so sicher sein?«, fragte Valmassoi.
»Sie leben noch, oder etwa nicht? Ganz ohne Waffen und Rüstungen.«
»Wohl wahr ...« Valmassoi klopfte mit einem Stift auf den Tisch vor sich, als denke er über das nach, was er gerade gehört hatte. »Aber das beantwortet noch immer nicht die Frage, warum sie überhaupt hergekommen sind.«
Benson zuckte die Achseln. »Sie wollten nicht mehr unter unserer Knute leben.«
»Wir haben ihnen erlaubt, ein eigenes Dorf zu bauen!«, sagte Valmassoi mit mühsam unterdrücktem Ärger.
»Aber in maximal zwanzig Kilometern Entfernung. Sie wussten, dass wir sie genau im Auge behalten.«
Valmassoi schnaubte. »Anscheinend nicht genau genug.«
»Sehen Sie, genau davon spreche ich. Genau diesen patriarchali-

schen Ansatz fanden sie unerträglich. Sie dürfen nicht vergessen, dass diese Leute auf der Arche praktisch unabhängig von uns zurechtgekommen sind.«

»So unabhängig, wie Parasiten eben von ihrem Wirt sein können«, murmelte jemand.

Benson deutete auf den unfreundlichen Kommentator. »Glaubt jemand ernstlich, diese Attitüde sei hilfreich?« Er seufzte tief. »Sie wollten echte Freiheit. Die ist ihnen wichtiger als alles andere. Wichtiger als Bequemlichkeit, wichtiger als kleine Annehmlichkeiten, ja sogar wichtiger, als immer zu wissen, wann man woher die nächste Mahlzeit bekommt. In unserer Nähe konnten sie die nicht haben. Offen gestanden, glaube ich auch, viele von ihnen haben immer noch Schuldgefühle wegen des Shangri-La-Moduls und wollten so viel Abstand zum Rest der Menschheit wie möglich. Ich glaube nicht, dass ihnen diese Erinnerungen besonders angenehm sind. Wir sollten es nach Möglichkeit vermeiden, sie darauf anzusprechen.«

»Das ist also Ihre abschließende Bewertung? Dass wir das Problem ignorieren sollten?«

Benson verschränkte die Hände hinter dem Rücken. »Ich glaube, es gibt kein Problem, es sei denn, Sie kreieren eines. Sie haben mich hergebracht, damit ich mit den Ungebundenen rede und Ihnen meine Erkenntnisse mitteile. Das habe ich getan. Was Sie aus diesen Erkenntnissen machen, liegt natürlich ganz bei Ihnen.«

Valmassoi sah sich im Raum um und verschaffte sich einen raschen Eindruck von den verwirrten Gesichtern und dem vielfachen unbeteiligten Achselzucken, ehe er antwortete. »Danke, Mr Benson. Wenn Sie uns jetzt entschuldigen würden, wir müssen uns weiter mit dem unschönen Thema des Opfers befassen.«

»Opfer? Das klingt ja bedrohlich.«

Höfliches Lachen erfüllte den Raum. »Ganz und gar nicht«, sagte

Valmassoi. »Es ist üblich, dass zu Beginn solcher Versammlungen jedes Dorf dem einen oder anderen Gott ein Tieropfer darbringt.«

»Wie die Opfer, die sie dem Rover dargebracht haben?«, fragte Benson.

»Ganz ähnlich, nur größer. Tuko hat ein … Dux'ah nennen sie die Besenköpfe, glaube ich … vorgesehen. Wir brauchen ein eigenes Tier für die Zeremonie.«

»Die Frage ist also, versuchen wir, eines von Tuko zu kaufen, oder gehen wir eines jagen?«

»Genau.«

Benson grinste. »Ich habe eine bessere Idee.«

Es gelang Valmassoi, nicht die Augen zu rollen. »Wir sind schon ganz gespannt.«

Benson ignorierte den sarkastischen Tonfall und wandte sich an Mahamas Hologramm. »Captain, können Sie ein Huhn entbehren?«

* * *

Tage später blickte eine hundertköpfige Menge gen Himmel, als die Wiedereintrittskapsel sich von ihren Fallschirmen löste und die Bremsraketen zündete. Sergeantin Atwood befahl ihrem Team, die Landezone frei zu halten, damit keiner der Zuschauer verletzt wurde, als große, wogende Dampfwolken die Kapsel auf den letzten Metern ihrer Landung abbremsten. Ein sehr gewieftes Röhrensystem leitete Hitze vom ablativen Schild am unteren Ende der Kapsel ab und nutzte sie, um blitzschnell ein paar Tausend Liter Wasser zu verdampfen, woraufhin vier Düsen am unteren Rand der Kapsel Dampf ausspien. Dieses System hatte entscheidende Gewichtsnachteile, dafür aber den Vorteil einer endlosen Wiederverwendbarkeit, solange Wasser zum Nachfüllen da war.

Valmassoi beugte sich rüber und schrie Benson ins Ohr, um sich trotz des Dröhnens der Schubdüsen verständlich zu machen. »Ihnen ist schon klar, dass das von Mahama nur eine Leihgabe ist?«

»Warum sollte sie ein totes Huhn wiederhaben wollen?«

»Nicht das Huhn, die Wiedereintrittskapsel.«

»Kein Problem. Wir hängen sie ans Shuttle und schicken sie per Aufzug hoch, wenn wir zurück sind.«

Der Wind über dem Baumkreis des Dorfes erfasste die drei orange-weißen Fallschirme und wehte sie außer Sicht, während die Kapsel auf ihren Landestützen zum Stehen kam. Mehrere tapfere Zuschauer näherten sich der Kapsel vorsichtig, aber Korolev stieß eine Warnung aus. Der Hitzeschild hatte durch die Reibungsenergie des Wiedereintritts immerhin noch eine Temperatur von mehreren Hundert Grad. Die Mutigen zogen sich zurück und verschmolzen mit der Menge der faszinierten Atlanter.

»Korrigieren Sie mich, wenn ich mich irre«, sagte Valmassoi. »Aber das wirkt auf mich wie eine weitere dieser Machtdemonstrationen, die Sie so verabscheuen.«

»Keineswegs. Hierbei« – Benson zeigte auf die Kapsel, die ein letztes Zischen ausstieß – »geht es ausschließlich um Stilpunkte. Darf ich?«

Valmassoi lachte und bedeutete Benson voranzugehen. »Nur zu.«

Benson schritt selbstbewusst zu der Kapsel und öffnete die Verriegelungen der Außentür. Im Inneren war eine eigens hergestellte Schaumstoffkiste am Boden befestigt, in der das panischste und verschreckteste Huhn in der langen, angsterfüllten Geschichte der Spezies herumflatterte. Um ehrlich zu sein, hatte es in den zurückliegenden Stunden auch einiges durchgemacht.

Benson beugte sich vor und schob sich durch die enge Tür. De-

ren Rahmen war noch warm, aber nicht mehr heiß. Drinnen war er mit dem wild gackernden Huhn allein. Er streckte die Hand nach den Verschlüssen des Käfigs aus.
»Schon gut, Nuggets, entspann dich einfach.« Er versuchte, dem Vogel den Kopf zu streicheln, um ihn zu beruhigen, und wurde prompt mit einem gemeinen Picken belohnt.
»Au! Du kleiner Scheißer.« Benson schnappte sich den Hals des Huhns. »Beinahe hättest du mir leidgetan.« Er öffnete die Verschlüsse, nahm den Deckel der Kiste ab und versuchte, mit der freien Hand die Flügel des Tieres zu packen.
Stattdessen machte sich das aus seiner Gefangenschaft befreite, über die Klippe des Entsetzens in blinde Wut gestürzte Huhn daran, einen historischen mexikanischen Hahnenkampf nachzustellen, obwohl es eine Henne war.
»Mein Gott!« Benson ruderte mit den Armen, als Schnabel und Krallen des Huhnes auf sein Gesicht zufuhren.
»Ist da drinnen alles in Ordnung?«, ertönte Valmassois spöttische Stimme von draußen.
»Klar!«, rief Benson, begleitet von heftigem Flügelschlag. »Einfach super.«
Dann riss sich das Huhn in einer unvermuteten Aufwallung von Kraft und Verzweiflung aus Bensons Griff und schaffte es, ungeschickt durch die offene Luke ins Freie zu flattern. Der erste und letzte Flug des Huhns war so tapfer wie kurz. Weniger als einen Meter von der Tür der Kapsel entfernt blieb es in einer Wolke sich langsam herabsenkender Federn liegen.
Als Benson aus der Kapsel kam, blutete er aus einem Dutzend Kratzer im Gesicht und an den Unterarmen und war stinksauer. »Niemand fasst dieses verdammte Vieh an!«
Der Kreis der menschlichen und atlantischen Zuschauer trat kollektiv einen Schritt zurück, obwohl die meisten von ihnen nicht die geringste Ahnung hatten, was er gesagt hatte. Manche

wegen des blutverschmierten Menschen mit dem irren Blick, der sich aus der Tür lehnte, andere aus vorsichtigem Respekt für das kleine, fremdartige Wesen, das ihm diese Wunden zugefügt hatte. Unerschrocken zog Benson sein Hemd aus und nutzte es als improvisiertes Netz, dann stürzte er sich auf das feindliche Federvieh wie ein Racheengel und wickelte es schnell hinein.

Nachdem er seinen gackernden Gegner mit dem spitzen Schnabel überwunden und fest in sein Hemd gewickelt hatte, ging Benson entschlossenen Schrittes zu dem grinsenden Verwaltungsleiter und überreichte ihm das zuckende Bündel.

»Wie viele ›Stilpunkte‹ hat Ihnen das denn eingebracht?«, fragte Valmassoi unschuldig.

Benson hob einen Finger. »Mir ist egal, wie Sie das schaffen. Aber ich will derjenige sein, der das Vieh tötet.«

Valmassoi legte eine Hand auf seine Brust. »Ich bin schockiert. Ist der berühmte Zero-Champion immer so nachtragend gegenüber seinen Gegnern?«

»Das ist mein erster Gegner, der mit Honig-Senf-Soße gut schmeckt.«

»Woher wollen Sie das wissen? Sie haben hoffentlich die anderen nicht gekostet?«

Darüber musste Benson lachen. »Was für ein geschmackloser Witz, Verwaltungsleiter.«

»Vorsicht, sonst geraten wir noch in eine Witz-Endlosschleife. Ich werde dafür sorgen, dass Sie die Ehre haben, Mr Benson. Wenn Sie mich jetzt entschuldigen würden, wir haben einige Vorbereitungen zu treffen.« Valmassoi hob das Huhn über seinen Kopf und marschierte durch die Menge, die ihm rasch Platz machte, auf den Tempel zu.

Die Zeremonie begann bald darauf. Häuptling Tuko brachte als Gastgeber als Erster sienen Opfer dar. Sier hatte sienen eigenes, persönliches Reit-Dux'ah ausgewählt, um deutlich zu machen, wie wichtig der Anlass war. Benson zuckte zusammen, als der Häuptling seinen Zeremonienspeer unmittelbar vor den Beinen in den Leib der ahnungslosen Kreatur rammte. Das gewaltige Dux'ah kreischte überrascht und entsetzt über den Verrat seines Herrn auf, ein Geräusch, das Benson nicht so bald wieder vergessen würde. Gnädigerweise hatte Tuko gut gezielt. Das Tier machte einen taumelnden Schritt, dann brach es zusammen.

Benson beugte sich vor und flüsterte dem Wache stehenden Korolev zu: »Besenköpfe haben keine Herzen. Was zum Teufel hat er mit diesem Speer gemacht?«

Korolev schüttelte ernst den Kopf. »Keine Ahnung. Aber ich wüsste es echt gerne.«

»Ich werde ihn definitiv fragen.«

Vertreter der einzelnen Dörfer traten der Reihe nach vor, um das Opfer mit einem kurzen Gebet zu weihen, ehe sie eine Handvoll rötlichen Pulvers in die Luft warfen. Dann schnitten sie ein saftiges Stück Fleisch für das bevorstehende Festmahl heraus. Bald darauf war Tukos Opfergabe zerlegt und unter den Anwesenden verteilt. In einer Reihenfolge, die anhand einer verwirrenden Formel bestimmt worden war, die berücksichtigte, wie lange ein Dorf schon zum Straßennetz gehörte, wie viel es erntete, wie viele persönliche Gefallen es bei den Ältesten guthatte und wer weiß, was noch alles, brachten dann die Vertreter der anderen Dörfer am Altar ihre Opfer dar.

Doch nicht jedes Opfer lief so glatt wie Tukos. Trotz Scheuklappen wuchs die Unruhe unter den Dux'ah mit jedem Todesschrei, bis sie sich nur noch mit Mühe an den Altar führen ließen. Außerdem zielten nicht alle, die zustachen, so gut wie Tuko und waren so geschickt mit dem Speer wie sier. Mehrere der Tiere mussten mehrfach gestochen werden und erlagen ihren Wunden erst nach vielen Minuten.

Dann wurde das vorletzte Opfer mühsam in Stellung gebracht.

Es war ein Rabauke, und es ließ keinen Zweifel daran, dass es mit alldem hier nichts zu tun haben wollte. Es war zwar nicht so groß wie der Besenkopf, den Tuko geopfert hatte, aber aufmerksam und angespannt wie eine Stahlfeder. Es roch nach Moschus, und Wellen sich rasch verändernder Spiralen huschten blitzend über seine Haut. Das Muster veränderte sich so schnell, dass Benson wegsehen musste, damit ihm nicht schwindlig wurde.

<Der gefällt mir gar nicht>, sagte er über die private Verbindung des Sicherheitsteams.

<Mir auch nicht>, stimmte ihm Atwood zu. <Ist er überhaupt zahm?>

<Mir kommt er ziemlich wild vor>, setzte Korolev hinzu.

<Nicht die Waffen entsichern>, sagte Atwood. <Wir können es uns nicht leisten, eine der Fraktionen gegen uns aufzubringen.>

<Ich persönlich wäre lieber aufgebracht als tot>, sagte Benson.

<Das hier geht uns nichts an.>

Ganz bewusst trat Benson einen Schritt zurück. Das wilde Dux'ah warf sich mit einer aus der Verzweiflung geborenen Entschlossenheit gegen seine Fesseln. Bensons Begegnung mit dem Huhn zuvor wirkte dagegen komisch.

Der Älteste trat vor, um dem Tier den Gnadenstoß zu geben, doch sein erster Versuch verfehlte sein Ziel und steigerte die Raserei des Besenkopfs noch. Mit einer kraftvollen Bewegung seines Schädels riss das Biest einen seiner Führer von den Beinen und schleuderte ihn durch die Luft. Er stürzte zu Boden und blieb liegen.

Durch die Wucht des Aufschlags standen die Gliedmaßen des Atlanters in absurden Winkeln ab. Bensons erster Instinkt war, dem zu Boden Gegangenen zu Hilfe zu eilen, doch zu seinem Erstaunen entfaltete der Atlanter seine schrecklich verformten Gliedmaßen und sprang sofort wieder auf. Das fiel nicht nur Benson auf.

»Zähe kleine Drecksäcke, was?«, sagte Korolev halblaut.
»Aber echt.« Benson sah fasziniert zu, wie der Atlanter, der gerade wie eine Kinderpuppe durch die Luft geflogen war, zu seinem Seil zurückeilte und half, das Dux'ah unter Kontrolle zu bringen, als sei gar nichts geschehen.
Ein Hilfeschrei erklang, und vier weitere Krieger aus anderen Dörfern, darunter einer, von dem Benson fast sicher war, dass es sich um Kuul handelte, traten herzu und rammten ihre Speere in den Besenkopf. Sie mussten häufig zustechen, bis das Tier schließlich fiel. Nach den Gebeten und dem Zerteilen des Opfers war es Zeit für das Opfer der Menschen.
»Showtime.« Valmassoi überreichte Benson das verhüllte Huhn. »Machen Sie uns stolz.«
»Danke.« Benson nahm den Vogel unter einen Arm und ergriff das Heft seines Feldmessers.
Er straffte die Schultern und schritt zum Opferaltar. Lautes, vielstimmiges Gelächter folgte ihm. Das Schauspiel mit der Wiedereintrittskapsel war ein paar Stunden her, und angesichts der Parade der vor ihm geopferten Besenköpfe wirkte der Vogel ein wenig unterdimensioniert für den Anlass.
Kuul rief etwas von der Seite. »Sollen wir es für dich festbinden?«
»Das schaffe ich schon«, rief Benson zurück, nachdem ihm seine Übersetzerin die Antwort souffliert hatte. Seine Worte lösten erneut Gelächter aus, aber Benson ignorierte es und legte den Vogel auf den kühlen, schwarzen Stein. Das Huhn war jetzt ruhiger als in der Kapsel, zweifellos zum Teil wegen des Hemdes, das seine Augen bedeckte. Bensons Blutdurst verflog, als er das designierte Opfer ansah und das Messer aus der Scheide zog. Er hielt es in die Sonne und ahmte nach, was er die anderen hatte tun sehen. Sonnenlicht blitzte auf dem polierten Metall, während das Lachen der Menge andächtiger Stille wich.
Er hatte noch nie getötet, nicht persönlich. In Bensons Tagen als

Chief Constable hatte er Leute verhaftet, die man später hingerichtet hatte. Er hatte einmal sogar auf einen Mann geschossen. Aber der war mit einem Messer bewaffnet und wild entschlossen gewesen, es Benson in die Brust zu stoßen.

Jetzt hatte er das Messer. Obgleich es nur um ein Huhn ging, fühlte sich Benson nicht wohl dabei.

»Tut mir leid, Kumpel«, sagte er halblaut. »Aber du wärst so oder so als Buffalo Wings geendet.«

Die Augen der Menge waren auf Benson gerichtet, als er zum Stich ausholte, doch dann kam es nicht dazu.

Vom Waldrand her rannte ein Atlanter den Hügel herunter, schwenkte die Arme und rief etwas. Was auch immer er wollte, Bensons Übersetzerin kam mit den Worten nicht klar. Gleich darauf kamen hinter dem Neuankömmling Dutzende und Aberdutzende schwarz bemalter Krieger aus dem Wald gestürmt. Gleichzeitig hoben mehrere Krieger inmitten der Menge ganz in der Nähe von Atwoods vier Sicherheitsleuten die Speere – und griffen an.

<Mehrfacher Feindkontakt!>, rief Benson über ihren Kommunikationskanal. <Pavel, hinter Ihnen!>

Dann begann das eigentliche Opfer.

KAPITEL 11

Kexx huschte vorsichtig durch das dichte Gestrüpp von Cuuts Tentakelranken, die sich zwischen den Stämmen und Ästen der Halobäume hindurchwanden. Die Ranken selbst waren recht harmlos. Getrocknet, flach geklopft und entsprechend geflochten gaben ihre Fasern haltbare Seile ab. Ihre Samenkapseln hingegen …

Kexx duckte sich vorsichtig unter einer der großen, purpurnen Kapseln durch. Sie war so lang wie einer von Kexx' Armen und auf so kurze Entfernung brandgefährlich, doch ihre Farbe verriet, dass sie noch nicht trocken genug war, um eine unmittelbare Bedrohung darzustellen. Hinter Kexx drangen die überraschten Geräusche der Opfer am Altar durch den Wald. Die Eröffnungszeremonie der Versammlung war in vollem Gange. Bald würde das köstliche Aroma gebratenen Dux'ah-Fleischs durch das Dorf wehen.

Kexx' Magen knurrte in Vorfreude auf das abendliche Festmahl, aber davor gab es noch einiges zu tun. Der Signalgeber hatte vor Beginn der Zeremonie von Geräuschen rings um den Turm berichtet, weswegen Tuko Kexx ausgeschickt hatte, um sich im Wald nach ungebetenen Gästen umzusehen. Die gefährlichen Ranken trugen auf hervorragende Weise dazu bei, streunende Uliks und gelegentliche plündernde nomadische Stämme fernzuhalten. Doch ihre Besucher stammten aus anderen Dörfern des Straßennetzes, die aufs Haar dem glichen, in dem Kexx lebte. Für niemanden von ihnen würde der Wald ein großes Hindernis darstellen.

Generationen kleinerer Tiere hatten sich Wege durch das Gewirr der Samenkapseln gebahnt, die man nutzen konnte, wenn man wusste, wonach man schauen musste, und den Kopf weit genug gesenkt hielt. Kexx bewegte sich fast ausschließlich auf diesen Wegen, musste die Augen aber auch nach Spuren von Wanderern offen halten, die die kleinen Tricks des Waldes nicht so gut kannten wie sier. Obwohl es kurz nach Mittag war, verhinderte das Blätterdach, dass der Großteil des Lichtes den Waldboden erreichte, und die immer wieder unterbrochenen Lichtstrahlen und -bahnen, die bis auf den Boden fielen, verzerrten die Umrisse und verwirrten Kexx' Augen, die ständig versuchten, von Tag- auf Nachtsicht umzuschalten.

Das sich stetig verändernde Licht hatte siem früher Kopfschmerzen bereitet, aber mittlerweile hatte Kexx genug Zeit im Wald verbracht, um sich daran zu gewöhnen. Siene Haut passte sich an die sich wandelnden Muster an. Ein Tarntrick, den Kexx' Mentor siem eingebläut hatte, bis er siem praktisch zur zweiten Natur geworden war. Zudem kamen Kexx' Spurenlesefertigkeiten zum Zug. Aufgrund der toten Laubschicht am Boden gab es nichts so Auffälliges wie einen Fußabdruck in der Erde. Stattdessen suchte Kexx nach kleinen Verschiebungen der Blätter, abgebrochenen Zweigen, verschobenen Ranken. Sier begann am Fuß des Signalturms und bewegte sich dann spiralförmig nach außen, wobei sier den Weg ignorierte, den der Signalgeber zu nehmen pflegte, und sich auf das Unterholz konzentrierte.

Es war eine anstrengende, geistig sehr fordernde Arbeit, aber bald fand Kexx einen Rhythmus. Es gab tatsächlich so einiges zu sehen. Die Jurkibüsche blühten und erfüllten die Luft mit ihrem süßen Duft, der einen Schwarm hungriger Fliegen angelockt hatte. Sie waren zu sehr damit beschäftigt, den energiereichen Nektar zu sammeln, um sich die Mühe zu machen, Kexx zu stechen. In zwei Tagen würde es Zeit sein, die leicht verwelkten Blüten zu pflücken und daraus Wein, Parfüm und eine halbe Handvoll anderer Erzeugnisse herzustellen, die es nur in Kexx' Dorf gab. Die

Büsche bevorzugten die Salzluft in der Nähe des Meeres. Andere Dörfer hatten versucht, sie ebenfalls anzubauen, aber die Endprodukte hatten sich als minderwertig erwiesen, was Kexx' Dorf einen großen Handelsvorsprung verschaffte.

Aber wie lange noch? Die Ankunft der Menschen würde bald die alten Voraussetzungen und Abkommen, auf denen der Handel zwischen den Dörfern beruhte, auf den Kopf stellen. Ihre Werkzeuge waren unglaublich. Dinge, die die Menschen für selbstverständlich hielten, etwa ihr großer Vogel, entzogen sich komplett Kexx' Verständnis. Was konnte G'tel oder eines der anderen Dörfer ihnen schon bieten? Welche Herstellungsprozesse würden die Menschen nicht sofort an sich reißen? Kuul und Tuko hatten Angst vor ihren Schusswaffen, aber Kexx war der Ansicht, die größte Gefahr, die von den Menschen ausging, war subtiler und weiter reichend als etwas so Simples wie eine neue Waffe.

Während sier sich langsam in einer Spirale bewegte, wuchs Kexx' Frustration. Sier fand ein Nest, das während der heftigen Winde der vergangenen Nacht von einem Baumwipfel gefallen war, eine platt gedrückte Stelle in der Laubschicht, wo ein streunendes Ulik sich zum Nachtschlaf hingelegt hatte, einen frischen Kothaufen desselben Tiers. Jede Runde, die sier drehte, zeigte siem das normale Leben des Waldes, aber keine Spuren von Eindringlingen.

Sier verschwendete siene Zeit mit der Jagd nach etwas, das siem mit jeder Runde immer mehr vorkam wie eine akustische Täuschung eines unkonzentrierten Signalgebers, während es bei der Zeremonie hoch herging. Dort konnte das Dorf Kexx' Augen brauchen. Vielleicht war es darum gegangen, als man sien hier herausgeschickt hatte: sicherzustellen, dass der Wahrheitssucher nicht in der Nähe war, wenn etwas wirklich Wichtiges geschah.

Der Gedanke ließ Kexx nicht mehr los, blieb siem im Kopf wie ein Stachel im Fleisch. Mit jeder Runde grub er sich tiefer hinein, bis Kexx so abgelenkt war, dass sier einfach an den getrockneten Pilzstängeln vorbeimarschierte, die am Fuße eines Baums auf dem Boden verstreut lagen. Erst nach weiteren drei Schritten wurde siem klar, wie seltsam das war, und sier wirbelte herum, beugte sich vor und hob einen der verschrumpelten Stängel auf. Er war grau und hatte dunkelrote Punkte. Kexx biss vorsichtig das Ende ab und zermahlte ein Stückchen zwischen den Zähnen. Es schmeckte bitter und fleischig, aber sier kannte diese Sorte Pilz nicht und spuckte sie wieder aus. Sier hatte früh gelernt, wie gefährlich es war, unbekannte Pilze zu essen.

Kexx kannte jeden Pilz in diesem Wald. Dies war ein jüngst von außen in den Wald eingeschleppter Eindringling. So nah am Meer war die Luft feucht. Hier vertrockneten Dinge nicht, sie verfaulten. Jemand hatte ihn in den Wald mitgebracht und gegessen, vermutlich am Vortag. Die Frage war nur, wer.

Kexx' Zunge und Gaumen begannen zu kribbeln, wo sie mit dem Stängel in Berührung gekommen waren. Es war also ein psychoaktiver Pilz. Vermutlich die Überreste eines Dreiergespanns, das sich für ein privates Techtelmechtel in den Wald geschlichen hatte, bei dem der Pilz eine Rolle als Aphrodisiakum gespielt hatte. Wahrscheinlich eine gemischte Gruppe von zwei oder mehr Personen aus den anderen Dörfern. Versammlungen stellten jedes Jahr eine der wenigen Gelegenheiten für Techtelmechtel zwischen Angehörigen unterschiedlicher Dörfer dar, und diese Praktik war zwar offiziell nicht gerne gesehen, doch sie hielt den Genpool frisch.

Eine Gefahr stellte dies nur für den Träger dar. Wenn bekannt wurde, dass sier eine Brut aus einem anderen Dorf austrug, zog das ernste Konsequenzen nach sich. Kein Dorf konnte es sich leisten, dass seine Träger geteilte Loyalitäten hatten.

Eine gründliche Inaugenscheinnahme des Laubs in der Nähe der Fundstelle der Stängel zeigte die leicht platt gedrückten Blätter, wo das Gespann gelegen hatte, was diese Theorie untermauerte. Kexx seufzte erleichtert auf und legte sich den Speer über die Schultern. Sier hatte ein weiteres Geheimnis ergründet, und nun war es Zeit, zur Zeremonie zurückzukehren, bevor sier noch alles verpasste, im schlimmsten Fall sogar das Essen.

Kexx machte sich auf den Rückweg zur Mitte des Dorfs, aber etwas nagte an siem, verlangte nach siener Aufmerksamkeit. Kexx sah auf sienin Füße hinab und grübelte, was sier wohl übersehen haben mochte. Plötzlich blieb sier ruckartig stehen und starrte auf den Boden rings um sienin Füße.

Wenn sier recht hatte mit dem Techtelmechtel, wo waren dann die Spuren, die zum Dorf zurückführten? Kexx kniete sich hin, dann ging sier auf alle viere und versuchte, kleinste Spuren im Laub zu finden. Das Trio musste sich in dem wohligen Gefühl der Paarung befunden haben, von Drogen benebelt gewesen sein und es eilig gehabt haben, zum Dorf zurückzukehren. Nicht gerade der beste Geisteszustand, um Spuren zu verwischen. Aber egal, wie genau Kexx hinsah, sier fand einfach keine Spuren.

Aufgeregt erhob sier sich wieder und überdachte die Situation. Wenn sie nicht aus dem Dorf gekommen waren, konnten sie nur aus einer anderen Richtung hergelangt sein. Kexx wirbelte herum und musste die Theorie mit dem verliebten Trio revidieren.

Zum einen waren es mehr als drei. Viel mehr. Zum anderen war ihre Haut bedeckt mit einer dicken Schicht getrockneten Schlamms, vermischt mit Asche und Blättern, und wenn das noch nicht gereicht hätte, Kexx von siener Theorie abzubringen, so hätten die auf sienen Hals gerichteten Speere es mit Sicherheit getan.

Kexx machte einen großen Schritt rückwärts und riss den Speer von den Schultern, wobei sier die siem am nächsten gekommene Speerspitze beiseiteschlug. Sienir Füße wollten rennen, doch sobald sier ihnen den Rücken zuwandte, würden die bemalten Eindringlinge sien aufspießen wie eine Dux'ah-Lende.
Also hob Kexx den Speer in eine aktive Verteidigungsposition und sagte leise und langsam: »Ihr habt euch offenbar große Mühe gegeben, unbemerkt hierherzugelangen. Wenn ich auch nur einen Muskel zucken sehe, schreie ich, und das ganze Dorf wird sich auf euch stürzen wie die Saat Cuuts.«
Aus dem Augenwinkel nahm Kexx eine flüchtige Bewegung wahr. Sie umzingelten sien.
»Bleibt, wo ihr seid, ich bluffe nicht.«
Über kleine, ungetarnte Hautflächen einiger Eindringlinge setzte sich eine Welle von Licht fort, huschte von einem zum anderen, hin zu einem Wesen, das sich im Hintergrund hielt. Ihrem Anführer. Wer auch immer sie waren, sie waren sehr gut darin, mit codierten Lichtsignalen zu kommunizieren. Kexx hoffte immer weniger darauf, diese Begegnung zu überleben, doch sier wollte verdammt sein, wenn sier sie kampflos auch nur einen weiteren Schritt auf das Dorf zumachen ließ.
Der Anführer senkte sienen Speer und kam mit ausgestreckten Händen näher. Unwillkürlich umschloss Kexx den Speerschaft fester, doch ließ sien Gegenüber näher herankommen.
Leise und darauf bedacht, siene Stimme nicht zu weit tragen zu lassen, sprach der Anführer: »Wahrheitssucher?«
Kexx nickte.
»Ja, und ein guter dazu. Deinem Dorf würde etwas fehlen, wenn wir dich töten müssten.« Die Stimme hatte einen starken Akzent, den Kexx nicht zuordnen konnte.
»Dann macht kehrt und geht«, verlangte Kexx, doch der Anführer ignorierte die Aufforderung.

»Leg den Speer weg und lass uns durch. Dir wird nichts geschehen.«
Kexx schüttelte unwillkürlich nach Menschenart den Kopf. »Kommt nicht infrage.«
»Dann werden wir deine Füße und Hände am Waldrand an einen Baum nageln und deinen Bauch aufschneiden, damit sich die Uliks an deinen Eingeweiden laben können.«
»Wie blumig. Aber ich bezweifle, dass ihr das schafft, ehe ich schreien kann und Kuuls Krieger angerannt kommen.«
»Kuul?«
»Dein Pendant. Überaus unangenehm und brennt ständig auf einen Kampf.«
Das aschene Phantom streckte die Arme aus. »Was glaubst du, worauf meine Krieger brennen? Ich verabscheue unnützes Blutvergießen, Wahrheitssucher, aber von einigen derer, die gerade Speere auf dich gerichtet haben, kann ich das nicht sagen. Lass uns durch oder lass uns dich rasch in Xis' warme Umarmung schicken. Deine Entscheidung, aber triff sie schnell.«
In siener Stimme lag eine Endgültigkeit, die Kexx Gehorsam abnötigte. Dann erinnerte ein unsanfter Stoß in die Seite Kexx daran, dass sier umzingelt war. Niedergeschlagen warf Kexx sienen Speer zu Boden und ergab sich, überzeugt, dass jeden Augenblick der Todesstoß folgen würde, aber entschlossen, mit sienem letzten Atemzug aus vollem Hals einen Warnschrei auszustoßen, sobald eine Speerspitze sien auch nur ritzte.
Aber der Stich blieb aus. Der Anführer hielt Wort und bedeutete sienim Leuten, weiterzuziehen. Lautlos huschten sie – ohne eine Spur zu hinterlassen – links und rechts an Kexx vorbei wie ein Fluss, der langsam einen Felsen umfließt. Nichts kündigte ihr Kommen an.
Kexx stand lange stocksteif da und sah ihnen nach, wie sie auf das Dorf zugingen. Sie schwärmten aus. Zuerst Händevoll, dann

Hunderte. Sie hatten den Wald komplett infiltriert. Kexx musste auf Armeslänge, ja auf Handbreite an einigen von ihnen vorbeigegangen sein, ohne sie zu bemerken.

Wer auch immer sie waren, Kuul würde keine Chance gegen sie haben, solange sie das Überraschungsmoment auf ihrer Seite hatten. Die Menschen würden sich vielleicht eine Weile lang besser schlagen, aber nur vier von ihnen hatten diese wundersamen Schusswaffen. Kexx konnte sich nicht vorstellen, dass ihre mächtige Technologie die Menschen letztlich davor retten würde, von dem überrollt zu werden, was da auf sie zukam.

Kexx schaute zu dem Speer zu sienim Füßen hinab und wusste ganz genau, dass der Ausgang der bevorstehenden Schlacht von dem abhing, was sier in den nächsten Augenblicken tat. Sier traf eine Entscheidung.

»Scheiß drauf.«

Sich mit Meis Fluch Mut machend, schob Kexx einen Zeh unter den Speer, schleuderte ihn hoch und fing ihn auf, dann warf sier ihn mit aller Kraft nach der größten Samenkapsel in sienem Sichtbereich, die unmittelbar über den Köpfen der vorrückenden Truppe hing. Kexx warf sich zu Boden und rollte sich zusammen, um sienen Kopf zu schützen.

Sobald die Obsidianspitze die Hülle der Samenkapsel berührte, sprengten die Staubfäden darin die seit mehreren Varrs straff gespannten, brüchigen Membranen, die die vier Sektionen zusammenhielten. Im Nu zogen sich die vier Teilbereiche der Kapselhaut wie eine jäh vom Zug befreite Feder zusammen und enthüllten Händevoll harter, tränenförmiger Samenkörner von der Größe einer Faust, die schneller in alle Richtungen geschleudert wurden, als ein Arm sie hätte werfen können.

Es erwischte die Eindringlinge in der Nähe, die ohne jede Möglichkeit, Deckung zu suchen, niedergestreckt wurden, doch dies war erst die erste Welle. Zwei der Samenkörner trafen zufällig

andere Samenkapseln, die ebenfalls platzten und Händevoll neuer Samenkörner verstreuten, die wiederum weitere Samenkapseln trafen. Eine Kettenreaktion verbreitete sich in Windeseile innerhalb der Ranken und verwandelte den Wald in einen brodelnden Kessel von Projektilen, fallenden Blättern, abgebrochenen Ästen und Schreien von Verwundeten.
Selbst eng zusammengerollt, wurde Kexx zweimal am Rücken getroffen, was rote Striemen hinterließ. Die Samenkörner waren selten tödlich, es sei denn, sie trafen ihr Opfer in einem unglücklichen Winkel genau ins Genick, aber die Treffer konnten schwere Hämatome verursachen, den Getroffenen den Atem aus den Luftsäcken treiben oder gar eine so schwere Gehirnerschütterung auslösen, dass man das Bewusstsein verlor.
Sobald der Samenhagel verebbte, sprang Kexx auf und rannte in vollem Lauf Richtung Dorf, um sich in Sicherheit zu bringen. Sier sprang über am Boden liegende Eindringlinge hinweg, von denen sich viele in Schmerzen wanden und sich die Arme, die Brust und die Köpfe hielten, wo sie getroffen worden waren. Sier bückte sich kurz, um einen fallen gelassenen Speer aufzuheben.
Direkt vor Kexx erhob sich der Anführer der Eindringlinge. Wut und Kampfeslust durchströmten Kexx, und sier stieß ein Kriegsruf aus, legte den Speer an und stieß damit nach dem Gesicht des Gegenübers.
Im letzten Augenblick drehte sich Kexx' Ziel um und sah den Angriff kommen. Mit geübten Reflexen riss der Anführer den eigenen Speer nach unten und lenkte Kexx' Speerspitze von sienem Gesicht weg und damit den Todesstoß nach unten ab. Doch die Parade war nicht ganz erfolgreich, denn die Spitze aus schwarzem Glas bohrte sich in den Oberschenkel des Anführers und zerfetzte dort Muskeln und Sehnen, bis sie hinten aus dem Bein wieder austrat. Mit einem Schrei, bei dem sich Kexx die

Brust zusammenzog, fiel sien Gegner zu Boden. Sier würde überleben, war aber kampfunfähig.
Ohne eine Sekunde innezuhalten, ließ Kexx den Speerschaft los und rannte blind weiter durch den Wald, während die anderen Krieger sich noch aufrappelten und wieder zu sich kamen. Speere pfiffen an Kexx vorbei, während sier rannte, und jeder einzelne davon drohte sien zu Fall zu bringen, um dann von den auf Rache sinnenden Eindringlingen in Stücke gerissen zu werden.
Kexx' Falle hatte die meisten Samenkapseln in unmittelbarer Nähe zum Platzen gebracht, aber nicht alle. Kexx gab sich alle Mühe, den verbleibenden auszuweichen, ohne an Geschwindigkeit zu verlieren. Mit brennenden Beinmuskeln brach sier zwischen den Bäumen hervor und wurde kurzzeitig vom hellen Licht des frühen Nachmittags geblendet. Sier steigerte das Tempo auf dem Weg hinunter in die Mulde, während oben die Verfolger aus dem Wald hervorbrachen.
Die Arme schwenkend, schrie Kexx abwechselnd in G'tel und Menschensprache, um genug Aufmerksamkeit zu erregen, um Hilfe zu bekommen. Am liebsten solche von der schwer bewaffneten, zornigen Sorte. Jetzt, wo die Verfolger klare Sicht hatten, flogen ihre Speere wesentlich zielgenauer. Kexx schlug beim Rennen Haken und versuchte, ihnen so das Zielen zu erschweren. Neuerlicher Schmerz durchzuckte sien, als eine Speerspitze sien Bein streifte und die Haut tief aufriss, zum Glück aber nicht den Muskel erwischte.
Kexx hörte auf, Haken zu schlagen, und rannte direkt auf den ersten Kreis von Gebäuden zu, wo sier endlich in Deckung gehen konnte. Als sier gerade das erste Haus erreichte, traf ein Speer die Wand keine halbe Armspanne links von siem. Die Glasspitze zersplitterte an dem eisenharten Schlammstein, und ein Splitterregen flog in alle Richtungen. Ein Splitter erwischte Kexx unmit-

telbar unter dem linken Auge. Einen Fingerbreit höher, und sier wäre blind gewesen.

Nichts passiert, bleib in Bewegung, sagte sich Kexx. Vor sich an der Zeremonienstätte erkannte sier undeutlich Tuko und die anderen Ältesten des Dorfes bei der Menschendelegation stehen. Ausnahmsweise war Kexx froh, Kuul in ihrer Nähe zu sehen. Sier rief erneut nach ihnen, doch gerade als Kexx den Schrei ausstieß, brach ein Tumult unter den Delegationen aus. Krieger, die sier nicht kannte, stürzten sich auf die Menschen. Meis Freund Benson warf sich auf einen von ihnen, und sie rangen miteinander. Plötzlich drang ein lautes Geräusch wie das Abknicken eines riesigen Baumes im Wind an Kexx' Ohren.

Dann kam der Donner.

KAPITEL 12

Benson hatte schon sechs Schritte zurückgelegt, ehe ihm klar wurde, dass er entschieden hatte zu rennen. Korolev lag am Boden, begraben unter einem der fremden Krieger. Der Atlanter hatte versucht, seinen Freund von hinten mit einem Speer zu durchbohren – und mit ansehen müssen, wie die Spitze an Korolevs Kampfanzug abbrach. Der große Schlägertyp hatte Korolev umgehend niedergestreckt, ehe der sein Gewehr heben konnte, und prügelte seither mit dem Speerschaft auf ihn ein.

Benson war zwar unbewaffnet, aber er war kein kleiner Mann. Er war mehr als die Hälfte seines Lebens Profisportler gewesen und hatte nie aufgehört zu trainieren, nicht einmal, nachdem er mit Zero aufgehört hatte. In den zurückliegenden drei Monaten hatte er zusammen mit seinem Team American-Football-Bewegungsabläufe geübt. Wenn er volles Tempo aufnahm und die Schulter zum Tackeln vorschob, würde bestenfalls eines von Shambhalas Betonfertighäusern seinem Ansturm standhalten.

Benson rammte das Alien, der auf dem Brustkorb seines Freundes hockte, mit der Wucht einer Fahrstuhlkabine im freien Fall. Nur das fehlende feste Skelett des Atlanters verhinderte, dass er ihm alle Rippen brach, und möglicherweise auch, dass sich Benson die Schulter auskugelte. Sie überschlugen sich gemeinsam zweimal und blieben dann liegen.

Der Atlanter landete oben. Er packte mit seinen seltsamen, gummiartigen Händen Bensons Hals und drückte mit aller Kraft zu. Aber Benson hatte in seiner Zeit als Constable mit ausreichend Fällen von häuslicher Gewalt zu tun gehabt, um zu wissen, wie man einen Würgegriff brach. Ihm blieben fünf, vielleicht zehn Sekunden zum Reagieren, ehe er das Bewusstsein verlor. Mehr als genug Zeit, um die Hände zwischen die Arme seines Angreifers zu bringen und dem Alien einen Daumen ins Auge zu pressen.

Kein Wesen im Universum bekam gerne etwas ins Auge. Der Atlanter machte da keine Ausnahme und ließ Bensons Hals aus seinem Würgegriff, um dem Daumen zu entgehen. Er streckte die Hand nach hinten und zog irgendwo unter seinen Röcken einen Obsidiandolch hervor, bereit, Benson damit an den Boden zu nageln wie mit einem Zelthering.

Das Bellen von Korolevs Gewehr traf Bensons Ohren wie ein Hammer; noch heftiger traf die Kugel den Kopf seines Angreifers. Der platzte wie ein Luftballon voll Red Velvet Cake. Der fast kopflose Körper zuckte und kippte rückwärts, krümmte sich auf dem Boden, und Blut spritzte aus dem Halsstumpf.

Dann dröhnten Schusswaffen.

Benson wand sich unter der Leiche hervor, so schnell er konnte, und fand eine Hand, die ihm aufhalf.

»Wir müssen hier weg, Chief!«, überschrie Korolev das Knattern automatischer Waffen.

»Sagen Sie bloß!« Benson deutete auf die Flut anthrazitgrauer Krieger, die vom Waldrand herabgeströmt kam.

Korolev riss die Augen auf, als er die volle Tragweite ihrer Situation begriff. <Gegner im Anmarsch!>, rief er über ihre private Kommunikationsverbindung. <Im Westen, den Hügel herunter.>

<Heilige Scheiße>, sagte einer der anderen.

<Geschwätz einstellen>, erwiderte Sergeantin Atwood ruhig und professionell. <Sparen Sie Munition. Stellen Sie die Waffen auf Zwei-Kugel-Salven und zielen Sie genau. Hamilton, auf Scharfschützenposition in eines der Bauwerke. DeSanto, mit mir. Korolev, schnappen Sie sich Napoleon und bringen Sie ihn in Sicherheit.>

»Napoleon?«, flüsterte Benson Korolev zu.

»Valmassois Rufzeichen. Zufallsgeneriert.«
Ja, klar, dachte Benson, ehe er in sein Kommunikationsgerät sagte: <Was ist mit Häuptling Tuko?>
<Nicht unser Problem>, sagte Atwood zwischen zwei Gewehrsalven. <Wir wissen nicht mal, wer uns angreift.>
<Verstanden.>
Atwood und ihre Leute machten kurzen Prozess mit den Meuchlern, die sich in den Reihen der Zuschauer verborgen hatten. Leichen von Atlantern und Menschen bewiesen, dass das nicht ohne Verlust abgegangen war, doch es blieb keine Zeit, die Toten und Verwundeten zu zählen, denn der eigentliche Kampf stand ihnen noch bevor.
»Ich könnte hier Hilfe brauchen, Chief«, sagte Korolev.
Benson, noch immer voller Adrenalin, wischte sich das Blut und die Hirnmasse aus dem Gesicht und die Hand an der Hose ab. »Gehen Sie voraus.«
Valmassoi war nicht weit weg, aber jemand war schneller gewesen als sie. Benson sah den Verwaltungsleiter bäuchlings neben dem Opferaltar liegen, während das Geschrei der Krieger und das Gewehrfeuer weiter durch den Krater hallten.
Benson deutete auf ihn. »Da! Ich glaube, er ist verletzt.«
<Sergeantin, Napoleon ist am Boden. Ich wiederhole, Napoleon ist am Boden.>
Die beiden rannten die letzten paar Schritte zu Valmassoi hinüber. Sein braunes Hemd war blutdurchtränkt und an einem halben Dutzend Stellen dunkel verfärbt.
»Oh, und ob er verletzt ist.« Benson beugte sich über Valmassoi und presste die Hand an seinen Hals. »Ich spüre einen Puls, aber er ist schwach.«
»Können wir es wagen, ihn zu bewegen?«
Benson nickte in Richtung der herandrängenden Horde. »Wir dürfen es nicht wagen, ihn nicht zu bewegen.«

Korolev bückte sich und drehte Valmassoi um, dann ergriff er seine Arme, um ihn hochzuziehen. Doch Benson hielt ihn auf.
»Nein, ich werde ihn tragen. Ich bin stärker als Sie, und Sie müssen mir mit dieser Kanone Rückendeckung geben.«
Benson grunzte, als er sich Valmassois schlaffen Körper im Gamstragegriff auf die Schultern wuchtete und sich erhob.
Korolev legte sein Gewehr an die Schulter und zielte auf den Hügel. »Wohin, Chief?«
Benson sah sich um und suchte nach einem möglichst sicheren Versteck, es bot sich aber keines an. Die Gebäude der Atlanter waren robust, aber sie waren darauf ausgelegt, Wirbelstürmen standzuhalten, keinen Invasionsarmeen. Die meisten hatten nicht einmal Türen.
Aber er kannte einen Ort mit Türen.
»Zur Wiedereintrittskapsel. Los.«
Korolev nickte und joggte in Richtung der Kapsel. Benson folgte ihm, hatte aber Mühe, mit seiner beschwerlichen Last das Gleichgewicht zu halten. Zum Glück war die Kapsel nicht bewegt worden, seit sie östlich des Tempels gelandet war, sodass sich die Männer von den Invasoren wegbewegten, was ihnen kostbare Zeit verschaffte.
»Beeilen Sie sich, Chief. Sie holen auf!«
»Manche von uns rennen für zwei, Constable«, schnaufte Benson.
»Seien Sie bloß froh, dass es nicht Lindqvist ist«, sagte Korolev. Er meinte den Middle Linebacker der Mustangs.
Benson erschauerte bei dem Gedanken. Plötzlich fühlte sich Valmassoi gar nicht mehr so schwer an.
Die Kapsel lag dort, wo der Krater leicht anstieg. Korolev öffnete die Luke und sprang hinein. Bensons Beine brannten wie Feuer. Er setzte Valmassoi so sanft wie möglich am Rand der Luke ab, dann schnappte er sich die Füße des Bewusstlosen,

während Korolev den Verwaltungsleiter an den Armen ins Innere zog.

Sie legten ihn auf den Boden, und Korolev fühlte noch einmal seinen Puls. »Noch gerade so bei uns.«

»Üben Sie Druck auf die schwersten Verletzungen aus«, sagte Benson.

»Hier?« Korolev deutete auf eine tiefe Stichwunde unter Valmassois Herz.

»Ja.«

»Ich kann nicht glauben, dass er das überlebt hat.«

»Ich glaube, die wussten nicht, wo sie hinstechen müssen.« Benson sah aus der Luke und beobachtete, wie die erste Welle der schwarz geschminkten Invasoren direkt auf die bunt gemischte Truppe atlantischer Krieger prallte, die sich rasch zusammengetan hatte, um sie aufzuhalten. Kurze Doppelsalven von Atwoods Sicherheitsteam trafen die vorrückenden Feinde gnadenlos, hatten aber nicht den gewünschten Effekt.

»Verschließen Sie die Luke hinter mir.« Benson umklammerte Korolevs Schulter. »Schießen Sie auf alles, was hier durchzukommen versucht und kein Mensch ist. Valmassoi ist jetzt Ihre oberste Priorität.«

»Wo wollen Sie hin, Chief?«

»Ich gehe helfen.« Benson kroch nach draußen und schlug die Luke hinter sich zu, dann wartete er, bis er hörte, wie die Riegel einrasteten. Zufrieden, dass Korolev ausnahmsweise einmal seine Anweisungen befolgte, wandte sich Benson ab und rannte wieder auf den Kampfeslärm zu, alles andere als sicher, dass das eine gute Idee war.

<Benson>, rief Atwood über den gemeinsamen Kommunikationskanal. <Ich habe den Kontakt zu Korolev verloren. Sehen Sie ihn?>

<Es geht ihm gut, Sergeantin. Er und, äh, Napoleon haben sich in

der Wiedereintrittskapsel verschanzt. Die Hülle blockiert lediglich sein Signal.>

<Gute Idee. Wie geht es Napoleon?>

<Er lebt, ist aber schwer verletzt. Er braucht umgehend eine medizinische Evakuierung.>

<Verstanden.>

Sie verstummte, als Benson den Rand der Kampfhandlungen erreichte. Es herrschte völliges Chaos, die Kämpfer setzten Speere, Dolche und Schusswaffen ein, und die Zivilisten versuchten verzweifelt, ihnen aus dem Weg zu gehen. Die Front, wenn man davon denn sprechen konnte, hatte sich in Richtung des zweiten Gebäuderings verschoben. Kuul und sienir Krieger hatten eine Verteidigungslinie gebildet, an der der Ansturm der bemalten Invasoren abprallen sollte. DeSanto hatte sich auf einem nahen Dach zu Hamilton gesellt, der mit seinem Gewehr einzelne Ziele ausschaltete, während Atwood mitten ins Geschehen gewatet war. Die menschliche Delegation hatte sich außer Sicht begeben. Benson bückte sich und hob einen Speer auf, der neben einem gefallenen Atlanter lag. Er hatte eine große Spitze, aus der in einem Winkel von etwa dreißig Grad zwei kleinere herausragten. Wie es aussah, handelte es sich um einen Fischerdreizack, den sich jemand in seiner Verzweiflung geschnappt hatte, nicht um eine richtige Waffe. Das Ding war für Bensons Arme zu lang und unhandlich, aber es war besser als nichts.

<Mr Benson, wir haben ein Problem>, sagte Atwood.

<Sie meinen, ein größeres Problem, als von feindlichen Wilden überrannt zu werden?>

<Ich erreiche das Shuttle nicht.>

Benson blieb stehen. Schon die Kommunikation mit der *Discovery* brachte die Reichweite ihrer Plantate an ihre Grenzen. Deren Kommunikationsanlage diente als Relais hinauf zur Arche und dann wieder hinunter nach Shambhala. Wenn sie nicht mit dem Shuttle kommunizieren konnten, dann konnten sie mit überhaupt niemandem reden.

<Das ist ein größeres Problem>, sagte er.

<Ach was>, warf Hamilton ein, und auf dem nahe gelegenen Dach rülpste sein Gewehr.

<Können wir die Arche mit einer Signalpistole oder so was auf uns aufmerksam machen?>

<Erst wieder in siebzehn Minuten>, sagte Atwood. <Wir befinden uns in einer Abdeckungslücke zwischen zwei Satelliten.>

<Natürlich.> Benson umfasste den geliehenen Dreizack fester. Ein weiterer erstaunlich ungelegener Zufall. <Ich bin bewaffnet. Wo soll ich hin?>

<Ziehen Sie sich zum Tempel zurück und beschützen Sie unsere Zivilisten. Unsere Gewehre sind weniger wirksam, als ich es gerne hätte.>

<Brusttreffer bringen nichts>, sagte Benson. <Sie haben keine Herzen, die wir treffen könnten. Aber Kopftreffer funktionieren prima.>

<Habt ihr das gehört, Jungs?>

<Jawohl, Ma'am>, antworteten DeSanto und Hamilton im Chor. Sie eröffneten wieder das Feuer, während sich Benson im Laufschritt zur vergleichsweisen Sicherheit des Tempels begab.

Doch ehe er das Heiligtum erreichte, zwängte sich einer der schwarz gekleideten Invasoren durch die Verteidigungslinie und sprang ihm in den Weg, stieß mit einer Speerspitze nach Bensons Magen. Mit einer Bewegung, die eher aus einem verzweifelten Reflex als aus Geschick resultierte, lenkte Benson die Speerspitze mit dem Schaft in seinen Händen ab und rammte den Krieger dann, so hart er konnte, mit der Schulter.

Statt zurückzutaumeln, faltete der Atlanter sich gewissermaßen um den gegen ihn prallenden Menschen herum. Benson war es gewohnt, sich mit Gegnern zu prügeln, die eine feste Gestalt hat-

ten, auf die man sich verlassen konnte. Die Atlanter hingegen waren so entnervend biegsam, dass er sich genauso gut mit Karamellpudding hätte anlegen können.
Benson wich zurück, so schnell er konnte, ohne über seine eigenen Füße zu stolpern, doch der Eindringling setzte nach und stieß im Vorrücken wild mit dem Speer nach ihm. Benson parierte, und es gelang ihm sogar, den Speer seines Gegners für eine Sekunde zwischen zwei Zacken seines Dreizacks einzuklemmen, ehe der Atlanter sich befreite und zum nächsten Stoß ausholte. Benson machte einen großen Schritt rückwärts, doch zu seinem Entsetzen blieb sein Dreizack an etwas hängen. Er schaute nach hinten und stellte fest, dass das Ende des überlangen Schaftes in einer kleinen Kuhle feststeckte.
Ehe er ihn befreien konnte, sprang ihn der Eindringling an. Panisch riss Benson seinen Dreizack hoch, schloss die Augen und wartete auf den Speer, der ihn gleich durchbohren würde. Sein Körper erzitterte – doch statt aufgespießt zu werden, spürte er zu seiner Überraschung nur einen leichten Stich unmittelbar unterhalb der Hüfte.
Benson öffnete vorsichtig die Augen und sah einen kleinen Riss in seiner Hose, wo die Speerspitze sie geritzt hatte, sonst nichts. Er schaute in die übergroßen violetten Augen des Atlanters, oder genauer, in das eine violette Auge, denn das andere hatte die große mittlere Spitze des Dreizacks sauber aufgespießt wie eine übergroße Cocktailolive. Die letzten paar Zentimeter der Spitze ragten auf überaus widerliche Weise aus dem Hinterkopf seines Angreifers. Die Beine des Atlanters liefen noch weiter, während seine Hände erfolglos versuchten, einen Speerschaft zu umklammern, den sie nicht mehr hielten. Es würde noch eine Weile dauern, bis der Rest seines peripheren Nervensystems das Memo bekam, dass das Hirn mausetot war. Bis dahin machte die Leiche einfach weiter, bewegte sich wie ein Aufziehspielzeug, aufrecht

gehalten von Bensons Dreizack. Benson hatte zuvor noch nie jemanden getötet. Mit wachsendem Entsetzen starrte er in das schlaffe, tote Gesicht des Aliens.

Ein außerordentlich verwirrtes Opferhuhn wählte diesen Augenblick, um an ihm vorbeizustolzieren, und blieb kurz stehen, um neben den Füßen des Toten, die sich noch immer tretmühlenartig bewegten, nach Körnern zu scharren. Für einen völlig irren Augenblick brach Benson in Gelächter aus, weil sein Gehirn sich gegen die Absurdität all dessen wehrte, was er da sah. *Davon bekomme ich auf jeden Fall wiederkehrende Albträume*, dachte er, als es sich das Bild in seinem Unterbewusstsein hübsch bequem machte.

Im Tempel hinter ihm schrie jemand, und das holte Benson in die Gegenwart zurück. Es war eines der Expeditionsmitglieder. Er vergaß den Dreizack und rannte Richtung Tempeltür. Die letzten Meter legte Benson in einem Hechtsprung zurück und rollte sich so ab, dass er unmittelbar innerhalb des Raums zum Liegen kam.

Ein Wald von Händen, von Menschen wie von Atlantern, bot ihm Hilfe beim Aufstehen an. Bensons Augen brauchten einen Augenblick, um sich an das flackernde Fackellicht im Tempel zu gewöhnen. Er sah sich im Raum nach Mei oder anderen Ungebundenen um.

»Waffe«, sagte er dann rasch. »Ich brauche eine Waffe.«

Seine Software übersetzte, und sofort schwenkte ein Dutzend Hände ein Dutzend Obsidianmesser vor ihm in der Luft herum, aus denen er sich eines aussuchen konnte. Mit Messern kannte sich Benson einigermaßen aus. Sie waren während seiner Karriere bei der Exekutive an Bord der Arche die Waffen der Verzweifelten und Gestörten gewesen, und er hatte noch immer Narben als Beweis dafür. Deshalb hatte er sich die Zeit genommen, damit zu trainieren. Er schnappte sich eine der dargebotenen Klingen und ließ sie auf der Handfläche kreisen, um ein Gefühl für ihr Gewicht und ihre Ausgewogenheit zu bekommen. Der Griff war ein wenig zu dick für seine Hand, aber er würde klarkommen.

<Sergeantin Atwood, ich befinde mich im Tempel.> Benson nahm die Waffe anders in die Hand und trat seitlich neben die Tür, um die Näherrückenden besser im Auge behalten zu können. <Sergeantin?>

<Atwood ist zu Boden gegangen>, sagte Hamilton von seinem Beobachtungsposten aus. <Wir kriegen keinen Sichtkontakt, ohne den Ansitz zu verlassen.>

<Ich hole sie. Geben Sie mir Deckung.>

<Negativ>, sagte DeSanto. <Wir haben fast keine Munition mehr.>

<Wie läuft's bei Kuul?>

<Schlecht. Wir können Ihnen maximal fünf Minuten erkaufen.>

Benson wischte sich den Schweiß von der Stirn. <Verstanden. Heizen Sie ihnen ein.> Er unterbrach die Verbindung und sah sich die Mischung aus Menschen und Aliens an, die ihn im Tempel umlagerten. Die meisten Gesichter der Expeditionsteilnehmer entdeckte er zwischen den Überlebenden. Er machte sich keine Illusionen darüber, was aus ihnen werden würde, wenn er nichts unternahm. Wenn Kuuls Front nicht hielt und die Invasoren das Dorf überrannten, würde ihnen der Tempel keine Sicherheit bieten, und von der Arche war erst in zehn oder zwölf Minuten Hilfe zu erwarten.

Wenn sie jetzt einen Fehler machten, würden alle im Tempel sterben.

Benson steckte das Messer in seinen Hosenbund, als ihm auffiel, dass etwas fehlte.

»Wo sind die Ungebundenen?«, fragte er den nächststehenden Menschen, eine Frau aus Valmassois Clique.

»Ich, äh …« Verständnislosigkeit stand der Frau ins Gesicht geschrieben. Sie sah sich um wie im Nebel. »Ich glaube, sie sind in ihre Unterkunft gegangen.«

Benson räusperte sich und hob die Arme. »Alle mal herschauen!«

Die Menschen im Tempel unterbrachen ihre verängstigten Gespräche und wandten sich ihm zu, viele der Atlanter taten dasselbe. Die plötzliche Stille und allgemeine Aufmerksamkeit ließen ihn kurz zögern.

»Gut, gut.« Er versuchte, sein geistiges Gleichgewicht wiederzugewinnen. »Folgendes: Uns bleiben noch etwa fünf Minuten, dann gehen unseren Leuten die Kugeln aus. Dann dürfen wir nicht mehr hier sein.«

»Wo ist der Verwaltungsleiter?«, rief jemand aus dem Hintergrund.

»Er lebt«, sagte Benson und hoffte, dass er damit recht hatte. »Valmassoi ist in der Wiedereintrittskapsel eingeschlossen und wird bewacht.«

»Warum gehen wir dann nicht einfach zu ihm?«

Benson schüttelte den Kopf. »Weil wir innerhalb von etwa zehn Minuten ersticken würden, selbst wenn wir alle hineinpassen würden, was wir nicht tun.«

»Aber wir wissen nicht einmal, wer uns angreift!«

»Inwiefern ist das wichtig?«

»Na ja, vielleicht sind sie an uns ja gar nicht interessiert. Wenn wir mit ihnen reden …«

Benson wies mit dem Arm auf die Tür. »Nur zu. Sagen Sie uns dann hinterher, wie es war.«

»Also, ich habe nicht … Ich meine, ich bin wohl kaum qualifiziert …«

Benson fiel dem Mann ins Wort: »Sonstige Freiwillige? Nicht? Gut. Also, wie gesagt, wir müssen hier raus, solange uns das Sicherheitsteam noch Deckung für unseren Rückzug geben kann. Das bedeutet: auf der Stelle.«

»Wir gehen zurück zum Shuttle?«

»Nein, wir haben den Kontakt zum Shuttle verloren. Wir müssen davon ausgehen, dass es verloren ist.«

Die Haltung der Menge veränderte sich. Benson kannte das: den Augenblick, in dem sich eine Gruppe ängstlicher Menschen urplötzlich in einen Lynchmob verwandelte. Allerdings konnte er einen Lynchmob im Augenblick ganz gut gebrauchen. Das einzige Problem bei Mobs war, dass sie schwer zu kontrollieren waren.

»Bitte bleiben Sie alle bei mir. In zehn Minuten kann uns das Satellitennetzwerk wieder optisch erfassen, und die Arche wird bemerken, dass hier etwas nicht stimmt. Wir müssen nur bis dahin am Leben bleiben, wenn also niemand eine bessere Idee hat, folgen Sie mir bitte.«

Erfüllt mit neuer Hoffnung, verwandelte sich der Mob in etwas Geordneteres und folgte Benson nach draußen. Sie hatten hundert Meter zurückgelegt, ehe ihm klar wurde, was für ein riesiger Idiot er gewesen war.

»Dumm, dumm, dumm«, schalt sich Benson selbst, als er seinen Fehler bemerkte.

»Bitte?«, fragte jemand.

»Schon gut! Alle zurück in den Tempel.«

»Aber Sie haben doch gesagt …«

»Vergessen Sie, was ich gesagt habe, und hören Sie zu, was ich jetzt sage. Schnell zum Tempel!« Trotz ihrer Verwirrung machte die Menge kehrt und joggte in Richtung ihres gerade aufgegebenen Unterschlupfs.

Benson öffnete eine Sprechverbindung. <DeSanto. Leben Sie noch?>

<Es ging mir noch nie besser, Sir.>

<Hamilton, was ist mit Ihnen?>
<Ich halte für den Augenblick meine Position, Sir.>
<Gut. Ziehen Sie sich beide mit uns anderen in den Tempel zurück.>
<Das Gebäude können wir nicht lange genug halten, Sir. Sie müssen es evakuieren.>
<Keine Sorge>, sagte Benson. <Ich habe eine Idee.>
<Oh Gott>, klagte Hamilton.
<Was ist?>
<Ich meine: Oh, gut.>
<Dacht ich's mir doch. Los jetzt.>
Beide Männer bestätigten den Befehl trotz der Tatsache, dass Benson eigentlich nicht ausreichend Autorität besaß, um ihn zu erteilen. Aber da sowohl Valmassoi als auch Atwood außer Gefecht und sie von ihrer Verbindung zur Arche abgeschnitten waren, musste jemand das Kommando übernehmen.
Angespannt wartete Benson vor dem Tempel, das Messer in der Hand, während der Rest der Expedition sich im Gänsemarsch wieder hineinbegab. Weiter östlich verstummte das Gewehrfeuer, als DeSanto und Hamilton ihre Positionen aufgaben. Ermutigt von ihrem Rückzug, wurden die Rufe und der Spott der Angreifer nur noch lauter.
»Feiert ruhig weiter, ihr Arschlöcher«, murmelte Benson. Er blieb an der Tür und wartete auf das Eintreffen des verbleibenden Sicherheitsteams, um den beiden den Wachdienst zu überlassen. Er warf einen Blick auf den Dolch und bedauerte zutiefst, Korolev nicht das Messer abgenommen zu haben, ehe er ihn mit Valmassoi in der Kapsel eingeschlossen hatte, aber dafür war es jetzt zu spät. Benson schaute auf die Uhr, die sein Plantat in die linke Hälfte seines Sichtfeldes projizierte, während mehrere schmerzlich lange Sekunden verstrichen. Im Laufschritt hätten sie den Weg zwischen ihrem Scharfschützennest und dem Tem-

pel längst zurückgelegt haben müssen. Warum zum Teufel brauchten sie so lange?

Ein kurzer Feuerstoß verriet ihm DeSantos und Hamiltons Position, unmittelbar bevor sie um die Ecke eines Gebäudes kamen. Hamilton klammerte sich verzweifelt an DeSantos Schulter und zog ein Bein nach.

»Helfen Sie uns!«, rief DeSanto. »Er hat sich den Knöchel gebrochen.«

Benson rannte an der Leiche des Kriegers vorbei, den er getötet hatte, und schulterte Hamiltons Gewicht.

»Was ist passiert?«, fragte er.

»Ich bin vom Balkon im ersten Obergeschoss gesprungen und blöd aufgekommen«, sagte der junge Mann mit zusammengebissenen Zähnen.

DeSanto ging neben ihm mit dem Gewehr im Anschlag rückwärts und wartete darauf, dass Kuuls Front nachgab. »Unsere letzte Munition ist in den Waffen. Was immer Sie vorhaben, beeilen Sie sich.«

Sie erreichten den Tempeleingang. Benson sah den Verletzten an, der an seiner Schulter hing. »Können Sie kämpfen, wenn wir Ihnen einen bequemen Stuhl und vielleicht einen Eistee beschaffen?«

Das trug ihm zumindest ein Lächeln ein. »Ich kann kämpfen, Sir. Lehnen Sie mich einfach mit dem Rücken an die Tür.«

»Gemacht.« Benson setzte ihn an die Innenseite des Betonbogens, wo er zumindest ein wenig Deckung haben würde.

»Beeilen Sie sich«, sagte Hamilton und zuckte zusammen, als er sein Gewicht verlagerte. Benson nickte und rannte hinein zu der kleinen Kuppel über dem Rover. Er hatte einen Atomantrieb, der auf Jahrzehnte ausgelegt war, und eine Hochleistungsantenne, deren Reichweite sich bis zu Tau Cetis Kuipergürtel erstreckte – und er sendete alles, was er sah und hörte.

»He!«, rief Benson in die binokulare Kamera am Mast des Rovers. »Wir werden angegriffen! Wir haben den Kontakt zum Shuttle verloren. Valmassoi ist verletzt, und unser Sicherheitsteam geht gleich in die Knie. Brauchen sofort Hilfe. Bestätigen!« Benson starrte ins kalte, schwarze Glas der Kameralinsen und wartete mit angehaltenem Atem auf eine Antwort, irgendeine.
Plötzlich gellte Gewehrfeuer durchs Tempelinnere. Benson riss den Kopf herum und sah Hamilton einzelne Schüsse ins Einsatzgebiet abgeben, um nach Möglichkeit Munition zu sparen.
Er wandte sich wieder dem Rover zu und umklammerte den Kameramast mit den mächtigen Händen. »Ich meine es ernst!«
Nichts.
Benson sah sich den Tempel im Tempel an und erkannte das Problem. Die neue Betonschicht blockierte das Signal, und ein rascher Blick verriet ihm, dass der Eingang zu schmal war, um den Rover nach draußen zu zerren.
»Hamilton«, rief er. »Sie haben nicht zufällig Granaten, oder?«
»Dann hätte ich sie schon benutzt.«
»Das hatte ich befürchtet.« Benson schlug mit der Handfläche gegen die Kuppel, um ihre Stärke zu testen. Sofort tat ihm die Hand weh.
»Hat jemand einen Vorschlaghammer?«, rief er allen in Hörweite zu. Inzwischen hatten sich mehrere neugierige Atlanter zur Kuppel begeben, um zu sehen, was Benson vorhatte. Einer von ihnen trug einen Stab, der ihn als einen Dorfältesten auswies. Sienir Worte erklangen mit etwa einem Halbsatz Verzögerung als Übersetzung in Bensons Kopf.
»Was tust du?«
Benson überlegte sich seine Antwort gut, dann sprach er konzentriert die Übersetzung nach. Ihnen blieb wenig Zeit, und er wollte sie nicht mit Missverständnissen verschwenden. »Ich brauche eure Hilfe. Wir müssen die Tür erweitern und den …« Er stolperte

darüber, dass er keine Übersetzung für Rover fand. Wie hatten sie ihn genannt? »Den Gesandten! Wir müssen den Gesandten so schnell wie möglich aus dieser Kuppel herausschaffen.«
Die Züge und das Hautmuster des Atlanters veränderten sich. Benson konnte sie nicht deuten, doch die Stille sprach Bände. Nach mehreren langen Augenblicken sprach sein Gegenüber wieder. »Schlägst du vor, das innere Heiligtum des Gesandten zu schänden, Mensch?«
Benson brauchte die Übersetzungssoftware nicht, um zu wissen, dass der Älteste das letzte Wort mit scharfem Senf bestrichen hatte, aber er hatte keine Geduld für dessen Befindlichkeiten.
»Wenn es deine und meine Leute rettet, ja, absolut.« Er richtete sich auf. »Die werden uns gleich überrennen und abschlachten. Wenn ich den Gesandten rausschaffen kann, kann ich mit seiner Hilfe mit meinem …« Für Schiff gab es auch keine Übersetzung. Sie waren offenbar so gute Schwimmer, dass sie nie auf die Idee gekommen waren, welche zu bauen. »Mit meinem Großen Vogel am Ende des Lichtfadens sprechen. Er kann Hilfe schicken, und dann kommen wir vielleicht alle lebend aus diesem Tempel heraus.«
Der Älteste wägte seine Worte theatralisch ab, ehe sier sich an sienin Leute wandte und Befehle bellte. Augenblicke später standen alle Atlanter um die Kuppel herum und gruben hektisch im Boden.
»Stehen Sie nicht einfach so herum und schauen ihnen bei der Arbeit zu«, rief Benson dem Rest der Expedition zu, während er sich auf die Knie fallen ließ und zu graben begann. »Helfen Sie ihnen.«
Sie gehorchten, und bald hatten hundert Menschen- und Atlanterhände den unteren Rand der Kuppel ausgegraben.
»Jetzt alle gut zupacken«, sagte Benson. »Wir kippen sie weg. Bereit?«

Die menschliche Hälfte der Anwesenden signalisierte ihre Bereitschaft, während die Atlanter ihrem Ältesten dasselbe bedeuteten. Benson zeigte dem Ältesten drei Finger, um einen Countdown anzudeuten.

Jetzt, wo sie endlich eine Aufgabe hatten, bei der sie ihrer Angst körperlichen Ausdruck verleihen konnten, mühten sich die Menschen und Atlanter mit dem enormen Gewicht der Kuppel ab, während Hamilton und DeSanto von der Tür aus Nahschüsse abgaben.

»Kommen Sie schon, stemmen Sie sich dagegen!«, rief Benson, während der Älteste in siener Sprache Ermutigungen schrie. Ein Ächzen von Stein übertönte das Stöhnen der Schuftenden und gab Benson neue Hoffnung. »Genau so! Sie bewegt sich. Hoch damit!«

Erfüllt vom Hochgefühl des bevorstehenden Erfolgs, richtete sich die Menge langsam und mühsam auf, während die Kuppel zu kippen begann.

»Drücken!«

Der Schwung war auf ihrer Seite, und die Kuppel hob sich und befreite den Rover aus seinem Grab. Nach einem letzten großen Ruck rollte die Kuppel nach hinten weg und wurde zur größten Suppenschüssel, die Benson je gesehen hatte. Er verschwendete keine Zeit, sondern sprang vor den Kameramast und schwenkte so heftig die Arme, dass einige der Atlanter glaubten, er versuche abzuheben.

»Aufwachen! Wir werden angegriffen!«

Diesmal kam der Rover zu sich, indem die binokulare Kamera aus ihrem Dornröschenschlaf erwachte und auf ihrem Stativ herumschwenkte.

»Keine Munition mehr!«, rief DeSanto vom Torbogen her. »Jemand soll mir einen Speer oder so was geben.«

Wer auch immer den Rover kontrollierte, berappelte sich und

stellte auf Benson scharf. »Lagebericht«, erklang eine blecherne Stimme.
»Eine unbekannte, feindliche atlantische Streitmacht greift uns an. Valmassoi ist in Sicherheit, aber schwer verwundet. Unser Sicherheitsteam ist nur noch auf halber Mannstärke und hat keine Munition mehr. Wir haben den Kontakt zu unserem Shuttle verloren. Wir brauchen sofortige Evakuierung oder Verstärkung.«
»Äh …«, stammelte die Stimme. »Ich bin nur Exolinguistik-Techniker.«
Einen Augenblick lang musste Benson den Impuls unterdrücken, den Kameramast zu würgen. »Dann leiten Sie die Übertragung weiter und holen Sie mir Captain Mahama ans Rohr!«
»Bleiben Sie dran.«
Als die Kampfgeräusche näher kamen, warf Benson die Arme in die Luft. »Lassen Sie sich ruhig Zeit!«
Sekunden verstrichen, dann verstummte auch Hamiltons Gewehr.
»Keine Munition mehr«, rief er. »Was jetzt, Chief?«
»Blockieren Sie die Tür«, sagte Benson. »Wir brauchen nur noch ein paar Minuten.«
DeSanto und Hamilton bewegten sich nach innen und warfen ihre leer geschossenen Gewehre auf den Boden, während ein Steintisch und ein Podium rasch in Position geschoben wurden.
»Wie sieht's da draußen aus?«, fragte Benson.
»Ihre Front hat nachgegeben«, antwortete DeSanto. »Tukos Krieger versetzen dem Feind immer noch Nadelstiche, aber er wird jetzt gleich hier sein.«
Benson nahm die schlechten Nachrichten zur Kenntnis, schaute zur Decke und hoffte auf ein Wunder. Er hätte seinem ersten Instinkt vertrauen und sie alle aus dem Tempel in den Wald führen sollen. Jetzt saßen sie wie die Ratten in der Falle und würden sterben, ohne auch nur zu wissen, von wessen Hand.

»Sir!«, brüllte DeSanto. »Sie wenden sich vom Tempel ab.«
»Was? Warum?«
»Es sind die Ungebundenen! Sie kommen den Krater heruntergerannt, um dem Feind in die Flanke zu fallen!«
Benson eilte zum Torbogen und spähte hinaus, um es mit eigenen Augen zu sehen.
So schnell ihre Beine sie trugen, kam Mei an der Spitze ihrer Leute die Kraterflanke heruntergestürmt, führte sie ins Gefecht, schrie dabei wie eine Todesfee und schwenkte ein Fleischerbeil, während ihr rabenschwarzes Haar im Wind wehte.
Natürlich, dachte Benson, während er den Dolch aus dem Hosenbund zog. »Steht da nicht so herum«, rief er. »Schafft diesen Scheiß von der Tür weg und helft ihnen!«

KAPITEL 13

Kexx rannte den Hügel hinunter auf die Masse der kriegerischen Invasoren zu, wobei sier lediglich einen großen Dreschflegel schwang, lauthals fluchte und sich fragte, wie genau sier überhaupt in diese überaus lächerliche Situation geraten war.

Schließlich hatte der Tag ziemlich langweilig begonnen. Jetzt, umgeben von drei Händevoll Menschen, die in wildem Aufruhr auf eine viel größere und, wohlgemerkt, besser bewaffnete feindliche Streitmacht zurannten, schwor sich Kexx, sich nie wieder zu beklagen, wenn sier etwas Spannendes verpasste. Vorausgesetzt, sier überlebte das hier – eine Möglichkeit, die mit der Entfernung vom Geschehen zusammenschrumpfte.

Vor Kexx rannte Mei in ihrer steifen, ruckelnden Art den Hügel hinunter. Sie war mit einer richtigen Waffe ausgestattet, selbst wenn es sich nur um ein großes Fleischerbeil handelte. Der Rest ihrer Leute hatte sich geschnappt, was sie finden konnten: Knüppel, Steine, eine Schaufel. Ein furchtloser Mensch rannte mit einem Stuhl bewaffnet in die Schlacht. Ihr Enthusiasmus ließ wirklich nichts zu wünschen übrig.

Kexx hatte entsetzt gesehen, wie sich das Schlachtglück gegen die unvorbereitete, zerbrechliche Koalition aus Vertretern dreier Händevoll Stämme und dem menschlichen Kontingent gewendet hatte. Sie waren den Eindringlingen zahlenmäßig überlegen, doch die verschiedenen Stämme hatten noch nie zuvor zusammen gekämpft und sich deswegen in kleinere Gruppen aufgeteilt. Mit diesen hatten die disziplinierteren Eindringlinge leichtes Spiel gehabt. Der einzige Grund, warum der Kampf so lange gedauert hatte, war die brutale Effizienz der Handvoll Menschen mit ihren höllischen Schusswaffen.

Kexx hatte sich auf der falschen Seite des Kampfes befunden und sich deshalb nicht Kuul anschließen können. Bald hatten sich alle Überlebenden zu Xis' Tempel zurückgezogen. Kexx hatte gespürt, dass ihre Niederlage unmittelbar bevorstand, und die Menschen im Unterschlupf auf der anderen Seite des Dorfes zu siener Priorität erhoben. Sier hatte noch genug Zeit, sie zwischen den Halobäumen hindurch in Sicherheit zu bringen. Aber als sier die Situation erklärt hatte, hatte Mei von Flucht nichts hören wollen. Sie würden um ihre neue Heimat kämpfen, davon ließ sie sich nicht abbringen.

Niemand konnte Kexx einen Feigling schimpfen. Sier hatte schon viele Kämpfe mitgemacht und überlebt. Doch als Wahrheitssucher des Dorfes konnte sier normalerweise entscheiden, wann und wo Konfrontationen stattfanden. Sier war das Raubtier, das die Beute belauerte. Sier wartete, bis sier sich im Vorteil befand, und löste dann die Falle aus. Jetzt saß sier in der Falle, übertölpelt von einem Feind, den sier nicht einmal identifizieren konnte.

Cuut liebt Prüfungen wirklich, dachte Kexx.

Die Eindringlinge erspähten sien an der Spitze des heranstürmenden Mobs. Geübt synchron wandte der schwarz beschmierte Feind seine Aufmerksamkeit von der Belagerung des Tempels ab und der neuen Bedrohung zu, was zugleich der Plan und das Letzte war, was Kexx wollte.

Die werden uns in Trockenfleischstreifen schneiden. Schicksalsergeben hob Kexx den Knüppel hoch in die Luft und ließ sien einschüchterndstes Kriegsmuster auf der Haut aufblitzen, während die Eindringlinge sich formierten, gegen sie vorrückten und sich damit vom Tempel entfernten.

Doch während sich die beiden Streitkräfte aufeinander zubewegten, strömten Menschen und G'tel aus dem Eingang des Tempels wie Sakorkäfer aus ihrem Nest. Für einen winzigen Augenblick lenkte das plötzliche Auftauchen einer neuen Bedrohung in ihrem Rücken die Invasoren ab. Genau in diesem Moment krachte Meis rasender Mob in ihre Front.

Der Kampf verwandelte sich in ein Durcheinander aus Klingen, Schreien und Blut. Geistesabwesend registrierte Kexx Schmerzen in siener Seite, als eine Speerspitze sien traf, ehe sier dem Angreifer das Gesicht zerschmetterte. Ringsum starben Leute, vor allem Freunde von Kexx, doch ihre Raserei ließ nicht nach. Die steifen, größenmäßig unterlegenen Menschen erwiesen sich nichtsdestoweniger als brutale, hirnlose Tötungsmaschinen. Wenn sie eine Waffe verloren, griffen sie sich einen Stein. Wenn sie den Stein verloren, benutzten sie ihre Fäuste. Wenn sie die Arme nicht mehr bewegen konnten, versuchten sie, den Gegner zu Fall zu bringen und zu beißen.

Wir müssen wirklich aufhören, diese Leute zu unterschätzen, dachte Kexx. Hinter siem teilten die Kämpfer aus dem Tempel ebenso viel aus, wie sie einstecken mussten, dünnten die gegnerischen Reihen aus und lösten den gesamten Kampf in chaotische Auseinandersetzungen eins gegen eins auf. Aber es würde nicht reichen. Die Verteidiger waren nach wie vor in der Unterzahl und würden bald müde werden.

Der Boden bebte.

Zuerst bemerkte Kexx es nicht, denn sier glaubte, die Vibrationen entstünden durch die frenetische Masse, die um sien herumwirbelte. Doch bald übertönten das Rumpeln und Dröhnen sogar den Kampfeslärm. Im Westen schob sich die Nase des großen Vogels der Menschen über die Wipfel der Halobäume und glitt in Richtung des Kampfes.

Alle hielten inne wie ein Taucher, der tief Luft holte, ehe er sich in die Tiefe stürzte. Alle Gesichter im Dorf starrten voller Hoffnung oder Furcht zu der herannahenden Silhouette empor.

Von einer Sekunde zur anderen wendete sich das Blatt. Der Mut der Eindringlinge welkte dahin wie Yulkakörner, die man am Halm gelassen hatte. Die Verteidiger formierten sich und nutzten den plötzlichen Vorteil für eine Zangenbewegung. Eingekesselt von Kämpfern, die von neuem Mut erfüllt waren, und eingeschüchtert vom Schatten des großen Vogels, der auf sie fiel, gaben die Eindringlinge auf und rannten auf den Waldrand zu. Ein Chor von Jubelschreien erhob sich unter den Dörflern, die den sich zurückziehenden Eindringlingen Spottrufe hinterherschrien. Doch der große Vogel, ein »Shuttle«, wie die Menschen ihn nannten, war noch nicht fertig. Er senkte sich herab, strich auf seinem Weg zur Gruppe der Eindringlinge, die hastig den Hügel erklommen, um die Sicherheit des Waldes zu erreichen, auf Armeslänge über die Gebäude hinweg. Sie versuchten, dem nahenden Monster davonzulaufen, doch es war schneller, erfasste sie mit den kreischenden, wirbelsturmartigen Winden, die von seinen gewaltigen, dreieckigen Flügeln ausgingen. Mehrere Pechvögel wurden von dem heftigen Abwind erfasst und entweder auf den Boden gepresst oder durch die Gegend gewirbelt wie eine Puppe, die ein Kind in einem Wutanfall hin und her warf. Natürlich hatten die Überlebenden kein besonderes Mitleid mit ihnen, sie lachten und spotteten über die Invasoren, die sie noch Augenblicke zuvor beinahe ausgelöscht hätten und die jetzt durcheinandergewirbelt wurden wie Herbstlaub. Mutlos und aufgerieben verschwanden die schwarz verschmierten, blutüberströmten Krieger in den Wäldern. Weiterer Jubel erhob sich, laut genug, um das Dröhnen des Shuttles zu übertönen, das wendete und über einer ebenen Fläche in der Nähe des Teichs in der Dorfmitte in der Luft hing. Plötzlich fuhr es aus Luken, die eben noch verborgen gewesen waren, fünf dicke Beine aus, die in Rädern endeten, und setzte in einer wogenden Staubwolke sanft auf. Als die Bestie zur Ruhe kam, erstarb ihr Heulen, und Kexx bemerkte, dass nicht alle Schreie ringsum solche der Freude waren.

Überall stöhnten und krümmten sich die Verletzten beider Seiten der Schlacht. Sie waren die, die Glück gehabt hatten. Zu viele lagen nur stumm da. Kexx erkannte die Gesichter von Dörflern. Freunden. Die Ältesten würden tagelang mit Wiederkehrritualen beschäftigt sein.

»Mei!«, rief ein Mensch vor siem.

Kexx schaute auf und sah Meis Freund Benson, der zwischen den Toten und Verwundeten hindurch angerannt kam. Siem war gar nicht aufgefallen, wie groß Benson war, als er krank in Meis Unterkunft gelegen hatte. Benson war doppelt so groß wie Mei und größer als die meisten anderen Menschen, die Kexx je gesehen hatte. Er war zwar immer noch nicht so groß wie ein durchschnittlicher G'tel, aber auf jeden Fall breiter.

»Mei!«, rief er erneut und sehnte sich offenbar verzweifelt nach einer Antwort.

»Hier, Benson-san«, rief Mei direkt hinter siem aus.

Kexx trat beiseite, um Benson vorbeizulassen, als der Mensch in die Richtung stürmte, aus der Meis Stimme erklungen war. Benson riss Mei in seine Arme und hielt sie lange umschlungen, dann setzte er sie wieder ab.

Benson deutete auf Mei. »Mach so etwas nie wieder«, sagte er streng. Kexx hatte Mei im selben Tonfall mit ihrem Kind sprechen hören. Waren sie verwandt? Kexx war nicht sicher. Sier wusste nicht, auf welche Gesichtsmerkmale man achten musste, um das festzustellen. Und konnte das überhaupt sein, wenn Benson doch so viel größer war als sie?

»Gern geschehen, Dummkopf«, blaffte Mei zurück. Dann begannen sie, so schnell zu streiten, dass Kexx ihnen nicht folgen konnte. Sie waren eindeutig verwandt.

»Ich bin froh, dass ihr beide in Sicherheit seid«, sagte Kexx. »Aber wir haben jetzt größere Probleme.«

Benson hob ruckartig den Kopf und schaute Kexx mit verständnislosem, fassungslosem Gesichtsausdruck an. Er deutete mit einem Finger, äh, Daumen auf Kexx.

»Du hast ihm Englisch beigebracht?«, fragte Benson Mei.

»Sier hat Englisch gelernt«, gab Mei hitzig zurück.

»Warum Englisch?«

»Um sie auf euch vorzubereiten«, sagte Mei aufgebracht.

Englisch? Das würde warten müssen.

»Das ist Kexx«, fuhr Mei fort. »Sier ist mein Freund.«

Benson sah Kexx mit neuen Augen an. »Du bist hier im Dorf der Wahrheits… äh …«

»Wahrheitssucher«, vollendete Kexx den Satz.

Benson lächelte und streckte die Hand aus. »Meis Freunde sind auch meine Freunde.«

Kexx nahm die steife, knubbelige Hand des Menschen, die sich anfühlte wie Haut, die über ein Bündel Stöcke gespannt war, und schüttelte sie zum Gruß nach Menschenart. Es war ein unangenehmes Gefühl, aber sier ging davon aus, dass es zu den Dingen gehörte, an die sier sich wohl gewöhnen musste.

»Wir müssen den Verwundeten helfen«, sagte Kexx, nachdem der ungelenke Handschlag endlich vorbei war.

»Ja, natürlich. Aber zuerst brauche ich Hilfe beim Shuttle. Kannst du kämpfen?«

»Ich brauche Ruhe.«

»Ich auch. Ein Anreiz mehr, es schnell hinter uns zu bringen.«

»Was ist ›Anreiz‹?«

»Komm.« Benson schlug Kexx auf die Schulter und ignorierte die Frage. »Schnapp dir einen Speer und folge mir.«

Benson rannte in Richtung Shuttle.

Kexx sah verwirrt zu Mei hinüber. »Was ist denn gerade passiert?«

»Er hat dich als Freiwilligen rekrutiert. Geh mit Benson-san.«

Kexx bemerkte, dass sich sienir Füße wie unter einem Zwang bewegten, noch ehe sier sich entschlossen hatte zu gehorchen. Nun, zumindest wurde es mit den Menschen nie langweilig. Sier joggte hinter Benson her, ohne sich die Mühe zu machen zu versuchen, sien einzuholen, weil die Stichwunde in sienem Bein immer noch schmerzte. Sie bahnten sich einen Weg zum Shuttle, doch dann bog Benson scharf ab, als habe er sich anders entschieden. Stattdessen begaben sie sich zu dem kleineren, weißen Kegel, mit dem zuvor das Opfer der Menschen eingetroffen war. Benson kam schlitternd davor zum Stehen und trommelte gegen die Tür.

»Korolev!«, rief er, ein weiteres Wort, das Kexx nicht kannte. »Korolev, Benson hier. Öffnen Sie.«

»Beweisen Sie, dass Sie es sind!«, kam die gedämpfte Antwort.

»Echt jetzt, Pavel? Wie viele Atlanter sprechen Englisch?« Benson hob den Kopf und erinnerte sich, dass Kexx neben ihm stand. »Tut mir leid«, sagte er beiläufig.

Kexx winkte ab.

»Auch wieder wahr«, sagte die im Kegel gefangene Stimme. »Ich öffne die Luke.«

Mit einem grellen, kratzenden Geräusch, das Kexx in den Ohren wehtat, schwang die kleine Tür nach innen. Kexx spähte in die Schatten dahinter und sah die reglose Gestalt Valmassois auf dem Boden, bedeckt von hellrotem Menschenblut. Kexx hatte an diesem Tag mehr davon gesehen, als sier je hatte zu Gesicht bekommen wollen. Ein Krieger kauerte neben dem gefallenen Anführer, rappelte sich beim Anblick von Kexx auf und richtete eine Schusswaffe auf die Tür, aber Benson warf sich vor die tödliche Waffe, ehe der Krieger abdrücken konnte.

»Pavel, halten Sie sich zurück!«, rief Benson, und Kexx fragte sich, was genau damit wohl gemeint war. »Er ist ein Freund.«

Der Krieger senkte offensichtlich erleichtert die Waffe. »Alles klar da draußen?«

»Ja«, antwortete Benson. »Wir haben sie verjagt. Pavel, darf ich Ihnen Kexx vorstellen?«

Kex. Wieder der rote Pilz. Es musste etwas mit der Form menschlicher Münder zu tun haben. »Hallo«, grüßte Kexx. »Schön, dich kennenzulernen.«

Pavel erstarrte und sah Benson an. »Sie haben doch gesagt, sie sprechen kein Englisch.«

Benson zuckte die Achseln. »Tatsächlich habe ich gefragt, wie viele von ihnen wohl Englisch sprechen. Wie sich zeigt, ist die Antwort: einer. Wie geht es Valmassoi?«

»Er lebt noch«, sagte der Krieger offenbar erschüttert. »Aber gerade so, er hat sehr viel Blut verloren.«

»Nicht nur er«, sagte Benson. »Bleiben Sie bei ihm und üben Sie Druck auf die Wunden aus. Ich muss mir mal Ihr Gewehr ausleihen.«

Pavel gab es ihm ohne Zögern. »Ich dachte, es sei alles klar da draußen?«

»Im Dorf schon. Ich will mal nach unserem Schiff sehen.«

»Verstanden. Übertrage Benutzercode an Ihr Plantat. So, es ist entsichert. Sie können den Laden rocken.«

»Sie brauchen einen Rock?«, fragte Kexx, dier hilfreich sein wollte.

Die beiden Menschen sahen einander an. »Im Moment nicht«, sagte Benson. »Komm mit.«

Sie rannten zum Shuttle, das tiefer in den weichen Boden in der Nähe des Teichs einsank. Die Unterseite war anthrazitgrau, aber weich wie Haut. Kexx streckte die Hand aus und berührte sie. Sienir Fingerballen fanden leicht Halt. Die Oberfläche war hart wie Schlammstein, schmeckte aber nicht so. Ein Netz exakter, gerader Linien verriet, dass sie aus Tausenden, ja Zehntausenden kleiner Kacheln bestand, die so fest zusammengefügt waren, dass kein Blatt dazwischen gepasst hätte. Die Handwerkskunst war einfach erstaunlich.

Benson öffnete eine kleine Falte in der Haut des Shuttles und drehte an etwas. Mit einem Klicken und einem Knacken klappte ein ganzer Teil des Unterleibs aus und bildete eine Treppe, die zu einer Art Tür hinaufführte.

»Bleib hinter mir und halte dich bereit«, sagte Benson.

»Was ist im Inneren?«

»Keine Ahnung. Finden wir es heraus.«

Kexx war nicht ganz sicher, hatte aber die starke Vermutung, dass diese ganze Sache Benson Spaß machte.

Sie stiegen die Treppe hoch, und Kexx war überwältigt, als sier feststellte, dass das Shuttle fast vollkommen hohl war. Reihe um Reihe von Stühlen mit hoher Lehne und kurzer Sitzfläche bedeckten den Boden von einer Wand zur anderen.

Benson wedelte mit der Hand vor Kexx' Gesicht herum und deutete in den vorderen Bereich des Shuttles. Zwei der schwarz bemalten Eindringlinge lagen reglos auf dem Boden. Es gab keine Anzeichen eines Kampfes, keine Blutspuren. Sie wirkten, als schliefen sie.

Benson wiegte den Kopf hin und her und senkte die Waffe. »Ich weiß nicht …« Er fiel auf die Knie. »Raus«, sagte er mit seinem letzten Atemzug, ehe er die Augen verrollte.

Kexx packte ihn, ehe er rückwärts umkippte, schlaff wie ein seit mehreren Tagen toter Fisch. Sier versuchte, ihn hochzuziehen, aber Benson war noch massiger, als er wirkte, und das wollte etwas heißen. Dann bemerkte Kexx, dass auch siem die Sicht verschwamm. Sier warf einen Blick zu den auf dem Boden ausgestreckten Gestalten. Etwas hatte sie ausgeschaltet. Mit der Luft hier drin stimmte etwas nicht. Kexx nahm einen weiteren tiefen Atemzug, aber siene Sicht wurde nur noch schlechter. Sier musste Benson schnell hier herausschaffen.

Kexx packte den Menschen bei den Handgelenken und zerrte ihn rückwärts durch den Gang zwischen den Stühlen. Sier legte mehrere Reihen zurück, ehe der Schwindel auch sien in die Knie zu zwingen drohte. Es fühlte sich an, als sei sier zu lange unter Wasser gewesen, nur dass sienir Luftsäcke nicht nach Luft schrien. In siener Verzweiflung übernahmen sienir Instinkte die Kontrolle, und Kexx ließ Bensons reglosen Körper zurück und hechtete zur Tür. Übermannt von Schwindel und kurz davor, das Bewusstsein zu verlieren, verfehlte Kexx den Handlauf und fiel die Treppe hinunter. Draußen landete sier schwer auf dem Boden. Sier holte keuchend und zitternd Luft, füllte sienin Luftsäcke mit der frischen Luft draußen. Sofort verflog der Schwindel, und Kexx sah wieder scharf.

Nachdem siene Theorie dergestalt bestätigt war, holte Kexx mehrfach tief Luft, atmete dazwischen jedes Mal komplett aus wie vor einem tiefen Tauchgang, dann hastete sier zurück ins Shuttle und zerrte Benson ein Stück weiter. Sier musste das dreimal wiederholen, bis es siem schließlich gelang, den Menschen die Treppe herunterzuzerren, wobei sier hoffte, ihm nicht allzu viel Schaden zuzufügen.

Mei kam von irgendwoher angerannt. »Was ist passiert?«

»Wir konnten da drin nicht atmen.« Kexx wies mit dem Kopf auf das Shuttle.

Mei bückte sich und horchte an Bensons Mund. »Er atmet immer noch nicht.« Ohne ein weiteres Wort legte Mei die Lippen auf Bensons und atmete aus, bis Kexx sah, wie sich Bensons Brust hob.

»Was tust du?«

»Halt den Mund.« Sie wiederholte den Vorgang noch zweimal.

Ohne Vorwarnung begann Benson zu zucken. Er holte lang und röchelnd Luft. Seine Hand zuckte vor, packte Kexx' Unterschenkel und drückte schmerzhaft zu, als wolle er verhindern, von der Welt zu fallen.

»Was ist passiert?«, brachte Benson schließlich heraus, während er den Kopf in die Hände stützte.

»Du bist im Shuttle bewusstlos geworden«, sagte Kexx. »Ich habe dich herausgezogen, und Mei … hat etwas mit deinem Mund gemacht.«
Benson wischte sich Speichel von den Lippen und sah zu Mei empor. »Wenn du so unbedingt einen Kuss wolltest, hättest du nur fragen müssen.«
Mei schlug ihm gegen die Brust. »Soll ich das Theresa erzählen?«
Benson lachte. Mei lachte. Dann lachten sie alle zusammen, auch wenn Kexx nicht ganz sicher war, worüber.

KAPITEL 14

Theresa ging wie eine nervöse Katze im Zentralkorridor des Wabenbaus auf und ab. Eine wütende, nervöse Katze. Etwas war beim Erstkontakt passiert. Etwas Schlimmes. So schlimm, dass ihre Vorgesetzten die ganze Sache so entschlossen unter der Decke hielten, dass nicht einmal Shambhalas Chief Constable Bescheid wusste – und das war ihres Wissens nach immer noch sie.

Schlimmer noch, sie hatte seit Stunden ihren Mann nicht erreichen können. Bryan Benson war zwar nicht immer vorbildlich darin, ihr zu sagen, wo er war oder wann er heimkam, doch dieses sich hinziehende Schweigen ließ sich nicht mit schludriger Vergesslichkeit erklären. Die Plantatverbindung selbst war zusammengebrochen. Sie hatte ihn in den letzten beiden Stunden ein Dutzend Mal zu erreichen versucht, aber stets dieselbe Fehlermeldung bekommen.

Da Atwood und der Rest ihres Teams auf der Expedition waren, oblag es Theresa und ihren Constables, den Wabenbau zu beschützen. Sie hatte selbst eine Schicht übernommen, nachdem es zu dem plötzlichen Ausfall gekommen war, weil sie davon ausgegangen war, dass der stellvertretende Verwaltungsleiter und sein Stab als Erste etwas über das Schicksal der Expedition erfahren würden. Wie auch immer die Nachrichten aussehen würden, sie musste da sein, wenn sie eintrafen.

Er ist ein großer Junge, sagte sie sich. *Zum Teufel, dem Idioten ist es gelungen, eine Messerattacke, einen Meteoriteneinschlag, eine Habitatdekompression und die Detonation einer beschissenen Atombombe im selben Raum zu überleben. Wie schief kann da schon eine Begrüßungszeremonie gehen?* Theresa straffte die

Schultern. *Außerdem bin ich nicht das kleine abhängige Hausweibchen, das sehnsüchtig zu Hause auf ihn wartet.*

Sie sah hinunter auf ihre Füße und stellte fest, dass sie auf und ab gingen. Seit fast einer Stunde. Theresa zwang sich, stehen zu bleiben, und nahm ihre Wachposition an der Tür des Konferenzraums ein.

»Idiotisch«, murmelte sie und war nicht ganz sicher, ob sie sich oder ihren Mann meinte.

Die Tür öffnete sich, und Merick betrat den Gang. »Ah, Mrs Benson. Wir sind gleich mit der Nachbesprechung mit Ihrem Mann fertig, dann machen wir eine kurze Pause. Er möchte mit Ihnen sprechen.«

»Sie hätten mir auch sagen können, dass es ihm gut geht!«, platzte sie heraus.

»Sie haben recht. Tut mir leid.« Merick hob die Hände. »Es war ein etwas unerfreuliches Gespräch. Die Dinge sind … nicht nach Plan gelaufen.«

»Warum kann ich ihn nicht per Plantat erreichen?«, fragte Theresa. »Ich versuche es schon seit über einer Stunde.«

»Im Plantatnetzwerk hat es irgendwo zwischen hier und dort ein technisches Problem gegeben, vermutlich im Verteilerknoten des Shuttles. Wir arbeiten daran, aber im Augenblick sind wir über den Rover im Dorf mit ihm verbunden. Warum kommen Sie nicht herein, sie werden gleich fertig sein.«

Theresa schickte ihrem Hilfsconstable im Atrium eine rasche Plantatnachricht, um ihn wissen zu lassen, dass sie eine kurze Pause machte, dann ging sie an Merick vorbei in den Konferenzraum, wo mitten auf dem Tisch ein überlebensgroßes Hologramm Bensons stand.

Captain Mahamas Bild stand neben ihm, auf den Stühlen rund um den Tisch saß die übliche Ansammlung von Politikern, Wirtschaftsbossen und dazugehörigen Speichelleckern. Benson sah sie hereinkommen und warf ihr ein rasches Grinsen zu. Falls sonst jemand bemerkt hatte, dass sie eingetreten war, ließ es sich niemand anmerken.

»Eines noch, Mr Benson«, fuhr Mahama fort. »Die Exobiologieabteilung hat mich gebeten, mich nach dem Huhn zu erkundigen, das wir Ihnen runtergeschickt haben.«

»Es ist entkommen.«

»Es ist entkommen?«, wiederholte Mahama.

»Ja, der Feind hat angegriffen, als wir es gerade opfern wollten, und es hat sich klugerweise aus dem Staub gemacht.«

»Sie wissen nicht, wo sich das Tier derzeit befindet?«

»Ich hatte andere Probleme, Sir.«

»Ich verstehe.« Mahama holte tief Luft. »Die Exobiologieabteilung möchte das Tier so schnell wie möglich finden und vernichten, um eine mögliche Kontamination zu vermeiden.«

»Kontamination?«

»Nun ja, es handelt sich um eine invasive Spezies.«

»Invasive Spe…« Benson holte tief Luft. »Es ist ein Huhn. Da gibt es nirgends Hähne. Sagen Sie mir nicht, ich muss der Exobiologieabteilung die Sache mit den Bienen und den Blumen erklären.«

Mahama seufzte. »Halten Sie einfach die Augen danach offen, ja?«

»Ich glaube, dieses Huhn hat genug durchgemacht.«

»Reden wir immer noch von dem Huhn?«

Eine Runde nervösen Gelächters erfüllte den Raum. Benson ließ sich nicht beirren. »Sonst noch etwas, Captain?«

Mahama lächelte und schüttelte den Kopf.

»Gut, wenn Sie dann alle nichts dagegen haben, machen Sie sich vom Acker und lassen mich kurz unter vier Augen mit meiner Frau sprechen.«

Die Anwesenden wandten sich der Tür zu und bemerkten dabei

Theresa. Ohne ein weiteres Wort erhoben sich alle von ihren Stühlen und verließen schweigend den Raum, wobei mehrere Theresa im Vorübergehen grüßten. Captain Mahama verabschiedete sich, und ihr Bild verblasste wie sich lichtender Nebel, bis nur noch Theresa und ihr Mann sich im Raum befanden.

»Hallo, Esa«, sagte Benson leise.

Ihre Erleichterung darüber, ihn unverletzt und in Sicherheit zu sehen, mischte sich mit Sorge darüber, wie mitgenommen und erschöpft er aussah. Seine Jacke war nirgends zu sehen, sein normalerweise blütenweißes Hemd war durchgeschwitzt, verdreckt und, was ihr noch bedrohlicher vorkam, blutverschmiert. Wie viel davon sein Blut war, konnte sie nicht erkennen. Doch sie gestattete ihren widerstreitenden Gefühlen nicht, sich in ihrem Gesicht abzuzeichnen. So war sie nicht. Stattdessen sagte sie: »Mein Gott, Schatz. Du siehst ja furchtbar aus.«

Benson kicherte müde. »Ich fühle mich schlechter, als ich aussehe, ob du's glaubst oder nicht.«

»Aber dein Gesicht …«

»Die Kratzer sind fast alle von diesem verdammten Huhn. Kein Wunder, dass die Leute diese verfluchten Viecher früher gegessen haben.«

Theresa deutete auf sein Hemd. »Ist das dein Blut?«

»Nein. Na ja, zumindest das meiste davon nicht. Teufel auch, es ist nicht einmal alles Menschenblut.«

»Ah, gut. Dann bist du wenigstens nicht beinahe gestorben. Das ist eine erfreuliche Nachricht.«

»Oh doch«, sagte Benson flapsig. »Ich habe eine gute Minute lang nicht geatmet, aber Mei hat mir eine Mund-zu-Mund-Beatmung verpasst, deshalb geht es mir jetzt wieder gut.«

Theresa umfasste ihr Gesicht und spürte monumentale Kopfschmerzen herannahen.

»Süße?«

»Mir geht es gut«, sagte sie. »Würdest du noch mal zurückspulen und mir helfen, diesen letzten Satz aufzudröseln?«

»Ach, es ist kompliziert. Im Grunde hat uns eine gegnerische Streitmacht überrannt, und wir hatten bereits den Kontakt zum Shuttle verloren. Also habe ich ein paar Leute überzeugt, mit bloßen Händen eine riesige Felskuppel anzuheben, damit wir den Rover wieder zum Laufen kriegten. Die Arche übernahm die Kontrolle über das Shuttle und stellte fest, dass sich Gegner im Inneren befanden, welche die Besatzung herausgelockt und getötet hatten, also schloss man die Luken und zündete die Feuerlöscher, was jeglichen Sauerstoff aus dem Passagierbereich absaugte und die Eindringlinge tötete. Aber als das Shuttle im Dorf landete, wusste ich das noch nicht, also ging ich hinein, um im Inneren aufzuräumen, und verlor das Bewusstsein, aber der Dorfpolizist, ein Typ namens Kexx, übrigens ein toller Typ, zerrte mich nach draußen, wo Mei mich mit Mund-zu-Mund-Beatmung rettete, und jetzt stehe ich hier und rede mit dir. Wie war dein Tag?«

»Ich hasse dich.«

»Das ist ein Berufsrisiko.«

»Du bist der Direktor für Leibesertüchtigung. In deinem Umfeld sollen die Leute glücklich sein. Das ist dein Beruf.«

»Ja.« Benson hielt inne. »Was das angeht …«

Theresa drehte es den Magen um. Sie kannte diesen Gesichtsausdruck nur allzu gut. Er würde gleich etwas sehr Dummes sagen, worüber sie sich ärgern würde.

»Spuck's schon aus.«

»Der Rat hat mich vorübergehend wieder als Ermittler eingesetzt.«

»Ja, und?«, fragte Theresa und wartete auf das dicke Ende.

»Na ja … Im Interesse des Aufbaus von Verbindungen zu den Atlantern werde ich eine Weile hierbleiben, um Kexx zu helfen, herauszufinden, wer uns angegriffen hat.«

»Was, du ganz allein?«
»Nicht ganz. Mei und ihre Leute sind auch hier. Die Dörfler haben sie irgendwie adoptiert.«
»Das ist Wahnsinn. Ich werde mit Merick darüber reden.«
»Das wird nichts bringen.«
»Warum nicht?«
»Weil es nicht Mericks Idee war.«
Theresa biss die Zähne zusammen. Sie war bereit gewesen, Merick oder Mahama die Schuld zu geben, doch die treibende Kraft war ihr Mann.
»Nein«, sagte Theresa schlicht. »Du steigst in das Shuttle und kommst heim.«
»Das kann ich nicht, Esa.«
»Du bist Ermittler, demnach mir unterstellt, und deshalb wirst du mir verdammt noch mal gehorchen«, sagte sie und lief vor Wut rot an.
»Ich gehöre nicht zu den Polizeikräften von Shambhala, stehe also nicht in deiner Befehlskette. Ich bin mehr so etwas wie ein Privatdetektiv.«
»Das stimmt nur zur Hälfte«, blaffte sie zurück.
»Süße, ich weiß, du bist sauer …«
»Ach, ist dir das aufgefallen?«
»… aber wir haben heute auf beiden Seiten gute Leute verloren. Wir müssen herausfinden, wer uns angegriffen hat, sonst fliegt uns das Ganze hier um die Ohren. Ich kann dabei behilflich sein. Das weißt du.«
»Ich glaube, es ist mal jemand anders mit dem Weltenretten dran.«
»Oh, das sehe ich genauso, aber ich bin nun schon mal hier. Ich hab wohl eine Pechsträhne. Zuerst greifen irgendwelche Vögel unsere Aufklärungsdrohnen an, dann findet dieser Angriff statt, als wir gerade in eine Satellitenabdeckungslücke geraten.« Benson schüttelte den Kopf. »Wie wahrscheinlich ist das?«

Seine entschlossenen Gesichtszüge sagten alles. Was er nicht sagte, was er offensichtlich nicht über eine unsichere Leitung sagen wollte, jagte einen elektrischen Schock durch ihr Rückgrat, von einem Wirbel zum nächsten. Benson glaubte nicht an Zufälle, und sie auch nicht. Wer auch immer die Expedition angegriffen hatte, hatte Hilfe gehabt. Entweder von der Arche oder von irgendwo in Shambhala.
Sie wechselten einen verstehenden Blick. Er wusste, seine Botschaft war angekommen. Theresa schüttelte den Kopf und versuchte, jovial zu wirken. »Warum passiert dir nur immer solches Zeug, Liebling?«
»Keine Ahnung.« Er schaute an eine Stelle außerhalb des Übertragungsrahmens. »Sie verladen die Verwundeten ins Shuttle. Ich muss helfen.«
»Dann geh«, sagte Theresa. »Ich halte hier die Stellung.«
»Ich liebe dich, meine Frau.«
»Ich liebe dich auch, mein Zero-Champion. Halt die Ohren steif.«
»Pass auf dich auf.«
Die Verbindung wurde unterbrochen, und Bensons Bild verschwand. Theresa, die sich darüber im Klaren war, dass auf dem Gang Leute waren, nahm sich einen Augenblick Zeit, um sich zu sammeln. Sie stellte sich eine kleine Schmuckschatulle vor, in die sie ihre Furcht und ihren Zorn sorgfältig hineinfaltete, dann schloss sie den Deckel fest. Mit passivem, nichtssagendem Gesichtsausdruck öffnete sie die Tür und trat auf den Korridor.
»Wir sind fertig«, hörte sie sich sagen. »Danke, dass Sie uns das ermöglicht haben.«
»Nichts zu danken«, erwiderte Merick. »Aber wir müssen jetzt wirklich wieder an die Arbeit.«
»Natürlich«, sagte Theresa und brachte sogar ein schwaches Lächeln zustande. Während die Delegierten der Reihe nach wieder hereinkamen, schob sie sich leise nach draußen.

<Gorski>, sagte sie zu ihrem Constable. <Können Sie den Rest meiner Wache übernehmen?>

<Äh, klar, Chief. Wo gehen Sie hin?>

<Spazieren>, sagte Theresa und unterbrach dann die Verbindung.

Forsch schritt sie durch die Eingangstür des Wabenbaus ins Sonnenlicht des späten Nachmittags hinaus. An manchen Abenden betrachtete sie den Himmel und verlor sich in den Wolkengebilden und der Farbpalette, bis die Sonne schließlich unterging. Aber an diesem Abend war sie in trüber Stimmung.

Eine Million Gefühle rangen in Theresa um die Vorherrschaft. Erleichterung darüber, dass Bryan noch am Leben war. Wut darüber, dass er so dumm und arrogant war, fortzubleiben. Schuldgefühle, weil sie nicht dort gewesen war, um ihm zu helfen. Eifersucht, weil Meis Lippen die ihres Mannes berührt hatten, obwohl sie wusste, wie töricht und selbstsüchtig dieses Gefühl war.

Die letzten paar Jahre waren nicht leicht gewesen. Sie hatte versucht, aus dem Schatten ihres Mannes herauszutreten. Es nervte sie, wenn Leute ihn immer noch »Chief« nannten, obwohl sie in Hörweite war. Nicht, weil er es nicht verdient hatte, sondern weil sie es auch verdient hatte, verdammt, und sie hatte den Job nicht auf der Überholspur gekriegt, weil sie beliebt gewesen war. Bryan schien das ärgerlicherweise nie aufzufallen, oder er spielte das Problem herunter. Er lebte heute bescheidener und zurückgezogener als auf dem Höhepunkt seiner Zero-Karriere. Die Bewunderung, nein, Anbetung, die er erfahren hatte, nachdem er Kimuras Angriff vereitelt hatte, hatte ihm nicht behagt. Da er die Aufmerksamkeit und die Anerkennung nicht wollte, verstand er nicht, warum sie ihr wichtig waren.

Er war manchmal der blindeste, ahnungsloseste, unsensibelste … und sie liebte ihn dafür.

Bryan sah in jeder Beziehung, jeder Konversation erst einmal das Beste in seinem Gegenüber. Er musste vom Gegenteil überzeugt werden, ehe er diese idealisierte Version der Personen, denen er begegnete, aufgab. Trotz allem, obgleich er Zeuge des Todes von zwanzigtausend Menschen geworden war, blieb dieser Idiot irgendwie Optimist – und Theresa hatte diesen wundervollen Idioten ganz für sich.

Entschlossenen Schritts ging sie über die Hauptstraße heimwärts, und mit jedem Schritt nahm ihre Wut zu. Wieder hatte jemand versucht, Bryan zu töten. Das letzte Mal hatte sie nicht eingreifen können, hatte der Kampf ohne sie stattgefunden. Sie war machtlos gewesen. Sie ließ ihren Nacken knacken. Diesmal nicht. Bryan hatte ihr einen Hinweis gegeben. Jemand in Shambhala oder auf der Arche hatte über den Angriff Bescheid gewusst.

Ob es nun Teil des Plans gewesen war oder nicht – jemand hatte versucht, ihren Mann zu töten. Ungeachtet des Grundes würde Theresa ihre kleine Schmuckschatulle öffnen und dafür sorgen, dass die betreffende Person dafür bezahlte.

KAPITEL 15

Benson sah vom Dach von Häuptling Tukos Haus aus zu, wie das Shuttle abhob. Bald schalteten die Motoren von Schweben auf horizontalen Flug, und es beschleunigte in Richtung des Horizonts und der sich herabsenkenden Nacht.

Der Häuptling lag schwer verwundet und bewusstlos im Haus, wo die Heiler des Dorfs sich um ihn kümmerten. Er hatte im Kampf einen Arm verloren, was allen anderen überraschend egal war. Offenbar konnten die Atlanter sich Gliedmaßen im Rahmen einiger Monate nachwachsen lassen. Harte Hunde. Tukos Kopfverletzungen waren weit schwerer. Niemand wusste, wann, oder auch nur, ob er je wieder aufwachen würde. Es machten bereits Gerüchte von Nachfolgestreitigkeiten die Runde. Die Sanitäterin der Expedition hatte ihn sich angesehen und getan, was sie konnte, doch die fremdartige Anatomie und Physiologie des Aliens führte dazu, dass sie es nicht wagte, mehr zu tun, als nur eine Grundversorgung zu leisten. Man überließ ihn besser der medizinischen Fürsorge seines eigenen Volkes, so primitiv diese auch sein mochte.

Bensons Gedanken kehrten zu dem Shuttle zurück. Alle Expeditionsangehörigen waren an Bord, dazu mehrere Ungebundene, die im Kampf schwere Verletzungen erlitten hatten. Sie waren sich nicht einig darüber gewesen, ob sie Hilfe in Anspruch nehmen wollten, aber Mei hatte ihnen den Marsch geblasen. Der unerschütterlich loyale Korolev hatte versucht, Benson die Erlaubnis abzubringen, ebenfalls bleiben zu dürfen, aber es war Benson gelungen, ihn zu überzeugen, dass Theresa bei dem, was ihnen bevorstand, unbedingt Korolevs Hilfe brauchte. Das entsprach der Wahrheit, vor allem, wenn sich Bensons Verdacht bewahrheitete. Er gestattete Korolev aber, etwas zurückzulassen: ein Gewehr und all ihre Ersatzmagazine, fast fünfhundert Schuss. Benson strich über die schlanke Polymerverkleidung des Zielfernrohrs. »Wenn Sie darauf bestehen, das allein durchzuziehen, sollten Sie zumindest der fieseste Wichser auf dem Kontinent sein«, hatte Korolev gesagt.

Außer dem Gewehr und einem Kampfanzug besaß Benson seine Reisetasche mit ein paar Klamotten zum Wechseln, EPas für ein paar Wochen und einem Verbandskasten. Seine einzige weitere Ausrüstung bestand aus einem Notfall-Satellitentelefon und einem Solarladegerät, damit er nicht die Plantatverbindung zur Arche verlor, sobald das Shuttle weg war. Es musste nach jeweils ein bis zwei Stunden Kontakt wieder aufgeladen werden. Für die Dauer der Untersuchung würde er ohne jeden Komfort leben müssen.

Auf der Ostseite des Dorfes nutzte der Signalgeber eifrig das letzte verbleibende Sonnenlicht, um hektisch Updates an das lose Dorfnetzwerk zu übermitteln, aus dem die Zivilisation der Atlanter bestand.

»Du bist so still«, sagte Mei leise.

»Tut mir leid.«

»Du bist sonst nie still. Was ist los?«

Benson holte tief Luft, als selbst die rotorange Auspuffdüse des Shuttles im verwaschenen Zwielicht nicht mehr zu erkennen war. »Du meinst, außer dass ein paar Leute den Tod gefunden haben und alles auf eine Verschwörung hinweist?«

»Ja, außer dem.«

»Oder der Tatsache, dass ich jetzt Tausende Kilometer von zu Hause entfernt bin, isoliert und allein, und in die Wildnis hinausziehen soll, um die Leute zu finden, die versucht haben, uns zu töten, und sie sehr höflich zu fragen, ob sie eigentlich noch alle Latten am Zaun haben?«

Mei dachte über seine Antwort nach. »Ja, das wird's wohl sein.«
»Wie geht es Sakiko?«, fragte Benson.
»Gut. Sie schläft im Haus eines Freundes.«
»Eines atlantischen Freundes?«
Mei nickte und deutete auf eines der einstöckigen Gebäude am Südrand des Dorfes. »Pus Familie. Sie sind gute Babysitter.«
»Hat sie kein Problem damit, wenn Aliens auf sie aufpassen?«
Mei zuckte die Achseln. »Warum sollte sie?«
Benson lächelte kopfschüttelnd. »Kinder. Es ist erstaunlich, wozu sie in der Lage sind, bis Erwachsene ihnen zeigen, wie es vermeintlich richtig geht.«
»Sie kennt keine Furcht«, sagte Mei leicht besorgt.
»So war ich auch mal.«
»Jetzt nicht mehr?«
»Nicht mal annähernd.«
»Was hat sich verändert?«
»Du warst dabei«, sagte Benson. »Ich habe mit angesehen, wie Leute verletzt wurden und starben.«
»Wie heute.«
Benson nickte.
»Aber du bist trotzdem geblieben.«
»Weil ich der Einzige bin, der helfen kann.«
Mei schnaubte. »Nicht mehr furchtlos, aber immer noch arrogant.«
Benson zuckte die Achseln. »Niemand ist vollkommen.«
Das Geräusch von Schritten lenkte ihre Aufmerksamkeit auf den Brunnen hinter ihnen. Ein atlantischer Kopf tauchte dahinter auf. Auch nach vier Tagen unter ihnen hatte Benson noch Probleme, sie zu unterscheiden, aber er war recht sicher, dass es Kexx war. Das Alien richtete auf Englisch das Wort an sie, was jeden Zweifel zerstreute.
»Ärger«, sagte er.

»Was ist los?«, fragte Mei.
»Einer unserer Träger, dier während des Kampfes verletzt wurde, kehrt zurück.«
»Oh, aber das ist doch gut, oder?«, fragte Benson.
Kexx schaute verblüfft, und Mei verpasste ihm einen Rippenstoß. »Kexx meint, der Träger kehrt zu Xis zurück.«
»Wer ist Xis?«
Mei rollte die Augen. »Einer ihrer Götter. Der Träger stirbt.«
»Oh, verstehe, das ist nicht gut«, sagte Benson vorsichtig. »Was ist ein Träger?«
»Uh. Folge uns einfach.« Mei ergriff ihn am Unterarm und zog ihn zur Treppe. »Vergib ihm«, sagte sie, als sie auf dem Weg nach unten an Kexx vorbeikamen und er ihnen folgte.
Entschlossen schritt Mei ins Zentrum des Dorfes.
»Wo gehen wir hin?« Bensons Worte waren halb Frage, halb Protest.
»Still«, blaffte Mei. »Stell dich an die Wand und sieh.«
»Welche Wand?«
Sie warf Benson einen tadelnden Blick zu, den sie sicher in den vergangenen Jahren bei ihrem Kind perfektioniert hatte, also ließ er die Frage auf sich beruhen. Offen gestanden, ging ihm sowieso langsam die Kraft aus. Die letzten paar Tage waren ein ständiger Sprint von einer Krise zur nächsten gewesen. Eine Mütze voll Schlaf würde bald vom Luxus zur biologischen Notwendigkeit werden.
Mei blieb vor einem Gebäude im innersten Ring stehen, direkt gegenüber dem Tempel, auf der anderen Seite des Teichs. Im Gegensatz zum Tempel war es gedrungen und schmucklos, wenig mehr als ein Hügel mit einem Loch in einer Flanke. Benson war in den vergangenen Tagen schon mehrfach daran vorbeigekommen, ohne zweimal hinzusehen, doch jetzt wurde er durch die Tür und dann eine steile, sich nach links windende Treppe hi-

nuntergeführt. Die Stufen, die für Atlanterbeine gebaut waren, waren etwa zehn Zentimeter zu hoch für ihn. Als das spärliche Licht von draußen verblasste, verschätzte sich Benson mehrfach und wäre beinahe gefallen.

Sie waren mindestens zwei Stockwerke nach unten gestiegen, dann endete die Treppe auf einem Felsboden. Fackeln an den Wänden warfen ein warmes Licht auf den groben braunen Stein, die Füße von Generationen hatten die Werkzeugabdrücke glatt geschliffen. Von hinten sanft vorangeschoben, trat Benson durch die hohe Tür in einen großen, fast halbrunden Raum, der sich nach oben bis zum Erdgeschoss erstreckte. Benson erkannte ehrfürchtig, dass sie keinen Hügel betreten hatten, sondern eine Kuppel. Die Wände waren mit demselben Beton bedeckt, aus dem die Atlanter auch ihre Straßen und Gebäude errichteten. Auf den ersten Blick sah das Innere dieser Kuppel aus wie der Tempel, nur dass sie nicht himmelwärts ragte, sondern aus dem Boden herausgearbeitet war.

»Wow«, flüsterte er Mei zu. »Was ist das für ein Ort?«

»Xis' Tempel.«

»Aber ich dachte, sie verehren Cuut?«

Kexx mischte sich ein. »Was Cuut droben zerstört, erschafft Xis drunten.« Der Wahrheitssucher deutete auf die Gestalten, die in der Mitte der Kuppel über einen niedrigen Tisch gebeugt waren. Weitere Atlanter lehnten an der gegenüberliegenden Wand und musterten die Ankömmlinge misstrauisch. Sie waren kleiner als die anderen Aliens, die er gesehen hatte, und mit weniger Schmuck behangen. Was machten sie hier unten im Dunkeln?

»Wir müssen uns beeilen«, sagte Kexx.

Eine der Gestalten sah vom Tisch auf. Die sanft leuchtende Haut des Atlanters flackerte zögernd, ehe er sie zu sich winkte. Ein Körper lag bäuchlings auf dem niedrigen Tisch. Atlanterblut rann aus tiefen Schnitten, dann über die Seiten des Tisches und sammelte sich zu ihren Füßen. Noch beunruhigender als das Blut war der große, entstellende Knoten auf dem Rücken der Leiche. Etwas hatte die Haut straff gespannt wie einen Ballon, der jeden Augenblick platzen würde.

»Was ist das?«, flüsterte Benson Mei zu. »Ein Tumor, ein Hämatom?«

Wieder verpasste ihm Mei einen Rippenstoß.

»Das ist keine Antwort, und das weißt du.«

»Still!«, flüsterte sie, so laut sie konnte.

Etwas regte sich in dem Hautklumpen, und Benson hatte unvermittelt am ganzen Körper Gänsehaut. Er konnte kaum den Reflex unterdrücken, entsetzt zurückzuweichen. Ehe er erfassen konnte, was er da sah, stimmte einer der Ältesten eine leise, pulsierende Melodie an, die Bensons Ohren und Fußsohlen gleichzeitig erreichte. Die anderen fielen ein, selbst Mei, während der zuckende Hautklumpen auf dem Rücken des verletzten Atlanters sich als Reaktion auf die Musik heftig bewegte.

Zunehmend alarmiert, verfolgte Benson die Szene aus einem Horrorfilm, die sich vor ihm abspielte. Der Vorsänger zückte einen Obsidiandolch und hob ihn hoch in die Luft. Er war scharf geschliffen und hatte mehr mit den Zeremonienspeeren gemein, die Benson während der Opferungen gesehen hatte, als mit den einfachen Werkzeugen der anderen Dörfler. Die schimmernde schwarze Klinge schien das bisschen Licht, das auf sie fiel, aufzusaugen. Benson merkte, dass er die Hand auf den Kolben seines Gewehrs gelegt hatte. Er hatte gar kein gutes Gefühl bei der Sache.

Der Gesang erreichte einen Höhepunkt, als der Älteste das Messer in Richtung der bäuchlings ausgestreckten Gestalt senkte. Doch während Benson damit gerechnet hatte, dass er die Waffe mit einem heftigen Stich bis zum Heft in den Hautklumpen rammen würde, durchschnitt der Älteste sorgsam Hautschicht um Hautschicht. Es war nicht zu erkennen, ob der Patient die Schnitte spürte oder überhaupt noch am Leben war. Die Glasklinge war unglaublich scharf, sie schnitt sauber und problemlos durch die Haut, bis aus dem Schnitt ein Schwall Wasser hervorbrach wie aus einer Quelle.

Der Rest der Anwesenden eilte herbei und zerrte seltsame Fleischklumpen aus dem Körper. Wundersamerweise war Bensons Neugier größer als sein Ekel, und er beugte sich vor, um zu sehen, was sie da aus dem Körper zogen. Mehr als ein Dutzend dieser Dinger hatten sie bereits herausgeklaubt, machten aber keine Anstalten aufzuhören. Ihre Beute bewegte sich.

Im nächsten Augenblick erkannte Benson die hässlichen, unförmigen, durchscheinenden Klumpen als das, was sie waren.

»Babys!«, rief er. »Ihr rettet ihre Babys!«

Benson hatte das Gefühl, als würden seine Knie bei dieser Erkenntnis nachgeben. Er war noch nie bei einer Geburt dabei gewesen. Tatsächlich waren das nur wenige Menschen. Bis vor ganz kurzer Zeit waren auf der Arche Neugeborene aus Inkubatoren gekommen. Mit Ausnahme der Ungebundenen wie Mei, die ihn anstarrte, als sei ihm ein zweiter Kopf gewachsen, der unverdrossen Shakespeare auf Deutsch rezitierte.

»Tut mir leid«, sagte er und hob die Hände. Die Prozedur ging weiter, bis fast drei Dutzend winzige, sich windende Neugeborene aus dem geborgen waren, wovon Benson annahm, es handle sich um ihre tote Mutter. Die Anwesenden entnahmen jedes Einzelne mit großer Sorgfalt aus einem dünnen, durchsichtigen Sack, dann reihten sie sie vor demselben Ältesten auf, der den Schnitt gemacht hatte.

Erfüllt von einer neuen Ehrfurcht vor dem, was er hatte beobachten dürfen, sah Benson zu. Der Älteste sortierte die Neugeborenen auf dem Tisch in zwei Gruppen. Nach Geschlecht? Der Gesang war langsamer geworden. Wenn er einen Text hatte, so erfasste die Übersetzungssoftware ihn nicht.

Eine Gruppe von Neugeborenen wuchs deutlich schneller als die andere. Benson beäugte sie argwöhnisch, während der Älteste die kleinere, aus vier Wesen bestehende Gruppe einem Paar Atlanter überreichte, das sie eng an sich drückte, sich entfernte und den anderen den Rücken zukehrte, wobei beide sanft und leise auf die Neugeborenen in ihren Armen einredeten.

»Mei.« Er legte ihr die Hand auf die Schulter und flüsterte: »Was geht hier vor sich?«

Ehe sie ihm antworten konnte, rückte der Älteste eines der verbleibenden Neugeborenen zurecht und enthauptete es mit einem entschlossenen Dolchstreich. Für einen Augenblick hing Benson wie gelähmt zwischen Unglauben und weißglühendem Zorn. Der Großteil seines Bewusstseins weigerte sich einfach zu glauben, was seine Augen da übermittelten. Doch dann schnappte sich der Älteste das nächste Neugeborene und legte das winzige, sich windende Wesen für den Todesstoß zurecht.

Ohne darüber nachzudenken, riss Benson das Gewehr an die Schulter, visierte durch das holografische Zielfernrohr die Stirn des Ältesten an und entsicherte.

»Sofort das Messer weg!«, schrie er in Englisch.

Die Übersetzung tauchte unmittelbar darauf in seinem Sichtbereich auf, und er wiederholte den Befehl ebenso nachdrücklich in ihrer Sprache. Die schockierten Aliens erstarrten, waren nicht sicher, was sie tun sollten, wussten aber ganz genau, wozu der durchgedrehte Mensch mit dem Sturmgewehr in der Lage war, wenn sie nicht gehorchten.

Mei bewegte sich zuerst … und trat direkt in seine Schusslinie.

»Mei, geh aus dem Weg.«

»Nein.«

»Was zum Teufel hast du vor?« Bensons Worte waren halb Wutschrei, halb Flehen.

»So machen sie das eben«, sagte sie fest.

»Aber sie töten Babys!«
»Warte draußen«, sagte Mei mit befehlsgewohnter Stimme.
»Du kannst mir nicht sagen, dass das für dich in Ordnung geht«, protestierte Benson.
Sie deutete auf die Treppe. »Geh!«
Benson merkte, dass seine Hände zitterten. Er fühlte sich schwach. Der Adrenalinschub, der ihn durch die letzten Stunden getragen hatte, flaute ab. Plötzlich war das Gewehr sehr schwer.
»Mir, äh … geht es nicht besonders gut.« Er senkte die Waffe und hängte sie sich mühsam wieder über die Schulter, dann stolperte er die Treppe hoch. Mit klammer Haut und pochendem Schädel stürmte er aus Xis' Tempel in die kühle Nachtluft hinaus. Seine Knie gaben nach, und Benson fiel auf alle viere und übergab sich. Er hatte sich in den zurückliegenden vier Tagen häufiger erbrochen als in der Woche nach dem 218er Zero-Meisterschaftstitel, und das hatte damals ganz andere Gründe gehabt.
Als er sich wieder aufsetzte, war Mei neben ihm.
»Wieder seltsame Körner gegessen?«, fragte sie.
Benson wischte sich den Mund ab. »Rede mit mir. Mach, dass ich akzeptieren kann, was ich gerade gesehen habe.«
Mei holte tief Luft, um sich zu zentrieren. »Das kann ich nicht, denn auch ich akzeptiere es nicht. Aber vielleicht kann ich es dir begreiflich machen.«
»Sie töten da unten gerade die anderen, oder?«
Mei nickte betrübt. »Sie haben keine andere Wahl.«
»Sie haben keine andere Wahl, als ihren eigenen Kindern den Kopf abzuhacken?«, blaffte er. »Da scheint es mir aber sehr naheliegende Alternativen zu geben. Diese Option dagegen wäre mir nie in den Sinn gekommen.«
»Wir bekommen auch keine dreißig Kinder auf einmal«, sagte Mei sanft. »Könnten Theresa und du dreißig hungrige Mäuler stopfen? Dreißig wissensdurstige kleine Gehirne unterrichten?«

»Wir würden es versuchen.«
»Dann würdet ihr scheitern«, sagte Mei sachlich. So schwer es ihm auch fiel, das zuzugeben, sie hatte nicht unrecht. »Sie haben heute vier behalten. Üblicherweise behalten sie nur zwei, von denen eines wahrscheinlich stirbt.«
»Woran?«
Mei zuckte die Achseln. »Hier gibt es keine Krankenstation.«
»Haben sie keine Heiler?«, fragte Benson.
Mei sah ihn flehend an. »Sie … tun ihr Bestes.«
Klar, dachte Benson. *Behandeln Fieber mit Aderlassen. Kopfschmerzen? Bohr dir ein Loch in den Schädel, damit die bösen Geister rauskönnen. Solchen Kram.*
Mei schien seine Gedanken gelesen zu haben. »Wir waren lange Zeit nicht besser.«
»Tut mir leid, ich habe nur Probleme mit der Vorstellung einer Säuglingssterblichkeitsrate von über neunzig Prozent. Damit, dass sie aussuchen, welche es verdient haben zu leben.«
»Das ist nicht anders als auf der Arche«, sagte Mei. »Ihr habt alle Unerwünschten auf der Erde zurückgelassen, um durch Nibiru zu sterben. Nur die schönen Menschen haben Tickets bekommen.«
»Das ist unfair. Damals ging es ums Überleben. Das hier ist ganz anders als auf der Arche«, sagte Benson defensiv. »Wir töten keine Babys, nur weil sie nicht so sind, wie wir wollen.«
»Nein, ihr tötet sie, ehe sie überhaupt je Babys werden. Ihr erzeugt große Mengen von Embryos, sucht euch die guten aus und werft den Rest weg. Schlechte Babys werden erst gar nicht gemacht.«
»Das ist nicht das Gleiche.«
»Doch«, beharrte sie. »Der einzige Unterschied ist die Zeit. Aufgrund eurer Technologie habt ihr Zeit. Sie müssen dieselbe Entscheidung in Eile treffen.« Träge zeichnete sie mit dem Finger

eine Spirale in die Erde. »Ich sage nicht, dass das gut oder schlecht ist, nur, dass sie ihr Bestes tun. Für sie geht es ebenso ums Überleben wie für euch damals.«

»Uns, Mei. Auch du bist eine Nachfahrin dieser sogenannten schönen Menschen.«

Meis Antwort auf diesen Seitenhieb war ein wütendes Grunzen.

»Diese Leute«, sagte Benson. »Du respektierst sie sehr, nicht wahr?« Mei nickte. »Aber du bist Mutter. Wie gehst du mit dem um, was wir gerade gesehen haben?«

»Für dich sind das Babys. Aber das stimmt nicht. Stell dir vor, es wären …« Mei hielt inne und sucht nach dem richtigen Wort.

»Kaulquappen?«, schlug Benson vor.

Mei zuckte die Achseln, da ihr auch kein besseres Wort einfiel.

»Sie sind noch ein ganzes Jahr lang keine Babys. Dann bekommen die, die überleben, einen Namen. Danach lieben sie sie genau wie wir.« Sie sah zu den Sternen empor und schwieg lange. Mei liebte es, die Sterne zu betrachten. Er nicht.

»Warum haben sie heute mehr behalten?«, fragte Benson, der versuchte, das Gespräch wieder in Gang zu bringen.

»Hmmm?« Mei sah ihn an.

»Du hast gesagt, sie hätten diesmal vier statt zwei behalten. Warum?«

Sie wies mit einem Arm auf die Stelle, wo der Kampf stattgefunden hatte. »Weil sie heute viele verloren haben. Zu viele Bewohner, und sie können sie nicht füttern. Zu wenige, und sie können die Felder nicht bestellen und das Dorf nicht gegen Räuber schützen. Alles im Gleichgewicht.«

Benson nickte. Nachdem er die ersten dreieinhalb Jahrzehnte seines Lebens in einer autarken Metallröhre eingeschlossen gewesen war, wusste er ein oder zwei Dinge über die Notwendigkeit von Gleichgewicht.

»Esa und ich können keine Kinder bekommen.«

Die Worte hingen in der Luft. Benson war ebenso überrascht von ihnen wie Mei. Er hatte sie nicht sagen wollen, sie waren ihm einfach so entschlüpft. Die Stille zwischen ihnen dehnte sich, wurde unangenehm. Unter anderen Umständen hätte Benson sie als bedeutungsschwangere Pause bezeichnet, aber …

»Seit wann?«, fragte Mei schließlich.

»Seit dem Aufeinandertreffen mit Kimura. Der Arzt ist nicht sicher, ob es an der Verstrahlung durch die Atombombe oder die Chemotherapie und den Naniten danach liegt, aber bei mir geht nichts mehr.«

»Du meinst, du kannst nicht, äh …« Mei senkte den Blick zwischen seine Beine und hob ihn dann wieder zu seinem Gesicht.

Benson hob in Verteidigung seiner Manneskraft die Hände. »Oh, nein, rein technisch funktioniert Gott sei Dank alles, aber es sind keine Fische im Tank. Hätte schlimmer kommen können. Sie haben mir bereits zwei Tumore entfernen müssen.«

»Kann die Mannschaft da nichts machen?«

»Irgendwann vielleicht. Aber all unsere Genetiker und Techniker machen im Augenblick Überstunden, um unsere Nahrung dazu zu kriegen, auf der Oberfläche zu wachsen, statt sich in Matsch zu verwandeln. Meine Hoden stehen im Moment auf der Prioritätenliste alarmierend weit unten.«

Mei beugte sich vor und umarmte ihn fest. »Das tut mir leid.«

Benson musste unerwartete Tränen unterdrücken. »Schon gut.«

»Nein, ist es nicht«, sagte sie. »Du hast alle Familien auf Kosten einer eigenen gerettet.«

»Den Gedanken hatte ich auch schon«, meinte Benson. »Wer waren die beiden mit den Neugeborenen?«

»Die Eltern«, sagte Mei.

»Die Eltern? Aber die Mutter …«

Mei schüttelte den Kopf. »Nicht die Mutter, der Träger. Sie tragen die Babys aus, aber sie sind nicht die Eltern.«

Nun sah Benson sie seltsam an. »Wie genau läuft das?«
Mei dachte lange nach. Schließlich begann sie: »Soweit ich weiß, gibt es bei den Atlantern zwei Geschlechter, aber nicht Männer und Frauen.«
»Sondern?«
»Das ist kompliziert. Sie durchleben alle beide, das eine, wenn sie jung sind, und dann das andere, wenn sie Älteste werden. Sie nennen es den Übergang.«
Daraufhin hob Benson die Brauen. »Sie sind mal Männer, mal Frauen?«
»Nein. Na ja, irgendwie schon. Es ist, als kämen sie zweimal in die Pubertät. Was aussieht wie Alterserscheinungen, blasse Farben und niedrigerer Wuchs, ist in Wirklichkeit nur der Übergang ins andere Geschlecht. Die Jungen und die Ältesten paaren sich, doch um Kinder zu bekommen, brauchen sie einen Träger. Die Träger tragen die Kinder tatsächlich bis zur Geburt aus, aber sie sind nicht die Mütter. Man legt Eier in sie.«
»Das ist … echt eklig«, sagte Benson.
»Es ist nicht ihre Schuld, Benson-san. Es liegt in ihrer Natur. Nicht bei jedem Wurf sind Träger dabei.«
»Habe ich deshalb nach vier Tagen hier zum ersten Mal einen dieser Träger gesehen?«, fragte Benson.
»Es gibt nicht sehr viele von ihnen. Sie sind kostbar.«
»Man behandelt sie also wie einen Rohstoff«, sagte Benson abschätzig. »Sie werden als Sexsklaven gehalten.«
Mei schüttelte den Kopf. »Du urteilst so schnell. Warum hast du es denn so eilig? Lerne, erkenne, bedenke. Dann entscheide.«
Die Atlanter traten aus dem Gebäude. Die beiden Eltern, was auch immer das bedeutete, trugen ihre vier Neugeborenen. Hinter ihnen hoben vier andere den schlaffen, bleichen Leichnam des Trägers in einer ehrerbietigen Weise hoch über ihre Köpfe, während die Prozession leise sang.

Kexx entdeckte die beiden Menschen, die auf dem Boden saßen, und löste sich von den anderen.
»Benson-san«, sagte er, eine Anrede, die er nur von Mei aufgeschnappt haben konnte.
»Benson reicht, Kexx. Hör zu, das, äh, Missverständnis da unten tut mir wirklich leid.«
Kexx winkte ab, eine sehr menschliche Geste. Er hatte viel von seiner Lehrerin übernommen. War *er* eigentlich richtig? Benson wusste nicht, was er denken sollte.
»Wir reden später darüber. Ruh dich jetzt aus. Wir stehen bei Sonnenaufgang auf und gehen ans Werk.«
Der alte Detektiv, der tief in Bensons Hirn verwurzelt war, verlangte lautstark, er solle direkt weitermachen. Die Spur nicht kalt werden lassen. Sofort mit der Arbeit beginnen, solange er sich noch an alles erinnern konnte, solange der Tatort nicht kontaminiert war und sich niemand an den Beweisen zu schaffen gemacht hatte.
Sein erschöpfter, nicht mehr ganz junger Körper hingegen, der gerade zum ersten Mal seit Jahren hatte kämpfen müssen, fand Kexx' Vorschlag gar nicht mal so schlecht.
»Das klingt wunderbar«, sagte Benson.
Das schlaksige Alien nickte und entfernte sich geisterhaft leise. Es war sehr nützlich, einen Partner mit diesem Talent zu haben, aber Benson fand es immer noch ein wenig beunruhigend.
Er sah Mei an. »Ich nehme mal nicht an, dass ihr drüben im Unterschlupf Whisky habt?«
»Nein.« Voller Stolz verkündete Mei: »Aber wir haben Sake.«
»Der wird reichen.«

KAPITEL 16

Theresa stand am Rand der Landebahn und sah zu, wie die blinkenden roten und grünen Lichter am Nachthimmel größer wurden, als das Shuttle seinen Landeanflug begann. Der stellvertretende Verwaltungsleiter Merick stand neben ihr, zusammen mit fast allen anderen Ratsmitgliedern, Wirtschaftsführern, einer Notfall-Eingreiftruppe und mindestens ein paar Tausend Schaulustigen.

»Es hat sich herumgesprochen«, sagte sie.

»Es ist leider schwer, etwas von dieser Größenordnung geheim zu halten«, sagte Merick.

»Ich wünschte, ich hätte ein paar mehr Constables als Ordnungskräfte.«

»Wahrscheinlich nicht nötig. Ich bezweifle, dass unser Feind Schläfer hier in der Menge hat.«

»Unser Feind?«, wiederholte Theresa. »Wir wissen doch noch gar nicht, ob unsere Leute das Ziel waren. Soweit wir bisher wissen, kann es sich auch um einen Stammesdisput gehandelt haben.«

Merick tat das achselzuckend ab. »Haarspalterei. Vergessen Sie nicht, Chief, wir sind hier draußen, um Leichen in Empfang zu nehmen.«

Theresa wollte noch mehr sagen, schwieg aber und betrachtete das Shuttle, das sich anschickte, auf der improvisierten Rollbahn zu landen. Üblicherweise hätten die Piloten die Motoren einfach auf Senkrechtlandung gestellt und vertikal auf der Landefläche aufgesetzt. Doch es waren keine qualifizierten Piloten an Bord, da die Mannschaft in der Schlacht als Erstes gefallen war. Das Shuttle flog auf Autopilot. Es hatte fast seinen gesamten Treibstoffvorrat bei den ungeplanten Manövern über dem Atlanterdorf verbraucht, sodass der Autopilot nur einen Landeversuch hatte.

Obgleich Theresa wusste, dass sich das Shuttle mit mehr als zweihundert Stundenkilometern näherte, kam es ihr vor, als hänge es in der Nacht wie ein Ballon. Es war so verdammt groß, dass sie Schwierigkeiten hatte, sich vorzustellen, wie es überhaupt fliegen konnte.

Doch bald darauf kratzten die Hinterräder über den Asphalt, und das Shuttle bewegte sich parallel zum Boden. Theresa riss die Hände hoch, um ihre Ohren zu schützen, als die Schubumkehrdüsen des Shuttles ansprangen und die Motoren mit ohrenbetäubendem Lärm auf volle Leistung gingen, wobei sie blaue Flammenkegel spien. Über eine schockierend kurze Distanz bremste das Shuttle fast komplett ab und rollte am Ende der Landebahn aus.

Die große Frachtverladeplattform in der Mitte des Rumpfs fuhr aus. Sie lag voller Leichen. Theresa sah Korolev zwischen den Bahren stehen. Er legte die Hände trichterförmig an den Mund, um die ersterbenden Motoren zu übertönen. »Bringt den Defi.«

Theresa schnappte sich Doktor Russell und eilte mit ihr Richtung Plattform. Sie kam aus vollem Lauf neben Korolev und der Sanitäterin der Expedition zum Stehen, die über einen in zerfetzte Kleidung, blutgetränkte Gaze und Verbände gehüllten Körper gebeugt war. Theresa keuchte, als sie das Gesicht erkannte, das sich unter dem Dreck, dem getrockneten Blut und dem zerzausten Haar verbarg.

»Valmassoi«, sagte sie, da schob sie auch schon ein Sanitäter aus dem Weg.

»Was ist passiert?«, fragte Russell Korolev.

»Kein Puls.«

»Seit wann?«

»Seit ein paar Minuten. Ich verstehe es nicht, er war den gesamten Flug über stabil.«

Russell zog ein weißes Schächtelchen aus ihrer Arzttasche, entnahm ihm zwei Kontaktpflaster, riss die Plastikschutzhülle ab und klebte sie auf Valmassois Brust und seine Seite. Das Kästchen spulte eine Kurzdiagnose ab, um sicherzustellen, dass es nicht einen lebenden Menschen zu Tode schocken würde. Ein hoher Ton erklang, als der Kondensator sich für den Schock auflud, dann wurde die Anzeige grün und zeigte: *Bereit*. Mit ruhiger, synthetischer Stimme wies der Defi alle Anwesenden an, zurückzutreten, dann verpasste er Valmassoi den Schock.

Valmassois schlaffer Körper wurde einen Augenblick lang steif und bog den Rücken durch, dann erschlaffte er wieder. Der Prozess wiederholte sich noch zweimal, jedes Mal mit höherer Voltzahl, aber das Ergebnis blieb gleich.

»Keine Reaktion. Holen Sie den Wagen her«, befahl Russell.

Eines der wenigen Elektroquads Shambhalas fuhr rückwärts an die Plattform heran, und Theresa und Korolev luden Valmassois Trage hinten auf.

»Ich komme wieder, so schnell ich kann«, sagte Russell. Aber als der Wagen sich in Richtung des städtischen Krankenhauses entfernte, war Theresa klar, dass das nur eine Floskel gewesen war.

»Er kommt auf die Uhr«, sagte sie, der Arche-Ausdruck für sterben. »Wo ist Atwood? Wir brauchen sie alle so schnell wie möglich für eine Nachbesprechung.«

»Hat man es Ihnen nicht gesagt?« Korolev schüttelte den Kopf, dann deutete er auf eines der fünf Laken auf der Plattform. Theresa kniete daneben nieder und streckte die Finger aus, aber Korolev legte ihr die Hand auf den Arm. »Das würde ich nicht tun. Kein schöner Anblick.«

Theresa ignorierte ihn und zog das Laken zurück, nur um sich sofort zu wünschen, es nicht getan zu haben. Atwoods Kopf lag auf der Seite, ihr Hals war zerfetzt, sodass Theresa weiße Stellen sehen konnte, wo die Halswirbelsäule frei lag. Es sah aus, als hätte ein wildes Tier ihr die Kehle herausgerissen. Korolev hatte recht. Das war kein schöner Anblick.

Theresa bedeckte ihren Mund, als sie Atwood wieder zudeckte, dann ließ sie sich einen Augenblick Zeit, um sich zu sammeln. »Was ist mit ihr geschehen?«

»Ich war eingeschlossen, als es passiert ist, aber ich hörte, sie habe sich im Freien befunden, als die Front der Krieger des Dorfes zusammenbrach. Hamilton und DeSanto waren auf den Dächern und haben geschossen, was das Zeug hielt, und die anderen hatten sich in den Tempel zurückgezogen. Sie war die Einzige, an die sie herankamen, und sie haben sich auf sie gestürzt. Ihre Speere und Messer kamen durch ihren Kampfanzug nicht durch, also stürzten sie sich auf den einzigen ungeschützten Bereich, den sie fanden.« Korolev fuhr sich mit dem Daumen über die Kehle, um seine Worte zu unterstreichen.

»DeSanto und Hamilton?«, fragte Theresa und nickte in Richtung der anderen Laken.

»Nein, sie leben noch. DeSanto sollte es in ein paar Tagen wieder gut gehen, zumindest körperlich. Aber Hamilton hat sich beim Sprung vom Dach einen Knöchel gebrochen. Er fällt wochenlang aus.«

Theresa nickte und sah wieder auf Atwoods Leiche hinunter. »Wissen Sie, wir waren Klassenkameradinnen. Wir waren so was wie Freundinnen. Keine besonders guten. Einmal haben wir uns um einen Jungen gestritten. Bryan sagt immer, sie war eine der besten Zero-Pfeile, gegen die er je geflogen ist.«

»Das war sie. Sie hat ihm einmal mit einem heftigen Treffer von oben die Schulter ausgekugelt. Ich habe fast nichts von dem Angriff auf das Dorf gesehen, aber alle sagten, sie habe gekämpft wie ein Tier. Sie hat ihre Position nicht einmal aufgegeben, als sie keine Munition mehr hatte. Sie hat viele getötet und sie dabei ziemlich gegen sich aufgebracht.«

Theresa richtete sich auf und strich ihre Bluse glatt. »Wer hat uns da draußen angegriffen, Pavel?«

»Ich habe keine Ahnung, Ma'am.«

»Nun, dann wissen wir ja, was wir zu tun haben. Kommen Sie, Sie müssen mir alles berichten, was Sie gesehen haben und was Bryan Ihnen erzählt hat.«

* * *

Als sich der Tod von Verwaltungsleiter Valmassoi herumsprach, drehte Shambhala durch. Theresa und ihre Constables verbrachten den Großteil der restlichen Nacht damit, in der Stadt herumzurennen und Demonstranten zu bitten, ihre Versammlungen aufzulösen. Manchmal mussten sie ziemlich nachdrücklich bitten.

»Es ist 3.40 Uhr, Hallstead«, sagte Korolev zu einer der stureren Provokateurinnen, »und Sie sind betrunken.«

»Das sagen Sie«, sagte Yvonne Hallstead ganz deutlich. Doch die Konzentration auf ihre klare Aussprache war alles, was ihr trunkenes Hirn leisten konnte, und sie schwankte wie ein Kreisel, der langsam austrudelte.

Theresa ergriff ihren Unterarm, um sie zu stützen, aber Hallstead entriss ihr das dünne Ärmchen.

»Hände weg«, sagte die Frau mit dem dürren Gesicht und dem verkniffenen Mund.

Theresa erinnerte sich an sie. Sie war Computertechnikerin und früheres Mannschaftsmitglied und einige Jahre zuvor rausgeflogen, als man sie dabei ertappt hatte, wie sie ihre medizinischen Unterlagen fälschte, um zusätzliche Schmerzmittel zu bekommen, die dann in den Händen von Leuten landeten, die »zur Entspannung Drogen nutzten«. Eine echte Verliererin. Theresa musterte den Rest ihres kleinen Demonstrationsgrüppchens mit schmerzlichem Gesichtsausdruck. Die meisten von ihnen besaßen zumindest den Anstand, sich ob der Wahl ihrer Sprecherin peinlich berührt zu zeigen.

Hallstead spürte, dass sich das Blatt gegen sie wendete, und sah sich anklagend um. »Oh, verstehe. Nur weil ich ein paar Bierchen hatte, findet ihr alle, ich rede Scheiße, was? Nun, ich habe Valmassery nicht abgestochen.«

»Valmassoi«, korrigierte Korolev.

»Sage ich doch. Jedenfalls habe nicht ich Valmasonry niedergestochen, sondern diese Fischechsen mit den Kammschädeln.«

»Wer hat Ihnen denn heute Nacht so alles einen ausgegeben, Yvonne?«, fragte Theresa.

»Was soll das denn heißen?«

»Das soll heißen, dass ich weiß, dass Sie bei Marinello eine ziemlich große Zeche offen und dort derzeit keinen Kredit haben. Deshalb bin ich irritiert, Sie so betrunken vor dieser Bar anzutreffen.«

»Mein Geld ist genauso gut wie das von jedem anderen.«

»Wenn Sie welches haben, klar«, versetzte Korolev.

»Ich bezahle meine Rechnungen immer!«, rief sie. »Und Ihr Ton passt mir gar nicht, Constable.«

Der Rest des Kreises verkrümelte sich und verschwand in den Seitenstraßen.

Theresa war erschöpft, und ihr riss langsam der Geduldsfaden. »Also gut, Yvonne, Sie sind betrunken und renitent. Ich kann Sie jetzt festnehmen, wenn ich Ihnen Ärger machen will. Aber das will ich nicht, deshalb lasse ich Ihnen die Wahl. Sie können Ihren Rausch in Ihrem eigenen Bett ausschlafen oder in einer meiner Zellen. Aber Sie müssen sich auf der Stelle entscheiden.«

Korolev schlüpfte ansatzlos in seine Rolle als guter Bulle. »Kom-

men Sie, Yvonne. Legen Sie sich hin. Ich bin sicher, Juanita ist schon furchtbar besorgt.«
»Ja«, sagte Hallstead langsam und nachdenklich. »Ja, Sie haben recht. Ich muss morgen früh sowieso arbeiten.«
»Sie haben einen neuen Job?«, fragte Theresa.
»Ich bin jetzt selbstständige Unternehmerin, danke der Nachfrage, Mrs Gönnerhaft.« Ohne ein weiteres Wort entfernte sie sich ungefähr in die Richtung, in der sie wohnte.
»Juanita ist nicht furchtbar besorgt, oder?«, fragte Theresa.
»Nur darüber, dass sie Yvonne im Bett mit Raul Galveston erwischen könnte. Sie würde mir fast leidtun, wenn sie nicht ein solcher Volldepp wäre.« Korolev sah Theresa ins Gesicht. »Alles in Ordnung, Chief? Worüber denken Sie nach?«
»Ich denke, ich bin erschöpft. Sind Sie nicht müde? Sie rackern unablässig, seit Sie aus dem Shuttle gestiegen sind.«
»Ich habe auf dem Rückflug ein bisschen gedöst.«
»Sie meinen, unmittelbar nach dem Kampf?«
Korolev zuckte die Achseln. »Ich versuche, nicht zu viel daran zu denken. Es hilft, sich beschäftigt zu halten.«
Theresa nickte, aber hörte gar nicht richtig hin. »Kommt Ihnen daran gar nichts seltsam vor?«
»Sie meinen, daran, auf einer fremden Welt zu stehen und um 4.00 Uhr morgens Betrunkenen auf die Eier zu gehen? Oder meinen Sie etwas ganz anderes?«
Theresa grinste. »Ich schätze, das ist alles relativ. Ich meine, am heutigen Abend, an dieser Nacht.«
»Was genau?«
»Alles. Unser Shuttle kommt Tage zu früh zurück, und Tausende erwarten es? Spontane Proteste überall in der Stadt, mitten in der Nacht, angeführt von Leuten wie Yvonne Hallstead?«
»Aliens haben unseren Anführer getötet. Das bringt doch jeden auf die Palme.«

»Ja, aber Hallstead? Sie ist nicht gerade als politische Aktivistin bekannt, oder? Sie konnte nicht einmal Valmassois Namen richtig aussprechen.«

»Sie war ziemlich betrunken. Sie wissen, wie eingleisig Leute denken, die einen im Tee haben.«

»Klar, aber wer hat ihr den Floh ins Ohr gesetzt?«, fragte Theresa.

Korolev hob einen Finger. »Sekunde.«

Er verschwand in der Bar und ließ Theresa mit ihren Gedanken allein. Vielleicht hatte ihr Gespräch mit Bryan sie paranoid gemacht, vielleicht sah sie Gespenster. Aber sie wurde das Gefühl nicht los, dass das Ganze, von der Menschenmenge an der Landebahn bis hin zu den Protesten, alles andere als spontan gewesen war.

Korolev trat wieder auf die Gasse. »Maya sagt, Yvonne habe heute Nacht ihre Zeche beglichen. Deshalb haben sie sie wieder bedient.«

»Wann?«

»Unmittelbar nach der Landung des Shuttles.«

Theresa rollte die Augen. »Ich wette, sie hat bar oder auf sonst irgendeine nicht nachvollziehbare Weise bezahlt.«

Korolev nickte. »Alles in bar.«

»Natürlich.«

»Glauben Sie, sie hat das Geld geklaut?«

Theresa schüttelte den Kopf. »Nein. Hallsteads Geschichte verrät uns, dass sie weiß, dass wir sie genau im Auge haben, und das wäre das Risiko nicht wert. Ich denke, ein anonymer Spender hat beschlossen, sich heute Nacht eine loyale Patriotin zu kaufen. Wahrscheinlich sogar mehr als eine.«

»Die Person, die auch ihre Dienste als freischaffende Unternehmerin in Anspruch nimmt?«

»Das klingt schlüssig«, sagte Theresa.

»Aber warum?«
»Das ist die Frage, nicht wahr? Kommen Sie, wir brauchen beide Schlaf.«
»Gehen Sie ruhig, Chief. Ich bringe noch Maya nach Hause.«
Theresa hob eine Braue. »Ach ja?«
»Es ist nicht, wie Sie denken. Sie ist ein bisschen durcheinander von den Protesten und möchte nach Hause begleitet werden, sonst nichts.«
Theresa lächelte und legte ihm eine Hand auf die Wange. »Pavel, Sie sind bewundernswert. Ein bisschen schwer von Begriff, aber bewundernswert. Achten Sie darauf, heute Nacht auch etwas Schlaf zu bekommen, wenn Sie mit dem Begleiten fertig sind, ja?«
»Gut …«, sagte Korolev unsicher. »Gute Nacht, Chief.«
»Gute Nacht.« Sie sah ihm nach, wie er wieder auf den Hintereingang zuging, dann wandte sie sich ab und ging die breite Ringstraße Richtung Wabenbau entlang. Sie hatte noch Papierkram zu erledigen. *Komisch,* dachte sie. Papier kannte sie nur aus dem Museum, aber der Begriff wurde trotzdem weiterverwendet. Auch hier draußen, Trillionen von Kilometern von ihrer Heimatwelt entfernt, waren und blieben Menschen Gewohnheitstiere.
Auch Theresa hatte sich im Laufe der Jahre ein paar Gewohnheiten angeeignet. Sie war während des Großteils ihres Erwachsenenlebens Constable gewesen und hatte dann das Amt des Chiefs übernommen, damit ihr Mann mit Kindern aller Altersklassen Ball spielen konnte. Eigentlich war das ein ziemlich gutes Arrangement. Die Arbeit als Trainer passte besser zu Bryans Temperament, da lautstarkes Herumbrüllen dabei nicht nur toleriert, sondern geradezu erwartet wurde. Bryan hatte viele gute Eigenschaften, aber zenartige Ruhe gehörte nicht dazu. Außerdem war sie schon scharf auf seinen Job gewesen, als sie

noch kein Paar gewesen waren. Wenn sie ehrlich war, war der Job einer der Gründe gewesen, warum sie ein Paar geworden waren.

Nach mehr als zehn Jahren als Gesetzeshüterin fand Theresa, sie habe gute Gewohnheiten. Die erste war, zu wissen, dass man den Eiter nur loswurde, wenn man den Schorf aufkratzte. Wenn die liebe Yvonne Hallstead am morgigen Tag wieder nüchtern war, würde sich Theresa mit ihr unterhalten und herauszufinden versuchen, wer ihr neuer Gönner war.

Ihre zweite Gewohnheit war, zu wissen, wie man diskret ermittelte, bis man ausreichend Beweise zusammenhatte. Aber dafür waren Leute erforderlich, die begriffen, wie wichtig Diskretion war. Aus einer Laune heraus bog Theresa in eine der konzentrischen Straßen ab, die in den teureren Wohnbezirk führte.

Alle Wohnhäuser und sonstigen Gebäude in Shambhala waren Fertighäuser und in den letzten gut drei Jahren aus dem 3-D-Drucker gelaufen, sodass sie alle eine gewisse Uniformität aufwiesen, die man schwer loswurde. Manche Bewohner taten ihr Bestes, um durch geschickte Landschaftsgärtnerei in ihren handtuchgroßen Vorgärten aufzufallen, aber die Vegetation in diesem Teil Gaias war in etwa so vielfältig und inspirierend wie die zweckmäßigen, kastenförmigen Häuser selbst. Die Genetiker der Arche waren viel zu beschäftigt damit, ihre Getreidesorten zum Schlagen von Wurzeln zu bringen, um sich um das Auftauen von Formschnitthecken von der alten Erde zu kümmern.

Anders war es hier auf der »Goldenen Meile«. Hier standen die sonderangefertigten Häuser früherer Mannschaftsmitglieder und Wirtschaftsmoguln. Die Familien, die auf der langen Reise der Arche die exklusiven Wohntürme, Restaurants und Luxusgüter hergestellt hatten. Sie wollten nicht in den Fertigbauhütten des Pöbels leben. Architektonische Inspirationen von Rom bis Taipeh zierten die Häuser mit Säulen, Ziegeldächern, Erkerfenstern und allem möglichen anderen, um den ostentativen Konsum zu demonstrieren, den man angeblich Jahrhunderte zuvor auf der Erde zurückgelassen hatte. Das größte gehörte der Familie Alexander. Das war nur recht und billig, da sie auch den Rest aller Gebäude errichtet hatte.

Theresa fand das Haus, das sie suchte. Es war das kleinste und schmuckloseste in seinem Häuserblock und entsprach kaum dem Standard des Viertels; seine Duldung konnte als eine Art wohltätige Geste verstanden werden. Sie war etwas mehr als ein Jahr zuvor schon einmal hier gewesen, als man sie und ihren Mann wundersamerweise zur Einweihungsparty eingeladen hatte. Der Heimweg an jenem Abend war … konfus gewesen. Sie war sicher, dass sie kein Ratsmitglied wecken würde, also klingelte sie und wartete.

Als sich nichts tat, klingelte sie erneut und klopfte dann respektvoll an.

»Ich weiß, dass Sie da sind«, sagte sie in die Gegensprechanlage im Türrahmen. »Ich sehe Ihren Positionsanzeiger auf meinem Plantat.«

Langsam, fast tadelnd öffnete sich die Tür. Im trüben Licht der Straßenlaternen funkelte sie der frühere Erste Offizier Chao Feng an. »Wissen Sie, wie spät es ist, Constable?«

»Nur zu genau«, sagte Theresa. »Darf ich einen Augenblick hereinkommen?«

Feng schnaubte theatralisch. »Wenn das eine Anmache sein soll, sollten Sie sich zügig einen Schwanz wachsen lassen.« Er deutete auf ihre Brust. »Die Titten müssen auch weg.«

In gespielter Bestürzung berührte Theresa ihre Brüste. »Was? Jeder liebt doch Brüste.«

»Nicht in diesem Haus, Süße.« Feng hielt inne. »Wobei – mein Sohn ist fast zehn und fängt an, wirklich peinliche Fragen zu stellen. Vielleicht könnten Sie …«

»Verzichte. Das ist Ihr Bier.«
Resigniert öffnete Feng die Tür ein Stück weiter und ließ sie ein.
»Kann ich Ihnen etwas anbieten? Tee?«
»Danke, nein. Also kommt Jian im zwischenmenschlichen Bereich nicht nach seinem Vater?«
»Seinen Datenbanksuchen nach zu urteilen, nicht.«
Feng ließ sich seitlich auf seine antike Couch fallen. Eine Ledercouch, wie Theresa nicht umhinkonnte zu bemerken. Selbst im Dunkeln verriet das Innere des Hauses eine gewisse Opulenz. Es war nicht ganz so offenkundig wie in der Unterkunft des Ersten Offiziers, die Theresa und Bryan auf der Suche nach gestohlenen Kunstwerken durchsucht hatten, aber Feng litt im Exil auch nicht gerade Not.
»Mrs Benson, ich muss in ein paar Stunden arbeiten und rechne mit ein paar sehr hektischen Tagen. Ich möchte zwar nicht unhöflich klingen, aber ich habe auch kein Problem damit, also was zum Teufel wollen Sie?«
Theresa setzte sich und faltete die Hände im Schoß. »Ihre Hilfe, ob Sie es glauben oder nicht.«
Feng und die Bensons standen nicht gerade auf gutem Fuß miteinander. Während der Edmond-Laraby-Untersuchung drei Jahre zuvor war Feng einer der Hauptverdächtigen gewesen. Eigentlich der einzige Verdächtige, und Bryan hatte ihn unermüdlich gejagt. Letztlich war Feng nicht der Mörder gewesen, aber er hatte versucht, seine Macht und seinen Einfluss einzusetzen, um die Untersuchung zu behindern, statt sich zu seiner intimen Beziehung zum verstorbenen Mr Laraby zu bekennen. Feng und Bryan hatten einander ganz falsch eingeschätzt, und das hätte beinahe die gesamte menschliche Rasse das Leben gekostet. So etwas vergaß man nicht leicht.
Feng strich seinen Samtmorgenmantel mit dem Monogramm auf der Tasche glatt. »Ich kann es kaum glauben, aber ich höre.«

»Bryan hat Probleme.«
Feng schnaubte. »Das können Sie laut sagen. Wenn er vernünftig gewesen wäre, wäre er mit dem Shuttle nach Hause gekommen.«
»Ich glaube, das wollte er auch, aber er hat eine Spur aufgenommen, und Sie wissen, wie stur er sein kann.«
»Besser als die meisten anderen«, sagte Feng bitter, ehe er ihr bedeutete fortzufahren.
»Bryan hat vor und während des Angriffs einige … glückliche Zufälle bemerkt.«
Bei diesen Worten setzte sich Feng auf. »Glücklich für wen?«
»Für die Angreifer.«
»Zum Beispiel?«
Theresa hielt inne und überlegte, wie viel sie ihm verraten wollte. Im Augenblick hatte sie nur verdächtige Zufälle. Wenn es sich um mehr handelte, würde sie Informationen brauchen, bei denen sich wichtige Leute große Mühe geben würden, sie aus offiziellen Kanälen herauszuhalten. Das bedeutete, sie musste mit jemandem gemeinsame Sache machen und ihm letztlich vertrauen, der manchmal außerhalb der offiziellen Kanäle agierte. Unter diesen Leuten war Feng so ziemlich der Ehrlichste.
Scheiß drauf, dachte sie. *Irgendjemandem muss ich ja vertrauen.*
»Auf dem Weg zum Dorf tauchte aus dem Nichts ein Vogelschwarm auf und schaltete Atwoods Aufklärungsdrohne aus, was dazu führte, dass eine Gruppe von Kriegern aus dem Dorf sie überrumpeln konnte, was beinahe zu einem Schusswechsel geführt hätte.«
»Vielleicht waren die Vögel sehr territorial.«
»Vielleicht, aber wir sind jetzt drei Jahre hier, und die Drohnen der *Pathfinder* fliegen seit fast vier hier herum. Ist eine von ihnen je angegriffen worden?«
Feng schürzte die Lippen. »Einer der Kriecher wurde bei einer Stampede der Besenköpfe zertrampelt, aber wir haben noch kei-

ne fliegende Drohne an die Fauna verloren, soweit ich mich erinnern kann. Trotzdem handelt es sich um einen weitgehend unerforschten Kontinent. Vielleicht waren wir dieser Spezies vorher nur noch nicht begegnet.«

»Das ist möglich«, gab Theresa zu, »aber das ist auch nur das erste Beispiel.«

»Fahren Sie fort«, sagte Feng in dem Tonfall, den er auf der Brücke der Arche so gern eingesetzt hatte, wenn er einem Bericht lauschte. Das war gut, denn es bedeutete, er nahm das Gespräch ernst genug, um in alte Strukturen zu verfallen. Gewohnheitstiere.

»Als es drei Tage später zu dem Angriff kam, erfolgte er im genau richtigen Augenblick, nämlich während der örtlichen Satellitenabdeckungslücke, die durch den Verlust der beiden Plattformen im vergangenen Jahr entsteht.«

Feng sog scharf die Luft durch die Zähne ein. »Davon hatte ich noch nicht gehört. Das ist wirklich ein ziemlich großer Zufall.«

»Es wird noch schlimmer.« Theresa beugte sich vor und stützte die Ellbogen auf die Knie. »Die einzige andere Methode, ein Signal ins Orbit abzusetzen, war der Sender des Shuttles, und der ist genau in diesem Augenblick abgekackt, äh, sozusagen.«

Feng grinste. »Sie müssen hier kein Blatt vor den Mund nehmen, Theresa. Wenn ich mich nicht sehr täusche, ist dies kein offizieller Besuch.«

»Nein, eigentlich nicht.«

»Nun, dann scheißen Sie auf die gewählte Ausdrucksweise. Aber Ihrem Mann ist es trotzdem gelungen, ein Signal an die Arche zu senden, ja?«

Theresa nickte. »Aber nur, weil er die Dörfler überredet hat, den Tempel in Schutt und Asche zu legen, den sie für unseren Rover gebaut hatten, und stattdessen dessen Sender verwendet hat. Ich glaube, wer das Ganze geplant hatte, hat mit dieser Möglichkeit nicht gerechnet. Die Mannschaft der Arche hat über den Rover ein Signal an das Shuttle gesendet und es so ferngesteuert. Wenn das nicht passiert wäre, wären am Ende der Abdeckungslücke alle, und ich meine alle, tot gewesen. Unser erster Hinweis darauf, dass etwas nicht stimmt, wären Satellitenbilder von dem Dorf nach seiner Plünderung gewesen.«

Feng saß inzwischen aufrecht, die Fingerspitzen aneinandergepresst, als denke er über das Gehörte nach. »Das klingt alles sehr verdächtig. Eine Frage habe ich aber noch. Wenn jemand den Sender des Shuttles sabotiert hat, dann muss das ein Mitglied der Besatzung gewesen sein. Er ist ziemlich tief in der Bordelektronik vergraben, an einer Stelle, die man einem Eingeborenen, der erst jüngst das Geheimnis des Rades durchschaut hat, kaum erklären kann.«

»Wohl wahr«, sagte Theresa.

»Aber die gesamte Besatzung ist tot, oder? Warum sollte sich eines der Mannschaftsmitglieder einverstanden erklären, bei der Verschwörung mitzumachen, wenn die Belohnung aus einer Speerspitze besteht?«

Theresa zuckte die Achseln. »Vielleicht wusste der Betreffende nichts über die Speerspitze. Oder vielleicht haben die Eingeborenen sich hinreißen lassen. Ich weiß nicht, ich habe noch nicht einmal eine Arbeitshypothese. Ich bin an dem Punkt, an dem ich viel seltsame Scheiße sehe, die nicht zusammenpasst, und das Bedürfnis habe, sie zu schütteln, bis sich ein Bild ergibt.«

»Klingt wie ein fürchterlicher Zwang.«

»Zweifellos, aber in meinem Job sehr nützlich.«

»Wohl wahr.« Feng schien einen Gang hochzuschalten. »Warum ich? Wie passe ich ins Bild?«

»Ich brauche jemanden, der hinter den Kulissen agiert. Offizielle Kanäle werden gerne mal dichtgemacht, sobald jemand unangenehme Fragen über wichtige Leute stellt. Ich bin sicher, davon haben Sie noch nie gehört …«

»Sehr witzig.«
»… aber so ist es. Ich brauche einen Mittelsmann, der sich mit inoffiziellen Deals genauso gut auskennt wie mit offiziellen. Sie, Feng. Sie sind der Inbegriff eines Mittelsmanns. Sie halten schon seit fast drei Jahren die instabile Allianz zwischen der Mannschaft der Arche und der vorläufigen Regierung Shambhalas praktisch im Alleingang zusammen.«
»Ich bin geschmeichelt, dass Ihnen das aufgefallen ist.«
»Es ist mein Job, so etwas zu bemerken.«
Feng hob eine Hand. »Ich verstehe. Aber eine Frage drängt sich auf. Warum sollten Sie mir vertrauen? Ihr Mann ist ohne jede Unterstützung da draußen im Busch. Wenn ich wegen unserer früheren … unschönen Reibereien einen Groll hegte, wäre dies eine hervorragende Gelegenheit, es ihm heimzuzahlen.«
»Es gibt mehrere Gründe.« Theresa zählte sie an ihren Fingern ab. »Erstens, Sie hätten im Laufe der Jahre schon jede Menge Gelegenheiten dafür gehabt. Zweitens, Sie haben perfekt den schönen Schein gewahrt, beispielsweise, indem Sie uns zu Ihrer Einweihungsparty eingeladen haben.«
»Apropos, danke für die Kandelaber«, sagte Feng. »Ich weiß gar nicht mehr, ob ich Ihnen ein Dankesschreiben geschickt habe.«
»Nein. Drittens, Sie haben auch das letzte Mal nicht aus bösem Willen gehandelt. Verstehen Sie mich nicht falsch, Sie haben sich dumm benommen, aber es diente dazu, Ihre Familie zu beschützen. Das verstehe ich jetzt vielleicht besser als damals.«
»Das macht die Ehe mit einem.«
Theresa hob einen letzten Finger. »Viertens, wenn ich mich nicht sehr irre, würde es Ihnen großen Spaß machen, meinen Mann in die unangenehme Position zu manövrieren, Ihnen einen sehr großen Gefallen zu schulden.«
Feng versank im weißen Leder der Couch. »Ach, mein liebes Mädchen, würde es Sie überraschen zu hören, dass mir dieser

Gedanke gerade erst gekommen ist?« Er holte scharf Luft durch die Nase und lächelte. »Ja, das würde mir großen Spaß machen. Wann fangen wir an?«

»Morgen«, sagte Theresa. »Na ja, eigentlich eher heute, wenn ich so auf die Uhr schaue. Aber jedenfalls, nachdem ich geschlafen habe.«

»Ist mir recht.« Feng erhob sich und brachte sie zur Tür. »Wo soll ich anfangen?«

»Mit der Satellitenlücke. Versuchen Sie, eine Liste der Datenbankanfragen zu finden, die sich erkundigen, wann die Lücke Atlantis betrifft.«

»Eine Menge Leute, die die Expedition koordinierten, hätten ein völlig berechtigtes Interesse daran gehabt, so etwas herauszufinden.«

»Stimmt, aber während Sie das tun, werde ich eine Suche nach Korrespondenz von und mit der Besatzung durchführen und beide Suchanfragen dann manuell abgleichen.«

»Um so die Liste mit Ihren Ergebnissen aus dem Netz zu halten, um niemanden zu alarmieren.« Feng nickte zustimmend. »Klug.«

»Ich bin nicht nur zwei wandelnde Titten, Feng.«

»Vielleicht wäre es exakter zu sagen, Sie bestehen aus mehr als nur zwei Titten. Schließlich zählen die beiden eindeutig zu Ihren Aktivposten.«

Theresa rollte die Augen. »Männer. In jedem einzelnen steckt ein verklemmter kleiner Junge.«

»In mir war schon mehr als ein verklemmter kleiner Junge«, konterte Feng.

Theresa schlug ihm auf den Arm. »So genau wollte ich das gar nicht wissen, Feng.« Ihr Tonfall wurde ruhiger, ernsthafter. »Darf ich Ihnen eine persönliche Frage stellen?« Er nickte zustimmend. »Ich habe Sie noch nie mit einem Partner gesehen. Es ist jetzt schon ein ganzes Weilchen her, dass … dass Ihre Frau gestorben ist, und Sie wirken so einsam.«

Feng zuckte die Achseln. »Ich befriedige meine Bedürfnisse, wenn es notwendig wird, aber um ehrlich zu sein …« Feng warf einen Blick über die Schulter zu der Treppe, an deren oberen Ende Jian in seinem Kinderzimmerchen schlief. »Meine Ansprüche sind heute um einiges höher als früher.«

»Ich verstehe.«

»Nein«, widersprach Feng. »Das werden Sie erst, wenn Sie selbst Familie haben. Ich mag Bryan zwar aufgrund persönlicher Vorerfahrungen nicht besonders, aber selbst ich sehe, dass Sie da einen guten Mann haben. Nutzen Sie das, solange noch Zeit ist.«

Theresa musste plötzlich Tränen zurückhalten. Sie hatte versucht, es zu nutzen. Das hatten sie beide. Nach einem Jahr zunehmend verzweifelter Versuche war Bryan schließlich zu Doktor Russell gegangen und hatte die schreckliche Wahrheit erfahren. Sein Kampf mit Kimura hatte ihn mehr gekostet, als sie geahnt hatten. Die Erkenntnis hatte sie sehr hart getroffen, aber wenn sie ehrlich war, schien sie für Bryan noch verheerender zu sein. Er hatte es nie offen gesagt, aber Theresa vermutete, dass Bryan sich nicht mehr als richtiger Mann fühlte, seit er von seiner Zeugungsunfähigkeit wusste. Beiläufig fragte sie sich, welche Rolle dieses Gefühl der Schuld und der Entmannung bei seiner Entscheidung gespielt hatte, in Atlantis zu bleiben. Ihr Mann wollte sich ständig etwas beweisen.

»Glauben Sie mir, das würde ich gern. Gute Nacht, Mr Feng.«

»Ciao«, sagte er und schloss die Tür.

Als Theresa davonging, wurde ihr klar, dass sie nicht sicher war, ob das ein Abschiedsgruß oder sein Name gewesen war.

KAPITEL 17

Wie jeden Morgen erhob sich Kexx vor Sonnenaufgang. Es war eine Angewohnheit, die jeweils vom Lehrer an den Schüler weitergegeben wurde und eine Frage des Stolzes für jeden Wahrheitssucher. Die meisten Dorfbewohner schliefen noch, warteten darauf, dass das Morgenlicht ihnen die steifen Glieder wärmte, ehe sie sich in den Tag hinauswagten.
So früh aufzustehen, war Kexx in siener Jugend alles andere als leichtgefallen. Am Ende hatte sien Mentor Fullo sien fünf Tage lang mit einem Eimer kalten Wassers wecken müssen, damit sier wusste, wie sich »echte Kälte anfühlt«.
An manchen Tagen fuhr Kexx immer noch hoch, umklammerte siene Brust und rechnete unterbewusst damit, klatschnass zu sein. Dies war keiner dieser Tage, was sien einigermaßen überraschte. Sier stand auf und sprach die Morgengebete an Cuut und Xis, salbte sich mit den vorgeschriebenen Ölen ein (die praktischerweise auch als Sonnenschutz dienten) und legte dann die wenigen Schmuck- und Kleidungsstücke an. Sienir Gedanken wanderten zu Mei und den anderen Menschen, die darauf beharrten, ihre Körper mit absurd viel Stoff zu bedecken. Außer, wenn sie im See schwammen, denn dann schienen ganz andere Regeln zu gelten.
Kexx lachte. Es waren seltsame Leute mit vielen merkwürdigen Ideen, aber sier hatte sie in der kurzen Zeit, seit Meis Flüchtlinge an ihren Gestaden gelandet waren, lieb gewonnen. Jetzt war es siene Aufgabe, mit einem von ihnen zusammen ein Geheimnis zu ergründen und hoffentlich einen Krieg abzuwenden.
Beim ersten Licht würden Nachrichten von anderen Dörfern den Signalturm überschwemmen, die alle Antworten auf den

Angriff und Genugtuung für ihre Toten forderten. Sobald in der vorigen Nacht die Erklärung versandt gewesen war, hatte sich eine Welle aufzubauen begonnen. Sie würde sich höher türmen, je länger Kexx und Benson brauchten, um die Verantwortlichen zu finden. Wenn ihnen das nicht gelang, machte sich Kexx keine Illusionen darüber, wo sich diese Welle brechen würde.

Der Weg von Kexx' Heimstatt zur Unterkunft der Menschen war nicht weit, aber sier legte ihn trotzdem im Laufschritt zurück, zum Teil, um die steifen Muskeln zu lockern, zum Teil aber auch, um sich in der kühlen Luft vor der Morgendämmerung aufzuwärmen. Die Stichwunde in Kexx' Oberschenkel brannte beim Rennen, aber in Anbetracht dessen, was so viele andere erlitten hatten, hatte sich Cuut damit durchaus gnädig erwiesen.

Kexx betrat den Unterschlupf der Menschen, auch wenn diese Bezeichnung eigentlich nicht mehr zutreffend war. Sie hatten den bescheidenen Bau monatelang fleißig erweitert und nach Bedarf Markisen und Anbauten angefügt. Es gab sogar ein paar Nebengebäude, die sie als Lager nutzten, und seltsame Gestelle, auf denen sie eigene Pflanzen zogen, die sie auf dem Boot mit übers Meer gebracht hatten, um die Rationen aufzubessern, die ihnen die G'tel aus den Vorräten des Dorfs zuteilten. Besonders einen Pilz mochten sie sehr, den Mei Shiitake nannte. Sie aßen ihn zu fast allem und kannten eine Handvoll unterschiedlicher Zubereitungsmethoden dafür, von denen Kexx bisher keine geschmeckt hatte.

Im Großen und Ganzen schien den Menschen die Morgenkälte weniger auszumachen als Kexx' Volk. Mehrere von ihnen waren bereits hellwach und damit beschäftigt, ihr üppiges Frühstück zuzubereiten. Auch das war auffällig an den Menschen: Sie aßen viel. Kexx hatte gesehen, wie die kleine Mei auf einmal genug Nahrung zu sich genommen hatte, um sich für einen ganzen Tag den Bauch zu füllen. Allerdings taten sie das drei- bis viermal

täglich. Sier hatte keine Ahnung, wie es ihnen gelang, nicht rund zu werden wie ein aufgeschreckter Halafisch.
Einer von ihnen, der gerade Knollen schnitt, sah auf und nickte dem vorübergehenden Kexx grüßend zu. Sier hatte genug Zeit in der Unterkunft verbracht, um nichts Besonderes mehr zu sein.
»Benson?«, fragte Kexx den jungen Menschen.
Einige von ihnen hatten angefangen, G'tel zu lernen, besonders die Kinder. Aber keines von ihnen war so gut wie Mei, deshalb hielt man die Dinge am besten einfach. Der Jüngling stand auf, nahm, ohne zu zögern, Kexx' Hand und zog sien in den rückwärtigen Bereich der Unterkunft.
Benson lag in einer Hängematte, die fast bis zum Boden durchhing, ein Arm hing heraus, und er schnarchte selig. Seine Bequemlichkeit endete, als der junge Mensch ihm die Decke wegzog und Benson in den Rücken pikte. Benson fuhr hoch wie ein erschrockenes Dux'ah, fiel aus der Hängematte und prallte ungeschickt auf den Boden. Der jüngere Mensch fand das ungeheuer witzig und lachte ungehemmt.
Benson legte sich eine Hand an die Stirn, schnappte sich den Knöchel des Jünglings und knurrte. »Kaffee. Auf der Stelle.«
Der Jüngling schüttelte den Kopf. »Kein Kaffee.«
Benson stöhnte. »Dann Tee.«
Noch immer kichernd, begab sich der kleinere Mensch zurück in den Nahrungszubereitungsbereich. Kexx schaute auf Benson hinunter und streckte ihm die Hand hin.
»Danke, mir geht es hier unten ganz gut.«
»Benson. Wir müssen anfangen zu arbeiten.«
Benson setzte sich langsam in den Schneidersitz auf und stützte den Kopf in die Hände. »Nach meinem Tee.«
»Bist du krank?«
»Ich habe einen Kater.«
Kexx schnitt eine Grimasse. »Woher hast du einen Kater?«

»Kennt ihr das nicht, Kater?« Kexx zuckte verständnislos die Achseln. »Schön für euch. Ja, ich bin krank.«
»Unsere Arbeit kann nicht warten.«
»Sie wird warten müssen, bis ich meinen Tee getrunken habe«, sagte Benson genervt. »Dann bin ich ganz Ohr.«
Der Jüngling kehrte mit einem Becher kochend heißen Wassers zurück, in dem getrocknete Blätter schwammen. Benson streckte die Hand aus, ohne aufzuschauen, und nahm den ihm dargebotenen Becher. Er hielt sich den Becher unter die … Nase, hatte Mei es genannt, und schnupperte. »Ah, Oolong. Meine Rettung.« Er schwenkte den Becher, sodass sich das Wasser darin langsam schwarz färbte, und nahm einen tiefen Schluck.
Kexx wartete geduldig, bis sien neuer Gefährte den Tee getrunken hatte. Benson legte den Kopf in den Nacken und trank den letzten Rest, dann spuckte er die Teeblätter zurück in den Becher.
»Mmm, lecker.« Benson klaubte sich ein Blatt von der Zunge und schnippte es weg. »Aber ich wünschte, es gäbe hier Filter. Möchtest du einen Becher?«
»Nein, davon bekomme ich Magenschmerzen«, sagte Kexx. »Benson, ich finde, wir sollten meine Sprache sprechen, solange wir zusammenarbeiten.«
»Einverstanden«, antwortete Benson nach kurzer Pause auf G'tel. »Wohin zuerst, Kemosabe?«
Kexx stolperte über das letzte Wort. »Ich weiß nicht, was das bedeutet.«
»Tut mir leid. Es stammt aus … Tatsächlich weiß ich gar nicht so genau, woher es stammt. Es bedeutet einfach Freund aus einem anderen Land, glaube ich.« Benson erhob sich auf zitternden Beinen. Kexx streckte eine Hand aus, um ihn zu stützen. Benson nahm sie. »Du hast eine eiskalte Hand«, sagte er. »Du solltest dich am Feuer wärmen.«

»Es geht mir gut. Ich finde, wir sollten im Wald anfangen, wo ich den Eindringlingen zum ersten Mal begegnet bin.«
Benson schüttelte den Kopf. »Später. Wir haben die Gefangenen jetzt lange genug warten lassen. Wir können anfangen, sie zu verhören.«
»Was für Gefangene?«
Benson sah verwirrt aus. »Das Dutzend Eindringlinge, das wir gestern gefangen genommen haben, weißt du noch? Geschwärzte Haut, mieses Benehmen?«
»Die Eindringlinge sind alle tot, Benson.«
Benson schaute sien lange missbilligend an. »Ihr habt sie getötet«, sagte er schließlich in einem vorwurfsvollen Tonfall, den nicht einmal Kexx überhören konnte. Es war keine Frage. Es war eine Anklage.
»Wir haben ihnen gestattet, sich das Leben zu nehmen, Benson, das ist ihr Recht als besiegte Krieger.«
Benson warf frustriert die Arme hoch. »Na toll!«, rief er in der Menschensprache. »Ich arbeite mit einem Samuraitintenfisch zusammen.« Er holte tief Luft und sagte dann wieder auf G'tel: »Tut mir leid. Das war unhöflich.«
Kexx wusste nicht, was ein »Samuraitintenfisch« war, ging aber davon aus, dass es nicht als Kompliment gemeint gewesen war.
»Ich bin überrascht, Benson. Gestern hattest du keine Vorbehalte gegen das Töten.«
»Das war im Kampf. Unser Leben war in Gefahr.«
»Unser Leben ist immer noch in Gefahr, Ki-mo-sa-be.« Kexx versuchte sich an dem neuen Wort, als wolle sier es anprobieren.
»Die Versammlung hat in unserem Dorf stattgefunden. Die anderen Dörfer werden wegen des Todes ihrer Gesandten unseren Boden mit Blut tränken. Entweder mit dem der Verantwortlichen …«
»Oder dem eures Dorfes«, vollendete Benson den Satz leise.

Kexx nickte.
»Wir hätten viel schneller etwas herausfinden können, wenn wir jemanden hätten befragen können«, sagte Benson. »Können wir uns wenigstens die Leichen ansehen?«
»Die Ältesten bereiten sie vermutlich gerade vor.«
»Wofür?«
»Natürlich für die Scheiterhaufen«, sagte Kexx, als spräche sier mit einem Kind. Was sier ja wohl irgendwie auch tat. Benson war erst eine halbe Handvoll Tage hier. Die Tatsache, dass er die Sprache so vollendet beherrschte, ließ einen leicht vergessen, dass er noch immer ein Neuankömmling war.
»Wo? Zeig mir, wo.«
»Was erwartest du zu finden?«
»Das werden wir erst wissen, wenn wir dort sind. Beeil dich.«
Kexx zuckte die Achseln. »Folge mir.«
Gefolgt von Benson, erreichte Kexx das kleine Gebäude am Rand des Dorfes, in dem man die Leichname der Heimkehrer auf ihre neuerliche Begegnung mit Xis vorbereitete. Die beiden Ältesten hatten deutlich mehr zu tun als sonst. Vor dem Gebäude hatte man die Heimkehrer sorgfältig in zwei Reihen auf den Boden gelegt. Eine Reihe hatte die Riten bereits hinter sich, die andere wartete geduldig darauf, auf den Tisch zu dürfen. Sehr geduldig. Innerhalb der Reihen wurden keine Unterschiede gemacht. Kexx sah zwei sienis Freunde neben zwei Invasoren liegen, die sie getötet hatten und deren Haut immer noch die schwarze Tarnfarbe trug. Der Tod war der große Gleichmacher.
Benson kniete nieder und sah sich einen der Heimkehrer an, die noch auf ihre Vorbereitung warteten. »Den kenne ich.« Er deutete auf das unverkennbare Loch im linken Auge des Leichnams. »Ich glaube, das ist der, den ich vor dem Tempel getötet habe.«
»Mit einem Fischerdreizack.«
»Woher weißt du das?«

»Es hat sich herumgesprochen.«
»Na ja, es war die einzige Waffe, die ich finden konnte. Können wir hier draußen etwas Licht haben?«
Kexx schnappte sich die Füße der Leiche und nickte in Richtung Tür. »Bringen wir sien hinein.«
Sie schoben sich mit ihrer sperrigen Last durch die Tür und in einen kleinen Vorbereitungsraum.
»Wahrheitssucher.« Chak sah überrascht und verärgert über die Störung auf. »Du darfst jetzt nicht hier sein.«
»Doch, das darf ich, und du weißt es, Chak. Wir müssen diesen Leichnam inspizieren, ehe du die Riten durchführst.«
»Wir?« Chak schaute an Kexx vorbei, sah Benson am anderen Ende des Leichnams, dessen Arme in der Hand, und lief vor glühendem Zorn prompt hellblau an. Anklagend deutete sier mit dem Finger auf den Menschen. »Was tut der Schänder hier?«
»Schänder?«, fragte Benson. »Das ist ein bisschen hart, findest du nicht?«
Chaks Finger bewegte sich nicht. »Du hast das Heiligtum des Gesandten zertrümmert!«
»Heiligtum?«, fragte Kexx spöttisch. »Du meinst die schäbige Kuppel, die wir vor vier Tagen gebaut haben?«
»Wenn ich mich recht entsinne, habe ich dadurch euer aller Leben gerettet«, warf Benson ein.
Kexx hätte sich lieber selbst um den Disput gekümmert. Benson hatte sich seit seiner Ankunft im Dorf als … nicht gerade diplomatisch erwiesen.
»Und als wäre das nicht schon schlimm genug, hat sier während einer Geburtszeremonie einen Ältesten in Xis' Schoß bedroht. Nämlich mich!«
Das war schon etwas problematischer.
»Ja, da hast du nicht unrecht«, sagte Benson ruhiger. »Das war ein Missverständnis. Tut mir leid. Wird nicht wieder vorkommen.«

»Sier hat kein Recht, hier zu sein. Ich verlange, dass sier sofort geht.«

»Bei dem Angriff sind auch Menschen gestorben, Chak. Sie sind wieder in ihrem Dorf und werden in diesem Augenblick ebenfalls auf die Heimkehr vorbereitet.«

»Als ob Xis sie haben wollte!«

Kexx war im gesamten Dorf für siene Ruhe und sien respektvolles Auftreten bekannt, aber Chak stellte selbst siene Geduld auf eine harte Probe. Kexx' Haut wurde dunkler, ihre Muster entwickelten scharfe Konturen. »Das war gemein, Ältester, und unangemessen für jemanden deines Ranges. Die Menschen haben an unserer Seite gekämpft. Du verdankst es ihnen, dass du noch lebst und unsere Toten vorbereiten kannst, und sie haben ebenso viel Grund, nach der Wahrheit zu suchen, wie wir. Du wirst ihnen die Gelegenheit dazu nicht verwehren.«

»Ich kann und ich werde. Du kennst die Riten, Kexx. Ich muss die Vorbereitung der Heimkehrer vor Sonnenaufgang abschließen. Der Morgen leuchtet schon am Himmel.«

»Dann werden wir uns beeilen und dir dann helfen, rechtzeitig fertig zu werden.«

Chak deutete auf Kexx. »Du wirst mir helfen, rechtzeitig fertig zu werden.« Dann wies sien Finger wieder auf Benson. »Sier wird draußen warten.«

Kexx verneigte sich und ließ siene Haut als Zeichen des Einlenkens ein leichtes Leuchten abgeben. »Wie du wünschst, Ältester.«

Ohne ein weiteres Wort legte Chak das Salbtuch weg und stürmte indigniert aus dem Raum.

»Rasch«, sagte Kexx. »Leg sien auf den Tisch.«

Benson gehorchte und wies dann mit dem Kopf zur Tür. »Ziemlicher Sturkopf.«

Das Wort war Kexx neu, ergab sich aber aus dem Kontext. »Ehrlich gesagt bist du schon seit deiner Ankunft in gewisser Weise ein Störenfried, Benson.«

»Das sagt man mir häufig nach.«

»Daran habe ich keinen Zweifel.« Kexx deutete auf den Leichnam, der im Fackellicht auf dem Tisch lag. »Hier sind wir nun. Was tun wir?«

Benson umrundete den Leichnam einmal und blieb hier und da stehen, um die Finger, eine Wunde und die schwarze Tarnbemalung des Heimkehrers in Augenschein zu nehmen. Abrupt blieb er stehen und richtete sich kerzengerade auf. »Nun, ich habe keine Ahnung, was ich hier sehe. Du musst mir sagen, was du siehst, Kexx.«

»Einen Leichnam?«

»Geh mehr in die Tiefe. Erklär mir alles, was du siehst. Nimm mich an die Hand, als sei ich ein Kind.«

Kexx lachte. »Ich glaube, das kann ich.«

»Jaja. Lach du nur. Aber die Uhr tickt.«

»Uhr?«

Benson schnitt eine Grimasse. »Zeit. Wir stehen unter Zeitdruck.«

Kexx nickte. Die Menschen waren besessen von der Zeit, maßen sie und teilten sie ein, als könnte man etwas mit dem Messer zerteilen, das man nicht einmal in den Händen halten konnte. Kexx hatte Schwierigkeiten mit diesem ganzen Konzept. Cuut definierte das Jahr, Varrs zyklisches Ableben unterteilte es, und Xis' Drehung unterteilte die Tage. Wozu braucht man noch weitere Einteilungen?

Dennoch würde Cuut wirklich bald aufgehen, also ging Kexx ans Werk, sah sich alle Details der Leiche an und erklärte sienem neuen Schüler, was sier sah. »Sier ist überdurchschnittlich groß und schwer, aber normal für einen Krieger aus den Dörfern oder aus den Reihen der Nomaden.«

»Nomaden?«
Kexx nickte. »Im Westen und im Süden gibt es Stämme, die sich nie in Dörfern niedergelassen haben. Sie ziehen über die Ebenen und jagen wilde Herden.«
»Sind sie gewalttätig?«
Kexx flackerte. »Üblicherweise nicht, aber in Dürrezeiten haben sie unsere Felder überfallen und unsere Herden gestohlen.«
»Aber nichts von dem Ausmaß wie gestern?«
»Es geht nicht nur um das Ausmaß, sondern auch um das Maß an Koordination und die Ziele. Sie stehlen Nahrung, um zu überleben, aber sie kommen nicht in unsere Dörfer, um Krieg zu führen. Außerdem habe ich im Wald mit ihrem Befehlshaber gesprochen. Sier sprach viel zu flüssig, um ein Nomade zu sein.«
»Du hast tatsächlich mit ihm geredet?«
»Siem«, korrigierte Kexx. Was für eine seltsame Manieriertheit. Mei hatte sie am Anfang auch gehabt und viele Tage gebraucht, um diese Angewohnheit abzulegen.
»Verzeihung, siem«, sagte Benson. »Konntest du feststellen, wo sie herstammten?«
»Nein, ich habe den Akzent nicht erkannt.«
Kexx wandte sich wieder der Leiche zu, rieb ein wenig von der schwarzen Farbe ab, mit der der Eindringling die leuchtende Haut bedeckt hatte, und leckte an sienim Fingern. Sie schmeckte rauchig und bitter.
»Kohlepigmente, vermischt mit Pflanzensaft als Bindemittel.«
»Erkennst du die Pflanze?«, fragte Benson.
Kexx rieb sich das Pigment auf die Zunge und versuchte, den Geschmack genauer zu analysieren, doch dann schüttelte sier den Kopf und spuckte aus. »Nein, leider nicht. Sehr bitter, ich bezweifle, dass sie essbar ist.« Sier wandte sich dem Rest des Leichnams zu. Es gab sehr wenig zu sehen. Der Eindringling trug weder Halsketten noch Armbänder, die einen Hinweis auf

sein Heimatdorf gegeben hätten, was wahrscheinlich Absicht war. Kexx erreichte das Ende des Tisches und inspizierte die Füße des Heimkehrers.

»Ah, jetzt ist alles klar.«

Benson horchte auf. »Was ist klar?«

Kexx hob einen Fuß an und beugte das Bein, sodass Benson die Sohlen des Heimkehrers sehen konnte. Seltsamerweise bedeckte der Mensch seinen Mund und schloss die Augen. Es war fast, als sei ihm übel.

»Was ist los?«

»Tut mir leid«, sagte Benson. »Es ist nur – wenn sich ein menschliches Bein so verbiegt, ist etwas sehr schiefgelaufen.«

»Wie, so?« Kexx drehte das Knie einmal herum, bis Benson den Blick abwandte.

»Sehr witzig. Machte es dir etwas aus, das sein zu lassen?«

»Tut mir leid.« Kexx ergriff den Unterschenkel und drückte fest, zog die Sehnen lang und spreizte die vier Zehen des Fußes. »Wenn man genau hinsieht, erkennt man ein Abnutzungsmuster und Schwielen auf der Haut.«

»Das glaube ich dir aufs Wort. Was bedeutet das?«

»Dass unser Eindringling hier viel auf nacktem Fels gelaufen ist.« Kexx hob den eigenen Fuß, um ein ähnliches Muster zu zeigen. »Das findet man häufig bei denen, die einige Zeit auf dem Straßennetz verbringen oder viel auf Schlammsteinböden laufen.«

»Aber die Nomaden verwenden weder Straßen noch Wege?«

Kexx schüttelte den Kopf. »Sie halten Straßen für widernatürlich, verflucht.«

Benson strich sich übers Kinn. »Also Dörfler. Das grenzt es auf, wie viel, zwei Dutzend verschiedene Orte ein?«

»Minus einen. Schließlich können wir sicher sein, dass sie nicht aus unserem Dorf stammen.«

»Das ist letztlich leider keine große Hilfe. Kannst du mir sonst noch etwas über die Leiche sagen?«
Kexx trat zurück und versuchte, sich die Szene in ihrer Gesamtheit anzuschauen, suchte nach Dingen, die sier übersehen haben mochte, weil sier zu dicht dran gewesen war, fand aber nichts.
»Nein. Sie haben sich Mühe gegeben, Wahrheitssuchern einen Strich durch die Rechnung zu machen.«
Benson lehnte sich an die Wand und verschränkte die Arme.
»Wir sollten alle aus den anderen Dörfern in einer Reihe antreten lassen und sie fragen, ob sie einen der Leichname der Eindringlinge wiedererkennen.«
»Das haben wir schon getan«, sagte Kexx. »Ergebnislos.«
»Glaubst du, es lügt jemand?«
»Ich versuche, mich nicht mit dem aufzuhalten, was ich nicht wissen kann«, sagte Kexx mit erzwungener Gelassenheit.
Der Mensch schien das nachvollziehen zu können. »Also, was nun?«
Kexx lehnte sich ebenfalls an die Wand und überlegte, welche Handlungsmöglichkeiten ihnen blieben. »Ich glaube, wenn die Sonne aufgegangen ist, sollten wir zu der Stelle im Wald gehen, wo ich sie gefunden habe. Von dort aus können wir ihre Spur aufnehmen und schauen, wie weit wir ihr folgen können.«
Benson lächelte mit verschränkten Armen. »Hervorragend. Haben wir noch Zeit für ein Frühstück?«

KAPITEL 18

Die Spur endete weniger als einen Kilometer jenseits der Halobäume des Dorfs. Oder genauer gesagt, sie zerstreute sich wie Blätter, die in einen starken Wind geraten waren und in hundert scheinbar zufällige Richtungen davonwirbelten. Benson stand nur da und sah ruhig zu, wie sein atlantischer Partner erfolglos versuchte, jeder neuen Spur zu folgen, indem sier mit ausgestreckten Fingern die Luft und den Boden kostete. Aber mit jeder Sackgasse, mit jeder Spitzkehre, die zu ihrem Ausgangspunkt zurückführte, erkannte selbst Benson, dass Kexx' Körpersprache zunehmende Frustration ausdrückte.

»Ich verstehe das nicht«, sagte Kexx. »Wenn das ihr Fluchtweg war, ergäbe das Sinn. Aber das sind die Spuren, die sie beim Ankommen hinterlassen haben. Es ist, als seien die Scherben eines zerbrochenen Kruges wieder vom Boden hochgesprungen, um sich erneut zum Krug zusammenzusetzen.«

»Das ist ein beeindruckendes Maß an Koordination«, sagte Benson. »Es ist nicht leicht, gleichzeitig aus unterschiedlichsten Richtungen am gleichen Ort anzukommen. Hast du so etwas schon einmal gesehen?«

Kexx setzte sich schwer zwischen die Reihen der Yulkahalme, ehe sier antwortete. »Bei Jagdtrupps, die Beute umzingelt hatten, aber nicht in diesem Ausmaß.«

Benson setzte sich im Schneidersitz neben sien. »Was ist mit den Kriegern, die sich unter unseren Gästen verborgen und uns von innerhalb des Dorfes heraus angegriffen haben? Jemand muss doch bemerkt haben, wie sie sich hereingeschlichen haben.«

»Darüber habe ich auch schon nachgedacht. Sie waren die ganze Zeit da. Sie kamen mit den anderen Gesandten. Niemand hat sie erkannt, und alle sind aber davon ausgegangen, dass sie aus einem der anderen Dörfer stammten.«

Benson stieß ein wütendes kleines Lachen aus. Genau vor so etwas hatte er Valmassoi gewarnt. Zu viele Leichen und keine Möglichkeit für Hintergrundchecks. Die Atlanter hatten keine groß angelegte Identitätsdatenbank, mit der er hätte arbeiten können. Vom Sicherheits- und ordnungspolitischen Standpunkt her war es ein Albtraumszenario, und sie waren sorglos vor sich hin pfeifend mitten hineinmarschiert.

Benson war anfangs gegen die Anwesenheit von Atwoods Leuten gewesen, weil er geglaubt hatte, bewaffneter Geleitschutz, vor allem solcher mit Feuerkraft, die das Begriffsvermögen ihrer Gastgeber bei Weitem überstieg, sende im Rahmen einer diplomatischen Mission eine völlig falsche Botschaft. Doch jetzt musste er sich die Wahrheit eingestehen: Atwoods Team war nicht nur das einzige gewesen, was verhindert hatte, dass das gesamte Dorf überrannt worden war, nein, nicht einmal ihre gewaltige technologische Überlegenheit hatte gereicht, um ein furchtbares Massaker zu vermeiden.

Sie waren alle viel zu selbstsicher gewesen. Das Bild von Atwoods zerfetzter Kehle würde ihm eine starke Mahnung bleiben. Sie war hart gewesen, eine Kämpferin. Sie war klug und aggressiv gewesen und hatte gewusst, wie sie ihre geringe Körpergröße zu ihrem Vorteil nutzen konnte. Wenn Madison Atwood fallen konnte, konnte es jeder.

Benson streichelte geistesabwesend die Mündung seiner Waffe, von der er ganz genau wusste, dass sie mit der Munition, die er noch hatte, Dutzende von Leben auslöschen konnte – aber der Feind, mit dem sie es zu tun hatten, war nur zu gerne bereit, diesen Preis zu bezahlen. Wenn ihm die Munition ausging und auch nur ein halbes Dutzend Krieger noch stand, würde ihn nichts mehr retten.

Er wusste genau, an welcher Stelle sie sich geirrt hatten. Jeder lebende Mensch mit Ausnahme der Handvoll Kinder, die in den zurückliegenden drei Jahren auf Gaia geboren worden waren, hatte sein gesamtes Leben eingeschlossen in einem Aquarium zugebracht, fixiert auf das große Ziel, den kleinen, letzten Rest der Menschheit vor der Auslöschung zu bewahren. Elf Generationen hatten in einem ständigen Ausnahmezustand gelebt. Jedes Leben war kostbar. Jedes Kind war ein Wunder.

Genau diese gemeinsame Überzeugung hatte Kimuras versuchten Völkermord und den Verlust von vierzig Prozent der Bewohner der Arche so unvorstellbar gemacht. Die meisten Überlebenden waren nie wirklich mit der Tragödie fertiggeworden. Stattdessen waren sie auf Gaia gelandet, hatten die Arche verlassen und sich darangemacht, eine neue Welt zu bauen, ohne je zurückzublicken und einen Gedanken an die alte zu verschwenden. Es gab Ausnahmen wie etwa die Rückkehrer, die nichts so sehr wollten wie ihr vergleichbar entspanntes Leben in Avalon weiterführen, ein Leben, das es einfach nicht mehr gab, egal, wie sehr sie sich danach sehnten. Die Mehrheit von ihnen hatte keine Verbindungen zu jemandem aus dem Shangri-La-Modul gehabt. Für die meisten anderen war die Katastrophe so gewaltig, dass sie nur in sehr abstrakten, oberflächlichen Zusammenhängen daran denken konnten.

Für die Atlanter war das Leben nicht annähernd so kostbar. Bensons Gedanken kehrten zurück zu der Geburtszeremonie und der Dezimierung der … Unwerten. Als Volk erzogen sie sich von Geburt an dazu, im Notfall mit schwersten Verlusten fertigzuwerden.

»Benson?«

Er hob den Kopf und sah, dass Kexx ihn anstarrte. »Ja, tut mir leid. Ich habe nur meinen Gedanken nachge… Ich habe nachgedacht.«

»Worüber?«
»Wie viele Spuren hast du schon gefunden?«
»Mehr als zwei Händevoll. Sie verzweigen sich und führen …«
»Nach Westen, richtig? In Richtung aller anderen Dörfer.«
Kexx machte eine vage Geste. »Ungefähr. Ohne ihnen einzeln nachzugehen, können wir uns nicht sicher sein.«
»Aber das sollen wir offenbar denken, oder?«
»Möglich.«
»Gut, aber wenn dem so ist, warum haben sie dann nicht einem beliebigen anderen Dorf die Schuld in die Schuhe geschoben? Beispielsweise einem, mit dem ihr im Streit liegt? Wir folgen der falschen Spur, euer Feind wird zum Sündenbock, und ihr seid fein raus. Warum also haben sie das nicht getan? Es sei denn …«
»Es sei denn, der Feind will, dass alle anderen Dörfer gleichermaßen verdächtig sind. Es würde uns länger beschäftigt halten, wenn wir der Reihe nach alle Möglichkeiten ausschließen müssen. Außerdem würden sich dann alle gegenseitig die Schuld geben, und es würde Zwietracht gesät.«
»Vielleicht.« Benson bewegte die Idee ein paar Sekunden lang in seinem Kopf. Etwas daran störte ihn. »Oder vielleicht wussten sie nicht genug über die einzelnen Dörfer, um einem einzelnen die Schuld zuzuschieben. Bist du sicher, dass es nicht die Nomaden waren?«
Kexx war unerschütterlich. »Nein, die Fußspuren stimmen einfach nicht mit denen eines Ebenengängers überein, und der, mit dem ich gesprochen habe, klang zu kultiviert.«
»Wo ist der Anführer überhaupt? Du hast gesagt, du hast siem einen Speer durchs Bein gestoßen.«
»Das habe ich. Die anderen Krieger müssen sien weggeschleppt haben.«
»Ohne eine Blutspur zu hinterlassen? Ohne Spuren in der Erde, wenn sie sien auf einer Trage hinter sich hergezerrt haben?«

Kexx' Hautmuster flackerten, was bei den Aliens etwa einem Achselzucken entsprach.
Benson rieb sich das Kinn. »Wie haben sie geklungen?«
»Was meinst du damit?«
»Ich meine, was würdest du schätzen, woher sie stammten?«
»Ich weiß nicht. Jedes Dorf hat einen leichten Akzent, und ich hatte vor der Versammlung nicht aus jedem Dorf jemanden getroffen. Aber der Akzent des Anführers war sehr anders. Fast so schlimm wie, nun ja, deiner. Was mich zu einer eigenen Frage führt, Benson …«
»Ja?«
»Ich wollte dich fragen, wie du und der Rest deiner Leute so schnell unsere Sprache lernen konntet. Mei hat sie schneller gelernt als jedes Kind, das ich je erlebt habe, aber sie hat trotzdem Varrs gebraucht.«
»Das liegt daran, dass ich sie nicht wirklich gelernt habe. Unser Rover belauscht euch, seid ihr ihn gefunden habt. Ein paar wirklich schlaue Leute an Bord …« Benson unterbrach sich, ehe er auf die Arche zu sprechen kam. Er wusste nicht, wie gut Kexx bereits informiert war, und offen gestanden auch nicht, wie viel sier auf einmal verarbeiten konnte. »Schlaue Leute daheim im Dorf haben eure Worte übersetzt. Dann wurde die Übersetzung, äh … Ihr habt wahrscheinlich kein Wort für runtergeladen, oder?« Kexx schüttelte den Kopf. »Klar. Die Übersetzung wurde in ein … ein Werkzeug in unseren Köpfen übertragen, sodass wir eure Sprache sprechen können, ohne sie lernen zu müssen.«
Kexx' Gesicht war, vorsichtig ausgedrückt, skeptisch. »Ich bin nicht sicher, ob ich verstehe, wie das funktioniert.«
Benson zuckte die Achseln. »Das bin ich auch nicht, um ehrlich zu sein. Wir nennen diese Werkzeuge Plantate, aber das hat nichts mit anpflanzen zu tun. Verstehst du?«

»Nein.«
»Okay.« Mit verschlossenem Gesichtsausdruck versuchte Benson, sich eine bessere Erklärung einfallen zu lassen. »Diese Plantate kommunizieren und speichern Informationen. Ihr habt ein System, um Informationen niederzuschreiben, Zahlen, Worte, oder?« Kexx nickte. »Außerdem habt ihr den Signalturm, der Informationen sehr schnell weiterverbreiten kann, ohne zu sprechen, ja?«
»Aber unser Signalturm nutzt Licht.«
Benson ging darauf sofort ein. »Ja, genau. Unsere Plantate nutzen auch eine Art Licht, nur dass man es nicht sehen kann.« Kexx' Gesichtsausdruck verriet Benson, dass das Konzept »Licht, das man nicht sehen kann« für sien ein Oxymoron darstellte. »Ich weiß, das ergibt für dich wahrscheinlich nicht viel Sinn.«
»Ich habe Mühe, dich zu verstehen«, gab Kexx zu. »Diese … Plantate, die nicht angepflanzt sind, nutzen also unsichtbares Licht, um für euch zu denken?«
»Nein.« Benson hob die Hände. »Ganz und gar nicht. Na ja, irgendwie schon. Sie … dienen uns nur als ein ausgelagerter Erinnerungsspeicher. Aber das Denken übernehmen schon noch wir.«
»Wir sind die Summe unserer Erinnerungen, Benson. Wenn unsere Erinnerungen nicht ganz euch gehören, dann seid ihr nicht ganz ihr.«
Benson hob einen Finger, um zu widersprechen, stellte dann aber fest, dass er das nicht konnte. Diesem Gedanken hatte er sich so noch nie gestellt. Er hatte sein Plantat von Anfang an gehabt. Es war immer ein Teil von ihm gewesen. Aber hier draußen, abgeschnitten von den Echtzeit-Updates und Datenbank-Suchanfragen, die er sein ganzes Leben für selbstverständlich gehalten hatte, konnte er nicht widersprechen, wenn der Atlanter feststellte, dass er ohne sie nicht ganz er selbst war. Die

Frage war, machte das Plantat ihn zu mehr, als er ohne gewesen wäre, oder zu weniger?
Diese Frage überließ er besser Philosophen und Dichtern, auch wenn Benson für beide bisher nicht viel Platz in seinem Leben eingeräumt hatte.
»Wenn es stimmt, was du sagst«, fuhr Kexx fort, »warum hat Mei unsere Sprache dann nicht genauso schnell gelernt wie du?«
»Weil Mei und die anderen Menschen, die bei euch leben, keine Plantate haben.«
»Warum nicht?«
»Weil sie nicht an sie glauben. Sie haben uns verlassen, um von uns unabhängig zu sein.«
»Aber sie stammten aus eurem Dorf.«
Benson war nicht sicher, was Kexx damit meinte. »Wir sind kein Dorf, Kexx. Wir sind eine Rasse. Wir haben Differenzen, manchmal sogar tief greifende. Ich bin sicher, auch ihr seid euch nicht immer einig mit den G'tel in den anderen Dörfern.«
»Das sind keine G'tel.«
»Nein? Was dann?«
»Sie sind aus ihrem Dorf.«
»Ja, schon, aber wie nennt ihr dann euer Volk? Alle Leute aus allen Dörfern?«
»Ich verstehe die Frage nicht.«
Benson runzelte die Stirn. Er hatte gewusst, dass die Atlanter in Stämmen organisiert waren, aber eine solche Kleinteiligkeit hatte er nicht erwartet. Wie sollte er das Konzept einer Spezies erklären? »Egal, wo wir leben, jeder, der ist wie ich, bezeichnet sich als Mensch. Wie nennt euer Volk sich?«
»G'tel. Andere Dörfer sind nicht wie wir.«
»Aber … Ihr alle verehrt Xis und Cuut, oder?«
»Gewiss, und Varr. Sie sind die Götter aller Wesen. Es ist nur natürlich, dass alle sie verehren.«

»Auch Menschen?«
»Äh …«
»Was, wenn ich dir sagte, dass wir andere Götter verehren, nicht Xis, Varr und Cuut? Dass wir noch nie von ihnen gehört hatten, ehe wir hierherkamen? Dass wir andere Götter haben, dass sogar unterschiedliche Menschen unterschiedliche Götter verehren? Oder dass viele von uns überhaupt nicht an Götter glauben?«
Der Verlauf des Gesprächs verwirrte den Atlanter offensichtlich. Benson wechselte das Thema. »Leute aus anderen Dörfern. Sie ähneln euch mehr als, sagen wir, Uliks, oder?«
»… ja.«
»Uliks leben in Rudeln, genau wie ihr in Dörfern lebt, aber sie bleiben doch Uliks, richtig?«
Kexx überdachte das siem offenbar neue Konzept lange schweigend, dann beschloss sier, zum Thema von Bensons Plantat zurückzukehren. »Was passiert, wenn das Werkzeug kaputtgeht? Wirst du dann immer noch in der Lage sein, mit mir zu sprechen?«
»Aller Wahrscheinlichkeit nach nicht«, sagte Benson. »Plantate sind sehr stabil, sie sind sogar bis zu einem gewissen Punkt selbst reparierend.«
»Aber was wäre, wenn?«
Benson nickte resignierend. »Dann hätte ich keinen Zugang zu deiner Sprache. Ich spreche sie ja auch jetzt nicht wirklich. Ich denke in meiner Sprache, was ich sagen will, und das Plantat liefert die Übersetzung. Ich sage sie, aber noch bedeuten mir die Worte nichts.«
»Meis Methode ist also besser, denn sie lernt wirklich und prägt sich die Worte ein.«
Benson zuckte die Achseln. »Das werde ich auch irgendwann. Als ich noch jünger war, habe ich ein paar Jahre gebraucht, um Chinesisch so weit zu lernen, dass ich das Plantat nicht mehr

brauchte. Irgendwann schleift sich das ein. Aber bis dahin können wir uns immerhin unterhalten, also haben beide Methoden ihre Vorzüge.«

»Chinesisch?«

»Entschuldige. Eine Menschensprache, genau wie Englisch, die Sprache, die ich spreche.«

Die Muster auf Kexx' Gesicht und Armen froren ein und kehrten sich abrupt um, eine physische Manifestation der Tatsache, dass sier einen Gedankengang unterbrach und versuchte, an den Anfang zurückzukehren. »Menschen haben mehr als eine Sprache?«

»Oh ja.« Benson nickte. »Einst hatten wir Hunderte, ja sogar Tausende gesprochene Sprachen. Heute haben wir noch sechs oder sieben, aber Englisch ist die vorherrschende. Chinesisch war früher genauso verbreitet, aber die meisten, die es gesprochen haben, nun ja, sind …«

»Sind was?«

»Gestorben«, sagte Benson ausdruckslos und hoffte, er würde die Umstände ihres Todes nicht erklären müssen. »Hat Mei dir davon nicht erzählt?«

»Nein. Was hat man von so vielen Sprachen? Sprache soll doch die Kommunikation einfach und klar gestalten.«

»Das war nicht geplant.« Benson überlegte einen Augenblick, wie er eine Million Jahre menschlicher Migration und Sprachentwicklung einfach darstellen konnte. »Die Menschen lebten früher weit verstreut, waren manchmal sehr lange durch hohe Gebirgsketten oder Meere getrennt. Die Sprache der einzelnen kleinen Gruppen veränderte sich, bis zwei unterschiedliche Gruppen nicht mehr dieselbe Sprache sprachen.«

»Auf eurer Welt, meinst du«, sagte Kexx. Es war keine Frage. Benson wusste nicht, was er dazu sagen sollte. »Sei nicht überrascht, Benson. Ich bin alles andere als dumm, und Mei hat uns viel erzählt. Ihr seid anders als alles, was wir je gesehen haben. Außerdem habe ich gesehen, wie eure Sterne am Himmel aufgetaucht sind. Das haben wir alle. Dann haben wir zugesehen, wie ihr auf einem Lichtstrahl auf unsere Welt herabgekommen seid.«

Benson schaute zu dem schwach schimmernden Aufzugseil empor, das im Morgenlicht noch sichtbar war. »Wir haben uns also nicht durch die Hintertür hereingeschlichen?«

»Eure Ankunft war schwer zu übersehen.«

»Das ist mir jetzt auch klar.«

Kexx holte tief Luft. »Benson, ich muss dich noch etwas fragen.«

Benson war ziemlich sicher, dass er schon ahnte, in welche Richtung das Gespräch sich weiterentwickeln würde, und machte sich auf einiges gefasst. »Klar, nur zu.«

»Wegen des Vorfalls gestern Nacht im Tempel …«

»Ja, ich weiß. Das war unangemessen, und es tut mir sehr –«

»Nein«, unterbrach ihn Kexx. »Ich will keine Entschuldigung, ich will den Grund verstehen. Mei vertraut dir, und ich vertraue Mei. Also gehe ich davon aus, dass du nicht plötzlich den Verstand verloren und beschlossen hast, deine Waffe auf unseren Ältesten zu richten. Du hattest einen Grund. Welchen?«

»Das ist eine … schwierige Frage, Kexx. Aber letztlich läuft es darauf hinaus, dass ich die Unterschiede zwischen uns nicht verstanden habe. Menschen bekommen immer nur ein Kind, manchmal auch zwei, aber nur sehr selten mehr, und es dauert viele, viele Jahre, sie zu Erwachsenen großzuziehen. In den letzten zweihundert Jahren hat es so wenige von uns gegeben, dass jedes Kind kostbar ist. Einem Kind bewusst wehzutun, nun ja, bei unserem Volk gibt es kein größeres Verbrechen. Es gilt als abscheuliche Tat.«

Kexx nickte und ermutigte Benson fortzufahren.

»Als ich also sah, wie euer Ältester die Babys tötete, dachte ich … da dachte ich, hier geschieht gerade etwas Schreckliches.«

»Weil du sie wie menschliche Babys betrachtet hast«, sagte Kexx.
»Ja.«
»Obwohl sie nicht deiner Spezies angehörten.«
»Ja.«
»Du wolltest sie beschützen.«
Tränen traten in Bensons Augen. »Ja.«
Kexx legte Benson eine Hand auf die Schulter. »Dann musst du dich nicht entschuldigen, Benson. Du hast gestern in unseren beiden Tempeln darum gekämpft, unser Volk zu beschützen. Ich verstehe jetzt, warum Mei dir so uneingeschränkt vertraut. Du hast keine Angst, das Richtige zu tun, selbst wenn du dich in deiner Beurteilung des Richtigen manchmal irrst.«
Dann erhob sich der Wahrheitssucher. »Komm, wir sind hier draußen lange genug unseren eigenen Schatten nachgejagt.«
»Ja.« Benson rieb sich die Augen. »Natürlich. Wohin jetzt?«
Kexx zuckte die Achseln und ließ sienin Körpermale rasch wechseln. »Ich bin für Vorschläge offen.«
»Vielleicht zurück ins Dorf, um zu sehen, was über die Signaltürme hereingekommen ist?«
»Können wir machen.«
»Es wäre ohnehin vielleicht hilfreich, uns auf einen hohen Aussichtspunkt zu begeben, um einen besseren Blickwinkel zu bekommen. Zu schade, dass ich keine ferngesteuerten Kameras habe, die ich an einen eurer Vögel binden könnte, um so eine Drohne zu improvisieren.«
»Einen unserer Vögel?«, fragte Kexx. »Was meinst du damit?«
»Du weißt schon, abgerichtete Vögel, wie die, die Kuul auf unsere Luftaufklärungsdrohne gehetzt hat, als wir uns dem Dorf näherten.«
Kexx trat vor Benson und funkelte ihn von oben herab an. »Warum hast du das nicht schon früher erwähnt?«
Benson, den die plötzliche Intensität irritierte, die von dem sonst

so ruhigen Alien ausging, hob abwehrend die Hände. »Weil ich davon ausgegangen bin, dass du es weißt. Ich habe angenommen, es handle sich um Jagdvögel.«

»Wir setzen keine abgerichteten Vögel zur Jagd ein«, sagte Kexx ruhig.

»Nicht?«, fragte Benson, dann wurde ihm klar, was das bedeutete. »Oh. *Ihr* tut das nicht.«

Kexx nickte. »Jetzt hast du es verstanden. Bring mich dorthin. Auf der Stelle.«

KAPITEL 19

Theresa sah auf die Plantatuhr in ihrem peripheren Sichtfeld. 15.47 Uhr. Die Demonstrationen dauerten schon vier Stunden, und es sah nicht so aus, als würden sie sich demnächst auflösen. Sie versuchte, die Erschöpfung wegzublinzeln, die an ihrer ohnehin von Schlafentzug beeinträchtigten Konzentration nagte, aber es gelang ihr nicht. Eine ganze Kanne englischer Frühstückstee hatte nichts ausrichten können.

Im Gegensatz zu den sporadischen, alkoholinduzierten Protesten der Vornacht war die Gruppe, die vor dem Wabenbau demonstrierte, groß und gut organisiert. Theresa schätzte, dass sie im Laufe der letzten Stunde auf gut tausend Personen angewachsen war, die zu verschiedenen Gruppen gehörten – Anhänger Valmassois, Isolationisten und Rückkehrer, die die Gelegenheit nutzten, öffentliche Aufmerksamkeit zu bekommen. Bis zum Ende der Tagschicht würden es wahrscheinlich noch mehr werden. Valmassois Tod hatte weit mehr Leidenschaft freigesetzt und deutlich tiefer gehende politische Differenzen innerhalb der Bevölkerung enthüllt, als sie je für möglich gehalten hätte.

Am frühen Morgen hatte es Ärger gegeben, als ein paar Demonstranten sich nicht mehr auf Parolen beschränkt und Steine geworfen hatten. Doch ein großzügiger Einsatz von Betäubungsstäben gegen die Missetäter und eine deutliche Erläuterung der Demonstrationsetikette hatte der aufkeimenden Gewalt fürs Erste ein rasches Ende gesetzt.

Theresa hatte die Identitäten der Rädelsführer bereits zur späteren Inaugenscheinnahme in ihrem Plantat gespeichert, und eine Analyse der Positionsanzeiger würde alle anderen identifizieren können. Sie hatte keinen Zweifel, dass die meisten aus eigenem

Antrieb hier waren, auf das sanfte Drängen von Freunden oder auf den Rat der sprechenden Wackeldackel, die auf diesem Felsen als Journalisten durchgingen und die jetzt alle bei der »Demo für Gerechtigkeit« zugegen waren, um über das zu berichten, was zweifellos die heißeste Story seit der Landung war.

Nach außen hin diente sie dem Protest gegen die Ermordung von Verwaltungsleiter Valmassoi durch bisher Unbekannte. Ein recht nobler Anlass, fand Theresa, aber verdächtig angesichts der Tatsache, dass Valmassoi vor seinem verfrühten Tod auch nur annähernd so beliebt gewesen war. Sie versuchte, eine Liste von Leuten (außerhalb seines Sicherheitsteams natürlich) zusammenzustellen, die sich für den verstorbenen Verwaltungsleiter eine Kugel eingefangen hätten, und brauchte nicht alle Finger einer Hand. Trotz all seiner Fehler hatte es jedoch ausgesehen, als werde er die Wahlen im kommenden Jahr gewinnen. Sein Tod stürzte deren erwarteten Ausgang ins Chaos und erzwang eine unplanmäßige Wahl, um einen Nachfolger für ihn zu finden. Dies brachte alte Rivalitäten und neue Missstände ans Licht.

Korolev, den irgendeine unheilige Magie anzutreiben schien, stand auf der gegenüberliegenden Seite der Plattform, die Arme über dem Sturmgewehr verschränkt, das drohend an einer Schlaufe vor seiner Brust hing. Er hatte es davor in einer entspannten Bereitschaftsposition gehalten, aber Theresa hatte gesagt, seine aggressive Haltung provoziere die Menge. Irgendwie sah die neue Variante auch nicht viel besser aus.

<Korolev, sehen Sie auch mal nicht aus wie eine Actionfigur?>

<Wenn man mich aus der Einschweißung auspackt, Ma'am.>

Unerwünschte Bilder entstanden vor Theresas geistigem Auge. Sie versuchte mit begrenztem Erfolg, sich gegen sie zu wehren.

<Zu viel Information, Pavel. Tun Sie wenigstens von Zeit zu Zeit so, als sei ich Ihre vorgesetzte Offizierin.>

<Jawohl, Ma'am.>
<Wie lange haben Sie letzte Nacht geschlafen?>
<Ich war vier Stunden im Bett, Ma'am.>
Theresa grinste über die clever formulierte Antwort. Vier Stunden waren das Minimum, das die Dienstvorschrift zwischen zwei Schichten vorsah. Sie war zwar sicher, dass er sie alle im Bett verbracht hatte, aber aufgrund des schüchternen Blicks, den die errötende Barkeeperin, die Korolev nach Hause begleitet hatte, ihr zugeworfen hatte, ebenso sicher, dass er sie nicht alle mit erholsamem Schlaf verbracht hatte.
<Na schön. Kommt Ihnen das nicht alles ein bisschen, ich weiß nicht, dick aufgetragen vor?>
Korolev übermittelte ihr ein mentales Achselzucken. <Ich weiß nicht, wie es sonst aussehen sollte, Ma'am. Aber ich weiß, dass wir daheim schon größere Menschenmengen nach Zero-Spielen auflösen mussten.>
<Zero war den Leuten auch wichtig, Pavel. Genau darum geht es mir ja. Hier stimmt etwas nicht.>
<Sie tun sich gegen einen gemeinsamen Feind zusammen.>
<Sie meinen die Atlanter.>
<Sie haben uns angegriffen. Das ist hässlich, aber nicht das erste Mal in der Geschichte.>
Theresa musterte die Menge und zwang sich, die hastig zusammengeschusterten Transparente wirklich anzuschauen. Sie sahen ähnlich aus wie die Plakate, die die Fans bestimmter Zero-Mannschaften gebastelt hatten, aber ohne die freundschaftliche Kameraderie, die mit diesen Vereinsrivalitäten einhergegangen war. Sie sah ungelenke Zeichnungen von Tintenfischen und las häufig Anspielungen auf sich selbst, und all das ließ Theresa sich ein wenig mulmig fühlen.
<Ich dachte, diesen Mist hätten wir auf der Erde zurückgelassen>, sandte sie.

<Haben wir, jedenfalls zwischen uns Menschen>, erwiderte Korolev. <Das hier ist etwas Neues.>

<Nein.> Theresa schüttelte den Kopf. <Ist es nicht.>

* * *

Theresa verbrachte drei weitere Stunden auf ihrem Posten, bis sich die Menge schließlich so weit zerstreut hatte, dass sie wegtreten und einem anderen Constable die Wache überlassen konnte.

Was sie sah, als sie zu Hause die Eingangstür öffnete, trug nicht dazu bei, ihre Laune zu verbessern. Völlig entspannt lungerte Chao Feng auf ihrer Couch, in ihre Häkeldecke gehüllt, nippte gesüßten Tee und lächelte strahlend.

»Was zum Teufel tun Sie in meinem Haus, Feng?«

»Ich habe mich selbst hereingelassen. Ich hoffe, Sie haben nichts dagegen.«

»Oh doch. Ich war den ganzen Tag auf den Beinen, habe sehr wenig geschlafen und will nur noch aus dieser verschwitzten Uniform raus, eine heiße Dusche nehmen, mich auf diese Couch knallen und mich berieseln lassen, bis ich einschlafe. Wie sind Sie überhaupt hier reingekommen?«

Feng streckte sich wie eine Katze, wobei die erste Katze seit über zwei Jahrhunderten erst ein paar Monate zuvor aus dem Reagenzglas gepurzelt war und jetzt als Haustier für alle diente, die noch immer im Avalon-Modul lebten.

»Captain Mahama hat es möglicherweise versäumt, ein paar meiner Befugnisse aus meiner Zeit als Erster Offizier aufzuheben.«

»Die bei einem Privatbürger natürlich komplett illegal sind, weswegen Sie sie selbstverständlich daran erinnern werden, dies so schnell wie möglich nachzuholen«, sagte Theresa.

»Oh, natürlich. Gleich morgen früh.«

»Mhm. Ich gehe jetzt duschen. Wenn Sie nicht von meiner Couch runter sind, wenn ich zurückkomme, kriegen Sie den Betäubungsstab zu spüren.«

»Gegen eine nicht gewalttätige Person, die des Einbruchs verdächtig ist? Das würden Sie nicht tun.«

»Ich habe ihn heute schon eingesetzt. Das scheint meine Lust auf Polizeibrutalität immer anzuheizen.«

»Schön, aber Sie werden vielleicht einen anderen Ton anschlagen, wenn Sie hören, was ich zu sagen habe.« Feng setzte sich auf und stellte sein Glas auf ihren Couchtisch.

»Untersetzer«, mahnte Theresa. Feng gehorchte. »Na schön, raus damit.«

»Gestern Nacht haben Sie mich gebeten, eine Liste von Anfragen über die Satellitenlücke zu erstellen.«

»Haben Sie sie?«

»Ja, sie liegt ausgedruckt auf dünnes Durchschlagpapier auf Ihrem Küchentisch. Ich habe zu keinem Zeitpunkt das Netzwerk oder mein Plantat eingesetzt, Sie können also Ihre Quervergleiche anstellen, ohne dass jemand was mitbekommt. Aber ich habe noch was Besseres.«

Theresa legte neugierig den Kopf schief. »Fahren Sie fort.«

»Diese kaputten Satelliten? Die sind gar nicht kaputt. Die werden anderweitig verwendet.«

»Was?« Theresa schrie beinahe.

Feng nickte. »Ich konnte es auch nicht glauben, aber es stimmt.«

»Wie? Wie konnte das geschehen?«

»Es war geradezu peinlich einfach«, sagte er. »Wir versuchen noch zu rekonstruieren, was genau passiert ist, aber es sieht aus, als sei jemand ins Betriebssystem der Satelliten eingedrungen und habe im Laufe einiger Wochen eine Reihe falscher Hardware-Fehlermeldungen ausgelöst, die zu einem kaskadierenden

Versagen führten, das für die Betreuer auf der Arche aussah wie ein kompletter Systemausfall. Wir haben einen harten Neustart versucht, aber als der gescheitert ist, haben wir die Satelliten abgeschrieben.«

»Warum hat niemand versucht, sie zu reparieren?«

»Weil wir das ursprüngliche Pathfinder-Satellitennetzwerk sowieso stufenweise aus dem Verkehr ziehen. Die Dinger sind alle über zweihundert Jahre alt, vergessen Sie das nicht. Den Großteil der Zeit waren sie eingelagert, aber selbst im Weltraum zerfallen Komponenten mit der Zeit. Es hat sich nicht gelohnt, sie zu reparieren, weil wir ihren Ersatz bereits in der Produktionswarteschlange hatten.«

Theresa winkte ab. »Schön und gut, aber zwei Satelliten, die gleichzeitig auf dieselbe Weise ausfallen? Ist das niemandem aufgefallen?«

»Wäre es vielleicht, aber die Hacks fanden im Abstand von drei Monaten statt und ahmten zwei vorangegangene echte Satellitenausfälle nach. Wir sind einfach davon ausgegangen, dass es sich um eine Wiederholung derselben Problematik handelte.«

»Na schön«, sagte Theresa. »Woher hat jemand so weit gehenden Zugang zum Betriebssystem und zu sonstiger Software?«

»Das ist der peinliche Teil«, sagte Feng unangenehm berührt. »Der Zugang war nicht verschlüsselt, und es gab keine Firewall. Die Hacker mussten nur ihre Netzwerkadresse fälschen, damit sie aussah wie die eines autorisierten Benutzers, und schon waren sie drin.«

»Sie waren nicht einmal passwortgeschützt? Wollen Sie mich verarschen?«

Feng zuckte die Achseln. »Die Leute, die sie gebaut und programmiert haben, haben auch nicht daran gedacht, ein Gefängnis in die Arche zu bauen, erinnern Sie sich? Denn warum sollte jemand einen GPS-Satelliten stehlen wollen? Was hätte er davon?«

»Nun, das ist die Frage, nicht wahr?« Sie rieb sich den schmerzenden Punkt an ihrer Schulter, wo sich die Schlaufe ihres Gewehrs eingegraben hatte. »Fingerabdrücke?«
Feng schüttelte den Kopf. »Unsere Techniker suchen noch danach, aber wer auch immer es war, scheint seine Spuren sehr gut verwischt zu haben. Die Menschen außerhalb der Mannschaft verstehen nicht, wie notdürftig das Betriebssystem der Arche inzwischen zusammengestückelt ist. Es ist ein zwei Jahrhunderte alter Flickenteppich aus Updates, Korrekturen und Notlösungen. Ein Digitalarchäologe hätte vermutlich einen Heidenspaß daran, all die Löcher in der Firewall und Hintertüren im Code zu entdecken. Es ist wie das Schiff selbst. Wir konnten uns nie leisten, etwas herunterzufahren oder einen Absturz zu riskieren, also haben wir Problemlösungen improvisiert.«
»Ich kann nicht glauben, dass es keine Sicherheitsmaßnahmen gab, vor allem nicht nach dem, was wegen Kimura passiert ist. Die Mannschaft hätte alles dicht machen sollen.«
»Es waren chaotische Zeiten, das muss ich Ihnen ja nicht sagen, und all das erfordert Zeit und Arbeitskraft. Wir sind ein paar Wochen später gelandet, hatten alle Hände voll zu tun, uns in Shambhala einzurichten, und da rutschte es einfach von der Prioritätenliste. Glauben Sie mir, es wird jetzt in Ordnung gebracht. Es wird kein zweites Mal geben.«
»Na, dem Himmel sei Dank. Sie haben die Satelliten jetzt also wieder? Niemand wird die Lücke mehr ausnutzen können?«
Feng seufzte. »Was das angeht … Unser Signal hat ein verborgenes Kommando ausgelöst, und die Satelliten haben ihre Schubdüsen, mit denen sie ihre Position halten sollten, genutzt, um sich in eine absinkende Umlaufbahn zu bringen. Sie sind in der Atmosphäre verglüht.«
»Wie gründlich«, sagte sie bitter.
»Oh ja, aber wenigstens stehen sie nicht mehr unter der Kon-

trolle von jemandem, der sie gekapert hat. Was hatten die wohl vor?«

»Keine Ahnung, aber was immer es auch war, ich bin sicher, es hätte mir nicht gefallen. Ist sonst in letzter Zeit zufällig noch irgendwelche Hardware verschwunden?«

Feng runzelte die Stirn. »Was meinen Sie damit?«

»Ich weiß nicht. Drohnen, Rover, Suborbital-Zwischenstationen. Diese Satelliten waren multifunktionale GPS- und Kommunikationsplattformen, sie hätten, soweit wir wissen, ihr eigenes Schattennetzwerk mit Anlagen auf dem Boden errichten können.«

»Mein Gott, daran hätte ich denken müssen«, gab Feng zu. »Ich werde eine Inventarsuche durchführen und eine Liste von allem machen, was im letzten Jahr offline gegangen ist.«

»Gehen Sie sicherheitshalber zurück bis zur Landung.« Theresa ließ sich auf den Stuhl fallen, auf dem normalerweise Bryan saß, und legte die Füße hoch. »Das stinkt gewaltig. Langsam fühlt es sich an wie der Laraby-Fall.« Dann fiel ihr ein, wer da auf ihrer Couch saß, und sie korrigierte sich rasch: »Edmonds Fall. Tut mir leid, Chao.«

Feng winkte ab. »Schon gut. Außerdem habe ich dabei ja eine entscheidende Rolle gespielt. Um ehrlich zu sein, bin ich immer noch überrascht, dass Sie mir jetzt so viel Vertrauen entgegenbringen.«

»Sie sind das Übel, bei dem ich wenigstens weiß, woran ich bin.«

»Touché.«

Theresa schaute auf und sah ein überraschend freundliches Lächeln über Fengs Gesicht huschen. Er hatte es in den letzten paar Jahren nicht leicht gehabt, das wusste sie. Man sah es der Einrichtung seines Hauses zwar nicht an, doch Fengs Privatvermögen hatte sehr gelitten. Er trauerte um seine verstorbene Frau und schämte sich, weil er sie so lange betrogen hatte. Seine Position als Laufbursche zwischen der Arche und der provisorischen

Zivilregierung Shambhalas verschaffte ihm zwar beträchtlichen Einfluss, doch er war im Grunde ein Außenseiter, dem beide Seiten nicht richtig vertrauten. Es war seine eigene Schuld, aber Theresa hatte trotzdem Mitleid mit ihm.

Sie wollte gerade etwas Tröstliches sagen, als ein Anruf über ihr Plantat hereinkam. Sie knurrte und überprüfte die Anruferkennung: der kommissarische Verwaltungsleiter Merick.

»Jetzt wird es spannend«, flüsterte sie und nahm den Anruf an.

<Chief Constable Benson?>, fragte er.

<Ja, sprechen Sie.>

<Chief, wir brauchen Sie im Ratssaal.>

<Da komme ich gerade her, Sir.>

<Das tut mir leid, aber der Rat hat gerade eine außerordentliche Sitzung beendet und muss mit Ihnen über ein … sensibles Thema sprechen.>

<Kann ich zuerst duschen?>

<Es eilt, Chief.>

<Natürlich.>

<Ist Mr Feng bei Ihnen?>

Theresa und Feng sahen einander quer durch den Raum an. <Ja>, sagte sie und versuchte, die Alarmglocken, die plötzlich in ihrem Kopf schrillten, nicht in ihrer Plantatstimme nachklingen zu lassen.

<Gut, bitten Sie ihn, mitzukommen. Es betrifft auch ihn.>

<Verstanden. Wir sehen uns in zehn Minuten.>

Die Verbindung riss ab. Sie erhob sich und bedeutete Feng, dasselbe zu tun. »Kommen Sie, wir werden im Wabenbau gebraucht.«

»Wofür?«

Sie zuckte die Achseln. »Es gibt nur einen Weg, das herauszufinden.«

»Die wissen, dass wir miteinander gesprochen haben«, sagte Feng, als sie ein paar Blocks von ihrem Haus entfernt waren.

»Sie wissen, dass wir ein paar Mal im selben Raum waren. Das ist alles. Aktuell wissen wir nicht einmal, wer ›die‹ sind.«
»Was sollen wir tun?«
»Weiter von allen Seiten ermitteln und versuchen, sehr sichtbar zu bleiben. Je sichtbarer wir sind, desto riskanter ist es für jemanden, einen von uns ins Visier zu nehmen.«
»Metaphorisch gesprochen natürlich«, setzte Feng eilig hinzu.
»Ich bin mir da nicht so sicher«, sagte Theresa. »Ich werde versuchen, einen meiner Jungs ein Auge auf Ihren Sohn haben zu lassen, bis das alles vorbei ist.«
Feng straffte die Schultern. »Das weiß ich zu schätzen.«
»Schon gut.«
Ein paar Minuten später erreichten sie die Stufen, die zum Wabenbau hinaufführten. Die Demonstrationen waren noch in vollem Gange, hatten aber um die Abendessenszeit deutlich an Schwung verloren.
Korolev, der, wie Theresa hätte schwören können, zur selben Zeit abgelöst worden war wie sie, sah sie kommen und nahm Verbindung auf.
<Was ist los, Chief?>
<Nur ein kleiner Besuch beim Rat, Pavel. Bleiben Sie, wo Sie sind, aber halten Sie die Augen offen.>
<Verstanden.> Er unterbrach die Verbindung.
Sie erreichten den Ratssaal. Feng überholte sie und hielt ihr die Tür auf.
Drinnen saßen die üblichen Verdächtigen um den Tisch, Merick hatte den großen Stuhl genommen, in dem noch vor Kurzem der verstorbene Valmassoi gesessen hatte.
»Ah, Chief Constable.« Merick erhob sich, um sie zu begrüßen. »Mr Feng. Danke, dass Sie so kurzfristig kommen konnten. Bitte nehmen Sie Platz.«
Theresa und Feng wählten zwei so weit wie möglich voneinander

entfernte freie Stühle, wobei Feng sich auf seinem üblichen Platz unmittelbar außerhalb des Tischkreises niederließ.

»Da bin ich«, sagte Theresa ein wenig ungeduldig. »Wo liegt das Problem?«

»Chief Constable, ich muss Ihnen ja wohl kaum die Tragweite der schockierenden Ereignisse des heutigen Tages erläutern …«, sagte Merick und fiel mühelos in die Diktion eines Politikers, der eine Wahlkampfrede hielt.

Was er ja möglicherweise auch tut, dachte sie. Die vorgezogenen Wahlen würden ihn entweder in seinem vorläufigen Amt bestätigen oder einen ganz neuen Verwaltungsleiter an die Macht bringen. Er hatte ein sehr enges Zeitfenster, um die Öffentlichkeit für sich einzunehmen. Ein verzweifelter Politiker war ein unberechenbarer Politiker.

»… und nach sorgfältigem Nachdenken hat dieser Rat beschlossen, dass es im Interesse der Bürger Shambhalas ist, unsere Verteidigungsmöglichkeiten zu erweitern. Im Zuge dessen erhalten Sie die Aufgabe, mindestens hundert neue Hilfsconstables als Reservisten zu rekrutieren und auszubilden, die Ihre bestehenden Beamten unterstützen können, wenn es nötig wird.«

»Hundert?«, fragte Theresa und versuchte nicht einmal, ihre Überraschung zu verbergen.

»Ist das ein Problem?«

»Es ist unnötig«, erwiderte sie. »Das sind doppelt so viele Beamte, wie ich jetzt habe. Allein sie auszurüsten, würde mein Budget sprengen, ganz zu schweigen von den Arbeitsstunden, die wir für ihre Ausbildung bräuchten.«

»Die Finanzierung ist gesichert«, sagte Merick. »Schicken Sie uns einfach einen angepassten Budgetplan, der Ihre erwarteten Erfordernisse enthält, und …«

»Tut mir leid«, unterbrach Theresa, »aber hat sich die Kriminalitätsrate verdreifacht, ohne dass ich es mitbekommen habe?«

»Keineswegs«, sagte Merick. »Ihre Behörde hat Recht und Ordnung bewundernswert aufrechterhalten. Die Reserve richtet sich mehr gegen Bedrohungen von außen.«

Theresa verschränkte die Arme. »Sie meinen die Atlanter.«

Merick machte sich nicht die Mühe, Ausflüchte vorzutragen. »Ja, sie wären die unmittelbare Bedrohung.«

»Sie befinden sich auf der anderen Seite des Meeres und wissen nicht, wie man Boote baut. Das ist nicht gerade das, was ich als unmittelbare Bedrohung bezeichnen würde.«

»Oh, kommen Sie von Ihrem hohen Ross herunter, Constable«, mischte sich Gregory Alexander ins Gespräch ein.

»Ich sitze, Mr Alexander.«

»Sie haben unsere Friedensdelegation angegriffen und ein halbes Dutzend unserer Leute getötet.«

»Keineswegs«, widersprach ihm Theresa streng. »Auch die Atlanter haben Leute verloren, und zwar nach allem, was ich hörte, einige mehr als wir. Sie waren ebenso Opfer wie wir.«

»Opfer anderer Atlanter«, bemerkte Merick ruhig.

»Ja, nun, in dieser Hinsicht waren wir in letzter Zeit auch nicht gerade vorbildlich.«

»Kimuras Angriff war das Werk eines Wahnsinnigen und einer Handvoll gehirngewaschener Jünger. Das hier war größer«, mischte sich Alexander ein.

»Wir wissen gar nicht, was das hier ist«, konterte Theresa. »Mein Mann versucht, das herauszufinden, während wir uns hier unterhalten.«

Merick hob die Hand. »Er wird jede Gelegenheit und jede Unterstützung dafür bekommen. Und sobald er die Verantwortlichen kennt, wird die Reservetruppe bereitstehen, um die Missetäter festzunehmen und der Gerechtigkeit zuzuführen.«

»Sie wollen, dass ich eine Invasion vorbereite«, sagte Theresa verblüfft.

»Nun, es ist ja nicht so, dass wir ein Auslieferungsabkommen mit denen haben«, sagte Alexander unter allgemeinem Gelächter.
»Meine Constables sind Friedensbewahrer, kommissarischer Verwaltungsleiter«, sagte Theresa mit einer leichten Betonung auf »kommissarischer«. »Doch Sie sprechen von der Gründung einer Armee.«
»Es ist nur eine Vorsichtsmaßnahme, Chief«, sagte Merick beruhigend. »Mit etwas Glück werden wir sie gar nicht brauchen.«
»Woher soll ich denn diese Leute nehmen? Wir haben hier ja nicht gerade ein Arbeitslosenproblem.«
»Schauen Sie sich draußen um.« Alexander deutete auf die Demonstranten auf der Straße. »Ich bin sicher, Sie werden Patrioten finden, die bereit sind, ihre Zeit zu opfern.«
Theresa konnte sich kaum weniger qualifizierte Menschen vorstellen, die sich mit größter Begeisterung für den Kampf gegen die wilden Eingeborenen gemeldet hätten, als die Idioten, auf die sie gerade einen ganzen Tag lang aufgepasst hatte. Der Gedanke daran drehte ihr den Magen um. Beinahe hätte sie ihn laut geäußert.
»Wir kommen schon klar«, sagte sie stattdessen.
»Hervorragend«, verkündete Merick. »Mr Feng, würden Sie Kontakt mit der Produktionsabteilung der Arche und Captain Mahama aufnehmen, um dafür zu sorgen, dass Chief Benson alles bekommt, was sie braucht?«
»Natürlich, Verwaltungsleiter. Sie hat meine volle Unterstützung«, sagte Feng.
Theresa hoffte, dass niemand den Doppelsinn seiner Worte durchschaute.
»Dann ist diese Sitzung geschlossen.« Merick schlug mit einem Hammer ohne Stiel auf den Tisch und erhob sich, um zu gehen.
»Chief Constable, kann ich Sie noch kurz unter vier Augen sprechen?«

Theresa mahnte sich zur Ruhe, erhob sich und folgte Merick auf den Gang hinaus. Sie gingen ein Stückchen weiter ins Atrium, wo niemand sie belauschen konnte.

»Chief«, sagte Merick, dessen Stimme kaum mehr als ein Flüstern war. »Ich wollte Ihnen nur persönlich sagen, dass nicht ich diesen Antrag gestellt habe, und ich habe auch nicht dafür gestimmt. Aber unter dem Rest der Ratsmitglieder fand … er ziemlich einhellige Unterstützung.«

»Sie geraten in Panik«, sagte Theresa anklagend.

»Sie reagieren auf den Druck der Öffentlichkeit«, korrigierte Merick. »Das ist in einer Demokratie ihre Aufgabe, erinnern Sie sich?«

»Es ist ihre Aufgabe, die Menschen zu führen, nicht, ihren hässlichsten Impulsen nachzugeben.«

»Spielen Sie einfach für eine Weile mit. Ich werde den Rat den Leuten erzählen lassen, wir unternähmen Schritte, um sie zu beschützen. In ein paar Tagen wird sich die Lage beruhigt haben.«

Nicht, wenn diejenigen, die die Irren anstacheln, weiter Öl ins Feuer gießen, dachte Theresa.

»Jedenfalls«, fuhr Merick fort, »merke ich, dass Ihnen diese Aufgabe nicht passt, und ich kann Ihnen daraus keinen Vorwurf machen. Aber nach Sergeantin Atwoods Tod sind Sie die naheliegendste Wahl dafür. Stellen Sie sich einfach vor, Sie täten von hier aus, was in Ihrer Macht steht, um Bryan zu helfen.«

»Oh, Bryan braucht keine Hilfe, der findet von ganz allein jeden Ärger. Ich erschauere bei dem Gedanken, was er mit einer hundertköpfigen Armee im Rücken anrichten könnte.«

Merick schnaubte. »Ich auch.« Dann legte er ihr eine Hand auf die Schulter. Es gelang Theresa, nicht zurückzuzucken. »Hoffen wir einfach, dass wir es nicht herausfinden müssen. Gute Nacht, Constable.«

Theresa nickte. »Verwaltungsleiter.«

In der Nähe der Ausgangstür stieß sie wieder auf Feng.
»Worum ging es?«, fragte er leise.
»Er wollte sich lieb Kind machen.«
»Was werden Sie jetzt tun?«
»Jetzt? Ich rekrutiere Sie.«
Feng hielt schockiert inne. »Mich?«
»Sie. Willkommen bei der Taktischen Reserve, Constable Feng.«
»Sind Sie wahnsinnig?«
»Stinksauer.«
Sie traten nach draußen. Korolev beendete endlich seinen Dienst. Theresa schnappte ihn sich am Ellbogen und flüsterte: »Pavel, Ihre Fußballkumpels haben ein paar neue Trainingseinheiten vor sich. Bereiten Sie das vor.«
»Okay?«, sagte er verwirrt. »Für wie viele von ihnen?«
»Für alle.«

KAPITEL 20

Kexx betastete die Trümmer der zerschlagenen Kuppel, strich mit den Fingern über die glasglatte Oberfläche und versuchte, Geschmack, Geruch und Textur des Gegenstands wahrzunehmen. Es war seltsam. Die meisten Stücke schmeckten nach gar nichts. Selbst Steine hatten einen Eigengeschmack. Der Obsidian von Speerspitzen war das einzige andere völlig geschmacksfreie Material, das Kexx kannte. Aber diese Stücke hier waren leicht und flexibel, während Obsidian hart und brüchig war.

Der bittere Geschmack anderer Teile erinnerte an bestimmte Flusskiesel, und sie waren für ihr Gewicht unglaublich stabil und steif. Benson nannte sie »Metall«, ein weiteres menschliches Konzept, das Kexx zu siener wachsenden Liste neuer Worte hinzufügte. Die seltsamen kleinen, rotierenden Flügel an den Rändern schienen viel zu klein, um einen so großen Vogel in der Luft zu halten, aber Benson sagte, sie glichen ihre geringe Größe aus, indem sie sich sehr schnell drehten. Einer davon war am Ansatz abgebrochen. Dort befand sich eine kleine Blutspur, wahrscheinlich hatte der Flügel mitten in der Luft ein Tier getroffen, aber das Blut war getrocknet, sodass sich unmöglich sagen ließ, von wem es stammte.

Kexx hob den Kopf. »Das ist nicht hilfreich. Ich muss eine Leiche sehen.«

»Ich bin sicher, ich habe einen davon im Getreide abstürzen sehen«, sagte Benson. »Ich schaue mich mal um.«

Kexx winkte zustimmend. »Ruf einfach, wenn du etwas findest. Pass auf die Uliks auf.«

Während sien Partner zwischen den Yulkahalmen herumtrampelte wie ein verirrtes Dux'ah-Kalb, verdrängte Kexx den Lärm und streckte die Hände aus, die Finger gespreizt und verschränkt, um möglichst viel Wind abzubekommen, und kostete die Luft. Langsam und bewusst ging sier durch die Reihen der Halme und nahm konzentriert die Geruchsmischung auf, die der Wind mit sich trug. Der Wind wehte parallel zu den Reihen und machte sie zu natürlichen Windkanälen. Wenn Kexx Glück hatte, würden die Getreidereihen den Geruch von Fäulnis isolieren und die Suche drastisch einschränken.

Natürlich funktionierte der Trick nur, wenn sich das Aas, von Kexx aus gesehen, in Windrichtung befand. Da der Rauch der Scheiterhaufen mit den Heimkehrern vom vorigen Abend noch in der Luft hing, war siene Aufgabe keine einfache.

Kexx schritt entschlossen die Reihen ab, wusste genau, was sier suchte, hatte aber auch Angst davor. Eine Kindheitserinnerung war siem gekommen, ein Bild von siem selbst am Strand mit sienim Eltern. Es war Ebbe. Kexx und sien älteres Geschwist, Zuke, rannten durch den warmen Sand und jagten Jubins, die in den flachen, wassergefüllten Mulden zurückgeblieben waren. In ihrem Überschwang übersah Zuke Anzeichen für Treibsand und blieb mit beiden Füßen im Sog hängen. Sier kämpfte dagegen an und bemühte sich, aber zu Zukes und Kexx' Entsetzen sank sier mit jeder Beinbewegung nur noch tiefer ein.

Zuke wurde schließlich befreit, aber das bedurfte einer ganzen Handvoll starker Rücken. Kexx erinnerte sich an den Gesichtsausdruck sienes Geschwists, als sier immer tiefer im Sand versank, das panische Chaos auf siener Haut.

So fühlte sich Kexx jetzt auch. Sier versank immer tiefer in etwas Schrecklichem, und herausziehen würde sien nur ein halb verrückter, naiver Mensch. Es war kein sehr ermutigender Gedanke.

Mit einer Fingerspitze nahm Kexx einen Hauch von Tod inmitten des Aromas reifenden Korns wahr. Sier blieb stehen und richtete beide Arme auf den verräterischen Geruch. Er war schwach, aber wahrnehmbar. Sier ging eine Reihe weiter, dann noch eine, als der Geruch stärker wurde, und wartete, bis er wieder schwächer wurde.

Kexx steuerte die Reihe an, in der der widerlich süße Geruch am stärksten war, dann rannte sier sie entlang, ohne auf die Yulkahalme zu achten, die sienin Arme und Beine peitschten. Der Geruch von Fäulnis wurde stärker, sammelte sich an sienim Fingern, bis er den Geruch der Pollen und der Körner überdeckte.

Schlitternd kam Kexx vor einem Yulkahalm zum Stehen, der knapp über dem Boden abgeknickt war. Etwas hatte ihn umgeknickt. Vorsichtig hob Kexx die Pflanze auf und legte sie behutsam beiseite.

Was sier darunter fand, jagte siem einen Schauer über die Haut.

»Benson, komm her!«, rief sier und setzte sich auf den Boden, um sich zu beruhigen.

Benson kam herangestürmt, er schnaufte wie ein Meeressturm.

»Hast du etwas gefunden?«, fragte der Mensch zwischen schweren Atemzügen. Kexx nickte. »Was ist es?«

»Ärger«, sagte sier. »Es ist ein Injri.«

»Ein Injirri?«, fragte Benson.

»Nein, Injri«, wiederholte Kexx. »Das sind abgerichtete Jagdvögel.«

»Abgerichtet von wem?«

»Von den Bewohnern.«

»Ah, natürlich. Dann ist ja alles klar …« Benson hielt inne. »Wer zum Teufel sind die Bewohner?«

»Das weißt du nicht?«

Benson verschränkte die Arme, eine Geste, die, wie Kexx inzwischen wusste, bei Mei Genervtheit oder Trotz bedeutete.

»Übe Nachsicht mit diesem ahnungslosen Menschen«, sagte Benson. »Woher weißt du, dass dieses Tier abgerichtet und nicht wild war?«

Kexx schüttelte sich ein wenig. »Sie kommen aus Xis' Schoß, tief unter der Erde in Höhlen. Die Injri leben in den Öffnungen dieser Höhlen und kommen normalerweise nur nachts zum Jagen heraus. Aber abgerichtete Vögel jagen auch bei Licht. Die hier haben eure Drohne bei Tageslicht angegriffen, oder?« Benson nickte. »Daher weiß ich es.«
Benson verarbeitete das Gehörte. »Was ist mit den Bewohnern? Wer sind die?«
»Später«, sagte Kexx angespannt, während sier den Injrikadaver aufnahm und über die Schulter warf. »Wir müssen jetzt ins Dorf zurück.«

* * *

Die Kälte im Tempel hatte nichts mit der Temperatur zu tun. Das Heiligtum des Gesandten lag immer noch auf dem Dach wie die größte Schale der Welt, aber die Augen aller waren unverwandt auf den toten Injri gerichtet, den Kexx gerade mitten auf den Zeremonientisch geknallt hatte. Sein Fäulnisgestank erfüllte langsam den Tempel wie ein Nebel. Man hätte ein Samenkorn fallen hören können.
Kexx sah sich um, musterte die Teilnehmenden der eilig einberufenen Versammlung. Ihre Gesichter und ihre Haut waren matt, lustlos, als hätten sie es noch nicht über sich gebracht, die Ereignisse des Vortags zu akzeptieren. Auf der anderen Seite des Raums lehnte Benson mit verschränkten Armen und entschlossenem Blick an der Wand. Neben ihm ging Mei auf und ab. Kexx wusste nicht, ob aus Angst oder Wut.
Als Erster fand Kuul siene Stimme wieder. »Unsere Rache muss schnell wie der Wind und gnadenlos wie ein verhungerndes Ulik-Rudel sein.«
»Rache an den Bewohnern?«, spie Chak. »Womit? Mit der Hand-

voll Krieger, die noch nicht verstümmelt oder getötet worden sind?«

»Das bedroht das gesamte Dorf«, blaffte Kuul. »Wir gehen alle zusammen.«

Im Tempel kehrte wieder Stille ein, da Chak erbleichte und nicht wusste, was sier darauf antworten sollte.

»Du willst Feldarbeiter, Schlammsteiner, Kinder und Träger in die Höhlen der Bewohner schicken? Ist dein Kopf kalt geworden?«, verlangte Chak zu wissen.

»Nun, die Träger natürlich nicht …«, setzte Kuul an.

Chaks Haut flackerte blau. »Wenn Tuko hier wäre, würde sier niemals …«

»Tuko ist aber nicht hier, Ältester Chak«, unterbrach Kuul.

Es hat also begonnen, dachte Kexx. Kuul machte Anstalten, die Kontrolle über das Dorf zu übernehmen. Das durfte nicht geschehen.

»Tuko schläft, das stimmt«, sagte Kexx ruhig. »Aber unser Häuptling ist noch nicht zu Xis heimgekehrt, und es wäre unangemessen, für sien zu sprechen.«

»Jemand muss handeln«, sagte Kuul. »Wir gehen, es sei denn, du ziehst es vor, dich hier zu verkriechen und zu warten, bis sie uns fertigmachen. Hast du vergessen, was mit unseren Straßenbauern passiert ist?«

»Das ist Jahre her, Kuul«, entgegnete Kexx. »Seither hatten wir viele Jahreszeiten des guten Handels mit ihnen.«

»Viele Jahreszeiten der Erpressung, meinst du! Unsere Händler werden drangsaliert und eingeschüchtert, bis sie sich mit weit weniger zufriedengeben, als gerecht wäre. Die, die sich nicht auf ihre utopischen Forderungen einlassen, kehren einfach nie über die Schwarze Brücke zurück.«

Chak wollte von dem Gepolter des jüngeren Kriegers nichts hören. »Also marschieren wir in ihre Baue? Ihre Labyrinthe?«

»Sie rechnen nicht mit einer so schnellen Antwort auf ihrem eigenen Terrain.«
»Weil nur ein Häuptling mit einem Hirn aus Eis diesen Befehl geben würde! Ich sollte dir eine Fackel an den Kopf halten, bis du wieder klar denkst.«
Kuuls Muskeln schwollen bedrohlich an. »Versuch's ruhig, Ältester Chak.«
Chak deutete mit dem Finger auf das Gesicht des jungen Kriegers. »War das eine Drohung? Ich habe diesem Dorf schon vor deiner Geburt gedient. Ich habe deine Brut selektiert, Kind, und langsam frage ich mich, ob mein Kopf kalt war, als ich dir das Messer erspart habe.«
Kuul tat die Worte mit einem arroganten Achselzucken ab. »Wir alle müssen mit unseren Fehlern leben. Aber wenn dir die Last zu schwer wird, sag es einfach, und ich schicke dich zu Xis zurück, denn das war die einzige Chance, die du je haben wirst, mich zu töten.«
Kexx zwang siene Haut, ein ruhiges Muster anzunehmen, und trat zwischen die beiden. Jeder, der genau hinsah, konnte erkennen, dass es sich um erzwungene, ja bevormundende Ruhe handelte, aber das war siem egal. Sie verschwendeten Zeit. »Älteste, bitte. Unsere Gegner befinden sich jenseits unserer Felder, nicht innerhalb dieser Mauern.«
»Bist du dir da so sicher, Wahrheitssucher?« Kuul deutete auf die Menschen auf der anderen Seite des Raums. »Seit ihrer Ankunft haben wir nichts als Tod erlebt.«
»Wir stehen hier und hören dich«, rief Benson.
»Ich habe nicht mit dir geredet, Tothaut«, sagte Kuul mit hohntriefender Stimme. »Aber da du mich schon unterbrochen hast, solltest du wissen, dass ich nicht übel Lust hätte, euch alle zurück ins Meer zu werfen.«
Benson legte provokativ eine Hand auf die Waffe. »Versuch's

doch, Kuul«, sagte er und schlug siem damit die eigenen Worte um die Ohren. »Es sei denn, du kannst nur gegen Leute kämpfen, die doppelt so alt sind wie du.«

Kuul starrte ihn so schockiert an, als hätte Benson sien physisch geohrfeigt. Chak hingegen schien hin- und hergerissen zwischen Erheiterung und Beschämung, wobei keine von beiden Emotionen die Oberhand in sienem Gesicht gewann.

»Das ist nicht hilfreich, Benson«, schalt ihn Kexx und legte die Hände auf Kuuls Schultern, falls sier sien zurückhalten musste, wenn sier sich wieder gefangen hatte.

Es erwies sich als notwendig.

»Hast du gehört, was dieses Stück Dux'ah-Scheiße zu mir gesagt hat?«, explodierte Kuul und presste sich mit all siener beträchtlichen Kraft gegen Kexx' Brust.

»Ja. Ich habe auch gehört, was du zu Chak gesagt hast und sier zu dir, und jetzt wird es Zeit, dass ihr euch benehmt wie Älteste und nicht wie zankende Kinder!«

Wundersamerweise beruhigte sich Kuul, und alle drei besaßen den Anstand, beschämt dreinzuschauen. Zumindest deutete Kexx Bensons Gesichtsausdruck so. Sier vermutete, dass es für den Menschen eine ungewohnte Gefühlslage war.

»Schon besser. Wir werden jetzt nicht das Dorf leeren und drei Tage auf der Straße und dann drei weitere abseits davon marschieren, nur um durch die Speere der Bewohner zu sterben.«

»Nicht?«, fragte Kuul und kniff die Augen zusammen. Zacken huschten über siene Haut.

»Nein«, beharrte Kexx. »Nicht, solange wir nicht wissen, wer den Angriff warum angeordnet hat.«

Kuul deutete auf den Injri-Leichnam auf dem niedrigen Tisch. »Wir wissen, dass sie es waren. Du hast uns den Beweis gebracht, Wahrheitssucher. Du hast deine Pflicht getan.«

»Bei allem Respekt, das habe ich noch lange nicht. Wir wissen nicht, welcher Bewohner den Befehl gegeben hat, ob es ihr Tiefenhäuptling war, einer der minderen Fürsten oder irgendeine andere Fraktion.«

Kuul spie auf den Boden, eine absolut respektlose Geste im Tempel. »Was für eine Rolle spielt das? Die Bewohner sind alle gleich.«

»Genau das sagen sie auch über uns. Ist das nicht bemerkenswert?« Kexx ließ die Worte durch den zähen Schlamm von Kuuls Geist sickern, ehe sier fortfuhr. Kuul verfügte über viele bewundernswerte Eigenschaften. Sier war furchtlos im Angesicht der Gefahr und fanatisch entschlossen, die zu beschützen, die sier als die Sienin betrachtete. Aber niemand hätte siem den Vorwurf gemacht, ein allzu gründlicher Denker zu sein. Kexx hatte gelernt, diese mangelnde Fantasie auszunutzen. »Deine Krieger haben gestern so tapfer gekämpft, Kuul, und viel geopfert. Sie verdienen es, Rache an den richtigen Leuten zu nehmen. Lass mich meine Aufgabe erfüllen, damit wir sicher sein können, dass du die deine erfüllen kannst.«

»Wie lange sollen wir noch warten?«, verlangte Kuul zu wissen.

Kexx dachte sorgfältig über diese Frage nach. Wenn sier zu wenig Zeit ansetzte, würde siem nicht genug Zeit bleiben, zu reisen und siene Arbeit zu tun. Forderte sier zu viel Zeit ein, würde Kuuls Ungeduld überkochen.

Es gab noch eine dritte Möglichkeit.

»Du musst gar nicht warten«, sagte Kexx, »denn du wirst mitkommen.«

»Ich werde was?«

»Wir werden tief ins Territorium der Bewohner eindringen. Wir werden Begleitschutz brauchen.«

»Ja«, ließ sich Chak vernehmen. »Das halte ich für eine großartige Idee.«

»Was, ich allein?«

»Nein, natürlich nicht«, versicherte Kexx dem Krieger. »Bring zwei deiner Stärksten mit. Unsere Reisen werden den anderen Zeit verschaffen, gesund zu werden.« Bei diesen Worten erbleichte Kuul, erneut drängte Widerspruch in siem an die Oberfläche. »Hast du damit ein Problem? Gerade wolltest du noch das ganze Dorf in einen offenen Konflikt führen. Ist das denn etwa gefährlicher?«

Kexx wusste, dass nach diesen Worten die Runde an sien ging. Kuuls Geist war eine simple Sache. Sier folgte einem einzelnen Weg und sprintete ihn mit beeindruckender Geschwindigkeit entlang. Sier hatte Kexx' Falle erst bemerkt, als sier schon hineingetappt war. Dennoch würde sier sich als gefährlicher und unzuverlässiger Verbündeter erweisen. Kexx würde Kuul auf dem gesamten Weg genau im Auge behalten müssen.

»Drei sind keine große Eskorte«, bemerkte Benson ruhig. »Wir könnten ein paar mehr brauchen.«

»Dem stimme ich zu«, sagte Kexx. »Wir werden zu den Gesandten der anderen Dörfer gehen und um Freiwillige bitten.«

Benson lächelte. »Das gefällt mir. Sie haben genauso viel Grund, die Wahrheit herauszufinden, wie wir.«

»Gut«, sagte Mei plötzlich. »Dann melde ich mich freiwillig.«

»Was?«, fragte Benson, wobei er zur Menschensprache wechselte und sich zu Mei umwandte. »Nein. Kommt nicht infrage.«

Mei stützte die Hände in die Hüften. »Warum nicht? Ich habe auch Leute verloren. Zählen die nicht?«

Benson fiel keine gute Antwort ein, und Mei hatte die Diskussion für sich entschieden.

»Gut«, sagte Benson, »aber du bleibst dicht an meiner Seite, klar?«

»Letztes Mal habe ich dich beschützt, weißt du noch?«

Nachdem ihre kleine Unterhaltung vorbei war, wechselte Benson wieder zu G'tel, damit alle sien verstehen konnten. »Entschuldige die Unterbrechung. Bitte fahr fort.«

»Ich glaube, wir sind im Großen und Ganzen fertig«, sagte Kexx. »Ich werde mit den Gesandten reden und die Gruppe zusammenstellen. Am Morgen brechen wir auf. Einverstanden?«

Kexx sah sich um und betrachtete die sich verändernden Hautmuster. Viele der Anwesenden waren nicht einverstanden, doch sie sprachen es nicht laut aus.

KAPITEL 21

Eine weitere Nacht, in der er schlecht schlief, verging. Benson schreckte zweimal aus demselben alten Albtraum hoch: Er wurde aus dem Loch in der Hülle des Avalon-Moduls gesaugt, trudelte frei und ohne Sicherheitsleine durch den Raum, während die Arche zu einem winzigen Punkt zusammenschrumpfte und die körperlosen Stimmen all der Menschen, die er im Shangri-La-Modul hatte ersticken lassen, ihn umwehten. Ein tot geborenes Kleinkind trieb mit dem Gesicht nach unten in einem Tank mit Nährflüssigkeit. Das war eine neue Komponente, aber das Neue hatte sich rasch abgenutzt, und jetzt hatte er sie genauso satt wie den Rest.

Benson vermisste das Trinken. Das Schöne an einem guten Vollrausch war die Traumlosigkeit. Manchmal trank er noch, wie beispielsweise in der letzten Nacht. Aber sein fast vier Jahrzehnte alter Körper verkraftete es nicht mehr so gut wie früher, als er ein junger Elitesportler gewesen war. Außerdem erwartete Esa, dass ihr Mann in den frühen Morgenstunden mehr war als ein schnarchender Klumpen Fleisch auf dem Sofa.

Esa. Er vermisste sie furchtbar. In vielerlei Hinsicht hatte sie die Pflichten des Alkohols übernommen, seit sie in sein Leben getreten war. Sie tröstete ihn, beruhigte seine strapazierten Nerven, half ihm, wieder einzuschlafen. Die Wärme ihres Körpers neben ihm spät in der Nacht, ihr ruhiges, gleichmäßiges Atmen, der Schwung ihrer Taille und ihrer Hüften. Es war eine Form der Trunkenheit, für die es sich lohnte, nüchtern zu bleiben.

Ihm war, als sei zwischen dem Wiedereinschlafen nach dem letzten Albtraum und dem Moment, in dem Mei versuchte, ihn aus der Hängematte zu kippen, überhaupt keine Zeit vergangen.

Zum Glück war der Schwung beziehungsweise die völlige Abwesenheit desselben auf seiner Seite, und sie schaffte es nur, ihn halb herauszuschütteln.

»Steh auf, du Faulpelz.« Sie suchte sich einen festeren Stand, um es erneut zu versuchen.

»Ich wünsche dir auch einen guten Morgen, du Spaßbremse.«

»Meine Tochter ist schon seit einer Stunde wach.«

»Sie ist drei. Warte, bis sie eine Teenagerin ist, und erzähl mir dann, ob sie so eine verdammte Frühaufsteherin geblieben ist.«

»Die Sonne ist schon aufgegangen. Wir brechen gleich auf. Steh auf.«

Ächzend schwang Benson die Beine zur Seite und machte sich an den komplexen Balanceakt, der erforderlich war, um sich unfallfrei aus einer Hängematte zu erheben. Der gestampfte Lehm des Bodens war kühl unter seinen Fußsohlen. Er wünschte, er hätte Hausschuhe mitgebracht.

»Mir gefällt noch immer nicht, dass du mitkommst, Mei«, sagte Benson und fuhr in ein Hosenbein.

»Das ist mir nach wie vor egal. Jemand muss meine Leute repräsentieren und auf deinen Arsch aufpassen.«

»Hoffen wir, dass das nicht notwendig wird.«

»Es ist immer notwendig.«

Benson fragte sich, ob das ein flüchtiges Grinsen in ihrem Gesicht gewesen war. Er zog sich an und schnappte sich seinen Rucksack, der um einiges leichter war, als er es sich für eine Exkursion gewünscht hätte, die mindestens eine Woche dauern würde, aber es musste reichen.

Außerhalb des Unterschlupfs der Ungebundenen brummte das Dorf während der Vorbereitungen für die Expedition. Zwei große Feuer brannten hell in der frischen Luft, um die sich Dörfler drängten und ihre steifen Muskeln warm rieben. Atlanter waren keine Kaltblüter, aber am frühen Morgen hatten sie ihre Probleme.

Neben den Feuern mampften zwei Besenköpfe … Dux'ah glücklich zwei Haufen Samenpollen, während ihre Führer sie mit Vorräten beluden. Der Signalgeber auf dem Turm war bereits damit beschäftigt, das orange Licht der Morgenröte einzufangen und zu den anderen Dörfern im Straßennetz umzuleiten, ihnen die neuesten Informationen zukommen zu lassen und sie über Kexx' Plan zu informieren, die Bewohner mit ihren Erkenntnissen zu konfrontieren. Benson war darüber nicht glücklich, weil es die Wahrscheinlichkeit erhöhte, dass etwas durchsickerte, aber man hatte ihn überstimmt.

Kexx stand etwas abseits und beobachtete ruhig, wie sich die Dinge langsam fügten. Benson war noch immer nicht besonders gut darin, die Atlanter auseinanderzuhalten, und verließ sich beim Erkennen eher auf ihre Größe und ihren Schmuck als auf andere optische Merkmale. Aber mit Kexx hatte er mehr Zeit verbracht als mit den anderen. Der Wahrheitssucher legte stets eine gewisse Gleichgültigkeit an den Tag, beobachtete ständig, war nie mitten im Geschehen. Nie wirklich Teil einer Gruppe.

Benson kannte diese Form der Einsamkeit. Als Zero-Champion und dann später als Retter der Menschheit war er es gewohnt, von anderen auf ein Podest gestellt zu werden. Aber wer auf einem Podest stand, war getrennt von allen anderen.

»Wahrheitssucher«, grüßte Benson.

»Ermittler«, entgegnete Kexx.

»Wann können wir aufbrechen?«

Kexx warf über die Schulter einen Blick auf die Morgendämmerung. »Später, als ich gerne würde, aber wir sollten am mittleren Morgen auf der Straße sein.«

»Du weißt, dass wir wahrscheinlich in einen Hinterhalt marschieren, nicht wahr?«

Kexx zuckte die Achseln. »Es ist schwer, einen Hinterhalt zu legen, wenn die Beute damit rechnet.« Sier deutete auf das Ge-

wehr, das über Bensons Schulter hing. »Außerdem hat die Beute scharfe Zähne.«
»Verlass dich nicht darauf, dass ich uns rette«, erwiderte Benson. »Die müssen nur mehr Krieger schicken, als ich Kugeln habe, dann sind wir tot.«
»Wie gut, dass wir die Einzigen sind, die das wissen.«
»Was ist, wenn sie stur genug sind, um es auf die harte Tour herauszufinden?«
Kexx' Haut wechselte rasch die Farbe. »Wie schnell kannst du rennen?«
Benson seufzte. »Nicht mehr so schnell wie früher.«
Kexx rieb sich geistesabwesend eine frische, entzündet aussehende Narbe am Oberschenkel. »Ich weiß genau, was du meinst.«

* * *

Es war schon fast Mittag, als die Karawane durch das Nordtor des Dorfes zog und der schnurgeraden Straße Richtung Horizont folgte. Benson hatte Probleme, an ihr entlangzusehen. Das lag weniger an seinen Augen als vielmehr an der Tiefenschärfe. Er hatte die ersten fünfunddreißig Jahre seines Lebens in einem künstlichen Habitat verbracht, das nur zwei Kilometer lang war und zwei Kilometer Durchmesser hatte. Avalon und sein Zwillingsmodul Shangri-La waren zweifellos die größten geschlossenen Räume, die die Menschheit je gebaut hatte, aber sie waren dennoch winzig im Vergleich zu einem Planeten. Benson hatte nach der Landung schon Schwierigkeiten damit gehabt, sich an einen unendlichen Himmel zu gewöhnen, vor allem nach dem Vorfall in der ABM-Kapsel, aber irgendwie bewirkte die gerade Linie der Straße, die bis zum Horizont reichte, ein Gefühl für die Entfernung zu entwickeln und diese geistig zu verarbeiten. Die längste Straße daheim in Shambhala war kürzer als drei Kilometer, und er hatte gesehen, wie sie im Laufe von drei Jahren Stück für Stück entstanden war.

Diese atlantische Straße hingegen war mehrere Dutzend Kilometer lang. Ein Teil seiner verkümmerten Sehrinde sagte ihm, dass das nicht möglich war. Benson verspürte einen Anflug von Schwindel, wenn er zu lange die Straße entlangsah. Stattdessen verbrachte er also ziemlich viel Zeit damit, auf seine schlurfenden Füße zu schauen.

Außer Benson, Mei, Kexx, Kuul und sienin beiden Leibwächtern bestand die Karawane aus einem Krieger aus jedem der anderen dreiundzwanzig Dörfer, insgesamt also aus neunundzwanzig Personen. Sie brauchten etwas mehr als eine Stunde, um sich von den wogenden Kornfeldern zu entfernen und in der Wildnis anzukommen. Es gab keine klare Grenze. Die Yulkareihen wurden einfach immer unordentlicher, bis sie vom Wildwuchs nicht mehr zu unterscheiden waren. Unterholz und Baumgruppen erhoben sich, allerdings gab es nichts, was groß genug gewesen wäre, um als Wald durchzugehen. Vogelgesang, das Summen von Insekten und das Zirpen von Tieren im Unterholz erfüllten die Luft.

Ein besonders übel aussehendes Vieh mit vier libellenartigen Flügeln und Mandibeln, die den Scheren einer Winkerkrabbe Konkurrenz machten, landete auf Bensons Unterarm.

»Ah, hallo«, sagte Benson zu dem chitingepanzerten Eindringling. Er hob den Arm und zeigte ihn den Atlantern. »Ist das Ding giftig?«

»Für uns? Nein«, rief Kuul herüber. »Für dich? Wer weiß?«

»Danke für die Hilfe.« Für einen angespannten Augenblick überlegte Benson, ob es klug wäre, das Tier zu verscheuchen oder mit der Hand wegzuschlagen. Er entschied sich schließlich dafür, es sanft abzustreifen, in der Hoffnung, es würde seinen restlichen Tag anderswo verbringen. Es summte protestierend einmal um seinen Kopf herum und verzog sich dann.

In den ersten paar Stunden sprach praktisch niemand. Kein Prahlen mit den Leistungen während des Kampfes, keine Geschichten über frühere Jagden. Wofür auch? Außer Kuul und sienin beiden Gefährten kannten sie einander nicht. Diese Gruppe von Fremden marschierte gemeinsam in die Gefahr. Da war es kein Wunder, dass jeder seinen eigenen Gedanken nachhing. Dennoch war es nach Bensons Meinung Zeit für ein paar gruppendynamische Maßnahmen. Das hier war ja auch nichts anderes als eine Gruppe neuer Rekruten. Vielleicht konnten sie ja am Abend zusammen am Lagerfeuer singen oder so. Irgendwas tun, worüber sie alle lachen konnten.

Mehrfach ertappte Benson Kuul dabei, wie sier ihn musterte und ihn einzuschätzen versuchte. Es verursachte Benson Gänsehaut. Die Konfrontation mit Kuul war eine Situation, auf die er sich besser vorbereiten sollte. Benson ging etwas langsamer und ließ sich zu Kexx und Mei zurückfallen, die angeregt miteinander plauderten.

»Hey«, sagte Benson leise auf Englisch, um nicht belauscht zu werden. »Mir gefällt gar nicht, wie Kuul mich ansieht.«

Kexx sah bewusst nicht in die Richtung des Kriegers. »Ja, das ist mir auch aufgefallen. Sier ist nicht besonders subtil.«

»Kriegen wir ein Problem mit siem?«

»Mit Kuul wird es immer Probleme geben«, flüsterte Kexx zurück. »Die Frage ist nur, wie groß sie sein werden und wie bald wir sie kriegen.«

»An was für Probleme denkst du?«

»Kuul hat sich über mich geärgert. Sier denkt, ich habe gestern versucht, sien zu blamieren, indem ich unsere Untersuchung fortgesetzt habe.«

»Und hast du sien blamiert?«

»Nicht absichtlich«, sagte Kexx. »Aber … Es war eine Konsequenz meines Handelns.«

Benson grinste. »Aber was hat das mit mir zu tun?«
»Es liegt nicht an dir, Benson. Es liegt an deiner Schusswaffe. Kuul hat Angst vor ihr und neidet sie dir. Sier weiß, dass sier nichts gegen mich unternehmen kann, solange du sie hast.«
»Sier kann ja gerne versuchen, sie mir abzunehmen, aber sier wird sie nicht benutzen können.«
Kexx schnitt eine Grimasse. »Eine so mächtige Waffe wäre von großem Nutzen für Kuul.«
»Klar, wenn Kuul sie abfeuern könnte. Aber das kann nur ich.«
»Sie erkennt dich?«, fragte Kexx und musterte das Gewehr.
»Ich schätze, das ist die einfachste Art, es zu erklären.«
»Schon wieder Menschenmagie.« Kexx hielt inne und dachte nach. »Das ist gut, aber wenn du stirbst, werden Kuul und sienin Speere die stärkste Gruppe sein.«
»Was also sollen wir tun?«
»Uns Freunde machen und die Augen offen halten«, sagte Kexx schlicht.
»Daran hatte ich auch gedacht.« Benson fiel auf, dass immer mehr Atlanter sich umdrehten und ihr Gespräch beobachteten. »Wir sollten besser aufhören, uns zu unterhalten, bevor alle denken, wir würden uns hier gegen sie verschwören.«
»Tun wir das nicht?« Kexx machte einen seltsamen, schiefen Versuch zu lächeln, bei dem sier sienin schnabelförmigen Zähne sehen ließ.
»Mein Gott, das ist unheimlich, Kexx.«
»Habe ich es falsch gemacht?«
»Eigentlich … nicht. Ich werde jedenfalls die Augen offen halten.«
»Das hoffe ich doch. Wie sonst könntest du sehen, wo du hingehst?«
»Ach, vergiss es.«
Sie marschierten den ganzen Nachmittag über die lange, flache,

gleichförmige Straße, deren Monotonie nur gelegentlich ein Entfernungsmarker unterbrach. Je weiter sie sich vom Dorf entfernten, desto näher rückte ihnen die örtliche Flora. Rankenartige Ausläufer wilder Pflanzen wucherten auf die Straße und versuchten, Halt zu finden. Die klaren Kanten des Zements verschwanden unter vom Wind verwehten Sand, totem Laub und Erde. Hier und da war der Asphalt gesprungen, was kleinen, ehrgeizigen Pflanzen eine Möglichkeit gab, Fuß zu fassen.

»Wie alt ist diese Straße?«, fragte Benson ein wenig lauter, als nötig gewesen wäre, auf Atlantisch.

»Fünf Jahre«, antwortete Kexx.

»Sie wirkt älter.«

»Es ist unsere neueste.«

»Wirklich? Sie sieht nicht besonders gepflegt aus.«

»Das liegt daran, dass sie nirgends hinführt.«

»Verstehe«, sagte Benson. »Warum gehen wir sie dann?«

Kexx kicherte. »Ich sollte wohl eher sagen, sie führt bis auf halbem Weg nach nirgendwo. Immer, wenn wir eine neue Straße bauen, übernehmen die Dörfer an ihrem Ende jeweils die Hälfte der Bauarbeiten, sie beginnen an ihren eigenen Toren und treffen sich in der Mitte.«

»Klingt vernünftig.«

Kexx schnaubte. »Das sollte man meinen. Aber selbst das hat zu Auseinandersetzungen geführt. Die kleineren Dörfer sagten, die größeren sollten mehr bauen, weil sie mehr Ressourcen haben, während die größeren Dörfer der Auffassung waren, die kleineren würden mehr von den Handelsbeziehungen profitieren und sollten deshalb einen größeren Teil der Bauarbeiten übernehmen. Scheinbar finden wir immer einen Grund, uns zu streiten.«

Dazu nickte Benson. »So ist das mit der Politik. Also, wie ist es mit dieser Straße gelaufen?«

»Vor Jahren haben wir Kontakt mit den Bewohnern aufgenommen und versucht, unsere problematische gemeinsame Geschichte aufzuarbeiten. Nach langer Zeit einigten wir uns, eine Straße zu bauen, um sie erreichen zu können, und so unseren Handel mit ihnen öffentlich zu machen. Wir bauten unseren Teil der Straße und erwarteten, sie auf halbem Weg zu treffen, wie es Brauch war.«

»Aber sie sind nicht aufgetaucht«, sagte Benson.

»Nein. Zuerst dachten wir, ihre mangelnde Erfahrung im Straßenbau hätte dafür gesorgt, dass sie langsamer vorankamen als wir. Wir schickten Gesandte und Schlammsteiner, um ihnen zu helfen und sie zu unterweisen.«

»Aber die sind nie zurückgekommen«, sagte Benson, der sich den Rest der Geschichte schon denken konnte.

»Ihre Köpfe schon. Der Rest von ihnen blieb verschollen.«

»Charmant.« Benson zog sein Gewehr etwas näher an sich heran und fragte sich nicht zum letzten Mal, was zum Teufel er sich eigentlich dabei gedacht hatte, dieser Irrsinnsmission zuzustimmen. Er musste ja niemandem etwas beweisen. Doch seine Gedanken wanderten unerklärlicherweise zu einem Gespräch zurück, das er vor über drei Jahren in einem Bett auf der Krankenstation in Avalon geführt hatte, halb tot und zu einem Viertel verbrannt bei seinem entscheidenden Zusammenprall mit David Kimura, dem Fanatiker, der zwanzigtausend Menschen getötet und um ein Haar auch den Rest ausgerottet hatte.

Kimuras Komplizin aus den Reihen der Mannschaft, Avelina da Silva, hatte ihn bei ihrer Festnahme gefragt: »Wer wird für die Atlanter eintreten?«

Die Worte hallten noch immer in seinem Geist nach. Damals hatte er gesagt, er würde für sie eintreten, und er hatte es auch so gemeint. Benson hatte sein Wort gegeben, wenn auch einer völkermörderischen Irren. Er war hierhergekommen, um nach Mei und ihren Leuten zu sehen, um sich zu überzeugen, dass es ihnen gut ging, und um echte Aliens zu treffen, und wenn er ehrlich war, auch, um an einem Moment teilzuhaben, den nur wenige andere Menschen erleben durften.

Doch nach dem Angriff auf das Dorf hatte er beschlossen zu bleiben, weil ein allzu vertrautes Gefühl in der Magengrube ihm gesagt hatte, dass etwas nicht stimmte. Dies war nicht nur ein Konflikt zwischen Stämmen. Die Terminierung des Angriffs auf die Satellitenabdeckungslücke, die Zerstörung der Drohne, der Ausfall des Shuttlesenders – all das passte einfach zu gut zusammen. Jetzt konnte er diese Verdachtsmomente noch um einen weiteren ergänzen. Es war ein sechstägiger Marsch vom Dorf zum Territorium der Bewohner. Der Angriff war nur vier Tage nach der Landung der Erstkontaktexpedition erfolgt. Selbst wenn sie schnell über Land marschiert wären, hätten sie nicht rechtzeitig eintreffen können. Über hundert Bewaffnete durch freies Gelände zu bewegen, ohne dass es jemandem auffiel, dauerte seine Zeit.

Viel wahrscheinlicher schien es, dass sie vom Eintreffen der Expedition gewusst und sich schon vor der Landung des Shuttles zu Kexx' Dorf aufgemacht hatten. Vielleicht waren sie schon informiert gewesen, seit die Planung der Expedition mehrere Tage zuvor begonnen hatte. Das bedeutete, dass jemand in Shambhala oder auf der Arche mit den Bewohnern in Kontakt stand und sich in die Angelegenheiten der Atlanter einmischte.

Und das würde Benson nicht dulden.

Die Karawane erreichte eine kleine Brücke über eine seichte Ausspülung, die am tiefsten Punkt nicht mehr als ein paar Meter tief war. Nur ein dünnes Rinnsal floss in der Mitte des ausgetrockneten Flussbettes in Richtung des mehrere Kilometer östlich liegenden Ozeans. Rund geschliffene Steine und sonnengebleichte Äste wiesen darauf hin, dass sich das Rinnsal in der Regenzeit in einen reißenden Strom verwandelte.

Ein Stein fiel Benson besonders ins Auge. Nicht wegen seiner Form oder seiner Größe, die beide völlig unauffällig waren, sondern wegen seiner Farbe und der Art, wie sich das Licht darauf brach. Benson verließ die Straße und kletterte hinunter in die kleine Schlucht, wobei er eine kleine Grabenkreatur aufscheuchte, die nur zu gerne bereit war, ihr Missvergnügen durch Zirpen und das Werfen mit Sand zum Ausdruck zu bringen.

»Was hast du gesehen?«, rief Mei zu ihm hinunter.

»Kleinen Moment«, sagte Benson und bückte sich, um den Stein aufzuheben. Er war rund und löchrig, von Wasser und Sand glatt geschliffen und schwer für einen kleinen Stein. Außerdem war er gelb.

»Oh, Scheiße«, sagte Benson halblaut.

Mei tauchte an seiner Seite auf und beugte sich vor, um den kostbaren Klumpen in seiner Hand besser sehen zu können.

»Oh«, sagte Mei. »Scheiße.«

»Kexx!«, riefen sie im Chor zur Straße hinauf.

Kexx kam anmutig das steile Ufer herab und trat zu ihnen. »Was ist?«

Benson hielt dem Wahrheitssucher den Goldklumpen hin. »Kennst du das?«

Kexx nahm ihn und wog ihn in der Hand, strich dann mit den Fingerspitzen darüber. »Natürlich. Das ist Jie.«

»Das liegt einfach so herum?«, fragte Benson ungläubig.

Kexx zuckte die Achseln. »Warum nicht? Es gibt keinen Grund, es aufzusammeln. Man kann es nicht schleifen, und es ist zu weich, um in Form zu bleiben.«

Benson und Mei sahen einander ungläubig an. Gaia kreiste um einen älteren, metallarmen Stern. Im System gab es angeblich nicht besonders viel Edelmetall und schon gar keine Goldklumpen, die einfach so in ausgetrockneten Flussbetten herumlagen.

»Ich habe das Gefühl, mir entgeht etwas«, sagte Kexx. »Ist dieses Gestein eurem Volk wichtig?«
Benson räusperte sich. »Das wäre untertrieben.«
»Wie wichtig?«
»Wichtig genug, um dafür zu töten«, antwortete Mei.
»Oh.« Kexx betrachtete den Goldklumpen in siener Handfläche. »Scheiße.«

KAPITEL 22

Theresa zwang sich zu blinzeln. Ihre Augen waren trocken, müde und wahrscheinlich blutunterlaufen. Sie fühlte sich, als habe sie ihr gesamtes Erwachsenenleben auf das Tablet gestarrt, um Festnahmeberichte auszufüllen und auf den neuesten Stand zu bringen. Ganz im Gegensatz zu den Vorhersagen des kommissarischen Verwaltungsleiters Merick hatten die Proteste nicht nachgelassen. Sie hatten vielmehr zugenommen und sich von friedlichen Demonstrationen in zivilen Ungehorsam, in Vandalismus und sogar in ein paar nächtliche Übergriffe verwandelt.

Shambhala schien Streit zu suchen. Zumindest eine wütende, sehr stimmgewaltige Minderheit seiner Bewohner. Eine der Constables von der dritten Schicht war wegen häuslicher Gewalt alarmiert worden und hatte Yvonne Hallstead dabei erwischt, wie sie ihre Freundin verprügelte, weil sie nicht genügend Begeisterung für gewaltsame Vergeltungsmaßnahmen gegen die Atlanter gezeigt hatte. Ob es dazu kommen würde oder nicht, Hallstead würde die letzte Runde im städtischen Gefängnis absitzen.

Theresa war ganz froh, dass sie endlich ein Gefängnis hatten, das ausdrücklich dafür gebaut worden war, dass die Trinker ihren Rausch ausschlafen und die Heißsporne der Stadt sich wieder etwas beruhigen konnten. Es war sehr hilfreich in der Grauzone, in der weder Sozialstunden noch eine Hinrichtung, die beiden Extreme der Rechtsprechung Shambhalas, angemessen erschienen. Sie hatte nur acht Zellen, was Theresa bei einer rasch wachsenden Bevölkerung von aktuell fünfundzwanzigtausend Personen optimistisch, ja fast schon naiv vorkam, aber es war schon ein großer Schritt in die richtige Richtung im Vergleich zu dem

leer geräumten Lagerraum, der daheim auf der Arche als Arrestzelle hatte herhalten müssen.
Daheim. Theresa legte ihr Tablet weg und grübelte über das Wort nach, während sie sich in dem Haus umsah, das sie und ihr Mann errichtet hatten. Nun ja, das Haus, das ein 3-D-Betondrucker und eine Baumannschaft errichtet hatten, aber sie hatten den Grundriss und die Einrichtung ausgewählt. Es fühlte sich auf eine Weise wie ein Zuhause an, wie es die Arche nie getan hatte.
Aber jetzt war es in Gefahr. Die Stadt war am Siedepunkt, während ihr dummer, ruhmsüchtiger Mann im atlantischen Hinterland herumscharwenzelte, nur einen falschen Schritt vom Tod durch einen Reißzahn oder einen Speer entfernt. Theresa schwor sich, bei der Rückkehr seines Shuttles mit einem Baseballschläger auf ihn zu warten, wenn ihn da draußen nicht etwas Großes, Fieses erwischte. Sie würde ihm nichts Ernstes antun, nur vielleicht seinen Oberschenkel zertrümmern, damit er zur Abwechslung mal ein paar Monate lang nicht rücksichtslos seine eigenen Wege gehen konnte wie ein rebellischer Teenager. Seine Footballmannschaft konnte er auch auf Krücken trainieren. Sie würde den Idioten sogar wieder gesund pflegen, um ihm zu zeigen, wie sehr sie ihn liebte.
Das Symbol für einen eingehenden Anruf blinkte am Rand von Theresas Sichtfeld auf. Ein Avatar des Gesichts ihres Mannes wurde sichtbar.
»Wenn man vom Teufel spricht«, sagte sie und klang dabei wie ihre frömmlerische Tante – eine der sehr wenigen Katholikinnen, die es noch gab und der es tatsächlich gelang zu glauben, der Jüngste Tag habe nicht schon vor zweihundert Jahren auf der Erde stattgefunden und sie führe keine verfluchte Existenz, die nicht unter dem Schutz des Herrn stand. Theresa beneidete die Buddhisten. Ihr Glaube hatte Raum für eine Existenz nach dem

Armageddon, ohne dass sie komplizierte theologische Verrenkungen machen mussten. Sie nahm den Anruf an und projizierte ihn auf die nächste Wand.

»Du bist spät dran«, sagte Theresa ruhig, was ihre Frustration deutlicher machte, als es Geschrei je gekonnt hätte.

»Tut mir leid, Esa. Wir haben hier draußen alle Hände voll zu tun.«

»Meinst du, ich habe mir nur in Ruhe die Nägel gemacht?« Theresa hob ihr Tablet und schüttelte es. »Während du die Aussicht genießt, versucht der Laden hier, uns um die Ohren zu fliegen. Die Heimkehrer drohen mit Aufständen, die Isolationisten rennen herum und krakeelen ›Wir haben es euch gleich gesagt‹, und alle anderen schreien nach Rache.«

»Tut mir leid, Esa. Ich habe die gesamte letzte Stunde mit einer Nachbesprechung mit dem Rat zugebracht. Ich weiß nicht, wie viel Akku ich noch habe.«

»Na, da bin ich ja froh, dass du jetzt auch mal an mich gedacht hast.«

Ihr Mann umklammerte das tragbare Bildfunkgerät fester und näherte sein Gesicht der Kamera. »Hör zu, ich wollte wirklich nicht länger mit diesen Arschlöchern reden, als ich musste, ja? Aber hier bin ich jetzt, und ich will das Beste daraus machen.«

Theresa erkannte den verführerischen Unterton in Bensons Stimme. Sie hatte ihn häufig nach ein paar Flaschen Sake oder Apfelwein gehört, als sie sich noch heimlich für ein verbotenes Techtelmechtel zwischen zwei Schichten getroffen hatten.

»Echt jetzt?«, war alles, was sie als Antwort zustande brachte.

»Komm schon, Süße«, schnurrte er. »Es ist sooo einsam hier draußen.«

»Du bist umgeben von Atlantern.«

»Deren Geschlechtsorgane ich nicht begreife, ja nicht einmal erkenne. Möglicherweise saue ich mich jedes Mal mit Körperflüssigkeiten ein, wenn ich einem die Hand schüttle.« Benson erschauerte.

Theresa seufzte. »Das ist wirklich sexy, Baby.«

»Bitte? Es ist mir wichtig«, flehte er. Etwas an seinem Gesichtsausdruck berührte sie. In all den Jahren, in denen sie jetzt zusammen waren, hatte Bryan Benson noch nie um Sex gebettelt. Das hatte er nicht nötig, und das wusste er auch. Zum Teil, weil Theresa nicht gerade zurückhaltend war, aber auch, weil sein Ego durch weibliche Zero-Fans jahrelang gestärkt war, die all seine fleischlichen Gelüste bereitwillig befriedigt hatten. Was mindestens irritierend gewesen war.

Aber jetzt wirkte sein Gesicht unangebracht ernst. Vielleicht war er nur wirklich notgeil, aber Theresa kannte ihren Mann. Wenn er sagte, es sei ihm wichtig, dann war es das. Sie beschloss mitzuspielen.

»Na schön, willst du eine Show, großer Junge?« Sie hakte die Daumen unter die Schulterträger ihres Oberteils.

»Ja, bitte«, sagte er begierig.

»Ich hoffe, es sieht keiner deiner Freunde zu.«

»Selbst wenn, würde ich bezweifeln, dass sie begreifen, was sie sehen.«

»Süßer?«, sagte Theresa.

»Ja?«

»Wir müssen wirklich an deinem Dirty Talk arbeiten.« Theresa erhob sich und warf ihr Oberteil in Richtung der Kamera an der Wand.

* * *

»Ähm, warum genau schauen wir uns das an?« Korolevs Wangen, die glatt waren wie ein Kinderpopo, färbten sich rot.

»Das Entscheidende kommt ganz am Ende«, sagte Theresa und

spulte so schnell vor, dass die privateren Teile nur noch verschwommen zu erkennen waren. Die Projektion an der Wand zeigte schließlich Bensons Gesicht.

»Das war toll, Baby«, sagte der aufgezeichnete Benson. »Wenn ich zurückkomme, schenke ich dir diese neuen Goldohrringe, von denen du erzählt hast.«

Mit einer Geste hielt Theresa das Video an. »Ist Ihnen etwas aufgefallen?«

»Sie meinen, es enthält irgendeine verborgene Botschaft?«, fragte Feng.

Theresa nickte. »Bryan weiß, dass diese Botschaften wahrscheinlich abgehört werden. Also hat er das, was er mir mitteilen wollte, so versteckt, dass nur ich es erkenne.«

»Na schön, worauf müssen wir achten?«, fragte Korolev.

»Fällt Ihnen irgendetwas auf, das an meinem Gesicht fehlt?«

Korolev sah sie einen Augenblick lang an. »Ein Mund. Eine Nase. Zwei Nasenlöcher. Zwei Augen. Zwei Ohren.« Er zuckte die Achseln. »Sieht für mich ganz normal aus.«

Theresa seufzte. »Sie wollen doch Detective werden, Pavel. Sonst noch was? Fällt Ihnen an meinen Ohren etwas auf?« Sie schob zwei Finger dahinter und wackelte mit den Ohrläppchen. »Fehlt da irgendwas?«

Korolev beugte sich vor und sah sich ihre Ohren genau an. Theresa wollte gerade aufgeben, da dämmerte es dem Constable. »Sie haben keine Ohrlöcher.«

»Korrekt.«

»Von welchen Ohrringen hat er dann geredet?«

»Das ist die Frage«, bestätigte Theresa.

»Sie tragen keine Clips?«, fragte Feng.

»Für wie alt halten Sie mich, bitte?«

»Tut mir leid. Aber Sie haben sich nie Ohrlöcher stechen lassen? Nie?«

»Ich mag keine Nadeln.«
»Also«, fuhr Korolev fort. »Wir können davon ausgehen, dass der Chief uns eine geheime Botschaft übermitteln wollte. Da Sie keine Ohrringe tragen, können wir diesen Teil der Nachricht ignorieren. Was bleibt dann noch?«
»Neu und Gold«, sagte Theresa.
Fengs Miene, eben noch heiter und spielerisch, wurde plötzlich todernst. »Sie wollen doch nicht wirklich andeuten, wovon ich glaube, dass Sie es andeuten wollen?«
»Warum nicht?«, fragte Theresa. »Bryan vermutet eine Verschwörung. Wir haben bereits einige Beweise dafür gefunden. Er will nicht offen reden, weil er weiß, dass all seine Gespräche mitgehört werden.«
»Nehmen wir wirklich an, dass der Chief Gold gefunden hat?«, fragte Korolev. »Einfach so auf dem Boden? Das ist unmöglich. Wir haben die Oberfläche bereits nach Edelmetall gescannt und nichts gefunden. Oder?«
Theresa wandte sich an Feng. »Das ist eine sehr gute Frage.«
Feng schnitt eine Grimasse. »Das haben wir. Aber …«
»Aber?«, fragte Korolev.
»Aber jeder, der ausreichend Zugang zum Netzwerk und Programmiererfahrung hat, um zwei Teile unseres Satellitennetzes zu hacken und für seine Zwecke zu entfremden, könnte auch die spektrografischen Daten manipulieren, die diese Satelliten liefern, oder sie komplett austauschen.«
Theresa atmete durch geschürzte Lippen aus, wobei sie beinahe pfiff. »Das ist doch mal ein Motiv.«
»Gold?«, fragte Korolev. »Ich meine, ich weiß, es war auf der Erde viel wert, aber hier und jetzt?«
»Denken Sie weiter, Pavel«, sagte Theresa. »Gold steht ziemlich weit unten auf der Periodentafel. Gold bedeutet, dass ein ganzer Haufen Edel- und Halbedelmetalle herumliegen müssen, die wir

hier nicht zu finden erwartet haben. Silber, Palladium, Kadmium.«
»Iridium, Osmium.« Feng zählte die Elemente an seinen Fingern auf. »Wolfram, Platin. Wenn es Gold gibt, sollte es von alldem auch gewisse Vorkommen geben.«
»Aber das sind doch gute Neuigkeiten, oder?«, fragte Korolev. »Wir brauchen sie alle, um technische Gegenstände herzustellen, und wenn wir sie hier finden, statt sie in fünf Jahren oder so auf Asteroiden abbauen zu müssen, ist das umso besser.«
»Das sollte man meinen. Aber warum versucht dann jemand, ihre Existenz verheimlichen?«, fragte Theresa.
»Weil man gute Nachrichten gerne für sich behält, bis man sie optimal nutzen kann«, sagte Feng. »Denn wenn sie sich herumsprechen, ehe man in der richtigen Position ist, um Ansprüche anzumelden und sofort mit dem Abbau zu beginnen, lösen solche Nachrichten einen Goldrausch aus.«
»Möchten Sie der Klasse sonst noch etwas mitteilen, Constable Feng?«, fragte Theresa.
Der frühere Erste Offizier nickte. »Ich habe mir unsere Bodenausrüstung angesehen, wie Sie es vorgeschlagen haben. Ich habe bei den Rovern und den Drohnen nach Einheiten gesucht, die verschwunden sind und möglicherweise genau wie unsere beiden Satelliten zweckentfremdet wurden.«
»Und?«
»Zwei Pathfinder-Drohnen und ein Rover scheinen gekapert worden zu sein.«
Theresa nahm diese neue Hiobsbotschaft gefasst auf. »Wer auch immer dafür verantwortlich ist, hat also nicht nur Augen am Himmel, sondern auch Stimmen am Boden.«
»Ich bin mir nicht sicher«, sagte Feng. »Es ist ein naheliegender Schluss, aber mehr im Augenblick noch nicht.«
»Was brauchen Sie, um sicherzugehen?«

»Ohne eine Million Alarme auszulösen, die ein auch nur ansatzweise kompetenter Hacker mit Sicherheit eingerichtet hat?«, fragte Feng. »Die Quelldaten. Aber alle Anfragen, die ich über die Bohnenranke stelle, werden aufgezeichnet und archiviert.«

»Kom-Laser?«, fragte Korolev. »Die haben wir jahrzehntelang für die Kommunikation zwischen der Arche und ihren EVA-Kapseln eingesetzt. So könnten Sie sich reinschleichen.«

Feng schüttelte den Kopf. »Die sind für den Einsatz im Vakuum gedacht. Selbst wenn wir unten einen ausreichend starken Laser hätten, was wir nicht haben, sind die Empfänger nicht darauf ausgelegt, atmosphärische Störungen auszufiltern. Wir nutzen nur in die Bohnenranke eingebaute Datenkabel.«

»Wir funken doch täglich.«

»Funksprüche können abgefangen und decodiert werden. Wenn ich das unauffällig erledigen soll« – Feng deutete zum Himmel –, »muss ich wieder da rauf in die Büchse.«

»Wann waren Sie das letzte Mal da oben?«

»Vor etwa drei Monaten.«

Theresa rieb sich geistesabwesend das Kinn. »Das wäre ungefähr turnusgemäß, oder? Sie könnten irgendeine Ausrede erfinden, sagen, Sie müssen hoch, um die Mannschaft über die gegenwärtige Situation und die Unruhen hier in Kenntnis zu setzen.«

»Klar, aber der Weg die Bohnenranke hoch dauert vier Tage.«

»Können Sie sich kein Shuttle organisieren?«, fragte Korolev. »Die schaffen den Weg in weniger als einem Tag.«

Feng schüttelte den Kopf. »Nicht ohne eine ausgeklügelte Verschleierungsgeschichte, und selbst dann wird ein außerplanmäßiger Shuttleflug jede Menge Verdacht erregen. Besonders, nachdem wir gerade einen Haufen Treibstoff für die Erstkontakt-Expedition verbraucht haben.«

Er hatte natürlich recht. Die Shuttles flogen mit einem aus Algen gewonnenen Biotreibstoff, dessen Anbau und Herstellung Zeit

brauchten. Theresa seufzte. »Glauben Sie, Sie können von der Arche aus den Schuldigen ermitteln?«
»Die Frage möchte ich mit einem entschiedenen Vielleicht beantworten. Es kommt darauf an, wie clever die Spuren verwischt wurden. Aber ich kann zumindest die gekaperten technischen Einrichtungen abschalten oder gar übernehmen, ehe unsere Gegenspieler Wind davon bekommen und die Chance haben, eine Selbstzerstörung einzuleiten.«
»Dann haben wir keine andere Wahl. Sie sollten den nächsten Lift nach oben nehmen.«
Feng sah auf seine Armbanduhr, einen ostentativen Anachronismus, der in seiner Familie seit zehn Generationen weitervererbt wurde. Jetzt wartete die Uhr auf den achtzehnten Geburtstag seines Sohnes, um wieder den Besitzer zu wechseln. »Der nächste Lift geht in drei Stunden. Ich muss einen Babysitter finden und packen.«
»Moment«, sagte Theresa, verschwand kurz im Schlafzimmer und kam mit einem kleinen Metallzylinder wieder, den sie Feng in die Hand drückte. »Packen Sie den ein.«
»Ein Betäubungsstab?«, fragte Feng verblüfft.
»Man weiß nie, wann man einen brauchen kann.«
»Aber ich habe keine Freigabe für die Dinger.«
»Ich habe Sie rekrutiert, erinnern Sie sich?«, sagte Theresa. »Ich habe ihn schon mit Ihrem Plantat verlinkt. Es ist ein einfaches Interface: aufs Ziel deuten und klicken.«
»Ich erinnere mich«, sagte Feng säuerlich. Er wirbelte den Betäubungsstab einmal in der Hand herum wie einen leicht übergroßen Stift, dann ließ er ihn in eine Hosentasche gleiten. »Danke.«
»Danken Sie mir, indem Sie diese Idioten finden, damit ich sie festnehmen kann.«
Feng nickte, dann schloss er Theresa fest in die Arme, ehe er zur Tür ging.

Korolev sah zu, wie sich die Tür hinter ihm schloss. »Damit hätte ich vor ein paar Jahren noch nicht gerechnet.«

Theresa zuckte die Achseln. »Feng war nie ein schlechter Kerl. Selbstsüchtig und kurzsichtig, ja, aber er wäre nicht der Einzige, der das nach Shangri-La hinter sich gelassen hat.«

»Amen.«

Theresa ging zur Tür und schnappte sich ihre Jacke. »Kommen Sie, Pavel. Wir müssen zum ›Footballtraining‹.«

KAPITEL 23

Am zweiten Tag ihres Marsches wurde es schon fast dunkel, als sie das Ende der Straße erreichten. Sie hatten den halben Weg zur Schlucht der Bewohner zurückgelegt, doch auf der zweiten Hälfte gab es keine Straße, weshalb das Fortkommen doppelt so beschwerlich werden würde. Kexx ließ die Karawane anhalten.

»Was ist los?«, fragte Kuul.

»Nichts«, sagte Kexx und verdrängte das Gefühl von Schlammspringern, die in sienem Bauch Saltos schlugen. Das Ende der Straße war mehr als nur symbolisch, es bedeutete auch das Ende des Territoriums ihres Dorfs und von Tukos Autorität, vorausgesetzt, sier lebte noch. Nun befanden sie sich in echter Wildnis. Es war Niemandsland, gehörte nicht einmal den Bewohnern. Nomaden, Räuber und wilde Raubtiere regierten diese Steppe. Es war kein Ort für zivilisierte Wesen, welcher Rasse auch immer.

»Nichts«, wiederholte Kexx versonnen. »Hier lagern wir für die Nacht.«

»Jetzt schon?« Kuul sah zur Sonne, die dem westlichen Horizont entgegenkroch. »Wir können noch zwei Steine weit marschieren, ehe es dunkel wird.«

»Hier draußen gibt es keine Steine«, sagte Kexx.

Kuul kicherte. »Hast du Angst im Dunkeln, Wahrheitssucher?«

»Wie viele Nächte hast du unter den Bäumen verbracht, Kuul? Allein, während die Hitze des Tages aus deinen Knochen herausfloss, ohne ein Feuer, um sich zu wärmen, nur durch einen Speer getrennt von dem, was möglicherweise in den Schatten lauerte? Natürlich habe ich Angst. Nur wer kaltherzig ist, hätte die nicht.«

Kuuls Haut flackerte irritiert, aber sier ließ es dabei bewenden. »Was sollen wir tun?«

»Ein Lager aufschlagen, solange wir noch genug Licht dafür haben. Säubert den Lagerplatz so weit wie möglich von Gestrüpp, damit wir schnell zu den Speeren greifen können, wenn etwas in böser Absicht aus dem Dunkeln kommt.«

»Kommt denn je etwas in guter Absicht aus dem Dunkeln?«

Kexx lachte. »Nein. Üblicherweise nicht.«

»Was ist mit den Tothäuten?« Es gelang Kuul, das letzte Wort nicht angewidert auszuspucken, aber sier musste sich Mühe geben. Es war nicht das erste Mal, dass Kexx das Schimpfwort hörte, das die bleiche, monotone Haut von Meis Leuten mit der eines frisch heimgekehrten G'tels verglich. »Was tun sie, während wir das Lager aufschlagen?«

»Unsere *menschlichen Freunde*«, sagte Kexx betont, »werden Feuerholz sammeln.«

»Ah. Eine Aufgabe, die ihren Talenten angemessen ist«, sagte Kuul. Es war kein Kompliment. Feuerholz für ein Lager zu sammeln, war die Sorte Arbeit, die normalerweise Kindern oder sehr alten G'tel vorbehalten war, aber Kexx wusste nicht, was sier Benson und Mei sonst hätte auftragen sollen.

»Hoffen wir, dass sich nicht einer von ihnen einen Splitter einfängt«, sagte Kuul. »Das wäre eine Tragödie.«

»Es wäre unschön, wenn irgendjemandem aus unserer Gruppe etwas passierte. Wir sind ohnehin schon zu wenige.«

»Wir wären viel mehr gewesen, wenn wir meinen Plan in die Tat umgesetzt hätten.«

»Ja, eine Armee von Bauern und Fischern, die gerade groß genug gewesen wäre, um die Krieger der Bewohner aus ihren Löchern zu locken, und klein genug, um zermalmt zu werden wie Köderwürmer.« Kexx schüttelte den Kopf. »Das ist kein Plan, Kuul. Das ist ein edler, aber sinnloser Tod.«

»Du verbringst zu viel Zeit mit den Tothäuten. Du hast dir sogar ihre Manierismen angewöhnt. Deshalb überschätzt du sie. Was sind sie ohne ihre Schusswaffeln?«
»Schusswaffen, Kuul. Wenn dich die Invasoren nicht auf den Rücken geworfen hätten, hättest du gesehen, was die Menschen vor dem Tempel auch ohne ihre Schusswaffen ausgerichtet haben. Es war denkwürdig.«
»Du solltest dir deine Freunde sorgfältiger aussuchen, Wahrheitssucher. Wenn Tuko nicht mehr erwacht –«
»Dann werde ich sien betrauern«, schnitt Kexx die sich ankündigende Tirade ab. »Möchtest du sonst noch etwas sagen?«
Kuuls Haut wurde dunkler wie Dux'ah-Fleisch, das über Feuer briet. »Nicht zu dir, nein.«
»Gut, dann lass bitte das Lager aufschlagen und bestimme die erste Wache.«
Der Krieger schritt davon und bellte sienin Anhängern Befehle zu. Kuul war ein hervorragender Verbündeter, vorausgesetzt, man versprach siem einen Kampf. Ansonsten suchte sier sich einen.
Kexx sah sich nach Benson um und fand ihn bald. Die gebräunte Haut des Menschen, sein dunkles Haar und seine dunkle Kleidung zeichneten sich in der Steppe ab, als wolle er unbedingt gesehen werden. Die Menschen waren in vielen Dingen zweifellos gut. Tarnung zählte nicht dazu.
»Benson.« Kexx winkte ihn heran.
»Alles in Ordnung?«, fragte der Mensch. »Ich habe gesehen, dass du mit Kuul geredet hast. Es klang hitzig.«
»Kuul hat mir nur sien Missfallen ins Gedächtnis gerufen. Wir schlagen hier unser Nachtlager auf. Du und Mei, ihr müsst so viel Feuerholz sammeln, wie ihr könnt.«
Benson sah sich in der grasbewachsenen Steppe um. »Ähm. Ich sehe hier draußen nicht viele Bäume.«

»Verzeih mir. Wir pflücken das gerade Gras, dann binden wir es mit Darm zu festen Bündeln zusammen, die nicht so schnell verbrennen.«

Benson kniff die Augen zusammen. »Dann werden wir aber viel Gras brauchen.«

»Ihr habt den Rest des Tages, um welches zu pflücken. Fangt an, wo wir die Feuergrube ausheben, und arbeitet euch von dort aus vor.«

Benson hob die Hände, die Handflächen Kexx zugewandt. Kexx erkannte die Geste als Zeichen der Kapitulation oder der Einwilligung. »Alles klar, kapiert. Wir sind der Typ ganz unten am Totempfahl.«

»An was für einem Pfahl?«

»Am Totempfahl.« Benson hob eine Hand hoch über den Kopf. »Großer, hoher Stapel von Gesichtern von Göttern und Geistern und so. Die Stämme der amerikanischen Ureinwohner schnitzten sie aus ganzen Bäumen. Wir haben einen kleinen daheim im Museum.«

»Das waren menschliche Stämme?«

»Ja«, sagte Benson. »Mit einigen davon hättet ihr wahrscheinlich viel gemeinsam gehabt. Sie waren Experten darin, im Einklang mit dem Land zu leben und das Gleichgewicht der Natur zu wahren.«

Kexx nickte. »Sie klingen sehr weise. Ich würde gerne eines Tages einen … Totempfahl sehen.«

»Das wirst du ganz sicher«, sagte Benson. »Aber jetzt sollte ich mich an die Arbeit machen.«

Die Karawane schlug rasch ein Lager auf. Als die Sonne hinter dem Horizont versank, standen die Zelte, und die Feuergrube war ausgehoben. Benson und Mei rodeten mithilfe einiger Mitglieder der anderen Dörfer eine Lichtung, die so groß war, dass ein Erwachsener sie nicht mit drei großen Schritten durchschreiten konnte. Als das letzte Fleckchen Rotorange am Nachthimmel verblasste, brannten die ersten Grasbündel schon hell. Sie hatten Glück gehabt. So weit weg vom Meer war das Gras ausgetrocknet und hatte sich leicht entzünden lassen. Während es brannte, trockneten die Streifen Dux'ah-Darm, mit denen die Garben zusammengebunden waren, aus, zogen sich zusammen und schnürten das Bündel zusammen, bis es fast so dicht war wie echtes Holz, wodurch es langsamer brannte, sodass das Feuer bis tief in die Nacht loderte.

Kuuls Krieger saßen am dichtesten am Feuer und grillten das Fleisch irgendeiner unglücklichen Kreatur, deren Neugier sie in die Reichweite eines Speers gebracht hatte. Es war ein hervorragender Wurf gewesen, das musste Kexx zugeben. Der Rest der Karawane lagerte in einem Halbkreis ein Stück entfernt. Benson und Mei saßen noch ein bisschen weiter hinten, teilten sich ihr eigenes Essen und unterhielten sich leise in einer ihrer Sprachen. Kexx versuchte nicht, zu lauschen. Stattdessen setzte sier sich zu den Kriegern aus Jumar und Icho, Dörfern westlich von G'tel und Pukal, und tauschte etwas von sienem getrockneten Dux'ah-Fleisch gegen eine großzügige Portion kandierten Bitterwurz und zwei noch zappelnde Knackkäfer. Bitterwurz galt an der Küste als exotische Delikatesse, weil es im Salzwasser nicht wuchs. Jumar trieb schwungvollen Handel damit, denn die Pflanzen von dort waren so geschmacksintensiv, dass sie im Mund brannten. Manche sagten, man könne Flusswasser trinkbar machen, indem man es durch die ausgehöhlten Halme trank. Kexx brach ein fingerlanges Stück ab und legte es sich auf die Zunge. Es war zuerst süß, was an dem klebrigen Nektar lag, in dem es zur Konservierung gewälzt wurde, aber gleich darauf breitete sich die Hitze und Schärfe des getrockneten Safts in sienem Mund aus wie ein flüssiger Dolch und stach an Zunge und Wangen, während er in alle Winkel floss. Kexx verzog das Gesicht, während siene Haut unwillkürlich ein Warnmuster aussandte. Der ältere Krieger lachte.

»Es ist gar nicht so schlimm«, sagte Kexx und versuchte, sich zu erholen. »Würde einen schwachen Tee ergeben.«

Der Krieger aus Jumar lachte noch lauter, während sier Trockenfleischstreifen abschnitt und sie sorgsam kaute.

»Wie heißt ihr?«

»Surea«, sagte sier mit einem leichten Akzent und einem Mund voll Fleisch. »Das ist Eklo.« Surea schlug dem jüngeren Krieger auf den Rücken.

Surea hatte schon viele Sommer gesehen und zeigte einige der verräterischen Zeichen des Übergangs zum Ältesten. Sienir Muskeln wurden weicher, die Farben an den Rändern sienis Kämme verblassten. Dies war wahrscheinlich sien letztes Jahr als Krieger, vorausgesetzt, sie alle überlebten diese Reise.

Eklo hingegen war sehr jung, mit grellbunten Kämmen, glatter Haut und ohne Narben, die die Geschichten früherer Kämpfe erzählten. Sier war ruhig, ängstlich.

Nur zwei Krieger, die Icho zur Versammlung geschickt hatte, waren nicht in G'tel gefallen, und der Erfahrenere musste ihren Häuptling zurück ins Dorf geleiten. Somit war nach dem Ausschlussprinzip Eklo als einziger Beitrag Ichos zur Karawane geblieben. Surea schien den Jüngling adoptiert zu haben.

»Ist dies deine erste Reise in die Wildnis, Eklo?«

»Ja, Ältester.«

Kexx kicherte. »Ich habe noch ein paar Jahre bis zum Übergang zum Ältesten, junger Krieger. Halte dich in Sureas Nähe, sier sieht aus, als kenne sier alle Tricks.«

»Zumindest die meisten«, setzte Surea grinsend hinzu.

»Braucht ihr etwas? Decken? Wasser?«

»Wir sind gut ausgerüstet, Wahrheitssucher Kexx. Wir brauchen nichts. Danke für das Trockenfleisch.«

Kexx dankte ihnen für ihre Leckereien, steckte die Knackkäfer für später ein und ging zum Rand des Lagerplatzes. Sier würde die erste Wache übernehmen. Kuul hatte angeboten, dass sienir beiden Bewacher die erste Schicht übernehmen könnten, und sicher hätten sie es auch getan, sich am Feuer warm und beweglich gehalten und auf jegliche Anzeichen von Ärger geachtet, aber Kexx wollte nicht warten, bis der Ärger sie fand.

Sier kannte die Nacht in der Steppe. Sie war still. Friedlich. Trügerisch. Hier draußen, fernab des Feuers, das die Augen beim Blick ins Dunkle täuschte, konnte sier Ärger bemerken, ehe er das Lager überraschte. Nicht, dass die Krieger die Aufgabe nicht richtig erfüllen wollten, sie dachten einfach nicht in solchen Kategorien. Krieger fühlten sich alle zum Feuer hingezogen. Kampf war etwas, was am Tag stattfand, wenn alle warm und biegsam waren und die Sonne das Schlachtfeld erleuchtete. Krieger verbargen sich nicht im Schatten und waren üblicherweise halb taub von den Kriegs- und Schmerzensschreien. Die Besten von ihnen, die Legenden, reagierten auf jede sich bietende Situation. Sie verschwendeten nicht viele Gedanken darauf, Ereignisse vorherahnen zu wollen. Wahrheitssucher hingegen verbrachten ihr Leben damit, in der Rückschau zu rekonstruieren, wie es zu bestimmten Ereignissen gekommen war. Ihnen fiel es leicht, den Gedanken umzukehren und zu erahnen, was geschehen würde. Sie mussten wachsam bleiben. Kexx glitt in die Schatten unmittelbar jenseits der Lichtung und verschmolz mit siener Umgebung, geduldig, leise und ewig wachsam.

* * *

Kexx schoss hoch und versuchte, die Hand zu packen, die auf siener Schulter lag, doch sien kühler Körper war angespannt und langsam, und die Hand wurde zurückgezogen, ehe sier auch nur einen Finger darauflegen konnte. Stattdessen rollte sier sich nach vorn, stemmte die Füße in den sandigen Boden, warf sich herum und stand dem Besitzer der Hand von Angesicht zu Angesicht gegenüber.

»Benson«, sagte Kexx atemlos.

»Ja, ich bin es, Kexx.« Der Mensch stand aufrecht da, eine Hand mit der Handfläche nach unten ausgestreckt, um sien zu beruhigen, während die andere seine Schusswaffe umklammerte. Licht strömte aus einem seitlich an der Waffe angebrachten Zylinder. »Tut mir leid, Kumpel. Du bist eingeschlafen.«

»Bin ich nicht«, antwortete Kexx verärgert. »Ich habe … meine Augenlider nach Milben untersucht.«

Benson grinste. »Na schön, belassen wir es dabei.«

»Warum hast du deine Waffe in der Hand, Ermittler?«

Benson deutete nach Norden. »Deine Rückkehr von der Wache war überfällig, also bin ich hergekommen, um dich zu suchen. Ich dachte, ich hätte gerade gehört, wie sich jemand im Unterholz bewegt.«

Kexx erstarrte. »Mach das Licht aus und beweg dich nicht«, sagte sier leise.

Benson gehorchte kommentarlos.

Kexx stieß die Spitze sienes Speers in den Boden, dann streckte sier die Hände aus, kostete die Luft, suchte nach dem kleinsten Hinweis auf Schweiß, Moschus, Urin, irgendein Zeichen dafür, dass sich etwas Bösartiges in der Dunkelheit verbarg. Sier horchte auf das Rascheln des Grases, das beiseitegeschoben wurde, tastete mit den Fußballen nach dem Rhythmus von Schritten, fühlte mit sienim Sinnen so weit in die Dunkelheit hinaus, wie sier konnte, fand aber nichts. Sier hörte nur die Meeresbrise in den Grasbüscheln spielen.

»Tut mir leid, Benson, aber du musst den Wind gehört haben. Da draußen ist nichts –«

Der Einschlag riss Kexx von den Beinen. Einen Augenblick darauf prallte sier auf dem Boden auf. Sengender Schmerz durchfuhr Kexx' Schulter, als hundert Zähne, die so dünn waren wie Knochennadeln, sich in sien Fleisch bohrten. Sier kreischte vor Schmerz und Überraschung, dann presste sier den freien Arm kräftig gegen das Tier, doch es half nichts. Was auch immer es war, es war mindestens doppelt so schwer wie Kexx.
Es gelang siem, eine Hand ins Gesicht der Kreatur zu pressen, und sier tastete nach der Augenhöhle und stieß einen Finger hinein. Für einen Augenblick ließ die Bestie sien los, doch dann griff sie mit doppelter Wut an und verbiss sich in siene Schulter, bis Kexx etwas mit einem widerlichen Knacken nachgeben hörte.
Unmittelbar darauf ging ein Licht an, das sowohl Kexx als auch sienen Angreifer in ein reinweißes Leuchten tauchte, hell genug, um sie beinahe beide zu blenden. Kexx sah den Umriss des Monsters, das sien zu fressen versuchte, und keuchte auf. Es war ein Ulik, aber viel größer und massiger als die halb verhungerten, gescheckten Rudel, die sier so oft in der Nähe des Dorfes grasen sah.
Es war außerdem warm. Viel zu warm.
Kexx konnte sienen Speer nicht erreichen. Der Schock und der Schmerz wichen Panik. Eine Hand tauchte aus dem Licht auf und packte das monströse Ulik im Genick. Eine Menschenhand.
»Halt still, du hässlicher Wichser!«, rief Benson in Menschensprache, während er der Kreatur die Mündung seiner Schusswaffe ins Gesicht drückte. Es donnerte dreimal ohrenbetäubend, und ebenso viele Blitze zuckten, während der Kopf des Uliks platzte und sich in Knochensplitter, Blut und Hirnmasse auflöste. Der Kadaver zuckte noch, als Benson ihn von Kexx' Brust herunterrollte und siem aufhalf.
»Danke«, sagte Kexx.

»Was?«, rief Benson zurück und legte eine Hand hinters Ohr. Kexx hörte ihn kaum, so dröhnte es in sienin Ohren.
»Danke«, brüllte Kexx zurück.
Benson nickte, dann deutete er auf Kexx' Schulter. »Bist du verletzt?«
Kexx betastete sien Schultergelenk und spürte, dass es ausgerenkt war. Sier kannte dieses Gefühl von einem Sturz von einem Baum als Jugendlicher. Kexx packte sienen Unterarm mit der unverletzten Hand, zog einmal heftig und renkte damit die Schulter wieder ein. Sienir Knie knickten beinahe ein, so heftig war der Schmerz, der sien durchzuckte, aber es gelang.
»Nicht der Rede wert«, rief sier, während das Dröhnen in sienim Ohren ein kleines bisschen nachließ.
»Sei dir da nicht so sicher«, rief Benson zurück und deutete mit der Waffe in weitem Bogen über die Steppe. Dutzende von Augen schimmerten bernsteinfarben in der Dunkelheit.
Kexx griff mit der unverletzten Hand nach sienem Speer, während Benson die Waffe an die Schulter legte.
Wie ein Mann wandten sie sich dem Lager zu und riefen: »Kuul!«

KAPITEL 24

Zum zweiten Mal in vier Tagen musste Benson um sein Leben kämpfen. Die Ereignisse schienen sich zu verdichten, aber er hatte in diesem Augenblick keine Zeit, sich darüber Gedanken zu machen. Ein großes Rudel, eher eine Herde, fremdartiger Raubtiere starrte ihm durch das Holozielfernrohr seines Gewehrs entgegen. Sie waren nicht unbesiegbar, wie das tote Exemplar bewies, dem die Schädeldecke komplett fehlte. Aber falls der Rest der Gruppe ob des Todes ihres Rudelmitglieds aufgebracht war, so ließen sie es sich nicht anmerken.

Benson hatte gehofft, das Mündungsfeuer und der Lärm des Gewehrs würden die Kreaturen erschrecken und vertreiben. Stattdessen stürmten sie auf ihn zu. Zum Glück war die interne Bedrohungsbewertung des Gewehrs akkurat genug, um mit mächtigen Zähnen bewehrte, anstürmende Alienmonster als feindlich einzustufen und nach Entfernung zu priorisieren. Der Rückstoß presste das Gewehr gegen Bensons Schulter, als er abdrückte, eine kurze Salve auf das Ziel in unmittelbarster Entfernung, dann wechselte er zum nächsten und dann wieder zum nächsten. Der Reihe nach fielen die Tiere, und die, die er nicht sofort getötet hatte, schrien ihren Schmerz in den Nachthimmel.

Aber die übrigen suchten ihr Heil nicht in der Flucht. Sie blieben stehen, wichen aber nicht zurück, sondern musterten ihn. In seiner Amygdala schrillten alle Alarmglocken, die seine Vorfahren, die sich über Millionen von Jahren die Nahrungskette emporgearbeitet hatten, dort hinterlassen hatten, und beinahe hätte Benson sich herumgeworfen und wäre in die Nacht davongehetzt wie ein aufgeschrecktes Kaninchen.

Doch die Vernunft sagte ihm, dass dies das Dümmste war, was er tun könnte. Das Tier, das Kexx angegriffen hatte, hatte sich bewegt wie ein Sprinter. Das Rudel hätte ihn eingeholt, ehe er sich richtig umgedreht hätte. In Bensons Ohren dröhnte es so laut, dass er die Rufe der Krieger kaum hörte, die im Lager aus dem Schlaf hochschreckten, um sich der plötzlichen Bedrohung zu stellen.

»Was tun?«, fragte Benson Kexx, ohne sich die Mühe zu machen, die Frage aus dem Englischen zu übersetzen.

»Nicht zurückweichen, und lass sie nicht aus den Augen. Wenn sich eines bewegt, erschieß es, sonst geraten sie alle in Bewegung.«

»Was sind das für Viecher?«

»Ich weiß nicht.«

Das war keine sehr beruhigende Antwort. Namen konnten furchterregend sein, aber etwas ohne Namen war irgendwie noch schlimmer. Das da vor ihnen bewegte sich nicht wie ein Rudel wilder Tiere, sondern wie eine einzige, kohärente Einheit. Die Menge an Berechnung und Vorsatz, die ihn über das Gras hinweg anstarrte, erschütterte Bensons Seelenfrieden.

»Nennen wir sie Calebs«, sagte Benson.

»Warum?«

»Weil ich einen Caleb kenne. Hässlich wie die Nacht und kämpft total unfair.«

»Dann also Calebs«, stimmte Kexx zu.

Hinter ihnen kamen die Schreie näher, als Kuul sienin Krieger organisierte und sie sich der Bedrohung näherten. Für die Calebs veränderte sich die Situation. Wie ein Wesen stürmten sie los.

»Leck mich doch«, fluchte Benson. »Hinter mich, los!«

Er nahm das Feuer wieder auf, und mit jeder Salve zählte seine Munitionsanzeige herunter, 28, 25, 22. Die Calebs stürmten auf sie zu, als wüchsen sie aus dem Boden hervor. Vor Benson türmten sich die Kadaver, sodass die angreifenden Tiere über ihre ge-

fallenen Geschwister klettern mussten, was Benson einen entscheidenden Zeitvorteil zum Anvisieren verschaffte.
Plötzlich wechselte der Angriff sein Ziel. Die heranstürmenden Bestien teilten sich in zwei Gruppen, die in unterschiedliche Richtungen davonrannten. Benson visierte eine davon an und legte sie um, doch der Rest raste zu schnell durchs Gras und kam seitwärts auf Benson, Kexx und die Krieger zu, die vom Lager her angerannt kamen. Speere, Klauen, Dolche und Zähne prallten in der Finsternis aufeinander.
Der Lichtstrahl von Bensons Gewehr durchschnitt die Dunkelheit und hüpfte wild durch die Gegend, wenn er von einem Ziel zum nächsten schwenkte. Wohin er die Mündung auch richtete, überall waren Calebs und Krieger bereits im Clinch. Er wollte nicht das Risiko eingehen, seine Verbündeten zu treffen. So ein guter Schütze war er nicht. Er musste sie mitten ins Gesicht treffen, genau wie das Tier, das Kexx angegriffen hatte.
»Finde Mei«, rief Benson dem Wahrheitssucher über die Schulter zu. »Beschütze sie.«
Kexx nickte und rannte in Richtung Lager durchs Getümmel, sienen Speer fest umklammert, obgleich aus Dutzenden kleiner Bisswunden in sienem Schulter Blut floss.
»Harter Hund«, murmelte Benson.
Er sah ein Tier unmittelbar außerhalb des Gefechts, visierte es an und drückte ruckartig ab. Der Schuss traf die Kreatur in die Schulter, verfehlte den Kopf. Sie bemerkte ihn und wandte sich ihm angriffslustig zu.
Benson drückte erneut ab, aber statt des Bellens eines Gewehrschusses hörte er nur ein leises Klicken, das er aufgrund des Dröhnens in seinen Ohren kaum wahrnahm. Panisch drückte er erneut ab, doch diesmal reagierte die Waffe überhaupt nicht. Während die Bestie Tempo aufnahm, wanderte sein Blick zum Munitionszähler.

Eine rote Null blinkte ihn an.
»Verdammt!« Benson eilte rückwärts, während er das Magazin auswarf und sich verfluchte, weil er nicht eingehender mit der neuen Ausrüstung trainiert hatte. Das leere Magazin knallte auf den harten Boden. Benson rammte ein frisches Magazin in die Waffe und hätte beinahe noch Zeit gehabt, den Durchladehebel zu betätigen, ehe das heranstürmende Caleb in ihn hineinkrachte.
Beinahe. Aber nicht ganz.
Plötzlich flog Benson durch die Luft, sah zuerst Gras und dann Sterne unter sich. Das Gewehr fiel ihm aus der Hand, wirbelte davon. Er krachte wie ein Haufen Backsteine zu Boden. Ihm schwirrte der Kopf, doch es gelang ihm, einen Fuß unter sich zu ziehen und auf alle viere zu kommen. Die Bestie hatte ihn mit zu viel Schwung gerammt. Sie sah sich nach ihm um, entdeckte ihre Beute, grub die Klauen in den Lehm und wirbelte herum. Benson sah das Licht seines Gewehrs in einigen Metern Entfernung und bewegte sich panisch darauf zu, doch eine schwere Pfote landete zwischen seinen Schulterblättern und presste sein Gesicht auf den Boden.
Die dicken, schwarzen Krallen der Bestie spreizten sich und versuchten, die seltsame, sich windende Kreatur zu durchbohren, konnten aber die Rückenplatte von Bensons Kampfanzug nicht durchdringen. Er versuchte, sich unter dem Caleb hervorzurollen, doch es war zu schwer, und so musste er reglos ertragen, dass es ihm heißen, klebrigen Atem in den Nacken schnaufte. Er schrie, mehr aus Frustration als aus Angst, grub die Finger in den Lehm und zerrte sich und das Monster auf seinem Rücken qualvoll Zentimeter für Zentimeter in Richtung des Gewehrkolbens. Zähne versuchten, sich in seine Schulter zu graben, genau wie bei Kexx. War dies die Methode der Calebs, ihre Beute bewegungsunfähig zu machen? Egal jetzt.
Benson schöpfte Hoffnung, als es ihm gelang, mit einer Finger-

spitze seine Waffe zu berühren, dann mit einer zweiten. Aber das Hochgefühl schwand genauso schnell, wie es aufgekommen war, als ein zweiter Fuß auf sein Handgelenk trat. Ein Atlanterfuß, gefolgt von einer Atlanterhand, deren Tentakelfinger sich um den Gewehrkolben legten.

»Kuul!«, rief Benson zu dem Krieger empor. »Was machst du da?«

Kuul ignorierte ihn, hob die Waffe auf, ließ den Speer fallen und wandte sich ab, offenbar entschlossen, Benson seinem Schicksal zu überlassen.

»Du Hurensohn!«, schrie Benson siem nach.

Aber sobald sich Kuul entfernte, wandte die Bestie auf Bensons Rücken siem ihre Aufmerksamkeit zu. Sie hatte bereits erkannt, welche Gefahr von jemandem ausging, der das Gewehr hatte. Der Druck auf Bensons Rücken wuchs kurzzeitig, dann sprang das Caleb von ihm weg.

»Hinter dir!«, rief Benson in unübersetztem Englisch, und Kuul drehte sich gerade noch rechtzeitig um, um die Klauen der Bestie kommen zu sehen. Sier riss das Gewehr hoch, richtete es auf den Kopf des Calebs und drückte ab, wobei sier in Erwartung des Knalls die Augen zusammenkniff. Sier hatte Benson offenbar genau beobachtet.

Aber der Knall blieb aus. Das fluktuierende Leuchten und die Muster von Kuuls Haut hatten gerade noch Zeit, um siene überraschte Verwirrung zu zeigen, dann war das Tier heran. Zum Glück brachten sienir Kriegerinstinkte Kuul weit genug aus der Angriffslinie der Bestie weg, um zu verhindern, dass sie sien direkt umrannte, aber sie schlug im Vorbeirennen mit der Pranke zu und hinterließ drei tiefe Risswunden in Kuuls Unterleib, die sofort zu bluten begannen. Mit erschreckender Geschwindigkeit wirbelte die Kreatur herum und warf sich erneut auf Kuul, schlug brutal auf den Krieger ein, der versuchte, die Prankenhiebe mit dem Gewehr zu parieren.

Benson kam auf die Beine und schnappte sich den Speer, den Kuul fallen gelassen hatte. Mit einem lauten Knurren richtete er ihn auf das Caleb und rannte los. Seine muskulösen Beine pumpten wie Kolben, als er auf die kurze Distanz so viel Tempo wie möglich aufbaute. Mit dem zitternden Speer zielte er mitten auf die Stirn der Bestie.

Eine kleine Mulde im Boden brachte Benson beim letzten Schritt zum Straucheln, und der Speer bohrte sich mit einem widerlichen, reißenden Geräusch, dem ein ebenso widerlicher Schmerzensschrei folgte, in die Schulter des Calebs. Benson riss am Speerschaft, um erneut zuzustechen, aber die Spitze bewegte sich nicht. Also riss Benson stattdessen dem verständnislosen Kuul sein Gewehr aus den Händen, betätigte den Durchladehebel, presste der Bestie die Mündung ins Gesicht und jagte eine Dreiersalve hinein, woraufhin Knochensplitter und Hirnmasse in alle Richtungen spritzten.

Augenblicklich wirbelte Benson herum und richtete die Mündung auf Kuuls linkes Auge. Für einen Sekundenbruchteil spannte sich sein Finger an, fand den Druckpunkt des Abzugs. Die Waffe schien um das entscheidende bisschen Mehr an Druck zu betteln, das eine winzige elektrische Ladung ins hintere Ende des hülsenlosen Geschosses in der Kammer jagen würde. Es wäre so leicht. Nur noch ein paar Gramm Druck, und eine ständige, wachsende Bedrohung wäre erledigt. Er würde dabei nicht einmal eine einzige Kalorie verbrennen.

Bensons Vernunft wurde des Adrenalins Herr und übernahm die Kontrolle. Der rote Schleier wich aus seinem Blickfeld. Er war nicht geblieben, um zu töten. Kopfschüttelnd löste er die Finger vom Abzug.

»Fass nie wieder meinen Kram an!«, schrie er Kuul an, dann wandte er sich wieder dem Kampf zu.

Fünf der längsten Minuten in Bensons Leben später zogen die

letzten Calebs den Schwanz ein und rannten davon, verschwanden in der Nacht. Erstaunlich, dass solche Verhaltensweisen auch Lichtjahre entfernt von der Erde die gleichen waren. Es war ein harter Kampf gewesen, der seinen Preis gefordert hatte. Zwei Krieger der Karawane, darunter eine von Kuuls handverlesenen Leibwachen, waren zu Xis heimgekehrt. Vier weitere hatten schwere Verletzungen erlitten, einer davon hatte einen Arm verloren, und alle anderen hatten Kratzer, blaue Flecken und Platzwunden davongetragen.

In dieser Hinsicht hatte Benson Glück gehabt. Obwohl er sich mit einem Caleb gebalgt hatte, das sich alle Mühe gegeben hatte, ihn aufzuschlitzen wie eine Dose Bohnen, hatte vor allem sein Kampfanzug gelitten. Die stoßfesten Plastikplatten, die seinen Rücken und seine Schultern schützten, durchzogen lange Furchen; er selbst hatte nur ein paar kleine Risswunden und Abschürfungen davongetragen. In den letzten beiden Tagen hatte er sich ständig beschwert, weil die Riemen der schlecht sitzenden Panzerung in seine Schlüsselbeine schnitten, er sich darin fühlte wie ein Braten im Ofen und das Gewicht des Anzugs ihn Geschwindigkeit kostete. Jetzt hielt er es für durchaus möglich, dass man ihn irgendwann würde herausschneiden müssen, so unvorstellbar fand er den Gedanken, den Kampfanzug je wieder auszuziehen.

Er entnahm seinem kleinen Verbandskasten Bandagen und eine antiseptische Salbe. Im Hinblick auf Infektionen konnte man nicht vorsichtig genug sein. Niemand wusste, was für Mikroorganismen hier im Boden lauerten. Abgesehen von Pflastern und Salbe, hatte ihn der Kampf fast zwei komplette Magazine gekostet, eine Ressource, von der er sich nur ungern trennte.

Mei saß neben ihm und knabberte stumm an einem Proviantriegel. Im Gegensatz zu anderen Mitgliedern der Karawane war ihre Porzellanhaut staubig und verschwitzt, aber unverletzt.

»Du hast keinen Kratzer abbekommen«, sagte Benson. »Wie hast du das denn geschafft?«
»Ungebunden, erinnerst du dich? Gut im Verstecken.«
»Dem kann ich nicht widersprechen.«
In freundschaftlichem Schweigen aß sie weiter, während er seine Wunden versorgte. Sein Adrenalinspiegel sank, und Benson wusste, in ein paar Minuten würde er komplett zusammenklappen. Drei der anderen kehrten mit den Dux'ah, die während des Kampfes in Panik geraten und davongerannt waren, ans Feuer zurück. Es war nur die Hälfte der Vorräte der Karawane verloren gegangen. Zum Glück.
Meis schmaler Körper spannte sich an, als sich Schritte näherten. Benson schaute auf und sah Kuul auf sie zukommen. Bensons Blick huschte zu seinem Gewehr, das geladen und schussbereit neben ihm lag. Er spielte mit dem Gedanken, danach zu greifen, aber Kuul kam mit leeren Händen. Also beschloss Benson, die Begegnung erst einmal laufen zu lassen und das Beste zu hoffen.
»Tothaut«, sagte Kuul, blieb stehen und ragte über dem sitzenden Benson auf.
Benson nickte. »Tintenfisch.«
»Das ist nicht mein Name«, sagte Kuul.
»Meiner ist auch nicht Tothaut.«
Kuuls Haut blitzte irritiert, aber sier unterdrückte diese Reaktion schnell. »Benson.«
Benson erhob sich und lächelte höflich. »Kuul. Das mit deinem Krieger tut mir leid.«
»Sier hat tapfer gekämpft und sich einen Platz an Xis' Seite verdient.«
»In der Tat.« Benson deutete auf die drei parallelen Kratzer quer über dem Unterleib des Kriegers. »Geht es dir gut?«
»Ich kann kämpfen«, erwiderte sier. »Aber ich verstehe nicht,

warum …« Kuul senkte den Blick auf das Gewehr. Für einen Sekundenbruchteil spannte sich alles in Benson an, weil er glaubte, der Krieger würde erneut danach greifen. Aber statt Gier meinte er Scham auf den Zügen des Aliens zu sehen. »Ich habe deine Schusswaffel genommen und dich zum Sterben liegen gelassen.«
»Ich habe es nicht vergessen.«
»Dann hast du mir das Leben gerettet.«
»Ja.«
»Warum?« Es war eine Frage, keine Bitte, kein Flehen um Absolution. Sier wollte nur eine Antwort auf etwas, was für sien keinen Sinn ergab.
»Wir haben beide genug Leute verloren. Ich bin hier, um herauszufinden, wer dafür verantwortlich ist, damit uns Gerechtigkeit widerfährt. Das ist meine Mission. Du bist ein mächtiger Krieger. Mit deiner Hilfe hat meine Mission eine bessere Erfolgschance.«
»Das ist alles?«, fragte Kuul.
»Außerdem bin ich kein Mörder.«
»Doch, ich habe dich heute töten sehen.«
Benson hätte sich beinahe geärgert, aber Kuuls Worte klangen eher verwirrt als anklagend. Also jagte er das Wort »Mord« durch die Übersetzungssoftware seines Plantats, und tatsächlich: Die atlantische Sprache unterschied nicht zwischen Mord und dem Akt des Tötens. Dasselbe Wort bezeichnete beides. Das erklärte einiges.
»Nur zum Selbstschutz und um euch andere zu schützen. Ich töte nicht ohne guten Grund.«
»Ich glaube, ich verstehe.«
»Gut, dann versteh auch Folgendes: Ich will weder dir noch sonst wem hier etwas tun. Wir sind ein Team und haben dasselbe Ziel. Aber ich schwöre bei Cuut, wenn du noch einmal so einen Scheiß abziehst, Kuul, dann schieße ich dir ins Knie, und du kannst ins Dorf zurückkriechen. Ist das klar?«

Kuul biss die Zähne zusammen, und siene Haut flackerte, aber sier blieb ruhig wie ein Soldat, den ein Ranghöherer in den Senkel stellte. »Klar wie Quellwasser.«
»Gut. Ich respektiere deine Stärke und dein Engagement, Kuul. Wenn wir das hier überleben, können wir vielleicht Freunde werden.«
»Vielleicht.« Kuul ging zu sienem überlebenden Wächter zurück und nahm Platz, ein Teil der Farbe war aus siener Haut gewichen.
Mei schnaubte. »Du kannst echt mit Leuten umgehen«, sagte sie in ihrem akzentbehafteten Englisch.
Benson zuckte die Achseln. »Es ist eine Gabe.«
»Würdest du wirklich auf sien schießen?«
»Wenn sier noch mal nach meiner Waffe greift? Verlass dich darauf. Aber genauso gern würde ich sien für mich einnehmen oder sien wenigstens dazu bringen, uns nicht mehr als potenzielle Feinde zu sehen.«
»Das wird jetzt leichter sein, wo Dluz heimgekehrt ist.«
Benson legte fragend den Kopf schief.
»Die tote Wache«, erklärte Mei. »Kuul fühlt sich nun angreifbar.«
»Dluz' Tod scheint siem ein wenig den Wind aus den Segeln genommen zu haben, nicht wahr?«
Mei nickte.
Kexx erschien und setzte sich neben sie ans Feuer. »Ermittler«, sagte sier auf Atlantisch.
»Wie geht es deiner Schulter?« Benson wies auf den Halbmond winziger Bisswunden in der Haut des Wahrheitssuchers. Sie sahen entzündet und gerötet aus.
»Sie wird morgen sehr schmerzen. Ich fürchte, sie wird weinen.«
»Weinen?«, fragte Benson.
»Sier meint eitern«, übersetzte Mei.
»Oh – hier.« Benson gab Kexx seine Salbentube. »Reib sie damit ein.«

Kexx nahm die Tube und berührte ihre Öffnung mit der Fingerspitze. Sier zuckte zurück und lief blau an. »Das schmeckt ranzig.«

»Du sollst sie ja auch nicht essen.«

Mei seufzte und nahm die Tube. »Sier muss sie aber mit den Händen auftragen, Dummkopf.«

»Oh, stimmt«, sagte Benson.

Mei begann, Kexx' Wunden einzucremen.

»Was ist das?«, fragte sier.

»Du wirst kein Wort dafür haben«, erwiderte Benson. »Wir nennen es Desinfektionssalbe. Sie tötet alle, ähm … winzigen Käfer, die Infektionen auslösen.«

»Winzige Käfer?«

»Bakterien«, sagte Mei und versuchte erst gar nicht, einfache Formulierungen für den Atlanter zu finden. »Tiere, die so klein sind, dass man sie mit bloßem Auge nicht sehen kann.«

Kexx wirkte nicht überzeugt. Benson musste zugeben, dass er das wahrscheinlich auch für einen Haufen Blödsinn gehalten hätte, wenn er in einem Zeitalter vor der Erfindung des Mikroskops gelebt hätte.

»Dess-ihn-feg-tionsalbe«, experimentierte Kexx mit den neuen Wörtern. »Back-teer-rieh-enn.«

Kexx zuckte zusammen, als Mei um sien herumrückte und die Salbe in eine besonders tiefe Wunde am Rücken rieb. Als sie fertig war, schien sier sich zu entspannen.

»Du scheinst Kuul beeindruckt zu haben«, sagte sier zu Benson.

»Sieht ganz so aus. Die Frage ist, was für einen Eindruck ich genau hinterlassen habe.«

»Das werden wir bald wissen. Ich bringe Neuigkeiten.«

»Lass hören«, sagte Benson.

»Die Calebs, die uns angegriffen haben, waren nicht wild.«

Benson beugte sich vor. »Wie kommst du darauf?«

»Aus mehreren Gründen.« Kexx zählte sie an den Fingern auf. »Zum einen waren sie viel zu organisiert, selbst für ein altes Rudel. Zum anderen neigen wilde Uliks dazu, gefährliche Kämpfe zu meiden. Sie ziehen es vor, schwache, alte oder verletzte Tiere anzugreifen, und das nur, wenn sie zahlenmäßig deutlich überlegen sind. Selbst dann werden sie sich zurückziehen, wenn sie mehr als ein paar Rudelmitglieder verloren haben. Sie setzen auf zahlenmäßige Überlegenheit, sie können es sich nicht leisten, so viele ihrer Gruppe zu verlieren. Dieses Rudel hat aber weitergekämpft, bis es fast völlig ausgelöscht war.«
Benson nickte dazu. Die wenigen Aufnahmen von wilden Uliks, die Rover und Drohnen der Pathfinder gemacht hatten, erinnerten ihn an Wölfe oder vielleicht Hyänen von der Erde. »Gut, so weit kann ich dir folgen. Sonst noch etwas?«
»Ja, etwas, was mir aufgefallen ist, als ich unter dem eingeklemmt war, der zuerst angegriffen hat. Sie waren warm. Viel zu warm für einen Zeitpunkt mitten in der Nacht.«
Damit hatte sier recht. Die Temperaturdifferenz zwischen Tag und Nacht betrug hier draußen gefühlte dreißig Grad. Benson sah seinen Atem kondensieren, wenn er sich vom Feuer abwandte. »Jemand hat sie in der Nähe eines Feuers gehalten«, sagte er. »Aber das Land ist hier draußen platt wie eine Flunder. Ein anderes Feuer würden wir aus vielen Steinen Entfernung sehen.«
»Nicht unbedingt. Ein paar Steine voraus gibt es Schluchten und Täler, in denen man ein Feuer verbergen könnte. Möglicherweise wurden die Calebs unter Decken oder gar unterirdisch gehalten«, fuhr Kexx fort. »Diese Tiere waren … ich zögere, sie gezähmt zu nennen, aber sie waren zweifellos abgerichtete Nutztiere.«
»Du glaubst, sie gehören den Bewohnern?«
»Nicht den eigentlichen Bewohnern. Wir sind noch zu weit von ihren Höhlen entfernt, als dass die Calebs uns hätten erreichen

und immer noch so warm hätten sein können. Aber einem Außenposten oder einem Spähtrupp? Möglich.«

»Klingt für mich wie eine Spur«, sagte Benson.

»In der Tat.«

»Also, was sollen wir tun?«

»Im Augenblick? Schlafen und uns erholen.« Kexx bewegte siene steife Schulter. »Aber sobald die Sonne aufgeht, folge ich ihrer Spur zu ihrem Lager, und dann stellen wir ein paar unangenehme Fragen.«

Benson lächelte. »Mit dem größten Vergnügen.«

KAPITEL 25

Theresas Füße bewegten sich leise über die Marmorfliesen, doch ihre Schritte hallten in der Hauptausstellungshalle des Museums. Es würde seine Tore erst in zwei Stunden für die Öffentlichkeit öffnen. Im Museum herrschte Grabesstille, und in gewisser Weise war es auch ein Grab. Das Gebäude, das größte in Shambhala und damit sogar größer als der Wabenbau, beinhaltete die sterblichen Überreste der Erde, des Mondes und des Mars. Die Artefakte, Bücher und Kunstwerke waren Andenken an eine Zivilisation, die seit über zweihundert Jahren vergangen war.

Das neue Museum hatte mehr als dreimal so viel Platz wie sein Vorgänger auf der Arche, und das bedeutete auch dreimal so viel Ausstellungsfläche für Exponate, die geduldig in den Tresoren darauf gewartet hatten, das Licht des Tages wiederzusehen. Theresa spürte die Last der Jahrtausende wie einen physischen Druck. Das Gebäude selbst war buchstäblich brandneu, es war erst vor achtzehn Monaten fertiggestellt und sechs Monate danach eröffnet worden. Doch das Bauwerk fühlte sich alt an und roch sogar so, als sei das Alter der Artefakte, die es beherbergte, bereits in die Wände und Säulen eingesickert.

Theresa fühlte sich unwohl. Sie hatte sich der Erde noch nie besonders verbunden gefühlt. Sie hatte sie nicht gekannt – niemand, der noch lebte, hatte das. Mit dieser Situation gingen alle unterschiedlich um. Manche stürzten sich mit Elan in die Ahnenforschung und durchwühlten das Leben von Vorfahren, als könnte ihnen das helfen zu verstehen, wer sie heute waren. Andere befassten sich mit der Geschichte der Erde, schauten unablässig alte Fernsehserien und Filme oder identifizierten sich mit der Kultur und den Traditionen ihrer Ethnie oder der Nationalität ihrer Vorfahren. Theresa hegte heimlich den Verdacht, dass jeder echte Erdenbürger vermutlich über ihre Bemühungen gelacht hätte, aber was auch immer die Menschen glücklich machte, war ihr recht, solange sie keinen Streit schlichten musste und niemand ihr auf die Uniform kotzte. St. Patrick's Day war nicht ihr Lieblingsfeiertag.

Ihr Mann hegte eine seltsame Vorliebe für Naturdokus über längst ausgestorbene Pflanzen und Tiere, von denen viele nie wieder existieren würden. Sie hatte aufgehört zu zählen, wie oft sie schon nachts auf der Couch eingeschlafen war, den Kopf an Bryans Schulter, während er sich ansah, wie irgendein toter Typ namens Attenborough über Pinguine schwadronierte und darüber, wie hart das Leben in der Antarktis war.

Theresa lebte im Hier und Jetzt. Sie war sich vage darüber im Klaren, dass sie mütterlicherseits aus der Mittelmeerregion stammte und vor allem portugiesische und sizilianische Vorfahren hatte, vermischt mit so ziemlich allem von drei verschiedenen Kontinenten. Aber dieses Wissen verriet ihr nichts über sie selbst. Vielleicht beließ man manche Dinge einfach besser in der Vergangenheit.

Eine Person, die diese Meinung ganz bestimmt nicht teilte, war die Kuratorin des Museums, Devorah Feynman, mit der Theresa verabredet war. Nur, wo war die Frau?

»Devorah?«, rief sie in die Stille, bekam aber keine Antwort.

Der Grimassen schneidende Gesichtsschutz einer roten Samurai-Rüstung, der mit Zähnen und einem Schnurrbart aus Pferdehaar verziert war, schien sie anzüglich anzuschauen, als sie an ihm vorbeiging. Als Kind hatte sie Angst davor gehabt. Jetzt, wo das Museum abgedunkelt und es menschenleer war, verursachte die Rüstung ihr eine Gänsehaut.

»Devorah?«, rief sie erneut, diesmal dringlicher.

»Schreien Sie doch nicht so, junge Dame«, erklang eine krächzende Stimme direkt hinter ihr.
»Mein Gott, Devorah!« Theresa wirbelte zu der Kuratorin herum. »Sie haben mich zu Tode erschreckt!«
»Tut mir leid, meine Liebe. Irgendwie muss eine alte Dame sich ja bei Laune halten.«
»Hier drin ist es totenstill. Wie konnten Sie sich an mich anschleichen?«
»Ich bin in Wirklichkeit ein Geist.« Devorah hob die Hände und wackelte mit den gichtigen Fingern. »Buhuuuh.«
»Sie sind nicht die Erste, die das sagt«, sagte Theresa.
»Wirklich?«
»Einige Ihrer früheren Praktikanten halten Sie für untot.«
»Zombie oder Vampir?«, fragte Devorah.
»Darüber wird noch diskutiert. Aber alle sind sich einig, dass Sie nie schlafen.«
»Ich schlafe, nur nicht so viel wie hormongeplagte Teenager.«
»Aber Sie sind immer hier. Tag und Nacht.«
»Ich mache gelegentlich ein Nickerchen.«
»Bei der Arbeit?«, fragte Theresa leicht überrascht.
»Was glauben Sie wohl, wofür ein Büro gut ist?«
»Äh, ich dachte, zum Arbeiten.«
»Niemand hat je in einem Büro gearbeitet. Büros sind für Leute, die diejenigen, die wirklich etwas tun, mit Besprechungen, Leistungsbeurteilungen und Fortbildungsseminaren von der Arbeit abhalten. Ich benutze meines für kleine Nickerchen. Ich schätze, das steigert die Produktivität hier um etwa zwanzig Prozent. Die Leute gehen davon aus, dass ich Papierkram erledige, ich kriege die drei Stunden Schlaf pro Tag, die ich brauche, und alle sind glücklich.«
Theresa riss die Augen auf. »Drei Stunden? Wie können Sie bei Bewusstsein bleiben?«

»Tee«, sagte Devorah. »Schlaf wird überbewertet. Benjamin Franklin hat drei Stunden pro Tag geschlafen und hatte dadurch genügend Zeit, sich als Erfinder, Geschäftsmann, Gründer Amerikas und Botschafter zu betätigen und die Hälfte aller Frauen, denen er begegnete, ins Bett zu zerren.«

»Wer?«, fragte Theresa beschämt.

Devorah gab ein missbilligendes Geräusch von sich und schüttelte den Kopf. »Ich muss mal ein Wörtchen mit Ihren früheren Lehrkräften reden.«

»Oh nein, geben Sie ihnen nicht die Schuld dafür, was aus mir geworden ist. Sie haben ihr Bestes getan.«

»Nun, ich schätze, es hätte schlimmer kommen können. Sie hätten Politikerin werden können.«

Theresa schnaufte. »Es kommt mir so vor, als bestünde die Hälfte meines Jobs zurzeit aus Politik.«

Devorah zuckte die Achseln und wechselte das Thema. »Mir ist aufgefallen, dass Sie sich dieses Ausstellungsstück angesehen haben.« Sie wies mit der Hand auf die rote Rüstung.

»Ich habe mich nur erinnert, es als Kind gesehen zu haben.«

»Das überrascht mich nicht. Es war viele Jahre lang unten im Tresor. Aber wir versuchen, mehr asiatische Ausstellungsstücke zu zeigen, seit …« Peinlich berührt verstummte sie.

»Seit Shangri-La«, vollendete Theresa den Satz.

Der Anschlag, der vierzig Prozent der Menschheit ausgelöscht hatte, der Anschlag, den ihr Mann vergeblich zu verhindern versucht und beinah selbst nicht überlebt hatte, hätte um ein Haar auch Devorah das Leben gekostet. Durch ungesteuerte Selbstbestimmung war das Shangri-La-Modul vor allem die Heimat von Nachfahren der Bewohner der östlichen Hemisphäre der Erde gewesen. Nur fünftausend Menschen aus Shangri-La hatten überlebt, und das nur, weil sie bei der Zero-Meisterschaft im Stadion gewesen waren.

Devorah räusperte sich. »Ja. Seit damals. Dies war die persönliche Rüstung Yamagata Masakages.«
»Sie ist winzig«, bemerkte Theresa. »Ich glaube, sie würde mir nicht passen.«
»Mir ist sie ein wenig zu weit.«
»Sie haben sie anprobiert?«
»Natürlich nur zu Forschungszwecken«, sagte Devorah zwinkernd.
»Aber ich gehe davon aus, dass sie für einen Mann gefertigt wurde, oder?«
»Er lebte im sechzehnten Jahrhundert in Japan. Die Leute waren damals viel kleiner.«
»Wer war er?«
»Ein berühmter Samurai. Nachdem sein Bruder im Dienste ihres Herrn Seppuku begangen hatte, trat er an seine Stelle.«
»Seppuku?«
Devorah fuhr sich mit dem Daumen über den Bauch und machte dabei ein reißendes Geräusch.
»Er hat sich den Bauch aufgeschlitzt? Warum um alles in der Welt sollte jemand so etwas tun?«
Devorah zuckte die Achseln. »Das müssten Sie ihn selbst fragen. Kommt mir ziemlich idiotisch vor.«
Theresa deutete mit dem Kinn auf die lackierte Brustplatte. »Was war mit ihm? Erging es ihm besser als seinem Bruder?«
»Kommt darauf an, wie man es sieht. Er wurde im Kampf aus dem Sattel geschossen. Ein Tod, über den er als Samurai sicher beglückt war.« Devorah streckte die Hand aus und berührte ganz vorsichtig die Stelle der Rüstung, unter der sich das Herz befunden hatte. »Unter uns, ich bin ziemlich sicher, dass das eine Reproduktion ist, wahrscheinlich ein Filmkostüm, egal was die Expertisen sagen. Sie wurde zu einem furchtbar passenden Zeitpunkt ›wiederentdeckt‹.«

»Warum behalten Sie sie trotzdem?«
»Ich weiß nicht. Ich mochte sie einfach … immer schon. Selbst wenn es eine Reproduktion ist, ist sie hervorragend gemacht. Vielleicht verdient auch diese Kunstform Anerkennung.«
»Höre ich da eine Spur von Sentimentalität in der Stimme der ›Museumsmaschine‹?«
Devorah grinste. »Nennt man mich so? Ich dachte, ich sei ein Zombie, kein Cyborg.«
»Auch darüber wird noch diskutiert.« Theresa lächelte warm. »Es könnte nicht schaden, sich ab und an draußen sehen zu lassen.«
»Ich weiß. Ich habe nur … ich habe nur noch so viel zu tun. Hier herrscht totales Chaos.«
»Das Museum sieht aus wie geleckt«, widersprach Theresa.
»Ja, klar, es ist sauber, aber das verbirgt nur das Chaos im unteren Stockwerk, ganz zu schweigen von allem, was wir noch über die Bohnenranke heruntertransportieren müssen. Wir haben einfach so wenig Zeit.«
Theresa hätte beinahe erneut widersprochen. Trotz aller Widrigkeiten hatte die Menschheit es geschafft. Die Stadt wuchs. Vor ihnen erstreckte sich eine Zukunft voller endloser Möglichkeiten. Aber dann wurde ihr klar, von wessen Zeit die kratzbürstige alte Frau sprach. Sie sah auf Devorah hinab, in deren Augenwinkeln Tränen glitzerten. Wie alt war sie jetzt? Siebzig? Einundsiebzig? Aller Wahrscheinlichkeit nach hatte sie noch zehn, vielleicht fünfzehn Jahre zu leben, und alle hatten zu viel Angst vor ihr, um ernsthaft zu versuchen, sie auch nur eine Sekunde, bevor sie selbst dazu bereit war, zum Gang in den Ruhestand zu bewegen. Aber Devorah hatte immer schon in längeren Zeitabständen gedacht als ein durchschnittlicher Mensch.
Theresa wusste nicht, was sie sagen sollte, deshalb nahm sie De-

vorah in die Arme und drückte sie an sich. Sie hielt die dürre alte Frau mehrere Sekunden tröstend fest.

»So, das reicht.« Devorah löste sich von ihr und wischte sich mit dem Handgelenk die Tränen ab. »Sie sind ja schließlich nicht vor dem Frühstück hergekommen, um mir eine Runde Mitleid vorbeizubringen. Was die Frage aufwirft, was Sie hier wollen, Constable.«

Der Augenblick war verflogen, und Devorah war wieder in ihre geliebte Rolle als Kuratorin geschlüpft.

»Ich habe ein paar Fragen«, sagte Theresa.

»Über den Mord am Verwaltungsleiter?«, fragte Devorah. »Ich weiß nicht, ob ich Ihnen da weiterhelfen kann. Ich war ein paar Tausend Kilometer vom Tatort entfernt.«

»Nicht über den Mord, zumindest nicht direkt«, sagte Theresa. »Ich interessiere mich für Gold. Für Silber, für Edelmetall.«

»Sie glänzen, und die Menschen mögen sie, besonders Frauen.«

Theresa ignorierte den reflexartigen Spott. »Sind seit der Landung aus der Sammlung des Museums Ausstellungsstücke aus Gold oder anderen Edelmetallen verschwunden?«

Devorah klang sofort kratzbürstig: »Solange ich hier das Sagen habe, verschwindet gar nichts. Außerdem hätten Sie das als Erste erfahren. Nun, als Zweite, nach mir. Nein, eigentlich als Dritte nach mir und dem Dieb.«

»Hat irgendjemand außergewöhnliches Interesse an solchen Dingen gezeigt? Viele Fragen gestellt? Ich erkundige mich nur, weil ich mir die Suchanfragen im Netz bereits angeschaut und nichts Außergewöhnliches gefunden habe.«

»Nicht, dass ich mich … Andererseits …«

»Ja?«

Devorah rieb sich das Kinn, als versuche sie, sich an etwas zu erinnern. »Vor ein paar Jahren, als wir uns noch im Bau befanden, tauchten hier irgendwelche Geschäftsleute auf und versuchten, mir Druck zu machen. Ich sollte im Gegenzug für eine ›großzügige Spende‹ das Blattgold der Rahmen unserer klassischen Gemälde durch Farbe ersetzen.«

»Was haben Sie denen geantwortet?«

»Was glauben Sie wohl? Ich habe gesagt, man könne das Museum nicht bereichern, indem man es beraubt.« Devorah schüttelte angewidert den Kopf.

»Was wollten die mit dem Blattgold?«

Devorah zuckte die Achseln. »Das haben sie mir nicht mitgeteilt, nur, dass sie alles Gold wollten, das ›kein integraler Bestandteil des Kunstwerks‹ war, als gehöre der gottverdammte Rahmen nicht zum Bild! Ich schwöre, die kurzsichtige Arroganz mancher Leute macht mich fertig. Die würden die Bibliothek von Alexandria niederbrennen, um in einer kühlen Nacht nicht frieren zu müssen.«

Theresa zeichnete das Gespräch von Anfang an mit ihrem Plantat auf, machte sich Notizen dazu und schrieb sich während der Unterhaltung Anschlussfragen auf. »Wie ist die Sache ausgegangen?«

»Die haben nicht lockergelassen, kann ich Ihnen sagen. Zuerst haben sie mir Spenden versprochen, dann größere Spenden. Als dieser Köder nicht funktionierte, haben sie gedroht, mir Mittel zu streichen. Die Sache wurde sogar bei ein paar Ratssitzungen hinter verschlossenen Türen erörtert, aber das führte zu nichts. Eines Tages haben sie dann einfach aufgegeben. Ich habe nie wieder einen Ton von denen gehört.«

»Warum haben sie aufgegeben?«

»Das weiß ich genauso wenig wie Sie. Aber sie waren am Anfang sehr beharrlich. Ich würde sagen, die haben eine andere Quelle gefunden.«

»Da könnten Sie recht haben«, sagte Theresa. »Letzte Frage, Devorah. Was waren das für Geschäftsleute?«

»Es waren in erster Linie Strohmänner, und ich weiß nicht, für wen sie jeweils tätig waren. Mit Ausnahme von Alexander. Er hatte da überall die Hand im Spiel, der schleimige Drecksack.«

»Hat seine Firma dieses Gebäude nicht entworfen und errichtet?«

»Aber nur in Ermangelung anderer Optionen, Constable«, sagte Devorah. »Ich habe diesen eingebildeten, idiotischen Pfuscher noch nie leiden können. Zwei Jahre habe ich mit ihm darum gerungen, dass bei diesem Gebäude ordentlich gearbeitet wird und nicht nach der ersten Wirbelsturmsaison das Dach leckt, und diese Zeit hat mich in meiner Meinung über seine Arbeitsethik nur noch bestärkt.«

Theresa grinste, denn sie hatte das Gefühl, an Fäden zu ziehen und zusehen zu können, wie sich das Geflecht entwirrte. Es war ein überraschend suchtgefährdendes Gefühl. »Danke, Devorah. Das wäre für den Augenblick alles. Wenn Sie dieses Gespräch vertraulich behandeln könnten, wüsste ich das sehr zu schätzen.«

»Davon bin ich ausgegangen. Sonst wären Sie ja nicht hergekommen.«

»Tut mir leid. Ich war in letzter Zeit sehr beschäftigt.«

Devorah berührte sanft Theresas Handgelenk. »Darf ich Ihnen etwas zeigen?«

»Klar«, sagte Theresa zögernd, während Devorahs Griff bereits fester wurde. Sie zog Theresa durch die Hallen, bis sie das zentrale Atrium erreichten. Devorah schaltete das Licht ein.

Inmitten der Dauerausstellung des Museums, auf einem Ehrenplatz zwischen dem Sarkophag Ramses des Großen und Neil Armstrongs Stiefeln, stand eine brandneue Vitrine. Durch das dicke Glas sah sie eine sehr spezielle Handfeuerwaffe, drapiert auf rotem Samt. Einst hatte ein Wahnsinniger sie verwendet, um die gesamte Menschheit in einen Krieg zu stürzen, und Jahrhunderte später hatte ein ganz anderer Wahnsinniger damit die Menschheit gerettet. Dieser Irre war Theresas Mann gewesen, und sie stand neben der Frau, die alle Regeln gebrochen und ihre gesamte Lebensleistung aufs Spiel gesetzt hatte, um ihm die Waffe zuzuspielen.

»Eine wunderschöne Präsentation«, sagte Theresa schließlich, weil ihr nichts Besseres einfiel.

»Danke.«

»Ich bin erstaunt, dass man zugelassen hat, dass Sie sie ausstellen.«

»Machen Sie Witze? Das ist eine Ikone. Die ganze Stadt wollte sie sehen. Aber Sie sind die Erste. Nun, die Zweite. Nun ja …«

»Jaja. Es gelten die üblichen Einschränkungen.« Theresa lächelte auf die Kuratorin hinunter. »Ich bin geehrt. Begeistert.«

»Sie klingen keineswegs begeistert.« Devorah berührte sie am Arm. »Ich weiß, er ist wieder unterwegs. Mitten im Geschehen.«

Theresa nickte und kämpfte eine Aufwallung von Furcht nieder. »Wieder mit einer Waffe in der Hand. Er mag Waffen nicht, wissen Sie? Tatsächlich hasst er sie. Er ist ein Wettkämpfer, kein Mörder. Er würde sich den Arsch abarbeiten, trainieren wie blöde, nicht schlafen, alles nur, um jemanden zu besiegen. Aber mehr will er nicht. Ich schwöre, der Mann kann nicht so hassen, wie man es tun muss, um jemanden töten zu wollen.«

Devorah drückte ihren Arm. »Er hat jedenfalls bewiesen, dass er zielen kann.«

Theresa lachte freudlos. »Das ist es ja, das hat er eben nicht. Jeder weiß von dem ›Schuss, den man auf der ganzen Arche gehört hat‹, aber das ist alles nur Mannschaftspropaganda. Als er Kimura gestellt hat, hat er nicht verhindern können, dass der den Knopf drückte. Am Ende hat er nur wild herumgeballert, bis die Waffe leer war. Es war reines, pures, beschissenes Glück, dass eine der Kugeln die Ummantelung der Bombe getroffen hat. Es war nicht Teil des Plans, auf diese Idee ist er nämlich gar nicht gekommen. Er war kein Held, er hat einfach nur Glück gehabt.«

Devorah gab ein missbilligendes Geräusch von sich. »Natürlich ist er ein Held. Er hat sich in Gefahr begeben und getan, was er konnte, um zu helfen. Genau das tun Helden. Das ist die Definition des Wortes. Die, die Glück haben, leben einfach nur lang genug, sodass ihr Name bekannt wird.«

»Glück ist wichtiger als Können? Wollen Sie das damit sagen?«

»Der Feind kann an seinem Können arbeiten«, sagte Devorah. »Aber niemand kann an seinem Glück arbeiten.«

»Hoffen wir, dass Sie recht behalten.«

»Üblicherweise tue ich das«, sagte Devorah.

Theresa formulierte gerade eine schneidende Erwiderung, als ihr Plantat einen eingehenden Anruf meldete. Er kam von Feng und war als *wichtig* gekennzeichnet.

»Entschuldigen Sie mich bitte einen Augenblick«, sagte sie zu Devorah und nahm den Anruf entgegen. <Chao, was gibt es? Sind Sie nicht mehr in der Aufzugskabine?>

<Doch, und da bleibe ich offenbar auch erst mal. Meine Besuchserlaubnis für die Arche wurde aufgehoben.>

<Was? Das können die nicht machen. Sie sind Hilfsconstable. Ich hole mal Mahama zu diesem Gespräch dazu und –>

<Genau da liegt das Problem, Chief>, schnitt Feng ihr das Wort ab. <Captain Mahama ist tot.>

KAPITEL 26

Die Sonne ging für Kexx' Empfinden viel zu schnell wieder auf – nicht, dass sier erwartet hatte, dass siene Ansicht diesbezüglich Beachtung finden würde. Sier hatte den Rest der Nacht dicht am Feuer verbracht, wo die Kälte siem nicht so in die Knochen kroch. Kexx war übermüdet, und siene Schulter schmerzte nach dem Biss, aber wenigstens hatte sier einen warmen Kopf und wurde nicht so kältesteif.

Fast alle übrigen Mitglieder der Karawane hatten dieselben Vorsichtsmaßnahmen ergriffen, indem sie sich entweder dicht ans Feuer drängten oder unter den Dux'ah schliefen, um deren Körperwärme zu nutzen. Die großen Kreaturen gaben in den langen Nächten nur langsam Wärme ab und begrüßten den Morgen nur an den kältesten Tagen ein wenig durchgefroren. Die Menschen standen abwechselnd Wache, falls die Calebs wiederkämen, und schliefen in ihrem »Zelt«, einem genialen kleinen Unterschlupf, der sich blitzschnell auf- und abbauen ließ und in eine unglaublich kleine Tasche passte, wenn er nicht gebraucht wurde. Kexx hatte Mei gefragt, aus welchem Leder es genäht war. Dieses »Plastik« musste eine wirklich sehr seltsame Kreatur sein.

Inzwischen war die Karawane geübt darin, das Lager abzubauen und weiterzuziehen, aber an diesem Morgen standen weniger Hände zur Verfügung. Sie hatten Dluz vorbereitet und … hieß sier Celiapak? Kexx hatte Probleme mit dem exotischen Namen. Sier war aus Yptari gewesen, einem Dorf, das in größtmöglicher Entfernung von G'tel lag. Kexx hatte auf dem bisherigen Marsch keine Gelegenheit gefunden, mit siem zu sprechen, und nun würde sier es nicht nachholen können. Kexx beschloss, bis zum

Sonnenuntergang alle Mitglieder der Karawane persönlich kennenzulernen.

Wie die Tradition es erforderte, bereiteten sie die Toten lange vor Sonnenaufgang auf ihre Heimkehr vor, so gut sie es ohne die Hilfe eines erfahrenen Ältesten vermochten. Die Leichname wickelten sie in Schlafdecken und legten sie unter einen kleinen Baum, um sie auf dem Rückweg wieder einzusammeln.

Vorausgesetzt, sie würden zurückkehren.

Kexx verbannte die Zweifel aus sienem Geist. Es half nichts, wenn ein Wahrheitssucher sich mit ungewissen Dingen aufhielt. Sie mussten einer Spur folgen, und die wurde mit jedem Augenblick, den sie vergeudeten, kälter. Einige der abenteuerlustigeren Mitglieder der Karawane schnitten Calebfleisch aus den Leichnamen und brieten es, weitere Stücke wurden aufgehoben, um sie zu räuchern und zu Trockenfleisch zu verarbeiten. Kexx hatte schon Ulikfleisch gegessen und fand es zu zäh; außerdem schmeckte es für sien nach verdorbenem Wild. Sier bezweifelte, dass die Calebs schmackhafter waren, aber sier brauchte das Fleisch, damit sien eigenes sich schneller erholte. Zudem schonte alles, was sie hier draußen fanden, ihre mitgebrachten Vorräte.

Hochzufrieden sah sich Kexx im Lager um. Sie hatten nicht nur den nächtlichen Überraschungsangriff überlebt, sondern waren danach auch näher zusammengerückt. Die verschiedenen Dörfer mischten sich erstmals seit ihrem Aufbruch und saßen nicht mehr klar voneinander getrennt am Feuer. Sie hatten sogar begonnen, sich Mei und Benson anzunähern, wenn auch etwas unbeholfen.

Kuuls Stellung hatte durch den zurückliegenden Abend gelitten. Sien versuchter Verrat an Benson in der Hitze des Gefechts hatte sich wie ein Lauffeuer in der Karawane herumgesprochen. Kexx hatte nicht geholfen, das Gerücht zu verbreiten, aber das war auch nicht nötig gewesen. Es war schon schlimm genug, wenn jemand versuchte, im Kampf einen Verbündeten zu töten. Aber dass sich Benson nicht einmal die Mühe machte, den Gefallen zu erwidern, war wirklich beschämend für Kuuls Würde. Der Hälfte sienes Gefolges beraubt, saß sier mürrisch am Rande der hitzigen Debatten am Feuer und säuberte vorsichtig die Wunden in sienem Unterbauch. Sie sahen entzündet aus ... *in-fitz-iert*. Kexx bewegte das Menschenwort in sienem Geist. Sienir eigenen Verletzungen taten weh, weinten aber nicht, genau wie Benson versprochen hatte.

Der versuchte gerade, dem Begleiter aus Jumar einen Witz zu erzählen. Als er fertig war, streckte er die Hände aus, aber der Krieger starrte sie nur verständnislos an. »War wohl Situationskomik«, hörte Kexx Benson sagen. Kexx unterdrückte ein Kichern auf Kosten sienes neuen Freundes. Die Menschen verfügten über immense Macht und Weisheit, und doch wirkten sie ständig orientierungslos wie Kleinkinder, die Wasser traten und warteten, dass jemand ihnen zeigte, wo es an Land ging. Das war wahrscheinlich das Einzige, was den Rest der Karawane aktuell daran hinderte, sie offen anzubeten. Kexx war sich nicht ganz sicher, ob das gut oder schlecht war.

Benson zog sich aus dem Gespräch zurück und sprach in ein schwarzes Kästchen, das er »Hendi« nannte – ein weiteres Beispiel für Menschenmagie, die ihn ohne Zeitverzögerung mit seinem Dorf kommunizieren ließ, das jenseits des Ozeans lag. Benson hatte versucht, es mit dem Signalnetzwerk zu vergleichen, und dabei Kexx' Volk für seinen Erfindungsreichtum gelobt, aber sier hatte sich dennoch etwas herablassend behandelt gefühlt. Jeden Tag seit ihrem Aufbruch aus dem Dorf hatte Kexx Benson hineinsprechen sehen, aber diesmal war es anders. Der Mensch wurde immer lauter und erregter, je länger das Gespräch dauerte. Kexx musste die Körpersprache der Menschen nicht komplett verstehen, um zu erkennen, dass er aufgebracht war. Mei trat zu Benson und legte ihm die Hand auf die Schulter.

Benson steckte das Hendi weg. Kexx verstand nur ein paar Worte der hektischen Konversation in Menschensprache, aber es klang, als sei jemand Wichtiges gestorben. Sier stand auf und ging zu ihnen hinüber.

»Was ist passiert, Benson?«, fragte Kexx in Menschensprache, weil siem das Thema sensibel erschien.

Benson drehte überrascht den Kopf, als hätte er Kexx nicht kommen hören.

»Nichts«, sagte er hastig, dann sackte er in sich zusammen. »Doch, etwas Furchtbares. Eine unserer … Häuptlinge ist an einer Herzattacke gestorben.«

»Das tut mir leid«, sagte Kexx ehrlich. »Habt ihr das *Hertz* erwischt, das dafür verantwortlich war?«

»Was?« Bensons Gesicht zeigte schieres Unverständnis. »Äh, nein, Kexx. Ein Herz ist keine Person, es ist ein Organ.« Er klopfte sich auf die Brust. »Es pumpt Blut durch unsere Körper. Ihres, ich meine, das meines Häuptlings hat plötzlich aufgehört zu schlagen. Das nennen wir eine Herzattacke.«

»Ach so.« Kexx tat so, als habe sier das verstanden, und hoffte, es würde alles noch klarer werden. »Hören eure … *Hertzen* oft auf zu schlagen?«

»Nicht mehr«, sagte Benson. »Vor allem nicht bei Leuten, die erst dreiundfünfzig sind.«

»Dreiundfünfzig was?«

»Tut mir leid, dreiundfünfzig Jahre alt. Tatsächlich sind, nein, waren unsere Jahre länger als eure. Sie war also …« Benson verstummte für einen Augenblick. »Nach eurer Zeitrechnung sechsundsiebzig.«

Kexx keuchte auf, ehe sier sich beherrschen konnte. Sier hoffte, ein langes, befriedigendes Leben von insgesamt fünfzig, viel-

leicht sechzig Jahren vor sich zu haben. Sechsundsiebzig war uralt, fast schon legendär. Dass der Mensch davon sprach, als sei es recht früh, in diesem Alter zu Xis heimzukehren, war erschütternd. Was fing man mit so viel Zeit an?
»Es war also kein natürlicher Tod? Willst du das damit sagen?«
»Es ist zumindest verdammt verdächtig«, sagte Benson, »und es kommt verflucht gelegen. In letzter Zeit passieren viele Dinge, die jemandem verflucht gelegen kommen.« Das Letzte schrie er dem Himmel entgegen, als wolle er die Götter selbst tadeln.
Kexx ließ sich von dem Zorn und der Frustration des Menschen nicht einschüchtern. »Kannst du in dieser Angelegenheit im Moment irgendetwas ausrichten?«
Benson ballte die Hände zu Fäusten. »Nicht das Geringste.«
»Hat sich an unserer Aufgabe etwas geändert?«
Benson seufzte und entspannte sich ein wenig. »Nein, ich schätze nicht.«
»Dann sollten wir uns auf unsere Aufgabe konzentrieren, bis sie sich verändert, oder?«
»Ja.« Benson holte tief Luft. »Du hast recht, Kexx. Danke.«
Kexx nickte. »Komm. Vor uns liegt ein langer Tag.«

* * *

Der Tag erwies sich in der Tat als sehr lang. Es war nicht schwierig, der Spur der geflohenen Calebs zu folgen. Wilde Uliks neigten dazu, ziellos durch die Gegend zu wandern und sich nach Möglichkeit auf dem sonnengehärteten Lehm zu halten, wo sie wenig Spuren hinterließen, sodass es für andere, größere Raubtiere schwierig war, ihnen zu folgen und ihre Beute zu stehlen. Aber diesen Tieren fehlte dieser Instinkt. Sie waren einfach schnurgerade wie ein Speerschaft dorthin zurückgerannt, wo sie hergekommen waren. Das einzige Problem war, dass sie sehr

schnell gerannt waren. Der Weg war weit, trotz der Tatsache, dass sie nur einen kleinen Vorsprung hatten.
Es gab vier überlebende Calebs, und Kexx sah an dem zögernden, asymmetrischen Gang und der leichten Verschleifung einer der Spuren, dass eines ein verletztes linkes Vorderbein hatte. Das war gut und schlecht zugleich. Wenn sie zufällig auf die Tiere stießen, während diese rasteten, wäre es Kexx ganz recht, dass sie nicht ganz bei Kräften waren. Andererseits konnten verletzte Tiere unberechenbar und gefährlich sein. Kexx schaute zu der Schusswaffe, die Benson über der Schulter trug, und spürte die seltsame Mischung aus Beruhigung und Furcht, die mit dem Verständnis der Macht einherging, die sie ihm verlieh.
Solange der Mensch an siener Seite kämpfte, waren sie praktisch unbesiegbar. Aber was, wenn Kexx je der Mündung gegenüberstand, statt sicher hinter der Waffe zu sein? Wie viele Menschen mit Schusswaffen wären wohl erforderlich, um das gesamte Netzwerk aus Dörfern zu kontrollieren? Ein paar Händevoll? Sicher nicht mehr als hundert, und so viele passten problemlos in einen ihrer großen Vögel. Die Vorstellung, wie Menschen und ihre schrecklichen Waffen wie ein Schwarm Lukafliegen von Dorf zu Dorf eilten, huschte durch Kexx' Geist.
Sier verdrängte den Albtraum. Die Menschen hatten nichts getan, was Kexx zu der Annahme verleitete, sie kämen mit feindlichen Absichten, sondern sie hatten sich vielmehr alle Mühe gegeben, sien vom Gegenteil zu überzeugen. Aber Bensons Sorge über ihren Fund des »Goldes« und sein Argwohn hinsichtlich des Todes ihres Häuptlings Mahama erweckten bei Kexx den Anschein, als seien die Menschen nicht annähernd so geeint in ihren Absichten und Motiven, wie sie zunächst gewirkt hatten. War es möglich, dass derart weise Kreaturen genauso zerstritten und von Rivalitäten zerrissen waren wie Kexx' eigenes Volk? War das gut oder schlecht? Kexx wusste es nicht.

Die Calebspuren veränderten sich, die Schritte wurden kürzer; sie waren nicht mehr galoppiert, sondern nur noch getrabt und wenig später in ein zügiges Schritttempo verfallen. Kexx hob eine Hand, um die anderen zum Anhalten zu bringen.
Kuul tauchte an siener Seite auf und flüsterte: »Was ist, Wahrheitssucher?«
»Genau hier sind sie langsamer geworden«, sagte Kexx. »Ich glaube, ihr Unterschlupf ist in unmittelbarer Nähe.«
Kuuls Haut blitzte warnend auf, und die anderen Krieger gruppierten sich im Kreis um die Karawane.
Benson trat zu den beiden. »Was ist los?«
»Ärger«, sagte Kexx. »Wir nähern uns ihrem Lager.«
»Halt besser deine Waffel bereit«, sagte Kuul widerwillig.
Benson nahm die Waffe von der Schulter und legte sie an. »Das musst du mir nicht zweimal sagen.«
»Alle anderen bleiben hier und beschützen die Dux'ah, während wir drei uns umschauen«, sagte Kexx zum Rest der Karawane.
Das ungleiche Trio rückte mit einsatzbereiten Waffen vor, und Kexx folgte den Spuren noch ein kurzes Stück, bis sie an einem Loch im Boden endeten.
»Doch nicht da runter?«, fragte Benson.
»Doch, da runter«, antwortete Kexx, während sier eine Hand über die Öffnung hielt und die Luft kostete. »Sie sind da unten, ich kann sie riechen.«
»Wie tief?«, fragte Kuul.
»Ein Stück, aber nicht sehr tief.«
»Kommen wir da ungesehen rein?«, fragte Kuul.
»Ungesehen vielleicht. Aber ungehört?« Kexx sah bedeutungsvoll zu Benson hinüber. »Oder ungerochen?«
»Was war das denn für ein Blick?«, fragte der Mensch.
»Du hast einen … typischen Geruch«, sagte Kexx vorsichtig.
»Du riechst wie varralte Dux'ah-Scheiße«, setzte Kuul hilfreich

hinzu und wischte sich übertrieben die Hände an sienem Lendentuch ab.
»Na ja, ihr beide riecht auch nicht gerade nach Rosen«, sagte Benson.
Kexx wusste nicht, wie eine Rose roch, aber die Bedeutung von Bensons Worten war klar. »Nun, aber dein Geruch ist hier völlig ungewohnt. Ich wäre überrascht, wenn die Calebs dich nicht schon gewittert hätten.«
»Also was tun wir?«, fragte Benson.
»Wir gehen rein.«
»In eine unbekannte Höhle?«
»Ja.«
»Im Dunkeln?«
»Jaaa.«
»Obwohl sie wissen, dass wir kommen.«
Kexx war genervt. »Siehst du eine andere Lösung, Benson?«
»Ich vermute, ihr habt kein Napalm.«
»Was ist *Na-Palm?*«
Benson seufzte. »Also nicht.«
»Wir geben ihnen gerade Zeit, sich auf uns vorzubereiten«, sagte Kuul scharf.
»Sier hat recht, wir müssen jetzt rein«, sagte Kexx. »Kuul und ich gehen vor. Wir kommen besser mit der Dunkelheit klar. Benson, du folgst uns mit deiner Waffe und deinem Licht und sorgst dafür, dass uns niemand in den Rücken fällt.«
»Alles klar.«
»Halte dein Licht immer nach hinten gerichtet«, setzte Kuul leicht drohend hinzu. »Sonst sehen wir im Dunkeln nichts mehr.«
»Verstehe«, sagte Benson. »Wenn ich da drin schießen muss, wird das furchtbar hallen. Es wird auch unglaublich laut sein. Wenn ich sage, ihr sollt euch die Ohren zuhalten, tut es sofort, sonst hört ihr vielleicht tagelang nichts mehr.«

Kexx nickte, während Kuul sien Begreifen über die Haut signalisierte. Kuul hatte inzwischen genügend Zeit mit den Menschen verbracht, um einige ihrer einfacheren Gesten zu kennen, aber sien Kriegerstolz und ein Gefühl der Reinheit verhinderten, dass sier sie kopierte. Ohne ein weiteres Wort dämpften sowohl Kexx als auch Kuul ihr Hautleuchten, während ihre dunklen Kontraststreifen breiter wurden, bis sie fast ihre gesamte Hautoberfläche bedeckten. Sie würden sich gegen die unbeleuchteten Höhlenwände kaum abzeichnen. Der Mensch hingegen …

Benson hatte mehrfach bewiesen, dass er auf sich aufpassen konnte, und das trotz der Defizite seines Körpers in Sachen Tarnung. Kexx hoffte dennoch, Cuut sei an diesem Tag Narren gegenüber gnädig gestimmt.

Nach einem kurzen Rundblick im Licht von Bensons Waffe begannen sie den Abstieg in die Höhle. Es war ein kurzer Abstieg, höchstens vier oder fünf Spannen lang. Kexx und Kuul erreichten rasch den Boden. Der Mensch hingegen hatte mehr Probleme.

»Dein Haustier ist kein Kletterer«, bemerkte Kuul.

»Ihre Hände sind anders als unsere. Mit solchen Händen hättest du auch Probleme.«

»Sier hätte weniger Probleme, wenn sier diese lächerliche Fußbekleidung ablegen würde.«

Da musste Kexx zustimmen. »Schue« nannte Mei sie. Kexx hatte keine Ahnung, wozu sie dienten.

»So haben deine Augen mehr Zeit, um sich an die Dunkelheit zu gewöhnen«, sagte Kexx, allzeit optimistisch.

»Ja, und unsere Beute hat mehr Zeit, Fallen zu stellen und Hinterhalte zu legen.«

Wieder musste Kexx zustimmen.

»Was machen deine Wunden?« Sier deutete auf die entzündeten

Klauenspuren auf Kuuls Unterbauch. »Sie haben zu weinen begonnen.«
»Das halte ich schon aus, Wahrheitssucher.«
»Natürlich, du bist ein Krieger. Aber die Menschen haben ein Öl, Dess-ihn-feg-tionsalbe.« Kexx stolperte noch ein wenig über das fremde Wort. »Ich habe meine Schulter gestern Nacht damit eingerieben. Es wirkt sehr gut.«
Kuul schnaufte. »Du klingst wie ein fahrender Händler mit einem Beutel voller wundertätiger Kräuter. Ich habe noch nie etwas gesehen, was für offene Wunden besser war als abgekochter Urin – und ich hatte schon viele offene Wunden.«
Kexx spielte mit dem Gedanken, das Thema zu vertiefen, entschied sich aber dagegen. Kuul war konservativ und würde sich so schnell nicht überzeugen lassen. Hinter ihnen rutschte Benson ab und krachte ungeschickt aus einer Höhe von etwa einer Spanne auf den Höhlenboden.
Der Mensch rappelte sich auf. »Nichts passiert.«
»Das würde ich nicht so sagen«, spottete Kuul. »Pass einfach auf, dass uns nichts in den Hintern beißt, Tothaut.«
»Mache ich, Tintenfisch.« Mit einem Klicken schaltete Benson seine Lampe an und flutete den rückwärtigen Bereich der Höhle mit grellem Licht. Es zeigte sich, dass es sich nicht um eine Höhle handelte, sondern um einen Tunnel, der sich jenseits des Lichtkegels in völliger Finsternis verlor.
Kexx betrachtete sienin Füße und bemerkte verstreut herumliegende Steine, die gerade ausgereicht hätten, um das Loch in der Decke zu füllen. Sier strich über die kühle Steinwand und murmelte einen Fluch. Sie war rau und wies nicht die hängenden Zähne auf wie die anderen Höhlen, die sier in der Vergangenheit erforscht hatte.
»Haben die Bewohner diesen Tunnel gegraben?«, fragte Kexx ungläubig. »Er ist riesig. Er muss viele Steine lang sein.«

»Das glaube ich nicht«, sagte Benson. »Das sieht aus wie eine Lavagrotte. Die Decke ist wahrscheinlich einfach nur vor Kurzem eingestürzt.«
»Lava?«, fragte Kexx.
»Du weißt schon, geschmolzenes Gestein?«
»Wie Schlammstein?«
»Nein, wirklich heißes Gestein, kochend heiß. Kommt aus Vulkanen?«
»Vulkanen?«
»Äh … flammende Berge?«
Sowohl Kexx als auch Kuul sahen den Menschen an, als habe sier einen kalten Kopf.
»Vergesst es«, sagte Benson. »Ich wollte damit nur sagen, es ist wahrscheinlich natürlichen Ursprungs.«
»Es riecht aber ganz genau wie eine Bewohnerhöhle«, sagte Kuul.
»Warst du schon mal in einer?«, fragte Kexx.
»Na ja, nein. Aber man hört allerlei von Händlern.«
»Gehen wir weiter«, sagte Kexx. »Leise.«
»In welche Richtung?«, fragte Benson.
»Da lang.« Kexx deutete den Tunnel entlang. »Bleibt dicht beisammen.«
»Kein Problem.«
Hundert oder mehr Spannen weit marschierten sie schweigend. Benson leuchtete wie befohlen nach hinten, aber es fiel genug von der Helligkeit seiner Lampe vor ihnen in den Tunnel, um alles in ein schwaches, unnatürliches Licht zu tauchen. Hier und da waren die Wände von Pilzen überwuchert, die als Reaktion auf das Licht ihrerseits zu leuchten begannen, damit sie gegessen und damit ihre Sporen verbreitet wurden.
Kexx' Haut leuchtete, als sier sie im Vorbeigehen instinktiv der Farbe und dem Licht der Pilzkolonien anpasste. Kuul hatte nie die Wälder und die Nacht durchstreift, um sich diese Fertigkeit

anzueignen, und blieb dunkel. Kuul war einfach in keiner Weise subtil. Sier hatte sich noch nie vor einem potenziellen Feind verbergen wollen oder müssen. Das taten Krieger nicht.

Sie gingen weiter und setzten die Füße sorgsam, sodass ihre Schritte möglichst leise waren. Diese Mühe hätten sie sich in Anbetracht des Lärms, den Benson hinter ihnen veranstaltete, indem er mit seinen Schuhen durch die dünne Sand- und Kieselschicht schlurfte, nicht machen müssen.

»Sier macht genauso viel Lärm wie eine Herde Dux'ah«, flüsterte Kuul genervt.

»Wenigstens werden wir nicht lange warten müssen, bis sie uns finden«, sagte Kexx, immer versucht, jeder Situation etwas Gutes abzugewinnen.

»Tut mir leid, ja?«, konterte Benson in lautem Flüsterton. »Euch beide möchte ich mal sehen, wie ihr versucht, leise rückwärts durch einen Tunnel zu laufen.«

Ansatzlos drehten sich sowohl Kexx als auch Kuul um, knickten ihre Knie umgekehrt und gingen mühelos rückwärts weiter.

»Na gut, na gut, guter Trick«, gab der Mensch zu. »Aber macht das mal mit Kniescheiben.«

Ihr Gezänk endete abrupt, als ein leises, grollendes Knurren durch die Höhle hallte und sie ausfüllte, sodass schwer auszumachen war, woher es kam.

»Was war das?«, fragte Benson.

»Unsere Beute«, sagte Kuul und stürmte mit angriffsbereit erhobenem Speer los. »Ich sehe sie! Rechts, vier Händevoll Spannen entfernt.«

Kexx sah es auch, als sier Kuul folgte. Ein einzelnes, schutzloses Caleb, dessen linke Vorderpfote verletzt war, weswegen es sie nicht aufsetzte. Etwas stimmte an dieser Szenerie nicht. Es war verletzt, also hätte es sich eigentlich verstecken oder Schutz bei seinen Rudelkameraden suchen sollen. Es sei denn … es war ein Köder!

Kexx packte Kuul an der Schulter und versuchte, sien aufzuhalten. »Kuul, warte. Das ist ein –«
Ehe er »Hinterhalt« sagen konnte, ertönte im Tunnel ein schriller Pfiff, so laut, dass Kexx zusammenzuckte, so sehr schmerzte er in sienim Ohren. Über ihnen lösten sich drei große Gestalten von der Decke und fielen wie Schatten zu Boden.
»Ohren!« Benson richtete den Lichtkegel nach oben auf eines der Calebs, die sich gerade fallen ließen.
Kexx legte gerade noch rechtzeitig die Hände über die Ohren, ehe der Donner und der Blitz kamen. Die gesamte Höhle wurde von Lichtblitzen erleuchtet, als die Geschosse aus Bensons Waffe das Tier wie winzige Speere trafen und Muskeln und Sehnen zerfetzten, als sie sich in sein Fleisch gruben.
Kuul verließ sich auf sienin in jahrelanger Praxis geschärften Reflexe und sah das Caleb direkt über sich rechtzeitig, um das stumpfe Ende seines Speers in den Sand zu rammen und fest umklammert zu halten. Mit einem markerschütternden Schrei bohrte sich die Speerspitze in den Bauch der Kreatur, deren Schwung und Gewicht sie auf den Schaft spießten, bis die schwarze Glasspitze an ihrem Rückgrat austrat wie eine morbide Blüte, wobei sie eine ihrer Nervenbahnen durchtrennte und sie rechtsseitig lähmte.
Panisch und wütend hüpfte das Ködertier auf drei Beinen herum und versuchte vergeblich, den Verlust seines bewegungsunfähigen Hinterbeins auszugleichen. Kuul, dier sienen Speer verloren gab, zog rasch ein Messer, schwang sich auf den Rücken der verkrüppelten Kreatur und rammte die Messerspitze unmittelbar hinter den Schulterblättern in einen Nervenknotenpunkt, was das Caleb zwar nicht tötete, aber sofort bewegungsunfähig machte.
Nun hatten sie es nur noch mit einem Monster zu tun.
Kuul und Benson näherten sich dem Tier, umkreisten es und schnitten ihm alle Rückzugswege ab. Vielleicht weil es auf Kexx’

Speer konzentriert war, vielleicht weil es Kuuls Bauchwunden bemerkt hatte, wandte sich das Caleb dem Krieger zu und machte Anstalten, auf ihn zuzustürmen.

»Ohren!« Zwei Blitze aus Bensons Waffe stellten sicher, dass es dazu nicht mehr kam.

Mit einem größeren Selbsterhaltungstrieb, als ihn seine Artgenossen gezeigt hatten, floh das verletzte Caleb mit beeindruckender Geschwindigkeit den Tunnel hinab.

»Na, das war ja leicht«, brüllte Benson.

»Es ist noch nicht vorbei«, erwiderte Kexx. »Ermittler, leuchte mal die Wände ab, bitte.«

Der Mensch ließ einen weißen Lichtkegel über die rauen Tunnelwände wandern. Er glitt über einen unebenen Vorsprung, der viel glatter war als der raue Fels ringsum.

»Da!« Kexx deutete darauf. »Leuchte dahin.« Benson gehorchte, während Kexx und Kuul links und rechts des Vorsprungs Aufstellung nahmen.

»Du kannst genauso gut herunterkommen«, verkündete Kexx. »Es gibt kein Entkommen.«

Der Vorsprung regte sich nicht.

»Nun, Reden hat nichts gebracht.« Kuul bückte sich und hob einen faustgroßen Stein auf, dann warf er ihn mit geübter Armbewegung nach dem Vorsprung und traf die Gestalt, die sich da an die Wand klammerte, genau am Hinterkopf.

Sie schrie schmerzerfüllt auf und verlor den Halt, schaffte es aber, auf den Beinen zu landen. Benson richtete sofort sein Licht und damit auch die Waffe auf sie.

Als die Gestalt vor siem stand und mit dem Unterarm ihre Augen gegen das grelle Licht abschirmte, fuhr Kexx fort: »Ich weiß nicht, ob du uns gerade beobachtet hast, aber die Waffe meines Freundes ist … nun ja, Ehrfurcht gebietend. Ich an deiner Stelle würde ganz still stehen bleiben und anfangen zu reden.«

Die Haut des Fremden erbleichte, während sier eine Reihe von Worten ausstieß, von denen Kexx keines verstand. Sier sah zu Kuul. »Hast du etwas verstanden?«

Kuul zuckte die Achseln. »Kein Wort.«

»Ich schon«, sagte Benson beinahe verlegen.

»Du schon?«, wiederholte Kuul. »Spricht sier Menschensprache?«

Benson schüttelte den Kopf. »Keine Menschensprache, aber mein Plantat übersetzt es für mich.«

»Das war keine Sprache, die ich kenne«, sagte Kexx. »Wie kann dein Kopfwerkzeug sie dann beherrschen?«

»Keine Ahnung«, sagte Benson. »Das ist eigentlich unmöglich. Es sei denn …«

»Es sei denn?«

»Es sei denn, jemand belauscht ihren Stamm schon genauso lange wie wir euren und hat vergessen, den Dialekt aus dem Upload für den Übersetzer auszuschließen.«

»Was ist ein Upload?«

Benson winkte ab. »Das zu erklären, würde jetzt viel zu lange dauern.«

»Es kann warten«, sagte Kuul ungeduldig. »Was sagt sier?«

»Ah, Moment.« Benson beugte sich vor und lauschte dem Fremden, der die ganze Zeit weiterplapperte.

»Sier sagt, sier sei das Brutgeschwist des Unterhäuptlings, und wir dürften es nicht wagen, sien zu töten, aus Angst vor … äh, irgendwas mit Cuuts Garten? Ergibt das Sinn?«

»Absolut.« Mit einem feuchten Schlurfen riss Kuul sienen Speerschaft aus dem gelähmten Caleb heraus, trat näher und stach dem plappernden Fremden ins Knie.

Die Stimme des Fremden wechselte von Drohungen zu einem Kreischen, als sier sien Bein umklammerte und zusammenbrach.

»Warum hast du das getan?«, verlangte Benson zu wissen.
»Sier hat recht, ich würde es nicht wagen, das Brutgeschwist des Unterhäuptlings zu töten. Als Geisel ist sier viel mehr wert.«
In keiner Weise subtil. Kexx seufzte und warf einen Blick zurück zu dem Loch in der Decke.
»Wir werden Seile brauchen.«

KAPITEL 27

Es dauerte eine halbe Stunde, das sich windende Arschloch richtig zu fesseln. Benson war dank seiner Karriere als Gesetzeshüter (ganz zu schweigen von bestimmten … Neigungen, die er mit seiner Frau teilte) ziemlich gut im Fesseln, aber anständige Knoten bei jemandem zu knüpfen, dessen Gelenke in alle Richtungen drehbar waren, erwies sich als schwierig.

Am Ende zog Kuul dem Fremden einfach einen Stein über den Kopf, sodass er benommen und schlaff liegen blieb. Benson war mit einer so brutalen Behandlung von Gefangenen zwar alles andere als einverstanden, aber das Ergebnis sprach für sich.

Sie zogen ihren halb bewusstlosen Gefangenen mithilfe eines Seils durch das Loch in der Decke nach oben, während Benson über Grenzen der Jurisdiktion nachdachte. Wo immer seine genau liegen mochten, er war sicher, dass er sich bereits weit, weit jenseits davon befand.

»Man muss eben mit den Wölfen heulen«, murmelte Benson vor sich hin.

»Mit wem?«, fragte Kexx, was Benson wieder einmal ins Gedächtnis rief, wie gut die Ohren der Atlanter waren.

»Mit den Wölfen«, antwortete er. »Das waren Raubtiere auf unserer Welt. Eigentlich bedeutet das Sprichwort, dass man sich den örtlichen Gepflogenheiten anpassen soll.«

»Ein guter Rat für Gäste, aber vielleicht nicht für Invasoren.«

»Was sind wir denn?«, fragte Benson.

»Ich vermute, irgendwas dazwischen.«

Benson sah sich nach der Karawane um. »Invasoren sind üblicherweise nicht so wenige Leute.«

»Die erfolgreichen nicht.«

Kuul und die beiden anderen Krieger waren damit beschäftigt, den Gefangenen auf den Rücken eines Dux'ah zu binden. Wie es aussah, würde der in nächster Zeit nicht aufs Klo gehen können. Benson deutete auf den Verschnürten. »Wer auch immer dieser Unterhäuptling ist, das wird siem nicht gefallen.«

»Davon gehe ich aus. Aber ich bin auch nicht besonders glücklich über die Verluste, die wir bei dem Calebangriff eingesteckt haben. Tatsächlich bin ich ziemlich wütend deswegen. Der Unterhäuptling wird meine Beschwerde zu hören bekommen.«

»Apropos«, begann Benson, »wie genau wollen wir diese Audienz erwirken? Die haben schon zweimal versucht, uns zu töten. Warum glaubst du, wir können einfach so in ihr Territorium einmarschieren und Forderungen stellen?«

»Ich werde keine Forderungen stellen. Ich werde Anklagen erheben.«

»Ach, und das ist besser?«

»Es ist geschützt«, sagte Kexx. »Nach einer Anklageerhebung darf meine Arbeit als Wahrheitssucher nicht mehr unterbrochen werden. Die Suche nach der Wahrheit ist eine heilige Pflicht, der sich nicht einmal die Bewohner in den Weg stellen würden.«

Benson lächelte. Wenn seine eigenen Leute seinem Job nur ebenso viel Verständnis entgegengebracht hätten. »Na schön, und was dann?«

»Sobald wir die Wahrheit kennen, konferieren die Ältesten der Dörfer und einigen sich auf angemessene Strafen oder Wiedergutmachungen.«

»Was ist, wenn die Ältesten der Dörfer sich nicht einig sind, was angemessen ist?«

Kexx schwieg für eine Sekunde. »Dann wetzen die Krieger ihre Speere. Aber bevor es so weit kommt, werden wir längst wieder in unseren Betten sein.«

»Aber wir sind so wenige. Du hast großes Vertrauen in dieses

Verfahren. Was hält sie davon ab, uns alle abzuschlachten und unsere Köpfe zurück in die jeweiligen Dörfer zu schicken?«

»Ich weiß, du meinst es nicht böse, Benson, aber so laufen die Dinge hier eben nicht.«

»Die Zeiten ändern sich, Kexx. Die Calebs haben uns schließlich angegriffen. Das klingt für mich schon nach ›Behinderung‹ deiner Arbeit.«

Unwillkürlich flackerte Kexx' Haut. »Vielleicht haben sie nicht gewusst, dass ein Wahrheitssucher mit der Karawane reist.«

»Das bezweifle ich. Jemand von meinen Leuten füttert sie mit Informationen. Dessen bin ich mir sicherer denn je.«

»Sie können zumindest behaupten, es nicht gewusst zu haben. Das wird jetzt schwierig. Außerdem werden die Geschichten von deiner Waffe und die Tatsache, dass wir eine Geisel haben, ihnen zu denken geben.«

Benson mochte die Richtung nicht, die die Überlegungen seines neuen Freundes einschlugen. »Erwarte nicht von mir, einen Krieg für dich zu führen, Kexx. Ich habe nur eine begrenzte Anzahl von Kugeln, und ich bin kein Krieger.«

»Unsinn. Du bist tapfer. Ich habe dich töten sehen.«

»So definieren Menschen Tapferkeit nicht«, sagte Benson, auch wenn er wusste, dass das nicht ganz richtig war – er wollte es zumindest glauben. »Du hast mich Tiere töten sehen, keine Leute.«

»Daheim im Dorf hast du einen Krieger getötet, und zwar mit einem simplen Fischerdreizack.«

Benson dachte an den Atlanter in dem Kampf, der all das ausgelöst hatte, an den auf der mittleren Zacke eines Dreizacks aufgespießten Kopf, an den Körper, der weiterzulaufen versuchte, weil er noch nicht begriffen hatte, dass er tot war. Als er sich dieses Bild vor Augen rief, drehte sich ihm erneut der Magen um. Er hatte zuvor nie getötet. Er hatte es einmal versucht, aber Kimuras

Kleidung hatte ihn vor Bensons Kugeln geschützt, wenn auch nicht vor seiner eigenen Bombe.
»Das war Notwehr, und es war eher ein Unfall als sonst etwas. Sier hat sich direkt hineingestürzt. Ich habe nur den Schaft festgehalten.«
Kexx dachte eine Weile darüber nach, ehe sier antwortete: »Du bist eine interessante Ansammlung von Widersprüchen, Benson.«
Benson lachte aus vollem Hals. »Man hat mir schon Schlimmeres nachgesagt.«
»Wir müssen weiter. Es liegt noch ein harter Tagesmarsch vor uns.«
»Bäh«, sagte Benson.
Der Marsch kam ihm endlos vor. Er hatte Blasen an den Fersen, er war schmutzig und erschöpft. Aus morbider Neugier überprüfte Benson sein Plantat und stellte überrascht fest, dass sie seit Verlassen des Dorfes fast fünfzehnhundert Höhenmeter zurückgelegt hatten. Das erklärte, warum er so verdammt erschöpft war. Er beschloss, die Brustplatte für eine Weile abzulegen, um besser Luft zu bekommen. Sie hatten jetzt eine gute Rundumsicht. Falls es Ärger gab, würde er genügend Zeit haben, sie wieder anzulegen.
Die Karawane begab sich tiefer ins Feindesland, und mit jedem zögernden Schritt wuchs die Anspannung. Kexx war fest davon überzeugt, dass sie das Gelände ohne weitere Störungen würden durchqueren können. Der Rest der Atlanter jedoch …
Sie marschierten ein, zwei Stunden schweigend, und hinter ihnen erhob sich eine Staubwolke in der stehenden, heißen Luft, die in vielen Kilometern Umkreis jeden, der darauf achtete, über ihre Anwesenheit informierte, doch sie blieben auf dem Weg allein.
Eine Weile schimpfte und beklagte sich ihr Gefangener über die

grobe Behandlung. Doch nach drei Stunden war siene Kehle trocken, und sier war heiser. Sier bat um Wasser, aber niemand hatte es eilig, sienen Durst zu stillen, damit sier wieder zu krakeelen beginnen konnte.

Die segensreiche Stille ermöglichte es Benson, ein wenig nachzudenken. Er hatte in der Lavagrotte weitere Metalladern gesehen. Kein Gold, aber hier war sicher fast jedes Metall wertvoll. Eisen, Aluminium, Blei, Magnesium, Nickel – sie alle waren von immenser Wichtigkeit. Vor allem, da sie in ausreichender Konzentration vorkamen, dass sich altmodischer Bergbau mit Hacke und Schaufel lohnte, nicht der chemische Abbauprozess, der nur winzige Mengen erbrachte, oder der Abbau auf Asteroiden, den sie im Auge gehabt hatten. Das würde ihre Zeitpläne um Jahre verkürzen und die Wachstums- und Entwicklungskurve ihrer gesamten Kolonie um mindestens eine Generation beschleunigen.

Außerdem würde dadurch jemand sehr reich werden. Das Einzige, was dem im Wege stand, waren die rechtmäßigen Besitzer des Landes und natürlich Menschen in Entscheidungspositionen, die so etwas wie ein Gewissen hatten. Leute wie Captain Mahama zum Beispiel.

Bensons Geist scheute davor zurück, doch es war schwer, sich den logischen Schlüssen zu verwehren, dazu passte einfach alles zu gut zusammen. Zuerst erlitt Verwaltungsleiter Valmassoi bei einem Hinterhalt, der mithilfe von außen zustande gekommen war, eine tödliche Verletzung, dann starb in derselben Woche Captain Mahama durch einen schnöden Herzschlag. Im Laufe weniger Tage hatten also sowohl das Oberhaupt der Kolonie als auch das der Mannschaft das Zeitliche gesegnet. Diese Verschwörung sah langsam aus wie ein Putsch – und Esa war mittendrin. Sie schlussfolgerte schärfer, als er es je vermocht hatte, und musste längst auf dieselben Gedanken gekommen sein.

Aber wenn sie zu schnell zu forsch ermittelte, brachte sie sich selbst in Gefahr. Diesen Leuten waren Beliebtheit oder Status ihrer Opfer offenbar egal.
Bei diesem Gedanken brach Benson eiskalter Schweiß aus. Er marschierte hier auf der Suche nach dem Mörder Tausende von Kilometern von zu Hause entfernt durch die Steppe, während seine Frau wahrscheinlich keinen Steinwurf von dem Drahtzieher entfernt war. Wie ein Narr hatte sich Benson selbst aus dem Spiel genommen. Jetzt saß er am Spielfeldrand fest, während sie immer mehr Verluste hinnehmen mussten. Er musste einen Weg finden, ihr zu helfen, ohne dass ihm alles um die Ohren flog.
Kexx schlenderte heran und bot Benson einen Schluck aus sienem Trinkschlauch an. Der Gedanke, aus einer nicht näher identifizierten Blase zu trinken, war nicht gerade verlockend, aber Benson war Diplomat genug, um die Geste nicht abzulehnen. Das Wasser war warm, schmeckte widerlich und enthielt wahrscheinlich ziemlich viele kleine Überraschungen, mit denen sich seine Immunitätsnaniten würden auseinandersetzen müssen, aber er schluckte es trotzdem hinunter.
»Danke«, sagte er.
»Gerne.« Kexx deutete auf die staubigen Schweißspuren auf Bensons Stirn, Wangen und Nacken. »Du siehst aus, als bräuchtest du es dringender als ich.«
»Wir Menschen schwitzen gern.«
»Du scheinst nie müde zu werden«, sagte Kexx bewundernd. »Deine Beine bewegen sich wie zerbrochene Äste, aber ihre Ausdauer scheint keine Grenzen zu kennen.«
»Gehen, rennen, das war früher tatsächlich eines der Dinge, die wir Menschen am besten konnten. Wir waren nicht die schnellsten Tiere auf der Erde, bei Weitem nicht. Aber unsere Ahnen konnten weiter und länger laufen als jedes andere Lebewesen.«

»Eure Welt muss groß gewesen sein, wenn ihr so weit umherstreifen konntet.«

Benson zuckte die Achseln. »Ich kenne sie nur aus Videos.«

»*Wie-de-os?*«, fragte der Atlanter.

»Äh, bewegliche Gemälde, sehr detailliert und lebensecht. Wir schauen sie uns an, um zu lernen – und zur Unterhaltung. Die Erde war tatsächlich ein winziges bisschen kleiner als eure Welt. Mit größeren Ozeanen und weniger Land.«

»Haben die Menschen ihre Welt gerecht untereinander geteilt?«

»Das ist eine sehr lange Geschichte. Über weite Teile unserer Geschichte nicht, um es vorsichtig auszudrücken. Wir waren ganz ähnlich wie ihr, konzentrierten uns auf unsere kleinen Unterschiede, ignorierten unsere gewaltigen Ähnlichkeiten. Lange hielten wir auch die eine oder andere Volksgruppe für Untermenschen. Aber gegen Ende wurden wir besser, und in unserer Zeit auf der Arche lernten wir, friedlich zusammenzuleben. Na ja, zumindest die meisten von uns.«

»Warum habt ihr beschlossen, eure Welt zu verlassen, Benson?«

»Das haben wir gar nicht. Ich meine, wir haben nicht beschlossen, sie zu verlassen. Unserer Welt stand die Vernichtung durch ein …« Er dachte einen Augenblick lang nach. Kexx hatte schon Probleme mit der Imagination von Radiowellen und Bakterien. Ein unsichtbarer Stern, der kollabiert war und einen unendlich dichten Punkt hatte entstehen lassen, dessen Schwerkraft ausreichte, um Licht zu brechen, würde wahrscheinlich sien Vorstellungsvermögen übersteigen. Offen gestanden, überstieg dies auch Bensons Vorstellungsvermögen.

»Sie wurde vernichtet«, sagte er stattdessen.

»Eure ganze Welt?«

Benson nickte. »Jeder Kiesel, jeder Regentropfen. Alles, was wir nicht mitgenommen haben, ist für immer verloren.«

»So etwas vermögen nur Götter.«

Benson lief derselbe eiskalte Schauer über den Rücken wie damals, als Captain Mahama zum ersten Mal Kimuras wahnsinnige Behauptung bestätigt hatte, dass jemand das schwarze Loch Nibiru mit Absicht auf die Erde geschleudert hatte. Es waren vielleicht keine Götter, aber ihre Macht war so groß, dass das bestenfalls eine semantische Unterscheidung war.
»Vielleicht«, sagte Benson.
»Warum habt ihr beschlossen, herzukommen und bei uns zu leben?«
»Auch das haben wir uns nicht ausgesucht, Kexx. Dies war die einzige Welt, die so nah war, dass wir sie erreichen konnten. Wir hielten den Planeten für unbewohnt. Teufel auch, wir dachten, hier könne niemand leben.«
»Das verstehe ich nicht«, sagte Kexx. »Ihr dachtet, unsere Welt sei nicht bewohnbar – warum seid ihr dann überhaupt hergekommen?«
»Nein, das meine ich nicht. Wir wussten, dass eure Welt bewohnt ist. Wir, äh, haben gesehen, wie die Luft hier zusammengesetzt ist, und gewusst, dass es hier Pflanzen gibt. Aber wir wussten auch um – wie nennt ihr sie? Cuuts Samen?« Kexx nickte. »Wir nennen sie Asteroiden oder Kometen, und euer Planet ist von zehnmal so vielen von ihnen umgeben wie unsere Welt früher. Bei uns schlug alle zig … ich schätze, ihr habt kein Wort für Millionen … Jahre ein gebirgsgroßer Asteroid ein.«
Kexx schüttelte den Kopf. »Nein, dafür haben wir kein Wort.«
Benson suchte verzweifelt nach einem Beispiel, bis ihm eines einfiel. »Wenn du alle Yulkakörner einer Ernte zählen würdest, wären das Millionen.«
Kexx riss die Augen auf, während er versuchte, sich das vorzustellen. »Wozu sollte man eine so große Zahl brauchen?«
Benson konnte ein Kichern nicht unterdrücken, als er an die zig Trillionen Kilometer dachte, die die Arche zurückgelegt hatte,

um hierherzugelangen. »Vertraue mir, in nicht allzu ferner Zukunft werden deine Leute noch viel größere Zahlen brauchen. Jedenfalls traf alle zig Millionen Jahre ein großer Asteroid die Erde und löschte alles Lebendige aus, das größer war als so.« Benson zeigte mit den Fingern die ungefähre Größe einer Maus an. »Jedes Mal, wenn das geschah, brauchte das Leben sehr lange, um sich wieder zu fangen. Nun haben wir gesehen, dass eure Welt zehnmal so oft von Asteroiden dieser Größe getroffen wird. Unsere, äh, Weisen glaubten nicht, dass Wesen, die so klug sind wie Menschen, zwischen zwei Einschlägen entstanden sein könnten.«

Kexx nickte und versuchte, die Lektion in sich aufzunehmen. »Ihr wusstet nicht um unsere Höhlen«, schlussfolgerte er.

Benson lächelte leicht. »Nein.«

Kexx bewegte die Beine und setzte sich etwas aufrechter hin, ehe sier fortfuhr: »Niemand erinnert sich mehr, wie oft Cuuts Samen die Oberfläche bereits verwüstet und uns in die Sicherheit von Xis' Schoß gescheucht haben. Manchmal dauert es nur ein Jahr, bis Cuut aufhört und die Wolken wieder Sonnenlicht durchlassen. Manchmal dauert es viel länger. Einmal, vor tausend Jahren, lebte und starb eine ganze Generation unter der Erde und schwand dahin, als die Nahrung knapp wurde, bis nur noch so viele übrig waren, wie sich von den Höhlenpilzen ernähren konnten.«

»Wie viele waren das?«, fragte Benson.

Kexx hob beide Hände und spreizte sienin acht Finger. Eine Handvoll nach der seltsamen Zählweise der Atlanter.

»Acht? Eure gesamte Zivilisation beruht auf nur acht Personen?«

»So sagt es die Legende.«

Benson erbleichte. Er erinnerte sich, einmal über eine große Bevölkerungsknappheit in der Frühgeschichte der Menschen gelesen zu haben. Aber selbst die damalige Katastrophe hatte ihre

Anzahl nur auf ein paar Tausend gesenkt, nicht auf eine einstellige Zahl. Plötzlich kamen ihm die großen Würfe der Atlanter wie eine ziemlich gute evolutionäre Taktik vor. Kexx' Erzählung mochte eine übertriebene Legende sein, aber Benson wusste gerade genug über Anthropologie, um die Mythologie der Eingeborenen nicht in Bausch und Bogen abzutun. Üblicherweise enthielten Legenden mehr als nur ein Körnchen Wahrheit.
Kexx fuhr fort: »Es heißt, wir hatten einst viele Finger, wie die Dux'ah oder die Uliks, aber nach dem Schrumpfen veränderte Cuut unsere Hände, sodass jetzt jeder Finger für einen der Auserwählten steht, auf dass wir diese Lektion niemals vergessen.«
»Welche genau?«
»Weniger ist mehr.«
Benson dachte über das Gehörte nach und darüber, was es ihm über die Atlanter verriet. So fremdartig sie ihm auch vorgekommen waren, als er vor etwas mehr als einer Woche gelandet war – es war schwer, die Parallelen nicht zu sehen. Katastrophen, die sie nicht kontrollieren oder begreifen konnten, hatten beide Spezies dezimiert, beide Gesellschaften waren nur noch ein Schatten ihrer selbst, und sie waren beide von der Welt verbannt worden, die sie kannten, waren gezwungen gewesen, jahrelang vom absolut Nötigsten zu leben, und das hatte bleibende Narben auf ihrer kollektiven Psyche hinterlassen.
Alles in allem war, so dachte Benson, das Exil an Bord der Arche wahrscheinlich angenehmer gewesen.
»Wann war dein Volk das letzte Mal gezwungen, sich unter die Erde zurückzuziehen?«, fragte er.
»Seit dem Schrumpfen hat sich Cuut gnädig gezeigt. Es sind Samen gefallen, aber sie waren klein, und ihre Wolken verdunkelten den Himmel nur für Varrs, nicht für Jahre. Dadurch hatten wir Zeit, unsere Dörfer und Straßen zu bauen. Dennoch glauben viele, wir hätten Cuuts Lektionen vergessen, unsere Ausbreitung

spotte sien, und eine weitere Abrechnung Cuuts mit uns sei längst überfällig.«
Darüber musste Benson kichern. »Nun, da liegen sie nicht ganz falsch. Letztes Jahr hätte es euch erwischen können, wenn wir uns nicht rechtzeitig um den Asteroiden gekümmert hätten. War ein ganz schön dicker Brocken.«
Kexx erbleichte auf eine Weise, die nicht einmal Benson entging. »Ich … ich verstehe nicht. Wie meinst du das?«
»Ich meine, wir haben schon vor unserer Ankunft alle, äh, Samen rings um eure Welt kartografiert und die im Auge behalten, die groß genug waren, um gefährlich zu werden. Einer war auf Kollisionskurs, also haben wir ihn mit einem …« Wie erklärte man jemandem mit steinzeitlicher Technik einen Laser? »Einem Speer aus Licht beschossen und aus der Bahn geworfen. Solange wir hier sind, müsst ihr euch keine Sorgen über Cuuts Samen machen.«
»Das ist unmöglich«, sagte Kexx schlicht. »Ihr müsstet selbst Götter sein, um gegen Cuuts Willen handeln zu können.«
Benson begriff, dass er sich auf das dünne Eis religiöser Orthodoxie gewagt hatte. Von allen Atlantern, mit denen er bisher gesprochen hatte, war Kexx mit Abstand der Vernünftigste, was zweifellos ein Resultat sienis Jahre als die Person im Dorf war, die den Quatsch durchschauen musste, den alle anderen erzählten. Aber offenbar hatte selbst sier sienin Grenzen.
Benson fuhr vorsichtig fort: »Das mag sein. Aber die Samen, die Asteroiden, bestehen nur aus Gestein und Eis. Manche sind klein, nicht größer als eine Bohne, aber manche sind auch so groß wie Städte. Trotzdem sind es einfach nur Felsbrocken. Sie haben keinen eigenen Willen. Sie streifen einfach nur da draußen herum, rasen durchs Weltall, bis sie mit irgendetwas zusammenprallen. Und wenn man sie hart genug trifft, bewegen sie sich.«

Kexx, immer noch leichenblass, schüttelte den Kopf. »Das wäre, als wolle man einen Speer im Flug mit einem anderen treffen.«
Benson grinste. »Oh, es ist viel schwerer. Du kannst dir nicht vorstellen, wie schnell sich die Dinge da oben bewegen, aber wir tun das ständig. Auf dem Weg hierher musste unser Schiff Dutzende, ja Hunderte Male am Tag Weltraumstaub treffen, der nicht größer war als Kieselsteine.« Benson erinnerte sich plötzlich mit eisiger Klarheit, wie er durchs All getrudelt war, nachdem ein Weltraumstaubkorn, das die Größe eines Reiskorns gehabt und damit unmittelbar unter der Radarschwelle der Arche gelegen hatte, seine EVA-Kapsel beinahe vaporisiert hatte. An jenem Tag war er fast gestorben. Es war nicht gerade seine Lieblingserinnerung.
Er schüttelte sich, um in die Gegenwart zurückzukehren. »Jedenfalls, wenn wir Kiesel treffen können, ist es ein Kinderspiel, ein Gebirge zu treffen.«
»Varr«, sagte Kexx leise und bewundernd.
»Das hast du schon einmal gesagt. Was bedeutet es?«
Kexx sammelte sich. »Varr ist … war Cuuts Partner. Sier wurde nach dem Schrumpfen verbannt, weil sier Cuut verraten und mit Xis gemeinsame Sache gemacht hatte; die beiden hatten versucht, uns vor Cuuts Richtspruch zu bewahren.«
Benson hörte genau zu. Eine Trinität von Gottheiten. Das ergab in Anbetracht der dreistufigen Entwicklung der Atlanter Sinn. Sicher mehr Sinn jedenfalls als die Verrenkungen, die die Katholiken aus der Zeit vor dem Start hatten machen müssen, um ihre Dreieinigkeit zu erklären.
»Varr kämpfte drei Jahre lang ohne Unterbrechung gegen Cuut für sienin Kinder, dann endete der Kampf unentschieden. Varr konnte Cuut weder besiegen noch umstimmen, brachte es aber auch nicht über sich, sienen Geliebten zu töten, also ergab sier sich in siene Niederlage, versprach aber wiederzukehren, wenn

Cuuts Einsamkeit unerträglich würde. Jetzt kommt sier elf Mal im Jahr zu Besuch, in der Hoffnung, Cuut sei endlich vernünftigen Argumenten zugänglich.«

Der Mond, erkannte Benson, Varr war der Name ihres Mondes.

»Sier hofft außerdem, Cuut würde aufhören, sienin Samen über die Welt zu streuen, sie damit zu zerstören und dein Volk unter die Erde zu treiben«, vollendete Benson die Erzählung.

»Woher weißt du das?«

»Ich habe viele Geschichten gelesen. Da lernt man, Muster zu erkennen.«

Kexx' Gesicht bekam wieder Licht und Farbe. »Wenn das allgemein bekannt wird, werden viele glauben, dein Volk sei von Varr selbst gesandt. Viele glauben das jetzt schon.«

»Du auch?«

»Kommt ihr von Varr?«, fragte Kexx. Sien vorsichtiger, bedächtiger Geist fiel ansatzlos in einen lange unterdrückten Kinderglauben zurück.

Eine verschüttete Erinnerung an eine der ersten Verabredungen mit Theresa im Nostalgiekino im Avalon-Modul zauberte ein Lächeln auf Bensons Gesicht. Er wusste nicht mehr, welchen Film sie gesehen hatten, aber ein Zitat daraus kam ihm in den Sinn. *»Ray, wenn dich jemand fragt, ob du ein Gott bist, sagst du Ja!«*

»Nein, Kexx, wir sind keine Götter. Ich weiß, es klingt manchmal so, aber wir haben nichts getan, wozu nicht auch dein Volk mit ausreichend Zeit in der Lage wäre.«

»Aber mit sehr viel weniger Zeit, wenn wir uns mit euch verbünden?«

Sier redet nicht um den heißen Brei herum, dachte Benson. »Ich glaube nicht, dass ich euch solche Angebote machen kann, Kexx. Ich will nur herausfinden, wer dafür verantwortlich ist, was unseren beiden Völkern widerfahren ist.«

Ein blinkendes Symbol in Bensons Gesichtsfeld unterbrach das Gespräch. Die kleine Solaranlage auf seiner Schulter hatte die Satellitenverbindung fertig aufgeladen. Er hatte ein Zeitfenster von einer Stunde, um Shambhala von den Entdeckungen des Tages in Kenntnis zu setzen und mit seiner Frau zu sprechen, vielleicht auch, um sie zu warnen. Er gedachte, jede Sekunde davon zu nutzen.

»Bitte entschuldige mich, Kexx, ich muss mit meinen Leuten daheim in unserer Stadt sprechen.«

Kexx nickte respektvoll, ging schneller und setzte sich an die Spitze der Karawane, um Benson ein privates Gespräch zu ermöglichen. Der zog sein Satellitenhandy aus der Tasche und stöpselte das Solarladegerät aus, dann synchronisierte er es mit seinem Plantat. Vertraute Symbole erschienen in seinem Gesichtsfeld, darunter ein weiteres Software-Update, das seine Aufmerksamkeit erforderte.

[Wichtiges Plantatsoftwareupdate, schließt Speicherfehler #34788001. Jetzt installieren?]

Benson seufzte genervt. Wer auch immer diese Updates und Patches programmierte, hatte den sichersten Job in der gesamten menschlichen Gesellschaft. <Ungefähre Dauer des Downloads und der Installation?>, fragte er das Betriebssystem seines Plantats.

[Weniger als eine Minute.]

Na gut, dachte er. Wenn er es jetzt nicht tat, würde es jedes Mal aufpoppen, bevor er eine Verbindung herstellte, und er würde noch mehr Zeit verlieren.

<Download genehmigt>, teilte er dem Plantat intern mit.

Das blinkende Symbol verschwand und wich einem grünen Verlaufsbalken für den Download. In weniger als fünf Sekunden war der Vorgang erledigt. Also eine kleine Datei. Gut.

[Jetzt installieren?], fragte das Betriebssystem.

<Ja>, sagte Benson. <Schnell>, setzte er hinzu, obwohl er ganz genau wusste, dass er damit nichts beschleunigte – es tat ihm gut, es trotzdem anzuweisen. Der Cursor vor seinem geistigen Auge verwandelte sich in ein kleines, sich drehendes Symbol.
[Installation abgeschlossen.]
Kaum war die Botschaft erschienen, verschwand die Welt vor Bensons Augen, während seine Plantatanzeigen nur Rauschen und Knistern von sich gaben. Ein heftiger Schmerz durchzuckte seine Brust, als würde er aufgespießt. Bensons Hand fuhr zu seinem Herzen. Er war sicher, ein Speerschaft steckte darin, aber er krallte sich nur ins nasse Gewebe seines durchgeschwitzten Hemdes.
»Mei!«, rief Benson in plötzlicher, allumfassender Panik.
»Me…« Ihm schwand der Atem, und ihm wurde schwarz vor Augen.
Das Letzte, was Bryan Benson spürte, war, dass er fiel.

KAPITEL 28

Theresa und Korolev saßen in ihrem Büro und schauten einander in verblüfftem Schweigen an. Die Nachricht über Captain Mahamas Tod war noch nicht verbreitet worden, würde aber bald durchsickern. Nachrichten waren schlimmer als Helium, wenn es darum ging, sie an der Ausbreitung hindern zu wollen. Zögernd und unter Druck des kommissarischen Verwaltungsleiters hatte Theresa zwanzig ihrer frisch rekrutierten Reservisten angewiesen, sich bereit zu machen, dem befürchteten öffentlichen Aufruhr bei Bekanntwerden der Nachricht zu begegnen.

Korolev unterbrach die unangenehme Stille. »Sie exerzieren erst seit drei Tagen, Chief.«

»Ich weiß, Pavel.«

»Sie haben noch keinerlei Ausbildung in der Kontrolle von Menschenmassen.«

»Ich weiß, Pavel.«

»Schon allein ihr Aufmarsch wird den Leuten klarmachen, dass etwas nicht stimmt.«

»Ich weiß, Pavel!«, blaffte Theresa ihren Untergebenen an, was sie selbst ebenso überraschte wie ihn. Sie holte tief Luft, um sich zu beruhigen. »Tut mir leid. Ich wollte nicht schreien. Aber all das habe ich Verwaltungsleiter Merick bereits gesagt, und er will trotzdem, dass wir sie in den aktiven Dienst übernehmen. Wir befolgen hier Befehle, solange wir nicht einen sehr guten Grund haben, es nicht zu tun.«

Korolev fiel ein bisschen in sich zusammen wie ein gescholtener Welpe. Zumindest stellte sich Theresa einen gescholtenen Welpen so vor. »Ich verstehe, Ma'am. Ich wollte keinen Ungehorsam vorschlagen. Ich bin nur …«

»Besorgt«, vollendete Theresa den Satz. »Das bin ich auch. Sie wären dumm, wenn Sie das nicht wären, und es ist gut, dass Ihnen solche Dinge auffallen. Aber Sie versuchen, mehr Verantwortung zu übernehmen, als Ihr derzeitiger Dienstgrad verlangt. Momentan muss ich nur wissen, dass Sie diese dummen Befehle befolgen und Ihr Bestes tun werden, um sie vor Ort umzusetzen. Schaffen Sie das?«

»Sie wissen, dass ich das schaffen werde, Ma'am.«

»Gut, wie wollen Sie das machen?«

Korolev rieb sich das Kinn, während er über die Frage nachdachte. Schließlich antwortete er: »Sie in Zweierteams aufteilen, mit einem unserer erfahrenen Constables zu Dreiergruppen zusammenspannen und ihnen klarmachen, dass der Constable das Sagen hat.«

»Was machen Sie mit den Heißspornen?«, fragte Theresa. »Immerhin haben wir es hier mit Footballspielern zu tun. Manche von ihnen sind total testosterongesteuert.«

»Weisen Sie ihnen weibliche Constables zu«, sagte Korolev, ohne zu zögern. »Vielleicht wollen sie voreinander angeben, aber sie werden es sich zweimal überlegen, ehe sie sich vor einer Dame zum Affen machen.«

Theresa grinste. »Ich bin nicht sicher, ob sich das mit meiner Erfahrung deckt, aber ich lasse Sie die Dienstpläne schreiben. Abgemacht?« Korolev nickte enthusiastisch. »Ich dachte mir, dass Ihnen das gefällt.«

Korolev nickte dankbar, regte sich aber nicht vom Fleck. Stattdessen rutschte er nervös auf seinem Sitz hin und her. »Gibt es noch etwas, Pavel?«

»Ja, vielleicht. Schätze schon.«

»Dann heraus damit.«

»Es ist nur … Der Tod des Captains ergibt überhaupt keinen Sinn, oder?«

»Das Universum ist nicht verpflichtet, für uns Sinn zu ergeben«, erwiderte Theresa. »Aber nein, tut er nicht.«

»Leute in ihrem Alter sterben nicht an Herzanfällen.«

»Zugegeben, es ist selten, aber der Stress einer Verantwortungsposition kann an einem Menschen zehren, und sie hatte diese Position länger als alle anderen in den letzten Jahrzehnten. Außerdem war sie allein in ihren Räumlichkeiten, als es geschah, und die Tür war verschlossen. Ich meine damit physisch verschlossen, weswegen die Sanitäter nicht rechtzeitig an sie herankamen, um sie wiederzubeleben. Wenn wir also nicht über Geister sprechen …«

»Aber so schnell nach Valmassoi? Kommt Ihnen das nicht seltsam vor?«

»Valmassoi ist an einem vergifteten Speer gestorben, Pavel. Die beiden Todesfälle haben wohl kaum etwas miteinander zu tun.«

»Ist er das?«

»Sie waren doch dabei. Wollen Sie mir sagen, Sie sind nicht sicher, wie er gestorben ist?«

»Nein, na ja, vielleicht schon. Schauen Sie, Valmassoi war schwer verletzt, es hatte ihn wirklich übel erwischt. Aber wir hatten ihn auf dem Rückflug stabilisiert. Er hielt sich gut bis zum Landeanflug, dann blieb plötzlich sein Herz stehen. Als hätte jemand einen Schalter umgelegt. Zuerst habe ich mir nichts dabei gedacht, aber jetzt …«

»Jetzt klingt es genau wie das, was mit Captain Mahama passiert ist«, sagte Theresa.

Korolev zuckte die Achseln. »Ist ein seltsamer Zufall.«

»Es ist ein ziemlich genehmer Zufall«, wiederholte Theresa die Worte ihres Mannes, den sie via Satellitenverbindung informiert hatte. »Zumindest für irgendjemanden. Na schön, Pavel, ich ziehe die Möglichkeit in Betracht, aber wie kann jemand nach Belieben Herzen zum Stehenbleiben bringen, ohne die betreffende Person zu berühren?«

Korolev hob seinen Betäubungsstab. »Wir induzieren Krampfanfälle, ohne die betreffenden Personen zu berühren. Wie schwer kann es schon sein, einem Herzen dasselbe anzutun?«

»Was, über die Plantate?«, fragte Theresa ungläubig. Aber die Idee war alles andere als verrückt. Das Plantat wurde ins Gehirn integriert, ehe man den Tank verließ. Es war mit der Sicht und dem Gehör verbunden, überwachte die Gehirnaktivität, die Körperchemie, die Vitalparameter und konnte im Falle ihrer Betäubungsstäbe sogar die normalen Gehirnfunktionen mittels eines elektrischen Impulses unterbrechen. Was, wenn jemand eine Hintertür gefunden hatte oder einen Teil des Codes der Plantate missbrauchte, um diesen Impuls an eine andere Region des Gehirns umzuleiten und so die Signale abzuschalten, die das Herz am Schlagen hielten?

Theresa stieß einen leisen Pfiff aus. »Halten Sie diesen Gedanken gut fest.« Mithilfe ihres Plantats rief sie Doktor Russell an.

<Doktor Russell.>

<Jeanine? Theresa hier. Ich muss unter vier Augen mit dir sprechen. Kannst du nach deiner Schicht auf dem Revier vorbeikommen?>

<Hi, Theresa. Äh, weißt du, wenn es um Bryans … Problem geht, dann fürchte ich, wir haben noch immer kein …>

<Nein>, schnitt Theresa ihr das Wort ab. <Darum geht es überhaupt nicht. Ich muss nur etwas mit dir erörtern, prüfen, ob es machbar wäre.>

<Gut>, sagte Russell unsicher. <Ich habe um 18 Uhr Schluss. Bist du dann noch da?>

<Komm zu mir nach Hause. Ich koche uns was.>

<In Ordnung. Abgemacht. Bis dann.>

Theresa unterbrach die Verbindung und wandte sich wieder an Korolev. »Ich werde mit Doktor Russell zu Abend essen. Mal sehen, was sie denkt. Nichts für ungut, Pavel, aber ich hoffe wirklich, dass Sie sich irren.«

»Nicht nur Sie«, sagte Korolev.
»Trotzdem glaube ich nicht, dass jemand es wagen würde, so etwas in der Öffentlichkeit einzusetzen.«
»Wie kommen Sie darauf?«
»Nun, ein Dutzend plötzliche Herztode bei gesunden Menschen lassen sich schwer verschleiern, oder?« Theresa rieb sich die Wange. »Nein, wenn Sie recht haben, dann benutzen die das als Ultima Ratio. Sie haben irgendwie den Überfall auf das Atlanterdorf eingefädelt, in der Hoffnung, Valmassoi würde im Kampf sterben. Das war der Plan.«
»Aber weil ich ihn gerettet habe, hatten sie keine andere Wahl, als ihn auf diese Weise auszuschalten.«
»Genau, und er war so schwer verletzt, dass niemand die Todesursache infrage stellen würde. Und sobald sich Mahama allein in ihrem Zimmer einschließt: Bumm, keine Beweise, dass jemand ein falsches Spiel getrieben hat, keine Verdächtigen, kein Verdacht. Aber wenn jemand von uns an einem Herzanfall stirbt, während er gerade jemanden festnimmt, weil derjenige eine Herzanfallmaschine gebaut hat, wäre das ein bisschen schwerer zu vertuschen.«
»Nicht, dass der Beamte den anschließenden Prozess noch genießen könnte …«
»Stimmt, aber …« Theresa sprang auf, als etwas so hart gegen ihr Bürofenster prallte, dass es zersplitterte.
Korolev war aufgesprungen und mit gezücktem Betäubungsstab aus der Tür, ehe sie auch nur blinzeln konnte. Spinnennetzförmige Bruchlinien im Fenster verhinderten, dass sie nach draußen sehen konnte, also machte sie Anstalten, ihm zu folgen, da kam Korolev schon wieder herein, schloss die Tür und lehnte sich mit dem Rücken dagegen.
»Wir sollten besser unsere Kampfanzüge anziehen, Chief.«

* * *

<Dies ist eine ungenehmigte Demonstration>, rief Theresa über ihr Plantat direkt in die Köpfe der Menschenmenge, da sie den heftigen Lärm kaum übertönen konnte. <Ich befehle Ihnen hiermit, sich zu zerstreuen. Gehen Sie nach Hause.>

Captain Mahamas Tod hatte sich noch schneller herumgesprochen, als Theresa befürchtet hatte. Verwaltungsleiter Merick hatte auf der Treppe zum Wabenbau eine Erklärung verlesen, um die Gerüchte zu kommentieren, und in einem durchschaubaren Versuch, seine Sichtbarkeit und Popularität bei den Wählern zu erhöhen, einen Nachruf auf ihre gefallene Anführerin gehalten. Nach einer angemessenen Trauerphase von dreißig Sekunden waren die braven Bürger Shambhalas auf die Straße gegangen. Theresas Constables hatten kaum Zeit gehabt, sich auszurüsten und sich ihnen in den Weg zu stellen, ehe der Demonstrationszug den Wabenbau erreichte. Ihre Front war wacklig, und sie hatten Angst, aber sie hielten stand.

Die übliche Gruppe von Aufrührern, die auch im Anschluss an Valmassois Ermordung agitiert hatten, war angewachsen, und es hatten sich ihr andere Gruppierungen angeschlossen. Menschen, die für mehr Unabhängigkeit von der Arche und ihrer Mannschaft demonstrierten, sahen den Tod des Captains als ideale Gelegenheit, Druck auszuüben, genau wie die Heimkehrer, die sich dafür starkmachten, Mahamas Politik zu überdenken, die verhinderte, dass Menschen über die Bohnenranke nach oben zurückkehrten. Natürlich waren alle drei Gruppen ebenso sehr damit beschäftigt, einander anzuschreien und herumzuschubsen, wie mit dem Verlautbaren ihrer Anliegen. Es war ein Pulverfass, das nur auf den passenden Funken wartete.

Wenigstens waren sie zu sehr mit ihren internen Auseinandersetzungen beschäftigt, um sich geeint gegen Theresa und ihre Constables zu stellen.

<Ich wiederhole, dies ist eine nicht genehmigte Versammlung, und –>

»Blödsinn!«, rief jemand von der anderen Seite des Acrylschildwalls. »Es herrscht Versammlungsfreiheit!«

Theresa suchte nach dem Aufrührer. Trevor Cambias, sechsundzwanzig, Maschinist, keine Vorstrafen. Sie war nicht sicher, mit welcher Gruppierung er protestierte, aber er schien am ehesten den Isolationisten nahezustehen. Sie markierte ihn und schob seine Informationen in ihre wachsende Demonstranten-Datenbank.

»Sie haben das Recht, sich friedlich zu versammeln, Mr Cambias«, konterte Theresa mit ihrer eigenen Stimme. »Darunter verstehe ich nicht, Steine durch mein verdammtes Fenster zu werfen! Deswegen ist es jetzt Zeit, die Versammlung aufzulösen.«

»Sonst was?«, fragte Cambias provozierend.

Theresa schwenkte ihren Betäubungsstab. »Sonst fange ich an, Sie auf den Boden der Tatsachen zurückzuholen und Leute in Zellen zu schleifen.«

»Das würden Sie nicht wagen«, rief jemand anders wenig überzeugt.

Oh Süße, du wärst schockiert, was ich alles wagen würde. Theresa schaffte es mit Mühe, den Gedanken nicht laut auszusprechen. Sie bewegte sich auf dem schmalen Grat zwischen Entschlossenheit und Autorität einerseits und der Provokation von Gewalt durch die Menge andererseits. Diese Demonstration war viel größer und viel gewaltbereiter als die letzte. Theresa schätzte die Teilnehmerzahl auf zweitausendfünfhundert, vielleicht sogar dreitausend. Wenn es hart auf hart kam, würden ihre paar Dutzend Constables diese Menge auf keinen Fall in den Griff kriegen. Es konnte zu Kämpfen, Knochenbrüchen, vielleicht sogar Blutvergießen kommen.

»Vielleicht, vielleicht auch nicht. Wer weiß? Ich persönlich würde es lieber nicht herausfinden müssen. Kommt schon, Leute, wir lassen euch schon seit Tagen hier versammeln, aber langsam läuft das aus dem Ruder. Vandalismus ist inakzeptabel. Gewalt ist inakzeptabel. Deshalb ist für heute Schluss. Kommt morgen wieder, dann versuchen wir es noch mal. Aber jetzt ist erst mal Schicht im Schacht, meine Damen und Herren. Sie müssen nicht nach Hause gehen, aber hier können Sie auch nicht bleiben.«

Die weniger engagierten Teile der Menge lachten und schoben sich in Richtung des Randes der Menschenmenge, von wo aus sie sich langsam entfernten. Langsam und mit etwas mehr Druck zerstreute sich auch der Großteil des Demonstrationszuges, bis die verbleibende Menge etwas beherrschbarer wirkte. Bald waren nur noch drei Grüppchen wahrer Gläubiger übrig, die immer noch keine Idee hatten, wie sie ihre Differenzen lange genug beilegen konnten, um eine geeinte Front gegen Theresas Constables zu bilden. Sie nutzte nur zu gern die Trennungslinie zwischen ihnen, indem sie die Festnahme eines halben Dutzends der lautesten und lästigsten Demonstranten anordnete, von denen zwei die Constables in Faustkämpfe verwickelten und betäubt werden mussten.

Als alles vorbei war, boten sie tatsächlich an, gegeneinander auszusagen. Theresa schüttelte den Kopf, als sie auf eines der Elektrofahrzeuge verfrachtet und ins Gefängnis gebracht wurden. Nun, da die Menge endlich zerstreut war, atmete Theresa tief durch. *Menschen*, dachte sie. *Nach allem, was wir durchgemacht haben, sind wir immer noch so versessen darauf, miteinander zu streiten, dass es ein Wunder ist, dass wir überhaupt irgendetwas auf die Reihe bekommen.*

»Das war riskant, Chief«, sagte Korolev. »Gut gemacht.«

»Es wird noch schlimmer werden, ehe es besser wird.«

»Wir haben die Rädelsführer markiert. Uns sollten ausreichend Vorwände einfallen, um sie ein paar Tage festzuhalten. Dann können sich die Dinge beruhigen.«

»Das sind nicht die Rädelsführer, Pavel.« Theresa deutete auf den Wagen, der sich auf der Straße entfernte. »Das sind die Sündenböcke, die jemand benutzt, um Chaos zu stiften und alle abzulenken, auch uns. Eine so große Menschenmenge versammelt sich nicht aus heiterem Himmel. Jemand hat Leute über den Tod Captain Mahamas informiert, von denen klar war, dass sie Krawall machen würden. Wenn sie wirklich ermordet wurde, können Sie darauf wetten, dass diese Informanten mit den Mördern in Kontakt stehen. Diese ganze Sache ist koordiniert. Darauf verwette ich mein Haus.«

»Was also tun wir?«

»Wir durchkämmen die Internetaktivitäten, Plantatgespräche, SMS und alles andere aller Verhafteten. Wir suchen nach dem Leck.«

»Glauben Sie wirklich, dass wer auch immer dafür verantwortlich ist, so unaufmerksam wäre?«

Theresa schüttelte den Kopf. »Eigentlich nicht, aber man weiß ja nie. Vielleicht haben wir Glück. Ich glaube, es ist Zeit, Feng anzuweisen, seine Tarnung fallen zu lassen und bei seiner Untersuchung auf der Arche Vollgas zu geben.«

»Ich dachte, man hätte ihn nicht hochgelassen.«

»Das betraf nicht nur ihn. Die Mannschaft hat nach der Entdeckung von Mahamas Leiche niemanden mehr rein- oder rausgelassen. Ein paar Stunden später wurde diese Maßnahme aufgehoben. Er ist also vor Ort.«

»Aber wir haben ihn getarnt da raufgeschickt, damit er niemanden aufschreckt.«

»Ich weiß, aber mein Bauchgefühl sagt mir, dass diese Sache sehr schnell ihrem Höhepunkt zusteuert. Unsere Zeit wird knapp.

Vielleicht wird Fengs Untersuchung jemanden in Panik versetzen und aus seinem Versteck scheuchen.«
»Das sind ziemlich viele Wenns und Vielleichts, Chief.«
»Ja, aber wir sind in der glücklichen Lage, dass unser Coup nicht perfekt laufen muss. Wir müssen nur einmal Glück haben.«
»Manche von uns hätten gern mehr als einmal Glück«, sagte Korolev und errötete über seinen eigenen Witz.
»Oh, Pavel. Ich kenne ein halbes Dutzend Mädchen, die sich von Ihnen morgen Frühstück machen lassen würden, wenn Sie sie nur fragen würden.«
»Wirklich?« Korolev kniff die Augen zusammen. »Wie heißen die denn?«
»Oh nein, Sie kleiner Feigling. Sie wollen doch Ermittler sein – finden Sie es selbst heraus.«
»Judas«, sagte Korolev. »Oh, eins noch. Das habe ich ganz vergessen zu erwähnen.«
»Was denn, Pavel?«
»Hallstead ist gegen Kaution freigekommen.«
Theresa wandte sich ihrem Constable zu. »Was? Wie? Ihr Konto war doch leer.«
Korolev zuckte die Achseln. »Es hat sich heute gefüllt.«
»Durch wen?«, fragte Theresa. »Woher kam das Geld?«
»Wir haben sie nur wegen häuslicher Gewalt verhaftet, Chief«, sagte er entschuldigend. »Unser Durchsuchungsbefehl erstreckte sich nicht auf ihre Konten.«
Theresa biss die Zähne zusammen. Korolev hatte natürlich recht. Aber das hinderte sie nicht daran, die dämlichen Einschränkungen ihrer Untersuchungsbefugnisse zu hassen.
»Lassen Sie sie nicht gehen.«
»Chief?«
»Verzögern Sie ihre Freilassung.«
Korolev nickte. »Apropos – ich glaube, ich habe den Papierkram

über ihren Fall falsch abgelegt. Könnte noch einen Tag dauern, bis ich den wiedergefunden habe.«

»Guter Mann … Ich meine, das war sehr unaufmerksam von Ihnen, Constable.«

»Tut mir leid, Ma'am.« Korolev grinste.

»Haben wir ihr Haus schon durchsucht?«

»Nur oberflächlich bei der Festnahme. Warum?«

Theresa rieb sich den Nacken. »Ich weiß es gar nicht so genau. Ich will mich da nur mal umsehen.«

»Dazu brauchen wir einen erweiterten Durchsuchungsbefehl. Das könnte dem Magistrat missfallen.«

»Nein, brauchen wir nicht. Klopfen Sie einfach an die Tür und bieten Sie … wie heißt ihre dämliche Freundin noch mal? Julia? Bitten Sie sie um die Erlaubnis, sich umsehen zu dürfen.«

»Juanita«, korrigierte Korolev. »Das wird nicht klappen.«

»Warum nicht?«

»Sie ist zu Raul gezogen, sobald wir Yvonne eingesperrt hatten. Das Haus ist leer.«

Theresa lachte. »Kluges Mädchen.«

»Chief Benson«, sagte Merick hinter ihnen.

Theresa drehte sich zu ihm um. »Verwaltungsleiter.«

Merick sah sich auf den fast leeren Stufen und dem Platz um. »Die Demonstranten haben Sie gut in den Griff bekommen, Chief.« Sein Tonfall war verhalten, was gar nicht zu seinem Lob passte.

Theresa wurde sofort misstrauisch. »Danke, Sir.«

»Wenn es Ihnen recht ist, würde ich gerne unter vier Augen mit Ihnen sprechen.«

»Klar. Pavel, übernehmen Sie für ein paar Minuten.«

»Kein Problem, Ma'am.«

»Wir sehen uns auf dem Revier, Pavel. Gehen Sie vor, Verwaltungsleiter.«

Gemeinsam gingen Theresa und Merick durch die riesige Doppeltür des Wabenbaus, durchquerten das Marmorfoyer und betraten das kleine Labyrinth von Gängen und Bürotüren. Die Stille, die zwischen ihnen herrschte, erhöhte die Spannung nur noch.

Sie erreichten Mericks Büro, und er hielt ihr die Tür offen. »Bitte setzen Sie sich, Chief.«

Theresa nahm im angebotenen Stuhl Platz, einer wuchtigen Lederantiquität, die sie an irgendetwas erinnerte, auch wenn ihr gerade nicht einfiel, woran.

»Danke, dass Sie gekommen sind«, sagte Merick.

»Können wir bitte sofort zum Punkt kommen, Verwaltungsleiter? Worum geht es?«

Merick holte tief Luft, um sich zu sammeln. »Das ist … nicht so einfach. Es geht um Ihren Mann.«

Theresa drehte sich der Magen um. Ihr Herz raste, und ihr wurde schwindlig.

»Was ist passiert?«, gelang es ihr zu fragen.

»Wir sind nicht sicher. Wir haben eine unvollständige Übertragung über seine Satellitenverbindung erhalten. Die Verbindung war nie stabil genug für eine Bildübertragung, aber wir müssen davon ausgehen, dass er angegriffen wurde und um Hilfe rief.«

Theresas Mund wurde trocken. »Wurde?«

Merick faltete die Hände. »Die einzigen verwendbaren Daten, die wir der Übertragung entnehmen konnten, waren ein paar Sekunden Ton und der medizinische Feed seines Plantats. Sein Herzschlag wurde unregelmäßig, und dann … es tut mir schrecklich leid, Chief Benson, aber Ihr Mann ist tot.«

Theresa saß eine gefühlte Ewigkeit schweigend da, zum ersten Mal in ihrem Leben fehlten ihr die Worte. Vor ihren Augen schien der Raum alle Farbe zu verlieren. Sie fühlte sich, als versinke sie im Boden.

»Chief? Haben Sie mich gehört?«, fragte Merick. »Ich sagte, Ihr Mann ist im Dienst getötet worden.«
»Ja. Ich habe Sie gehört, Verwaltungsleiter«, drang es aus einem kalten, finsteren Teil ihrer Seele.
»Es tut mir leid. Wirklich. Ihr Mann war ein Volksheld, er wird uns allen furchtbar fehlen. Aber seien Sie versichert, seine Mörder werden …«
»Wer?«, blaffte Theresa. »Wer hat ihn getötet?«
»Das wissen wir nicht, aber wir werden es herausfinden, das verspreche ich Ihnen. Wir haben die GPS-Daten des letzten bekannten Standortes Ihres Mannes. Wir arbeiten bereits mit den Überwachungseinrichtungen an Bord der Arche daran, uns diesen Bereich genau anzusehen. Ich lasse eine neue Reservetruppe mobilisieren und aussenden. Wir können sie in sechs Stunden vor Ort haben. Natürlich erwarten wir nicht, dass Sie …«
»Nein!«, rief Theresa so laut, dass sie selbst genauso erschrak wie Merick. Sie ließ sich einen Augenblick Zeit, um sich zu sammeln, ehe sie gemäßigter fortfuhr: »Nein. Ich gehe.«
»Sind Sie sicher?«, fragte Merick ungläubig. »Chief, Ihr Pflichtgefühl in allen Ehren, aber in Anbetracht der Umstände würde Ihnen niemand einen Vorwurf machen, wenn Sie sich freinähmen, um … sich davon zu erholen.«
»Nur über meine Leiche«, sagte sie und unterdrückte ihre Tränen. Dafür war später noch Zeit. »Aber ich werde viel mehr als sechs Stunden brauchen. Wir haben erst ein paar Tage mit den neuen Rekruten geübt. Sie brauchen mehr Zeit.«
Merick streckte die Hände aus. »Ich will Ihnen nicht reinreden, Chief, aber Sie müssen wissen: Je länger wir warten, desto geringer ist die Chance, den Ereignissen auf den Grund zu gehen.«
»Das ist mir klar. Aber wenn Sie hundert Mann losschicken, die noch nicht bereit sind, werden wir noch deutlich mehr Verluste zu beklagen haben.«

»Ich denke doch, hundert Mann mit Schusswaffen werden mit einem Haufen Primitiver fertig.«
»Mein Mann hatte eine Schusswaffe.«
Die Sekunden dehnten sich unschön, während Merick sie musterte. Er betrachtete ihren Gesichtsausdruck, ihre Haltung, als versuche er, sie einzuschätzen. Theresa war oft von Männern beäugt worden, aber der Blick des Verwaltungsleiters hatte nichts Anzügliches. Sie spürte beinahe, wie sein Blick versuchte, ihre Gedanken zu ergründen. Dann kam er zu einem Schluss.
»Wie viel Zeit brauchen Sie?«
»Zwei Tage Intensivtraining auf dem Schießstand.« Theresas Stimme war knapp und ausdruckslos, denn sie musste gegen ihren Schmerz und ihre wachsende Panik ankämpfen. »Dann kommen wir über sie wie ein Meteoritenschauer.«
»Also zwei Tage. Sorgen Sie dafür, dass Sie dann aufbruchbereit sind.«
»Oh, das werde ich sein«, sagte Theresa, der es inzwischen egal war, ob er ihre Gefühle bemerkte. Sie entschuldigte sich und verließ den Raum, marschierte entschlossen zum Revier. Sie riss sich den ganzen Weg über zusammen, stapfte vorbei an neugierigen Passanten, die ihr Platz machten, vorbei an den kleinen Läden und Kneipen auf der Hauptstraße, bis sie durch die Tür des Reviers war, wo ein Dutzend verschwitzter, staubiger Constables dabei war, die Ausrüstung abzulegen. Sie hielten inne und sahen sie an, und sie las in ihren Gesichtern, dass ihre Kolleginnen und Kollegen wussten, dass etwas nicht stimmte.
Korolev erhob sich. »Was ist los, Chief? Was hat Merick gesagt?«
»Pavel.« Sie packte ihn am Ellbogen und zerrte ihn in ihr Büro. »Tür zu.«
Er schloss sie. »Was ist los?«
»Ich will eine Liste von Leuten, Programmierer, Computertech-

niker, alle, die möglicherweise in der Lage sind, unsere Herzanfallmaschine zu programmieren, und zwar gestern.«

»Klar, können wir machen. Aber noch mal: Was ist los?«

»Es ist …« Theresas Knie knickten ein, als Verzweiflung, Trauer und Zorn sie übermannten. Ohne nachzudenken, packte sie ihren Stuhl und schleuderte ihn an die Wand, wo er zerbrach.

»Chief!« Korolev packte sie bei den Schultern, gleichermaßen, um sie zu trösten, wie um sie an weiterem Vandalismus zu hindern. »Theresa«, sagte er leiser, sobald er sie einigermaßen im Griff hatte. »Was ist passiert?«

»Bryan«, sagte sie schluchzend. »Die verdammten Drecksäcke haben Bryan erwischt!«

KAPITEL 29

Kexx schaute in Richtung des Tumults und sah Benson, der zusammengebrochen war und auf dem Boden lag. Rechts sprang Mei vom Rücken eines Dux'ah und rannte zu Benson hinüber. Was auch immer passiert war, ein Blick in Meis Gesicht verriet Kexx, dass es ernst war.

Die Karawane hielt an, während Kexx sich durch den Halbkreis von Gaffern schob. »Was ist los mit siem?«, fragte sier, als Mei niederkniete und das Ohr an Bensons reglose Brust presste.

»Er atmet nicht«, antwortete sie knapp. »Sein Herz schlägt nicht.«

»Sien was?«, fragte Kexx.

»Herz!« Mei schlug konsterniert mit der Faust auf ihre Brust. »Pumpt das Blut!«

»So was wie bei sienem Häuptling?«

»Ja. Pass auf ihn auf«, befahl Mei, rannte zurück zu dem Dux'ah und riss Bensons Rucksack von ihm herunter. Zurück bei Kexx, dier über Benson gebeugt dastand, fummelte sie an der Verschlusslasche herum, bis sie entnervt aufgab und sie mit dem Messer aufschnitt, sodass der Inhalt zu Boden fiel. Sie griff nach einer kleineren Tasche, auf der ein weißer Kreis mit zwei gekreuzten roten Linien darin prangte, und öffnete sie.

»Zieh ihm das Hemd aus«, bellte Mei.

Kexx diskutierte nicht, aber das Hemd leistete Widerstand. Sier versuchte, es Benson vom Körper zu zerren, am Ende sogar, es ihm herunterzureißen, aber es weigerte sich zu kooperieren. Genauso wenig wie Bensons Schulter- und Ellbogengelenke, die so bewegungseingeschränkt waren, dass es siem wie ein Wunder vorkam, dass die Menschen sie überhaupt benutzen konnten.

Mei grunzte und schnitt das Hemd einfach vom Hals bis zum Bauch mit einem Messer auf, dann entblößte sie die einfarbige Haut darunter. In einer Ecke der Brust war ein dunkler Fleck, dessen Farbe sich aber nicht veränderte. Kexx streckte die Hand aus, um ihn zu berühren, aber Mei schlug sie weg.
»Finger weg!« Es war keine Bitte.
Sie zog zwei kreisrunde Pflaster hervor, die aus Plastikleder zu sein schienen, riss von beiden eine vollkommen transparente Hautschicht ab und pappte sie auf Bensons Brusthälften.
»Was tust du da?«, fragte Kexx.
»Ich stimuliere sein Herz. Nicht anfassen.« Mei warf einen Blick auf den Rest der Karawane. »Niemand fasst ihn an!«
Alle traten respektvoll einen Schritt zurück, sogar Kuul, dier am Rand des Kreises aufgetaucht war. Mei ergriff eine kleine Plastikbox und führte in die beiden Pflaster je zwei geringelte Fäden ein, dann drückte sie auf einen großen roten Kreis in der Mitte der Box.
Eine seltsame, leblose Stimme erklang aus der Box, woraufhin mehrere Personen aus der Menge erschrocken zurücksprangen. Einer der Krieger hob einen Speer und zielte darauf, doch Kexx schob sien weg und gab siem eine Ohrfeige.
»Diagnose läuft«, sagte die Box ausdrucks- und gefühllos in Menschensprache. Kexx verstand nicht, was sie meinte. »Kein erkennbarer Herzschlag. Defibrillation empfohlen. Knopf drücken zum Aufladen.« Mei drückte erneut den Knopf. Ein schrilles Heulen, hoch genug, um Kexx zusammenzucken zu lassen, erklang aus der Box. Der Ton wurde immer höher, bis er schließlich verklang.
»Defibrillation. Zurücktreten.«
Bensons regloser Körper zuckte, bog den Rücken in einer Weise durch, die nicht einmal für Menschen natürlich aussah, und krachte dann wieder auf den Boden.

»Kein erkennbarer Herzschlag. Defibrillation empf–« Mei drückte den Knopf, ehe die Box ausreden konnte. Dasselbe Schauspiel wiederholte sich, und wieder fiel Bensons Körper am Ende leblos auf den Boden zurück.

Tränen strömten über Meis Wangen, als sie den Knopf zum dritten Mal drückte. »Wach auf!«, rief sie, aber Benson reagierte nicht. Mei schluchzte, während sich das Schauspiel ohne sichtbares Ergebnis ein weiteres Mal wiederholte. »Lass mich hier nicht allein!«, schrie sie, und in ihrer Stimme mischten sich Wut und Angst. Kexx wollte ihr tröstend eine Hand auf die Schulter legen, doch Mei schüttelte sie wütend ab und verpasste Benson eine heftige Ohrfeige. »Du bist stark! Kämpfe, Zero-Champion!« Mei rammte den Finger erneut wie einen Dolch auf den Knopf, als wolle sie ihn durchbohren. Wieder ertönte das Jaulen, dann folgte die elektrische Entladung. Benson bog erneut den Rücken durch und fiel zu Boden. Mei schrie wortlos.

»Herzschlag registriert«, sagte die Box.

Mei ließ sie fallen und packte Bensons Hals. Kexx war nicht sicher, warum, aber was auch immer sie dort fand, zauberte ein manisches Lächeln auf ihr Gesicht.

»So ist es gut«, sagte Mei. »Komm zurück, Benson-san. Folge meiner Stimme.«

Benson hob schwach einen Arm. Seine Augenlider flatterten. Dann setzte sich Benson plötzlich auf, als schrecke er aus einem Albtraum hoch, schrie, riss sich die Plastikteile von der Brust, rappelte sich auf und rannte aus dem Kreis heraus, wobei er aus vollen Luftsäcken Flüche ausstieß.

Kexx beugte sich zu Mei hinüber. »Ist das normal?«

Mei hob die Schultern. »Keine Ahnung.«

»Was zum Teufel ist da gerade passiert?«, verlangte Benson zu wissen, mit wildem Blick und geballten Fäusten, als suche er Ärger.

Der Rest der Karawane bildete einen großen Bogen um ihn.
»Ich weiß nicht«, sagte Mei. »Dein Herz ist stehen geblieben. Ich habe dich defibrilliert.«
Sie deutete auf die kleine weiße Box, die vergessen am Boden lag. Benson warf einen Blick darauf und entspannte sich ein wenig.
»Wie lange war ich bewusstlos?«, fragte er.
»Zwei Minuten«, antwortete Mei. »Höchstens.«
»Oh Mann.« Benson fasste sich an die Brust. »Was hast du getan? Fühlt sich an, als sei mir eine Aufzugskabine auf die Brust gefallen.«
Mei verdrehte die Augen. »Gern geschehen.« Sie wandte sich ab und sah zu Kexx auf. »Er kommt wieder in Ordnung.«
Benson sah sie beide schockiert an. »Was hast du gerade zu Kexx gesagt?«
»Dass du wieder in Ordnung kommst«, wiederholte Mei langsamer in ihrer Sprache.
»Nein, sag es noch einmal auf Atlantisch«, erwiderte Benson ebenfalls in Menschensprache.
Mei gehorchte, und Benson schüttelte verständnislos den Kopf.
»Das habe ich nicht verstanden.« Benson schlug sich gegen die Schläfe. »Ich kann mein Interface nicht starten.«
»Wovon redet sier?«, fragte Kexx Mei, aber sie zuckte nur die Achseln.
»Mein Plantat«, rief Benson. »Mein … Kopfwerkzeug. Es funktioniert nicht!«

* * *

Es dauerte eine Weile, bis sich Benson so weit beruhigt hatte, dass Kexx seine Worte wieder verstand. Aber dann war Bensons Bitte eindeutig.
»Wir müssen sofort umkehren und ins Dorf zurückgehen.«

Kexx ließ sich von dieser Forderung nicht aus der Bahn werfen. »Warum, Benson? Wir sind nur noch einen Tag vom Dorf der Bewohner entfernt.«

»Genau deshalb müssen wir hier weg, je schneller, desto besser. Ich kann euch so nicht beschützen.«

»Ohne dein Kopfwerkzeug?«, fragte Kexx. »Mei und ich können für dich übersetzen, wenn es nötig wird. Ich kann den anderen deine, ähm, Behinderung erklären.«

»Nein, du verstehst nicht, Kexx. Es geht nicht nur um den Übersetzer. Es geht um meine ...« Benson beugte sich vor und fuhr leiser fort: »Es geht um meine Waffe. Sie erkennt mich an meinem Kopfwerkzeug. Ohne das kann ich sie nicht benutzen. Sie ist dann nur ein großer Knüppel. Keine Waffe, keine Verteidigung.«

Kexx runzelte die Stirn. »Du bist ein guter Mensch, Benson, aber manchmal bin ich nicht sicher, ob du genug über deine Worte nachdenkst. Wir haben über zwei Händevoll starker Rücken hier, die bereits ihre Speere im Kampf erprobt haben. Wir sind nicht wehrlos.«

»Aber ich kann mich nicht ...«

»Richtig«, fiel ihm Kexx ins Wort. »Du kannst dich nicht auf deine Waffe verlassen. Du musst dich jetzt darauf verlassen, dass wir dich beschützen, und das macht dir Angst, weil du es uns nicht zutraust.«

»Du hast gesagt, ihr könnt es nicht, wenn die Bewohner nicht kooperieren!«

»Richtig, und du hast mir gesagt, dass du nicht im Alleingang einen Krieg für uns gewinnen kannst. Wie hat sich das Endergebnis verändert, abgesehen davon, dass weniger Bewohner sterben werden? Entweder wir verlieren, wenn unser letzter Speer bricht, oder wir verlieren, wenn du deine letzte Kugel verschossen hast. In beiden Fällen sind wir gleich tot.«

Benson schluckte schwer. »Ich schätze, mit dieser … Endgültigkeit hatte ich das Ganze nicht bedacht. Tut mir leid, wenn ich dir zu nahe getreten bin.«

»Schon gut, Benson. Wir bleiben Freunde. Freunde müssen einander vertrauen. Ich muss wissen, ob du noch hinter dieser Aufgabe stehst.«

Benson richtete sich auf. »Ja, uneingeschränkt.«

»Dann ziehen wir es durch. Wir besorgen dir einen Speer.«

»Nein, behaltet den Speer. Ich bleibe bei meinem Gewehr.«

Kexx hielt inne. »Aber du hast gesagt, es wäre nur noch eine Keule.«

»Ist es auch, aber wir beide sind die Einzigen, die das wissen.«

»Ich weiß es auch«, rief Mei, die in der Nähe Bensons Hemd wieder zusammennähte.

»Richtig, wir drei«, korrigierte sich Benson. »Dabei sollte es auch bleiben, damit sich der Rest der Karawane keine Sorgen macht. Wenn einer der Bewohner Gerüchte über die Waffe gehört hat, darf er sich hingegen gern Sorgen machen.«

»Eine kluge List«, stimmte Kexx zu. »In Ordnung, ich werde dein Geheimnis bewahren. Sonst noch etwas? Was wirst du deinen Leuten sagen?«

»Nichts«, sagte Benson.

»Ich … verstehe nicht.«

Benson deutete gen Himmel. »Jemand da oben hat gerade versucht, mein Herz zu grillen. Ich weiß nicht genau, wie, aber das ist auch nicht wichtig. Wahrscheinlich haben die betreffenden Personen genauso auch Captain Mahama umgebracht.«

»Warum ist eure Anführerin dann heimgekehrt, du aber lebst noch?«

»Vielleicht hat sie nicht so schnell Hilfe bekommen, wie Mei sie mir geleistet hat. Vielleicht hat ihr höheres Alter eine Rolle gespielt. Jedenfalls versucht jemand, Leute loszuwerden, die ihm

im Weg sind. Ich war offenbar im Weg. Jetzt, wo mein Plantat kaputt ist, werden sie glauben, ich sei tot – aber tut mir leid, ich lebe noch …«
»Und so kannst du ihnen viel mehr Ärger machen«, beendete Kexx den Gedanken.
Benson streckte die offenen Hände mit den Handflächen nach oben aus und lächelte breit. »Genau.«
»Du bist ein sehr kluger Mann, Benson.«
»Ich? Nein, keineswegs, aber das gleiche ich durch große Sturheit aus.«
Kexx schnaufte. Kuul hatte gefragt, was die Menschen ohne ihre Waffen wären. Kexx erkannte die Antwort, als sier Benson da auf der Erde sitzen sah, mitgenommen, verraten, wehrlos. Aber ungebeugt. Wie ein Halobaum in einem Wirbelsturm. Kexx' Zuneigung zu dieser seltsamen Kreatur wuchs.
Die Sonne stand jenseits ihres Zenits. Der Tag wurde alt, und sie waren praktisch nicht vorangekommen.
Kexx streckte dem Menschen die Hand hin. »Kannst du gehen?«
Benson nahm die Hand und stand auf, wenn auch auf wackligen Beinen. »Ich kann so tun, als ob.« Bensons Gesichtsausdruck veränderte sich plötzlich. »Kexx, was tun die da?«
Kexx warf einen Blick über die Schulter. Die Hälfte der Karawane saß im Schneidersitz Spalier, die Hände hinter dem Rücken und die Köpfe geneigt.
»Sie erbitten deinen Segen, Benson.«
»Entschuldigung. Meinen was?«
»Deinen Segen.« Kexx nahm sich einen Augenblick Zeit, ihren gemurmelten Gebeten zu lauschen. »Sie glauben, Varr habe dich von den Toten wiedererweckt, und sie …«
Benson hob die Hände. »Oh nein. Neinneinneinnein.«
»Was denn?«
»Mei!«, rief Benson.

»Was denn?«, fragte Mei.
»Die wollen mich anbeten«, sagte Benson. »Sag ihnen, dass mich niemand von den Toten wiedererweckt hat. Sag ihnen, du hast mich mit einem … einem Trick zurückgeholt.«
»Das ist keine gute Idee, Benson«, antwortete sie.
»Das sehe ich auch so«, sagte Kexx.
»Ich lasse mich nicht als Messiasfigur missbrauchen«, protestierte Benson. »Deswegen sind wir nicht hier.«
»Ihnen deinen Segen zu verweigern, wäre, äh …« Kexx suchte nach dem richtigen Wort.
»Respektlos«, half Mei aus. »Ein Sakrileg. Unhöflich.«
»Ja, all das.«
Benson ließ die Arme hängen. »Ich mache das nicht.«
»Du musst«, sagte Mei.
»Wir sind keine Götter, Mei. Auch nicht von Göttern berührt. Oder von ihnen gesandt.«
»Nein, wir fliehen vor Göttern«, blaffte Mei. »Götter haben uns von der Erde verjagt. Jetzt sind wir hier. Wohin sollen wir als Nächstes? Wenn wir je aufhören wollen zu fliehen, brauchen wir sie.« Sie deutete auf die aufgereiht dasitzenden Mitglieder der Karawane, die einander ängstliche Blicke zuwarfen. »Und sie brauchen uns.«
Benson schüttelte den Kopf. »Ich werde sie nicht belügen.«
»Du hast sie hinsichtlich der Waffe belogen«, entgegnete Mei.
»Das ist nicht dasselbe«, sagte Benson, der sich plötzlich unsicher fühlte.
»Inwiefern?«
»Na ja …«
Kexx und Mei warteten geduldig auf seine Antwort.
»Es ist einfach nicht dasselbe«, sagte Benson schließlich nicht sehr überzeugt.
»Wenn ich das sagen darf, Benson, es geht hier nicht darum, dass

du lügst. Sie glauben ohnehin schon, was sie glauben wollen. Es geht um Respekt vor unseren Glaubensvorstellungen.«

»*Unseren?* Bitte sag mir nicht, du willst auch meinen Segen, Kexx.«

Sier schüttelte den Kopf. »Gerade nicht. Ich melde mich.«

Benson seufzte resigniert. »Was soll ich tun?«

»Berühre sie einfach sanft mit drei Fingern deiner linken Hand an der ersten Kammreihe und sag ›Atumi Varr‹.«

Benson wiederholte die Worte dreimal, bis Kexx mit der Aussprache zufrieden war.

Kexx sah Benson nach, der unsicher die Reihen abschritt und die Worte wiederholte, ohne ihre Bedeutung auch nur im Geringsten zu kennen. Es war nicht zu übersehen, dass dem Menschen diese Pflicht missfiel, aber er erfüllte sie trotzdem, wandte sich jedem Wartenden einzeln zu, ehe er zum Nächsten weiterging.

Obwohl ihr Gefangener, ihre Geisel, was auch immer sier war, gefesselt und auf den Rücken eines Dux'ah gebunden war, fühlte sier den Drang, plötzlich loszuschreien. Kexx verstand nur eine Handvoll der Worte, die er ausstieß, aber »Blasphemie« und »Perversion« spielten eine wichtige Rolle. Benson hielt inne und warf dem Störenfried einen Blick zu.

Kexx wollte den Fremden gerade zum Schweigen bringen, da kam Kuul siem zuvor. Sier näherte sich dem Dux'ah mit zwei Schritten von hinten und schlug siem heftig auf den Mund.

Es kehrte wieder Stille ein. Kuul sah Benson in die Augen und bedeutete ihm, weiter zu segnen. Benson nickte dankbar und ging zum nächsten Kopf weiter.

Bemerkenswert, dachte Kexx. *Vielleicht raufen wir uns ja doch noch rechtzeitig zusammen, ehe wir abgeschlachtet werden.*

KAPITEL 30

Benson und Mei liefen den Großteil des restlichen Tages nebeneinander, da ihr zunehmend unleidiger Gefangener den Platz auf dem Dux'ah einnahm. Benson konnte siem nicht wirklich einen Vorwurf für siene schlechte Laune machen, auch wenn sier versucht hatte, ihn zu töten. Die Dux'ah begannen, Moschus abzusondern, und rochen … nun, wie Dux'ah, die Moschus absonderten. Einen so unangenehmen Geruch hatte Benson noch nie vernommen, und er hatte als Teenager auf einer Aeroponikfarm gearbeitet, die mit Abwasser bewässert worden war. Er wäre auch nicht gern in der heißen Sonne auf eins der Tiere gebunden gewesen.

Außerdem war der Gefangene nicht der Einzige, der ihn in den vergangenen vierundzwanzig Stunden zu töten versucht hatte.

Jemand hat dich umgebracht, alter Mann, dachte Benson. *Dieses Mädel da hat dir den Arsch gerettet. Schon wieder. Nachdem du gesagt hattest, sie solle nicht mitkommen.* Er erschauerte bei dem Gedanken. Seine Brust und seine Rippen waren immer noch mitgenommen von den heftigen Zuckungen, die der Defibrillator beim Versuch, sein Herz wieder zum Schlagen zu bringen, ausgelöst hatte. Er sah zu Mei hinüber. Es war höchste Zeit, sie nicht mehr als Kind zu betrachten. Vielleicht war sie schon lange keines mehr. Vielleicht hatte sie dazu nie Gelegenheit gehabt.

»Danke«, sagte Benson leise und klopfte sich gegen die Brust.

Mei antwortete, ohne zu ihm herüberzusehen. »Dank mir, indem du mich zu Sakiko zurückbringst.«

»Ich versuche es. Mir muss nur noch einfallen, wie.«

»Wir sind dem Untergang geweiht«, sagte sie ausdruckslos.

»Du bist ja wirklich ein beschissener Quell der Ermutigung.«

»Ich muss dich nicht belügen. Du bist ein großer Junge. Du hältst das aus.«
Benson kicherte. »Dein Englisch hat sich deutlich verbessert.«
»Ich habe geübt.«
»Dennoch wäre ein bisschen Vertrauen nett. Wir haben schon Schlimmeres überstanden.«
»Ja?«, fragte Mei.
»Nun, ich bezweifle, dass die Bewohner eine Atomwaffe haben.«
Nun war es an Mei zu kichern. »Xis sei Dank.«
»Xis? Du machst doch jetzt nicht einen auf Eingeborene, oder, Mei?«
Sie zuckte die Achseln. »Ihr Glaube ist schlicht. Man kann ihn in einer Woche verstehen, aber er ist tiefgründig. Sie wissen, wie man sich für Dinge Zeit lässt.«
Benson dachte darüber nach. Elf Generationen lang hatte die Menschheit auf der Arche Däumchen gedreht und auf ihr Stichwort gewartet. Aber seit der Landung hatten sie alle kaum Zeit zum Atemholen gehabt. Die Stadt wuchs unaufhörlich, und das bedeutete Arbeit. Jede Menge Arbeit. Bensons Aufgabe bestand darin, dafür zu sorgen, dass jeder seine vorgeschriebene Menge Freizeit genoss, ob es ihm gefiel oder nicht.
Er musste zugeben, dass von einer Kultur, die noch kein kleinteiligeres Konzept von Zeit entwickelt hatte, als den Tag in Morgen, Abend und Nacht zu unterteilen, eine gewisse Anziehungskraft ausging. Das Einhalten von Terminen wurde dadurch sicher leichter.
»Werden sie uns verjagen, Benson?«
»Jetzt überstürzt du die Sache aber ein bisschen, oder? Ich dachte, wir sind dem Untergang geweiht.«
»Ich spreche von meinen Leuten im Dorf. Werden sie bleiben dürfen?«
Benson lächelte sie an. »Du lebst wirklich gern bei ihnen, oder?«

Mei nickte. »Sie waren freundlich zu uns und haben uns willkommen geheißen. Ihr Leben ist unkompliziert. Sie lachen gern, selbst wenn sie noch nicht alle Witze kapieren.«
»Die Katze ist schon aus dem Sack. Ich kann nicht für alle sprechen, aber ich bezweifle, dass es jemand von uns eilig hat, euch einzufangen und zurück nach Shambhala zu deportieren. Außerdem werden wir eine Verbindung zwischen unserem Volk und ihrem brauchen. Die Ungebundenen haben vielleicht endlich einen passenden Ort gefunden.«
»Einen Ort?«
»Nun ja, ihr habt irgendwie immer in den Lücken existiert, oder? Das hier ist etwas, wofür ihr wie geschaffen seid.«
Mei erwärmte sich für diese Möglichkeit. »Etwas, wofür es sich zu sterben lohnt.«
»In der Tat, aber wenn du nichts dagegen hast, werde ich mir trotzdem alle Mühe geben, uns alle am Leben zu halten.«
»Ich weiß.«
Benson bemerkte Meis resignierten, gefassten Tonfall, sagte aber nichts dazu. Die ganze Mission war so wahnsinnig, dass er nicht mehr wusste, warum er ihr überhaupt zugestimmt hatte. Vielleicht war es seine Wut über die Menschen gewesen, die er verloren hatte. Was Atwood widerfahren war, war barbarisch gewesen. In diesem Augenblick hatte er ihrem Mörder wehtun wollen und sich trotzdem eingeredet, dass er nicht auf Rache aus war. Vielleicht war es das ungelöste Verbrechen, das ihm keine Ruhe ließ. Vielleicht waren es Stolz und ein selbstsüchtiger Wunsch, noch einmal zu ermitteln wie in der guten, alten Zeit. Vielleicht war es von allem ein bisschen.
Jetzt marschierte er in einem blutbefleckten Hemd durch eine heiße Steppe, stank nach Schweiß und war verdreckt, unbewaffnet und ohne Plantat. Er stapfte ins Herz des feindlichen Territoriums und hatte kaum Hoffnung, im Kampf gegen dieselben

Leute, die ein paar Tage zuvor versucht hatten, ein ganzes Dorf zu massakrieren, am Leben zu bleiben.

Taktisch gesehen, war das nicht gerade eine hervorragende Position.

Er wollte seine Frau anrufen und sie wissen lassen, dass er noch lebte. Aber wenn er das tat, würde er sie beide in Gefahr bringen. Wer auch immer versucht hatte, ihn zu grillen, würde wissen, dass er noch auf dem Spielbrett war, und Esa würde wissen, dass jemand versucht hatte, ihn zu töten. Benson kannte seine Frau gut genug, um zu wissen, dass sie darauf nicht gut reagieren würde. Sie würde wie eine Lenkrakete direkt auf die Täter losgehen und dabei eine Zielscheibe auf ihren eigenen Rücken malen. Das durfte er nicht zulassen, also musste er sie im Ungewissen lassen. Die Logik war wasserdicht. Aber glücklich war er damit deshalb nicht.

Theresa hatte versucht, es ihm zu sagen. Ihn zu warnen. Versucht, ihn dazu zu bringen, einfach ins Shuttle nach Hause zu steigen und ausnahmsweise mal jemand anderen an die Sache zu lassen. In der Rückschau hatte sie vermutlich recht gehabt.

Eigentlich hatte sie meistens recht. Verdammt.

Benson versuchte, diesen Gedanken loszuwerden, sich wieder auf die Tatsachen dieses Falles zu konzentrieren, sich einen Plan einfallen zu lassen, wie er ihnen allen den Arsch retten konnte. Aber es gelang ihm nicht. Er kam immer wieder auf denselben Gedanken zurück. Wenn er hier draußen starb, würde er nichts hinterlassen. Keine Familie, kein Vermächtnis. Man würde vermutlich eine kitschige Bronzestatue von ihm gießen, von dem Mann, der die Arche gerettet hatte, und sie ins Museum stellen, wo sie dann jahrhundertelang Staub ansammeln würde. Aber Theresa war noch jung und schön. Sie würde trauern, letztlich aber weiterleben und einen netten, jungen, zeugungsfähigen Mann finden. Nicht, dass er ihr das nicht gönnte, aber er hatte

Probleme mit dem Gedanken, dass jemand anders ihr die Familie schenken würde, die er ihr nicht geben konnte.

Es gab nur eine Chance, diese Zukunft zu vermeiden, und dafür musste er die nächsten paar Tage überleben.

»Wir sind dem Untergang geweiht«, verkündete Benson dem Universum im Versuch, sein Selbstmitleid mit ihm zu teilen.

»Pst.« Mei deutete nach vorn. »Wir haben angehalten. Da stimmt etwas nicht.«

Kexx und Kuul waren an der Spitze der Kolonne stehen geblieben, und alle anderen taten es ihnen nach. Benson hob den Kopf und schob sich durch die Menge.

»He, Kexx. Warum haben wir …« Benson kam nicht bis »angehalten«. Unwillkürlich holte er tief Luft, als er sah, dass der Boden einfach … aufhörte. Was er für die Kuppe eines kleinen Hügels gehalten hatte, war in Wirklichkeit der höchste Punkt einer gewaltigen Schlucht. Der Boden fiel im Neunzig-Grad-Winkel nach unten ab. Tausend Schichten bunten Kalksteins bildeten kopflastige Türme, dünne Schlote und beeindruckende Bögen, die den Boden der Schlucht auf drei, nein, vier verschiedenen Ebenen bedeckten.

»Heilige Scheiße«, sagte er und machte einen großen Schritt zurück. Er hatte von den Landkarten in seinem Plantat gewusst, dass sie bald eine gewaltige Schlucht erreichen würden, aber ohne Zugriff auf sie und da sein Geist mit der Kleinigkeit seines vorübergehenden klinischen Todes beschäftigt gewesen war, hatte er es vorübergehend vergessen. Er hatte sogar nachgelesen, wie breit und tief sie in Metern war, aber die abstrakten Zahlen verblassten vor der schwindelerregenden Realität, die sich vor ihm ausbreitete. Die Schlucht war so tief und so breit, dass Bensons Hirn sich einfach weigerte zu glauben, was seine Augen ihm übermittelten, seine Tiefenschärfe funktionierte nicht richtig, und ihm wurde schwindlig.

Er atmete schneller, und plötzlich war ihm trotz der Hitze kalt. »Hier also endet die Straße, was?«
Kexx und Kuul sahen ihn fragend an. Kexx übersetzte Kuul Bensons Worte, dann fragte er ihn: »Was meinst du damit, Benson?«
»Na ja, wir können nicht weiter, oder?« Benson schaute über den Rand und bedauerte es sofort. Das ergab keinen Sinn. Er hatte mehr als die ersten drei Dekaden seines Lebens im Avalon-Modul zugebracht, und das war »tiefer« als die Schlucht gewesen. Andererseits hatte man nicht hineinfallen können. Wenn man vom Zentrum gesprungen wäre, wäre man im schlimmsten Falle unter nutzlosem Armeschwenken durch die Schwerelosigkeit geschwebt, während Leute in den Liften auf einen gezeigt und gelacht hätten, bis jemand sich erbarmt und einem eine Rettungsleine zugeworfen hätte.
Hier ist das Risiko etwas höher, dachte Benson, dann kicherte er über das unbeabsichtigte Wortspiel vor sich hin.
Kexx legte ihm beruhigend die Hand auf die Schulter und deutete auf mehr als ein Dutzend schwarzer Punkte am unteren Rand der gegenüberliegenden Wand der Schlucht. »Das sind die Eingänge zu den Höhlen der Bewohner. Dahin müssen wir.«
»Aber«, Benson deutete in die Schlucht hinunter, »da geht es ganz schön tief runter!«
Kexx sah ihn wieder an, und siene ausdruckslose Miene zeigte, dass sier den Einwand nicht verstand. Dann erinnerte sich Benson an die Lavagrotte. Die Leichtigkeit, mit der sich die Atlanter am Felsen festgehalten hatten, fast wie Geckos. Kexx verstand ihn nicht, weil die Klippe für sien kein Hindernis darstellte.
»Das kann unmöglich dein Ernst sein.«

* * *

Nach einigen hektischen Erklärungen und improvisierten Übersetzungen gelang es Benson und Mei, ihren neuen Freunden zu vermitteln, wie ungenügend sie körperlich dafür ausgestattet waren, tausend Meter senkrecht an einer Klippe nach unten zu klettern. Die verbleibenden Stunden des schwindenden Tageslichts verbrachten sie damit, eine gangbarere Route für den Abstieg zu suchen. Etwa anderthalb Kilometer westlich fanden sie einen Vorsprung, der zwar auch nicht einladend war, aber etwas weniger senkrecht abwärts führte und an dessen Flanke es auf dem Weg nach unten mehrere kleine Plateaus gab, die ihnen die Möglichkeit geben würden, sich vor dem nächsten Teil des Abstiegs etwas auszuruhen.

Wie erwartet weckten die alten Albträume vom freien Fall durchs Weltall Benson mehrfach, und sein dünner Schlafsack erleichterte das Wiedereinschlafen nicht gerade. Mit einem genervten Grunzen begrüßte er schließlich den Morgen.

»Bist du wach?«, fragte Mei von der anderen Seite ihres kleinen Zeltes her. Benson brummte zustimmend. »Gut, gerade rechtzeitig, um in den Tod zu stürzen.«

»Das wird nicht passieren«, sagte Benson. »Es ist genau wie das Klettern an der Außenseite des Avalon-Moduls, weißt du noch?«

»Da hatten wir eine Leiter«, erwiderte Mei.

»Stimmt, aber ich habe einen Raumanzug getragen, den nur noch Isolierband zusammenhielt. Inwiefern ist dieser Abstieg schlimmer?«

Mei deutete nach unten. »Da unten wartet der Boden auf uns.«

»Das geht wenigstens schneller, als ins Weltall zu trudeln und zu warten, bis der Sauerstoff ausgeht.« Benson hielt inne und rieb sich den Nacken. »Das war nicht besonders beruhigend, oder?«

»Nein, wirklich nicht.«

»Tut mir leid. Wir schaffen das schon, Mei. Mach einfach langsam und klettere ganz methodisch. Du bist leicht und hast kleine

Hände, du wirst schon klarkommen. Mach dir lieber um mich Sorgen. Ich bin alt und fett.« Das entlockte Mei ein Lächeln, und genau darauf hatte Benson gehofft. »Komm, wir sollten aufbrechen.«

Sie banden die Dux'ah an langen Leinen an die robusteren Büsche, die sie fanden, auch wenn Benson sicher war, dass ein einziger fester Ruck reichen würde, um sich loszureißen. Nach einigen Diskussionen innerhalb der Karawane und ziemlich viel Gefeilsche vonseiten Kexx' einigte man sich darauf, dass die drei größten verbleibenden Krieger Mei beim Abstieg abwechselnd auf den Schultern tragen würden. Benson, der viel zu groß war, um sich tragen zu lassen, wurde mit Seilen an zwei anderen fixiert, die sich einverstanden erklärt hatten, unmittelbar über ihm zu bleiben, während sie sich an der Klippe nach unten bewegten.

Benson verbrachte eine halbe Stunde damit, ein improvisiertes Klettergeschirr zu knüpfen und an seine Brust anzupassen, von dem Schlaufen zwischen seinen Beinen hindurch und um seine Oberschenkel herumführten. Er versuchte, die Sicherungsgeschirre nachzubauen, die er ein- oder zweimal auf der Arche verwendet hatte, doch die atlantischen Seile waren steif und ließen sich nicht gut in Form bringen.

»Die Sonne geht auf, mein Freund«, drängte Kexx.

»Nur noch eine Min… ich meine, ich hab's gleich.« Benson mühte sich noch ein paar Minuten mit dem Knüpfen des Saums ab, musste aber schließlich einräumen, dass er das Unvermeidliche nur aufschob. Er lenkte ein und reichte Kexx, dier sich bereit erklärt hatte, einer von Bensons Ankern zu sein, ein Ende des Seils. Dann trat zu seinem großen Entsetzen Kuul vor und streckte die Hand nach dem anderen Ende aus. Der Krieger ergriff es und murmelte dabei eine Reihe atlantischer Worte, denen Benson nicht einmal ansatzweise folgen konnte.

»Was hat sier gesagt?«, fragte er Kexx.
»Sier hat gesagt, wenn du wegen deiner dummen Schuhe abrutschst und uns alle tötest, schneidet sier dir die Füße ab, ehe du unten aufschlägst.«
»Dagegen ist nichts einzuwenden.« Benson trat an den Rand der Klippe und sah sich nach seinen beiden Ankern um. »Also, lasst das Seil nie durchhängen, während wir da runterklettern. Es wäre schlimm genug, wenn ich abrutsche, aber wenn es durchhängt, zieht es sich bei einem Sturz stramm und reißt euch beide mit in die Tiefe. Kapiert, Kexx?«
Kexx nickte und übersetzte die Anweisung für Kuul, dier durch ein Flattern sienis Hautmusters signalisierte, dass sier verstanden hatte. Benson konnte die Hautmuster nach wie vor nicht im Geringsten deuten, aber ihm war aufgefallen, dass Kuuls und Kexx' Haut heute außergewöhnlich wenig Bewegung aufwies und regelrecht bleich war. Trotz ihres prahlerischen Benehmens waren die beiden verunsichert. Mehr noch, sie hatten Angst, aber Benson hatte mit seiner eigenen Furcht zu kämpfen. Er schaute über die Schulter zurück und betrachtete das prächtige Panorama der Schlucht. Schichten zarten Purpurs, von Orange und Rot zogen sich über den Fels, als habe sie jemand mit einem riesigen Pinsel gemalt. Es war wunderschön, aber auch furchterregend. Benson schluckte schwer und beschloss, nur noch auf seine Füße und die Stellen, an die er mit den Händen greifen wollte, zu achten, bis sie den Boden der Schlucht erreicht hatten.
Der erste Schritt war der schwerste. Benson kletterte vorsichtig an der Klippe hinunter, bewegte immer nur eine Hand oder einen Fuß zum nächsten Halt. Der Tau des frühen Morgens war noch nicht ganz getrocknet. Benson ertappte sich dabei, wie er sich häufig die Hände an der Hose abtrocknete, und bald kam Schweiß zum Tau hinzu, was eine unschöne Mischung ergab. Kexx und Kuul folgten ihm von oben und achteten darauf, sich

seinem Abstieg anzupassen und das Seil straff zu halten, wodurch sie seine Muskeln um einen Teil seines Gewichts entlasteten.

Ein kurzer Aufschrei erregte seine Aufmerksamkeit. Über sich sah Benson einen der größten Atlanter an der Klippe nach unten klettern; Mei klammerte sich an sienin Schultern, und die beiden sahen aus wie das seltsamste Eltern-Kind-Paar der Geschichte.

»Alles klar da oben, Mei?«, rief er.

»Mir geht es gut«, gab sie zurück. »Kletter einfach weiter.«

Von der aufgehenden Sonne geweckt, wehte ein Windstoß durch die Schlucht und wirbelte Benson Staub und Sand ins Gesicht. Wenigstens trocknete die Sonne den Tau. Niedrige, stachelige Büsche krallten sich zäh an die im Siebzig-Grad-Winkel abfallende Wand der Schlucht. Benson wünschte, er könne sich nur halb so gut festhalten wie sie. Er arbeitete sich nach unten, langsam und gleichmäßig, bis ihm der Fels ausging. Von oben hatte man es nicht erkennen können, doch in beide Richtungen verlief Hunderte Meter weit ein Überhang. Von da, wo er sich befand, hatte er keine Möglichkeit, festzustellen, wie tief er war.

»Äh, ich habe hier unten ein Problem«, rief er zu Kexx hinauf.

»Was ist los, Benson?«, fragte sier mit angespannter Stimme.

»Da ist ein Überhang.«

»Ja, und?«

»Ja, und? Ich bin doch kein Gecko.«

»Was ist ein …«

»Ich meine, ich kann nicht an horizontalen Flächen entlangklettern, Kexx!«

Kexx grunzte, dann sprach er mit Kuul. Sienir Worte kamen schnell und knapp. Nach einer kurzen Diskussion schaute Kexx zu Benson herunter. »Lass den Fels los. Wir lassen dich runter.«

»Ist bei dir eine Schraube locker?«

»Was ist eine …«

»Ach, verflucht noch mal. Ihr müsstet mein gesamtes Gewicht tragen, und ich weiß nicht mal, ob das Seil bis zum nächsten Punkt reicht, an dem ich mich festhalten kann.«

»Was willst du sonst tun, Benson?«

Wieder hochklettern, ins Dorf zurückgehen, das verdammte Huhn finden und es essen, während ich auf das Shuttle warte, dann eine Stunde lang duschen, meiner Frau das Hirn herausficken und dann noch mal duschen, dachte er.

»Seid ihr sicher, dass ihr mein Gewicht tragen könnt?«, fragte Benson.

»Kurzzeitig schon«, sagte Kexx.

»Wie sicher?«

»Du schindest Zeit.«

»Da hast du verdammt recht«, murmelte Benson.

Er holte tief Luft, um den Kopf klar zu bekommen, und versuchte, seinen rasenden Puls unter Kontrolle zu kriegen. Er bewegte sich so weit wie möglich nach unten, bis die Seile straff gespannt waren.

»Na schön. Bereit?«, rief Benson.

»Ja.«

Ich wünschte, ich wäre es auch, dachte er. »Mei, wenn das schiefgeht, sag Theresa, dass ich sie liebe.«

»Sag es ihr selbst«, gab Mei genervt zurück und klammerte sich verzweifelt an ihren atlantischen Kletterer.

Benson schüttelte den Kopf und kniff die Augen zusammen. Das Blut rauschte in seinen Ohren. Seine Handflächen waren so schweißnass, dass er ohnehin bald abrutschen würde, ob er losließ oder nicht. Er musste nur … loslassen. »Wird schon schiefgehen«, sagte er zu niemand Bestimmtem. Dann nahm Benson all seinen Mut zusammen und löste die Fingerspitzen vom Fels. Für einen kurzen Augenblick hing er in der Luft, gewichtslos und frei, als spiele er wieder auf der Arche Zero. Doch dann hatten die Seile ihre Elastizität ausgereizt, und Kexx und Kuul mussten das volle Gewicht ihrer lebenden Last tragen. Sie grunzten ob der plötzlichen Anstrengung, und das improvisierte Klettergeschirr kniff so sehr in Bensons Weichteile, dass sich spätestens jetzt seine Chancen, ein Kind zu zeugen, halbiert hätten.

Kexx und Kuul gaben sich alle Mühe, sich im gleichen Tempo fortzubewegen, aber es war unmöglich. Kuul schrie etwas Wütendes.

»Was hat sier gesagt?«, fragte Benson.

»Sier hat gesagt, du solltest weniger essen.«

»Das sind alles Muskeln!«

»Kannst du die Felswand schon erreichen?«, fragte Kexx eilig.

Benson richtete den Blick geradeaus. Die Felswand war nur anderthalb Meter entfernt, aber außerhalb seiner Reichweite. »Noch nicht. Lasst mich weiter runter.« Die beiden Atlanter gehorchten zögernd, ließen Benson zuerst mit dem einen, dann mit dem anderen Seil weiter ab und bewegten ihn in mühevoller Kleinarbeit langsam nach unten.

»Geht das nicht ein bisschen schneller?«, fragte Benson.

»Wir können die Seile durchschneiden, dann geht es viel schneller«, gab Kexx genervt zurück.

»Tut mir leid.«

»Sei still.«

Benson schwieg, während sie ihn einen weiteren Meter nach unten ließen. Dann noch einen. Dann hörten sie auf. Er schaute nach oben, um festzustellen, ob sich das Seil verhakt hatte, aber es war noch schlimmer. Kexx und Kuul hatten den Rand des Überhangs erreicht. Das Seil hatte kein Spiel mehr. Er schaute zwischen seinen baumelnden Füßen nach unten, um die restliche Entfernung bis zum Boden abzuschätzen. Was er sah, versprach nichts Gutes für seine Knöchel. Er streckte eine Hand aus, um die Klippenwand zu fassen zu bekommen, aber er war noch immer einen halben Meter zu weit weg.

Es gab nur einen Ausweg. Er würde schaukeln müssen, in der Hoffnung, dass keiner der beiden Atlanter abrutschte.

»Festhalten«, rief Benson Kexx zu. »Ich werde mich in Richtung Klippe schwingen.« Benson bewegte die Beine wie ein Kind, das auf dem Spielplatz schaukelte. Er glitt sich vorwärts, baute mit jeder Bewegung seiner Beine mehr Schwung auf, kam mit jedem Schwung ein paar kostbare Zentimeter näher. Kuul grunzte laut.

»Beeil dich!«, rief Kexx mit zusammengebissenen Zähnen, während sienir seltsamen, knochenlosen Hände mit dem zerklüfteten Fels verschmolzen und er verzweifelt versuchte, sich festzuhalten.

Benson streckte knurrend die Hand aus und versuchte, durch schiere Willenskraft seine Finger um ein paar Millimeter zu verlängern. Seine Fingerspitzen streifte leicht den Fels. Das Klettergeschirr grub sich so heftig in seine Weichteile, dass ihm die Füße und Waden einschliefen, während das Seil durch das wiederholte Schwingen dort, wo es sich an der Kante des Simses rieb, auszufransen begann. Noch ein paar Mal, und das Seil würde entweder reißen, oder Kexx und Kuul würde die Kraft ausgehen. Wenn einer von beiden abstürzte, würde der andere das Gewicht aller drei allein tragen müssen. Das würde nicht einmal Kuul schaffen.

»Scheiß drauf«, sagte Benson, drehte sich und stemmte die Fußsohlen gegen den Fels. Sobald seine Schuhe diesen berührten, stieß er sich mit einer Streckung seiner footballgestählten Beine ab, sodass sein Schwung ihn weit von der Klippe wegtrug.

Der plötzliche Ruck überforderte Kexx. Sier verlor den Halt am Felsen, als Bensons Schwung gerade seinen weitesten Punkt erreichte, schlitterte über die Klippenwand und suchte verzweifelt nach einer neuen Möglichkeit, sich festzuhalten. Das plötzliche

Erschlaffen eines seiner beiden Halteseile veränderte Bensons Bewegungsrichtung komplett, als er wieder auf die Klippe zuschwang. Ihm blieb keine Zeit zum Korrigieren. Benson stieß einen Fluch aus, als der Fels auf sein Gesicht zuschoss. Panisch schoss sein Blick hin und her, suchte nach Stellen, um sich festzuhalten. Er entdeckte eine, dann eine mögliche weitere. Sie würden reichen müssen. Seine Hände zuckten vor und griffen danach, während der gnadenlose Fels ihm die Luft aus der Lunge presste. Benson rang nach Luft und schob zwei, dann drei Finger in eine der schmalen Spalten. Ein Fuß glitt in eine weitere, rutschte ab und fand festeren Stand. Bensons andere Hand legte sich fest um einen kleinen Vorsprung.

Er wartete darauf, dass Kexx' Körper hinter ihm in die Tiefe stürzte, dass sich die Rettungsleine spannte und Benson und dann auch Kuul von der Klippe riss, sodass sie alle unten auf den Felsen zerschellen würden.

Benson schloss die Augen und wartete auf das Unvermeidliche.

KAPITEL 31

Theresa ging hinter den Rekruten entlang, die in einer Reihe bäuchlings auf dem Boden lagen, hundertachtzig Grad entfernt von den Mündungen der P-120, der persönlichen Verteidigungswaffen, die sie gleich zum ersten Mal abfeuern würden. Sie hatten hinter der Shuttlelandebahn einen zum Ozean hin ausgerichteten Schießstand errichtet, wo Fehlschüsse allenfalls Fische erwischen würden. Dennoch fühlte sich Theresa angesichts der Tatsache, dass absolute Neulinge gleich ein Dutzend Waffen mit enormer Durchschlagskraft in die Hand bekommen würden, nicht im Geringsten sicher.

In Wahrheit war sie selbst nicht viel besser ausgebildet. Die hülsenlose Munition, die die Gewehre verschossen, war chemisch komplex und teuer in der Herstellung. Man verschwendete sie nicht, auch nicht zu Trainingszwecken. Theresa hatte weniger als hundert Schuss mit scharfer Munition auf dem Schießstand abgegeben – was sie zu einer der zwölf erfahrensten Schützinnen der Kolonie machte. Jetzt war es ihre Aufgabe, hundert weitere auszubilden. Es war, als wolle eine Blinde andere Blinde mithilfe einer Fackel durch eine Fabrik für Feuerwerkskörper führen.

Nicht, dass ihr das im Augenblick irgendetwas ausgemacht hätte. Bryan war tot. Sie war direkt zur Wutphase des Trauerprozesses übergegangen und beabsichtigte, dort zu bleiben.

»Halten Sie beide Augen offen. Konzentrieren Sie sich nicht auf das Gitternetz. Konzentrieren Sie sich auf das Ziel dahinter«, sagte sie und versuchte, erfahrener zu klingen, als sie tatsächlich war. »Stellen Sie sich vor, dass das Ziel das Gitternetz wie ein Magnet anzieht. Wenn sich beide auf einer Linie befinden, drücken Sie langsam und gleichmäßig ab, bis die Waffe auslöst. Sie können anfangen …«

PENG!

Theresa warf dem ungeduldigen Frischling einen vernichtenden Blick zu. »… zu schießen.«

Der Rest der Reihe entsicherte die Gewehre, zielte sorgfältig und traf prompt absolut gar nichts. In der Bucht fielen mehrere Fische Waffen zum Opfer, gegen die eine Strategie zu entwickeln sie nie eine Chance gehabt hatten. Das würde ein langer Nachmittag werden. Ein Blinken in ihrem Sichtfeld informierte Theresa über einen eingehenden Anruf, der rot blinkende Rand des Symbols markierte ihn als dringlich. Er kam von Feng.

Sie schickte eine Botschaft an Korolev am anderen Ende der Reihe. <He, Pavel, übernehmen Sie mal für eine Minute.>

Der Constable nickte, begab sich zur Mitte der Reihe, bestätigte, indem er ihr den erhobenen Daumen zeigte, und übernahm die Aufgaben des Schießstand-Sicherheitsoffiziers. Theresa zog sich von dem Lärm und den Erschütterungen der Gewehre zurück, bis sie sich selbst wieder denken hören konnte. Dann nahm sie den Anruf an.

<Was gibt's, Feng?>

<Was haben Sie mir zu meiner Einweihungsparty geschenkt?>

<Was?> Theresa regte die lächerliche Frage auf. <Schon vergessen? Sie haben den Anruf als dringlich gekennzeichnet.>

<Sagen Sie mir einfach, was Sie mir geschenkt haben>, verlangte Feng.

<Zwei Kerzenleuchter, verdammt noch mal. Chao, ich bringe hier irgendwelchen Footballdeppen das Schießen mit Gewehren bei. Kommen Sie zur Sache.>

<Tut mir leid. Ich musste nur sichergehen, dass Sie es sind. Ich bin hier oben in der Kommandozentrale mit den IT-Nerds, und wir

gehen das Netzwerk mit dem feinen Kamm durch. Wir haben bereits über zwei Dutzend Bots, Viren, Phischer, Fake-IDs und Ghoster erwischt ... Hier oben ist die Hölle los, Theresa. Ich musste wissen, mit wem ich rede.>

Furcht durchzuckte Theresa. Sie hatten gewusst, dass sich jemand an den Peripheriegeräten der Arche zu schaffen gemacht hatte, aber so tief im Kern des Netzwerks? Das bedeutete, dass Mannschaftsmitglieder an dem Verbrechen beteiligt sein mussten. Am Mord an Mahama. Sie unterdrückte ihre Panik. Wer auch immer die Schuldigen waren, die sich tief ins Netz gewühlt hatten, sie operierten aus dem Schatten heraus und würden es nicht mögen, wenn man sie ans Licht zerrte. Theresa musste dieses Licht ins Dunkel bringen.

<Berichten Sie>, sagte sie.

<Nun, ich bin erst ein paar Stunden hier und musste wie blöd darum kämpfen, in die Kommandozentrale vorgelassen zu werden. Ich habe sogar einem Leutnant mit meinem Betäubungsstab gedroht. Aber ein paar Dinge konnten wir bereits bestätigen. Zum einen hat jemand die wahren Ergebnisse der geologischen Scans von Atlantis verschwinden lassen, genau wie Sie dachten.>

<Was gibt es hier wirklich?>

<Alles>, sagte Feng. <Der Planet ist im wahrsten Sinne des Wortes eine Goldmine. Die Geologin hier oben kratzt sich immer noch am Kopf, aber es sieht aus, als sei vor etwa hundert Millionen Jahren ein wirklich großer Asteroid in Atlantis eingeschlagen. Das hat ausgereicht, um intensive vulkanische Aktivitäten auszulösen, die durch die frisch entstandenen Risse in der Tektonik Lava aus der Mitte des Planeten an die Oberfläche beförderten. Der gesamte verdammte Kontinent wurde mit frischem Material aus dem Planetenkern bedeckt. Es gibt überall Ablagerungen aller möglichen wichtigen Rohstoffe.>

Theresa nickte, während er ihre Theorie bestätigte. Das Motiv hatten sie gefunden. <Das ist gut, Chao.>

<Aber das ist erst der Anfang.>

<Ich bin ganz Ohr.>

<Nun, Sie hatten mich gebeten, nachzuschauen, wer alles programmieren kann und Zugang zu den Quelldaten der Plantate hat …>

<Ja, und?>

<Ich habe jemanden gefunden. Yvonne Hallstead. Vor sieben Jahren aus der Mannschaft ausgeschlossen, weil sie ein Virus in ein Verwaltungsprogramm eingeschleust hat, um ihre Abhängigkeit von verschreibungspflichtigen Medikamenten zu verschleiern.>

Theresa keuchte. <Machen Sie Witze?>

<Äh, nein. Warum?>

<Weil wir sie bis heute Morgen wegen häuslicher Gewalt in Gewahrsam hatten und sie dann auf geheimnisvolle Weise ihre Kaution mit Geld bezahlte, das sie eigentlich gar nicht hätte haben dürfen. Ich hatte sie gerade noch hier.>

<Nun, dann wird Ihnen der nächste Teil nicht gefallen.>

Theresa presste die Lippen aufeinander. <Raus damit.>

<Sie hat als Beraterin in der App-Entwicklung für Alexander & Partner gearbeitet. Jemand aus der Mannschaft hat ihr sogar eine Sicherheitsstufe zugewiesen, die ihr Zugang zu den Quellcodes der Plantate verschafft hat.>

<Klingt, als müsste ich mich mit Ms Hallstead noch einmal unterhalten.>

<Da werden Sie sich aber beeilen müssen.>

<Weshalb?>

<Weil der kommissarische Captain Hitoshi beschlossen hat, auf zumindest einige Forderungen der Rückkehrer einzugehen und innerhalb gewisser Grenzen eine Immigration von Shambhala

auf die Arche zu ermöglichen, und Ms Hallstead wird zur ersten Gruppe gehören, die an der Bohnenranke heraufkommt.>

<Was? Ist der total durchgeknallt?> Selbst durch das Plantat wurde klar, dass Theresa brüllte.

<Dazu kann ich nichts sagen. Aber die erste Aufzugskabine fährt in weniger als einer Stunde los. Es hat keine öffentliche Bekanntmachung dazu gegeben.>

<Ich muss Schluss machen. Gute Arbeit, Chao. Graben Sie weiter, und passen Sie auf Ihren Arsch auf, ja?>

<Hmpf. Mein Arsch interessiert in letzter Zeit niemanden.>

Theresa lächelte. <Ich finde ihn sehr ansehnlich, falls Sie das tröstet.>

<Kein bisschen. Gute Jagd, Chief. Nageln Sie die Schlampe fest.>

Die Verbindung brach ab.

Verlassen Sie sich drauf, dachte Theresa grimmig. <Pavel, machen Sie Schluss. Wir haben zu tun.>

* * *

Sie stoppten das Elektrofahrzeug zwei Blocks von Hallsteads Wohnung entfernt. Korolev rückte seinen Schutzhelm zurecht, wobei er die Alufolie zerknitterte, mit der er ausgekleidet war.

»Ich kann nicht glauben, dass Sie mich überredet haben, einen Helm zu tragen, der aussieht, als habe der verrückte Hutmacher ihn angefertigt«, sagte er und ächzte. »Da drunter ist es kochend heiß.«

»Die Alternative ist, sich von ihr einen Herzanfall verpassen zu lassen.«

»Ich dachte, Sie hätten gesagt, die würden das nie in der Öffentlichkeit einsetzen.«

»Nicht, solange sie vernünftig sind. Aber wenn sie in die Ecke getrieben werden? Wer weiß?« Theresa beugte sich nach hinten zu dem dritten Mann im Fahrzeug, Lindqvist, der ein weiteres Mal sein Gewehr checkte. Die Waffe war wahrscheinlich übertrieben. Der Linebacker brauchte die gesamte Rückbank für sich.

»Können Sie mit dem Ding umgehen?«

»Ich glaube schon, Ma'am.«

»Sie glauben es oder Sie wissen es?«

»Ich meine: Jawohl, Ma'am.«

»Gut. Wir können uns keine Fehler leisten. Wir wissen nicht, womit wir es da drin zu tun bekommen. Sie ist möglicherweise bewaffnet und zweifelsfrei gefährlich. Aber ich möchte sie wirklich, wirklich gern lebend. Also feuern Sie diese Kanone nur ab, wenn es gar nicht anders geht.«

»Verstanden.«

Lindqvist hatte sich freiwillig gemeldet, trotz der Tatsache, dass die Notwendigkeit, per Plantat mit seiner Waffe verbunden zu bleiben, ein Auskleiden seines Helms mit Folie unmöglich machte. Theresa hatte ihm das Risiko erklärt, aber es hatte ihn nicht im Geringsten abgeschreckt.

Sie sah auf ihr Tablet und rief den Standort von Hallsteads Plantat ab. Die Frau befand sich in ihrem Wohnzimmer. Theresa grub ein wenig tiefer in den Systemen des Hauses und stellte fest, dass gerade ein Video auf die Wandanzeige gestreamt wurde.

»Gut, sie sieht fern. Pavel, Sie kommen mit mir. Lindqvist, Sie gehen zur Rückseite des Hauses und sorgen dafür, dass sie nicht abhaut, wenn wir klingeln.«

Sie verließen den Wagen. Der große Mann eilte mit der Waffe die Gasse entlang. Korolev zückte seinen Betäubungsstab und ging ruhig und entschlossen neben Theresa her zur Vordertür des kleinen Zweckgebäudes. Es war ein typisches einstöckiges Vierzimmerhaus, das sich von den Hunderten anderen nur in der Nummer am Türrahmen unterschied. Das Haus war sauber, aber Hallstead hatte nicht versucht, das Äußere zu schmücken oder anderweitig individueller zu gestalten, sodass es gerade durch seine Durchschnittlichkeit auffiel.

Theresa und Korolev bezogen links und rechts von der Tür Stellung. Sie hatte nicht das Risiko eingehen wollen, einen Durchsuchungsbefehl zu beantragen. Wer das zentrale Netzwerk hacken und die Quellcodes der Plantate umzuschreiben vermochte, konnte auch problemlos Bots einrichten, die ihn auf etwas wie einen Durchsuchungsbefehl hinwiesen, um noch vor ihrem Eintreffen einen Abgang zu machen. Stattdessen waren sie unter dem Vorwand eines »Sozialchecks« hier, in der Hoffnung, dass Hallstead entweder unvorsichtig genug war, Beweise herumliegen zu lassen, oder zu fliehen versuchte, was sie verdächtig machen würde. Aber wenn ihr Haus innen so ordentlich war wie außen und es ihr gelang, ruhig zu bleiben, würde Theresa nicht viel unternehmen können.

Nun, zumindest nichts, was vor Gericht verwertbar war und nicht zu Theresas Entlassung führen würde. Nicht, dass sie in der Stimmung gewesen wäre, sich darüber Gedanken zu machen.

Korolev nickte, um ihr zu signalisieren, dass er bereit war. Doch als Theresa ihren Notfallzugangscode in die Tastatur an der Tür eingab, hatte sie das Gefühl, dass etwas nicht stimmte. Sie drückte die Eingabetaste, und das Schloss klickte. Korolev riss sofort die Tür auf und stürmte in die Diele. Theresa war einen halben Schritt hinter ihm, beide hielten ihre Betäubungsstäbe schlagbereit. Sofort fiel ihr ein scharfer, fast metallischer Geruch auf, den sie nicht erkannte.

»Was riecht hier so?«, flüsterte sie.

»Ich bin nicht sicher. Putzmittel?«

»Ms Hallstead?«, rief Theresa. »Man hat uns gemeldet, aus Ihrem Haus kämen seltsame Geräusche. Wir sind hier, um nach Ihnen zu sehen.«

Keine Antwort. Sie bogen in das spärlich möblierte Wohnzimmer ab. Eine Kunstledercouch nahm den Großteil der Rückwand ein, links sah man den Abdruck eines Gesäßes. Ein billiger Läufer, ein abgestoßener Acryl-Couchtisch und eine Vase mit Plastikblumen nahmen den Rest des Raums ein. Abgesehen von dem Gesäßabdruck, sah das Ganze aus wie ein Musterhaus. Auf dem Wandbildschirm befriedigten zwei Frauen in Ledermontur, die weitgehend aus Riemen bestand, einander mit ziemlich stark modifizierten Elektrowerkzeugen.
Korolev schniefte. »Unser Mädchen mag's pervers.«
»Sie sollte eigentlich genau da sitzen.« Theresa deutete mit ihrem Tablet auf die Couch.
»Mal im Badezimmer nachsehen?«, fragte Korolev.
Die Wahrheit traf Theresa wie ein Schlag in die Magengrube. Hallstead musste in weniger als dreißig Minuten eine Aufzugskabine erwischen. Wer würde denn dreißig Minuten, bevor er sein Haus für immer verließ, auf der Couch sitzen und einen Porno schauen? »Sie hat den Positionsmelder ihres Plantats gehackt. Sie war nie hier.«
»Zur Bohnenranke?«, fragte Korolev.
»Zur Bohnenranke, und zwar schnell.«
Sie riefen Lindqvist zu sich und rannten zum Wagen zurück. Korolev sprang hinters Steuer und legte den Gang ein. »Zum Anleger?«
»Ja.« Theresa schwang sich auf den Beifahrersitz. »Nein, warten Sie.« Sie wischte durch ein paar Bildschirme auf ihrem Tablet. »Die Fähre legt bereits ab.«
»Scheiße!«, spie Korolev.
»Nein, das ist gut. Wenn Hallstead an Bord ist, kann sie nirgends hin.«
»Es sei denn, sie will einen Kilometer zurück an Land schwimmen.«

»Genau. Bringen Sie uns zu den Quadrokoptern. Vielleicht erreichen wir die Ankerstation vor der Fähre.«
Die Stoßdämpfer des Gefährts gaben unter dem zusätzlichen Gewicht Lindqvists ein Stück nach. Mit heulenden Elektromotoren fuhren sie Richtung Flugfeld. Sie hatten Glück. Einer der kleinen Spähhelikopter stand noch im Park- und Servicebereich. Theresa sprang aus dem Wagen, noch bevor Korolev ihn ganz zum Stehen gebracht hatte, und rannte in Richtung Cockpit. »Kommen Sie, Pavel. Lindqvist, fahren Sie den Wagen zum Anleger und warten Sie dort auf uns.«
Der große Mann bestätigte und setzte sich auf den Fahrersitz, während Theresa und Korolev sich im Quadrokopter anschnallten. Sie hatten beide keinen Pilotenschein, doch den brauchten sie auch nicht. Theresa gab einfach ihr Ziel ein, und der Autopilot warf die vier Motoren an den vier Ecken des Fluggeräts an und leitete den Start ein.
Schweigend legten sie die kurze Flugstrecke hinaus zur Ankerinsel zurück, wobei sie über die Fähre hinwegflogen, die langsam vom natürlichen Hafen Shambhalas einen Kilometer aufs offene Meer hinaustuckerte. Das untere Ende des Weltraumlifts zur Arche war auf einer gewaltigen schwimmenden Plattform mit mehreren leistungsfähigen Schubdüsen montiert. Meist hielten sie die Plattform in der schwachen Strömung, die die Flussmündung erzeugte, an Ort und Stelle. Aber falls ein starker Wirbelsturm die Plattform bedrohen sollte, konnten sie sie auch zig Kilometer vom berechneten Kurs des Sturms wegbewegen.
Der Quadrokopter neigte sich leicht nach hinten, als er in den Landeanflug auf die kleine Landefläche am anderen Ende der Plattform überging. Die zehn Meter breite, hauchdünne Verankerung des Aufzugs ragte senkrecht gen Himmel und tauchte in die Atmosphäre ein, wo sie zu einer eindimensionalen, weiß

leuchtenden Linie zusammenzuschrumpfen schien. Sie war nicht nur die Führungsschiene der Aufzugskabinen, die an ihr auf und ab glitten, sondern sie versorgte die Kabinen über eine nur wenige Moleküle dicke Photovoltaik-Schicht, die die gesamte Verankerung in eine mehrere Zehntausend Kilometer lange Solaranlage verwandelte, auch mit Energie.

»Na schön, wie lautet der Plan?«, fragte Korolev, als der Quadrokopter auf seinen Kufen landete.

Theresa löste ihren Sicherheitsgurt und stieß die Kabinentür auf. »Wir gehen zum Ladedock und überprüfen die Fahrgäste der Fähre, bis wir sie haben.«

»Was ist, wenn sie Widerstand leistet?«

»Oh, das wäre so wundervoll«, sagte Theresa in gifttriefendem Tonfall.

»He, Chief.« Korolev hielt sie sanft, aber bestimmt am Ellbogen fest. »Vergessen Sie nicht, was unsere Aufgabe hier ist.«

Sie riss sich los. »Glauben Sie, das hätte ich vergessen?«

»Ich will nur, dass wir das hier vorschriftsmäßig durchziehen, damit es auch wasserdicht ist. Ich weiß, wie es Ihnen gerade geht, ich möchte auch ein paar Schädel einschlagen, aber ich weiß auch, dass es Ihnen noch viel schlechter geht, wenn wir das hier versauen und sie wegen eines Formfehlers freikommt.«

»Sie hat Bryan umgebracht, Pavel. Da bin ich mir sicher. Glauben Sie wirklich, ich würde sie freikommen lassen?« Ihre Stimme war ausdrucks- und emotionslos. Es war keine Drohung gewesen, sondern eine simple Feststellung.

Für einen Lidschlag schrumpfte Pavel unter ihrem Blick zusammen. »So weit würde ich es lieber nicht kommen lassen. Ich möchte nicht, dass meine erste Amtshandlung als Chief ist, meine trauernde Vorgängerin wegen Mordes festzunehmen.«

Theresa zwang sich, die Hände zu öffnen. Sie hatte sie so fest geballt gehabt, dass ihre Nägel winzige, halbmondförmige Abdrücke in der Haut ihrer Handflächen hinterlassen hatten. Sie war offensichtlich nur noch einen kleinen Schritt von einem psychotischen Schub entfernt. Theresa holte tief Luft und atmete dann so viel wie möglich von ihrem Zorn und ihrer Angst aus.

»Sie haben recht. Nach Vorschrift.«

»Prima. Gehen wir.«

»Pavel?« Theresa ergriff seinen Arm. Er blieb stehen und sah sie an. »Sie werden einen hervorragenden Chief abgeben.«

»Hoffentlich nicht so bald.«

»Oh nein, noch nicht. Gehen wir.«

Sie sprinteten über die Plattform, vorbei an der gewaltigen, fünf Stockwerke hohen Aufzugskabine, die in ihrem Gerüst wartete. Keuchend erreichten sie den Anleger, als die Fähre gerade ihre Gangway herunterließ.

»Kann ich Ihnen helfen, Constables?«, fragte die Hafenwärterin, die am Tor darauf wartete, die Ankommenden einzuchecken.

»Wie heißen Sie?«, fragte Theresa, die die Antwort aufgrund der Alufolie in ihrem Helm, die die Verbindung zur Personaldatenbank des Hauptquartiers blockierte, tatsächlich nicht kannte.

»Aliaabaadi«, antwortete sie und versuchte vergeblich, die Nervosität und Verwirrung ob des plötzlichen Auftauchens der Exekutive aus ihrem Gesicht zu verbannen.

»Nun, Ms Aliaabaadi, wir müssen beim Aussteigen mit einer der Passagierinnen sprechen.«

»Oh, verstehe. Wie heißt sie?«

»Hallstead. Yvonne Hallstead.«

Die Hafenwärterin gab den Namen in ihr Tablet ein, während die Passagiere eine Schlange zum Verlassen der Fähre bildeten.

»Tut mir leid, aber diesen Namen habe ich nicht auf der Passagierliste.«

Theresa hörte ihr nicht zu. Sie war zu sehr damit beschäftigt, sich die Gesichter der Menge anzusehen, wobei die Gesichtserkennungssoftware ihres Plantats sie mit Hallsteads Profil abglich, das Theresa vor dem Aufsetzen des Helms in den internen Speicher geladen hatte.

Die Software erzielte einen Treffer. Ziemlich weit hinten, mit hochgezogener Kapuze. Übereinstimmungswahrscheinlichkeit: achtundsiebzig Prozent.

»Danke.« Theresa schob sich an der jungen Frau vorbei. »Wir kommen schon klar. Pavel, dahinten. Mit dem grauen Kapuzenpulli.«

»Ich sehe sie.«

»Gehen Sie nach links. Halten Sie sie auf, wenn sie versucht, abzuhauen, und an mir vorbeikommt.«

Korolev bestätigte und versteckte sich hinter einem senkrechten Stützbalken, lauerte auf seine Beute wie ein Raubtier im Hinterhalt. Er war in den letzten paar Jahren etwas besser darin geworden, sich unauffällig zu verhalten.

Ruhig bleiben, Mädchen. Du kannst sie nicht festnehmen. Du hast keinen Haftbefehl. Du willst nur freundlich mit der Frau plaudern, die deinen Mann getötet hat. Vorschriftsmäßig. Theresa schob sich vorsichtig durch die Menge, die an ihr vorbeidrängte, um sich registrieren zu lassen und sich in die Aufzugskabine zu begeben. Die meisten ignorierten sie, manche sahen sie neugierig oder genervt an. Anders Hallstead. Sobald sie bemerkte, dass Theresa sich in entgegengesetzte Bewegungsrichtung der Schlange auf sie zuschob, und ihre Uniform erkannte, sah sie ihr in die Augen und runzelte die Stirn.

Theresa wiederum grinste und bewegte sich schneller auf sie zu. »Ms Hallstead!«, rief sie und winkte.

Diese trat einen großen Schritt zurück und umklammerte den Schulterriemen ihres Rucksacks. Dann verschwamm Hallsteads Blick ein wenig, wie man es oft bei Leuten sah, die durch das

Betriebssystem ihres Plantats scrollten. Ihr linkes Auge zuckte fast unmerklich, ein häufiger Tick, wenn ein Befehl ausgeführt wurde.

Theresa wusste genau, welchen Befehl Hallstead zu geben versucht hatte. Wieder und wieder zuckte ihr Auge. Als Theresa weiter auf sie zukam, wich sie bis zu einem Schott zurück und erbleichte.

Plötzlich wusste Theresa genau, was sie sagen musste. »Ach, Ms Hallstead. Ich bin überrascht, Sie hier zu sehen. Ich bin so erschrocken, ich hätte beinahe einen *Herzanfall* bekommen.« Theresa betonte das Wort so stark, dass ihr Gegenüber sie nicht missverstehen konnte.

Hallstead riss die kleinen braunen Augen auf. »Wie? Wie haben Sie …«

Theresa tippte sich an die Seite ihres Helms. »Der verrückte Hutmacher, Sie Arschloch – und jetzt werden wir beide uns mal ein bisschen unterhalten.«

Hallsteads Unglaube wich augenblicklich Entsetzen. »Aber Sie können nicht …«

Theresa erhöhte den Druck. Hallstead musste einen Fehler machen. Etwas sagen oder tun, was sie verdächtig machte. »Wissen Sie, Sie haben echt Mist gebaut. Ich habe nicht einmal einen Haftbefehl gegen Sie. Ich wollte keine Alarmvorrichtungen auslösen, die Sie möglicherweise ins Netz eingebaut haben. Wenn Sie locker geblieben wären, hätten Sie einfach an mir vorbei in diese Aufzugskabine marschieren können, und vier Tage später wären Sie sicher im Schoß Ihres Herrn und Meisters auf der Arche gewesen und hätten frischen Teichfisch in dem Penthouse essen können, in dem man Sie als Dankeschön für die Morde an Verwaltungsleiter Valmassoi, Captain Mahama … und meinem Mann untergebracht hätte. Sie waren so, so kurz davor …«

»Aber ich habe niemanden umgebracht. Die …«

»Die was, Yvonne?«

Sie hatte Hallstead buchstäblich in die Ecke getrieben. Deren Entsetzen verwandelte sich in blinden Aktionismus. Mit überraschender Geschwindigkeit und Kraft verpasste die kleine Frau Theresa einen Stoß, der sie aus dem Gleichgewicht brachte und nach hinten taumeln ließ. Mit rudernden Armen versuchte sie, auf den Beinen zu bleiben, aber Hallstead sprang sie an.

Mein Fehler, dachte Theresa, als die hagere Programmiererin auf sie losging. Doch obschon ihre Verzweiflung ihr eine tierische Aggressivität verlieh, fehlte es ihr an Raffinesse und Disziplin. Theresa trainierte Kampfsport mit Constables, die echte Alphamännchen waren, seit sie denken konnte. Sie war es gewohnt, Übungskämpfe mit Leuten auszutragen, die doppelt so groß waren wie Hallstead – und deutlich bessere Kämpfer. Einer ihrer rudernden Arme packte Hallsteads linkes Handgelenk, und im Nu hatte Theresa ihre Körpermasse um ihren gemeinsamen Schwerpunkt gedreht und Hallsteads Schwung umgelenkt. Mit dem Gesicht voran und dem Geräusch einer in Tuch gewickelten, reifen Wassermelone, die auf den Boden klatschte, krachte Hallstead gegen das Schott.

Man musste ihr – oder möglicherweise auch nur dem durch ihre Adern rauschenden Adrenalin – zugutehalten, dass sie den Aufprall leidlich wegsteckte und sich aufrappelte, doch da hatte Theresa ihren Betäubungsstab schon auf ihre Stirn gerichtet. Sie drückte den Knopf des silbernen, kugelschreibergroßen Stabes und wartete darauf, dass Hallsteads Gliedmaßen zu zucken begannen.

Nichts geschah.

Überrascht drückte Theresa den Knopf erneut, abermals ohne Ergebnis.

Hallstead wartete nicht ab, bis Theresa begriff, warum ihr Stab nicht funktionierte. Stattdessen sprang sie auf, schnappte sich den fallen gelassenen Rucksack und rannte über die Gangway.

Oh nein, das wirst du nicht tun! Theresa verfolgte sie, aber Hallstead stieß im Vorbeirennen die anderen Passagiere in Theresas Weg, was sie ausbremste. Hallstead erreichte das Ende der Gangway und hetzte über die Plattform in Richtung Aufzugskabine.

»Pavel!«, rief Theresa und löste damit ihre Falle aus. Der jüngere Constable trat aus seiner Deckung mitten in Hallsteads Fluchtweg. Die Programmiererin kam schlitternd zum Stehen, die Sohlen ihrer Schuhe quietschten auf den geriffelten Metallplatten der Plattform. Hallstead versuchte ihren kleinen Herzanfalltrick bei Korolev, der gleichzeitig versuchte, sie mit dem Betäubungsstab auszuschalten. Beides funktionierte nicht, was beide sehr überraschte. Nun wusste Theresa, dass ihr Stab nicht kaputt war.

»Sie hat die Stäbe irgendwie blockiert, Pavel.«

Korolev grunzte und rannte direkt auf Hallstead zu, doch ein plötzliches elektrisches Jaulen und eine jähe Bewegung ließen ihn innehalten. Eine kleine Quadrokopter-Drohne schwebte vor sein Gesicht und verpasste ihm einen Elektroschock mit der Miniaturausgabe eines elektrischen Viehtreibers.

»Au!«, rief Korolev und hob den Unterarm, um den mechanischen Angreifer aus dem Weg zu schlagen, doch der wich seinem Hieb geschickt aus und schockte ihn erneut.

Theresa erkannte, dass es sich um einen künstlichen Falken handelte, Teil einer kleinen Flotte, die die Ankerplattform und andere wichtige Einrichtungen gegen die örtlichen Vögel verteidigte. Hallstead musste ihn gehackt und das dumme Ding davon überzeugt haben, dass Korolev ein Vogel war, den es zu verscheuchen galt. Die kleine Scheißerin steckte voller Überraschungen, das musste sie ihr lassen.

»Es ist vorbei, Yvonne«, rief Theresa. »Ich nehme Sie fest, wegen zweifachen Angriffs auf einen Constable und weil Sie eine blöde kleine Schlampe sind.«

»Ich bin eine blöde kleine Schlampe?« Hallstead nahm ihren Rucksack von der Schulter und hielt ihn am ausgestreckten Arm vor sich.

»Fallen lassen!«

»Gerne doch.« Sie ließ den Rucksack los und verpasste ihm einen verächtlichen kleinen Tritt. Er flog etwa einen Meter weit. Theresa machte einen großen Schritt auf ihn zu. »Das würde ich an Ihrer Stelle nicht tun.«

Theresa blieb stehen. »Warum nicht?«

»Weil das meine kleine Versicherungspolice ist. Eine Bombe. Eine sehr durchschlagskräftige Bombe. Ich kann sie mit einem Gedanken auslösen.«

Theresa stockte der Atem. »Wie durchschlagskräftig?«

»Nun, ich bin keine Sprengstoffexpertin, aber es sollte reichen, um das Deck leer zu fegen, vielleicht sogar, um die Ranke zu durchtrennen, wenn ich genügend Schrapnelle reingepackt habe. Davor wird Ihre Alufolie Sie nicht retten. Was meinen Sie, Chief? Wollen Sie das Risiko eingehen?«

Inzwischen drängte der Rest der Passagiere panisch über die Gangway zurück auf die Fähre. Theresa hingegen wagte nicht, sich zu regen. Eine solche Bombe bedeutete nicht nur den Tod aller Personen auf der Plattform. Wenn die Verbindung zerstört wurde, wäre Shambhala von den Energie- und Nahrungslieferungen der Arche abgeschnitten. Sie hatte keine Todesdrohung gegen Theresa ausgestoßen. Hallstead drohte, die gesamte Kolonie verhungern zu lassen.

»Dachte ich's mir doch.« Hallstead ging lässig zum Rucksack und schulterte ihn wieder. »Ich bewahre den einfach mal auf, wenn niemand was dagegen hat? Nein? Gut. Also, Folgendes wird jetzt passieren, Chief. Sie und Ihr Freund hier bleiben ganz still stehen und beschränken sich aufs Ein- und Ausatmen, während ich zur Aufzugskabine gehe und –«

Korolev unterbrach ihre vielversprechende Rede. Obgleich sein linker Arm durch die wiederholten Elektroschocks des künstlichen Falken gelähmt war, stürmte er auf die hämische Hallstead zu und rammte ihr die Schulter ins Kreuz, unmittelbar unterhalb des Rucksacks, der auf ihrem Rücken hing. Kopf und Arme der mageren Programmiererin flogen nach hinten, während die Wucht von Korolevs Aufprall ihren Torso ruckartig nach vorn riss, sodass beide gegen das Sicherheitsgitter der Plattform prallten.

Theresa begriff Korolevs Plan und sprintete auf Hallstead zu, legte ihr gesamtes Körpergewicht in einen Faustschlag, der auf ihren Solarplexus zielte. Sie traf. Hallstead klappte zusammen und rang nach der Luft, die ihr der Schlag gerade geraubt hatte, wobei ihre Stirn gegen Theresas knallte.

Gemeinsam packten die Constables Hallstead an der Kleidung, hoben ihren erschlafften Körper vom Boden und warfen sie samt Bombe schwungvoll übers Geländer. Mit einer akzeptablen Eigeninterpretation eines Wilhelmsschreis klatschte Hallstead bäuchlings zehn Meter tiefer ins Wasser.

»Hast du daran gedacht, deine Bombe wasserdicht zu machen, du Dreckstück?«, rief Korolev zu der Frau hinunter, die krampfhaft Wasser trat.

»Vorschriftsmäßig, ja?«, fragte Theresa beiläufig. »An die Vorschrift kann ich mich gar nicht erinnern.«

»Die ist wahrscheinlich bei irgendeiner Überarbeitung rausgeflogen«, erwiderte Korolev.

»Man sollte sie unbedingt wieder aufnehmen. Vielleicht in den Lehrfilm.«

»Das wäre toll.«

Unter ihnen gab sich Hallstead größte Mühe, ihren Rucksack loszuwerden, ehe sein Gewicht sie auf den Grund des Meeres zog.

»Sollen wir sie rausfischen?«, fragte Korolev.

»Gleich. Sie sieht aus, als könnte sie etwas Training gebrauchen.«

»Übernehmen Sie jetzt auch Bryans Job als Sportdirektor?«

»Irgendjemand muss es ja machen«, sagte Theresa mit einer Stimme, so scharf und schneidend wie eine zerbrochene Flasche.

KAPITEL 32

Kexx' Arme brannten, weil Bensons Gewicht an dem Seil um siene Hüften zerrte. Die Menschen waren klein, aber schwer für ihre Größe. Siene Schulter, voller winziger Zahnabdrücke vom Angriff der Calebs, hatte enorm mit der Belastung zu kämpfen. Dann begann Benson, an den Seilen zu schaukeln.

Neben siem grunzte Kuul vor Anstrengung, sich an die Felsoberfläche zu klammern.

»Beeil dich!«, rief Kexx in Menschensprache zu Benson hinunter.

Als Antwort fluchte Benson, arbeitete heftig mit den Beinen und schwang auf die Oberfläche der Klippe jenseits des Simses zu. Schließlich erwies sich die Spannung als zu viel für Kexx' Griff. Einer sienis Finger löste sich aus dem dünnen Spalt, in den er sich gekrallt hatte, dann noch einer. Ehe Kexx auch nur Zeit hatte zu schreien, rutschte er ab, sienir Finger flogen auf der Suche nach Halt panisch über den Fels, zogen sich aber nur weitere Kratzer zu.

Dann lösten sich auch sienir Füße vom Fels und hingen frei in der Luft. Mit einem letzten, verzweifelten Sprung streckte Kexx die Hände nach der Klippe aus. Siene rechte Hand griff ins Leere, aber ganz am Rand des Simses bekam die linke Hand einen rundlichen Vorsprung zu fassen, der aus der Felswand hervorragte. Sienir Finger krallten sich darum, nahmen seine Konturen an, um sich optimal festzuhalten.

Der Schwung trug Kexx über den Rand der Klippe hinaus. Mit einem schmerzlichen Ruck, der siem den Arm aus der Schulter zu reißen drohte, endete Kexx' Bewegung. Siene Schulter, die Muskeln in sienem Unterarm und siene Hand schmerzten fürch-

terlich, aber sier hielt sich fest, hing an einer Hand über dem Abgrund.
Erst dann erkannte sier, dass das Seil, dass sien mit Benson verband, erschlafft war. Kexx sah nach unten und erwartete, ein abgerissenes Seil und sienen Freund zu sehen, wie er im freien Fall durch die Luft segelte. Stattdessen schaute Benson zu siem herauf, klammerte sich lachend an den Fels unter dem Sims.
»Nicht lustig, Benson!«, rief Kexx, während sier mit der anderen Hand Halt suchte.
»Tut mir leid, Kexx. Ich bin nur so froh, dass es dir gut geht.«
»Wir haben noch eine lange Kletterpartie vor uns, ehe wir das behaupten können.«
Wundersamerweise erreichten sie ohne weitere Zwischenfälle den Boden der Schlucht, und Kexx, Kuul und Benson führten den Konvoi durch das flache Becken. Es handelte sich zwar um das Bett eines ausgetrockneten Flusses, doch der Talgrund war alles andere als eintönig. Gewaltige Steine ragten aus dem Boden auf, die im unteren Bereich von Flugsand abgeschliffen waren, sodass sie Pilzhüte zu haben schienen. Kexx war, als ginge sier durch einen Wald steinerner Bäume.
Außerdem waren sie nicht allein.
»Wir werden verfolgt«, sagte Kexx in siener Sprache beiläufig zu Benson.
»Ich weiß. Drei habe ich gesehen. Glaubst du, sie legen einen Hinterhalt?«
»Das würden sie nicht wagen.«
»Das sagst du ständig …«
Kexx ignorierte den Kommentar und konzentrierte sich darauf, die Späher zu entdecken. Sier hatte mindestens sieben gesehen, die durch Körperbemalung mit Farbe, die sie aus dem Sand und den Felsen der Umgebung hergestellt hatten, sehr gut getarnt waren. Kexx ging davon aus, dass sich für jeden, den sier ent-

deckt hatte, vier oder fünf weitere zwischen den Steinen versteckt hielten. Ein ziemlich großer Spähtrupp. Kexx schlug ein forscheres Tempo an.

Vor ihnen standen die Steinpilze weiter voneinander entfernt, dann gab es irgendwann gar keine mehr. An ihre Stelle trat eine Reihe riesiger, aus schwarzem Fels geschlagener Statuen, die den Rand einer Kluft säumten, in der die Überreste des Flusses flossen, der das Tal einst geschaffen hatte. Jede von ihnen war viermal so groß wie ein erwachsener G'tel und stellte eine idealisierte Abbildung eines bedeutenden Bewohners aus der Vergangenheit dar, in erster Linie Krieger, damit die Erinnerung an sie die Stadt auch nach ihrer Heimkehr beschützte. Es waren beeindruckende, imposante Monumente, die jeden einschüchtern sollten, der es wagte, das Territorium der Bewohner in böser Absicht zu betreten. Aber keines von ihnen war so beeindruckend wie die Schwarze Brücke.

Ein einzelnes, durchgehendes Stück desselben dunklen Steins, aus dem die Statuen bestanden, spannte sich über die Kluft und verband die beiden Hälften des Tals. Es war so lang wie dreißig G'tel und so alt, dass niemand mehr sich erinnern konnte, wie es hierhertransportiert worden war oder wer die Brücke geschaffen hatte. In Jahrhunderten, vielleicht Jahrtausenden hatte die Abnutzung durch Füße einen glänzenden Weg in der Mitte der Brücke geschaffen, und über ihr flimmerte die Luft vor Hitze. Kexx kannte sie aus den Beschreibungen der Händler, die ins Dorf zurückgekehrt waren, hatte aber angenommen, es handle sich wieder einmal um eine Übertreibung. Ausnahmsweise hatten sie untertrieben.

»Das ist mal ein großer Steinblock«, sagte Benson.

»Du neigst zu Untertreibungen«, erwiderte Kexx.

Sier ließ den Blick nach hinten über ihre Reisegruppe schweifen und sah in vielen Gesichtern die Entschlossenheit schwinden.

Sier konnte ihnen keinen Vorwurf daraus machen. Dies war definitiv der Augenblick, nach dem es kein Zurück mehr geben würde. Aber es musste sein. Kexx schluckte die eigenen Zweifel hinunter und setzte tapfer einen Fuß auf die schwarze Steinbrücke. Sie war fast unangenehm warm unter siener Sohle. Entschlossen ging sier weiter und forderte die anderen mit sienem Schweigen auf, siem zu folgen.

Kuul ging als Nächster, dann Benson und Mei. Bald bewegte sich die gesamte Karawane im Gänsemarsch über die Schwarze Brücke, seit G'telgedenken die ersten Reisenden, die sie überquerten und keine Händler waren. Hinter ihnen traten die Späher, die sie durch den Bereich der Felspilze verfolgt hatten, aus ihren Verstecken. Drei Handvoll, nein, fünf Handvoll. Eine alles andere als subtile Warnung. *Eine falsche Bewegung in unserer Stadt, und für euch wird es kein Entkommen geben.*

Vor ihnen kam die gegenüberliegende Wand der Schlucht in Sicht.

Der Eingang zur Stadt der Bewohner war im Laufe der Jahrhunderte mit atemberaubenden Reliefs verziert worden. Man hatte aus den weichen Gesteinsschichten Altare für Xis, Varr und sogar einen kleinen Cuut-Schrein herausgemeißelt. Mehrere kleine Höhlen und Hohlräume waren entstanden, die als Wohnstätten und Marktstände dienten. Rufe hallten von der Felswand wider. Neugierige Gesichter wandten sich den Fremden zu. Die Rufe wurden lauter, und bald ertönten Schritte, als alle angerannt kamen, um sie genauer zu betrachten. Kinder kreischten beim Anblick Bensons und Meis auf. Erwachsene beschirmten ihre Augen und beschimpften die Menschen zu Kuuls Erheiterung als Dämonen und Tothäute.

»Seht ihr, es liegt nicht an mir«, sagte sier.

»Nicht jetzt, Kuul. Bleib wachsam.«

»Kein Problem.«

Ein paar kühnere Heranwachsende lösten sich aus den Reihen ihrer Eltern und Ältesten und kamen heran, um die Menschen zu berühren, dann rannten sie schreiend oder lachend zurück. Mei ließ sich von der unwürdigen Behandlung nicht aus der Ruhe bringen, aber Benson reagierte sehr nervös.

»Könnt ihr ihnen bitte sagen, sie sollen damit aufhören?«

»Ich kann sie darum bitten«, sagte Kexx. »Ob sie der Bitte nachkommen, ist eine andere Sache.«

Benson knurrte, sagte aber nichts mehr. Der größte, verzierteste Eingang, von dem Kexx annahm, dass er zur eigentlichen, unter der Erde gelegenen Stadt führte, lag unmittelbar vor ihnen, bewacht von einer Reihe Krieger, die aussahen, als seien sie denen unter Kuuls Kommando problemlos gewachsen. Hier und da bemerkte Kexx ein flüchtiges Wiedererkennen in den Gesichtern.

»Ich glaube, einige dieser Wächter haben am Angriff auf mein Dorf teilgenommen«, flüsterte sier Benson zu.

»Dessen bin ich mir sicher«, sagte Benson. »Siehst du, wie sie alle so tun, als bemerkten sie meine Waffe nicht? Sie erkennen sie. Sie haben sie entweder schon mal gesehen oder davon gehört – und gesehen haben können sie sie nur an einem Ort.«

Kexx nickte. »Lass mich reden.«

»Ist mir recht.« Benson deutete mit dem Kopf auf die Krieger. »Ich verstehe sowieso kein Wort von dem, was sie sagen.«

Kexx sah Kuul in die Augen. »Bleib konzentriert. Lass unseren Gast nicht aus den Augen.«

»Verlass dich darauf.«

Kexx drückte zustimmend den Unterarm des Kriegers. Ihre Gesichter wiesen kurz dasselbe, wogende Freundschaftsmuster auf, von dem Kexx noch vor Kurzem nicht erwartet hätte, es Kuul zu zeigen oder von siem zu sehen. Ohne weiteres Aufhebens wandte sich Kexx dem Eingang zu und schritt darauf zu, bis man siem befahl, stehen zu bleiben. Der Anführer der Wachen zeigte sich, indem er vortrat.

»Was wollt ihr hier, Kinder Cuuts?«

Sien Akzent war hart, guttural und genau wie der des Kriegers, den Kexx Tage zuvor im Wald getroffen hatte. Aus dem Mund eines Bewohners war »Kinder Cuuts« kein Kompliment, aber Kexx ging nicht darauf ein. »Mein Name ist Kexx. Ich repräsentiere als Wahrheitssucher viele Dörfer. Ich bedaure, eurem Häuptling eine Anklage vortragen zu müssen.«

»Du wagst es, hierher zu unserem Allerheiligsten zu kommen, inmitten unserer Tempel zu stehen und –«

»Verzeih«, unterbrach Kexx die beginnende Suade. »Aber wir sind viele Tage gereist und haben Verluste erlitten, um eurem Häuptling unser Anliegen vorzutragen. Wenn du also nicht sier bist, habe ich mit dir nichts zu schaffen.« Ehe der verblüffte Wächter etwas erwidern konnte, schob sich Kexx an siem vorbei in Richtung Eingang, woraufhin sich sofort eine Handvoll Speerspitzen auf sien richteten.

Kexx kniff die Augen zusammen. Im verärgerten Tonfall der Bewohner sprach sier weiter. »Seid ihr schon so tief gesunken, dass ihr einen Wahrheitssucher in der Ausübung siener Pflicht behindert? Verbirgt sich hier so viel Böses, das das Licht scheut?«

»Hier nährt uns Xis' Wärme, Kind Cuuts. Nicht das Licht«, entgegnete der Wächter.

»Seit wann fürchtet Xis die Wahrheit?«

Die Kämme des Wächters richteten sich auf und verdunkelten sich, aber Kexx wich nicht zurück.

»Xis fürchtet gar nichts«, presste der Wächter mit zusammengebissenen Zähnen hervor.

»Gut, dann kannst du uns ja zu deinem Häuptling führen.«

»Nein.« Der Wächter machte eine schneidende Bewegung mit der Hand. »Nur dich, Wahrheitssucher.«

»Meinen Freund hier auch.« Kexx deutete auf Benson.
»Kommt nicht infrage!«, brüllte der Wächter.
»Sier ist bei sienem Volk ein Wahrheitssucher, genau wie ich. Sier möchte eine Anklage vorbringen, genau wie ich. Nach Xis' Gesetzen musst du sien passieren lassen.«
»Aber sier stammt nicht aus Xis' Schoß!«
»Wahrscheinlich nicht«, räumte Kexx ein. »Tatsächlich habe ich keine Ahnung, aus wessen Schoß sier stammt. Aber es sind auch Menschen gestorben, also kommt sier mit.«
Der Wächter deutete mit dem Finger auf Bensons Waffe. »Gut, aber das bleibt hier.«
»Warum?«, fragte Kexx unschuldig.
»Es ist zu mächtig.«
»Du hast also schon einmal eine solche Waffe gesehen.«
Der Wächter wollte gerade antworten, als sier erkannte, dass sier in eine Falle getappt war. »Wir haben Gerüchte gehört«, sagte sier ausweichend.
»Was ist los?«, fragte Benson.
»Sie wollen, dass du deine Waffe hierlässt.«
»Aber du darfst deinen Speer mitnehmen?«
»Traditionell darf ein Wahrheitssucher eine Waffe zur Selbstverteidigung tragen.«
»Warum darf ich dann meine Waffe nicht mitnehmen?«
»Weil sie Angst davor haben.«
Benson lächelte. »Gut. Sag ihnen, es ist nicht meine Schuld, dass sie keine besseren Waffen herstellen können.«
Kexx grinste und übermittelte die Botschaft, die in etwa so gut ankam, wie sier es von einer solchen Beleidigung erwartet hatte, aber in Ermangelung eines guten Gegenarguments lenkte der Wächter ein.
»Ihr beide folgt mir. Die anderen bleiben hier. Und ihr gebt uns euren Gefangenen.«

Kuul umfasste sienen Speer fester. »Nein. Das werden wir nicht.«
»Sier meint es ernst«, sagte Kexx zum Wächter. »Ich würde mich nicht mit siem anlegen wollen. Ganz und gar nicht. Unser … Gast hat uns mithilfe von Calebs, äh, mit sehr großen Uliks angegriffen. Auch gegen sien wollen wir Anklage erheben. Sier bleibt bei uns, bis die Wahrheit ans Licht gekommen ist.«
Der Wächter lehnte sich so weit zu Kexx' Gesicht, dass dieser die verfaulenden Pilzstückchen zwischen sienim Zähnen riechen konnte. »Du stellst viele Forderungen dafür, dass du weit weg von jeglicher Hilfe bist, Kind Cuuts.«
Kexx beugte sich sienerseits ein Stückchen vor. »Ich erbitte nur die Höflichkeitsbezeigungen, die mir zustehen und die ich umgekehrt auch dir erweisen würde. Hast du vor, uns den ganzen Tag hier stehen zu lassen?«
Das Gesicht des Wächters verzerrte sich, und für einen Augenblick spannte sich Kexx in Vorbereitung auf einen Gewaltausbruch an. Doch dann wirbelte sier auf den Zehenspitzen herum und schritt zu den Höhleneingängen davon. »Versuch, mit mir Schritt zu halten, Wahrheitssucher. Ich will dich nicht aufhalten.«
Kexx packte Benson an der Schulter. »Bleib dicht bei mir. Beweg dich wie ich. Halt Ausschau nach Ärger.«
»Du erinnerst dich, dass ich dieses Ding nicht wirklich abfeuern kann, oder?« Benson hob entschuldigend die Waffe.
»Dann versuch, bedrohlich auszusehen.«
»Sehe ich etwa nicht bedrohlich aus?«
»Nicht wirklich. Zu bleich.«
»Das höre ich zum ersten Mal.«
Sie folgten ihrem unwilligen Führer in einen der Höhleneingänge. Das Tageslicht wich rasch dem trüben Licht der Leuchtwürmer und der Pilzgeflechte und dem Körperlicht der Bewohner selbst. Kexx' Augen brauchten eine Weile, um sich nach dem hel-

len Tag an die Dunkelheit in der Höhle zu gewöhnen. Benson hatte noch größere Schwierigkeiten.
»Kexx, kannst du deinen Rücken leuchten lassen, damit ich dir folgen kann? Ich sehe die Hand vor Augen nicht.«
Kexx kam seiner Bitte nach und ließ auf sienim Schultern drei Lichtpunkte nebeneinander erscheinen, damit Benson die Entfernung zwischen ihnen abschätzen und sich orientieren konnte.
»Hilft das?«
»Ein wenig. Danke.«
Über sich sah Kexx, dass die Bewohner gigantische Höhlen in die Klippenwand gegraben hatten. Sie hatten die natürlichen Höhlen in alle Richtungen mehrfach erweitert. Was alle für unterirdische Städte gehalten hatten, erstreckte sich in Wirklichkeit auch weit nach oben, vielleicht sogar bis zum oberen Rand der Klippe. Auch jetzt hallten die rhythmischen Geräusche von Hämmern und Meißeln durch die Weite, mit denen Steinmetze im Schweiße ihres Angesichts ihre Stadt erweiterten. Der Maßstab all dessen war einfach atemberaubend.
Kexx hörte das seltsame Klicken einer von der Decke hängenden Injri-Herde über ihren Köpfen. Sier schaute gerade rechtzeitig nach oben, um frischen Dung auf die Stirn zu bekommen.
»Sind das Injri?«, fragte Benson.
»Ja.«
»Hat der eine dir gerade …«
»Ja.«
Benson kicherte. »Tut mir leid.«
Kexx wischte sich den Guano mit dem Handrücken ab und schmierte ihn an Bensons Hemd.
»Igitt, wie eklig!«
»Tut mir leid.«
Ihr Führer brachte sie immer tiefer in Xis' Schoß hinab. Bald empfand Kexx die Kälte als unangenehm auf der Haut. Sie war

nicht unerträglich, würde aber bald sienen Geist beeinträchtigen, sien Denken verlangsamen, siene Wahrnehmung trüben.

»Benson. Ich … kühle aus. Behalte mich genau im Auge. Wenn ich verwirrt oder desorientiert wirke, erinnere mich, was wir hier tun und wo wir sind. Würdest du das für mich tun?«

»Natürlich.«

»Danke, mein Freund.«

»Kexx?«

»Ja?«

»Ich sehe immer noch absolut gar nichts.«

Kexx lachte fröhlich.

Ihrem Führer passte das überhaupt nicht. »Was sagst du zu siem?«

»Tut mir leid. Mein Freund spricht nur siene eigene Sprache. Wir haben über die Kälte hier unten gescherzt.«

»Ruhe«, bellte sier.

Erst da fiel Kexx auf, wie still es in den Höhlen war. Sienir Augen hatten sich inzwischen komplett an die Lichtverhältnisse angepasst, und er sah riesige Wucherungen, regelrechte Felder einer Handvoll unterschiedlicher Pilzsorten, die viele Händevoll Bewohner hegten und pflegten. Die Decke war hier niedrig, und daran wucherten weitere Pilzarten. Der scharfe Geruch von Urin wurde mit jedem weiteren Schritt in die Felder hinein stärker, bis Kexx die Hände zu Fäusten ballte, um ihn nicht an den Fingern zu schmecken. Die Pilzpfleger sprachen nicht laut. Stattdessen übermittelten sie über unglaublich vielfältige leuchtende Hautmuster nicht nur Emotionen und einfache Befehle, sondern komplette, komplexe Gedankengänge, vollständige Sätze und ganze Gespräche.

Kexx begriff sofort, warum. Unter einer niedrigen Felsdecke, die sich in alle Richtungen erstreckte, hätte der Nachhall Hunderter lauter Unterhaltungen schnell ein komplettes Echochaos nach sich gezogen. Sie durchschritten eine weitere, genauso aufgebaute Ebene. Dann noch eine und noch eine. Die Menge an Nahrung, die hier unten in der feuchten, kalten Dunkelheit angebaut wurde, machte der auf den Feldern um Kexx' Dorf Konkurrenz. Wahrscheinlich übertraf sie diese sogar im Hinblick auf den reinen Nährwert.

»Das alles muss dir sehr seltsam vorkommen, Benson«, flüsterte Kexx.

»Du wärst überrascht. Mei würde sich hier fast wie zu Hause fühlen.«

»Nun, mir kommt es sehr seltsam vor.«

»Ruhe, habe ich gesagt!«, rief ihr Wächter, und siene Stimme hallte durch die Felder und erregte die Aufmerksamkeit aller Pilzbauern in Hörweite. »Kümmert euch um eure Pilze«, befahl sier ihnen, und sie machten sich wieder an die Arbeit.

Auf der nächsten Ebene änderte sich alles. Die grob behauenen Wände und Böden machten komplexen Mustergravuren im Boden Platz, die an Fliesen erinnerten. Felssäulen in Gestalt von Armen mit gespreizten Fingern, die die der benachbarten Säulen berührten, stützten die gewaltige Last der Felsdecke über ihren Köpfen.

Es war warm. Unter sienim Zehen spürte Kexx, dass der Boden beheizt war. Etwas kämpfte gegen die Kälte an und gewann. Feuer? Kexx sah nicht, wie das hätte funktionieren sollen. Der Rauch konnte nirgends hin, und es gab keine erkennbaren Kamine, die Frischluft so weit nach unten transportiert hätten. Doch er spürte die Wärme, die von sienim Fußsohlen in sienin Adern drang. Bald war die ganze Luft erwärmt, was sien an Körper und Geist erfrischte.

Eine Rampe, die einem rauschenden Fluss nachempfunden war, dessen Wellenkämme die Jahrhunderte glatt poliert hatten, führte steil hinab in eine weitere Kammer. Links und rechts davon ragte aus dem Boden in allen möglichen Winkeln ein ganzer Wald transparenter, weißer Kristalle von der Dicke von Baumstämmen auf, als habe man sie speziell zu diesem Zweck gezüchtet. Ein warmes, oranges Leuchten schimmerte vom Eingang her. Es war Fackellicht, das allerdings nicht annähernd hell genug war, um die Wärme zu erklären.

»Wartet hier«, wies ihr Wächter sie an.

Kexx gehorchte, denn er wollte sich nicht in dem Labyrinth der Gänge verirren. Der Wächter betrat die Kammer, und es folgte eine kurze, laute Unterhaltung. Viele Stimmen, die alle im selben Dialekt sprachen, mit dem ihr Gefangener Kexx im Tunnel angeschrien hatte.

Als ihr Wächter wieder zum Vorschein kam, endete das Gespräch. »Ihr dürft eintreten. Aber vergesst nicht, wo ihr seid, Kinder Cuuts. Ich schlage vor, ihr haltet eure Anklagen kurz.«

Drinnen wurde Kexx schlagartig klar, wie ähnlich das Heiligtum dem Xis-Tempel daheim in sienem Dorf war. Vielleicht war auch dies das Original und ihr Tempel die Nachahmung, denn dieser Raum fühlte sich viel, viel älter an. Rußspuren führten von jedem Fackelhalter an der gekrümmten Wand zu einem kleinen, zentralen Kamin, durch den der Rauch wohin auch immer entweichen konnte.

Der Raum war nicht das Einzige, was Kexx beunruhigend vertraut vorkam. Selbst im flackernden Fackellicht erkannte sier den Krieger sofort, der links saß und sien mit offenem Mund anstarrte, als sei gerade ein schon lange heimgekehrter Ahne durch die Tür getreten. Verbände um das Bein des Kriegers, wo Kexx' Speer es nur wenige Tage zuvor durchbohrt hatte, bestätigten siene Identität. Sier war nicht allein. Ein Trio von Beratern saß im Raum verteilt, der Rest des Kreises bestand aus Trägern. Wahrscheinlich der private Harem des Häuptlings.

»Überrascht, mich so schnell wiederzusehen?«, fragte Kexx.

»Ich kenne dich nicht«, sagte der Krieger ausdruckslos, und sien Blick huschte zu sienem Kreis von Trägern.
»Wir wurden einander nicht angemessen vorgestellt. Aber ich sehe, dein Bein erinnert sich meines Speers. Ich heiße Kexx. Wie heißt du, Häuptling der Bewohner?«
Ein Chor wütender Stimmen erhob sich im Kreis, Muster und Lichter wirbelten über die Haut der versammelten Berater und Träger. Nur einer von ihnen, ein kleiner Träger, der zwei Plätze von dem Krieger entfernt saß, blieb ruhig. Sier lächelte sogar leicht.
Der kleine Träger hob eine Hand, und im Raum kehrte Ruhe ein. »Ich bin sicher, der Wahrheitssucher hat das nicht als Beleidigung gemeint. Unsere Lebensweise kommt siem zweifellos ziemlich seltsam vor. Nicht wahr, Kexx? So lautet doch dein Name?«
»Ja …«, antwortete Kexx, den der plötzliche Richtungswechsel des Gesprächs aus der Bahn warf. Hier stimmte etwas nicht. Die anderen im Kreis verhielten sich ungeheuer unterwürfig einem einfachen Haremsträger gegenüber. War sien Geist schon so weit abgekühlt? »Verzeih, Träger. Wie heißt du?«
»Meine Eltern haben mich Ryj genannt, aber du darfst mich Unterhäuptling nennen.«

KAPITEL 33

Benson stand weiter hinten, in der Nähe des Eingangs der runden Kammer. Sie erinnerte ihn frappierend an die Zwillingstempel in Kexx' Dorf, nur ohne die Kuppel für den Rover und den Opferaltar im Keller. Stattdessen standen ringsum die niedrigen Stühle, die die Atlanter bevorzugten. In der Mitte wechselte Kexx hitzige Worte mit mehreren anderen, darunter einem besonders unfreundlich aussehenden Exemplar mit einer noch unfreundlicher aussehenden Beinwunde.

Die meisten Probleme schien Kexx mit einem der kleineren Anwesenden zu haben, nach Bensons Einschätzung fast sicher ein Träger. Benson verstand nur hier und da ein einzelnes Wort des Gesprächs, aber er sah, wie Kexx siene Frustration, ja siene Wut unterdrückte, während sier mit dem kleineren Atlanter sprach. Wer auch immer sier war – wann immer sier sprach, hielten alle anderen die Klappe und hörten zu. Sien Körper war nicht mit dem Schmuck und den bunten Kleidungsstücken behangen, die Benson seit der Versammlung im Dorf von Häuptlingen erwartete. Andererseits war sier hier zu Hause. Vielleicht war siem einfach nicht danach gewesen, sich für die Barbaren aus der Steppe hübsch zu machen. Vielleicht war es auch ein bewusster Affront. Mehr als Vielleichts würde Benson nicht bekommen, bis er wieder mit Kexx sprechen konnte. Er verfluchte die Idioten, die versucht hatten, ihn zu töten, weil sie sein Plantat geschrottet hatten. Mit aktiver Übersetzungssoftware hätte er jetzt einfach zuhören können.

Stattdessen versuchte er, andere Dinge zu deuten, etwa ihre Körpersprache oder ihre leuchtenden Hautmuster. Er versuchte, Begriffe herauszuhören, die auf eine Nähe zu Shambhala oder zur

Arche schließen ließen, Worte auf Englisch oder Chinesisch, die hier nicht hingehörten, vernahm aber keine. Er hatte auf dem Weg herunter die Augen offen gehalten und sich nach menschlichen Artefakten, einem intakten oder auch kaputten Rover oder einer Drohne umgesehen, aber die Korridore und Kammern waren schlecht beleuchtet gewesen und hatten endlos gewirkt. Man hätte hier unten den Inhalt eines ganzen Museums verstecken können, ohne dass Benson etwas entdeckt hätte.

Das Gespräch stockte, als Kexx auf Benson zeigte. Er hörte seinen Namen, dann sahen ihn alle versammelten Atlanter an, und das flackernde Fackellicht ließ ihre leuchtenden Alienaugen noch beunruhigender wirken. Benson musste unwillkürlich an die Nacht denken, in der die Calebs ihr Lager angegriffen hatten. Die leuchtenden Augen lösten eine Reaktion tief in seinem Stammhirn aus: Etwas sehr Altes erinnerte sich an Augen im Dunkeln, die im Feuerlicht schimmerten.

Kexx bedeutete ihm, zu siem in die Raummitte zu treten. Benson rückte bewusst umständlich das über seiner Schulter hängende Gewehr zurecht, zog sein geflicktes Hemd glatt und trat dann neben den Wahrheitssucher.

»Es ist Zeit, dass du deine Anklage vorträgst.«

»Aber ich spreche ihre Sprache nicht.«

»Sprich deine, deutlich und mit Selbstvertrauen. Ich werde für ihren … ähm, Häuptling übersetzen.«

Benson fiel die seltsame Pause im Satz auf. »Stimmt etwas mit dem Häuptling nicht?«

»Wir reden später. Jetzt trage deine Anklage vor. Sie warten.« Kexx trat einen großen Schritt zurück und ließ Benson allein im Mittelpunkt der Aufmerksamkeit stehen.

Er räusperte sich und beschloss, am besten am Anfang anzufangen.

»Äh, hallo erst mal.« Benson winkte und fühlte sich dabei wie ein Kind, das zum ersten Mal vor der Klasse sprechen musste. Kexx übersetzte etwas, das etwas länger und würdevoller klang. »Ich klage … Bewohner dieses Dorfes an, das Dorf G'tel angegriffen zu haben, während mein, äh, Stamm versuchte, friedliche, freundliche Beziehungen zu ihm aufzubauen.« Hinter ihm sprach Kexx ruhig und in gemessenem Tonfall; er überließ es Benson, Emotionen auszudrücken. »Bei diesem Angriff starben mehrere Mitglieder meines Stammes. Ich meine, sie wurden ohne Provokation oder Grund getötet. Darunter eine unserer tapfersten Kriegerinnen, Atwood, und unser, ähm, Häuptling Valmassoi.« Benson holte tief Luft und sah den Häuptling der Bewohner direkt an. »Oh, und irgendein Depp, der sagt, sier sei dein Vetter oder so, hat auf dem Weg hierher diese riesengroßen, hundeähnlichen Viecher auf uns gehetzt, die mir beinahe das Gesicht weggefressen hätten, weswegen ich noch gelegentlich Schmerzen habe.«

Kexx kämpfte sich zum Ende dieses Satzes durch, dann verstummte er und trat an Bensons Seite.

Der Häuptling lehnte sich zurück und ließ die Stimmen sienis Berater die Kammer erfüllen und sien einhüllen. Sier schloss die Augen. Benson fand, sier wirkte müde und erschöpft. Nachdem sier mehrere Minuten lang dem Gezänk sienis Berater gelauscht oder sich möglicherweise auch nur gesammelt hatte, beugte sich der Häuptling vor, und gespannte Stille senkte sich über die Kammer.

Benson hörte passiv zu, denn er verstand kein Wort und wünschte, sein Plantat wäre nicht kaputt, das er hier als Übersetzungshilfe zum zweiten Mal in seinem ganzen Leben genutzt und wirklich zu schätzen gewusst hatte.

Plötzlich verstummte der Häuptling, und alle erhoben sich und begaben sich zur Tür.

»Äh, Kexx?«

»Wir sollen ihnen folgen.«
»Klar, das habe ich kapiert, aber wohin?«
»Ich vermute, wir kehren an die Oberfläche zurück, um uns mit jemandem zu beraten, den sie, ähm … ich kenne euer Wort dafür nicht … nennen. Jemand, der über den Horizont sieht?«
»So was wie ein Orakel?«
»Ohr-a-kell«, sagte Kexx, dier stets versuchte, mehr von Bensons Sprache zu lernen.
»Fast.«
Sie eilten die Rampe empor und in das Labyrinth der gegrabenen Stollen, natürlichen Tunnel und Pilzfelder. Der Gedanke, sich den Weg nach draußen freikämpfen zu müssen, jagte Benson Schauer über den Rücken, und daran hätte auch ein schussbereites Gewehr nichts geändert. Schon allein den Rückweg zu finden, wäre fast unmöglich gewesen. Dazu kamen die Dunkelheit, die Wände, von denen jedes Geräusch widerhallte, Spitzkehren, Sackgassen, tote Winkel und eine fast unendliche Anzahl möglicher Orte für einen Hinterhalt – der feuchte Traum eines Verteidigers und das Grabmal eines Eindringlings.
Dennoch empfand Benson eine Art widerwillige Bewunderung für diesen Ort. Dies war eine atlantische Version der Arche, nur eben ortsgebunden. Sie hatten mehrfach über mehrere Generationen hier unten in der Kälte und Dunkelheit gelebt und nur gegessen, was sie auf kahlem Fels und ihren eigenen Ausscheidungen anpflanzen konnten. Die Pilzfelder, die Kälte und der Ammoniakgeruch waren eine Maxiversion des winzigen Verstecks der Ungebundenen in den Eingeweiden der Arche. Mei würde sich hier unten wahrscheinlich wie zu Hause fühlen.
»Also, was ist jetzt mit dem Häuptling?«
»Sier ist ein Träger«, sagte Kexx, als erkläre das alles.
»Ja, das weiß ich. Aber du schienst dich, ich weiß auch nicht, über sien aufzuregen.«

»Sier ist ein Träger«, wiederholte Kexx. »Zu führen steht siem nicht zu. So läuft das nicht.«

Benson riss bei diesem Eingeständnis die Augen auf. »Sier scheint das hier unten ziemlich gut zu machen.«

»Darum geht es nicht.«

»Worum geht es dann, Kexx?«

»Ich erwarte nicht, dass du das verstehst. Träger sind kostbar und selten. Sie wachsen getrennt von uns anderen und geschützt auf. Sie sind zu wichtig, um sie bei Jagden, Kämpfen oder der Feldarbeit zu gefährden. Sie begreifen diese Dinge, weil wir sie ihnen erklären, aber sie erleben sie nicht. Deshalb sollten sie nicht führen. Häuptlinge beweisen sich durch ihr Tun. Die Bewohner behandeln ihre Träger respektlos, indem sie sie arbeiten und sogar kämpfen lassen.«

Benson konnte ein Grinsen nicht unterdrücken. »Lass das nicht Mei hören.«

»Warum sollte das Mei etwas ausmachen? Sier ist kein Träger.«

»Sie hat ein Kind geboren.«

»Ja … aber ihr seid anders.«

»Sind wir nicht, vertrau mir. Alles, was du gerade gesagt hast, hat man vor ein paar Jahrhunderten über Menschenfrauen gesagt. Teufel auch, eine Handvoll Idioten sagt es immer noch. Nicht, dass heute noch jemand auf sie hört.«

Kexx dachte darüber eine Weile nach. »Was hat sich verändert?«

»Die Leute, Kexx. Sie haben aufgehört, Frauen zu ›beschützen‹, und haben sie so leben lassen, wie sie wollten. Einige unserer größten Führer, Krieger und alles Mögliche andere waren Frauen.«

»Sie haben sich also verändert, um sich den neuen Herausforderungen zu stellen?«

»Nein, Kexx. Genau das meine ich ja. Nicht die Frauen haben sich verändert. Sie waren schon immer in der Lage, anzuführen oder zu kämpfen. Tatsächlich haben sie das im Laufe der Geschichte auch immer wieder bewiesen. Aber diese Beispiele gerieten in Vergessenheit oder wurden bewusst verschwiegen. Was sich verändert hat, waren nicht die Frauen, sondern die Männer. Wir haben endlich kapiert, was Frauen schon immer gewesen waren.«

»Aber unsere Träger sind kleiner, schwächer. Man muss sie beschützen, wenn es eine neue Generation geben soll.«

»Hast du gesehen, wie viel kleiner als ich Mei ist? Hat sie das daran gehindert, in deinem Dorf in den Kampf einzugreifen?«

Benson schüttelte den Kopf. »Kexx, ich weiß nicht, wie ich dir das erklären soll, und vielleicht ist es nicht fair, es überhaupt zu sagen, aber dein Volk wird sehr schnell erwachsen werden müssen. Ihr werdet aufhören müssen, in diesen Unterschieden zu denken. Ihr werdet aufhören müssen, andere Dörfer zu behandeln, als gehörten ihre Einwohner zu einem anderen Volk, und das gilt auch für die Bewohner. Außerdem müsst ihr euch klarmachen, dass Menschen nicht nur ein anderer Stamm sind. Ihr werdet euch alle zusammentun und eure gemeinsamen Ziele definieren müssen. Euer Straßennetz ist ein Anfang, aber es werden alle mitmachen müssen, die Bewohner, die Nomaden, die Räuber, alle.«

»Das sagt sich so leicht.« Kexx zuckte die Achseln. »Aber es ist schwer umzusetzen.«

»Irgendwann muss man anfangen.«

»Sonst werdet ihr Menschen unsere Einheit hintertreiben, willst du das damit sagen?«

Benson hatte nicht zu direkt sein wollen, aber im Grunde hatte er sien genau davor warnen wollen. Kimura und da Silva hatten zwar viel Böses getan, aber nicht ganz falschgelegen, was die menschliche Natur anging. Weniger als drei Jahre hatten sie jetzt auf diesem neuen Planeten verbracht, und Benson steckte schon bis zum Hals in etwas, wovon er immer mehr überzeugt war, dass es sich um eine Verschwörung der Mächtigen handelte, um den Eingeborenen im Handstreich Rohstoffe zu stehlen, ohne einen Gedanken an die Konsequenzen zu verschwenden.

Als hätten sie aus der Kolonialisierung Amerikas und Australiens, dem Sklavenhandel mit Afrika und tausend anderen Sünden der Vergangenheit, die in der Gegenwart wieder zu erblühen drohten, nichts gelernt.

»Ich will nicht, dass das passiert«, sagte Benson. »Mir wäre es lieber, wenn unsere Völker Verbündete würden. Wir können durch Kooperation mehr erreichen als durch einen Konflikt.«

Kexx sah ihn lange an, bevor sier etwas erwiderte. »Du meinst das ernst, oder? Ich habe beobachtet, wie du mit Kuul umgehst. Sier hätte bei eurem Eintreffen jede Ausrede genutzt, um dich zu töten. Jetzt hingegen … Aber was haben wir euch als Verbündete zu bieten?«

»Wir können voneinander lernen.«

»Wirklich?«, fragte Kexx zweifelnd. »Ihr wandelt inmitten der Sterne. Was könnten wir euch denn beibringen?«

»Wir sind nicht so unverwundbar, wie wir wirken. Wir sind einen Asteroiden, einen Stromausfall vom Verhungern entfernt. Wir bauen fast alle unsere Nahrung da oben an.« Benson deutete zur Decke, in Richtung der Arche am Himmel. »Wenn wir sie verlieren, sterben wir. Wir brauchen euer Getreide, euer Vieh. Dafür können wir euch beibringen, da draußen zu leben.« Benson machte eine Armbewegung, die den gesamten Himmel jenseits der aberhundert Meter Fels umfasste.

»Wir werden niemals ein Volk werden, aber wir können Geschwister, äh, Brutgefährten sein. Wir werden streiten, wir werden aneinandergeraten, vielleicht werden wir einander sogar manchmal hassen. Aber was wir jetzt hier tun, kann der Beginn einer Vereinigung sein. Wir sollten uns besser so schnell wie möglich zusammenraufen, denn was auch immer die Erde vernichtet hat, ist noch da draußen und hat uns auf dem Kieker. Wir werden uns nicht ewig verstecken können, und wenn der Tag kommt, an dem wir entdeckt werden, sollten besser alle auf diesem Planeten bereit sein, entweder zu fliehen oder zu bleiben und Gegenwehr zu leisten.«

»Meinst du, wir wären gemeinsam stärker?«

»Worauf du einen lassen kannst.«

Kexx lächelte. »Du denkst sehr groß, Kemosabe.«

Benson schnaubte. »Schätze schon. Das würde meine Grundschullehrer bestimmt schockieren.«

»Wie findest du meinen Umgang mit den Bewohnern?« In Kexx' Stimme lagen ein wenig Sorge und Selbstzweifel.

»Na ja, wir leben noch, das ist ein gutes Zeichen.«

»Hast du etwas anderes erwartet?«

»Ich hätte nicht darauf gewettet.«

»Warum nicht? Wenn du falschgelegen hättest, hättest du deine Wettschulden niemals begleichen müssen.«

Benson lachte. Einer der Berater warf ihm einen vernichtenden Blick zu, den Benson nur zu gerne erwiderte. Sier und Kexx wechselten ein paar Worte, bevor sier den Blick abwandte.

»Worum ging es eben?«, fragte Benson.

»Sier findet, jetzt wäre nicht die richtige Zeit, um zu lachen.«

»Das sind üblicherweise die besten Gelegenheiten«, entgegnete Benson. »Hat der Häuptling noch etwas über dieses Orakel gesagt?«

»Sier hat sich … vage ausgedrückt. Aber ich habe das Gefühl, dass selbst sier Angst hat.«

»Müssen wir zurück an die Oberfläche, um mit siem zu sprechen?«

»Ja. Offenbar bevorzugt sier das Tageslicht.«

Plötzlich spürte Benson einen Knoten in seinem Magen. Er hatte einen starken Verdacht, als wer oder, genauer, als was das Orakel sich erweisen würde. Wenn er recht hatte, würden sie bereit sein müssen zu rennen, und zwar sehr schnell.

»Lass deine Beine nicht kalt werden«, sagte Benson.

Minuten später traten sie aus den Höhlen ins Tal. Kuul, Mei und der Rest der Karawane warteten in einigem Abstand vom Eingang entfernt, die Speere in den Händen, aber auf niemanden gerichtet. Ihr Gefangener saß in der Mitte der Gruppe, mittlerweile geknebelt, was nach den letzten beiden Tagen durchaus angenehm war. Doch sobald sie heraustraten, sprang sier auf und brüllte etwas durch das Tuch im Mund, während sienir Hautmuster flackerten und durcheinanderwirbelten wie ein Strudel.

Der Unterhäuptling trat an den Kreis heran, den die Karawane gebildet hatte, und bedeutete allen, Platz zu machen. Zu Bensons Überraschung gehorchten alle, auch Kuul. Der kleine Häuptlings-Träger verfügte über große Würde, so viel war klar. Sier und Devorah wären wahrscheinlich blendend miteinander ausgekommen. Sier musterte sienen gefesselten Brutgefährten, wie ein Käufer auf dem Markt das Vieh betrachtet, berührte sienen Arm und fuhr mit dem Finger über das Gewebe des Knebels, dann nahm sier den Verband der Beinwunde in Augenschein. Benson war froh, dass sie ihren Gefangenen größtenteils gut behandelt hatten. So konnte der Häuptling ihnen weniger vorwerfen.

Der Häuptling war scheinbar zufrieden mit dem Zustand des Gefangenen und sagte leise etwas zu siem, dann ging sier den Weg zurück, den sier gekommen war. Benson bedeutete Mei, Kuul und den anderen, mitzukommen, auch ihrem Gefangenen. Wenn das, womit er rechnete, tatsächlich gleich passieren würde, mussten sie dicht beisammenbleiben.

Sie gingen einen kurzen, frisch mit Steinen gepflasterten Weg entlang bis zu einem kleinen Nebengebäude, das nichts mit der monumentalen Architektur gemein hatte, die in die Klippen zu ihrer Rechten gemeißelt war. Die achtlos zusammengefügten Steine standen in seltsamen Winkeln zueinander und waren unzureichend mit Mörtel verbunden, als hätte man das Gebäude eilig aus Steinabfall zusammengeschustert.

»Sieht nicht nach einem angemessenen Heim für ein Ohr-a-kell aus«, sagte Kexx leise.

»Ich glaube, sier ist gerade erst eingezogen«, sagte Benson ausdruckslos. »Kexx, ich habe ein ganz schlechtes Gefühl in der Magengrube.«

»Beleidige unsere Gastgeber nicht, Benson. Sie haben uns bisher mit Respekt behandelt.«

»Wir werden sehen, wie lange das noch so bleibt.«

Die Prozession blieb stehen, und der Häuptling bedeutete zweien sienis Berater, den Unterschlupf zu betreten.

Benson merkte, dass er den Atem angehalten hatte. Er berührte Mei an der Schulter. »Sei bereit, dich schnell zu bewegen.«

»Bleib direkt hinter mir«, sagte sie humorlos. Offenbar hatten sie denselben Gedanken.

Die Berater kamen aus dem abgedunkelten Inneren der Hütte zurück und schleppten zwischen sich eine improvisierte Trage. Benson konnte durch die vorn gehenden Atlanter nicht auf die Trage sehen, aber das Keuchen einiger in der Menge bestätigte seinen Verdacht.

Dann drehten die beiden Berater die Trage in seine Richtung, und der letzte Zweifel war zerstreut. Darauf lag eine Quadrokopterdrohne von etwa einem Meter Durchmesser. Sie war mit Sonnenkollektoren bedeckt, die die helle Frühnachmittagssonne einfingen und in sich aufsogen.

»Ah, Benson«, sagte Kexx. »Ist das nicht eine …«

»Ja.«

»Wird sie nicht …«
»Wahrscheinlich.«
»Du solltest dich also …«
»Verstecken.« Benson zog sich langsam zurück und versuchte, den höhergewachsenen Kexx immer zwischen sich und der Drohne zu haben. Das Geräusch sich drehender Rotoren verriet ihm, dass die Drohne gleich starten würde. Verdammt, lud die sich schnell auf.
Der Unterhäuptling stimmte einen Gesang an, sienir Berater fielen beim Refrain mit ein. Eine Stimme aus einem blechern klingenden Lautsprecher übernahm einen Teil des Liedes. Soweit Benson das beurteilen konnte, war dieser Gesangspart aufgezeichnet. Wer auch immer diese Drohne kontrollierte, spielte das Orakelspiel schon eine ganze Weile. Das bestätigte Bensons Verdacht, wie der Dialekt der Bewohner in die Übersetzungssoftware geraten war. Jemand hatte vergessen, ihn von den Updates für die linguistische Datenbank auszunehmen. Über solche kleinen Fehler stolperten die meisten Verbrecher irgendwann.
Der Gesang steigerte sich zu einem Crescendo, und alle Atlanter fielen synchron auf die Knie und stimmten ein Gebet an. Auch Kexx.
Nun, da sein Versteck auf dem Boden lag, stand Benson ohne jede Deckung da und fühlte sich sehr, sehr nackt. Die schwebende Drohne entdeckte ihn sofort und flog einen Schwenk, um ihre Normalspektrumkamera auf ihn zu richten.
»Äh.« Er winkte dümmlich. »Hallo.«
Kexx sah über die Schulter zu ihm hoch. »Oh, Scheiße.«
»Was tust du da?«, zischte Mei vom Boden. »Das ist die Stelle, an der man niederkniet.«
»Tut mir leid, ich habe mein Gesangbuch vergessen«, gab Benson bissig zurück.
Die synthetische Stimme brüllte. Benson verstand nur seinen

Namen, aber die Bedeutung der restlichen Worte wurde klar, als mehrere Dutzend Bewohner aufsprangen und die Speere auf ihn richteten.

Kexx hob die Hände und wollte protestieren, aber es war Kuul, dier die Aufmerksamkeit aller auf sich zog. Sier packte den Gefangenen an den Kämmen und riss sien hoch. Mehrere Wachen richteten ihre Speere auf die neue Bedrohung, erstarrten aber, als Kuul ruhig und mit kühlem Gesichtsausdruck die Spitze sienes Obsidiandolchs in die Kuhle zwischen Hals und Schulter des Gefangenen presste.

Alle erstarrten, als Kuul langsam und ruhig sprach. Benson musste die Sprache nicht verstehen, um zu wissen, was sier sagte: Sie würden jetzt alle gemeinsam hier weggehen, und wenn jemand auch nur auf eine Weise zuckte, die siem missfiel, würde der Vetter des Häuptlings gleich aussehen wie ein Nadelkissen. Dass Kuuls Stimme so ruhig und emotionslos und siene Haut unaufgeregt war, unterstrich siene Entschlossenheit, dieser Drohung Taten folgen zu lassen.

Gemeinsam zogen sich die Mitglieder der Karawane vorsichtig von der kleinen Hütte zurück. Der Häuptling und sien Gefolge von Beratern und Wachen sowie die Drohne folgten jedem ihrer Schritte. Zweimal blieb Kuul stehen und befahl ihnen, mehr Abstand zu halten, indem sier siene Drohung wiederholte und den Gefangenen leicht verletzte, sodass ein dünnes Blutrinnsal floss.

»Irgendwann würde ich mich gerne mal irren«, sagte Benson. »Nur, damit es nicht langweilig wird.«

»Das findest du langweilig?«, fragte Kexx. »Was sollen wir nur tun?«

»Also, ich gedenke, mich weiter von Kuul beschützen zu lassen, bis wir nicht mehr umzingelt sind.«

»Aber was dann?«

»Dann werde ich wie eine gesengte Sau direkt auf diese verdammte Brücke zurennen.«

»Guter Plan«, sagte Kexx. »Du kannst mir dann drüben erklären, was eine Sau ist.«

Benson kramte sein Satellitenhandy aus der Tasche und betrachtete es unschlüssig. Er war sowieso aufgeflogen. Wer auch immer versucht hatte, ihn zu töten, wusste jetzt, dass er noch lebte, die Funkstille hatte also keinen Sinn mehr. Doch er konnte nicht wissen, ob sein Gesprächspartner mit denen unter einer Decke steckte oder nicht. Er schaute zu dem nur ein paar Meter entfernten Halbkreis von Speeren, Kriegskeulen und Dolchen hinüber, die auf ihre Chance warteten, ihn zu filetieren wie einen Seebarsch. Er musste sich darauf konzentrieren, die nächsten paar Minuten zu überleben, und dafür brauchte er sein Gewehr. Um den Rest würde er sich später kümmern.

Benson gab die Verbindungsinformationen des Kommandodecks der Arche ein und wartete.

»Führungsstab, Kadett Harrington am Apparat.«

»Bryan Benson hier«, rief er in sein Handy. »Ich lebe und werde angegriffen.«

»Äh, aber Sie sind doch tot, Sir.«

»Das werde ich gleich sein, wenn Sie nicht in die Gänge kommen.«

»Ich empfange kein Signal von Ihrem Plantat. Woher sollen wir wissen, dass Sie ein Mensch sind?«

»Sie haben eine Datei, die mein verdammtes Stimmmuster enthält! Wissen Sie was? Scheiß auf das Stimmmuster. Kennen Sie Atlanter, die auf Englisch fluchen können, Sie dämlicher Hurensohn?«

»Bitte hüten Sie Ihre Zunge, Sir. Ich befolge nur Anweisungen.«

Eine Speerspitze zersplitterte neben Bensons Knöchel. Kuul rief dem Krieger, der den Speer geworfen hatte, eine mit unflätigen

Worten gespickte Warnung zu und umfasste den Hals des Gefangenen fester.

»Überprüfen Sie schon das gottverdammte Stimmmuster!«, schrie Benson.

Eine Ewigkeit später erklang die Stimme erneut. »In Ordnung, wir haben Ihre Identität überprüft. Wie kann ich Ihnen helfen, Mr Benson?«

»Sie müssen mein Gewehr entsperren!«

»Für welchen Anwender?«, kam die geduldige Rückfrage.

»Entsperren Sie es komplett! Schalten Sie einfach das verdammte Erkennungssystem ab.«

»Aber das ist gegen …«

»Wenn Sie jetzt auch nur ein Wort über Sicherheitsvorschriften sagen und ich diesen Scheißdreck hier überlebe, wird das sehr abträglich für Ihre Gesundheit. Klar?«

»Verstanden, Sir. Sie müssen mir die Seriennummer vorlesen, die sich auf der Oberseite des Magazineinschubs befindet.«

»Machen Sie Witze?«

KAPITEL 34

»Was macht unsere Freundin gerade?«, fragte Korolev, als er in Theresas Büro glitt.

Sie sah von dem Bildschirm auf ihrem Schreibtisch auf und drehte ihn dann so, dass der jüngere Constable die Übertragung aus Zelle vier sehen konnte, in der Hallstead einsaß. »Nichts«, sagte sie. »Sie sitzt einfach nur da und dreht Däumchen, während ihr Haar trocknet.«

»Sie benimmt sich nicht gerade wie jemand, dem die Todesstrafe droht, oder?«

Theresa rieb sich das Kinn. »Nein, eindeutig nicht. Ich glaube, sie hofft immer noch, jemand würde sie irgendwie herausholen.«

»Sind wir sicher, dass das nicht passieren wird?«

»Ja. Ich schon.« In Theresas Stimme lag eine Endgültigkeit, die nicht dazu einlud, das Thema weiter zu kommentieren.

Korolev besaß genügend gesunden Menschenverstand, um ihr nicht zu widersprechen. »Also, welches Spiel spielen wir? Guter Bulle, böser Bulle? Doppelblindstudie? Solbermans Eröffnung?«

»Ich dachte, ich gehe einfach rein und verprügele sie, bis sie redet«, sagte Theresa.

»Vorschriftsmäßig, Chief«, schalt Korolev.

»Kann ich sie mit dem Ordner verprügeln, in dem unsere Vorschriften abgeheftet sind?«

»Nein.«

»Na gut.« Theresa schnaufte und verschränkte die Arme. »Dann werden wir sie einfach volllabern, bis ihre Ohren bluten.«

»Darauf kann ich mich einlassen.«

Als Vorsichtsmaßnahme setzten beide ihre modifizierten Helme auf, ehe sie Hallstead aus der engen Arrestzelle in den Verhörraum holten. Die Schwitzhütte, wie die Constables den Raum scherzhaft nannten, war größer als die Zellen und enthielt einen L-förmigen Schreibtisch und drei Stühle. Zwei der Stühle waren gepolstert und bequem. Einer davon stand im Winkel des Ls, damit sich der Constable, der das Verhör nicht führte, Notizen machen oder die Aufzeichnungs- und Diagnosegeräte überwachen konnte. Der zweite bequeme Stuhl war für den Verhörenden. Die dritte Sitzgelegenheit war ein wenig vertrauenerweckender Metallklappstuhl und für den Verhörten gedacht. Dem Schreibtisch gegenüber hing ein großer Einwegspiegel, hinter dem sich ein weiterer Raum befand, um dem Verhörten das Gefühl zu geben, dass unsichtbare Personen das Geschehen beobachteten. In der Praxis war das Nebenzimmer fast immer leer.

Die Wände und Türen der Schwitzhütte sowie der einzelnen Zellen waren mit einem feinmaschigen Kupferdraht bespannt, der sie zu einem faradayschen Käfig machte, sodass die Gefangenen keinen Kontakt zum Plantatnetzwerk aufnehmen konnten. Um sicherzustellen, dass niemand im Gewahrsam »verschwand«, waren die Zellen mit Videokameras ausgerüstet, die ihre Aufnahmen direkt ins Netz einspeisten, sodass jeder jederzeit nach jedem Gefangenen sehen konnte. Die Schwitzhütte verfügte über keine solche Direktübertragung, sondern hatte noch eine altmodische Überwachungskamera, deren Aufnahmen man sich nach dem Verhör bei Bedarf ansehen konnte.

Korolev platzierte Hallstead auf dem schmalen Metallstuhl und verband ihre Fußfesseln mit einem in den Boden eingelassenen Stahlring.

»Bequem?«, fragte Korolev. »Sitzen die Handschellen zu lose?«

»Nun, ich trage sie noch, also nein.«

»Ich glaube, Sie können sich nicht beklagen.« Korolev ging um sie herum und setzte sich auf den Stuhl hinter dem Schreibtisch,

dann tippte er auf ein paar Symbole auf seinem Tablet, um die Aufzeichnung zu starten. »Wir sind so weit.«
Theresa setzte sich nicht, sondern lehnte mit verschränkten Armen an der Tür. »Lassen Sie uns eines klarstellen. Sie haben eine Möglichkeit gefunden, unsere Betäubungsstäbe auszuschalten oder es ihnen zumindest unmöglich zu machen, Sie zu erkennen. Sie halten sich vielleicht für clever, aber es sieht doch folgendermaßen aus: Wenn Sie irgendeine Dummheit machen, hätten wir Sie normalerweise betäubt. Aber da das nicht klappt, werden wir das auf die altmodische Art und Weise regeln müssen, wenn Sie irgendwas, und ich meine irgendwas, versuchen. Und die altmodische Art tut um einiges mehr weh.« Theresa nickte in Richtung des Pflasters, das die halbe Nase der Frau bedeckte. »Das mit dem Knie tut mir leid, ich musste sicherstellen, dass Sie nicht in der Lage sind, Ihrem kleinen Päckchen den Detonationsimpuls zu schicken.«
»Kein Problem, ich werde dadurch noch cooler aussehen.«
»Bei all den romantischen Dates, die Sie in nächster Zeit haben werden?«
Hallstead zuckte die Achseln, sie troff nur so vor Selbstvertrauen. Die kleine Idiotin glaubte wirklich, sie stünde unter irgendjemandes Schutz.
»Ich weiß nicht, was Sie sich von dieser Nummer versprochen haben, aber ich wünschte wirklich, Sie hätten das nicht getan. Jetzt werden wir im Raumhafen und auf der Ankerplattform Sprengstoffhunde und Rückstreuungsscanner brauchen. Dazu Sicherheitsbeamte an den Toren. Sie haben uns einen Haufen Arbeit beschert.«
»Mir blutet das Herz«, erwiderte Hallstead.
»Dessen bin ich mir sicher. Wir fischen jetzt Ihre Bombe aus dem Wasser. Die Techniker werden sie in ein paar Stunden zerlegt haben, und dann werden wir alle Komponenten zurückver-

folgen, aus denen Sie sie gebaut haben, was uns in wenigen Tagen zu Ihren Komplizen und Zulieferern führen wird. Aber das interessiert mich im Augenblick überhaupt nicht. Ich will wissen, wie es einer mäßig kompetenten Programmiererin gelungen ist, den Quellcode der Plantate so umzuschreiben, dass sie Herzattacken auslösen können. Wir wissen schon, dass Sie auf diese Weise Verwaltungsleiter Valmassoi und Captain Mahama getötet haben, und ich vermute stark, dass dasselbe auch mit meinem Mann passiert ist.«

Hallsteads Augen zuckten minimal. Hätte ihr Theresa nicht genau ins Gesicht geschaut, hätte sie es leicht übersehen können.

»Oh, das wussten Sie nicht? Oder dachten Sie, ich wüsste es nicht? Nun, jedenfalls sollten Sie darüber nachdenken, ob Sie weiter eine trauernde Witwe verarschen wollen, deren einziger Sündenbock Sie derzeit sind, oder ob Sie anfangen wollen, ihre Fragen zu beantworten.«

»Ich will einen Anwalt«, sagte Hallstead.

»Irrsinnig witzig. Wie haben Sie den Code eingeschmuggelt? Das geht angeblich gar nicht. Sogar Doktor Russell war verblüfft.«

»Nehmen Sie diesen Helm ab, dann zeige ich es Ihnen«, blaffte Hallstead.

»Sie geben es zu. Gut. Jetzt muss ich nur noch wissen, wie.«

Hallstead blinzelte und versuchte, sich wieder zu fangen. »Ich habe gar niemanden nicht getötet.«

»Das war doppelte Verneinung. Sie haben also jemanden getötet.«

»Niemanden«, wiederholte sie. »Ich habe niemanden getötet.«

»Tut mir leid, aber jemand, der gerade gedroht hat, die gottverdammte Bohnenranke in die Luft zu jagen, kommt mir vor wie jemand, der auch keine großen moralischen Bedenken hätte, Menschenleben zu opfern.«

»Hören Sie, ich habe niemanden getötet. Aber hypothetisch …«

Theresa sah Korolev an. »Jetzt wird's spannend. Bitte, Ms Hallstead, hypothetisch …?«

»Hypothetisch hätte man gar keinen neuen Code schreiben müssen. Man hätte nur über den echten alten stolpern müssen. Überlieferten Code, wissen Sie, Überreste von Starfire, des ersten Betriebssystems der Plantate. Das existiert noch, es ist begraben unter zwei Jahrhunderten von Flickschusterei, Fehlerkorrekturen, Leistungsverbesserungen und Integrationspatches.«

»Dieses Starfire-Betriebssystem verfügte über eine Herzattacken-App? Wollen Sie mir das sagen?«

»Nein, im Gegenteil, verstehen Sie? Die erste Generation der Archenbewohner, die echten Pioniere, waren der Perfektion so nahe, wie Menschen nur sein können, aber sie kamen trotzdem von der Erde mit all ihrer Umweltverschmutzung und dem Junkfood und was weiß ich noch alles. Selbst ohne Erbkrankheiten gab es doch Herzanfälle. Teufel auch, Marathonläufer fallen manchmal mitten während eines Rennens tot um, und diese Leute sind totale Gesundheitsfanatiker.«

»Ich hoffe, wir kommen irgendwann noch zum Punkt?«

»Das wollte ich gerade«, sagte Hallstead aufgeregt. Ihr machte das offenbar Spaß. »Die Starfire-App sollte keinen Herzanfall hervorrufen, sie war ein interner Defi. Das Herz bleibt stehen, und das Plantat defibrilliert es in derselben Sekunde, Minuten bevor ein Sanitäter oder Arzt dasselbe hätten tun können.«

»Aber«, warf Korolev ein, »wenn die App bei einem Herzen ausgelöst wurde, das normal schlug …«

»Bingo«, sagte Hallstead triumphierend. »Sofortiger Herzanfall.«

Theresa nickte ob dieser Enthüllung. »Wenn die App so effektiv war, warum haben wir dann vor zweihundert Jahren aufgehört, sie zu nutzen?«

»Weil sie eben nicht effektiv war. Bei einem Herzanfall kommt es aufgrund der unterbrochenen Sauerstoffversorgung im Gehirn zu so heftigen Störungen des zentralen Nervensystems, dass die bioelektrische Spannung des Plantats Unregelmäßigkeiten entwickelt und Fehler produziert. Die App hatte in fünfzig Prozent aller Krisensituationen nicht die nötige Energie, um zu defibrillieren, weswegen sie nicht weiter verwendet wurde. Ein paar Updates später hatten alle vergessen, dass es sie je gegeben hatte. Sie war eines der Dinge, die auf dem Papier toll funktionierten, aber in der Praxis nicht. Allerdings konnte sie problemlos bei einem gesunden Herzen Kammerflimmern auslösen.« Hallstead strahlte vor Stolz über ihre Gerissenheit.

Theresa unterdrückte den plötzlichen Drang, der selbstgefälligen kleinen Schlampe ins Gesicht zu schlagen. Stattdessen suchte sie sich ein besseres Ziel. »Nun, vielen Dank. Das war ausführlich und erhellend. Jetzt ergibt alles Sinn. Sie waren nicht klug genug, um den Code zu schreiben. Jemand anders hat die ganze Arbeit erledigt, Sie hatten nur das Glück, zufällig über die Antwort zu stolpern.«

»He, Moment mal …«

»Tut mir leid«, sagte Theresa sanft. »Rein hypothetisch natürlich.«

Es klopfte an der Tür hinter ihr. Theresa warf einen Blick über die Schulter, um zu sehen, was los war. Einer ihrer neueren Constables erwiderte ihren Blick durch das Drahtgeflecht vor dem Fenster und hielt den kleinen Finger und den Daumen an den Kopf, die internationale Geste für »Anruf«.

Theresa öffnete die Tür einen Spalt. »Ich bin gerade ziemlich beschäftigt, Epstein.«

»Tut mir leid, Chief, aber der Verwaltungsleiter fragt per Videoanruf nach Ihnen.«

Sie verdrehte die Augen. Der Mann hatte ein Timing wie ein richtig mieser Komiker. »Tut mir leid, Leute«, sagte sie zu Korolev und der gefesselten Hallstead. »Fünf Minuten Pause. Ich bin gleich wieder da.«

Sie kehrte in ihr Büro zurück und nahm den wartenden Anruf auf ihrem Monitor an.

»Chief Constable«, sagte Merick ungeduldig. »Ich konnte Sie auf Ihrem Plantat nicht erreichen.«

»Ich war in der Schwitzhütte.« Theresa nahm den Helm ab und schüttelte ihr Haar. »Ich bin gerade bei einem Verhör, zu dem ich gerne zurückkehren würde.«

»Ich fürchte, das wird nicht möglich sein.«

Theresa starrte den Bildschirm ausdruckslos an, nicht sicher, ob sie den letzten Satz gerade wirklich gehört hatte. »Bitte?«

»Sie stellen das Verhör von Ms Hallstead sofort ein und bereiten ihre Überstellung auf die Arche vor.«

»Den Teufel werde ich tun«, blaffte sie. »Wir haben sie wegen Körperverletzung, terroristischen Drohungen, Besitz und Herstellung eines improvisierten Sprengkörpers und Widerstandes gegen die Staatsgewalt festgenommen. Außerdem steht sie unter dem Verdacht, an der Ermordung von Verwaltungsleiter Valmassoi, Captain Mahama und möglicherweise sogar meinem Mann beteiligt gewesen zu sein.«

»Chief, ich weiß, Sie sind in Trauer, aber Ihr Mann ist bei einem Eingeborenenüberfall ums Leben gekommen.«

Sie kniff die Augen zusammen. »Klar, das ist die offizielle Lesart.«

Mehrere Sekunden lang herrschte Stille.

Merick sprach zuerst wieder. »Stellen Sie diese offizielle Lesart infrage, Chief Constable?«

»Bisher nicht. Aber jemand rennt in der Gegend herum und zieht überall die Fäden. Dieser Jemand ist sicher auch in der Lage, die Aufzeichnung eines Plantatgesprächs, die nur ein paar Sekunden lang ist, manipulieren zu lassen. Ich glaube, die verantwortliche Frau sitzt in meinem Verhörzimmer. Sie geht gar nirgends hin.«

»Chief Constable«, sagte Merick mit aller Bedeutungsschwere seines Amtes. »Ich stehe in Kontakt mit dem kommissarischen Captain Hitoshi, und wir sind uns einig, dass Ms Hallstead in die Arche verbracht werden sollte, wo man sie des Mordes an Captain Mahama anklagen wird.«

»Sie glauben jetzt also auch, dass es Mord war? Was ist mit Valmassoi? In seinem Fall haben wir genauso legitime Ansprüche wie Hitoshi.«

»Das war weder eine Bitte noch eine Einladung zu einer Diskussion, Theresa. Machen Sie Hallstead zurecht und schaffen Sie sie die Bohnenranke hoch. Sie haben Ihre Aufgabe erledigt. Gratulation zur Festnahme, ohne Sie würde sie gar nicht zur Rechenschaft gezogen. Aber ich muss Sie hoffentlich nicht daran erinnern, dass Ihre vordringlichste Aufgabe im Augenblick ist, Ihr Team zusammenzurufen und nach Atlantis zu fliegen, um herauszufinden, was wirklich mit Ihrem Mann passiert ist. Das haben Sie doch sicher nicht vergessen?«

Theresa biss die Zähne fest zusammen. »Nein, Sir.«

»Gut. Nun denn, ich …« Mericks Gesicht erstarrte, als etwas außerhalb des Bildschirms seine Aufmerksamkeit erregte. »Äh, ich muss mich um etwas anderes kümmern. Sie haben Ihre Befehle, Chief, führen Sie sie aus. Merick Ende.« Die Verbindung riss ab.

»Schwanzlutscher«, murmelte Theresa und erhob sich von ihrem Schreibtischstuhl. Nach kurzem Nachdenken legte sie ihren Helm auf den Stuhl und kehrte in die Schwitzhütte zurück.

»Chief!«, rief Korolev, als sie die Tür öffnete. »Ihr Kopf!«

Sie winkte ab. »Machen Sie die Aufzeichnungsgeräte aus, Pavel.«

Korolev erbleichte, gehorchte aber. Theresa stellte sich direkt vor Hallstead. »Jetzt kommt Ihre Chance, junge Frau. Wollen Sie sie ergreifen? Dann tun Sie es. Noch tiefer in die Scheiße können Sie eigentlich gar nicht geraten.«

Hallstead starte zu ihr empor, in ihrem dürren Gesicht mischten sich Verständnislosigkeit und Furcht. »Was zum Teufel tun Sie da?«

»Ich überprüfe eine Theorie. Sehen Sie, Sie kommen mir nicht vor wie eine kaltblütige Mörderin. Ein Blutegel, ja, aber ich glaube, Sie haben nicht das Zeug, jemanden zu ermorden.«

»Wenn Ihr Helm nicht gewesen wäre, hätte ich Sie am Dock getötet.«

»Ja, klar. Aber das war ja auch die einzige Alternative zur Festnahme. Wir sind jetzt unter uns. Also?«

Hallstead erwiderte lange ihren Blick. So lange, bis Unsicherheit Theresa in den Nacken kroch. Was, wenn sie sich verrechnet hatte? Was, wenn sie gleich zusammenzuckte und ihr Herz plötzlich stehen blieb? Würde man ihr rechtzeitig helfen können?

Dann verschwand ihre Angst, als Hallstead den Blickkontakt unterbrach und zu Boden sah. »Ich habe nicht … habe niemanden getötet.«

»Ich glaube Ihnen«, sagte Theresa. »Aber Sie haben die erforderlichen Werkzeuge geliefert, was Sie zu einer Komplizin macht.«

»Ich habe bisher gar nichts zugegeben.«

»Nein, Sie haben uns nur gerade eine unglaublich detaillierte Hypothese vorgetragen, die alles auf eine Weise erklärt, wie es nur jemand kann, der Wissen aus erster Hand besitzt. Etwas als ›hypothetisch‹ zu bezeichnen, bedeutet nicht, dass wir es nicht vor Gericht gegen Sie verwenden können.«

»Aber –«

»Nichts aber, Yvonne. Sie sind fertig. Doch es wird noch schlimmer. Man hat mir gerade befohlen, Sie rauf auf die Arche zu schicken. Dieses Gespräch dürften wir eigentlich gar nicht führen.«

Hallsteads Miene hellte sich sofort auf. »Na, dann ist ja heute doch mein Glückstag.«
»Seien Sie nicht dumm«, blaffte Theresa. »Sie sind aufgeflogen. Die werden einen Sündenbock brauchen, und ein unehrenhaft entlassenes, Pillen schluckendes Mannschaftsmitglied eignet sich dafür hervorragend. Was auch immer Sie mit denen für eine Absprache hatten, hat sich zur Luftschleuse raus verflüchtigt, und wenn Sie da raufgehen, blüht Ihnen dasselbe Schicksal. Glauben Sie wirklich, dass Leute, die bereit sind, einen Verwaltungsleiter und einen Captain umzubringen, nicht auch Sie töten würden, ohne mit der Wimper zu zucken?«
Theresas Worte trafen voll ins Schwarze, und Hallstead sank in sich zusammen.
»Dachte ich's mir doch. Hören Sie zu, Yvonne, wenn Sie mit mir zusammenarbeiten, werde ich tun, was ich kann, um Sie hier unten zu behalten, außerhalb deren Reichweite. Ich kann Sie nicht freilassen, dafür stecken Sie viel zu tief mit drin, aber ich kann versuchen, Sie vor der Todesstrafe zu bewahren und vor denen in Sicherheit zu bringen. Dafür geben Sie mir die großen Fische.«
Es klopfte erneut an der Tür. Epstein sah verlegen herein. Theresa riss die Tür auf. »Verdammt, was ist denn jetzt schon wieder? Ich versuche, hier zu arbeiten.«
»Tut mir wirklich leid, Chief, aber Mr Feng ist für Sie am Apparat. Er sagt, es sei dringend.«
Theresa warf die Hände in die Luft. »Na gut!« Sie deutete mit dem Finger auf Hallsteads Gesicht. »Sie denken darüber nach, was ich gesagt habe. Das Angebot gilt für die nächsten zehn Minuten. Danach habe ich es nicht mehr in der Hand.«
Sie stürmte aus der Schwitzhütte wieder in ihr Büro und nahm den Anruf an. Sie machte sich nicht die Mühe, sich zu setzen.
»Was?«
»Theresa.« Fengs Gesicht war angespannt, gestresst, er wirkte

schockiert. »Sie müssen Ihre Neandertaler sofort in ein Shuttle setzen und so schnell wie möglich nach Atlantis aufbrechen.«

»Sie jetzt auch noch?«, brüllte sie. »Ich habe mir von Merick gerade dieselbe Scheiße anhören müssen. Ich bin mit einem Verhör beschäftigt.«

»Nein, Sie verstehen nicht.« Feng schnappte sich die Kamera und zog sie an sich heran, bis sein Gesicht den gesamten Bildschirm ausfüllte. »Bryan lebt. Er lebt und sitzt bis zum Hals in der Scheiße.«

KAPITEL 35

Das Patt endete jäh. Einer der Bewohnerkrieger, es war schwer zu sagen, welcher, versuchte, mit einem gut gezielten Speerwurf Kuuls Heimkehr einzuleiten. Es wäre siem fast gelungen. Nur ein Warnruf Meis ließ Kuul den Speer im Flug sehen und den Kopf einziehen. Wütend stieß Kuul sienem Gefangenen den Dolch in die Schulter und durchtrennte die Nervenstränge. Blut spritzte, und der erschlaffte Körper brach zusammen.

Jetzt rannten sie.

Zum Glück war es Benson im letzten Augenblick gelungen, seine Waffe wieder benutzbar zu machen. Das Dröhnen hallte mit jedem Schuss durch die Schlucht. Ohne sie wäre die gesamte Karawane sofort überrannt worden, doch die Bewohnerkrieger hüteten sich vor der seltsamen Waffe, die donnerte und mit unsichtbaren Speeren tötete, allerdings hatten sie nicht genügend Angst, um die Verfolgung abzubrechen.

Die Schwarze Brücke war noch einen Viertelstein entfernt, und Kexx wusste, dass Bensons Waffe irgendwann leer geschossen sein würde. Also rannten sie durch einen Hagel von Speeren und Schleudersteinen, bis ihre Beine und Luftsäcke vor Anstrengung brannten. Kuul wies die Krieger aller Dörfer an, die Steine und Speere, die zu ihren Füßen landeten, aufzuheben und sie direkt zurück auf ihre Verfolger zu schleudern, um zumindest einen Teil der Aufmerksamkeit von Benson und seiner tödlichen Waffe abzulenken. Sie entwickelten einen Rhythmus: Kuul warf einen Speer, dann erschoss Benson den Bewohner, der sich aufs Ausweichen hatte konzentrieren müssen.

Auf beiden Seiten fielen Krieger und wanden sich vor Schmerz oder blieben reglos liegen und kehrten zu Xis heim. Dann griffen die abgerichteten Injri der Bewohner ins Gefecht ein, stürzten sich auf die Mitglieder der Karawane und krallten nach ihren Gesichtern und Armen. Eine unglückselige Kreatur machte den Fehler, Mei anzugreifen, die ihr mit ihrem Metzgermesser blitzschnell einen Flügel abhackte, nachdem sie drei gezackte Klauenspuren auf Meis Wange hinterlassen hatte.

»Wir müssen weiter«, rief Benson zwischen zwei kurzen Feuerstößen. »Ich kann sie nicht ewig zurückhalten.«

»Auf der anderen Seite der Brücke warten Krieger auf uns«, rief Kexx zurück. »Sie werden uns in die Zange nehmen.«

»Ich kann sie auf der Brücke halten, solange ihr euch um die Späher kümmert.« Benson wischte sich mit einem Arm Schweiß von der Stirn. »Es kann mich immer nur eine Handvoll auf einmal angreifen.«

Kexx nickte und wandte sich wieder dem gewaltigen schwarzen Felsblock zu. Auf der anderen Seite der Schlucht fiel siem etwas ins Auge. Gestalten, Händevoll Gestalten, zu weit weg, um Details auszumachen, standen am oberen Rand der Klippe.

»Benson!«, rief Kexx und deutete hinüber.

Der menschliche Ermittler sah die Gestalten und riss die Waffe herum, um durch das kleine Fernsehrohr zu spähen, das obenauf montiert war. Ungläubig hob er den Kopf, dann sah er noch einmal hindurch.

»Es ist Tuko«, sagte Benson. »Mit Hunderten anderer, bis an die Zähne bewaffneter Krieger. Sie klettern bereits die Klippe herunter.«

Hoffnung durchflutete Kexx. Tuko musste den Rest der Dörfer des Straßennetzes hinter sich versammelt haben. Kexx konnte nicht glauben, dass sie so schnell hierhergelangt waren. Sie mussten auf Dutzenden von Dux'ah die ganze Nacht durchgeritten sein.

Sie waren nicht mehr allein. Die Bewohner auf der anderen Seite der Brücke würden nun ebenfalls in die Zange genommen werden. Jetzt mussten sie nur noch überleben, bis Tuko und sienir Streitkräfte am Fuß der Klippe angekommen waren. Kexx sah die Schwarze Brücke, erinnerte sich an ein seltsames, fast unglaubliches Gespräch, dass sier am Tag zuvor mit dem Menschen geführt hatte, und wusste, er konnte sie alle retten.

»Benson!«, brüllte sier quer übers Schlachtfeld. »Kann der Lichtspeer deines Schiffs die Brücke zerstören?«

Benson sah über seine Schulter. In einem glorreichen Augenblick des Verstehens riss er die Augen auf und verzog den Mund zu einem breiten Raubtiergrinsen.

»Aber ja. Ja, das kann er.«

KAPITEL 36

Das hätte mir auch selbst einfallen können, dachte Benson. So groß und beeindruckend die Schwarze Brücke auch war, die Navigationslaser der Arche waren darauf ausgelegt, Dinokiller-Asteroiden aus dem Weg zu schießen wie Billardkugeln. Sie würden die Brücke durchtrennen wie ein warmes Messer Margarine. Jetzt musste er nur noch den Zuständigen da oben überzeugen, abzudrücken, und dafür sorgen, dass alle seine Leute hier unten auf der anderen Seite der Brücke waren, wenn der Hammer fiel.

Sie zogen sich wie beim Bockspringen in Richtung Brücke zurück. Sprinten, stehen bleiben, umdrehen, schießen, dann das Ganze von vorn. Trotz des Schweißes, des Blutes und der Schreie war Benson wider Willen beeindruckt. Seine Leute waren zehn, vielleicht fünfzehn zu eins unterlegen, aber sie brachen nicht zusammen. Sie hatten nie zusammen trainiert, ja sie kannten einander erst seit einer Handvoll Tage, verdammt. Doch sie kämpften und manövrierten hier gemeinsam. Nicht mit militärischer Präzision, aber organisch, so wie ein Fischschwarm durchs Wasser glitt. Lücken schlossen sich fast augenblicklich. Alle hielten Schritt, blieben stehen, wenn sie an der Reihe waren, und bewarfen ihre Verfolger mit allem, was ihnen gerade in die Hände fiel. Niemand scherte aus und rannte einfach Richtung Brücke. Sie lernten unglaublich schnell und passten sich ebenso schnell an neue Gegebenheiten an.

Leider galt dasselbe für die Bewohner. Der erste Schreck und die Angst vor Bensons Gewehr hatten nachgelassen. Sie wurden kühner, wagten sich immer weiter vor. Benson hatte aufgehört mitzuzählen, wie viele von ihnen er bereits umgelegt hatte – es war ihnen offenbar egal. Sie hoben einfach den Speer des Gefallenen auf und stiegen über die Leiche hinweg.

»Kexx«, rief er. »Ich muss nachladen. Ich gehe zur Brücke vor.«

»Los«, brüllte Kexx zurück. »Kuul!« Sier deutete auf Benson und schrie etwas auf Atlantisch.

Kuul signalisierte Zustimmung mittels siener Haut, eilte an Bensons Seite, packte ihn an der Schulter und rannte los. Obwohl er erschöpft war, sprintete Benson schneller als der Krieger. Ihre omnidirektionalen Gelenke waren gut zum Klettern, Ringen und für hundert andere Dinge, aber die Aliens waren keine guten Läufer. Als Benson die Mitte der Brücke erreichte, war Kuul bereits dreißig Meter zurückgefallen.

Benson ging auf ein Knie und sah auf seinen Magazinzähler. Noch drei Kugeln. Er legte das Gewehr an, stellte die Vergrößerung des Zielfernrohrs auf Maximum und suchte sich ein Ziel. Im Knien konnte er genauer und zielsicherer schießen. Er durfte sich sein Ziel nicht als Person vorstellen, nicht einmal als eine, die ihn töten wollte. Er stellte sich vor, er spiele in einem Film mit.

Peng.

In zweihundert Metern Entfernung fiel der Stuntman aufs Stichwort, während der Typ, der für die Spezialeffekte zuständig war, den Blutbeutel, der seitlich am Kopf des Stuntmans klebte, zum Platzen brachte.

Benson visierte das nächste Ziel an.

Peng.

Noch ein perfekt gespielter Tod.

Peng.

Die Waffe war leer. Benson riss das leere Magazin oben heraus und ließ es auf den schwarzen Felsen prallen und über die Seite in die Tiefe stürzen. Dann erreichte ihn Kuul und sicherte ihn ab, sienir Kämme waren steil aufgestellt und leuchteten hellrot

und purpurn, schrien den Gegnern die Herausforderung entgegen.
Benson legte ein frisches Magazin ein, sein letztes, und betätigte den Bolzen. Er atmete aus. Die restlichen Überlebenden der Karawane holten sie ein und strömten links und rechts an ihm und Kuul vorbei. Benson erhaschte einen Blick auf Mei und nickte ihr zu. Sie schlug ihm im Vorbeigehen auf den Rücken.
Da bemerkte Benson, dass er etwas wirklich Wichtiges übersehen hatte. Er konnte schießen oder sich über seine Satellitenverbindung mit der Arche koordinieren, aber nicht beides. Er schaute zu Kuul. Es gab keinen anderen Ausweg.
»Kuul«, sagte er und reichte dem verwirrten Krieger das Gewehr. »Gib mir Feuerschutz.« Er deutete auf den schnell näher kommenden Mob.
Kuul verstand seine Worte nicht, das war aber auch nicht nötig. Sier ließ den Speer fallen, nahm die Waffe und legte sie an, wobei sier Bensons Haltung nachahmte, so gut es sienir Arme ermöglichten. Benson drehte die Vergrößerung des Zielfernrohrs auf die erste Einstellung herunter. Er wollte das Alien nicht noch weiter verwirren. Dann stellte er die Waffe auf Einzelfeuer, damit die fünfzig Schuss im Magazin so lange wie möglich hielten. Benson deutete auf das Gitternetz und dann auf sein Auge. Kuul sah ins Zielfernrohr, erblickte das leuchtende Fadenkreuz und nickte. Nach der kürzesten Schusswaffenübung der Geschichte riss Kuul die Mündung hoch und schoss.
Das Gewehr hatte einen gewaltigen Rückstoß, es prallte gegen siene Schulter und ließ sien heftig zurückzucken. Kuul umfasste es fester, presste das Auge ans Glas und schoss erneut. Benson schlug siem auf die Schulter und entfernte sich mehrere Schritte, um die Arche anzurufen.
»Bryan?«, ertönte eine aufgeregte Stimme über die Satellitenverbindung.

»Chao?«, fragte Benson. »Was zum Teufel tun Sie in dieser Leitung?«
»Äh, ich habe im Augenblick sozusagen das Kommando.«
»Sie haben was?«
»Nun, der kommissarische Captain Hitoshi hat versucht, eine Sperrung Ihres Gewehrs anzuordnen. Ich habe den Befehl verweigert und ihm befohlen, sich einem BILD-Scan zu unterziehen. Er hat sich geweigert. Ich habe ihn festgenommen. Es gab Streit. Ich habe ein paar Leute betäubt. In den letzten Minuten ging es hier oben ziemlich hektisch zu.«
Trotz der Schüsse und der Speere, die die Luft erfüllten wie ein Hornissenschwarm – oder vielleicht auch gerade deswegen –, konnte Benson ein Lachen nicht unterdrücken. Kuul bekam langsam ein Gefühl für das Gewehr, während der Flaschenhals am Anfang der Brücke verhinderte, dass sich ihre Verfolger mit mehr als vier Mann auf einmal näherten. Obwohl Kuul noch kein Dutzend Schüsse abgefeuert hatte, hatte sier bereits ein halbes Dutzend Bewohner umgelegt. Sier war sehr gelehrig, wenn es ums Töten ging. Die Leichen stapelten sich und bildeten einen Wall, der die Gegner stärker bremste und Kuul mehr Zeit zum Zielen verschaffte.
»Chao«, brüllte Benson über die Satellitenverbindung. »Hören Sie gut zu. Sie müssen einen Navigationslaser hochfahren und mit voller Energie auf meinen Standort schießen.«
»Was? Das ist Wahnsinn.«
»Keine Zeit für Erklärungen, Chao. Peilen Sie meine Satellitenverbindung an und schießen Sie, sobald Sie können.«
»Aber Sie sind doch dort!«
Ein Speer segelte nur Zentimeter an Bensons Gesicht vorbei, dicht genug, dass er ihn im Vorüberfliegen pfeifen hörte. Die Bewohner verteilten sich auf der Klippe und versuchten, sie aus der Distanz auszuschalten.

»Vertrauen Sie mir, ich bin nicht mehr lange hier.«
»Ich werde deswegen vor dem Komitee für kulturelle Kontamination aussagen müssen, oder?«
»Zeit ist Geld, Chao!«
»Na schön, sechzig Sekunden. Machen Sie einen Abgang.«
»Ich schulde Ihnen was.«
»Sie schulden mir schon mehrfach was. Unterbrechen Sie die Verbindung nicht.«
Benson ließ die Leitung offen und schaltete den Bildschirm ab, dann durchwühlte er rasch seinen Rucksack nach dem Erste-Hilfe-Kasten und riss vier lange Streifen medizinisches Klebeband ab. Er knallte sein Handy auf den heißen, schwarzen Stein der Brücke und klebte es fest. Dann riss er den Kopf hoch. »Kuul, wir müssen ab–«
Benson sah von der rechten Seite der Brücke her einen Speer durch die Luft sausen, der eine perfekte Parabel beschrieb und sich im Flug um sich selbst drehte. Er versuchte, einen Warnschrei auszustoßen, aber es war zu spät. Der Speer fand sein Ziel und bohrte sich in Kuuls Unterleib, zerriss Haut, Muskeln und Sehnen, als er den gesamten Körper durchdrang und an der rechten Hüfte wieder austrat.
Kuul fiel, vor Schmerz und Wut schreiend, schaffte es aber irgendwie, sich auf ein Knie zu erheben. Sier ließ nicht einmal das Gewehr fallen. Ermutigt von siener Verletzung, schoben die Bewohner, die am Anfang der Brücke innegehalten hatten, die Leichen ihrer gefallenen Kameraden aus dem Weg und kippten sie in den tosenden Fluss, um einen Weg zu dem schwer verwundeten Kuul frei zu machen.
»Oh nein, kommt nicht infrage, ihr Wichser.« Blitzschnell war Benson auf den Beinen und rannte auf Kuul zu. Er wich einem heranrasenden Speer aus, dann noch einem. Dann war er bei dem gefallenen Krieger. Er versuchte, siem das Gewehr abzu-

nehmen, aber Kuul hielt es fest. Sier wies mit dem Finger auf die andere Seite der Brücke, bedeutete Benson zu fliehen.

»Kommt nicht infrage.« Benson packte Kuuls linken Arm und zerrte sien im Gamstragegriff auf seine breiten Schultern, sodass der Speerschaft, der in siener Hüfte steckte, fast einen Meter hoch in die Luft ragte. Kuul rief wütend etwas, aber Benson ignorierte es. Sier war schwer, aber dennoch leichter, als Benson es von einem erwachsenen Atlanter erwartet hätte. Dann verfiel er trotz der unhandlichen, unausgewogenen Last in einen Laufschritt.

Während sie über die Brücke hasteten, schoss Kuul, von einem Speer durchbohrt und vor Schmerzen stöhnend, weiter auf die vorrückenden Bewohner. Jeder Schritt jagte Höllenqualen durch sien, aber das ließ sienen Zorn nur noch heller lodern. Benson rannte ungläubig geradeaus weiter, während Kuul von seiner Schulter aus weiter Kugel um Kugel abfeuerte. Gott mochte jedem beistehen, der es mit diesen Irren zu tun bekam, wenn sie erst einmal richtig ausgerüstet und trainiert waren.

Sie kamen an seinem an die Brücke geklebten Handy vorbei, und Benson schickte ein kleines Stoßgebet an das Universum, niemand möge es aus Versehen aus dem Weg treten, ehe die Arche einen Siebenhundert-Megawatt-Lichtstrahl von kohärenter Strahlung abfeuerte, um den Fels dahinter zu verdampfen. Im All konnten die Navigationslaser genug Masse eines Zehn-Kilometer-Asteroiden verkochen lassen, um ihn sanft in eine sichere Umlaufbahn zu manövrieren. Hier unten, bei einem Objekt, das nicht einmal sieben Meter breit war, erwartete Benson ein weit dramatischeres Resultat.

Wie viele Sekunden waren schon verstrichen? Zwanzig? Dreißig? Er hatte keine Ahnung. Wäre sein Plantat noch aktiv gewesen, hätte er einen Countdown ablaufen lassen. Egal. Zu wissen, wie viel Zeit ihnen noch blieb, würde nichts an der Tatsache ändern, dass all seine Sorgen und Pflichten sich im Augenblick darauf beschränkten, so schnell wie möglich zu rennen. Auf der anderen Seite der Brücke sah Benson Kexx, Mei und die restlichen Krieger des Dorfnetzwerks, die einer Handvoll der Späher standhielten, die sie auf dem Herweg entdeckt hatten. Der Rest musste sich zu den Klippen verzogen haben, um sich gegen Tukos herabkletternde Streitkräfte zu wenden.

Es bestand eine Chance, dass es klappte.

Auf seinen Schultern hörte Benson sein Gewehr klicken. Kuul schrie frustriert auf, dann schleuderte sier das leere Gewehr über den Rand der Brücke in die Kluft.

Einerlei.

Jetzt zählte nur noch, dass er rannte.

KAPITEL 37

»Los, Leute. Hopp, hopp, hopp oder was immer ihr Gorillas sonst auf dem Feld brüllt«, schrie Theresa den vor der Waffenkammer des Reviers antretenden Männern und Frauen entgegen. Sie und Epstein waren damit beschäftigt, Waffen, Magazine und Kampfanzüge auszugeben, so schnell sie konnten. Dreißig waren bereits ihrem Einberufungsbefehl gefolgt, und fünfunddreißig weitere hatten bestätigt, dass sie unterwegs waren.

Es war zweifellos die am buntesten gemischte, am schlechtesten ausgebildete und am wenigsten disziplinierte Truppe, die die Menschheit seit Jahrhunderten ins Feld führte. Es war auch die einzige Truppe, die die Menschheit seit Jahrhunderten ins Feld führte, doch trotz ihrer unleugbaren Defizite war sie die schlagkräftigste Einheit des Planeten.

Ein Teil von Theresa tat sich damit schwer, empfand Schuldgefühle, weil sie mit Steinen und Speeren bewaffnete Aliens mit Sturmgewehren in ihre Schranken verweisen würden. Diesen Teil von sich hatte sie in dem Moment gefesselt und in den Keller geworfen, als Feng ihr gesagt hatte, dass Benson noch lebte und in Schwierigkeiten steckte. Sie würde ihn retten, und Gott gnade jedem, der versuchte, sich ihr in den Weg zu stellen.

Ihr Shuttle lief bereits warm, sie mussten nur noch einsteigen.

»Machen Sie sich nicht die Mühe, Ihre Ausrüstung anzulegen«, rief sie. »Gehen Sie einfach raus aufs Flugfeld. Wir haben noch drei Stunden Flug vor uns. Wir können uns anrödeln, wenn wir in der Luft sind.«

Ein Warnsignal tauchte in Theresas Blickfeld auf. Ein Anruf von Korolev. Sie nahm ihn an.

<Chief, ich habe Gregory Alexander festgenommen. Wir sind jetzt auf dem Rückweg zum Revier.>

<Mussten Sie ihn betäuben?>

<Tatsächlich hatte er dieselbe Plantatmodifikation wie Hallstead. Deshalb bin ich … proaktiver vorgegangen, um ihm Handschellen anzulegen.>

<Der Arme>, sagte Theresa, die keinerlei Mitleid empfand. <Dann kommen zu den bisherigen Vorwürfen auch noch Widerstand gegen die Staatsgewalt und Angriff auf einen Constable hinzu.>

<Ja, Ma'am.>

<Kommen Sie so schnell wie möglich hierher zurück und stecken Sie ihn in eine Zelle. Einer der Neuen soll den Papierkram erledigen. Ich brauche Sie beim Shuttle.>

<Verstanden, Chief. Korolev Ende.>

Theresa lächelte. Yvonne Hallstead hatte Gregory Alexander klugerweise verpfiffen, ehe ihre zehn Minuten vorüber gewesen waren. Alexander hatte Hallstead beauftragt, ein nicht aufspürbares Mordwerkzeug zu programmieren, von der Kaperung der gestohlenen Drohnen und Satelliten ganz zu schweigen. Theresa war sicher, dass er nicht allein gehandelt hatte, aber ihre Fragen würden warten müssen, bis sie von der Rettungsmission zurück war.

Alexander würde bis dahin in einer Zelle schmoren müssen. Die Vorstellung bedrückte Theresa nicht sonderlich. Sie bedauerte nur, dass sie selbst nicht die Festnahme hatte vornehmen können. Sie hatten ein Dutzend kleiner Elektroautos beschlagnahmt, um Personen und Ausrüstung vom und zum Flugfeld zu transportieren. Jede zweite Minute kam ein leeres Fahrzeug zurück, wurde mit so vielen Leuten und Waffen wie möglich beladen und fuhr zügig wieder los, wobei die Stoßdämpfer unter dem Gewicht der Linebacker ächzten. Sie reisten so schnell und mit so wenig Gepäck, wie es die Sicherheit erlaubte, nahmen nur die Klamotten, die sie am Leib trugen, Kampfausrüstung, eine Feldflasche und Trockennahrung für einen Tag mit. Im Shuttle würde es weitere Notfallausrüstung geben, vor allem medizinische, aber dies war eine Such- und Rettungsmission, die höchstens einen Tag dauern sollte. Theresa würde sie keine Zelte und kein Lager aufschlagen lassen.

Das elektrische Jaulen des Motors eines der Fahrzeuge näherte sich von rechts, ehe es plötzlich verstummte und dem Geräusch synthetischen Gummis wich, das quietschend auf Asphalt zum Stehen kam. Theresa schaute um Epstein herum, um zu sehen, was da los war.

Der kommissarische Verwaltungsleiter Merick stieg aus dem Fahrzeug und marschierte an der Schlange von Theresas wartenden Soldaten vorbei, dicht gefolgt von Leutnant DeSanto, der, wie sie nicht umhinkonnte zu bemerken, ein Gewehr in tiefer Vorhalteposition trug.

»Wo ist Chief Benson?«, verlangte Merick von einem Wide Receiver der Mustangs zu wissen.

»Hier bin ich, Merick. Was kann ich für Sie tun?«

»Ich habe gerade gehört, dass Sie die Festnahme von Mr Alexander angeordnet haben!«

»Ja«, sagte Theresa ruhig, »das habe ich. Er wird gleich hier sein, und dann buchten wir ihn ein.«

»Was wird ihm vorgeworfen?«

»Zunächst mal ein zweifaches Mordkomplott. Dann wären da noch Diebstahl, Verbreitung illegaler Software, Widerstand gegen die Staatsgewalt, Angriff auf einen Constable … die Liste wird immer länger.«

»Gregory Alexander ist eine Säule dieser Gemeinschaft. Sein Ruf ist untadelig. Welche Beweise haben Sie denn für diese Vorwürfe?«

»Tut mir leid, Verwaltungsleiter, aber Sie sind weder sein Rechtsbeistand noch der Richter, deshalb kann ich Ihnen diese Informationen zum gegenwärtigen Zeitpunkt nicht geben.«
»Diese Gefangene hat gegen ihn ausgesagt, diese Hallstead. Nicht wahr?« Es war keine Frage.
»Das kann ich weder bestätigen noch dementieren –«
»Ich habe angewiesen, sie auf die Arche zu verbringen!«
»Ja, ich erinnere mich, das ist ja schließlich keine zehn Minuten her. Aber in der Zwischenzeit hat sie politisches Asyl beantragt.«
»Politi… das ist doch irre! Die Frau steht unter Mordanklage.«
»Und sie scheint zu glauben, dass ihr Leben in Gefahr wäre, wenn sie ausgeliefert würde.«
»Natürlich ist ihr Leben in Gefahr, ihr droht die Todesstrafe!« Merick zitterte vor Zorn. Er stand völlig neben sich, war außerhalb seiner Komfortzone nicht besonders stressresistent.
Theresa beschloss, den Druck zu erhöhen. »Sie scheint zu fürchten, dass die Strafe schon vor dem Prozess vollzogen werden könnte. Nichtsdestoweniger ist es meine Pflicht, jeden zu beschützen, der sich in meiner Obhut befindet, deshalb wird sie hierbleiben müssen, bis ihr Asylantrag bearbeitet ist.«
»Er wird natürlich abgelehnt.« Merick stemmte die Hände in die Hüften und warf sich in die Hühnerbrust.
Theresa lächelte. »Ich bin sicher, dass Sie dagegen stimmen werden. Aber da die nächste Ratssitzung erst am Montagnachmittag stattfindet, werden wir das Abstimmungsergebnis erst dann erfahren. Außerdem habe ich gehört, dass es gerade Tumulte in der Kommandozentrale der Arche gibt. Wer weiß, ob die ihre Auslieferung überhaupt noch wollen?«
»Tumulte? Sie meinen eine Meuterei! Chao Feng hat Captain Hitoshi vor der gesamten Brückenbesatzung betäubt!«
»Soweit ich weiß, hat der kommissarische Captain Hitoshi versucht, Constable Fengs Untersuchung zu behindern.«

Merick zeigte mit dem Finger auf Theresa. »Das war schon die ganze Zeit Ihr Plan, oder?«

»Ich bin nicht sicher, ob ich weiß, wovon Sie sprechen. Wenn Sie mich jetzt entschuldigen würden, wir müssen eine Rettungsmission organisieren.«

»Von wegen. Der Flug nach Atlantis ist gestrichen.«

Theresas Blick wurde hart. »Sie haben ihn gerade erst angeordnet.«

»Nun, und jetzt befehle ich Ihnen, ihn nicht durchzuführen. Die Situation in Atlantis ist deutlich komplizierter geworden, und –«

»Nein, ist sie nicht«, fiel ihm Theresa ins Wort. »Sie ist jetzt wirklich einfach. Einer unserer Leute wird angegriffen, und wir werden ihn retten. Dieses Gespräch ist beendet, Herr Verwaltungsleiter.«

»Da haben Sie verdammt recht, denn ich habe mehr als genug gehört. Sie sind suspendiert. Constable DeSanto, nehmen Sie Mrs Benson wegen Befehlsverweigerung gegenüber einem rechtmäßig gewählten Vorgesetzten fest.«

Die Gruppe der Reservisten, die dem Streit gelauscht hatte, hörte auf, nervös herumzulaufen, und stand sehr bedrohlich still. Mehrere von ihnen umfassten ostentativ ihre Gewehre fester, hielten die Mündungen aber weiter zu Boden gerichtet. DeSanto, der die Energie der Menge spürte, nahm die Hände von seinem eigenen Gewehr, ließ es am Tragriemen über seiner Schulter baumeln und versuchte, nicht aggressiv zu wirken.

»Ma'am«, sagte er entschuldigend. »Würden Sie bitte mitkommen?«

»Kurz bevor Kimura versuchte, uns in die Luft zu jagen, hat man auch meinen Mann festgenommen. Wissen Sie noch, wie das beinahe ausgegangen wäre?«

»Tut mir leid, aber –«

In diesem Augenblick tauchte Korolev hinter DeSanto auf. »Wähle deine nächste Bewegung mit großem Bedacht, Ricky«, sagte er ruhig, während er DeSanto den Betäubungsstab in den Nacken presste.

»Komm schon, Mann«, sagte DeSanto und warf einen Blick über die Schulter. »Ich habe einen Befehl bekommen.«

»Einen Drecksbefehl. Es geht um Bryan Benson, Ricky. Er hat uns allen den Arsch gerettet. Deinen sogar zweimal. Sein Tod war eine Lüge, und jetzt lügen sie erneut, um eine Rettungsmission abblasen zu können, um so ihren Fehler zu korrigieren.«

»Das ist eine Nummer zu groß für uns, Pavel. Typen wie wir müssen machen, was man uns sagt, sonst machen wir am Ende nur alles noch schlimmer. Es gibt doch Regeln.«

»Regeln, nach denen diese Leute nicht spielen«, sagte Theresa. »Es geht um meinen Mann, Ricky. Lassen Sie mich ihn einfach retten gehen.«

»Leutnant«, sagte Merick. »Wenn Sie nicht sofort meinem Befehl gehorchen, werde ich Sie zusammen mit ihr unter Anklage stellen.«

DeSanto verzog das Gesicht und ging seine Möglichkeiten durch, die ihm alle nicht gefielen. Schließlich suchte er sich eine aus, hob ganz ruhig eine Hand, löste sein Gewehr vom Schulterriemen und stellte es auf den Boden. »Verwaltungsleiter, ich bedaure, Ihnen mitteilen zu müssen, dass ich beschlossen habe, mit sofortiger Wirkung zu kündigen.«

Alle sahen Merick an, der unter dem plötzlichen Druck einen großen Schritt rückwärts machte. »Das ist eine Revolte!«, sagte er wütend.

»Oh nein, das läuft alles ganz vorschriftsmäßig«, sagte Theresa und grinste Korolev an.

»Das ist noch nicht vorbei, Chief Constable.«

Theresa macht einen großen Schritt nach vorn und stieß Merick mit dem Finger vor die Brust. »Damit liegen Sie das erste Mal richtig, seit Sie hier aufgetaucht sind. Es ist noch nicht vorbei, noch lange nicht. Ich werde jetzt meinen Mann holen gehen. Wenn ich zurückkomme, werde ich Mr Alexander und Captain Hitoshi ein paar Fragen stellen. Wenn ich mit ihnen fertig bin, werde ich vermutlich auch ein paar Fragen an Sie haben. Etwa, warum Sie während unseres Gesprächs, bevor Sie hierherkamen, plötzlich so panisch reagiert haben und warum das offenbar im selben Moment geschah, in dem sich Bryan per Funk meldete. Außerdem wüsste ich gerne, warum Ihr erster Impuls war, herzukommen und seine Rettung abzublasen.« Sie richtete sich zu ihrer vollen Größe auf und verschränkte die Arme. »Ich bin sicher, Sie werden darauf einige sehr unterhaltsame Antworten haben.«

»Sie sind ja verrückt«, sagte Merick halblaut.

Theresa beugte sich vor und sagte Merick in derselben Lautstärke und demselben Tonfall ins Ohr: »Worauf Sie sich verlassen können.«

Halb rennend, halb stolpernd eilte Merick zu seinem Fahrzeug zurück und fuhr in Richtung des Wabenbaus davon. Für einen Augenblick standen alle wie vom Donner gerührt da und starrten einander verständnislos an, während sie zu erfassen versuchten, was gerade passiert war.

»Nun«, durchbrach DeSanto die Stille. »Schätze, ich bin arbeitslos.«

»Hat irgendjemand gehört, wie Constable DeSanto gekündigt hat?«, fragte Theresa die Menge und bekam zur Antwort sofort ein mehrstimmiges »Nein« und entschiedenes Kopfschütteln.

DeSanto lächelte. »Danke, Leute, aber der Verwaltungsleiter hat es laut und deutlich gehört.«

»Oh, darüber würde ich mir keine Sorgen machen.« Korolev gab ihm sein Gewehr zurück. »Ich glaube, der gute Verwaltungsleiter wird nicht mehr sehr lange in der Position sein, Kündigungen entgegenzunehmen.«

»Außerdem hat er Wichtigeres im Kopf«, sagte Theresa und sah dem Fahrzeug nach, das sich zügig auf der Straße entfernte. Sie wandte sich an die Schlange der Reservisten. »Nun? Stehen Sie hier nicht rum wie eine Herde Vieh. Steigen Sie in das verdammte Shuttle, wir haben eine Rettungsmission zu erledigen!«

KAPITEL 38

Kexx warf einen Blick zur Brücke, während sich Benson Kuul schnappte und in Richtung dessen rannte, was auf der anderen Seite noch von der Karawane übrig war. Kuul, stets der perfekte Krieger, schoss von Bensons Schultern aus weiter. Kexx war nicht der Einzige, dem das auffiel. Das frenetische Gebrüll und das Aufeinanderprallen der Speere wurden langsamer, als alle Augen auf beiden Seiten sich auf die beiden richteten, die wie ein Tier rannten und kämpften. Selbst ihre Verfolger standen wie gelähmt am anderen Ende der Brücke und hatten die Jagd vorübergehend eingestellt.

Dann verstummte der Donner der Waffe, und eine gespenstische Stille legte sich über die Szenerie. Wortlos warf Kuul die Waffe in die Schlucht. Der Bann war gebrochen, und die Bewohner begriffen, dass die Waffe keine Bedrohung mehr darstellte. Jetzt würde sie nichts mehr davon abhalten, über die Brücke zu stürmen und kurzen Prozess mit den restlichen Mitgliedern der Karawane zu machen.

Sie brauchten mehr Zeit. Kexx musste improvisieren.

Sier schnappte sich mit jeder Hand einen weggeworfenen Speer und rannte wieder auf die Brücke zu.

Benson sah sien kommen. »Kexx, was zum Teufel machst du da?«

»Ich halte sie auf. Geh!« Kexx rannte, ohne langsamer zu werden, an dem Menschen und an Kuul vorbei, bis sier das Weiße in den Augen der heranstürmenden Horde sehen konnte. Schlitternd kam sier zum Halten und kreuzte die Speere. »Ich befehle euch, stehen zu bleiben, in Varrs Namen!«

Zugegeben, es war für alle ein ziemlich schräger Tag gewesen. Die Bewohner hatten ihre ersten Menschen gesehen, viele von ihnen auch ihre erste Schusswaffe. Und jetzt hatte ein einzelner Wahrheitssucher, der nur mit zwei Speeren und gerechtem Zorn bewaffnet war, beschlossen, sich einer heranstürmenden Armee entgegenzustellen.

Das war ein bisschen viel für sie.

Die Verfolger verharrten und bildeten eine sechs Personen breite Front, deren Speere auf Kexx zielten und nur eine Spanne von dessen Kopf entfernt blieben. Doch sie griffen nicht an – eher aus Neugier darauf, was der Irre als Nächstes tun würde, als weil sie tatsächlich eingeschüchtert waren.

»Wir sind stehen geblieben, Wahrheitssucher«, sagte ihr Anführer spottend. Erst da bemerkte Kexx sien verbundenes Bein. Es war das erste Mal, dass sier den Bewohnerältesten im Licht sah. »Was nun? Wirst du für uns tanzen?«

Die Krieger hinter ihrem Ältesten lachten.

»Ihr habt eure Eide gebrochen«, sagte Kexx und versuchte, sich sien wachsendes Entsetzen nicht anmerken zu lassen, weder in der Stimme noch auf der Haut. Sier musste absolut selbstsicher wirken. »Ihr habt einen Wahrheitssucher angegriffen, ehe sienir Anschuldigungen abschließend beigelegt waren. Habt ihr wirklich geglaubt, die Götter würden dafür keine Vergeltung üben? Hat euer Glaube während des Lebens in der Finsternis so sehr gelitten?«

Der Älteste schaute zurück zu sienim Kämpfern, deren Blutgier ständig wuchs. »Sieht aus, als wäre die Vergeltung unsere Sache, Kind Cuuts. Aber bitte, du lebst im Licht. Also erleuchtete uns.«

»Kexx!«, rief Benson von der anderen Seite der Brücke. »Schaff dich da weg!«

Es war also Zeit. »Eure Sünden wurden im Namen Xis', Cuuts und Varrs gewogen, und jetzt trifft euch ihr Urteil!« Kexx breitete die Arme aus, hob die Speere hoch in die Luft und rammte ihre Obsidianspitzen gegen den schwarzen Stein der Brücke, sodass sie krachend zersplitterten und in alle Richtungen flogen.

Das war alles. Sonst geschah nichts. Händevoll Krieger starrten Kexx an, dier mit nichts als zwei überlangen Stöcken in den Händen dastand.

Der Älteste lachte lang und laut. »Das war beeindruckend, Wahrheitssucher. Aber ich glaube, das kann ich besser.« Der Älteste nahm sienen Speer andersherum in die Hand, holte aus und wollte ihn in Kexx' Stirn schleudern. Dann waren plötzlich, ohne Vorwarnung oder Erklärung, alle auf der Brücke in hellrotes Licht getaucht. Ihr Hautton veränderte sich, bis sie alle leuchteten wie eine untergehende Sonne. Überall, wo das Licht hinfiel, fühlte sich ihre Haut warm an wie bei einem Sonnenbrand. Der Älteste hielt mitten im Wurf inne und sah Kexx alarmiert an. »Was geschieht hier? Wie machst du das?«

Kexx warf einen Blick zurück zu Benson. »Was ist das?«, rief sier in Menschensprache.

»Ein Niedrigenergie-Laserentfernungsmesser. Er dient der Anpassung an atmosphärische Störungen!«

»Was bedeutet das?«, fragte Kexx panisch.

»Es bedeutet, geh von der Scheißbrücke runter, du Idiot!«

Das rote Licht verschwand so plötzlich, wie es erschienen war. Alle auf der Brücke seufzten erleichtert auf. Außer Kexx, dier die zerbrochenen Speere fallen ließ und losrannte, so schnell sien die müden Beine trugen. »Geht zurück!«, rief er den Bewohnern auf der Brücke zu. »Kehrt zurück in eure Stadt!«

Ein paar von ihnen folgten dem Rat und rannten zum anderen Ende der Brücke. Viele standen nur dumm herum und hofften vergeblich auf eine Erklärung. Aber der Älteste wollte sich damit nicht abfinden.

»Bleib stehen, du Feigling«, brüllte er und humpelte Kexx nach, so schnell es sien verletztes Bein zuließ. »Keine weiteren Tricks. Stell dich mir wie aaaaaahhhh!«

Wütendes Gebrüll verwandelte sich in Panik bis zu Schmerz und endete in einem zischenden Geräusch, als sich der Körper des Ältesten in Rauch und Asche auflöste. Die Wände der Schlucht und die Zuschauer auf der anderen Seite der Brücke wurden in weißes Licht getaucht, das heller war als die Mittagssonne. Die Haut auf Kexx' Rücken, Schultern, Armen und Beinen fühlte sich an, als wüte in sienem Rücken ein Flächenbrand.

Dann wurde es noch schlimmer. Der Fels hinter Kexx schmolz nicht. Die Menge der freigesetzten Energie war dafür zu verheerend. Vielmehr löste sich die Brücke in eine kochend heiße Wolke sich ausdehnenden Gases auf. Rings um den eine Spanne breiten Lichtkreis, der sich in den schwarzen Stein bohrte, barst der Fels, und die Splitter flogen in alle Richtungen wie winzige Dolche, bohrten sich in Kexx' Haut, doch das Gefühl war kaum von dem Brennen zu unterscheiden.

Eine Stimme in sienem Kopf, die immer lauter wurde, forderte, er solle sich zu Boden fallen lassen und sich zusammenkrümmen, doch Kexx ignorierte sie und lenkte sien Entsetzen in die Beine. Die Brücke krachte ohrenbetäubend und ächzte unter sienim Füßen, gleichzeitig neigte sie sich so schnell zu einer Seite, dass Kexx beinahe aufs Gesicht gefallen wäre. Sier streckte die Hände aus, um sich abzufangen, dann krabbelte sier auf allen vieren weiter, während die Neigung des Steins unter siem immer steiler wurde. Der Lichtspeer hatte die Felsenbrücke in zwei Teile geteilt.

»Steh auf, Kexx!«, rief Benson. »Die Brücke bricht ein!«

Ach was, gab Kexx innerlich zurück, während sier das Gleichgewicht wiederfand und loshetzte. Benson stand unmittelbar am Fuß der Brücke, und seine ausgestreckte Hand versprach Rettung, wenn Kexx sie denn erreichen konnte. Das Licht und die Hitze verschwanden, aber das Brennen auf Kexx' Haut blieb. *Später,* dachte sier, *beweg dich jetzt einfach.* Sier horchte ganz tief in sich hinein, ignorierte das Brennen der Muskeln und setzte die winzigen Kraft- und Energiereserven frei, die siem noch blieben, und wuchs über sich hinaus. Kexx raste dahin wie eine Springflut, legte die letzten paar Spannen zwischen sich und der Sicherheit zurück. Dann kollabierte die Brücke komplett. Kexx sprang, stieß sich mit aller Kraft von den in die Tiefe stürzenden schwarzen Felsbrocken ab. Für einen langen, wundervollen Augenblick schwebte sier einfach, als sei sier wieder ein Kind, das im Sommer im Ozean fischte. Kein Gewicht lastete mehr auf sienim Füßen oder Knochen. *Das ist,* dachte Kexx, *eine schöne letzte Empfindung vor meiner Heimkehr zu Xis.* Vielleicht war es eine kleine Gnade, die Xis siem für ein xisgefälliges Leben erwies. Der Gedanke gefiel siem.

Dann traf etwas Steinernes Kexx' Handgelenk mitten in der Luft, als sei er mit der Hand zwischen die Kiefer eines Uliks geraten. Kexx schwebte nicht mehr, sondern hing über der Schlucht. Sier hob den Blick und schaute in Bensons Augen.

»Hab ich dich«, sagte der Mensch.

Kexx sah gerade rechtzeitig nach unten, um zu sehen, wie die beiden Hälften der Schwarzen Brücke zusammen mit den durch die Luft segelnden Körpern der Bewohner, die nicht zurückgewichen waren, mit einem gewaltigen Platschen in den Fluss krachten und dort jede Menge Wasser und Gischt aufwirbelten.

»Wir haben es geschafft, Kexx«, sagte Benson, und ein Lächeln teilte sein Gesicht, als er mit der anderen Hand nach sienem Handgelenk griff. Kexx erkannte, dass Benson nicht allein war. Eine Handvoll Hände griff nach seiner Kleidung und verhinderte, dass sie beide abstürzten.

»Ja, wir haben es geschafft, Benson. Kannst du mich jetzt verdammt noch mal bitte raufziehen?«

* * *

Bis die Bewohner auf der anderen Seite der Schlucht sich neu formiert und den Schock über die Verheerung ansatzweise überwunden hatten, waren Tuko und der Rest siener Streitmacht die Klippen heruntergeklettert und hatten sich problemlos der paar Späher entledigt, die tollkühn genug gewesen waren, sich ihnen zu stellen.

Die beiden Armeen standen einander auf beiden Seiten der Schlucht gegenüber, warfen Steine, schrien Beleidigungen und brannten auf einen Kampf, kamen dafür aber nicht nahe genug aneinander heran. Kexx lag mit dem Gesicht nach unten auf dem Boden, um die verbrannte Haut sienes Rückens zu schonen, flankiert von Kuul, dier auf der Seite lag und einen Speer in der Hüfte hatte. Benson stand zwischen ihnen und tat, was er konnte, um es ihnen einigermaßen bequem zu machen.

Da hörte Kexx in der Ferne ein unheimliches Jaulen in der Luft, das sier erst einmal zuvor vernommen hatte. Bald darauf kreiste der große Vogel der Menschen über ihren Köpfen, in der Luft gehalten von vier mächtigen Wirbelstürmen. Er wählte ein flaches, freies Stück Gelände auf ihrer Seite der Schlucht aus, um sich niederzulassen, dann spie er sieben Händevoll Menschen mit Waffen aus.

Plötzlich hatte niemand mehr Lust zu kämpfen.

»Wartet hier«, sagte Benson, sobald der große Vogel gelandet war. »Ich hole Hilfe.«

Kuul bat Kexx um eine Übersetzung, dann lachte sier, als sier hörte, was Benson gesagt hatte, und packte den Speerschaft, der noch aus siener Hüfte ragte. Kexx lachte mit siem.

»Was hat sier gesagt?«, fragte Benson.

»Sier hat gesagt: ›Wir gehen nirgends hin, Tothaut‹«, sagte Kexx kichernd.

»Oh. Ja, natürlich nicht. Wie gesagt, ich gehe Hilfe holen.«

»Ich kann es kaum erwarten.«

Benson und Mei eilten davon, um ihre Stammesmitglieder zu begrüßen, und Kexx und Kuul blieben allein zurück.
»Ich habe mich getäuscht«, sagte Kuul leise.
»Ja, ich weiß«, gab Kexx zurück. »Worin diesmal?«
»Ich versuche, etwas Wichtiges zu sagen, Wahrheitssucher. Verspotte mich nicht.«
»Tut mir leid«, sagte Kexx besänftigend. »Was meinst du?«
»Ich habe mich in den Menschen getäuscht. Sie sind ignorant, aber sie sind auch stark, ehrlich und tapfer. Wir sollten ihnen vertrauen.«
»Ich weiß nicht, ob das auf alle zutrifft«, sagte Kexx. »Aber ich weiß, dass wir mindestens zweien von ihnen vertrauen können, und das ist immerhin ein Anfang.«
»Ich habe mich in der Nacht, als ich Bensons Waffe genommen habe, selbst entehrt«, fuhr Kuul fort. »Ich habe gehofft, sier würde sterben. Ich dachte, sier sei ohne die Waffe schwach. Aber dann rettete sier mich mit meinem eigenen Speer, und heute hat sier mir die Waffe gegeben und darauf vertraut, dass ich uns beide damit verteidigen würde. Wer tut so etwas?«
»Hat sier sich geirrt, Kuul? Du hast für Benson gekämpft, und Benson hat für uns gekämpft. Gemeinsam haben wir gewonnen.«
»Ja, nicht wahr?« Kuul legte den Kopf in den Nacken, ließ ihn auf dem sonnengehärteten Lehm ruhen. »Es war ein guter Tag.«
»Ja.« Kexx versuchte, den Kopf auf sienin Hände zu legen, die nicht so schlimm verbrannt waren wie sienir Arme und der Rücken. Mit distanziertem Interesse beobachtete sier, wie vier menschliche Gestalten vom großen Vogel her auf sie zukamen. Zwei davon waren Benson und Mei. Die anderen kannte Kexx nicht, aber eine davon hielt sich ganz dicht bei Benson. Diese Gestalt war kleiner als er, aber größer als Mei, und hatte vom Körperbau mehr mit der kleineren Menschenfrau gemein. Sie

war schlank und bewegte sich weniger steif als Benson, obwohl sie in bestimmten Bereichen dicker war. Langes, glattes Haar zierte ihren Kopf.

Der vierte Mensch ging gebückt, weil er zwei große Säcke auf den Schultern trug, die derselbe weiße Kreis mit den gekreuzten roten Linien zierte, den Kexx schon zuvor gesehen hatte, als Mei verhindert hatte, dass Benson dahin heimkehrte, wo auch immer Menschen nach dem Tode hingingen. Also ein Heiler.

Benson blieb unmittelbar vor Kexx und Kuul stehen. »Kexx, Kuul, dies ist meine, äh, Gefährtin, Theresa.« Er deutete mit der Hand auf den Wahrheitssucher, ehe er zu dem liegenden Krieger weiterging. »Esa, dies sind Kexx und Kuul. Sie sind meine neuen Freunde. Sie haben mir das Leben gerettet.«

»Unsere neuen Freunde«, korrigierte Theresa. Sie beugte sich herunter und nahm Kexx' Hand. Ihre Handfläche war weich, aber fest, und ihr Händedruck passte zu der Dringlichkeit, die sie in sienem Gesicht las. »Danke, Kexx. Das werde ich dir nicht vergessen. Dir auch nicht, Kuul.«

Kexx übersetzte. Kuul machte eine kleine Geste mit dem Arm. Theresa richtete sich wieder auf, sah den Heiler streng an und deutete auf die beiden. »Diese beiden kriegen, was immer sie brauchen. Verstanden?«

Der menschliche Heiler kümmerte sich um ihre Verletzungen und trug eine großzügige Menge Desinfektionssalbe auf Kexx' Verbrennungen auf, die sofort kühlte und siem Linderung verschaffte. Dann wandte er sich dem Speer in Kuuls Seite zu.

Kuul ließ sich von dem Menschen helfen, ohne sich einzumischen oder zu klagen. Es war das dritte Wunder, das Kexx an ebenso vielen Tagen gesehen hatte.

KAPITEL 39

Der Weg zurück von der Stadt der Bewohner zu Kexx' Dorf war deutlich kürzer als der sechstägige Marsch, den Bryan und sein neuer Partner auf dem Hinweg hinter sich gebracht hatten.

»Du wirkst nicht so nervös, wie ich erwartet hätte.« Theresa drückte Bensons Handgelenk, als das Shuttle in den Landeanflug überging.

»Ich bin viel zu müde für Flugangst.«

Theresa kicherte. »Darauf wette ich. Einige unserer neuen Freunde sehen allerdings nicht so gut aus.« Sie schaute über die Schulter zu den überlebenden Atlantern, für die die Menschensitze, in die sie geschnallt waren, ein bisschen zu klein waren. Sie hatte vor weniger als einem Tag das erste Alien mit eigenen Augen gesehen, aber selbst sie konnte an ihrer blassen Haut und den großen Augen erkennen, dass sie nicht gerade glücklich waren.

»Kannst du ihnen daraus einen Vorwurf machen?«, fragte Benson. »Sie sind die ersten fliegenden Atlanter. Jemals. Ich würde mir vor Angst in die Hosen machen.«

»Sind wir sicher, dass sie das nicht tun?«

»Vertrau mir, den Geruch würdest du bemerken und nie wieder vergessen.«

Theresa rümpfte die Nase. »Danke für diese Information.«

»Du hast gefragt.«

»Vermutlich hast du recht.«

Theresa seufzte, als sich der Gurt gegen ihre Brust presste, weil das Shuttle bremste und in den Schwebemodus überging. Sie waren angekommen, würden aber nicht bis zum Abendessen bleiben. Sobald die Atlanter, die die Schlacht an der Schwarzen Brücke überlebt hatten, ausgestiegen waren und sich verabschiedet hatten, würden sie wieder starten und nach Shambhala zurückkehren.

Zu Hause wartete noch ein weiterer Kampf auf sie.

Der Krieger namens Kuul war auf eine Trage geschnallt, weil sich ein Speer komplett durch seine Hüfte gebohrt hatte, weswegen er nicht aus eigener Kraft gehen konnte. Benson und Kexx bestanden darauf, ihn zurück ins Dorf zu tragen. Typisch Bryan, er schloss neue Freundschaften fast ebenso leicht, wie er sich neue Feinde machte. In der einen oder anderen Richtung hatte jeder eine eindeutige Meinung über ihn.

Nachdem sie sich überzeugt hatten, dass die Überlebenden gut angekommen waren, ließen sie ein paar frische Vorräte und Ersatz für die beschädigte Ausrüstung im Lager der Ungebundenen zurück und machten sich auf den Heimweg. Selbst mit Gegenwind würde der Flug weniger als drei Stunden dauern.

Theresa hatte Shambhala erst zwölf Stunden zuvor mit einem Shuttle voller unerfahrener Soldaten verlassen. Jetzt kehrte sie mit dem von den Toten auferstandenen Lieblingshelden der Menschheit in die Stadt zurück, um sich gegen zwei der derzeit mächtigsten Männer zu stellen. Während des Steigflugs lenkte sie Bryan ab, indem sie ihn auf den neuesten Stand ihrer Ermittlungen brachte. Hallsteads Geständnis, Alexanders Festnahme, Mericks versuchtes Eingreifen. Bryan hörte genau zu und war froh, etwas zu haben, worauf er sich konzentrieren konnte. Am Ende ihrer Zusammenfassung fielen ihm die Augen zu.

Ein Anruf wurde über das Kommunikationssystem des Shuttles in ihr Plantat durchgestellt. Es war Feng auf der Arche.

<Ich höre, Chao.>

<Theresa, ist da unten alles in Ordnung?>

<Hier unten? Ich befinde mich fünfzehn Kilometer hoch in der Luft.>

<Ich fünfundvierzigtausend.>

Sie grinste. <Ja, natürlich. Es ist alles eine Frage der Perspektive. Uns geht es gut. Bryan hat wundersamerweise nur ein paar Kratzer, blaue Flecken und einen schlimmen Sonnenbrand von Ihrem Laser.>

<Das freut mich. Das war eine Wahnsinnsidee.>

Theresa sah zu ihrem schlafenden Mann hinüber und schüttelte den Kopf. <Sie reden über einen Mann, der eine Atombombe entschärft hat, indem er darauf schoss.>

<Auch wieder wahr.>

<Wie sieht es bei Ihnen da oben aus?>

<Die Dinge haben sich ein wenig beruhigt. Innerhalb des Führungsstabes ist man sich immer noch nicht einig, ob ich das Recht hatte, Hitoshi festzunehmen, aber am Ende wollte mir niemand einen Vorwurf daraus machen.>

<Haben Sie ihn bereits einem BILD-Scan unterzogen?> Theresas Frage bezog sich auf eine Direktauswertungsmethode, die den Lügendetektortest ersetzt hatte, aber aufgrund naheliegender Bedenken hinsichtlich der Privatsphäre der Getesteten nur bei Mannschaftsmitgliedern legal angewendet werden durfte.

<Ja>, antwortete Feng. <Sie werden begeistert sein, die Ergebnisse zu hören.>

Theresa kippte ihren Sitz das kleine Stück, das möglich war, nach hinten und setzte sich bequem hin, um sich den erfreulichsten Klatsch anzuhören, der ihr je zu Ohren gekommen war. Währenddessen verschlief Bryan den Großteil des Fluges.

* * *

Sie landeten ein paar Stunden später auf Shambhalas improvisierter Rollbahn.

»Aufstehen, Dornröschen.« Theresa rüttelte ihren Mann wach. »Wir sind zu Hause.«

Seine Lider flatterten, dann sah er aus dem künstlichen Fenster auf die vertraute Umgebung. Es war kurz vor der Abenddämmerung. »Bin ich eingeschlafen?« Er wischte sich mit dem Hemdsärmel ein wenig Speichel aus dem Mundwinkel.

»Du hast den gesamten Flug, den Landeanflug und die Landung selbst verschlafen.«

»Ich glaub's nicht.«

»Glaub es und wach auf, es sei denn, du willst Gregory Alexanders Verhör verpassen.«

Sofort war er hellwach.

»Dachte ich's mir doch.« Theresa löste ihren Sicherheitsgurt. »Gehen wir.«

Sie nahmen einen Wagen, und Lindqvist fuhr sie zügig zum Revier. Theresa hatte die Verantwortung in ihrer Abwesenheit Korolev übertragen. Er hatte unbedingt an der Rettungsmission teilnehmen wollen, aber jemand musste auf die Gefangenen aufpassen, und Theresa hatte das schlicht nur sich selbst und Korolev zugetraut.

Gregory Alexander wartete drinnen auf sie. Er saß im selben Verhörzimmer wie Hallstead an jenem Morgen, mit den Händen an den unbequemen Metallstuhl gefesselt. Sein maßgeschneiderter Kunstspinnenseidenanzug wirkte seit seiner Festnahme ein wenig mitgenommen, die Knie und die Ellbogen waren schmutzig, und an der linken Schulter war eine Naht aufgerissen. Der Mann selbst war in einem ähnlichen Zustand, sein normalerweise perfekt frisiertes und gelegtes Haar stand ihm wirr um den Kopf, seine Wangen waren gerötet, und er schaute mürrisch drein. Er hatte ein ziemlich beeindruckendes Veilchen und eine leicht geschwollene linke Gesichtshälfte, Andenken an einen sehr kurzen Kampf mit Korolev bei seiner Festnahme.

»Greg«, sagte Bryan, als er hinter dem L-förmigen Schreibtisch Platz nahm, »Sie sehen scheiße aus.«

»Aufgrund der Brutalität und mangelnden Professionalität Ihrer Constables. Dafür und für den Rest dieser Farce werden Sie sich verantworten müssen.« Alexander hielt den Kopf hoch erhoben, als er das sagte, es klang aber nicht besonders überzeugt.
»Oh, es sind nicht meine Constables, Greg. Es sind ihre.«
Theresa setzte sich dem Gefangenen direkt gegenüber. »Jawohl. Constable Korolev hätte nicht zu körperlicher Gewalt greifen müssen, hätten Sie nicht eine illegale Modifikation Ihres Plantats eingesetzt, um seinen Betäubungsstab funktionsunfähig zu machen. Ich frage mich, warum jemand überhaupt so etwas tut.«
»Aus Angst vor einer faschistischen Polizeitruppe, die auf unseren Bürgerrechten herumtrampelt, zum Beispiel.«
»Natürlich. Allerdings waren Sie früher Feuer und Flamme dafür, sowohl die Größe als auch die Kampfkraft genau dieser Polizeitruppe drastisch auszubauen«, sagte Theresa.
»Danke übrigens«, setzte Benson hinzu. »Die neuen Rekruten kamen uns sehr gelegen.«
»Ich werde uns allen etwas Zeit ersparen und direkt zum Punkt kommen, Mr Alexander«, sagte Theresa. »Ihre Partnerin Yvonne Hallstead hat Sie verpfiffen.«
»Ich habe noch nie von ihr gehört«, sagte er reflexartig.
»Nicht?« Theresa erhob sich und legte einen Schalter neben einem Spiegel um, der die Rückwand des Raums bildete. Er wurde transparent, und im nächsten Raum sah man Hallstead, unter Bewachung und mit Handschellen an einen Stuhl gefesselt. Sie schaute auf und sah Alexander in die Augen.
Es war kein freundlicher Blick.
»Sie scheint Sie zu kennen«, sagte Theresa.
»Jeder kennt mich.«
»Sie hat für Sie gearbeitet. Wir haben Aufzeichnungen gefunden, denen zufolge Alexander-Bau sie für die Entwicklung von Apps eingesetzt hat.«

Alexander schnaubte. »Es arbeitet auch jeder für mich. Oder zumindest fast. AB stellt ein Sechstel der Arbeitsplätze hier unten und beschäftigt noch einmal so viele freie Mitarbeiter. Da kann man kaum erwarten, dass ich jeden Einzelnen kenne. Dafür habe ich Manager.«

»Also hat einer Ihrer Manager Ms Hallstead angeworben, um illegale Apps zu entwickeln, von denen eine in Ihrem eigenen Kopf gelandet ist? Glauben Sie, die Geschworenen werden diesen Quatsch glauben?«

»Das ist lächerl–«

Theresa fiel ihm ins Wort. »Aber das ist nicht die einzige App, die sie programmierte, oder? Wie sich herausgestellt hat, fand sie einen Weg, eine alte Zeile im Plantatcode zu nutzen, um Herzanfälle herbeizuführen. Herzanfälle, die Verwaltungsleiter Valmassoi, Captain Mahama und vorübergehend auch einen gewissen Zero-Champion, der rechts von Ihnen sitzt, getötet haben.«

Ihr Mann lächelte und schlug sich mit den Knöcheln auf die Rippen. »In meinem Fall war es nicht von Dauer.«

»Das ist einfach absurd. Ich habe mit ihrem kriminellen Verhalten nichts zu tun.«

»Wirklich nicht?«, fragte Theresa. »Sie haben also nicht mit dem früheren Ersten Offizier Hitoshi zusammengearbeitet, um Hallstead nach ihrer unehrenhaften Entlassung eine Sicherheitsstufe zu verschaffen, damit sie wieder Zugang zum öffentlichen Quellcode der Plantate bekam?«

»Natürlich nicht!«

»Oh, sag es ihm einfach, Süße«, bat Benson.

»Was denn?«, rief Alexander, dessen Gesicht rot anlief, während sich sein Atem beschleunigte.

»Wir haben Hitoshi festgenommen und einem BILD-Scan unterzogen. Wir wissen alles, Mr Alexander.«

»Von wem? Diesem Verräter Feng?«

»Er hat sich wirklich gewandelt«, sagte Theresa. »Ich glaube, Folgendes ist passiert, Mr Alexander. Sagen Sie mir, ob ich etwas übersehen habe. Im Laufe der letzten paar Jahre haben Sie sich ein eigenes kleines Aufklärungssystem zusammengeschustert, indem Sie Ms Hallstead dafür bezahlten, Satelliten und andere Spionagewerkzeuge der Kolonie wie etwa Drohnen, Rover und so weiter zu kapern. Sie haben in Atlantis ein Vermögen entdeckt, an Edelmetall, Mineralien und praktisch allem, wonach einem Industriellen auf einer neuen Welt der Sinn stehen könnte. Also haben Sie Leute bestochen, um die Daten zu verändern und die geologischen Karten durch Fälschungen zu ersetzen, und haben begonnen, sich ein Netzwerk von Mitverschwörern aufzubauen, damit alles bereit wäre, wenn Sie den großen Zahltag ausrufen.«

»Ich muss nicht hier sitzen und mir das anhören.«

»Tatsächlich können Sie im Augenblick gar nichts anderes tun. Jedenfalls haben Sie Hitoshi eingeweiht, als er noch Erster Offizier war, und ihm einen Anteil versprochen, wenn er Ihnen Zugang zu den Ressourcen der Arche wie etwa den linguistischen Labors verschaffte, um am Dialekt der Bewohner zu arbeiten. Sie haben dieses kleine Wiesel Merick eingeweiht, der sich unten auf dem Boden um alles kümmern sollte. Sie haben sogar einen Stammeshäuptling überzeugt, dass Sie die Stimme des Gottes seines Stammes sind …«

»Xis«, ergänzte Benson hilfreich.

»Ja, danke, Liebling – und Sie haben die Bewohner dazu gebracht, einen Krieg mit den Atlantern vom Zaun zu brechen, die auf dem Land leben, das Sie ausbeuten wollen, um sie entweder zu verjagen oder komplett auszurotten.«

»Der letzte Teil ist übrigens besonders narzisstisch«, warf Benson ein. »Tatsächlich könnte man mit einiger Berechtigung von einem Gottkomplex sprechen.«

»Haben Sie auch nur den geringsten Beweis für dieses unglaublich detaillierte und lebhaft geschilderte Hirngespinst, Constable Benson?«, fragte Alexander.

»Ich war noch nicht fertig«, sagte Theresa kühl. »Doch dann stellte die Entdeckung, dass die Ungebundenen noch leben und sich bester Gesundheit erfreuen, Ihre Zeitplanung auf den Kopf …«

»Zumindest die meisten von ihnen«, sagte Benson.

»Liebling, könntest du mich mal einen Augenblick lang nicht unterbrechen?«, bat Theresa zuckersüß und wandte sich wieder an Alexander. »Sie erfreuten sich bester Gesundheit und lebten in Atlantis, was uns zwang, eine Erstkontaktmission zu starten. Aber wie jeder gerissene Geschäftsmann sahen Sie in den sich daraus ergebenden Unruhen eine Chance und schmiedeten einen Plan, um Ihren Krieg zwischen den Eingeborenen heraufzubeschwören, indem Sie die Delegation angriffen und gleichzeitig eine Handvoll Leute in Machtpositionen ausschalteten, die sich Ihrer Landnahme entgegengestellt hätten, um sie durch Ihre Marionetten zu ersetzen und im selben Atemzug noch die öffentliche Meinung so zu beeinflussen, dass Strafmaßnahmen gegen unsere neuen Nachbarn gefordert wurden.«

»Es war ein guter Plan«, sagte Benson. »Er hätte auch funktioniert, wenn ich ein bisschen leichter umzubringen wäre. Das wurde bisher sechsmal versucht. Es ging jedes Mal um Haaresbreite daneben.«

»Wir haben bereits Hitoshis Geständnis, Mr Alexander, und jetzt, wo wir gerade frisch aus dem Shuttle aus Atlantis kommen, haben wir auch das hier.«

Theresa erhob sich und öffnete die Tür. Korolev und ein weiterer Constable betraten den nun überfüllten Raum und brachten eine beschädigte Quadrokopter-Vermessungsdrohne herein.

»Was soll das sein?«

»Das« – Theresa klopfte auf das Carbongehäuse – »ist die gekaperte Drohne, mit deren Hilfe Sie den Unterhäuptling der Bewohner verarscht haben. Er …«

»Sier«, korrigierte Benson.

»Was?«

»Sier. Ihre Personalpronomina sind … gewöhnungsbedürftig.«

»Von mir aus! *Sieeer* … war nicht gerade glücklich, als wir erklärten, was wirklich geschehen war. Sier hat uns das hier nur allzu bereitwillig zurückgegeben, damit wir eine schöne, eingehende, gründliche forensische Untersuchung der Laufwerke anstellen können. Ich habe eine ziemlich genaue Vorstellung davon, was wir darauf finden werden.«

»Mein Guter«, sagte ihr Mann, »Sie stecken so derart in der Scheiße.«

»Es wäre besser für Sie, wenn Sie einfach gestehen, ehe ich alles selbst beweisen muss«, sagte Theresa. »Denn beweisen werde ich es, damit wir uns da nicht falsch verstehen.« Theresa bedeutete Korolev, die Drohne hinauszubringen, dann nahm sie wieder Platz.

Sekunden verstrichen.

»Ihre Entscheidung, Mr Alexander«, sagte Theresa. »Die letzte Entscheidung über Ihre Zukunft, die Sie treffen werden. Treffen Sie sie klug.«

Der ältere Mann seufzte tief und resigniert. »Sie haben fast in allen Punkten recht, Chief Benson. Außer bei einem Detail. Das alles war nicht meine Idee. Diese Ehre gebührt Verwaltungsleiter Merick.«

»Merick?«, fragte Bryan. »Der kleine Scheißer könnte nicht mal seinen eigenen Arsch finden, wenn er in einem dunklen Raum in Flammen stünde.«

»Die Fähigkeit, andere dazu zu bringen, ihn zu unterschätzen, ist einer seiner wichtigsten Aktivposten. Er war es, der von den Mineralien- und Metallvorkommen erfahren hat. Und er hat ursprünglich die Karten verändern lassen.«

»Aber er war nicht mal Mannschaftsmitglied«, sagte Theresa. »Wie zum Teufel hätte er das machen sollen?«

»Er hat zuerst Hitoshi rekrutiert. Dann kam er mit einem Vorschlag, wie man sie abbauen könnte, auf mich zu.«

»Den Sie nur zu gerne angenommen haben«, sagte Theresa.

»Na ja, klar.« Alexander bekam wieder ein wenig Oberwasser. »Haben Sie eine Ahnung, was diese Rohstoffe wert sind, junge Dame? Ich meine nicht nur monetär.«

»Sondern?«, blaffte Benson.

»Im Hinblick auf Zeit«, sagte Alexander enthusiastisch. »Diese Ressourcen bringen uns das Einzige, was man mit Geld nicht kaufen kann: mehr Zeit. Sie heute an der Oberfläche abzubauen, verkürzt unsere Entwicklungspläne um Jahre. Jahre, die wir stattdessen nutzen können, um unsere neue Generation von Schiffen zu bauen, mit denen wir dann schneller in den Weltraum zurückkehren können, um die nächste Welle von Planeten zu besiedeln. Je länger wir hier tatenlos herumsitzen, desto mehr Zeit verschaffen wir denen, die die Erde zerstört haben, um ihr Ziel zu korrigieren und es noch einmal zu versuchen.«

»Sie wissen nicht, dass wir hier sind«, sagte Theresa. »Wir achten bei jeglichem Funkverkehr sehr darauf, niemanden auf Gaia aufmerksam zu machen.«

»Bitte, Chief Benson. Seien Sie nicht naiv. Wir haben unser Eintreffen im System bekannt gemacht, indem wir Tausende von Atombomben gezündet haben. Unsere Feinde sind Monster, die schwarze Löcher kreieren können. Glauben Sie wirklich, jemand, der technologisch so weit vorn ist, würde nicht merken, dass wir hier sind, sobald die Gammastrahlungsspitzen unseres Bremsmanövers seine Heimatswelt oder einen seiner Außenposten erreichen? Machen Sie sich nicht lächerlich. Das hier sollte nie unsere neue Heimat werden. Es ist ein Boxenstopp, sonst nichts. Was Merick, Hitoshi und ich getan haben, haben wir im Dienste der menschlichen Rasse getan.«

»Mit dem kleinen Nebeneffekt, dass Sie dabei unsagbar reich geworden wären«, setzte Benson hinzu. »Selbst wenn dies nur ein Boxenstopp ist, gibt es Ihnen nicht das Recht, hier alles zu plündern und die Eingeborenen dem Tod zu überlassen. Inwiefern wären wir in diesem Szenario besser als die, die die Erde zerstört haben?«

»Über moralische Fragen sind wir hinaus, Mr Benson. Hier geht es ums Überleben.«

Benson biss die Zähne zusammen. Theresa hatte ihren Mann schon wütend gesehen, aber das hier war etwas anderes. Es war viel kälter.

»Ich habe die menschliche Rasse vor einem Irren gerettet, der uns für Monster hielt. Jetzt rette ich eine andere Rasse vor einem anderen Irren, der unbedingt beweisen will, dass der erste Irre recht hatte. Sie widern mich an.«

»Bryan.« Theresa erhob sich und legte ihm eine Hand auf die Schulter. »Wir sind hier fertig. Wir müssen noch Merick festnehmen gehen.«

Benson spreizte ein paar Mal die Finger und versuchte, ein Loch in Gregory Alexanders Kopf zu starren. Schließlich gab er nach.

»Ja. Ja, du hast natürlich recht.«

»Gut, dann lass uns gehen. Wenn du ihn noch ein bisschen anstarren willst, er wird hier sein, wenn wir wiederkommen.«

»Nein.« Ihr Mann schüttelte den Kopf. »Ich glaube, ich will ihn nie wieder sehen.«

Sie ließen Alexander zurück und gingen zum Wagen. Mit Korolev und Lindqvist im Schlepptau fuhren sie zum Wabenbau. Unterwegs unterrichtete Theresas Plantatbildschirm sie über einen medizinischen Notfall.

»Scheiße!«
»Was ist?«, fragte Bryan.
»Medizinischer Notfall in Mericks Büro. Verschlüsselt. Gib Gas!«
Benson gehorchte, und gleich darauf rasten sie mit der Höchstgeschwindigkeit des Fahrzeugs – dreißig Stundenkilometer – auf den Wabenbau zu. Aber es brachte nichts. Als sie das Büro des kommissarischen Verwaltungsleiters Merick erreichten, war es zu spät.
Merick hatte sich entschlossen, den guten Leuten Shambhalas die Kosten eines langwierigen, öffentlichen Verfahrens mithilfe seines Gürtels und des Deckenventilators zu ersparen.
Es war die einzige Wahl, die er für sich entschied.

EPILOG

Drei Monate vergingen.

Captain Hitoshis Kriegsgerichtsprozess war eine kurze, wenn auch sehr öffentliche Angelegenheit. Nach seiner Verurteilung machte ihn die Mannschaft zu einem Teil der Satellitenarrays, die zu kapern er Merick und Alexander geholfen hatte, indem sie ihn ohne Anzug aus einer Luftschleuse warf.

Er kam noch gut davon.

Gregory Alexander hatte weniger Glück. Unterhäuptling Ryj von den Bewohnern und Häuptling Tuko der G'tel verlangten beide, dass man ihnen Alexander überließe, um ihn vor ein atlantisches Gericht zu stellen, um die Spannungen zu mildern und die Wunden zu heilen, die die Verschwörung gerissen hatte.

Nach sehr kurzer Debatte zwischen den Oberhäuptern Shambhalas wurde er eine Woche später ausgeliefert. Man verlangte, dass er nach Verbüßung seiner Strafe nach Shambhala zurückgebracht wurde, um sich für seine Verbrechen gegen die Kolonie zu verantworten, aber damit rechnete eigentlich niemand.

Mei, die neu ernannte Botschafterin der Erdexilanten bei den Atlantern, gab bekannt, dass die G'tel, die Bewohner und Vertreter der anderen Freien Atlantischen Nationen bereit waren, das erste offizielle diplomatische Treffen aller interessierten Parteien Gaias abzuhalten.

Die Reise die Bohnenranke empor dauerte vier Tage. Es war Bensons erste Reise nach oben und außerdem das erste Mal, dass sich Häuptling Tuko, Unterhäuptling Ryj, die zwei Dutzend Vertreter der verschiedenen Dörfer des Straßennetzes und sogar ein Schamane eines der größeren Nomadenstämme mehr als zehn Meter oberhalb der Oberfläche ihres Planeten befanden.

Der erste Tag des Aufstiegs war … anstrengend. Doch nachdem die Gäste gebetet hatten, in Panik geraten waren und protestiert hatten, wurde ihnen klar, dass sie in weniger unmittelbarer Gefahr waren als zunächst angenommen, und sie richteten sich für den Rest der Reise ein, bei der sie als Erste ihrer Art ihren Planeten aus schwindelerregender Höhe betrachten konnten.
So kam es, dass Bryan Benson schließlich in der Büchse schwebte, in der er die Mustangs vor all den Jahren zur Zero-Meisterschaft geführt hatte. Er hatte das Gefühl, es sei ein, vielleicht zwei Menschenleben her. Es würde für ihn für immer sein altes Sportstadion sein, in dem er Tausende Stunden im Training geschwitzt hatte, wo er das bittere Gefühl der Niederlage erlebt hatte und das erregende Prickeln des Jubels der Menge, wenn er ihre Lieblingsmannschaft durch eine Heldentat in letzter Sekunde zum Sieg geführt hatte. Er sah das Stadion mit diesen Erinnerungen, sah vor seinem geistigen Auge noch die Zielreifen an den Spielfeldenden hängen, sah die Pfeile, die rasend schnell durch die Luft flogen, und den Ball, dem immer seine volle Konzentration gegolten hatte, von Armen, Knien und Wänden abprallen.
Doch wie Benson selbst hatte die Büchse schmerzliche, aber letztlich unvermeidliche Veränderungen mitgemacht, um mit dem Lauf der Zeit Schritt zu halten. Hierher kamen keine hoffnungsvollen, energiegeladenen Jugendlichen aus den Modulen Avalon und Shangri-La mehr, um einem Mannschaftsscout der Zero-Teams aufzufallen. Teufel auch, Shangri-La war erst kürzlich wieder mit normalem Luftdruck versehen worden – nach dem katastrophalen Terroranschlag, dem zwanzigtausend Personen zum Opfer gefallen waren und der die Menschheit beinah für immer ausgelöscht hätte. Einem Anschlag, den Benson dreieinhalb Jahre zuvor nur mit knapper Not überlebt hatte. So lange hatte es gedauert, ausreichend Stickstoff und Sauerstoff die Bohnenranke hochzutransportieren.

Nach fast zweieinhalb Jahrhunderten diente die Büchse jetzt endlich ihrem eigentlich geplanten Zweck: als Produktions- und Vormontagezentrum. Schließlich war sie der größte mit normalem Luftdruck versehene Bereich ohne Schwerkraft an Bord. Sowohl Mannschaftsmitglieder als auch VI-Montageroboter und Fertigungsstraßen arbeiteten unter Hochdruck an neuen Satelliten, Frühwarnteleskopen, Kurzstreckenshuttles für Flüge innerhalb des Sonnensystems und vielem mehr.

Wenn alles nach Plan lief, würde das Aufzugssystem bald beginnen, Transportgüter und Personen über die Arche hinauszubefördern, bis hin zur Pathfinder-Sonde, die jetzt auf der anderen Seite des Raumaufzugssystems als Anker diente, etwa fünfzehntausend Kilometer oberhalb des Punktes, an dem die Arche in einer geosynchronen Umlaufbahn hing. Von dort aus brauchte die Fracht nicht einmal einen Antrieb, um sich tiefer ins Tau-Ceti-System zu bewegen. Man musste nur auf den richtigen Augenblick in der Umlaufbahn Gaias warten und … loslassen. Den Rest erledigte der Drehimpuls. Am anderen Ende der bewohnbaren Zone des Systems gab es zwei weitere Planeten, die nur darauf warteten, erforscht und besiedelt zu werden. Der Rest des Tau-Ceti-Systems würde bald Menschen wie Atlantern offenstehen.

»Du siehst so verloren aus, Benson.« Kexx schwebte entspannt neben Benson und schaute zu einem Zugang hinaus. Die Atlanter hatten zuerst Probleme mit der Schwerelosigkeit gehabt, aber dank ihrer Herkunft aus dem Wasser hatten sie sich rasch angepasst. Innerhalb weniger Stunden fröhlichen, fast kindlichen Spiels hatten sie gelernt, nach Handgriffen zu fassen, sich von Wänden abzustoßen und wie Profis an einem bestimmten Ort zu landen. Ihr räumliches Orientierungssystem arbeitete ganz automatisch in drei Dimensionen wie bei Fischen oder Vögeln. Benson bekam plötzlich Lust, eine nur aus Atlantern bestehende Zero-Mannschaft zu trainieren. Aber das würde warten müssen.

»Nicht verloren, Kexx. Nicht wirklich. Nur … fehl am Platz.« Benson holte tief Luft. »Dieser Ort hat sich im Vergleich zu früher sehr verändert. Er hat mir früher etwas anderes bedeutet.«

»Wirklich?« Kexx sah sehnsüchtig, fast verzweifelt aus dem kleinen Zugang auf das perfekte Juwel von einem Planeten, das unter ihnen im Weltall hing. »Ich habe keine Ahnung, wie sich das anfühlen muss.«

»Ah«, sagte Benson. »Du hast also den Sarkasmus für dich entdeckt. Wer hat dir das beigebracht? Theresa, Feng? Ich weiß, es war nicht Korolev. Er ist humorlos.«

»Das habe ich ganz allein geschafft, danke«, sagte Kexx und verstummte.

Der Wahrheitssucher hatte bei dem Laserbeschuss auf der Brücke schwere Verbrennungen an Rücken, Schultern und Gliedmaßen erlitten. Aber siene Haut war übermenschlich schnell geheilt, also offenbar mit normaler atlantischer Geschwindigkeit. Die Regenerationsfähigkeiten siener Spezies waren erstaunlich. Es hatte mehrerer Operationen, Hauttransplantationen und Nanitenbehandlungen sowie mehrerer Monate der Rekonvaleszenz bedurft, ehe Benson nach seinem Kampf mit Kimura wieder ähnlich genesen war. Doch nur drei Monate nach der Schlacht an der Schwarzen Brücke lief Kuul herum, als sei siene Hüfte nie verletzt worden. Häuptling Tukos verlorener Arm war bereits halb nachgewachsen, hing an siener Seite wie eine unpassende Prothese.

Aber die Überlebenden hatten Narben davongetragen. Vor allem Kexx würde für den Rest sienes Lebens Erinnerungen an die Schwarze Brücke auf sich sehen. Die Verbrennungen an sienem Rücken waren schwer gewesen. Schwer genug, um die Chromatophoren und biolumineszenten Zellen zu zerstören, die siener Haut das erstaunliche Leuchten und die Muster verliehen. Sie waren nicht nachgewachsen. Von nun an würde Kexx' halber

Körper mit toter Haut bedeckt sein. Benson weigerte sich, die naheliegende Metapher zu verwenden.
»Was hat sich verändert?«, fragte Kexx.
»Hmmm?«, machte Benson gedankenverloren.
»Was hat sich an diesem Ort verändert, dass du dich so verloren fühlst?«
Benson seufzte. »Als Kind habe ich hier gespielt. Tatsächlich auch als Erwachsener. Aber dann musste ich richtig erwachsen werden.«
»Das ist schwer«, sagte Kexx feierlich. »Manche von uns hielten sich für erwachsen, nur um in die Kindheit zurückgeworfen zu werden.«
Benson sah den Ausdruck in den Augen seines Freundes. Erkannte ihn. Beklagte ihn.
»Du bist kein Kind, Kexx. Genauso wenig wie der Rest deines Volkes.«
Kexx lächelte. »Es ist nett, dass du das sagst. Aber schau dir an, wo wir jetzt sind.« Sier deutete mit beiden Händen auf den Zugang, der Gaia umrahmte. »Wir sind die Kinder. Ihr seid die Ältesten.«
»Behalte diesen Gedanken für einen Augenblick und folge mir.« Benson stieß sich ab und schnappte sich einen Handgriff, um sich um die Büchse zu hangeln.
»Wohin wollen wir, Benson?«
»Das wirst du schon sehen, vertraue mir einfach.«
»Das tue ich.« Kexx seufzte. »Nur Xis weiß, warum.«
Benson ignorierte die spitze Bemerkung und flog fast ein Viertel um die innere Hülle der Büchse herum bis zu einer auffällig markierten Luke, die sich auf seine Berührung hin entriegelte. Auf der anderen Seite eines länglichen Tunnels gelangten sie in eine opake Halbkugel.
»Achtung, wir können wegen der Strahlung nicht lange hierbleiben, aber ich möchte dir etwas zeigen.«

Benson klinkte sich in die einfachen Kontrollen der Beobachtungskuppel ein. Sofort erfüllte elektrische Energie die Polymerstruktur der Kuppel und brachte die Moleküle dazu, sich so anzuordnen, dass sie lichtdurchlässig wurde. Plötzlich war die schwarze Kuppel ein vollkommen transparenter Kristall.
Gaia hing über ihnen.
Kexx hatte sie natürlich schon gesehen, durch das kleine Fenster in der Aufzugskabine oder auf den »fotorealistischen« Beobachtungsbildschirmen, aber das war nichts im Vergleich zu diesem freien Ausblick.
Unter Aufbietung einiger Willenskraft interagierte Benson mit seinem neuen Plantatinterface, das noch immer dabei war, Wurzeln in seinen Frontallappen zu schlagen. Sein ursprüngliches Plantat hatte einen Kurzschluss erlitten und war mit Fehlern überflutet worden, als Merick versucht hatte, sein Herz zum Stehenbleiben zu bringen. Das neue System war ein Upgrade, die erste größere Überarbeitung der Plantatwetware und des Plantatbetriebssystems seit fast hundert Jahren. Die Fehler und Hintertüren, die den Cyberangriff auf sein Herz ermöglicht hatten, waren ausgemerzt, und sowohl der Speicher als auch die Rechenleistung waren deutlich verbessert.
Doch im Augenblick verband es sich noch mit seinen Nervenbahnen. Es würde Monate, vielleicht sogar Jahre dauern, bis es voll integriert war, und es würde niemals so intuitiv funktionieren wie sein ursprüngliches Plantat. Manche Narben waren weniger offensichtlich als andere.
Dennoch gelang es Benson, sich mit dem Großrechner der Arche zu verbinden und eine kontinuierliche Datenübertragung auf die transparente Anzeige vor ihm und Kexx zu veranlassen. Neben Gaia öffnete sich ein Fenster mit Echtzeitbildern von einem der GPS/Kommunikationssatellitenarrays, die den Planeten in einer niedrigen Umlaufbahn umkreisten. Es zeigte hoch-

aufgelöste Bilder eines Überwachungsteleskops von der Oberfläche. Benson scrollte durch die Koordinaten, bis er fand, was er gesucht hatte.
»Siehst du diese sich verzweigenden Linien?« Er deutete auf das Hologramm der Planetenoberfläche, der Oberfläche von Atlantis. »Das ist euer Straßennetz, aus dem Weltraum gesehen, Kexx. Euer Volk hat Bauwerke errichtet, die man aus dem All sieht, bevor wir überhaupt aufgetaucht sind. Das ist unglaublich.«
»Es ist nett, dass du das sagst, Benson, aber –«
»Dann eure Signaltürme«, fuhr Benson fort, ohne Kexx' Einwurf zu beachten. »Ihr habt einen Weg gefunden, Informationen mit Licht zu übermitteln. Wir tun hier oben genau dasselbe mit Glasfaserkabeln. Wir bewegen mehr Daten, aber die Idee ist genau dieselbe. Ihr wart schon auf dem richtigen Weg, bevor wir die Erde verlassen haben, Kexx. Der einzige Unterschied zwischen meinem Volk und deinem liegt in der Zeit. Das ist alles.«
Benson versuchte, die Gefühle im Gesicht seines Freundes zu lesen, während sier auf siene Welt hinabblickte. War das Stolz? Hoffnung? Scham? Ehrfurcht? Alles zusammen? Wahrscheinlich war es unfair, zu erwarten, dass ein Gefühl vorherrschte. In Kexx' Seele gab es viel umkämpftes Gelände.
Stattdessen schloss Benson die Anzeige und betrachtete Gaia durch die kristallklare Beobachtungskuppel, eine perfekte Kugel in Blau-, Lavendel- und Brauntönen, die reglos in einem hier und da von Sternenlicht erhellten Ozean aus Schwärze trieb. Kexx starrte mit großen Augen und offenem Mund darauf wie ein begeistertes Kind. Benson konnte das gut verstehen. Er hatte seinen Heimatplaneten auch noch nie so gesehen. Tatsächlich hatte er gar keinen. Dieser da unten war es noch am ehesten.
»Du hast mich einmal gefragt, ob eure Welt groß genug für uns alle wäre. Aber das ist die falsche Frage. Gaia schrumpft seit dem Augenblick, da ihr begonnen habt, eure Straßen und Signaltürme

zu bauen. Der Planet wäre weiter geschrumpft, aber seit wir in der Umlaufbahn aufgetaucht sind, schrumpft er viel schneller. In wenigen Generationen werden wir einander auf die Pelle rücken. Tatsächlich ist er jetzt schon zu klein, um ihn nicht zu teilen.«

»Das glaubst du wirklich, nicht wahr?«, fragte Kexx ernst. »Warum? Ihr sitzt auf diesem unglaublichen Thron, besitzt alle Macht der Welt, aber ihr wollt sie nicht einsetzen. Warum?«

Benson dachte lange über diese Frage nach, hatte eigentlich schon darüber nachgedacht, bevor Kexx sie gestellt hatte. »Weil ich vor ein paar Jahren einer verwirrten Frau, die aus lauter nachvollziehbaren Gründen lauter völlig falsche Dinge getan hat, mein Wort gegeben habe«, sagte er schließlich. »Sie hieß Avelina da Silva, und sie versuchte, uns alle zu töten, um euch zu retten.«

»Warum?«, fragte Kexx.

»Weil sie Menschen im Grunde für Raubtiere hielt. Sie dachte, wir würden eure Welt erobern und euch dabei vernichten. Sie glaubte, wir hätten es verdient, ausgerottet zu werden.«

»Aber das werdet ihr nicht tun?«, fragte Kexx. »Diese Welt erobern, meine ich. Einige eurer Anführer haben genau das versucht.«

»Ich habe ihr versprochen, das nicht zuzulassen.« Benson umfasste das Geländer fest, als Wut ihn durchströmte. Wut auf Alexander, Hitoshi und Merick, die bei der ersten sich bietenden Gelegenheit versucht hatten zu beweisen, dass da Silva recht gehabt hatte. Wut auf da Silva und Kimura, weil sie beinahe recht behalten hatten. Wut auf sie alle, weil sie alle geglaubt hatten, die Menschheit habe während ihres Exils zwischen den Sternen nichts gelernt. Seine Unterarme brannten, so sehr spannte er sie an. Er atmete tief durch und ließ locker. »Ich habe es nicht zugelassen. Das werde ich auch in Zukunft nicht. Nicht, solange ich atme.«

Kexx legte Benson siene seltsame, knochenlose, leicht klamme Hand auf die Schulter. Der freute sich über die Berührung. »Ich vertraue darauf, dass du die Wahrheit sagst«, sagte sier. »Aber nicht nur ich. Diese Gespräche hier oben in eurer Arche haben unserem Volk eine neue Perspektive gebracht. Wir schmieden einen Dreizack, dessen drei Zacken die G'tel, die Bewohner und die Menschen sind. Drei Völker, vereint zu einer Waffe.«

»Nette Symbolik«, sagte Benson. »Das hat nicht zufällig etwas mit dem Dreizack zu tun, den ich während des Kampfes in eurem Dorf benutzt habe, oder?«

Kexx zuckte die Achseln. »Es ist ein mächtiges Bild. Wäre eine Schande, es nicht zu benutzen.« Sien Blick wanderte über die restliche Beobachtungskuppel und betrachtete die riesigen, sich drehenden Habitate der Arche, ehe er an einem Gegenstand hängen blieb, der zwei Kilometer oberhalb, unmittelbar neben der Aufzugskabine schwebte. »Was ist das?«

Benson lächelte und zoomte es auf der Anzeige heran. Zehnfach vergrößert sahen sie das Gerüst zweier gerade entstehender Ringe, die um einen zentralen Kern angeordnet waren. Etwas in einem sehr frühen Stadium des Geburtsprozesses. Eigentlich noch ein Skelett.

»Das«, sagte Benson stolz, »ist die Zukunft.«

»Ein Schiff wie diese Arche?«

»Ein Schiff, ja. Aber nicht wie die Arche. Unvergleichbar mit allem, was wir bisher gebaut haben.«

Am Rand von Bensons Sichtfeld blinkte ein Alarm. Unten im Modul Avalon würde gleich eine weitere rituelle Zeremonie stattfinden. Ihre Teilnahme wurde erwartet. »Brrr, wir müssen gehen.«

»Ah, das Varr-Opfer«, sagte Kexx.

»Diese Opfer mag ich wirklich nicht.«

»Dieses wird anders sein.«

»Gut«, sagte Benson. »Ich habe es satt, nach Fischeingeweiden zu stinken.«
In den vergangenen paar Tagen hatten mehrere Opferzeremonien stattgefunden. Die Atlanter hatten zu diesem Zweck in erster Linie kleine, larvenähnliche Tiere mitgebracht, während sich die menschliche Delegation für Welse entschieden hatte, weil Hühner immer noch ziemlich kostspielig waren. Das Huhn, das Benson auf die Oberfläche geordert hatte, hatte nach dem versuchten Mordanschlag in Kexx' Dorf eine gemütliche Nische gefunden, wo es zusammen mit dem Rover als mindere Gottheit verehrt wurde.
Sie ließen die Kuppel hinter sich, flogen durch die Büchse und begaben sich in eine Aufzugskabine, die sie ins Erdgeschoss von Avalon bringen würde. Auf der Fahrt nach unten bemerkte Benson, dass an der Achse, die durch das gesamte Modul verlief, hier und da Glühbirnen ersetzt werden mussten. Es waren wohl nicht mehr genügend Leute zugegen, um sie auszutauschen.
Als Benson in die gewaltige, leicht gebogene innere Hülle des Moduls trat, in der dank Zentripetalkräften Erdschwerkraft herrschte, wurde ihm ein bisschen schlecht. Mit dem Himmel über Gaia hatte er nach wie vor so seine Schwierigkeiten, aber jetzt, wo sein Körper echte Schwerkraft erlebt hatte, würde sich nichts anderes je wieder richtig anfühlen. Sie gingen einen der alten Wege entlang. Die Apfelbäume, die ihn säumten, waren in den letzten paar Jahren ein wenig verwildert, und man ließ ihre Blätter und Blüten länger als früher das Kopfsteinpflaster verunzieren. Vermutlich waren auch nicht mehr so viele Gärtner und Baumpfleger da, die sie zusammenfegen konnten.
Bald erreichten sie den kleinen Park, den ihm sein Plantat als Ort der Zeremonie genannt hatte. Es handelte sich um ein Freigelände, das auf drei Seiten von Bänken umgeben war, während die

vierte Seite ein Sandstrand an Avalons größtem Speichersee war. Benson war häufig hier gewesen, hatte am See auf seinen morgendlichen Joggingrunden um das Modul oft Wasser getrunken. Tuko war anwesend, genau wie Kuul und Chak – wider besseres Wissen, wenn man sienem Gesichtsausdruck glauben durfte. Neben ihnen standen der kommissarische Captain Feng, der wundersamerweise noch immer im Amt war, sowie Botschafterin Mei und Polizeipräsidentin Theresa Benson.
Am auffälligsten aber war, wer nicht zugegen war. Es war kein Vertreter eines anderen Dorfes anwesend, genauso wenig wie jemand aus dem Lager der Bewohner. Benson schob sich neben seine Frau und flüsterte ihr ins Ohr: »Was läuft hier?«
»Frag mich nicht. Ich bin nur da, wo man mich haben will.«
In der Mitte des kleinen Parks stand ein niedriges Podest mit einer vertrauten Schale. Tuko und Chak übernahmen bei dieser Zeremonie die Sprechrollen, und trotz der Tatsache, dass seine Übersetzungsmatrix noch lausig war, gelang es Benson diesmal, an den richtigen Stellen niederzuknien. Dann war es Zeit für das Opfer. Tuko griff in einen Weidenkorb am Fuß des Podests und entnahm ihm ein Bündel, in dem etwas zappelte.
Tiefe, eiskalte Furcht machte sich in Bensons Brust breit. Das war keine normale Opferzeremonie. Es gab einige kleine Unterschiede. Aber er hatte so was schon einmal gesehen. Benson sprang auf und näherte sich mit zwei langen Schritten dem Bündel, das Tuko in die Schale legte. Er schnappte es sich und schlug voller Angst davor, was er finden mochte, das Tuch beiseite.
Er hielt ein kleines, zappelndes Atlanterbaby, dessen Haut ohne Muster oder Rhythmus pulsierte und dessen winzige Tentakelfinger aus der Decke heraus nach Bensons Hand griffen.
»Nein«, sagte er entschlossen. »Definitiv nein. Das haben wir doch schon einmal durchgekaut.« Benson deutete mit zitterndem Finger auf Chak. »Vor allem wir beide.«

»Benson«, unterbrach Kexx. »Beruhige dich.«
»Nein, Kexx!«, blaffte Benson. »Wir werden dieses Baby nicht opfern.«
»Du hast recht«, sagte Kexx.
»Ja?«, fragte Benson verblüfft, der gerade zu einer großen Tirade hatte ausholen wollen.
Kexx legte Benson eine Hand aufs Handgelenk. »Ja. Wir schenken es dir.«
»Bitte?«
Theresa mischte sich ein. »Ihr tut was?«
»Das ist das Baby, das du vor einem Monat, als du Chak in den Arm gefallen bist, vor dem Tod gerettet hast. Wir wissen, dass ihr keine Kinder bekommen könnt, deine Gefährtin und du. Also haben wir nach langer Diskussion beschlossen, dasselbe zu tun wie ihr, als ihr Mei und ihre Leute zu uns geschickt habt, damit sie Teil unseres Dorfs werden. Wir geben euch eins der unseren, damit sier Teil der Menschenfamilie wird, und zwar im Hause derer, denen wir am meisten vertrauen. Sier wird unter euch wandeln, von euch lernen und eines Tages eine Brücke zwischen unseren Völkern schlagen. Wenn ihr uns diese Ehre angedeihen lasst.«
»Bitte?«, wiederholte Benson begriffsstutzig, während sich Theresa das Baby schnappte und begann, es zu liebkosen.
»Oh, Kexx, wir sagen Ja!«, sagte sie zwischen zwei sanften Lauten.
»Ja?«, echote Benson.
»Ja. Absolut.« Ihr Tonfall ließ keinen Raum für Debatten. »Ach, schau nur, Liebling, sie hat die Augen ihres Vaters.«
Benson betrachtete die großen, gelben Iriden des Babys, in deren Mitte sich Pupillen in Form einer ausgefüllten Acht befanden. Licht schimmerte in ihnen. »Tatsächlich?«
»Gut, dann ist es beschlossen«, sagte Kexx und übersetzte dann

die Neuigkeiten für die anderen versammelten Atlanter, die sie bejubelten.
»Ist es das?« Benson schwindelte ein wenig. Gab es einen Hüllenbruch?
Sein neues Baby drehte den Kopf und lächelte ihn an, dann schoss ein Wasserstrahl aus sienem rechten Ohr.
»Ist das normal? Hallo? Was zum Teufel sollen wir siem füttern?«

DANKSAGUNGEN

Jeder Autor, ja eigentlich jeder Kreative errichtet sein Haus auf einem Fundament, das die gelegt haben, die vor ihm da waren. Als jemand, der in den vergangenen mehr als zwanzig Jahren eifrig Science-Fiction gelesen hat, war für mich eines der faszinierendsten und bereicherndsten Erlebnisse stets die Entdeckung neuer, außerirdischer Lebensformen. Die besten von ihnen gingen weit über das »Monster der Woche« hinaus und zeichneten sich nicht nur durch eine plausible, aber dennoch einzigartige Physiologie, sondern auch durch Sprache, Moralvorstellungen, Technik und Kultur aus, die alle perfekt auf ihre Umwelt abgestimmt waren.

Wie einige aufmerksame Leserinnen und Rezensenten bereits vermutet haben, war *The Ark* ursprünglich nicht als erster Teil einer Reihe gedacht. Das Buch war konzipiert als Einzelroman, und das blieb es auch bis zur dritten Überarbeitung, als mich mein Agent um Exposés für zwei weitere Bände bat, um die drei Bücher als Trilogie anbieten zu können. Ein fieberhaftes Umschreiben der letzten paar Kapitel bereitete die Bühne für *The Colony* und alles, was noch kommen wird. Von daher war dieses Buch ein Neuanfang. Ich wusste, ich wollte etwas ganz anderes schreiben als die Kriminalgeschichte von *The Ark*. In diesem Roman sollte es mehr um Abenteuer und Erkundung gehen. Durch *The Colony* hatte ich die unerwartete Gelegenheit, mich hinzusetzen und die Science-Fiction um eine eigene außerirdische Rasse zu erweitern – eine Gelegenheit, die ich nur zu gern nutzte.

Inspiration waren mir die Außerirdischen, die meine Fantasie in der Vergangenheit angeregt haben: die sicherheitsbesessenen

Puppenspieler aus Larry Nivens *Ringwelt.* Die rätselhaften Pequeninos aus Orson Scott Cards *Sprecher für die Toten.* Die vernetzten Gehirne der Tine-Rudel aus Vernor Vinges *Ein Feuer auf der Tiefe.* Und aus jüngster Zeit das vielleicht überzeugendste Beispiel: die in der Tiefsee lebenden Ilmataran und die nach Konsens strebenden Sholen aus James L. Cambias' *Meer der Dunkelheit.*

Wegen dieser faszinierenden Beispiele für Speziesdesign habe ich mich entschlossen, *The Colony* zu einer Geschichte über einen Erstkontakt zu machen. Die Atlanter sind ebenso als Tribut an diese und zahllose andere Autoren und Autorinnen wie als Herausforderung an mich selbst konzipiert. Ich bin alles andere als überzeugt, dass sie mit den oben genannten Beispielen mithalten können. Aber ich hoffe, sie machen meinen Leserinnen und Lesern Spaß, und sie sind wieder dabei, wenn ich die Kultur der Atlanter weiter erforsche und ihre wacklige Partnerschaft mit diesen seltsamen, mächtigen, gefährlichen und doch wundersamen Geschöpfen, die sie Tothäute nennen.

ZUGABE

Eine Geschichte von der Toten Erde
Der letzte Start

An unserem letzten Tag auf Erden war der Himmel grau und bedeckt, und passenderweise dräute ein Sturm.

»Schau ihnen nicht in die Augen, Barbara.« Ich legte meiner Frau die Hand aufs Knie. »Tu nichts, was sie provozieren könnte.«

Sie wandte den Blick nicht ab von den Ruinen Clearwaters und dem Meer armseliger Menschen, das nur Zentimeter von ihrem Gesicht entfernt vorbeiwogte. Eine Bierflasche, die mit … einer unaussprechlichen Substanz gefüllt war, prallte laut gegen das Fenster. Barbara wich erschrocken zurück.

»Können sie durch?«, fragte sie atemlos.

»Keine Sorge, Liebling.« Ich klopfte mit den Fingerknöcheln gegen die schusssichere Scheibe der Schutzklasse III. »Es braucht viel mehr als eine Bud-Light-Flasche voller Scheiße, um in dieses Auto reinzukommen.«

Barbara seufzte resigniert. »Fast wünschte ich, sie könnten hereinkommen.«

»Sei nicht fatalistisch. Wir müssen uns darauf konzentrieren, die nächste Stunde zu überleben.«

»Was immer du sagst, Maximilian.«

Ich zuckte zusammen. Meinen vollen Namen benutzte sie nur, wenn sie sauer war, aber ich hatte jetzt keine Zeit für eines der kleinen Spielchen, die so typisch für unsere Ehe waren. Stattdessen drückte ich den Knopf der Gegensprechanlage, die uns mit der Fahrerkabine verband.

»Reggie?«
»Ja, Mr Benson?«, kam die Antwort aus den Lautsprechern des Autos. Der Klang war fast perfekt. Es hörte sich an, als stünde Reggie direkt neben mir. Das Auto würde mir wirklich fehlen.
»Können wir schneller fahren?«
»Ich versuche es, Sir, aber diese Flüchtlinge verstopfen ständig die Fahrbahn.«
»Überzeugen Sie sie, aus dem Weg zu gehen.«
Stille drang aus der Gegensprechanlage.
»Reggie?«
»Ja, Sir. Natürlich.«
Reggie hupte den Pöbel, der uns den Weg versperrte, mit den beiden LRAD-Schallkanonen in der vorderen Stoßstange an. Ihr Einbau hatte mich siebzigtausend Dollar gekostet und erwies sich als eine gute Investition, als die Menge sich teilte wie das Rote Meer. Der Bentley glitt angetrieben von seinen vier Elektromotoren dahin. Sobald die Menge nicht mehr in dem Bereich vor dem Wagen war, wo der ohrenbetäubende Lärm erklang, drehte sie durch und warf sich gegen die Türen. Doch der Bentley hatte auch darauf eine Antwort parat.
Eine bullige, über und über tätowierte Rinderhälfte mit nacktem Oberkörper, die grob die Silhouette eines Mannes hatte, packte den Türgriff und bereute diese Entscheidung sofort. Der Lohn für seine Mühen war ein hunderttausend Volt starker Wechselstromstoß, der durch seinen Arm in den Körper raste. Er fiel zu Boden wie eine Marionette, deren Fäden man durchtrennt hatte.
Ich konnte ein Kichern nicht unterdrücken.
»Das findest du witzig?«, bellte Barbara.
»Eigentlich nicht. Aber du musst zugeben, es war eindrucksvoll.«
»Das sind Menschen, Max. Es ist, als sähest du sie gar nicht. Sie sind verzweifelt und haben Angst.«

»Wir sind alle verzweifelt und haben Angst, Barbara. Das Einzige, was sie von uns unterscheidet, ist, dass ich die Ressourcen hatte, etwas dagegen zu tun.«

Sie verschränkte die Arme. »Du bist mit einem goldenen Löffel im Mund geboren. Du hast dir diese Ressourcen nicht verdient.«

Langsam verlor ich die Geduld bei ihrer Selbstgerechtigkeit. »Ist das irgendwie weniger nobel, als sie zu erheiraten?«

Vor Entrüstung blieb ihr der Mund offen stehen, und einen Augenblick lang glaubte ich, ich würde meinen Ausbruch gleich bereuen, aber sie schwieg.

»Was soll ich tun, Barb? Mir die zehn Milliarden zum Untergang Verurteilten auf diesem Felsen anschauen, bis ich zusammenbreche? Tut mir leid. Aber das Schiff hat nur fünfzehntausend Plätze. Das war nicht meine Entscheidung, klar? Ich kann für die Leute da draußen nichts tun. Ich habe buchstäblich alles, was ich besaß, dafür ausgegeben, dass wir jetzt auf dieser Seite der Scheibe sitzen. Das ist alles, worüber ich jetzt noch Kontrolle habe, und alles andere interessiert mich nicht.«

Sie widersprach mir nicht. Stattdessen sah sie aus dem Fenster, betrachtete die verschwommenen Gesichter, die an der Scheibe vorbeihuschten, und versank tiefer in die aufkeimenden Schuldgefühle einer Überlebenden.

Die riskante Autofahrt wäre nicht nötig gewesen, hätte es die Flugverbotszone nicht gegeben. Das Militär hatte sich aus den Städten zurückgezogen, aber seine Drohnen beherrschten noch immer den Himmel. Nachdem diese salafistischen Idioten mit einem gekaperten Frachtflugzeug die Halteleine in Kuala Lumpur gekappt hatten, hatte die UN eiligst jeglichen Luftverkehr im Umkreis von 160 Kilometern um alle Halteleinen und Abflugzonen untersagt.

Nicht zum ersten Mal griff ich unbewusst in die Tasche meines

Jacketts und strich über die Datenscheiben. Ich zog sie hervor, zwei schillernde holografische Speichermedien in transparenten Schutzumschlägen, kaum größer als 50-Cent-Münzen. Sie enthielten unsere Genome, unsere medizinischen Akten und zehn Generationen zurückreichende Stammbäume. Sie waren unsere goldenen Tickets zum Verlassen der sterbenden Erde.

Ich hatte, ohne mit der Wimper zu zucken, unser gesamtes, gewaltiges Familienvermögen für den Inhalt dieser beiden kleinen Scheiben ausgegeben. Geld bedeutete jetzt nichts mehr. Tickets für die Arche waren die einzige Währung, die noch etwas wert war. Mehr als jede Münze, jedes Kunstwerk, jeder Barren Edelmetall. Die Arche war die schärfste Trennlinie zwischen den Besitzenden und den Besitzlosen in der Geschichte des Wohlstands.

Doch die Mehrheit der Menschheit stritt noch immer um Geld, auch wenn sie nur noch Monate zu leben hatte, als sei dies ein instinktiver kultureller Reflex, gegen den sie nicht ankam.

Die Narren.

Vielleicht war es schon immer so gewesen. Generäle hatten immer den letzten Krieg geführt. Dasselbe galt für die Wirtschaft. Firmen scheiterten, weil sie der Mode von gestern hinterherjagten, statt die von morgen zu erkennen. Oder gar: sie zu machen.

Ich hatte schon von Kindesbeinen an die Wahrheit über Geld gekannt. Es war eine Illusion. Ein Taschenspielertrick. Man konnte Menschen damit dazu bringen, einem zu geben, was man wirklich wollte. Der einzige Unterschied zwischen den Armen und den Reichen war, dass die Reichen wahre Werte erkannten.

Trotzdem taten sie mir leid, aber Sentimentalität würde mich nicht davon abhalten zu tun, was ich tun musste.

»Wir bekommen Ärger, Mr Benson.«

Wegen der getönten Trennscheibe konnte ich die Windschutzscheibe nicht sehen, also holte ich die Frontkameraansicht des Wagens auf den Bildschirm. Einige unternehmungslustige Seelen hatten eine improvisierte Barrikade aus ausgebrannten Autos errichtet, die die Zufahrt zum Cortney-Campbell-Damm versperrte. Hier waren die Flüchtlingsströme weniger massiv, was nicht zuletzt der bunten Truppe von Rednecks mit automatischen Waffen zu verdanken war, die die Barrikade bemannten. Barbara legte die Hand auf meinen Oberschenkel und drückte zu. »Max, die haben Maschinengewehre.«

»Die können sie in der Pfeife rauchen. Dieses Auto kriegt nicht einmal ein .338 Lapua klein.«

»Was bedeutet das?«

»Das ist eine Munitionssorte, Liebling. Eine heftige. Diese Hinterwäldler haben maximal 5,5 Millime–«

BUMM!

Die Wucht des Einschlags warf das Auto fast zehn Zentimeter nach links. Zuerst war ich sicher, wir hätten eine Sprengfalle ausgelöst. Die Anzeige teilte sich automatisch und zeigte die Schadensanzeige und den Bildschirm für die Bedrohungseinschätzung. Der Frontmotor der Beifahrerseite war ausgefallen, was die Beschleunigung des Autos auf drei Viertel und die Bremsleistung um fast ein Drittel reduzierte.

»Reggie, zurück!«, schrie ich ins Mikro der Gegensprechanlage, während ich auf den Knopf drückte, der die Rauchbomben zünden würde. Die Bedrohungseinschätzungssoftware stellte fest, dass wir dem Klang nach nicht mit einer Bombe angegriffen worden waren, sondern mit einem Scharfschützengewehr mit .50 BMG. Da hatte jemand von seinem Opa eine dicke Wumme geerbt. Gott segne Amerika.

»Was ist passiert?«, kreischte Barbara, während Reggie mit Vollgas rückwärtsfuhr, sodass es uns in die Sitze drückte.

»Man hat auf uns geschossen.«

»Ich dachte, du hättest gesagt, dieses Auto sei kugelsicher!«

»Nicht gegen so große Kugeln.«

Draußen prasselten Kugeln auf die Windschutzscheibe, die Motorhaube und das Dach wie Hagel, als die Miliz mit ihren Sturmgewehren das Feuer eröffnete. Das Auto schlitterte hinter einer umgestürzten Plakatwand in Deckung. Man hatte mit Absicht einen Reifen zerschossen, um uns aufzuhalten. Bei jedem normalen Auto hätte die Kugel glatt beide Vorderreifen, die Frontmotoren und ihre Akkus durchschlagen, ohne auch nur langsamer zu werden. Auch die Verstärkungen des Wagens waren gute Investitionen gewesen.

»Reggie, glauben Sie, der Anlauf reicht, um diese Barrikade zu durchbrechen?«

»Ich bin nicht sicher, Sir. Nicht mit diesem Platten.«

»Tun Sie Ihr Bestes.«

»Warte.« Barbara umklammerte ängstlich meinen Arm. »Du willst doch nicht wieder da raus?«

»Wir haben keine andere Wahl. Seit sich die Nationalgarde zurückgezogen hat, ist das der einzig mögliche Weg.«

Sie deutete mit dem Finger auf die Autowracks, die die Straße blockierten. »Aber die Straße ist nicht frei, Max. Wir werden einen Unfall haben.«

»Reggie schafft das.«

»Aber die schießen auf uns!«

»Halt die Klappe, Barbara!« Ich hatte nicht brüllen wollen. Ich hatte sie noch nie so angeschrien, und ich sah, dass die Worte sie trafen wie Faustschläge. Sie drückte sich in ihren Sitz. Später, wenn wir in Sicherheit waren, würde ich die Wogen wieder glätten.

»Reggie, Vollgas.«

Der fast dreieinhalb Tonnen schwere Bentley raste los wie eine gesengte Sau. Selbst beschädigt hatte er noch eine Beschleunigung, mit der er jedem benzingetriebenen Sportwagen von vor ein paar Jahrzehnten hätte Konkurrenz machen können. Der

Kugelhagel prallte von der Panzerung des Wagens ab, als die Hinterwäldler auf der Barrikade vergeblich versuchten, ihn aufzuhalten. Bald würden sie von der sich ausbreitenden Rauchwolke eingehüllt sein, die aus den Kanistern quoll, die ich abgeworfen hatte.

Eine zweite Kugel eines Scharfschützen, ein Geschoss von der Größe meines Daumens, traf den Wagen. Zum Glück hatte er unsere Geschwindigkeit unterschätzt. Statt den rechten hinteren Motor zu treffen, durchschlug die Kugel den Kofferraum, ohne großen Schaden am Wagen anzurichten. An den Schaden, den sie unserem Gepäck zufügte, mochte ich in diesem Augenblick gar nicht denken.

Einer der vom Rauch eingehüllten Amateur-Ansitzjäger machte bei 115 Stundenkilometern Bekanntschaft mit der Kühlerhaube des Bentleys. Sein zermalmter Körper prallte von der Verzierung der Motorhaube ab und rollte über den gesamten Wagen hinweg, ehe er hinter uns auf den Asphalt krachte wie ein Müllsack voller Hackfleisch.

»Festhalten«, sagte Reggie ruhig, während die ausgebrannten Autowracks über unseren Bildschirm rasten. Instinktiv legte ich die Arme um Barbara und presste sie an mich, als der Wagen frontal die Barriere rammte. Mit einem gewaltigen Krachen und einem Funkenschauer flogen die Autowracks aus dem Weg wie Dreidel. Der Bentley bebte, als hätte ihn eine Abrissbirne getroffen, fuhr aber trotzdem weiter.

»Ja!« Triumphierend reckte ich die Faust und hätte dabei beinahe den Fahrzeughimmel getroffen. »Gute Arbeit, Reggie.«

»Danke, Sir.«

»Glauben Sie, jetzt kann noch etwas schiefgehen?«

»Ich bezweifle es, Sir.«

Ich lehnte mich in meinen Sitz zurück und ließ den heißen Adrenalinschub durch meinen Körper fluten. Der Fahrdamm jenseits der Barrikade war leer. Zwei Spuren und 16 Kilometer freie Straße. Das Schlimmste lag hinter uns, und der Rest der Fahrt zum Tampa International würde friedlich verlaufen.

Alles ging vor die Hunde. Raureif hing an den Palmwedeln der Bäume, die die Straße säumten. Im Juli. In Florida. Das schwarze Loch, das drauf und dran war, die Welt auszulöschen, kündigte sich an, indem es den Erdorbit zu einem Oval verformt hatte, was vom Wetter bis zu den Gezeiten alles Mögliche durcheinanderbrachte und überall auf der Welt Vulkanausbrüche und Erdbeben auslöste.

Aufgrund des gestiegenen Meeresspiegels und der Schäden, die wir bereits an den Polarkappen angerichtet hatten, lagen Miami und der Kennedy-Raumhafen die meiste Zeit unter Wasser. Tampa erging es ein bisschen besser, weswegen man den dortigen kommerziellen Raumhafen für das Archeprojekt beschlagnahmt hatte. Das Weltraumlift-Netzwerk der Erde machte seit Jahrzehnten Überstunden, um die Millionen Tonnen an Material zu transportieren, die zum Bau des großen Schiffs erforderlich waren, sodass als Passagierfähren nur traditionelle, chemiegetriebene Raketen blieben.

Vom höchsten Punkt der ersten Brücke des Cortney-Campbell-Damms aus konnte ich mit Mühe die weiß schimmernde, kugelförmige Nase unserer Rettung erkennen. Ich stieß Barb an, die die Knie an die Brust gezogen hatte und sich auf ihrem Sitz sanft vor und zurück wiegte. Sie hatte zuvor noch nie an einem Feuergefecht teilgenommen. Ich zwar auch nicht, aber wir alle gingen mit Stress unterschiedlich um.

»Barb, meine Süße, schau mal nach Süden.« Ich deutete zur Rakete auf der Abschussrampe, die fast so hoch war wie die höchsten Gebäude von Tampas Skyline. »Das ist unser Taxi. Wir haben es geschafft, Baby.«

Ihr Blick folgte meinem Finger und fiel auf die Rakete, die wie ein Leuchtfeuer in der Dunkelheit vor der Morgendämmerung schimmerte.

»Ist es vorbei?« Sie entspannte sich ein wenig und streckte die Beine aus. »Sind wir in Sicherheit?«

»Ja, die UN kontrolliert die andere Seite der Brücke, und sobald wir am Kontrollpunkt ankommen, werden wir …«

Etwas stimmte nicht. Das Auto wurde langsamer. Ich rief den Diagnosebildschirm auf, denn ich fürchtete, der Schaden sei schlimmer, als wir zuerst gedacht hatten, doch er zeigte mir noch immer nur einen Ausfall des rechten Frontmotors.

Ich drückte den Knopf der Gegensprechanlage. »Reggie, warum halten wir an?«

Nichts.

»Reggie? Hören Sie mich?«

Der Bentley fuhr rechts ran. Zunehmend beunruhigt, streckte ich den Zeigefinger nach dem Knopf aus, der die getönte Trennscheibe herunterfuhr, aber sie fuhr nach unten, ehe ich ihn drücken konnte. Ich erschauerte, als ich eine ältere Frau neben Reggie auf dem Beifahrersitz sah.

»Reggie«, sagte ich sanft. »Warum ist Ihre Frau im Auto?«

Als Antwort wandte sich Reggie um, stützte eine Handfeuerwaffe auf der Trennwand zwischen Fahrer- und Passagierkabine ab und richtete sie auf mein linkes Auge. Mein kugelsicherer Anzug würde mir gegen einen Kopftreffer aus nächster Nähe nicht helfen.

»Tut mir leid, Mr Benson, aber wir brauchen jetzt Ihre Tickets.« Um seine Worte zu unterstreichen, entsicherte er die Waffe. »Bitte.«

Ich brauchte ein paar Sekunden, um zu verarbeiten, was geschah. Reggie war seit fast zwanzig Jahren mein Fahrer. Er war der Angestellte, dem ich am meisten vertraute, und jetzt richtete er eine Waffe auf mich. Ich hatte einmal ein Sprichwort gehört, das lautete: »Jeder Hund ist nur zwei Tage ohne Futter vom Wolf entfernt.« Erst in diesem Augenblick begriff ich, was damit gemeint war.

Ich warf einen Blick auf den Knopf, der die Trennscheibe wieder hochfahren würde, aber sie wäre viel zu langsam. Lustigerweise hatte ich ein kleines Vermögen ausgegeben, um uns vor Bewaffneten zu schützen. Aber ich war nie auf die Idee gekommen, dass sich einer von ihnen im Auto befinden könnte.

»Ich kann sie Ihnen nicht geben.«

»Dann werde ich sie mir von Ihrer Leiche holen, Sir.«

»Reggie!«, keuchte Barbara. »Was um alles in der Welt tun Sie da?«

»Ich gehe in Ruhestand«, sagte er trocken. »Betrachten Sie dies als meine Kündigung.«

Ich hob kapitulierend die Hände. »Sie werden Ihnen nichts bringen, Reggie. Tut mir leid.«

»Oh, verarschen Sie mich nicht, Maximilian. Ich arbeite seit dreißig Jahren für Ihre Familie. Ich kenne Sie besser als Ihre eigenen Eltern, Gott sei ihrer Seele gnädig. Ich habe Sie im Kindersitz angeschnallt. Ich habe Sie an Ihrem ersten Tag in Princeton abgesetzt, als Sie die Firma Ihres Vaters übernahmen. Ich habe Ihre Geheimnisse die ganze Zeit über bewahrt, Ihrem Vater, der Polizei und Ihren Freundinnen gegenüber.« Er deutete mit der Waffe auf Barbara. »Sogar ihr gegenüber.«

»Mir gegenüber? Von welchen Geheimnissen redet er, Max?« Barbara drehte den Kopf und sah mich anklagend von der Seite an, aber ich wagte nicht, die Mündung von Reggies Knarre aus den Augen zu lassen.

»Können wir die Frage vielleicht vertagen, Liebes?«

Reggie wollte sich mit unserem Ehekrach nicht aufhalten. »Ich würde ja Mrs Benson bedrohen, aber damit das etwas bringt, müssten Sie in der Lage sein, einen anderen Menschen mehr zu lieben als sich selbst, und ich glaube einfach nicht, dass Sie das können, Maximilian. Der Countdown läuft. Fünf.«

»Ich kann sie Ihnen geben, aber sie sind auf Barbara und mich codiert. Sie bringen sonst niemandem etwas.«

»Vier.«

»Denken Sie doch mal nach, Reggie.« Ich bemühte mich, ruhig und gleichmäßig zu sprechen, mich nicht von meiner Verzweiflung übermannen zu lassen. Solange er glaubte, ich hätte die Kontrolle, war egal, wer die Waffe hatte. »Sie würden an der ersten Kontrollstelle nicht vorbeikommen.«

»Ich weiß, dass sie gefälscht sind. Also ändern Sie sie. Drei.«

»Gefälscht? Was meint er damit?«, warf Barbara ein.

»Nicht jetzt«, sagte ich kalt, ehe ich mich wieder Reggie zuwandte. »Die Scheiben sind nicht gefälscht, Reggie. Ich habe unsere Genomprofile verändern lassen, damit wir den Auswahlvorgang bestehen, aber die Scheiben sind echt. Sie sind quantenguillotineverschlüsselt. Wenn ich auch nur versuche, den Behälter ohne die entsprechende Ausrüstung zu öffnen, zerstört das die Verschränkung der Daten, und sie löschen sich automatisch. Genau deswegen finden diese Scheiben ja dafür Verwendung. Es ist praktisch unmöglich, sich an ihnen zu schaffen zu machen.«

»Drei ...« Reggies Stimme zitterte, und sein Blick trübte sich.

»Außerdem war das Höchstalter für das Projekt 45. Sie und Mrs Palmer könnten nie als unter 46 durchgehen. Nicht, dass Sie nicht großartig aussehen, Mrs Palmer«, setzte ich eilig hinzu.

»Zwei.« Jetzt, da sein letzter, verzweifelter Plan vor seinen Augen in sich zusammenfiel, rannen ungehindert Tränen über Reggies Wangen.

»Kommen Sie, Reggie. Sie und Barbara sind die einzige Familie, die mir noch geblieben ist. Wenn es irgendeine Chance gegeben hätte, Sie und Ihre Frau zu retten, hätte ich es getan. Aber ich konnte es nicht. Wenn Sie das tun, bringen Sie uns nur alle vier um. Es wird niemand mehr übrig sein, der das Vermächtnis weiterträgt.«

Endlich brach er zusammen. Reggie ließ die Waffe sinken, legte den Arm um seine Frau und schluchzte. »Es tut mir leid. Es tut mir so leid. Ich wusste nicht, was ich sonst hätte tun sollen.«

»Schon gut, Reg.« Ich zwang mich, besänftigend zu klingen, als spräche ich zu einem Kind. »Ich verstehe das. Sie haben Angst, aber es wird alles gut. Geben Sie mir einfach die Waffe, und es wird alles gut.«

Reggie starrte auf die schwarze Pistole in seiner Hand hinab, als hätte er schon vergessen, dass er sie hatte. Ohne seine Frau loszulassen, drehte er sie um und hielt sie mir mit dem Griff zuerst hin.

»Tut mir leid, Mr Benson.«

Ich legte die Hand um die Griffschale der Waffe. Das Plastik war noch warm und schweißnass. »Ich verzeihe Ihnen.«

Dann drückte ich ab.

Die Welt explodierte in ohrenbetäubendem Lärm, als der Überdruck durch das enge Innere des Autos hallte, und ich hörte augenblicklich nichts mehr. Der Einschlag der Kugel riss Reggies Kopf in seinen Nacken, dann sackte er gegen Mrs Palmers Arm. Ehe sie auch nur schreien konnte, jagte ich auch ihr eine Kugel in den Kopf. In weniger als einer Sekunde war alles vorbei.

Ich hatte nicht nachgedacht, sondern einfach getan, was getan werden musste. Jetzt musste ich den restlichen Weg fahren. Ich drehte mich um, um Barbara um Hilfe mit den Leichen zu bitten, aber sie war totenblass. Wie paralysiert ruhte ihr Blick auf der Waffe.

»Barbara.« Ich streckte die Hand aus, um sie an der Schulter zu berühren und sie so aus ihrem Schockzustand zu reißen, doch sie kreischte wie eine Todesfee und versuchte, auf ihrem Sitz weiter nach hinten zu kriechen. Als das nicht ging, zerrte sie am

Türgriff, um auszusteigen, und brach sich dabei zwei Fingernägel ab. Doch die Türen waren verriegelt.
»Geh weg von mir!«, rief sie so laut, dass ich es trotz des schrillen Pfeifens in meinen Ohren hörte.
Ich legte die Waffe auf den Wagenboden und hob die Hände. »Barbara, hör auf. Ich werde dir nichts tun.«
»Er hatte aufgegeben! Er hat gesagt, es tut ihm leid, und du hast ihn trotzdem erschossen!«
»Es musste sein, Süße. Er hat mir keine andere Wahl gelassen. Wir müssen uns jetzt konzentrieren. Wir sind schon spät dran und müssen nach …«
»Mit dir gehe ich gar nirgends hin. Du bist ein Mörder!«
»Barbara!« Ich hatte genug, also packte ich sie an den Schultern und versuchte, die undankbare kleine Schlampe durch Schütteln zur Besinnung zu bringen. »Ich habe niemanden getötet. Siehst du die beiden da?« Ich deutete auf die Leichen, die auf den Vordersitzen zusammengesackt waren. »Das sind Geister. Sie waren schon tot. Wie Zombies, klar? Reggie ist mir auf die Schliche gekommen, ich weiß nicht, wie, aber er hat es geschafft. Hätte ich ihn gehen lassen, hätte er es vielleicht jemandem erzählt, und dann hätte man uns erwischt und uns nicht an Bord gelassen. In ein paar Monaten wären wir dann genauso tot wie der ganze Rest der Zombies.«
»Du bist ein Monster!«
»Damit kann ich leben, wenn es bedeutet, dass wir überleben. Jetzt müssen wir die Leichen aus dem Auto werfen, damit ich den Rest des Weges fahren kann. Wirst du mir helfen?«
»Nein.« Sie schüttelte entschieden den Kopf. »Ich werde dir nicht helfen.«
»Gut, dann bleib einfach im Auto.« Ich schnappte mir die Waffe, entriegelte die Tür und trat hinaus in die frühmorgendliche Kälte. Mit meinem College-Baseball-Wurfarm schleuderte ich die

Waffe in die Old Tampa Bay. Erst beim dritten Versuch gelang es mir, Reggies Beine aus dem Fußraum und am Lenkrad vorbeizuzerren, und dann musste ich noch dreimal heftig ziehen, um seine Leiche aus dem Wagen zu wuchten. Er hatte in den zurückliegenden zehn Jahren nicht viel trainiert, und das sah man ihm an. Sein von dem Schuss zermatschter Kopf schlug mit einem Geräusch auf den Asphalt, das an eine aufplatzende Wassermelone erinnerte. Mein Atem kondensierte vor meinen Augen, als ich den Leichnam mühsam an den Straßenrand zerrte. Die Leiche seiner Frau war im Vergleich bedeutend kooperativer. So war sie auch schon zu Lebzeiten gewesen.

Der Frontbereich des Wagens war mit Blut und … anderen unaussprechlichen Substanzen verschmiert. Ich holte ein paar Baumwollhemden aus dem Kofferraum, die bereits der Kugel des Scharfschützen zum Opfer gefallen waren, und nutzte sie zum Aufwischen. Ein paar Minuten später war das Wageninnere so sauber, wie es eben ging, also warf ich die Hemden ins Wasser und wusch mir so gut wie möglich das Blut von den Händen, aber es blieben Flecken auf den Manschetten meines Hemdes zurück.

Als ich mich auf den Fahrersitz setzte, hatte Barbara bereits die Trennscheibe hochgefahren, was mir recht war. Ich brauchte eine ganze Minute, um den Startknopf zu finden, und dann eine weitere, um herauszufinden, wie man den Vorwärtsgang einlegte, aber dann waren wir wieder unterwegs. Während ich den Bentley mit dem platten Reifen beschleunigte, wurde mir klar, dass ich seit Jahren nicht mehr selbst gefahren war, nicht seit ich den 458 Italia geschrottet hatte. Dies würde das letzte Mal sein, dass ich irgendetwas fuhr.

»Du hast sie also einfach am Straßenrand liegen lassen, als Futter für die Möwen?«

Die Frage riss mich aus meinen Gedanken, als wäre die ankla-

gende Stimme vom Himmel gekommen. Dann wurde mir klar, dass es nur Barbara war, die sich über die Gegensprechanlage meldete.
»Ich hatte vergessen, eine Schaufel einzupacken.«
»Du kannst jetzt Witze machen? Tut dir denn gar nicht leid, was du getan hast?« Jetzt, wo der erste Schock über den Hinterhalt, Reggies Verrat und meinen ersten Doppelmord langsam nachließ, klang ihre Stimme allmählich wieder normal.
»Dafür habe ich vielleicht später mal Zeit.«
»Du hättest sie nicht erschießen müssen. Du hättest ihnen das Versprechen abnehmen können, es niemandem zu erzählen.«
»Hätte ich wirklich unser Leben einem Mann anvertrauen sollen, der gerade eine Waffe auf meinen Kopf gerichtet hatte?«
»Das waren keine Zombies, Max. Das waren Lebewesen. Deine Freunde.«
»Glaubst du, das wüsste ich nicht?«
»Offenbar nicht!«
»Wie hieß Mrs Palmer mit Vornamen?«
»Ich …«
»Komm schon, Barb. Du weißt es nicht? Irene. Sie haben zwei Nichten, Jennifer und Iris, und ein Patenkind namens Chad. Sie waren wie Großeltern für mich, und sie haben gerade gedroht, uns beide umzubringen. Also sitz nicht dahinten und tu so, als wären sie für dich realer gewesen als für mich. Klar?«
»Aber du hast nicht gezögert. Du hast sie einfach … getötet. Sie waren nicht mal bewaffnet.«
»Denk nach, Barbara! Benutze deinen Abschluss in Politikwissenschaft und überleg mal. Das Einzige, was zählt, ist, dass wir auf dieses Schiff kommen. Dann und erst dann können wir uns das Privileg, den Luxus leisten, uns Gewissensbisse wegen der Dinge zu machen, die wir tun mussten, um so weit zu kommen.«
Die Gegensprechanlage verstummte, die Trennscheibe bildete

eine undurchsichtige Mauer zwischen uns. Vielleicht war das ganz gut so. Es half Barbara, sich zu sortieren, im übertragenen Sinne und buchstäblich.

»Ich fühle mich alles andere als wohl damit«, sagte ich leise.

»Was fühlst du denn gerade?«

»Nichts. Entschlossenheit, wenn das ein Gefühl ist.«

»Du hast gesagt, du hättest unsere Genome ändern lassen. Was hast du damit gemeint?«

Ich holte tief Luft und bereitete mich auf das entscheidende Gespräch vor. Es war mir die ganze Zeit gelungen, ihr die Wahrheit vorzuenthalten. Es war einfach leichter gewesen, sie im Unklaren zu lassen. Ein Mund weniger, der sich versprechen konnte. Aber der verdammte Reggie hatte mir einen Strich durch die Rechnung gemacht.

»Ich habe die Lotterie manipuliert, damit wir Plätze bekommen.«

»Du hast was?«

»Ich habe Leute dafür bezahlt, dass sie alle Krankheitsmarker, die Ausschlusskriterien gewesen wären, aus unseren Genomaufzeichnungen tilgen, und dann einige wichtige Mitglieder des Auswahlkomitees bestochen. Du hast doch nicht wirklich geglaubt, wir hätten beide einfach so den Auswahlprozess bestanden, oder? Weißt du, wie wahrscheinlich das gewesen wäre? Es gibt zehn Milliarden Menschen, und davon werden fünfzigtausend ausgewählt. Wir sind vielleicht das einzige Ehepaar, das gemeinsam an Bord darf.«

»Willst du damit sagen, wir haben unsere Plätze gar nicht verdient? Stehle ich jemandem den Platz, der ihn verdient hätte?«

Ich schnaubte. »Verdient hätte? Mein Gott, Barbara, die Leute reden über diesen Auswahlprozess, als sei es die verdammte Entrückung. Aber es geht nicht darum, dass Gott die Gläubigen heimholt, es handelt sich lediglich um ein paar Trottel in Ärztekitteln und Tweedjacketts, die sich Menschen aussuchen wie Pferdezüchter. Weißt du, warum du es nicht verdienst zu überleben, meine Liebe?«

»Warum?«, fragte sie kleinlaut.

»Weil du die genetischen Marker für die Addison-Krankheit aufweist. Es besteht eine Wahrscheinlichkeit von unter fünf Prozent, dass unsere Kinder sie haben werden.«

»Nun, das ist kein Problem, weil ich auf keinen Fall Kinder von dir kriegen werde.«

»Es liegt nicht an mir, es liegt an dir. Das Risiko besteht, egal, von wem du schwanger wirst. Aber dank mir wirst du diese Wahl haben.«

»Mein beschissener Held«, sagte sie bösartig. »Betrüger des Systems und Mörder älterer Menschen.«

»Du kannst jederzeit aussteigen, wenn deine Gewissensbisse zu groß werden. Nein, wirklich, ich halte gerne für dich an.«

Wieder verstummte die Gegensprechanlage. Hatte ich es mir doch gedacht. Mit Mühe gelang es mir, diesen Gedanken nicht laut auszusprechen.

Die arme Barbara. Sie war ein behütetes kleines Mädchen, das sich für eine Aktivistin hielt, bis es wirklich daranging, Opfer zu bringen. Vielleicht war ich zu unfreundlich zu ihr, aber seit vor achtzig Jahren das schwarze Loch in der Oortwolke aufgetaucht war, war die Welt tatsächlich ein unfreundlicher Ort geworden. Irgendein Idiot hatte es Nibiru genannt, nach einem nie nachgewiesenen Himmelsobjekt, das der Prophezeiung irgendeiner New-Age-Verschwörungstheoretikerin zufolge vor über hundert Jahren, in der Frühzeit des Internets, die Erde hätte zerstören sollen. Sie hatte sich in der Art des Himmelsobjekts, im Jahrhundert, im Grunde in allem geirrt, aber trotzdem wollte man sie wie eine beschissene Prophetin behandeln. Menschen waren zu jedem Ausmaß von Selbsttäuschung bereit, wenn sie nur weiterhin glauben konnten, jemand habe die Kontrolle oder wisse, was zum Teufel eigentlich vor sich ging. Zu dumm, dass das Archekomitee diesen idiotischen Wesenszug nicht selektiv eliminiert hatte.

»Es ist nicht richtig«, setzte Barbara unser Gespräch fort. »Was wir tun. Es ist nicht richtig.«

Mir fiel ihr Pronomengebrauch auf, aber ich kommentierte ihn nicht. »Nein, was ›nicht richtig‹ ist, ist die Art, wie man unsere Familie in dieser Sache von Anfang an behandelt hat. Neunzig Prozent Einkommenssteuer, um den Bau zu finanzieren? Diese sogenannte Anmietung des Löwenanteils unserer Aufzugsplätze zu einem Drittel des Marktwerts hat uns ruiniert. Und als Vater sich beschwerte, hat die Regierung einfach die ganze Firma verstaatlicht. Das verdammte Schiff gäbe es nicht einmal, wenn sie uns nicht die Schwerlastkapazität geklaut hätten, und das war ihnen nicht mal zwei Gutscheine für Plätze an Bord wert? Das ist nicht richtig.«

»Ah, du stellst also nur ein wenig Gerechtigkeit im Universum wieder her?«

»Es geht um mehr als das.«

»Warum haben sie dich abgelehnt?«

»Hmm?«

»Du hast mir erzählt, warum man mich abgelehnt hat. Warum dich? Was war bei dir das K.-o.-Kriterium?«

Ich umklammerte das weiche Nappaleder des Lenkrads, denn ich konnte mich noch genau daran erinnern, wie ich die E-Mail gelesen hatte. »Mein psychologisches Gutachten. Der Seelenklempner schrieb, ich ließe Anzeichen oppositionellen Trotzverhaltens und mangelnder Empathie erkennen.«

»Ah, sie haben also festgestellt, dass du ein Problem mit Autoritäten hast. Also bist du, um zu beweisen, dass sie sich irren, hergegangen und hast all ihre Regeln gebrochen.« Sie lachte tatsächlich. »Denen hast du es aber gezeigt, Liebling.«

»Nein.« Ich ballte eine Hand zur Faust und schlug aufs Lenkrad. »Darum geht es gar nicht. Verstehst du denn nicht? Sie wählen nicht nur aufgrund von Krankheiten aus, sie versuchen auch, die Menschheit nach einem völlig willkürlich gewählten Bild zu formen. Sie glauben, wir würden in einer beschissenen verbrechensfreien Hippiekommune im Himmel leben, wo alle Veganer sind, im Kreis sitzen, auf Trommeln spielen und Händchen halten. Sie versuchen, uns die Initiative und die Individualität abzuerziehen. Wie, ich weiß auch nicht, einer Herde Vieh.«

»Du hast gerade zwei Leute, die du schon dein ganzes Leben lang kanntest, exekutiert, ohne mit der Wimper zu zucken. Mangelnde Empathie scheint mir das geringste deiner Probleme zu sein. Willst du ernsthaft behaupten, es sei eine schlechte Idee gewesen, dich abzulehnen?«

»Natürlich! Die versuchen, die ›richtigen‹ Leute für ihre schöne neue Welt auszusuchen. Aber sie verwenden das falsche Paradigma. Sie wählen Künstler, Poeten, Trauerbegleiter und Yogalehrer aus, aber das sind die völlig falschen Leute für diese Aufgabe. Künstler und Poeten sind ein Ergebnis der Zivilisation, ein Nebeneffekt von Stabilität und Wohlstand. Sie erschaffen sie nicht. Man braucht dafür Forscher, Unternehmer, Führer und Soldaten. Die stecken das Terrain ab, gehen die Risiken ein, bauen die Siedlungen und jagen das Wild. Sie treffen die schweren Entscheidungen, die alles andere ermöglichen.«

»Jetzt verstehe ich«, sagte Barbara, und ihre Worte troffen vor Spott. »Du tust es nicht, um deine Haut zu retten. Du tust es zum Wohl unserer gesamten Art. Wer sonst könnte uns arme kleine Schäfchen führen, wenn nicht ein großer, böser Wolf? Wie philanthropisch von dir.«

»Verspottete mich nicht, Barbara. Die Leute, die sie da oben jetzt haben – wie viele von denen hätten die Eier gehabt, die Risiken auf sich zu nehmen, die ich auf mich genommen habe, um hierherzugelangen, die schweren Entscheidungen zu treffen, die ich getroffen habe, nicht, weil es mir Spaß macht, sondern weil ich sie treffen musste? Nein, das läuft alles total verkehrt. Es hätte keinen Auswahlprozess geben sollen. Wir hätten um die Plätze kämpfen müssen, und die Sieger wären eben dabei gewesen.«

»Klar, ein ganzes Raumschiff voll mit fünfzigtausend testosteronstrotzenden Narzissten und Soziopathen. Was könnte da schon schiefgehen?«

Wir näherten uns einer weiteren Barrikade am Ende des Fahrdamms. Aber im Gegensatz zur letzten war sie mit Berufssoldaten bemannt, UN-Blauhelmen und zwei Marines in schweren Kampf-Exoskeletten. Sobald sie unsere Scheinwerfer sahen, legten sie die rückstoßfreien Antimateriegewehre an.

»Ich würde gerne weiter mit dir plaudern, Liebes, aber da vorn ist die Kontrollstelle. Wenn du aussteigen willst, werde ich dich nicht aufhalten. Jetzt oder nie.«

Sie erwiderte nichts.

»Gut, dann gehe ich davon aus, dass du bleiben möchtest. Aber das bedeutet, wir dürfen niemandem ein Sterbenswörtchen darüber erzählen. Niemals. Tatsächlich sollten wir wahrscheinlich nicht einmal darüber sprechen, wenn wir unter uns sind. Wer weiß, was für Überwachungstechnologie im Schiff eingebaut ist.«

»Kann es sein, dass du leicht paranoid bist, Maximilian?«

»Ich bin nur vorsichtig. Wir werden gleich den Rubikon überschreiten, Barb. Tut mir leid, dass ich dir das alles in letzter Minute so vor die Füße kotze, aber ich muss jetzt wissen, ob du dabei bist oder nicht.«

Sie seufzte tief. »Ich bin dabei, und Gott möge mir verzeihen.«

»Ich glaube, Gott hat die Erde längst verlassen, meine Liebe.«

Die UN-Soldaten auf der Barrikade ließen mich kurz vor dem Tor anhalten. Ich warf einen Blick auf die riesigen Geschütze auf

den Exoskeletten und hatte plötzlich keinerlei Lust mehr auf Diskussionen.
Einer der Uniformierten kam entschlossenen Schritts auf mein Fenster zu. Er zog die Handfeuerwaffe nicht, aber seine Kameraden gaben ihm Deckung. Ich fuhr das Fenster herunter, um ihn zu begrüßen. Schaute freundlich. Als gehörte ich hierher.
»Guten Morgen, Soldat.«
»Würden Sie bitte die Motoren ausschalten, aussteigen und dabei die Hände so halten, dass ich sie sehen kann?«
»Ich habe einen Fahrgast auf dem Rücksitz. Soll sie auch aussteigen?«
»Ja, Sir.«
Ich drückte den Knopf der Gegensprechanlage. »Wir sollen aussteigen. Ist schon gut, befolge einfach ihre Befehle.« Ich schaltete den Bentley ab und stieg aus, die Hände an der Hosennaht. Trat auf, als hätte ich hier das Sagen, aber ohne jede Herablassung. Soldaten befolgten Befehle. Sie respektierten Ranghöhere.
»Hübsches Auto«, sagte der Soldat.
»Früher mal«, sagte ich bitter.
»Die Papiere der Dame, bitte«, sagte er knapp.
»Unsere Scheiben sind in meiner Jackentasche. Wenn ich darf, hole ich sie heraus.«
Er verzog verwirrt das Gesicht. »Sie sind nicht ihr Fahrer?«
»Nein, ich bin ihr Mann«, antwortete ich, aber der Soldat schaute bereits an mir vorbei auf den Fahrersitz. Er winkte weitere Uniformierte heran.
»Da drin ist Blut.«
»Unser Fahrer wurde bei einem Hinterhalt getötet. Ich bin weitergefahren.«
Er klopfte gegen die Windschutzscheibe. »Die Fenster sind intakt, würden Sie mir das bitte erklären?«
»Ja, der alte Narr hat sein Fenster heruntergelassen, und sie ha-

ben ihn erschossen.« Ich zuckte die Achseln und fuhr etwas lauter fort: »Schauen Sie, Gefreiter …«

»Sergeant Lantz, Sir.«

»Verzeihung, Sergeant. Der Weg hierher war die Hölle. Ich habe gerade mit angesehen, wie ein Mann, den ich dreißig Jahre kannte, eine Kugel ins Gesicht bekommen hat. Ich will nicht länger im Freien herumstehen als unbedingt nötig. Die Scheiben in meiner Tasche enthalten alles, was Sie brauchen.«

Lantz trat näher an mich heran, während zwei andere Soldaten mit Gewehren sich hinter mir positionierten.

»Links oder rechts?«, fragte er.

»Bitte?«

»Linke oder rechte Tasche?«

»Ah, linke Innentasche.«

Er nahm die Scheiben und warf einen flüchtigen Blick darauf. Zufrieden gab er sie mir wieder und nickte den beiden Wachen hinter mir zu. »Gut, Mr …?«

»Benson«, sagte ich.

»Wenn Sie und Ihre Frau mir dann bitte folgen würden, wir bringen Sie zur Bearbeitungsstation.«

»Danke, Sergeant. Oh, wir haben noch Gepäck im Kofferraum, das …«

Er schüttelte den Kopf. »Wir müssen Ihre persönlichen Gegenstände nach Schmuggelware durchsuchen, ehe wir sie zur Bearbeitung weiterleiten können. Wir kümmern uns darum.«

Ich gab ihm meine Schlüssel und entfernte mich vom Auto, ja von den Überresten meines alten Lebens. Barbara ging schweigend neben mir her. Die Stille war alles andere als angenehm. Ich war nicht sicher, ob die Kälte von ihr oder von der Bucht herrührte.

Die Soldaten führten uns in einen Auffangraum. Das eigentliche Startgebiet und die Abschussrampe waren noch immer fast zwei Kilometer entfernt, doch schon von hier aus ragte sie weit in den

Himmel auf. Unsere Kerze war größer als das NASA-Raumfahrtsystem, das die ersten Menschen auf den Mars gebracht hatte. Heute würde sie knapp unter zweihundert Menschen hinauf zum größten Konstrukt der Geschichte bringen, der Heimat der Menschheit für die nächsten beiden Jahrhunderte.

Die nächsten paar Minuten würden darüber entscheiden, ob wir dazugehörten oder nicht. Ich hatte alles in meiner Macht Stehende getan, um unser Überleben zu sichern, hatte große, unvorstellbare Opfer gebracht, Dinge getan, die ich mir niemals zugetraut hätte, und Dinge über mich erfahren, die ich lieber nicht gewusst hätte. Nun musste ich einfach darauf bauen, alles richtig gemacht zu haben. Ich konnte niemanden mehr bestechen. Niemanden mehr töten. Ich hatte keinen Einfluss mehr auf den Ausgang des Geschehens. Es blieben nur noch all die verschiedenen Dinge, die schiefgehen konnten.

Ich hatte mich noch nie im Leben so hilflos gefühlt.

»Bleib einfach ruhig. Verlier nicht die Nerven«, flüsterte ich Barbara so leise zu, dass unsere Eskorte es nicht hören konnte. »Du hast später noch genug Zeit zum Zusammenbrechen.«

»Erzählst du das mir oder dir?« Ihre Stimme klang rau wie die Wand, die in der zurückliegenden halben Stunde zwischen uns entstanden war. Ich wusste nicht, ob ich je auf ihre Seite gelangen würde. Ich war mir nicht einmal sicher, ob ich das unbedingt wollte.

»Tu einfach so, als gehörtest du hierher.«

»Aber das tue ich nicht.«

»Doch. Vielleicht noch mehr als ich.«

»Dem würde ich nicht widersprechen.«

Ich ließ es dabei bewenden. Wir erreichten einen großen Zeltunterstand, der als Kommandoposten diente. Daneben standen ein paar Menschen Schlange. Ich konnte nicht umhin zu bemerken, dass sie bewacht wurden.

»Was hat es denn mit denen auf sich?«, fragte ich Sergeant Lantz beiläufig.
»Passagiere auf der Warteliste«, sagte er. »Wenn jemand nicht auftaucht, dienen sie als Ersatz.«
»Kommt das häufig vor?«
»Häufiger, als man meinen sollte.«
Ein paar Männer in der Schlange riefen uns wütend nach, als wir vorbeigingen, aber die meisten blieben einfach in resigniertem Schweigen auf dem Boden sitzen, als sich zwei weitere Überlebenschancen in Luft auflösten. Wieder erfüllte mich Sorge. Es war leichter, jemandem den Platz wegzunehmen, wenn dieser Jemand ein abstraktes Konzept war. Aber angesichts lebender, atmender Menschen … ich sah hinüber zu Barbara und versuchte einzuschätzen, ob ihre Schuldgefühle sie gleich zu einer Dummheit verleiten würden, doch ihr Gesicht war eine steinerne Maske. Sie sah die Nachrücker nicht an. Vielleicht war das ein gutes Zeichen.
»Ihre Scheibe, bitte.«
Ich war so abgelenkt gewesen, dass mir der glatzköpfige Mann gar nicht aufgefallen war, der an einem Tisch saß. Weil er in einem hohen Stuhl saß, wirkte er noch kleiner. *Konzentrier dich, Max. Du gehörst hierher. Niemand wird das infrage stellen, solange du selbstbewusst wirkst.*
»Natürlich.« Ich gab ihm die Scheibe.
Er schob sie in ein kompliziertes Gerät, das aussah wie eine Kreuzung aus einem Retinascanner bei der Zulassungsstelle und einer Espressomaschine.
»Bitte schauen Sie in die Öffnung und legen Sie die rechte Hand auf den Scanner.«
Ich gehorchte. In dem Kästchen sah ich ein dreidimensionales Bild eines Häuschens.
»Konzentrieren Sie sich auf das Haus und versuchen Sie, nicht zu blinzeln. Es blitzt in drei …«

Ein weißes Licht wie der Blitz einer Kamera brannte sich in meine Netzhäute und hinterließ leuchtende Kugeln als Nachbilder. Gleichzeitig stach mich etwas in den Mittelfinger. Mit zusammengekniffenen Augen und meine Hand umklammernd, trat ich von dem Scanner zurück.

»Ihr Fingerabdruckscanner hat mich gestochen.«

»Ich habe nie gesagt, es sei ein Fingerabdruckscanner«, sagte das humorlose Männchen trocken. Ein Icon auf seinem Bildschirm wurde grün. »Ah, da haben wir's ja. Retina und DNS stimmen beide mit der Scheibe überein. Willkommen an Bord, Mr Benson.« Er winkte mich durch das Drehkreuz tiefer ins Gebäude.

»Danke, aber ich würde gerne auf meine Frau warten, wenn das in Ordnung ist.«

»Ihre Frau?« Der glatzköpfige Mann nahm Barbaras Scheibe und rief eine Passagierliste auf. »Das sehe ich zum ersten Mal. Manche Leute haben echt Glück, was?«

»Ja. Glück«, murmelte sie.

Ich biss die Zähne zusammen, zwang mich aber, mich zu entspannen. Hier gab es nichts zu sehen. Das statistisch Unwahrscheinliche geschah eine Million Mal pro Tag.

Sie durchlief denselben Prozess, dann trat sie zurück und wartete auf die Ergebnisse, wobei sie zitterte wie eine Maus im Schlangenkäfig.

»Angst, Mrs Benson?«, fragte das Männchen sie mit hochgezogener Augenbraue.

»Nein, ich hätte nur einen Mantel anziehen sollen.« Ihre Antwort klang alles andere als überzeugend. Meine Frau war keine gute Lügnerin.

»Wir sind auf dem Weg hierher in ein Feuergefecht geraten«, fügte ich hastig hinzu. »Wir sind noch immer ziemlich mitgenommen.«

»Das kann ich mir vorstellen«, sagte er. Lustig. Ich bezweifelte,

dass der winzige Trottel überhaupt über Vorstellungskraft verfügte. Ein gelbes Icon erschien auf seinem Bildschirm. Er schob seine Brille zurecht. »Na, das ist aber seltsam. Ihr Retina-Scan stimmt überein, aber im DNS-Profil sehe ich Abweichungen.«
»Abweichungen?«, brachte ich heraus, ohne dass meine Stimme kiekste wie bei einem Jugendlichen im Stimmbruch.
»Eine kleine Genomvarianz.«
»Vielleicht ist der Scanner verschmutzt. Das hier ist nicht gerade ein Reinraum.« Angstschweiß benetzte meine Hände. Ich schob sie in die Taschen und versuchte, unbesorgt zu wirken.
»Vielleicht …«
Furcht durchfuhr mich wie ein elektrischer Schlag, drohte mich zu lähmen, bewegungsunfähig zu machen. Irgendjemand hatte einen Fehler gemacht. Unser Leben lag in der Hand dieses winzigen Schreibtischhengstes, und gleich würde es uns um die Ohren fliegen. Ich wollte schreien, wollte direkt zur Rakete rennen, mir Sergeant Lantz' Handfeuerwaffe schnappen und uns den Weg zur Freiheit freischießen oder mit Glanz und Gloria untergehen.
Stattdessen stand ich da, schweigend und reglos wie eine Statue. Machtlos.
Barbara trat an den Tisch und legte eine Hand darauf. »Ich hatte vor ein paar Monaten nach einem Autounfall eine Bluttransfusion. Könnte es daran liegen?«
Ich war von ihrer Improvisationsgabe überrascht. Vielleicht war sie doch keine so schlechte Lügnerin.
»Ich weiß nicht. Könnte schon sein …«
»Gibt es ein Problem?« Sergeant Lantz trat vor, die Hand wenig diskret an der Waffe.
»Nein«, sagte ich. »Kein Problem. Dieser Mann hat nur Schwierigkeiten festzustellen, ob meine Frau wirklich meine Frau ist.«
»Ist sie es denn?« Die Frage enthielt eine kaum verhohlene Drohung.

»Natürlich.« Ich beugte mich vor und flüsterte ihm zu: »Ganz ehrlich, ich hätte sie schon längst ausgetauscht, wenn ich damit durchgekommen wäre.«

Die Drohung hing in der Luft, bis mir das Herz aus der Brust zu springen drohte. Schließlich entspannte Lantz seine Schultern und nahm die Hand von der Waffe.

»Ich habe sie zusammen eintreffen sehen, Doktor. Was stimmt denn nicht mit ihrer Scheibe?«

»Mit der Scheibe ist alles in Ordnung. Es gibt nur eine kleine Abweichung beim DNS-Abgleich, die ich mir nicht erklären kann.«

»Wie klein?«

»0,0035 Prozent.«

Sergeant Lantz rollte die Augen, als seien es Bowlingkugeln. »Das ist alles? Kommen Sie schon, Doktor. Wir haben einen engen Zeitplan und müssen noch die Nachrücker abarbeiten. Machen Sie einen Haken an ihre Überprüfung, damit es weitergehen kann.«

Das Männchen machte eine wegwerfende Armbewegung. »Schon gut, schon gut. Der Nächste, bitte.«

Hinter uns wurden die vordersten vier Leute aus der Nachrückerschlange aufgerufen. Vier Leute hatten in der Lotterie gewonnen, aber nicht lange genug gelebt, um ihren Gewinn einzustreichen. Ich sah die beiden Leute, die jetzt ganz vorn in der Schlange standen. Die ersten Verlierer. Die beiden, deren Plätze wir gestohlen hatten. Diese Gesichter würde ich nie wieder vergessen.

Barbara und ich gingen zusammen durch die Drehkreuze und schauten nicht zurück. Das war alles. Kein Feuerwerk. Kein Pokal. Niemand schüttete mir zur Feier meines Sieges einen Kübel Gatorade über den Kopf. Ich nahm im Gehen Barbaras Hand, wie ich es früher spätabends am Strand von Clearwater getan hatte, wenn wir uns den Sonnenuntergang angesehen hatten, doch sie entzog sie mir.

Ich hatte gewonnen, und das, obwohl die Chancen noch nie so schlecht gestanden hatten. Warum hatte ich trotzdem das Gefühl, alles verloren zu haben?